Seadove

Seadove

Seadove

Seadove

百年偵探推理小說經典

福爾摩斯完整收錄

Sherlock Holmes

上部

Arthur Conan Doyle
亞瑟・柯南・道爾 著
傅怡 譯

被譯為五十七種文字風靡全球
美國推理作家協會（MWA）票選百大推理小說第1名

「和柯南・道爾所寫的《福爾摩斯探案》相比，
沒有任何偵探小說可以享有那麼大的聲譽！」
——英國著名小說家 毛姆

目 錄

前言

福爾摩斯，一個原本虛構的人物，百年來卻幾乎迷倒眾生，乃至英國皇室竟破天荒地將條件苛刻而且嚴肅的爵士爵位授予這位小說中的英雄。

福爾摩斯是誰？據說這個人物的原型是作者亞瑟・柯南・道爾在愛丁堡大學念書時的一位老師，可能再加上他自己的一部分。儘管有些古怪，但毫無疑問，福爾摩斯不是神。他乘坐大家熟悉的馬車或火車，出沒在十一月倫敦的大霧之中；他住在眾所周知的旅館裡，閱讀《每日電訊報》和其他流行的報紙……他是一個聰明人，因為太過聰明，以至於總是不怎麼相信別人，更不要說相信女人；他是一個自負的人，那種驕傲自負已經變成了他社交談吐的方式，好在人們早已習慣並覺得他完全配得上這種德行；他常常活在自己的世界裡，總做出些讓人莫名驚詫的事情或舉動，甚至得罪了很多「正經人」；他是一位名偵探，因為他的出現，人們從此相信正義真的離人間不遠；他的智慧柔時像水，堅時如鋼；他之所以出名，是因為世人從來不曾懷疑過他的真實存在。

1894年，亞瑟・柯南・道爾曾經決定停止寫作這類偵探故事，因此他安排福爾摩斯在一個戲劇性的時刻墜入深淵中淹死，並讓華生來結束《福爾摩斯之死》這個故事。豈料，痴迷的英國讀者們竟然無論如何也無法接受這個噩耗，成千上萬的倫敦警察、工人、市民情緒激動地上街集會，浩浩蕩蕩的人們抬著棺材，在貝克街221號門前，一遍又一遍地高呼「福爾摩斯，復活」的口號。此情此景令亞瑟・柯南・道爾感動得熱淚盈眶，於是他不得不讓福爾摩斯在下一個故事裡面「起死回生」。從此，福爾摩斯得以永生。

至今，小說中所謂的福爾摩斯居所——倫敦貝克街221號仍然會收到許多從世界各地飛來的「福爾摩斯先生親收」的信件，其中不乏詢問案件破解方法、報告福爾摩斯其最大的死對頭莫里亞蒂教授行蹤等等看似荒誕的內容。

荒誕的背後是溫情的呼喚——福爾摩斯不僅僅屬於十九世紀的英國，更屬於二十一世紀的全人類。很多很多年前，福爾摩斯曾漫不經心地說道：「倫敦的空氣因我的存在而變得清新。」事實上，何止倫敦，他的名字所滌蕩過的空氣想必曾經到過無數我們難以想像的角落，只是我們從未刻意收集……

毋庸置疑，《福爾摩斯探案全集》可謂開闢了世界偵探小說的「黃金時代」，堪稱不朽經典。它曾經被譯成57種文字，風靡全世界，備受讀者推崇，號稱「絕對不能錯過的偵探小說」。英國著名小說家毛姆曾說：「和亞瑟・柯南・道爾所寫的《福爾摩斯探案全集》相比，沒有任何偵探小說曾享有那麼大的聲譽。」

作為一位棄醫從文的偉大作家，起初亞瑟・柯南・道爾完全沒有預料到福爾摩斯會對他的生前身後產生如此巨大的影響，並最終為其帶來如此經久不衰的莫大榮譽。這個形象最早出現在他的作品《血字的研究》及《四簽名大揭秘》中，那兩本小集子於1887年至1890年間相繼出版，雖然開始投稿時並不被看好，甚至曾經被許多出版社退稿，但不料作品一經問世便追隨者無數，還一度形成崇拜福爾摩斯的宗教性狂熱。於是亞瑟・柯南・道爾從此一發不可收拾，相繼在39年間斷斷續續寫了56個福爾摩斯的探案故事。這些故事後來被收錄在一起，形成了《福爾摩斯探案全集》。隨後各國都開始紛紛出版之，包括愛斯基摩文和世界語譯本在內，迄今全球總印數以千萬計。

福爾摩斯在中國同樣家喻戶曉，其最早進入中國的年代甚至可以追溯到

1896年，當時是以《英包探勘盜密約案》的名字開始在《時務報》上連載，並署名「此書滑震所作」。滑震即華生，之所以沒有出現作者亞瑟・柯南・道爾的名字，可能是由於小說絕大部分是從華生的視角敘述的，造成了譯者的誤會。

此後一個世紀匆匆過眼，其間出現的《福爾摩斯探案全集》中譯本不下二三十種。

2009年5月22日是「福爾摩斯之父」亞瑟・柯南・道爾爵士誕辰150週年紀念日，世界各地的「福迷」為此展開了各式各樣的紀念活動。而作為資深「福迷」之一，本人以為，個人能夠奉獻的最好的紀念方式莫過於在二十五年間無數次地精讀本書之後，而今再譯福爾摩斯。事實上，在徹底的「福迷」心中，福爾摩斯、柯南・道爾乃至華生，他們三人早已深深地重疊到了一起，說不清到底是因為痴迷福爾摩斯而欣賞華生，還是因為懷念福爾摩斯而更懷念亞瑟・柯南・道爾。出於對此三者純粹的痴迷和熱愛，本譯本在充分忠實於原著，充分借鑑前輩翻譯家風格、手法的基礎上，也更注重於藉本書尋求更接近於他們靈魂的真實表達，尋求故事之外更接近於那個時代的深刻內涵。

同時，本譯本希冀更符合時下讀者的閱讀感受。當然，受能力和水準所限，譯者深知其中難免存在錯漏及不盡如人意之處，所以懇請各位專家、讀者不吝指正。

畢竟，世間再無福爾摩斯。

第一部　血字的研究

在風雨交加的深夜，一個陰森幽暗的空宅裡，一具齜牙咧嘴、面目猙獰的死屍直挺挺地躺在地上。他身邊的牆上寫著兩個血字——「復仇」，到底誰與死者有血海深仇呢？福爾摩斯與凶手展開了機智的周旋……

血字的研究

古怪的福爾摩斯

1878年，我獲得了倫敦大學醫學博士學位後又到內特里進修軍醫課程。修完全部課程後，我被派遣到了諾桑伯蘭第五快槍團當軍醫助手。當時這支部隊正駐紮在印度，不巧的是就在我前往報到之前，第二次阿富汗戰爭爆發了。有人說我所屬的部隊已經進入了敵軍營地。於是，我不得不和那些與我同樣情況的軍官們一路追趕，直到坎達哈，才總算找到了我們的軍團，從此開始了我的工作。

很多人的生活都在這次戰役中發生了變化。對我而言，它簡直是一場災難。我被派到巴克州旅，並參加了邁旺德戰役。很不幸，在戰鬥中一粒捷澤耳子彈射中了我，我的肩胛骨被打碎了，並傷到鎖骨下面的動脈。幸好，我被勤務兵摩韋放在馬背上，帶回了英國陣地，這才不至於落在嘎吉人的手中。

由於長期的奔波，再加上傷痛，我日趨消瘦，身體虛弱得很，不得不像其他傷患一樣被送到一家後方醫院，那就是波舒爾醫院。一段時間後，我的身體開始慢慢恢復，可不幸的事又接踵而來，我染上了印度屬地的傷寒，昏迷了幾個月，奄奄一息。最後我還是醒過來了，但卻不像從前那樣健壯，還是很虛弱。沒有辦法，我只好被兵船「艾倫提茲號」送回國。這時我的身體糟糕透了。一個月後我到達樸茲茅斯，打算利用假期來調養身體。

在英國我沒有親戚，就像天空中飄著的空氣那樣自由，也像一個無業遊民那樣逍遙自在，於是我去了倫敦，住在倫敦河邊的一個小公寓裡，過著寂寞難耐的生活。由於開銷大，經濟狀況日趨緊張。後來我想了兩個辦法，那就是要麼移居到鄉下去，要麼就改變我的生活方式，進而節省開支。最後我選擇了後者，決定離開現在的住處開始新的生活。

在我做決定的那天遇見了小斯坦弗——我在巴茲的助手。對於我這麼一個孤獨的人來說，能在倫敦碰見熟人，那簡直是叫我發瘋的一件事。以前我們的關係並不是很好，可是現在我們好像都比較興奮，興奮之後我決定請他去候車室餐廳共進午餐，於是我們一起乘車前往。

在奔馳的車上，他突然驚訝地問我：「華生，你最近做什麼了？你瘦了許多。」

我把自己的經歷簡單向他描述了一下，話沒有說完，候車室餐廳就已經到了。

他得知我的情況後，同情地說：「可憐的傢伙！你以後打算做什麼？」我說：「我現在唯一想做的就是找一個價格便宜而舒服的房子，但不知能不能如願以償。」

「這可真是怪了，今天有人跟我說了同樣的話。」他驚訝地說。「你指的那個人是誰？」我也驚奇地問。

「他是醫院化驗室的一個工作人員。今天早上他還為他的房子發愁，因為他一個人支付不起這套好房子的租金，想和別人一起租卻找不到人。」

我興奮地說：「好極了，他就是我所要找的人。兩個人住在一起，簡直是太好了！」

小斯坦弗用異樣的眼光看著我說：「你一定不知道這個夏洛克・福爾摩斯吧？否則你是不會和他長期相處的。」

「噢？這個人難道不好嗎？」

「並不是他人不好，只是他的頭腦有些古怪。他一直在研究科學，據我瞭解，他是一個很正派的人。」

我說：「或許他是一位醫生？」

「不清楚，我不知道他在研究什麼。他精通解剖學，又是很好的藥劑師，可是他並沒有完整地學過醫學。他所研究的東西非常稀奇怪誕，連他的教授對他所搜集的知識都感到很奇怪。」

「你從未對他所研究的東西過問過嗎？」我問。

「問有什麼用呢？他即使說也不會輕易說出心裡話。」

「我的確很想見他。我現在的身體不是很好，我非常願意與一個好學而平靜的人住在一起，我實在不願待在一個吵鬧而刺激的環境中。你能否告訴我，我怎樣才能見到他？」

小斯坦弗回答說：「現在他肯定在化驗室裡。他這個人要麼不去，一旦去了就會在那裡工作幾天。假如你願意去，等我們吃完飯一起去。」

我說：「棒極了！」

之後，我們又聊了聊以前的事情。

在回醫院的途中，小斯坦弗又提到了那位先生。

他說：「假如你和他合不來，以後可千萬別怪我。我對他也只是瞭解一丁點兒情況。至於別的，我就什麼都不知道了。」

我對小斯坦弗說道：「合不來就分開。斯坦弗，為什麼你對這件事如此顧慮重重，到底是為什麼？是因為那個人的脾氣不好，還是另有原因？你就直接告訴我吧！」

他笑了笑說：「至於這個人，那就很難描述了。我看他就是有點機械，像個冷血動物。有一次，他竟然讓他的朋友嘗植物鹼。當然，他並沒有惡意，只是想瞭解這種藥的各種效果，但這也是不合常理的呀！他的求知欲望非常強烈，甚至自己也會把藥吃下去的。」

「這種精神不好嗎？」

「當然好了，但這不合乎情理呀！有時他還用棍子抽打屍體，這真是讓人費解。」

「抽打屍體？」

「是的，這是我親眼目睹的。他做這一切是為了證明人死後還會造成什麼樣的傷痕。」

「你不是說他是學醫的嗎？」

「是的，可是誰也不清楚他到底在研究什麼。好了，我們到了，你自己看他到底是什麼樣的人吧！」於是我們下了車，走進一條窄窄的巷子，過了一個小側門，就到了醫院的側樓底下。我對這個地方並不陌生，我們登上白石台階，橫穿走廊，走廊的牆特別亮白，在旁邊有很多褐色小門。穿過走廊，從盡頭的拱形過道可以到達化驗室。化驗室很大，屋子四面放著很多瓶子，屋子中間放著幾張桌子，桌子上面擺放著蒸餾器、試管和一些小煤氣燈。一個人靜靜地坐在一個比較遠的桌子前。他一聽到腳步聲便跳著喊道：「我發現了！我發現了！」他手裡夾著一支試管向我們跑來，並喊道：「我發現一種只能用血色蛋白質沉澱的試劑，別的都行不通！」他的這個發現使他高興極了，似乎任何東西都代替不了。斯坦弗幫我們互相介紹說：「這位是我的朋友華生醫生，這位是福爾摩斯先生。」

「你好。」福爾摩斯握著我的手熱情地說，我覺得他的力氣很大。

「我知道，你一定是從阿富汗回來的。」

我驚奇地問：「你怎麼知道？」

「這並不重要。現在就讓我們說一說血色蛋白質的問題。你難道沒看出我的這個發現至關重要嗎？」

「我認為在化學上它是很有意義的，不過至於實用與否就不值一提了。」我說。

「噢，你不知道，這種試劑能在鑑別血液上萬無一失，這可是多年來實用法醫學上的重大發現。快跟我過來！」他拽著我的衣服把我拖到他那張工作桌前。他用一根長針刺破自己的手指，用吸管吸了一滴鮮血。

他把這滴血與一公升水混合起來，在我們看來它已與清水差不多時，他說：「我們一定能得到一種特定的反應。」然後他便把幾粒白色晶體放入容器，又加了幾滴透明的液體。不一會兒，溶液發生了變化，溶液呈現出暗紅色，一些棕色顆粒沉澱在瓶底。

「怎麼樣？」他高興得像一個剛懂事的小孩子一樣蹦跳著。

我說：「這實驗的確非常奇妙。」

「好極了！太妙了！過去曾經使用的方法都不能達到預期的效果。對於顯微鏡，如果血跡乾了便不產生作用了，用這種方法不論對新舊血跡都能產生很好的效果。這下可好了，世界上不會再像從前那樣有那麼多的罪人逍遙法外了。」

我也自言自語地說：「確實是這樣。」

「許多刑事案件的棘手之處在於，雖然查到了嫌疑犯並發現了他衣服上的褐色血跡，但卻不能證明這些血跡是誰留下的。因為以前一直沒有可靠的檢驗方法。現在，有了夏洛克・福爾摩斯檢驗法，這些問題就迎刃而解了。」他說話的時候，兩隻眼睛似乎散發著五彩的光芒，並且邊說邊把一隻手放在胸前，深深地鞠了一躬，似乎在向給他喝采的觀眾致謝。

「祝賀你！」我看到他那高興的樣子也由衷地說道。

「如果當時這種試劑研製成功，去年發生的法蘭克福馮・彼少夫一案，以及布萊德福的梅森、臭名遠揚的摩勒等案件就可能有新局面。」

我的同伴聽後禁不住笑了起來，說：「你簡直像犯罪案件的辭典，我認為你創辦一份《警界新聞舊錄報》再合適不過了。」

「是的，這樣的報紙一定使人們感興趣。」說著，他伸出那隻貼滿藥用膠布的手讓我們看。這雙手由於經常接觸毒品而被侵蝕得變了色。

斯坦弗坐在一張長凳上，並用腳也推了一張給我。他對福爾摩斯說：「我們有事想和你商量一下，我這位朋友想找一個二人合住的房子，可是現在就他一個人。我聽說你也想找個人跟你一起住。所以我就把他領來了，你看怎麼樣？」

福爾摩斯聽後非常高興，說道：「我已經在貝克街相中了一所公寓，我認為咱倆住最合適不過了，不過你得對菸草味道不能反感。」

我說：「沒關係，我也常常抽菸的。」

「很好，你對我在家做實驗以及在家中放化學藥品不會介意吧？」

「不會的。」我說。

「你對我的其他缺點介意嗎？比如，我心情不好時就一連幾天不說話，你不要認為我那是生氣了，其實過一段時間我就會好了。哦，你能把你的缺點跟我說一說嗎？在我們一起住以前，讓我們彼此瞭解對方。」聽完他這番話後，我禁不住笑了起來。

「好，我比較怕吵，我還養了一隻小花狗，另外我每天起床不是很有規律。這些就是我的缺點。不過，我身體好起來了可能還有其他缺點。」

他問我：「你對音樂方面——比如拉小提琴之類的也反對嗎？」

「那就要看音樂是否優美，如果不優美的話我還是比較反對的。」

福爾摩斯說：「啊，我就放心了。如果你覺得那間房子合適的話，我們現在就可以訂下來。」

「我們何時去看那房子？」

他爽快地說：「明天中午怎麼樣？你來我這裡，我們一起去，把事情安排好。」

我握著他的手說道：「明天見。」

我與我的夥伴告辭，去了我所在的公寓，福爾摩斯繼續研究他的實驗。

我突然停下來問斯坦弗：「你說，為什麼我一進去他就知道我到過阿富汗？」

「這就是他和別人不同的地方，」他笑了笑說道，「這也是很多人的不解之謎。」

「我感到很榮幸我們能相互認識。要知道，研究人類最好的方法就是從具體的人入手。」我背著手說。

「哦，我們就研究研究福爾摩斯，」當我和我的夥伴說再見時，他說，

「我相信研究他一定會使你大傷腦筋的。好了，再見吧！」

「再見！」我踏進我的公寓。

我今天認識的朋友，是我一生中最有趣的朋友。

神奇的推斷

第二天，我們如約會面了。在貝克街221號我們看了那房子，而且對它都十分滿意。兩間舒適的臥室以及一間寬敞的客廳，環境很幽靜，租金也不貴，我們達成了共識並交了租金。我在當天晚上搬了進來。第二天上午，福爾摩斯也搬了過來。我們整理好了房間，對這裡的環境也漸漸適應了。

經過一段時間的相處，我覺得我們還是很合得來的。他是一個穩健而生活又很有規律的人。他每天早睡早起，吃完早餐便一整天待在化驗室或解剖室裡，有時也到倫敦貧民窟一帶。高興的時候他精力很充沛，但有時也整天待在家裡的沙發上沉思。從表情上看他似乎很迷茫，要不是他平時生活嚴謹，我恐怕會以為他一定有服迷幻藥的癮癖。慢慢地，我發現他有一個很吸引我的地方，那就是他的長相。他個子六英尺多，很瘦，所以看起來較高。他的長相就能顯示他是一個機警而果斷的人。他下巴方正而向外突起，使你不得不覺得他是一個有堅強毅力的人。當他擺弄那些儀器時，你會發現他的那雙手的動作是那樣的嫻熟與細緻。

我很想瞭解福爾摩斯，並經常打聽他的秘密，但我並沒有走火入魔，我的生活並不豐富。由於身體原因我不能做一些強烈的戶外活動，而且在倫敦我一沒親戚二沒朋友，所以最使我感興趣的便是福爾摩斯了。我的大部分時間都在想怎樣能使他的秘密被揭穿。有一次，他在回答我的問題時使我感到，他根本不是在研究醫學。我推測，他研究的目的不是為了獲得學位，也不是為了進入學術界。但是他非常熱衷於他的工作，尤其對那些稀奇古怪的事，他瞭解得很多，這也常使人們感到驚訝。對於大多數人來說，沒有一定的目標是很難勤勤懇懇地工作的，而且也不會有端正的工作態度。可是福爾摩斯卻不一樣，他是一個什麼樣的書都會讀的人。但我認為像他這樣的讀法，想要讓自己的學識精湛是比較困難的，因此如果沒有某種目標，他是不會在細枝末節上花那麼多精力的。他對現代文學、哲學和政治可以說是一無所知。有幾次當我對他提起湯瑪斯・卡萊爾時，他竟然問我：「他是誰？」更讓我吃驚的是，他說他沒有聽說過哥白尼和日心說。對於一個知識份子來說，不知道地球繞著太陽轉簡直是讓人難以理解。

他問我：「你覺得這奇怪嗎？如果我知道這些知識，我也要竭盡全力忘了它。」

我感到很驚奇，「忘了它？」

「是的，人的大腦是一個有限的空間，面對一大堆東西，你只能把有用的東西放進去。這樣才便於我們隨時拿出來使用。如果有用沒用的東西都夾雜著放，取的時候就比較費力。所有會學習和工作的人，腦子裡所裝的知識是非常有條理的。請你記住，大腦是有限的，當一個人學習新東西時，就不得不忘記一些舊知識，但重要的是，不要忘掉那些有用的知識。」

我笑道：「但這是太陽系的問題呀！」他卻暴躁地說：「這和我沒有多大關係，不管繞太陽走還是繞月亮走，對於我和我的工作沒有什麼影響。」

我原本想打聽一下他是做什麼工作的，但怕惹他生氣，所以就沒有問。我回憶了一下我們的對話，想從中找出一些值得利用的東西。他說他對沒有用的知識不感興趣。他所學的知識對於他來說肯定是有用的了。於是我決定瞭解一下他所學的學科，並且在紙上做了記錄，結果最後一看卻把自己給逗樂了。

這張紙條雖然很幽默，但卻令我失望，所以我把它揉起來扔到了火裡——想要憑這張紙條搞清楚他的職業？還是盡早放棄吧！因為根本就弄不明白。福爾摩斯說過他會拉小提琴，並且也拉得很好。不過有些離奇，正如他對其他方面一樣，他只喜歡拉一些高難度的曲子，他為我拉過幾支孟德爾頌的短曲。但當他自己拉的時候，卻總拉得不盡如人意。晚上，他時常坐在椅子上悠閒自在地拉小提琴。琴聲時緩時快，高低抑揚頓挫。可以感覺到，琴聲是隨著他的思緒在變動。但是他的思緒是否受琴聲的影響呢？他是一時心血來潮嗎？我的判斷完全失去了方向。

我時常對他拉的那些不成曲調的東西非常反感。當我要發作時，他便會為我拉上幾支我喜歡的曲子來討好我。在頭幾個星期，沒有人來看望我們，因此我以為我們倆是同樣的情況，沒有親朋好友。但後來我瞭解到其實認識他的人很多，這些人來自社會的各個階層。一位名叫雷斯瑞德的先生，每星期都來好幾次，他長得並不好看，唯一獨特的是他那雙眼睛。有一天早上，一位穿著很時髦的女人來拜訪他，待了半小時。緊接著下午又來了一位衣衫襤褸的老人，面無表情，一同來的還有一位老婦人。拜訪他的人可以說是各式各樣。當有人來時，我不得不待在臥室裡，因為他們要在客廳談話。他常常帶著一種歉意對我說：「我的顧客來了，我們必須在客廳。」我覺得好機會來了，我可以向他問我的問題了。但轉念一想，他一定不願主動說出他的職業，所以我最終沒有問。出乎我預料的是，不久，他竟然主動跟我談了這個問題。

那是3月4日的早上，在福爾摩斯還沒有用早餐時，我便早早起來了。平時我起得很晚，因此房東太太從不考慮我的早餐。那天，我讓房東太太盡快為我也做一些早飯。在等待早飯時，我順手翻了翻桌子上的那本雜誌。雜誌上一篇文章的標題被人做了標記，吸引我多看了一眼。

那標題叫做「生活寶鑑」，這似乎有點誇張。這篇文章講述了一個人如果善於觀察，並對他所見到的東西進行推敲，那麼將受益匪淺。我對這篇文章評價不是很高，雖然它有獨特的地方，但也有荒唐的地方。它的論據儘管很充分，但總讓人覺得結論有些彆扭。作者聲稱，他能從一個人的話語以及表情，甚至一些不值一談的動作中推斷出這個人正在想什麼。他還說一個觀察能力很強的人是不可能被欺騙的。他的結論準確極了。想必對於一些不明就裡的人來說，說不定還以為他是一個「萬事通」。文章作者為說明他的論點還講述了這樣一個事實，一個邏輯學家可以從一滴水的存在推斷出大西洋的存在，所以整個生活像一條巨大的鏈條，如果見到其中的一環，你就可以推想出整個鏈條的情況。文章認為推斷和分析學科也是一門藝術，它需要經過專門的職業訓練才能得心應手，有時，人們經過一生的研究也未必能取得很深的造詣。初學者必須先從一些簡單問題著手。例如，嘗試從一個人的衣著打扮方面判斷出他的歷史背景與所從事的職業。這樣的訓練，儘管有人認為很荒唐，可是他們卻忽略了這對人們的洞察力的培養起了舉足輕重的作用。如果觀察的人不能從這些最基本的、低層次的知識判斷這個人的職業，那簡直就是失敗極了。我讀著讀著忍不住毫無興趣地把它拋到桌子上，罵道：「簡直是無聊。」

福爾摩斯問道：「是關於什麼的文章？」

我用手指了指被丟棄在桌子上的那本雜誌：「這一篇。」

我問：「這一定是你作的標記吧？這篇文章簡直擾亂人的心情，是哪一位紳士胡編了一些理論，這太不符合實際了。如果讓他在火車的三等車廂裡一個個說出所有人的職業，如果他能都說準，那簡直就是活神仙！」

「你就錯了，你知道這篇文章的作者是誰嗎？就是我。」

「是你？」我驚訝地問。

「是的，就是我。我有天才般的觀察和推理能力，你一定認為那些理論很荒誕，可是它們其實非常合乎常理，我就是靠這些理論養活我自己。」

「你靠它生活？」我有一些吃驚。

「我的職業就是一個『諮詢偵探』，大概整個世界我是唯一幹這行的，你或許對這個工作有所瞭解，我為許多官方偵探和私人偵探解決了他們不能解決的問題。我憑著他人為我提供的證據以及我對犯罪史的瞭解，指導他們破案。任何事情都具有相似性。假如一個人掌握了一千個案子的詳細資料，卻還對第一千零一個案子迷惑不知所措，那才叫怪。雷斯瑞德先生是著名的偵探，最近他被一樁偽造案所困，所以來找我請教。」

「其他來找你的人是為何而來？」

「他們絕大部分都是遇到了困難需要我為他們指點一下，為此付給我一定的費用。」

「你是說別人親眼目睹的事情而沒有辦法去解決，你卻能根據他們的描述去解釋？」

「對。我有一種特殊的分析並推斷事物的能力。對於那些複雜到連我也想不通的案件，我就得親自去考查了。所有的難題用上我的特殊知識便能迎刃而解。這篇文章你認為不值一提，其實它是很有價值的。另外我有超強的觀察能力，當我初次遇見你的時候我就斷定你是從阿富汗來的，你難道不承認那是事實嗎？」

「當然，那是事實，是不是有人事先告訴過你？」

「當然不是了。我判斷你從阿富汗來，是有我的事實根據的。首先我從你的外表看，你的臉色黝黑，而手腕又黑白分明，可以初步肯定你是從熱帶來的；從整體上看你有軍人的那種氣質和醫生的那種細緻入微的風度，很顯然你是名軍醫；從面容上看，你剛剛久病痊癒。從你的行動上看，活動不太靈便；一位在熱帶負過傷的英國軍醫，非來自阿富汗莫屬了。對這一切的判斷就像閃電在我腦海裡一閃而過，而顯然我的言語讓你吃驚。」

「聽你說，這不過是小事一樁。難道世界上真有像愛德格・艾倫・波小說中所寫的都班一樣的人嗎？」

「你認為把我和都班等量齊觀，是誇大了我的能力，不是嗎？」福爾摩斯點了一支雪茄，「我認為都班有分析能力，可是他需要一刻鐘才能對朋友的心事下定論，難道他值得人們去佩服嗎？」

「那麼，你對加波利奧小說中的勒高克評價又如何呢？」

「勒高克簡直不值一提，」福爾摩斯輕蔑地笑了一下，「他唯一值得讚賞的就是精力充沛。勒高克用六個月去辨識一個罪犯，我用二十四小時就能解決同樣的問題。我真該當偵探老師，指導指導他們應該做什麼與不應該做什麼。」

聽到他對我所敬佩的人進行這樣的評價，我覺得非常難受。對著窗戶，看著來往的人們，我想：「他簡直是太狂妄了，雖然他很聰明。」

「為什麼這些天什麼案件都沒發生？我們幹這行的簡直沒活幹了。儘管我有老天賦予的天才，尤其對偵探案件有獨特的見解，可是這只針對那些複雜的案件，對於簡單的案件，蘇格蘭場的那些人就能解決。」我簡直對他這種語氣煩透了，我想另找一個話題談談。

「你看這個人在找什麼？」我指著窗外一個高䠷的人，那個人手中握著一個信封，在街上看著每個門牌號碼，「或許是一個送信的？」

「你說的那個是一位已經退伍的海軍陸戰隊軍官。」福爾摩斯很有把握地說。

我瞧了他一眼，想：「吹什麼牛，就是我不知道那個人的身分，也別想騙我。」

正想著的時候，只見那個人朝我們這邊走來，接著聽見有個人正在嘟囔著什麼，後來是一陣敲門聲。當我打開門看時，正好是剛才那個人。他說道：「這是福爾摩斯先生的信。」說著，把信遞給了我。

我想利用這個機會治一治福爾摩斯的傲氣，免得他以後再傲慢。於是，我問：「小夥子，你是做什麼工作的？」

「當差的。」那個人很有禮貌地答道，「我的制服拿去補了。」

「你曾經是幹什麼活的？」我看了我的同伴一眼。

「我曾經在皇家海軍陸戰輕步兵隊當過軍官。」然後，他站立軍姿向我們敬了個禮，便走了。

空宅裡的男屍

福爾摩斯的推測能力使我不得不佩服，但同時我又懷疑是否中了他所設的圈套。我抬頭一看，他已經讀完了信，正陷入沉思。

我問：「你是怎麼知道他的身分的？」

他不耐煩地問：「知道什麼呀？」

「你怎麼知道剛才那個人是個海軍陸戰隊的軍官呢？」

「我哪有時間說這件事！」他沒好氣地說，然後又對我笑了笑，「請你不要介意，你的問話打斷了我的思路，不過不要緊。難道你對他的身分一點都看不出嗎？」

「看不出。」

「事實上，這件事並不難，我卻無法解釋我的推斷過程。雖然你知道二加二等於四這個事實不可否認，但要你證明，恐怕還是難了點。因為我看見這個人手背上刺了一個藍色大錨，毫無疑問，這是海員的標誌。他本身又帶有軍人的氣魄，而且留著軍人式的落腮鬍，從這些方面判斷，他肯定是個海軍陸戰隊隊員。我推測他當過軍官，是因為他給我一種高傲感覺。」

「太神奇了！」我禁不住大聲喊。

「這不算什麼，」福爾摩斯說。但我能體會得到，當我對他的判斷感到欽佩時，他還是非常高興的。

「剛才還愁沒事幹呢，現在就出來一個。」說著他便興奮地把那封信扔給了我。

「啊，太可怕了！」我大致瀏覽了一下，尖叫起來。

「這個案子的確很棘手，拜託你替我大聲地念一下這封信好嗎？」

下面就是那封信的內容：

親愛的福爾摩斯先生，你好！

昨天傍晚時分，布瑞克思頓路的盡頭勞瑞斯頓花園街3號發生了一起凶殺案。今天凌晨兩點，警察發現裡面有燈光，這引起了他們的注意，平時這裡連個人影都沒有。巡邏警察走過去，發現房門敞開著，室內除了一具男屍一無所有。屍體衣冠整齊並且口袋裡還有一張名片，上面寫著艾勞克・丁・德雷伯以及一些其他字樣。從這些表面現象上根本看不出死因。屋裡雖血跡斑斑，但死者身上沒有傷痕。死者是怎樣進入屋內的呢？我們對此案實在摸不著頭腦，希望您十二時之前光臨此處。期待您的到來。在您觀看現場前，我們一定保護好現場。如果不能來，希望您能為我們指點一下，非常感謝。

瑞柏爾・葛萊森致

「葛萊森是一位很有能力的警察，」福爾摩斯說，「他和雷斯瑞德在那群笨蛋中是數一數二的人物。他們倆辦事非常果斷，不過思想比較保守，而且他們倆喜歡互相攀比，總是嫉妒、猜疑對方。讓他們共同完成一個案子，那結果就可想而知了。」

我非常著急地說：「你得趕快趕到現場呀，要不然就耽誤了。」可是福爾摩斯卻沒有著急的意思。

「去不去我還沒有決定下來呢，我懶得動。或許今天懶勁來了的緣故吧，平時我是特別勤快的。」

「你不是早已盼望這一天的到來嗎？」

「是的，但這是兩回事，即使我把案子了結了，我也沒有功勞呀！功勞屬於那些官方人員。」

「可是他們邀請你幫忙呀！」

「對，他們知道自己的確不如我，但他們只會在我面前承認。不過我還是得去看一看，我要自己單獨行動。即使沒有什麼回報，起碼會讓他們丟臉。好吧，走！」

他急匆匆地穿上大衣，激動的心情再也掩飾不了。他對我說：「戴上你的帽子。」

「我也能去？」

「對，要是你沒有別的事。」大約一兩分鐘後，我們搭了輛馬車，駛向布瑞克思頓。煙霧朦朧籠罩著整個世界，福爾摩斯沒事似的和我談論著幾種小提琴的區別。

「你怎能對這件事掉以輕心？」我打斷了他的高談闊論。

「在得到確鑿的證據之前，我不會憑空想像做出任何推測與估計。」他答道。

我指指前方，「這或許就是事發的地方吧，不久你就能得到全部資料了。」

「是的，是這裡，請停車！」我們還沒有到達出事地點就下了車。

勞瑞斯頓花園街3號給人一種不祥的感覺。這裡總共四幢房子，3號和鄰幢空著，聳立在街道邊，「招租」二字特別醒目，景色荒涼。它們都有一個小花園，花園用木柵圍著，中間有一條用黏土和石子鋪成的小路。由於大雨剛剛過去，小路已經泥濘不堪。花園外的人都伸著頭朝屋裡看，一位警察倚著牆在維持秩序。

出乎我的意料，福爾摩斯沒有急著走進那屋子。他很放鬆地在街道上走來走去，不時地看一看地面，偶爾也朝上望一望，有時又看看房子和牆頭的木柵欄。在這之後，他又走上花園中的小路，沿著草地走，仔細觀察。有時他還會停下來思索一陣，並且臉上帶著微笑。我真不明白，他在這已經被警察踩過的泥濘路面上能幹什麼。不過我還是相信他機敏的觀察力，相信他一定會有所收穫。

這時，一個黃髮白臉的高個子向福爾摩斯跑來，握了握他的手高興地說：「你終於來了，現場一直被保護著，一點也沒動。」

福爾摩斯指著那條小路說道：「這裡太亂了，像是水牛踩過似的。葛萊森，你一定對這案子有了把握吧？不然你不會這樣做的。」

這位偵探推卸責任地說：「這裡由雷斯瑞德管轄，不是我負責的範圍。」

福爾摩斯不屑一顧地揚了揚眉毛，朝我看了一眼，說：「別人是不會發現什麼的，只要有你和雷斯瑞德兩位在。」

葛萊森高興地說：「不過這案子太複雜，我們已努力了，我想它最適合你。」

福爾摩斯問：「你乘馬車來的？」

「不是，先生。」

「雷斯瑞德先生呢？」

「他也不是，先生。」

「好吧，我們一起進去看看。」

福爾摩斯問完後，快速走進屋子，葛萊森隨著也走了過來。

房間裡有一條積滿灰塵的過道，一直通向廚房，有兩個門分別位於其左右。其中的一個顯然很長時間沒開過了，另一個就是出事的地點——餐廳的門。福爾摩斯徑直走了進去。我忐忑不安地跟隨其後。

這間屋子沒有任何家具，顯得空蕩蕩的。門對面是一個壁爐，白色大理石框，爐台上還有一截蠟燭頭。牆都是用花紙糊著的，但有的已經脫落了，露出牆皮。由於只有一個窗戶，所以光線很黯淡，待在屋子裡讓人感覺喘不過氣來。

當然，這些情況都是我後來才觀察到的。因為一進來時，那具屍體強烈地吸引了我。死者躺在地上，面朝上，大約四十多歲，個子不算太高，留著八字鬍。他穿著體面，硬領和袖口潔白整齊，下身穿著一條淺色長褲。死者身旁放著一頂禮帽，他兩臂伸直，雙拳緊握，雙腿交叉放著。這說明，他死前曾經有過痛苦的掙扎。乍看之下，他齜牙咧嘴，面目猙獰，讓人一看就不由得毛骨悚然。作為醫生，各式各樣的死人我見過不少，但再沒有比這一幕更可怕的了。

雷斯瑞德站在門口向福爾摩斯招了招手，這個動作顯出了他的偵探風度。他說：「這樁案子一定會引起轟動的，我辦了那麼多案子，但像這樣的案子還實在是少見。」

葛萊森問：「有沒有什麼新的發現？」

福爾摩斯走到屍體前，細心地檢查起來。

他指了指布滿血跡的地板問道：「你們確定死者身上肯定沒有傷痕嗎？」

「沒有。」兩個偵探回答。

「那麼，這些血跡一定是別人的。假如是凶殺案……葛萊森，你是否記得1834年伏瑞克特的范・堅森案件呢？」

「沒有印象了，先生。」

「你應該回顧一下以往發生的某些案件，有些事情總是有共同點的。」

他邊說邊檢查屍體，眼睛裡不時閃出迷茫的神情。接著，他跪下來聞了聞死者的嘴唇，又看了看他漆皮靴子的鞋底。

「屍體被動過嗎？」

「除了必要的檢查，沒有動過。」

「好了，屍體沒什麼用了，可以下葬了。」他說道。

葛萊森把抬擔架的人招呼過來，屍體被抬了出去。正在此時，一枚戒指滑了出來，滾到了地板上。雷斯瑞德趕忙撿起來，拿著仔細端詳。

他嘟囔了一句：「這是枚女人的戒指，就是說有女人來過了！」

他把戒指傳給了大家看，的確是新娘的結婚戒指。

葛萊森說：「看來事情更加複雜了。」

「你怎麼知道會更加複雜呢？再看也看不出什麼了，檢查一下他衣袋裡還有什麼？」

葛萊森指了指說：「所有的東西都在這裡，一支97163號由倫敦巴羅德公司製的金錶，一條比較珍貴的金鏈，一枚帶有共濟會會徽的鑽戒，還有一枚帶有小狗頭且眼睛上鑲著兩顆紅寶石的金別針。名片夾裡有一張名片，寫著伊諾克・J・德雷伯・克里夫蘭，字首與襯衣的字母E・J・D相吻合，身上還找到了七英鎊十三先令的零錢。還有一本特別小的《十日談》，上面簽著約瑟夫・斯坦格森的名字。另有兩封分別要寄給E・J・德雷伯和約瑟夫・斯坦格森的信。」

「信上寫的地址是哪裡？」

「寄往河濱路美國交易所，信是由蓋恩輪船公司發出的，信的內容是通知輪船從利物浦啟航的時間。看來死者是打算要回紐約吧！」

「你們對斯坦格森調查過嗎？」

「一開始就調查了，先生，我們已經將廣告稿發送到報館，又派了人到美國交易所去打聽消息。但現在還沒有回來。」

「你們聯繫克里夫蘭了嗎？」

「今天早晨拍了電報。」

「電報是怎麼講的？」

「我們說了這裡的情況，並且讓他們配合我們。」

「難道你沒著重強調一下關鍵性問題嗎？」

「我瞭解了一下斯坦格森的情況。」

「難道整個案件就再沒有別的關鍵性的問題了嗎？你可以再拍幾個電報打聽一下其他方面的情況呀！」

「我已經把該問的都問了。」葛萊森不耐煩地說。

正當福爾摩斯還要接著問時，雷斯瑞德從前屋高興地走了進來。

「葛萊森先生，剛才我觀察到一個至關重要的線索，幸虧我仔細地檢查一下，否則真是一個損失。」他說話時帶著一種揚揚得意的神情。

「快，跟我過來，」他說著已經進了前屋。這時屍體已經被抬走了，空氣也好多了。「好了，就站在這裡。」他神采奕奕地在靴子上劃了一根火柴，舉起來照了照牆壁。

「看這個！」他得意地說。

就在一處牆紙脫落的地方赫然有一個用鮮血寫的字：RACHE。

「你們對這個發現怎麼看？」雷斯瑞德誇大聲勢地說，「大家都沒有發現這一點，因為它在最不容易被發現的地方。這一定是殺人犯蘸著自己的血寫的，而這個死者又不是自殺的。」

「凶手為什麼要選擇這個地方來寫字呢？因為點著蠟燭，這裡就被照到了。」

「對，但發現這個字又有什麼用呢？」葛萊森不屑一顧地說。

「這是一個女人的名字，她應該叫『RACHEL』，可能是沒有寫完整。我敢跟你們打賭，等到結案時，一定有一個名叫『RACHEL』的女人摻和在裡面。福爾摩斯先生，你一定會譏笑我，但是請你記住，薑還是老的辣。」

福爾摩斯聽後一陣大笑，但當他看到雷斯瑞德顯得很生氣並且要發火時，又趕忙說道：「請你平靜一下，你是第一個發現這個字的人，大家並不否認。正像你講的，案發當時的確有另一個人寫下了此字。不過我現在還沒檢查這房間，假如你不介意，我這就要查了。」

說完後，他掏出了隨身帶的工具——捲尺和一個放大鏡。時而測量時而用放大鏡觀察，一會兒走過來，一會兒站住，一會兒跪下，一會兒又趴下去，還不時發出嘆息聲。看著他聚精會神的樣子，我不禁想起那些訓練有素的獵犬，牠們可是直到嗅到獵物才肯停下來。他足足檢查了二十多分鐘，甚至還丈量了牆壁的高度。就連地上一小撮塵土他也不放過，取了一點放進了一個信封裡。最後，他把放大鏡對著牆上的那幾個血字認真地觀察了很久，然後繞起捲尺，會心地笑了。

他一邊笑一邊說：「天才也得有吃苦耐勞的精神。這句話或許不太符合實際，但對於偵探工作來說，那是最合適不過了。」

葛萊森和雷斯瑞德一直都像是在看怪物似的盯著他的一舉一動。很明顯，他們不清楚福爾摩斯在幹些什麼，至於他的目的，他們就更不清楚了。當然，我也是同樣的體會。

「先生，你有什麼獨到見解嗎？」兩人同時問道。

「如果我要幹下去，你們會認為我在爭功，現在你們的工作進展得很好，所以不需要別人來干涉了。」他話中略帶嘲諷，「但如果你們能把偵察的情況隨時向我通報，我倒也願意幫忙。現在，我只想見一見最早發現這具屍體的警察，快告訴我他的地址與姓名。」

雷斯瑞德查了一下記事本，說：「家住肯寧頓花園門路的奧德利大院46號，名叫約翰・蘭斯，你可以去見他了。」

福爾摩斯把地址抄了下來，轉身說道：「朋友，我們可以走了。在走之前，我對這案子說一說我的看法。這是一件謀殺案，兇手是男的，三十多歲，六英尺多一點，並且腳也不大。他穿了雙粗皮方頭鞋子，抽著印度菸。他和死者曾同乘一輛四輪車過來，拉車的那匹馬所配戴的蹄鐵只有右前蹄那一個是新的。這個兇手膚色發紅，右手指甲相對長一點。這些可能會給你們的偵察工作帶來方便。」

雷斯瑞德和葛萊森用半信半疑的目光，互相看了對方一眼。

雷斯瑞德問：「如果這個人是被謀殺的，是怎麼被殺死的呢？」

「被毒死的。」福爾摩斯肯定地回答。

說完他大步朝門外走去，突然又轉過頭來：「雷斯瑞德先生，我提醒你一句，『拉契』在德文中是報仇的意思，不要把精力放在拉契兒小姐那裡了。」

對凶手的推測

當我們從勞瑞斯頓花園街3號出來的時候，已經快到下午一點了。我們拍了一封電報，然後乘了一輛馬車來到蘭斯警察的家。

「我對這個案子已經清楚了。但為確保起見，還是再查一下為好。」我的夥伴說道。

我說：「你剛才說的細節，難道都有事實根據嗎？」

「當然有了。一到那裡，我便發現馬路邊有兩道深深的車輪印，這麼深的車印不會在晴天時留下的，一定是昨天晚上下了雨後留下的。再觀察馬蹄印，其中一個看得最清楚，可以肯定只有一隻鐵蹄是新的。既然這一切都是發生在雨後，而早晨現場又被保護了起來，所以我斷定就是那輛馬車把屍體送到空房子裡的。」

「聽起來似乎有道理，」我說，「你對凶手身高的推測又有什麼依據呢？」

「這個就更不用說了，身高可以根據其步伐的大小來推測。巧得很，我透過測量他步伐大小推斷出的身高，和測量他在屋內寫字時的高度是吻合的，因為人們在牆上寫字時一般是和自己的視線相平。」

「對他的年齡又如何解釋呢？」我問道。

「當然，如果一個人能跨過四英尺半的寬度，就絕對不是一個老頭。在花園的小路上有一個比較寬的小坑，穿方頭靴子的那個人是邁過去的，而穿漆皮靴子的是繞過去的。難道這還不足以證明嗎？你還對什麼地方不清楚？」

「手指甲和印度菸又是怎麼回事呢？」

「寫字的那個地方有手指甲劃過的痕跡，其次就是我在地板上發現了深而呈片狀的菸灰。要知道我對菸是比較有研究的，所以能夠判斷出是什麼菸，這些細節足以讓你看到我與葛萊森等人的不同之處了吧？」

「噢，至於紅臉這一點，你又是怎麼推測出來的？」

「這一點，我肯定它是正確的，在案子還沒有水落石出之前，請你先迴避一下這個問題。」

我摸了一下臉說道：「我越來越糊塗了。我老是想不明白，這兩個人是怎樣進屋子的？那個車夫又是何許人也？凶手怎樣使他服毒的呢？寫字用的血又是哪裡來的？凶手究竟要幹什麼？為什麼又有一枚女戒呢？為什麼凶手還要寫『復仇』二字？這一連串的問題真是令人匪夷所思。」

他用讚許的目光看了看我。

「你說的都是疑難問題。我現在也有一些地方不太清楚，不過大致都清楚了。『復仇』二字是為了轉移警察的視線，不過並沒有成功。德國人一般寫拉丁字體，而牆上的『拉契』顯然是拙劣的仿製，這位摹仿者並不是很聰明，他犯了一個畫蛇添足的錯誤。好吧，我不多說了，偵探與魔術師沒什麼兩樣，魔術師的戲法一旦被揭穿了就沒什麼意思，如果我都說了，你就覺得沒意思了。」

「不會的，你把偵探術提高到如此科學精準的地步，簡直快成了它的奠基人了。」

我的夥伴聽到我的這番讚美高興得滿臉通紅——每當他得到別人對他偵探術的肯定，總是像少女那樣表現得不自在。

他又情不自禁地告訴我：「凶手與死者以前似乎很友好，他們一同坐車又並肩在花園的小路上走過。但進屋以後，凶手老是走來走去，而且步伐越來越大，最後終於控制不住自己了。於是慘案就發生了。該告訴你的我都告訴了，剩下的你就自己想像吧！我們得趕緊走了，下午還有諾爾曼・聶魯達的音樂會。」

不知不覺中我們已經到了奧德利大院，車夫停下來說：「該下車了。」

他指了指一條骯髒的小巷子，「就在這裡，我在這裡等你們。」

這個院子比較髒，我們走過巷子，進了一個用石板鋪地的大院。兩邊的房間都很簡陋，穿過一群玩耍的孩子，鑽過曬著的衣服，我們終於看到46號門上寫著「蘭斯」二字。進去後發現那位警察睡得正香，我們只好在一個小客廳裡等他。因為被打擾了好覺，他出來時十分不耐煩地說：「我已經把這件事向上級報告了。」

福爾摩斯手裡玩弄著一個半鎊的金幣：「你能把事情的前前後後再仔細地說一遍嗎？」

那位警察的注意力很快集中在了那枚金幣上，說道：「好的，我會把我知道的事情全都告訴你們的。」

「好吧！那就讓我們開始吧！」福爾摩斯說道。蘭斯坐在沙發上詳細地講了起來。

「這件事還得慢慢說來，當天是我值班，值班的時間是從晚上十點到早上六點。那天晚上十一點多有人在百和特街打架，其他街區都一如既往。大約一點左右，天下起了大雨，這時我遇見了我的朋友海瑞・摩切，我們聊了一會兒。大約兩點多，我去檢查布瑞克斯頓路，想看看有沒有什麼動靜。雨剛停，路很不好走，漆黑一片，除了一輛白色的馬車在行走，一切都很寂靜。當時天氣很涼，我在想如果能喝上一壺滾燙的酒該多舒服呀！想著想著抬頭一看，我被前面那幢房子裡的燈光嚇了一跳。恐怕又要出什麼事了吧！因為這兩幢房子一向沒有人住，而且其中一間還曾經死過一個倒楣的房客，得傷寒死的。當我走到房門口時……」

「你忽然止住腳步又回到花園門口，為什麼要這樣做？」福爾摩斯打斷他的話說。很顯然，蘭斯有點吃驚，瞠目結舌地看著福爾摩斯。

「上帝呀，你怎麼知道得這麼詳細？我正要進去的時候，忽然感到很害怕，渾身哆嗦，我想找個人和我一起去！其實世上沒什麼讓我害怕的東西，只是那屋裡曾經死過人。我徑直跑到大門口，希望能看到摩切，不過一個人都沒看見。」

「街上什麼人都沒有嗎？」

「對，先生，連一隻小動物都沒有。無奈，我只好鼓起勇氣，自己走了進去。裡面什麼動靜也沒有，我走進有燈光的房間，在燭光的照耀下我看見了……」

「好，以後的情節我都知道了，你先是在房間裡轉了轉，而後下決心去看一看廚房裡面，然後你便看到了一切。」

「噢，你當時在什麼地方呀，我竟然沒看見你？」約翰・蘭斯驚呆了，「這些事情你為什麼瞭若指掌？」

福爾摩斯笑了笑把自己的名片遞給了那位警察，說：「你可不要懷疑我，我只是一條忠實的警犬，這一點葛萊森和雷斯瑞德可以為我作證。現在你不用懷疑我了，請你接著說，你以後又幹了些什麼？」蘭斯挺了挺腰，一臉驚愕的表情說：「然後我便跑了出來，吹了幾聲警笛，後來摩切和其他兩位警察便趕來了。」

「當時街上還有其他人嗎？」

「正經人都回家了。」

「這話如何講？」

那位警察笑著說：「我看到一個爛醉如泥的酒鬼，那個酒鬼唱著一些下流的曲子，他已經快要站不住了。」

福爾摩斯問：「那個人長什麼模樣？」

「這個人很陌生，我當時正忙著，要不然的話，非得把他送到警局不可。」或許是由於福爾摩斯老是打斷他的話，約翰・蘭斯有點不耐煩地說。

「你對他的長相還有印象嗎？」福爾摩斯問。

「他個子很高，面色有點紅，這是我和摩切扶他時看到的，還有他下面長著一圈……」

「行了，那以後呢？」福爾摩斯急切地問道。

警察說：「因為當時很忙，接下來我就不知道了。」

「不過，他肯定是回了家。」警察不厭其煩地說。

「你能描述一下他穿著什麼衣服嗎？」

「噢，一身棕色的外衣。」

「手裡有馬鞭嗎？」

「沒有。」

福爾摩斯低聲說：「那一定是扔了，後來有沒有一輛馬車過來呢？」

「沒有。」

福爾摩斯把那枚金幣拋給了警察，戴上帽子說：「蘭斯先生，這輩子你或許沒有當官的機會了。你真笨，本來昨天你有一個絕好的機會去升官發財，你卻沒有把握住，大家都在尋找他，而你卻輕易地放了他。事實就是這樣，現在說什麼都沒有用了。」就在那個警察不知所措地待在那裡時，我們已經上了馬車。

在回家的路上，福爾摩斯氣憤地罵道：「真是頭笨豬，這麼好的一個機會白白浪費掉了。」

「我還是不清楚。當然，那個警察說的人就是你想像的那個罪犯。可是他為什麼又回去了呢？這好像不符合一個兇手的所作所為。」

「先生，『戒指』，你還記得那枚戒指吧，他是為這個回來的。如果沒有別的辦法，就用戒指引他上鉤，他肯定會上當的。我敢和你打賭，我一定能逮住他，要是我不去的話或許就會失去一個絕好的機會。真的應該感謝你了，要不是你我還不會去。不妨就把它叫作『血字的研究』吧！為什麼不用一個華麗的詞語來描述這案子呢？謀殺案是平淡生活的一線血絲，我們的使命就是要把兇手找出來。行了，我們應該吃飯了，一會兒還要聽音樂會！諾爾曼・聶魯達的琴聲簡直是太優美了。她演奏蕭邦的曲子簡直是沒得說了，啦啦啦……」

看著他那唱歌的高興樣，我想：「啊，人類的大腦簡直太奇妙了。」

與凶手初次較量

忙了一上午，我感覺有點累了，所以當下午福爾摩斯興致勃勃地去聽音樂會時，我躺在床上想睡一會兒。可是上午的事不時浮現在我眼前，一閉上眼那個齜牙咧嘴的死者形象就出現在我腦海裡。這張臉讓我覺得很醜，我甚至有點想感激那個凶手，因為如果說相貌與罪惡成正比的話，那麼像這位死者的長相實在讓人覺得他的罪惡原本就深不可測。不過，我還是認為應當公平處理事情，在法律上，凶手的罪惡不能與被害人的罪行互相抵消。

福爾摩斯判斷死者是中毒死亡的，他是聞死者的嘴唇而做出的判斷。因為屍體上沒有傷痕，一定是中毒死亡的，否則還會有什麼可能呢？除非解決了「地面有血跡，屋裡沒有撕打的跡象，也沒有找到凶器」的問題，否則我和福爾摩斯誰也睡不著。不過，從他的神色看，他一定已經對案情瞭若指掌了，可是我對此仍沒有頭緒。福爾摩斯回來時已經很晚了，不過我想他一定不是因為音樂會才這麼晚回來的。他回來時，晚飯已經準備好了。

「今天的音樂簡直是太動聽了！」他邊說邊坐了下來，「達爾文說過：『人類對音樂的欣賞和創造能力先於人類的說話能力。』這大概就是人們容易受音樂感染的原因吧！」

我說：「這種說法範圍太廣了吧？」

福爾摩斯說：「範圍是廣了點。唉，你今天是怎麼了，被這件案子嚇的？」

「或許是這樣吧！在戰爭中我見到過各種情景，都沒有害怕過。但是今天的情況卻有些異常。」

「我能理解你，這個案子很發人深思，使你越想越害怕。你看過晚報沒有？」

「沒有。」

「今天晚報已經報導了這個案子，並且描述得十分詳細，唯一沒有提到的是那枚戒指，這簡直是太好了。」

「為什麼？」

「你先看則廣告，這是今天上午我在報紙上登的一則廣告。」

他說著把報紙遞給我，一欄醒目的標題映入我的眼簾，「失物招領欄」上寫道：「本人在布瑞克斯頓路，白鹿酒館和荷蘭樹林之間撿到一枚鑽戒。請丟失者到貝克街221號華生醫生處招領。」

「請原諒我沒經你的同意就用了你的名字。」福爾摩斯說道，「如果用我的名字就會引起別的偵探注意。」

「沒關係，不過我手上沒有真正的戒指呀？」我回答說。

「這裡有一枚可以騙過去的。」他遞給我一枚很好看的戒指。

「你認為誰會來招領呢？」

「一定是那個穿方頭靴子、棕色外衣的男人了，即使他不來也一定是他派的人。」

「難道他敢這樣做嗎？」

「當然，我相信自己的判斷能力，他寧願冒著危險也要取回這枚戒指。他把戒指掉在了那間房子裡，可是他不知道，等他發現了正要回去找時，看見屋內燈亮著，而且警察已經在裡面，想找戒指，又怕被人注意，便裝成了一個喝醉酒的人。讓我們不妨站在他的立場上想一想，他一定不清楚戒指是在哪裡丟的，當他看到這則消息後，一定會認為天助他也。他不會考慮到這是別人設的圈套。他一定會來的，不到半小時你就會看見他的到來。」

「那麼他來了，我應該怎麼辦？」

「由我來應付他，噢，你有什麼武器嗎？」

「有一支左輪手槍，有一發子彈。」

「你最好上上子彈，準備好。雖然我相信能抓住他，但還是要防患於未然。」

我按照他的吩咐去辦了，出來時，福爾摩斯正玩弄著他的小提琴，餐桌已經收拾了。

「我已經收到美國的回電，回電證實了我的推測。現在，這個案子已經很明白了。」

「那真是太好了！」我激動地說。

福爾摩斯說：「你聽我的小提琴拉出的曲子是不是更優美了？因為我剛上了新弦。哎，你先把槍藏在口袋裡，別的你就不要管了。其他一切由我來應付。但是一定要記住，不要輕易出聲。」

我看了看錶，現在已經八點鐘了。

「或許幾分鐘後他就會出現在我們面前。把門稍稍支開一些，把鑰匙插在門裡面。好了，你看一看這本《論各民族的法律》，它的內容是用拉丁文寫成的。我昨天路過書攤看見這本書便買下了。這本書在查理一世還沒有上斷頭台前就出版了。」

「誰出版的這本書？」

「菲力浦・德克羅伊，不知道是個什麼樣的人，打開書的第一頁還寫著『古列米・懷特藏書』，字裡行間都流露出這個人是17世紀實證主義的法學家。那個人可能來了。」

緊接著就是敲門聲，福爾摩斯站起來，弄了弄衣領，便去開門。「打擾了，華生醫生住在這裡嗎？」

我大聲地說：「在，請進。」

推門進來的是一個上了年紀的老婦人，滿臉皺紋，走起路來有點跛，剛進來時她有些適應不了房內強烈的燈光，微閉著眼。向我們問了好後，她兩隻手在口袋裡翻來覆去地找著什麼。福爾摩斯傻站著，我兩眼還盯在那本書上。最後那婦人摸出一個紙條，遞過那則廣告說：「先生們，這則廣告上說華生醫生撿到一枚戒指，我正是為這個而來的。我女兒塞麗昨天在布瑞克斯頓路上散步時丟失了一枚戒指。那是她的結婚戒指。如果他丈夫知道她丟失了那枚戒指，一定會很不高興的。他脾氣本來就不好。噢，打擾你們了。昨天晚上她去看……？」

我問：「你女兒丟失的戒指是這枚嗎？」

「是的，就是它，太好了！塞麗要是知道了，一定高興死了，這就是她丟失的那枚戒指。」

我問道：「您住在哪裡？」

「距離這裡相當遠，紅滋迪池區，鄧肯街13號。」

「布瑞克斯頓路好像不在紅滋迪池區和馬戲團之間吧？」福爾摩斯說。

老婦人看了看福爾摩斯說：「他問的是我住哪裡，我女兒住在貝克漢區，梅菲爾德公寓3號。」

「您貴姓呀？」

「我姓索亞，我女兒的丈夫叫湯姆・鄧尼斯。他是一個很優秀的會計，在船上工作時為人正直，可上了岸就變了樣，又是女人又是喝酒的……」

「我很為您高興，給您戒指，索亞太太。」我領會到了福爾摩斯的暗示便打斷了她的話說。

那個老婦人向我們道了謝，她包戒指時明顯有點緊張，然後便走出門。福爾摩斯隨手拿了一件外衣，急匆匆對我說：「等著，先不要睡覺，我要跟著她，她一定要去兇手那裡。」說完便跑下了樓。我從樓上看到那個老婦人東張西望地走著，福爾摩斯緊隨其後面，我想：如果沒什麼意外的話，福爾摩斯一定能捉住那個兇犯。其實他不說我也得等他。因為他不回來，我是睡不著的。

我坐在房間裡，抽了一支菸，順便翻了翻《波亥米傳》，心急地等他回來。女傭人和房東太太陸續回去睡了。快到十二點時，我突然聽到轉動門鎖的聲音。一會兒福爾摩斯進來了，他臉上的表情讓人很難捉摸，但我肯定他沒有成功。突然間他大笑了起來。

福爾摩斯癱在沙發上說：「這件事一定不能傳出去，尤其是不能讓蘇格蘭場的人知道，否則他們會嘲笑我的，不過這是暫時的，我一定會挽回面子的。」

「到底發生了什麼事？」我問道。

「跟你說也沒用。那個人沒走多遠就攔了一輛過路的馬車。我趕緊跟了過去想聽聽她到底說要去哪裡。其實，我根本不用那麼費勁，因為她聲音很高，馬路上的人大概都可以聽到她所說的。去紅滋迪池區，鄧肯街13號。那時，我根本沒去想。她上馬車的同時我也跳上了馬車後部，像這樣的技術是每個偵探都必須具備的本領。在馬車快要到鄧肯街時，我提前就跳下了馬車，並且一直尾隨著它。

「我看見馬車在13號門前停下時，卻沒見有人從那車子上下來，我便走了過去，車夫正在生氣地大罵起來。他罵了些難聽、惡毒的話。那位乘客早已沒了蹤影。我和車夫一起到13號打聽了一下，這裡根本沒聽說過有一個叫索亞的太太。13號住的是一位裱糊匠，他看起來憨厚老實。」

「難道那個老婦人有變身術嗎？」我吃驚地問。

「她根本就不是一個老婦人，我們上當了，他一定是個身手相當不錯的小夥子，而且技術特別好。他或許早預料到有人會跟著他，所以使了一個金蟬脫殼計，神不知鬼不覺地溜走了。這些情況足以讓我明白，那個凶手絕不是孤身一人，他身邊有很多人都在掩護他。由此而知，這個人並不好對付。好了，你快去睡覺吧！」折騰了這麼一天，今天確實很累，我離開睡覺去了。福爾摩斯坐在火爐旁拉起了小提琴，悠揚的琴聲像是福爾摩斯的道白。

葛萊森抓到了「凶手」

布瑞克斯頓奇案是報紙的熱門話題，幾乎每家報紙都把它登上了主版。有的報紙還寫了自己的評論，然而對報紙上臆斷的一些情節，甚至連局內人都不清楚。我也保留了一些關於這案子的剪報，下面是其中的一則：

《每日電訊報》報導：這個案子堪稱世上少見的離奇命案。凶犯在牆上模仿德文寫了「拉契」字樣，但並不能看出他的殺人動機。據推測可能是一群亡命的政治犯和革命黨所為。死者很有可能是違反了他們的規矩而被謀殺的。報紙同時還提到了德國秘密法庭案、礦泉案、義大利燒炭黨案、布蘭威利侯爵夫人案等，最後認為政府應該嚴密監視旅英外僑。

《旗幟報》對自由黨當政進行抨擊。報導說：引發這個悲劇的原因是：政府權力軟弱已經使民心混亂。死者是一位已在倫敦城居住數日的美國紳士，本月四日他向女房東夏朋捷太太辭行後，由秘書約瑟夫·斯坦格森先生陪同去了尤斯頓車站乘車。有人曾碰見過他們。可是後來就不知道他們的去向了。據報導，死者的屍體是在布瑞克斯頓路的一幢空房裡被發現的。雖然布瑞克斯頓路離尤斯頓車站不遠，但他是如何去的，又是怎麼遇害的現在還不清楚。斯坦格森目前下落不明。據說，此案是由蘇格蘭警場的雷斯瑞德、葛萊森警官負責偵查，相信不久的將來必見分曉。

《每日新聞報》報導：這是一起政治謀殺案。目前，英國境內流亡人士太多，由於政府的專制和可恨的自由主義，導致了大批此類人士的出現。他們中間存在一種不成文的強硬規定，「如果有人敢違背，必予處死。」警方目前正在尋找斯坦格森先生的下落。對死者生前住過的地方也已經做了調查，案情由此有了很大的變化。這都歸功於葛萊森先生超人的偵探能力。

用完早餐後，我和我的夥伴一起讀了報導，這些報導使福爾摩斯非常感興趣。「我早已預料到了，到頭來功勞還得歸雷斯瑞德和葛萊森兩個人。」

「那也得看結果如何呀！」

「不管結果如何，總有讚美他們的人。如果他們捉到凶手，有人會說他們是如何如何的機敏。如果捉不到，就說這個案子太少見了也太奇怪了，難怪他們不能捉住凶手。有句法國俗語說得好：『笨蛋雖笨，但總會有比他更笨的人為他叫好。』」

突然，我們聽到了一陣急促的腳步聲和房東太太詢問的聲音。

「外面又怎麼了？」

我不禁問道。

「哦，他們是貝克街偵查分隊的。」福爾摩斯若無其事地說道。很快，只見幾個身上沾滿泥巴的頑童闖了進來。

福爾摩斯厲聲命令道：「立正！」這幾個泥猴馬上迅速排成了一隊。「以後就讓維金斯一人彙報情況吧，你們別的人都在下面等著就行。找到了嗎，維金斯？」

一個孩子說：「不，先生，我們還沒有找到他。」

「意料之中！不過沒有關係，我會給你們小費，直到查到為止，希望你們下次來的時候能帶給我好消息。好了，可以走了。」福爾摩斯向他們道了聲再見，這群孩子就一溜煙似地溜出了房子。接著就傳來他們打鬧的聲音。

「別看他們小，興許他們一個人就能趕得上幾個官方偵探。因為人們對這些小孩往往沒有防備之心，所以你想知道的東西，他們都能打聽到。這些機智的小鬼，唯一不足的就是缺乏組織。」福爾摩斯遺憾地說。

我問：「你什麼時候僱的這群小孩？是為了布瑞克斯頓路的案子嗎？」

「是的，因為我還有一個問題搞不清楚，不過這得花時間。過來，快看，葛萊森來了，一定是向我們報告新聞的吧！看他那神色，恐怕又要來吹捧自己啦！哎，他站住了。是的，是他。」有人敲門，開門一看，葛萊森果然出現在我們眼前。

「好兄弟們，還不快祝賀我，我已經把案子給破了。」他旁若無人地大聲嚷嚷著說。

聽他這麼說，福爾摩斯顯出了一絲焦急的神色。

他問道：「你已經把案子弄得水落石出了？」

「是的，凶手都被我捉到了。」

「凶手是誰？」

「亞瑟・夏朋捷，一名皇家海軍中尉。」葛萊森得意地說。

福爾摩斯這才如釋重負，臉上有了微笑。

「坐下，抽支菸吧！順便說說你是怎麼破的案子。來點加水威士忌嗎？」

「喝點吧，這兩天差點累死我了。這幾天腦子一點也沒閒著，總是處於興奮狀態。我想，這一點你應該明白。」葛萊森說道。

福爾摩斯一本正經地說：「您真是抬舉我了，趕緊談談您是如何破案的吧！」

「雷斯瑞德自作聰明，簡直讓人笑掉大牙，他的思路完全錯誤，他把精力都放在了那個斯坦格森的身上。實際上，斯坦格森與本案無關。」

他越說越得意，後來竟放聲大笑起來。

「那麼，您是怎樣得到線索的呢？」

「噢，我還是都告訴你們吧，雖然這不能公開討論，但是我們之間就不必保密了。我的工作方法和別人不一樣，我不會等著別人向我彙報。你應該記得當時死者身邊有一頂帽子吧！」

「那個帽子一定從坎伯韋爾路229號的約翰・恩特烏父子帽店買的。」

葛萊森聽得目瞪口呆：「你也知道這一點，你去過那家帽子店了嗎？」

「沒有呀！」

「哈哈！有些案子就得從一些微不足道的小細節入手。」葛萊森清了一下喉嚨得意地說。

福爾摩斯也嚴肅地說：「辦案無小事。」

「後來，我到恩特烏父子帽店查了一下，在帳簿上查到住在陶爾魁街夏朋捷公寓的德雷伯先生曾買過。接著我就找到了這個人的住處。」

「好，真是太精明了！」福爾摩斯低聲讚嘆道。

「我去找夏朋捷太太，可是她一見到我就非常緊張，臉色蒼白。我也見到了她的女兒艾麗絲，特別漂亮的一個女孩。她和我說話時，我發現了她的雙眼紅腫，嘴唇在顫抖，我當時就開始對她們產生懷疑。這個重大發現使我高興極了。我問她：『你聽說了房客克里夫蘭城的德雷伯先生被殺的消息嗎？』

「那位太太沉默不語，她的女兒卻在一旁哭泣。我越來越覺得奇怪。

「『德雷伯先生何時離開去車站的？』

「『大約八點鐘，』她接著又說，『去利物浦的火車有兩趟，一趟是九點十五分，一趟是十一點。據說他們是要趕頭一趟火車。』

「『以後你們就再沒見過面吧！』

「那位太太聽到此問，面色突然變了。『是的。』說話時很不自在。

「又過了一會兒，那位女孩突然開口了。

「她說：『媽媽，讓我們把實情都說出來吧！不然要受到懲罰的。後來我又見過德雷伯先生。』

「夏朋捷太太向後跌倒在椅子上，說：『你可把你哥哥害了！』

「那個女孩態度堅定地說：『媽，亞瑟也不希望我們說假話呀！』

「我說道：『你們就把事情真相說出來吧！況且，你們也不知道我對事情瞭解多少。』

「『艾麗絲，都是你不好。』媽媽一邊責備女兒一邊轉過頭對我講，『先生，我感到著急，絕不是說我兒子和這個案子有牽連。他是無辜的，你不要懷疑他。他的人格和他所做的一切都能證明他和這案子沒有關係。』

「『你就放心把事情從頭到尾告訴我吧，請你相信我們是絕不會冤枉一個好人的。』

「她示意讓艾麗絲出去，艾麗絲便走了出去。她說：『先生，我原本不想說出這件事，不過事情已經到這個地步了，我就都和你說了吧！』

「我拿出一枝筆準備做記錄。

「『德雷伯先生曾經在我家住了三個星期左右，在這以前他和斯坦格森先生一直在歐洲大陸旅行。他們搬到我們家時，行李箱上還貼著來自哥本哈根的標籤。斯坦格森說話不多，是一個很正直的人。而德雷伯卻不一樣，整天汙言穢語，就是個流氓。他對女僕們的骯髒下流，不堪入目。後來，他竟然敢對我女兒無禮，常常對她說些難聽的話。不過我女兒小，也不太聽得懂。結果他得寸進尺，有一次竟然抱著我女兒不放。他簡直就是個畜生。』

「『你們為什麼不把他趕走，還這樣忍受他的所作所為？』

「夏朋捷太太聽我這麼一說，臉色羞紅了。她說：『我要是不要他來就好了，但是他們出的房租高，我就把他們留下來了。因為現在是淡季，我又是一個寡婦人家，家裡支出大，我想就忍一忍吧！但後來越來越不像話，我實在忍無可忍了，就把他們趕走了。』

「『後來呢？』

「『後來他就走了。但這件事我一直沒有告訴我兒子，因為他很疼他妹妹，我怕被他知道了弄出點事來。德雷伯走後我就踏實了。沒想到還不到一小時，他又回來了。他好像是喝了酒，『真他媽的運氣差，竟然沒趕上火車。』他當著我的面說，『艾麗絲，跟我走吧！你已經成人了，誰也沒權力干涉你，我保證讓你幸福。』說著，他便抓起艾麗絲的手腕，往外走。這時恰巧碰上我兒子。當時我被嚇傻了，只是覺得屋內極亂，一片撕打與叫罵聲。當我醒來，德雷伯已經走了，亞瑟手裡拿著根棍子在門口氣得渾身發抖。『這個混蛋他以後再也不敢來了。』他穿上外衣說：『我要去看看那傢伙到底還要幹什麼勾當。』說著，便跑出去了。

「『第二天早晨，我們就聽說德雷伯被殺了。』

「以上這些都是夏朋捷太太所提供的。我做了記錄，我保證它肯定沒錯。」

福爾摩斯打了個哈欠，說：「這相當不錯，後來你又幹了些什麼？」

「夏朋捷太太說的這些讓我對案子有了進一步的瞭解，後來我又問她兒子什麼時候回的家。

「她回答：『我不記得了。』

「『不記得了？』

「『我真的不記得了，他自己有鑰匙。』

「『他回來時你睡了嗎？』

「『睡著了。』

「『你幾點睡的？』

「『大約十一點多吧！』

「『這麼說來，你兒子至少出去了兩個小時吧！』

「『對。』

「『有沒有出去四五個小時這種可能呢？』

「『也有可能。』

「『他最近在幹什麼？』

「『我也不清楚，先生。』她顫抖地說。

「其實，這已經很明白了，根本不用再說什麼。後來我們就逮捕了夏朋捷。他對我們嚷：『你們憑什麼抓我？又不是我殺德雷伯的。』這可真是此地無銀三百兩，他自己就說出來了。」

福爾摩斯說：「的確值得懷疑。」

「當我們抓到他的時候，他手裡拿著一根木棍，就是用那根木棍打德雷伯的。」

「你是如何看待這件事的？」

「我認為，他一直把德雷伯追到布瑞克斯頓路，追到後兩人就動起手來。他用棍子打了德雷伯的心窩，所以德雷伯雖然死了，但身體上沒有傷痕。因為那天雨下得非常大，所以在夏朋捷把屍體拖到空房子時沒有被人看到。現場我們所看到的一切，不過是凶手設的一個圈套罷了。」

「你簡直太神了，簡直前途無量。」福爾摩斯略帶嘲諷地說。

「我覺得，這件事還行，進展比較快。不過，夏朋捷狡辯說，他追趕德雷伯時被發現了，於是就乘了一輛車回去了。在路上恰巧碰到了一位熟人，就和這位熟人聊了很長時間。可是當我們問他那位熟人的住址時，他又說不上來了。我覺得案情的前後都是十分吻合的，可憐的雷斯瑞德恐怕到現在還在走錯路。」正說著，雷斯瑞德也走了進來。只見他一臉的喪氣，無精打采的，也失去了平日的風度。簡直讓人不敢相信，這就是雷斯瑞德。

看來，他是針對福爾摩斯來的。當看見葛萊森也在，雷斯瑞德表現得很不自在。他站在屋子中間擺弄著自己的帽子，說：「這案子真叫人頭痛。」

葛萊森卻仍然咄咄逼人地問：「雷斯瑞德先生，你真這麼看嗎？你找到了那個斯坦格森了嗎？」

雷斯瑞德心情沉重地說：「那個斯坦格森，他已經在今天早上六點多鐘被謀殺了。」

真正的凶手

雷斯瑞德帶來的消息真是給人當頭一棒，所有人都沒有想到。大家互相看了看，什麼都沒說。葛萊森猛地站起來，不小心打翻了酒杯。我看了看福爾摩斯，他緊鎖眉頭，牙齒咬著嘴唇，顯然又陷入沉思中，還自言自語地說：「斯坦格森被殺，案子就更不好解決了。」

雷斯瑞德換了個椅子坐了下來。「這案子太複雜了，我真是被搞糊塗了。」

葛萊森疑惑地問：「這消息可靠嗎？」

「我剛從他那裡來，怎麼會不可靠呢？」雷斯瑞德不耐煩地說。

「我們已經聽過葛萊森對本案的高見，您是否也能談談您的想法呢？」福爾摩斯試探地問。

「怎麼不可以？首先我承認，我以前所做的一切白費了，因為德雷伯的死與斯坦格森毫無關係。原來我想查找斯坦格森，有人曾經看見過斯坦格森和德雷伯在車站等車。可是第二天凌晨兩點就在布瑞克斯頓路發現了德雷伯的屍體。我想如果能知道斯坦格森在案發以前幹了些什麼，那就好了。後來，我給利物浦拍了電報，讓他們監視一下美國船隻，我也查了一下尤斯頓車站附近的公寓。我認為斯坦格森肯定是在附近的旅館住了下來等德雷伯。」

「他們有可能早已約好見面的地方。」福爾摩斯說。

「事實也是這樣。昨天我查了一天沒有任何結果。今早八點多，我來到好利得旅館，打聽斯坦格森是否住在這裡，他們說是。

「夥計說他已經在這裡等了兩天了，『他一定就是等你吧？』

「『他在哪間屋？』我急切地問。

「『他正睡覺，睡之前他還告訴我讓我9點鐘叫醒他。』

「『我要立刻見他。』我說道。

「我想一旦我出現在他面前，他一定會不知所措的。他會做出什麼樣的反應呢？一個老頭帶我來到他的房間，我突然看到一條血跡從房門口流了出來，在牆角下還積了一灘。當時我唯一的感覺就是想吐。老頭在這時也看到了，驚叫了一聲。我示意他冷靜，然後一起走過去查看。房門反鎖著，我們撞了幾下，門開了。只見窗戶旁邊有一具屍體，窗戶還開著。老頭馬上就認出了他是斯坦格森。他死時穿著睡衣蜷成一團，我急忙檢查他的傷勢。他身體左側有個很深的刀口，在他的臉上你猜有什麼？」

「是『拉契』兩個血字吧！」福爾摩斯說道。

我卻感到毛骨悚然。

「是的，就是這兩個字。」

大家徹底陷入沉思。

兇手已經安排好了一切，卻令人難以琢磨，這就使得氣氛更加緊張令人窒息。即使在屍體遍野的戰場我也向來堅強，而這一樁奇案卻真使我有些害怕起來。

「有個送牛奶的小孩曾經見過這個兇手。他送牛奶路過旅館時，看到一架梯子搭在三樓的一個窗戶上，而窗戶開著。小孩感到有些奇怪，因為那架梯子平時是沒有的，所以特意多看了一眼。只見一個人從梯子上慢吞吞地爬了下來，男孩還想怎麼旅館的木匠這麼早就幹活了。他隱約記得那是個高個子，穿著一件棕色外套，紅臉。我們還發現在那間房間的臉盆裡有血，床單上也有一道血跡。可見他行兇以後還洗了手，並用床單擦了刀子。」

啊，他所說的和福爾摩斯那天推測的一模一樣。但是我卻沒看出他的興奮來。

「你還發現了什麼？」福爾摩斯問。

「沒有了，只是在他身上發現了一個德雷伯的錢袋和一份電報，裡面只有八十多鎊現金。而電報是一個月前從克里夫蘭城那裡拍來的。

「內容相當簡單：『J・H現在在歐洲』。」

「還有別的嗎？」福爾摩斯問。

「再沒有什麼更能說明問題的了。床上有一本小說，椅子上有一個菸斗，桌子上有一杯水，窗台上有一個木盒，有兩粒藥丸。」

福爾摩斯突然手舞足蹈地跳了起來。「好了，終於解決了，我的推斷被證實了！」

葛萊森和雷斯瑞德看傻了。

「我已經掌握了全部的線索，但有些小細節還不太清楚，一切都明白了。」福爾摩斯毫不掩飾地說。

「接下來，你們就看我的吧，那兩粒藥丸帶來了嗎？」

「帶來了，」雷斯瑞德遞過了那個小白盒子，「我原打算把這些東西放在警察局裡妥善保管，但還是把它帶來了。不過，我認為這些並不很重要。」

福爾摩斯指著藥丸對我說：「醫生，你看這兩粒藥丸有什麼特別嗎？」

我定睛看了看這兩粒藥丸，覺得的確很不平常。我說：「從它的透明程度可以看出，它可能易溶於水。」

福爾摩斯高興地說：「把樓下那隻狗抱來，房東太太早已不想要牠了，也省得牠受罪。」

我把樓下的那隻狗抱了上來，這隻可憐的小狗成了犧牲品。

福爾摩斯用刀子把一粒藥切成兩半，並且把半粒放在杯子裡。加上了水，很快藥就溶解了。

雷斯瑞德認為福爾摩斯在譏諷他，便說：「這可真有意思，這藥丸和死者有什麼關係？」

「雷斯瑞德先生，幹嘛那麼急呢，我會讓你馬上明白的。」接著，福爾摩斯又在杯子裡加了些牛奶，然後端給了那隻可憐的狗。

可憐的小狗聞也不聞便舔了起來。大家仔細觀察那隻狗，想知道牠會出現什麼反應。時間一分一分地過去了，那隻狗趴在那裡一會兒搖搖頭，一會兒又擺擺尾，似乎那半粒藥丸對牠沒有任何作用。

從一開始福爾摩斯就計算著時間，但過了一會兒仍然不見任何動靜。只見他用牙齒咬著下唇，兩手互相搓著，似乎有些失望，也有些無奈。而那兩位偵探卻眉飛色舞，一副得意的樣子。

福爾摩斯終於有些按捺不住自己的情緒了，開始在房間裡踱來踱去。「這並不是巧合，因為德雷伯是由於藥物中毒而死，而這種藥在斯坦格森死後發現了。但為什麼又不起效呢？這是為什麼呢？我相信，我對這案子的推測肯定是正確的，但狗卻沒有什麼反應。噢，我清楚了！我終於清楚了！」福爾摩斯叫了起來，他跑到藥盒前拿出了另一粒藥，重複了同樣的事情。那隻可憐的小狗經不起誘惑，便又跑了過來。牠的舌頭剛一接觸到牛奶，就一頭栽倒在地，四肢開始抽搐，直挺挺地死了。福爾摩斯總算鬆了一口氣，抹了一把汗說道：「看來，我的自信心不夠強，剛才我就應該想到，假如一種情況和推論相矛盾，那麼肯定存在其他原因。更確切地說，我應該一看到這兩粒藥就想到一粒有劇毒，另一粒沒毒。」

福爾摩斯自言自語著，儘管別人聽不清楚他到底在說什麼，不過狗的死證實了他的推斷。我也開始對這個案子有點感覺了。

「你們覺得奇怪嗎？其實並不奇怪，因為從一開始我便抓住了這唯一的正確線索，以後發生的事都是對我的推測的證實。許多看似令人迷惑和複雜的情況其實都在一步步證實我最初的假設。神秘和奇怪是兩個概念，有時最普通最平常的犯罪反倒最神秘，因為這會使你無從著手。如果這個案件的屍體被發現在大路上，而且沒有像現在這麼多異常特別的情形，那這個案子反倒不會進展這麼順利。其實，奇怪的事情並不奇怪，而是使案子更清楚。」

葛萊森有些不耐煩了。他說：「你是一個機智幹練的偵探，有自己獨特的工作方法。這些我們都清楚，但還是請你把這些大道理暫且放一放，最重要的是怎樣捉到那個凶手。我們承認我們的思路錯了，可是你東說說，西說說的，如果知道的比我們多，就趕快說說實質性的吧！我們是警察，我們有權力要求你說，你知道凶手到底是誰嗎？」

雷斯瑞德也贊同地說：「是的，我們兩個都查了，但都失敗了，你老是說你已經掌握了全部案情，你應該趕緊把你掌握的說說呀！」

我說：「如果不趕快逮到兇手，恐怕還要出事。」

大家你一言我一語，福爾摩斯卻沉默起來。他在屋裡踱來踱去，緊鎖著眉頭，好像又在思考什麼。

「我想不會再發生類似的事情了。你們放心吧！肯定不會了。即使我知道兇手的名字又有什麼用呢？只有抓住他才是我們想要的。我估計我很快能捉到他，不過這件事不需要任何人摻和，要由我自己安排。因為他是一個狡猾而且有一身好本事的人，所以要謹慎，不能馬虎，更不能讓兇手知道我們已經獲得了線索。如果讓他知道了，他將改名換姓從此消失，我們將更難捕捉到他。我並不是小看警方，但我的確認為你們不是他的對手，所以也就不想請你們幫忙。如果我失敗了，一切後果由我自己來承擔。等到了不影響我實施計畫的時候，我一定會向大家說清楚的。」葛萊森和雷斯瑞德顯然對福爾摩斯這番話很不滿意，葛萊森氣得滿臉通紅，雷斯瑞德就更不用說了。然而，就在兩人還沒來得及爆發時，外面有人敲門，進來一個流浪兒——小維金斯。

維金斯行了個禮說：「先生，馬車已經來了，就停在下面。」

「好孩子。」福爾摩斯溫和地說，「你們蘇格蘭場為什麼不用這種手銬呢？你們看，這多好用，一碰就帶上了。」說著，從抽屜裡拿出了一副鋥亮的手銬。

雷斯瑞德氣憤地說：「只要我們能抓住人，用什麼手銬還不是一樣？」

「哈哈哈，韋金斯，最好讓馬車夫來幫我搬箱子。」他一邊微笑一邊說。

我完全聽不明白他在說什麼，但照他這麼折騰來看，簡直像是要旅行了，他可從沒有提到過。福爾摩斯正在繫皮箱上的皮帶時，馬車夫進來了。

「車夫，請你幫我把這個搬上車吧！」福爾摩斯頭也沒回地說。

那個車夫好像並不樂意，剛伸出兩隻手要搬箱子時，突然只聽手銬一聲響，福爾摩斯猛然跳了起來。

「先生們，這就是殺死德雷伯和斯坦格森的兇手——傑弗遜・侯坡先生。」他神氣地說。

只是一瞬間發生的事，簡直是太突然了。當時福爾摩斯勝利的喜悅神情以及馬車夫因太意外而露出的醜惡面孔至今都令我難以忘懷。

我不知所措地看著這一幕，車夫猛然醒過神來，他拚命掙脫福爾摩斯，衝向窗戶。陡然間，劈哩啪啦，玻璃被撞得粉碎，他要強行逃出去。葛萊森、雷斯瑞德和福爾摩斯幾乎同時衝了過去，一把把那個凶犯揪了過來。這個人非常勇猛，我們四個都有點制不服他。面對這樣凶悍的對手，最後我們不得不用繩子把他的手腳都捆起來，這才喘了口氣。

「真是個無比神奇的故事！不過現在該收場了。先生們，如果你們現在仍有問題，那麼就請隨便提吧，我會給你們一個滿意的答覆。」福爾摩斯喘著氣大聲說。後來，我們就用這個凶手的馬車把他押送回了蘇格蘭場。

沙漠被困

北美大陸西部是一片荒無人煙的區域。多少年過去了，這裡還是一個貧瘠的地方。從內華達山脈到尼布拉斯卡，從北部的黃石河到南部的科羅拉多，幾乎都是寸草不生。但荒漠地區的景色卻很特別，有白雪皚皚的高山峻嶺，有幽深黑暗的大峽谷，也有川流不息的河流。一望無際的荒原上，冬天積雪遍野，夏天鹽鹼漫天。總之，這裡永遠是死一般的寂靜，甚至連鳥都不願經過。只有印第安部落的波尼人和黑足人偶爾在去其他獵區時留下些足跡。

誰也不願多停留片刻，在這片沒有生機的土地上，只有河水湍急的聲音和巨鵰在空中盤旋時留下的一兩聲劃破天際的鳴叫。

天下最荒蕪最淒涼的地方莫過於布蘭卡山脈北麓了。極目遠望，到處都是被矮小的槲樹林隔斷的一片片磚紅色的土地。被積雪覆蓋的山峰是這裡唯一的美景。在這片沒有生命的土地上，昏暗的天地間死一般沉寂，連空氣都好像快要凝結了。

當然，如果說如此遼闊的沙漠上沒有一點生命跡象，也未免誇張。從布蘭卡山上往下望去，有一條小路穿過沙漠一直延伸到地平線的盡頭。這條小路有無數冒險家走過，或許也有無數的車輪輾壓過。路旁到處都是一堆堆白森森的東西，在太陽的照耀下顯得格外耀眼。走近一看，都是可怕的白骨。就是在這樣的漫漫長路上，後人必須踏著前人的遺骨前進。

1847年5月4日，一個孤獨的過客正從布蘭卡山上俯望著這一切。他手裡握著一把來福槍，用來作拐杖，從外表上看去根本無法辨清歲數，就像一個鬼怪精靈。他非常削瘦，頭髮斑白，眼窩深陷，眼睛根本沒有一絲神采，但從骨骼上看，他原來應該是一個很健壯的人。只是現在，他的衣服顯得越來越寬大了——由於飢渴，他快要死了。

他飢渴難耐。歷盡千辛萬苦跋涉到這個高原上，如今他最後的一線希望也破滅了。能看到的只是荒山和一堆堆白骨，連一棵樹的影子都看不到，更別說水了。他睜大了那深陷的眼睛四處張望，但很快徹底地絕望了。他意識到自己的這一生恐怕馬上就要結束了，於是喃喃自語著，安慰自己說這和死在舒服的床上也沒什麼區別。

放下來福槍，他一屁股坐了下來，左肩上那個用灰色披肩裹著的包袱也順勢滑落，重重地落在了地上。接著，包袱裡傳出了哭聲，一張驚恐的、閃著亮晶晶棕色眼睛的臉龐露了出來，兩隻小手也伸了出來。

一聲清脆的童聲埋怨道：「你怎麼這樣呢？」

「摔疼了吧！對不起，我不是故意的。」說著，他解開包袱，一個漂亮的小女孩坐了起來，大約五六歲模樣，粉紅色的上衣顯得格外耀眼。她腳上穿著一雙精緻的小鞋，麻布圍兜，從穿著上看，她媽媽一定是位心靈手巧的母親。孩子的臉蛋兒有點蒼白，但胳膊和腿都很健壯，看樣子還沒有吃太多的苦。

「現在還疼嗎？」他關切地問，小女孩還用小手捂著後腦勺。

「你吻吻這裡，或許就不疼了，平時媽媽就是這樣做的。對了，我媽媽哪裡去了？」

「你媽媽已經走了。」

「她去哪裡了？為什麼她沒和我說再見？可是以前，不管媽媽到哪裡都要和我說再見的呀！」小女孩不解地問，「喂，你是不是也覺得口渴了呢？這裡什麼都沒有嗎？」

「是的，什麼也沒有，你就忍一忍吧！一會兒或許就好了。要麼，你把頭靠在我的肩膀上，這樣就會好些，我也渴得快說不出話了。我想，還是讓你知道事情的真相吧！你手裡拿的是什麼？」

「噢，是兩塊雲母石，我要把它送給我的弟弟——波比。」

大人嘆了一口氣說：「過一會兒，你或許會看到更好看的東西。我剛才想問你，你還記得我們離開的那條河嗎？」

「記得。」

「好。那時，我認為我們還會遇上一條河，可是到現在還沒有找到，不知道是什麼原因，可能是羅盤出了故障。水越來越少，只能留給你喝了。」

「最後是不是我們都不能洗臉了？」小女孩說著，抬頭看了看大人的臉。

「就是連喝的水都沒有了。先生是第一個去世的，接著是印第安人彼德，後來麥克格瑞哥太太、瓊尼・宏斯都相繼死去了，最後你媽媽也去了。」

「我媽媽，你是說她也死了？」說著她用小手捂著臉傷心地大哭起來。

「孩子，不要難過，如果我們找不到水源，生存下去的可能也很小了。」

小女孩聽到這裡移開了小手，抬起掛著淚珠的臉問道：「你說我們也要死了嗎？」

「是的，快了，沒多少時間了。」

小女孩沒顯出驚慌。「你怎麼不早說呢？這下可好了，我能看到我媽媽和弟弟了。」

「是的，可以見到了，孩子。」

「到時候，我要把你對我的好都告訴我媽媽。那時候，媽媽一定會拿著一大壺水，還有我和弟弟愛吃的蕎麥餅給我們吃。那種兩面烤得焦黃的蕎麥餅，我和弟弟都愛吃。我們還要等多久才會死呢？」

「我想不會太長了。」大人向遠處眺望著說。突然，他望見有三個黑點向他們靠攏來。一會兒，三個黑點變成了三隻灰褐色的大鳥，先是在他們所在的正上空來回盤旋，最後落在了一塊石頭上。這是美國西部所謂的禿鷹，人們往往認為牠是不祥之兆。

「啊，公雞和母雞，」小女孩指了指這三隻禿鷹高興地喊道。她拍著小手問：「這個地方是上帝造的嗎？」

「是的。」對這個問題，大人顯然沒有心理準備。

「一切東西都是上帝安排的，就像伊利諾州、密蘇里州以及這裡。」

小女孩不解地問：「上帝是不是忘了在這裡造樹林和山水了？」

大人說道：「讓我們做做祈禱吧！」

「不能，現在還沒到晚上。」小女孩答道。

「沒關係，祈禱是一件好事，不用固定時間的，上帝不會懲罰我們的。好了，孩子，快來祈禱吧！」

小女孩奇怪地問：「你為什麼不祈禱呢？」

「我記不得禱告詞了，我從很小就沒有做過禱告了。或者你把禱告詞念出來，我們一起祈禱。」

「那麼跟我來，你先跪下，把手舉起來。」

這一幕或許永遠無人看見。在浩無邊際的原野上，只有兩個虔誠的教徒在祈禱著，一個是魁偉勇敢的冒險家，一個是幼小的、未經滄桑的女孩。一個聲音是那麼清脆，一個聲音是那麼低沉。他們祈求上帝憐憫、寬容、饒恕。祈禱之後，大人靠著石頭坐了下來，小女孩依偎在其身邊，都漸漸睡著了。他們實在是太累了，睡得非常甜美。大人斑白的鬍鬚和小女孩金黃頭髮混在一起，形成了一道風景。

如果他們再遲睡十幾分鐘，他們就能看到在荒原的盡頭揚起了一片塵土。離得比較遠，看起來像團烏雲。顯然是一隊人馬正在向這裡行進，才捲起這麼大的煙塵。假如在草原上，人們一定會認為這是一隊牛群。人馬漸漸清晰了，原來是一隊武裝的、向西行進的篷車隊。這是一支浩瀚的隊伍，一直從山腳下排到地平線的盡頭。有的人騎著馬，有的人步行，有的婦女身負重荷艱難行進，最後是一些小孩在隊伍裡跑來跑去。看來這不是一般的移民隊伍，可能是遊牧民族，他們正在尋找新的生活樂園。在這片寂靜的荒漠上，人們的吵鬧聲、車子的隆隆聲卻沒有影響這兩個熟睡的人。

二十多個衣著樸素、神情堅定的騎士走在前面，人人夾著來福槍。他們在山腳下駐馬，開了一個簡單的會議。

一個頭髮花白、容光煥發的老人指了指遠處，「那邊一定有水源，兄弟們。」

「我們沿著布蘭卡山右側走，就能到達利歐・葛蘭德。」另一個插嘴說。

「水的問題，請大家不要擔心，水神是不會拋棄他的子民的。」另有一個人說。大家不約而同地道了一聲：「阿們！」

正要重新上路的時候，一個騎士突然驚叫了起來。騎手們都勒住了馬，順著他指的方向望去，他們看到一團粉紅色的東西在飄蕩，顯得分外耀眼。大家忍不住紛紛喊道：「有紅人！」

一位年長的像是領頭的人說：「這裡不可能有紅人了。因為我們已經過了波尼紅人居住的區域，這裡不會再有其他部落了。」

「讓我過去看一下吧！」其中一個說。

「還是讓我們一起去吧！」又有一個說。

「好吧，你們把馬留在這裡，隨時和我們聯繫。」

說完，幾個騎士就翻身下馬，朝著那個飄蕩的目標爬去。

他們向上攀爬得很快，顯得十分輕鬆自如。最先發現情況的那個小夥子最先到達目的地，在他後面的人突然看見他兩手一舉，大家都趕忙跑去看個究竟，然後都呆了。

在這荒無人煙的山頂上，竟赫然躺著一位瘦骨嶙峋的男人。他倚在一塊圓石旁，鬚髮長長，身邊還有一個小女孩依偎著，她那白胖胖的小手放在男人那寬闊的胸膛上，金黃色的頭髮和男人的鬍鬚混雜在一起，令人看了不禁動容。

她的臉上還掛著一絲微笑，露出潔白的門牙，腳上穿著一雙漂亮的鞋子以及一雙小短襪，一切都顯得那麼自然、和諧。這兩位沉睡的人看起來像是來自兩個不同世紀。在這一老一小附近的石頭上，落著幾隻巨鵰，看到有別人到來，牠們失望地叫了幾聲飛走了。

兩位熟睡的人被驚醒，他們睜開惺忪的眼睛看了看周圍，不知發生了什麼事。那個男人搖搖擺擺地站了起來，把乾枯的手放在額前向上望了望，遠處一大隊人馬正在向上張望。難道是在做夢？小女孩使勁拉著他的衣襟，不知是害怕還是驚奇，始終瞪大眼睛望著眼前的一切。

過了好久他們才終於醒過神來，發現自己的確是得救了。一位騎士把小女孩扛在肩上，另外幾位則攙著那個瘦削的男人，向大隊人馬走去。那個男人吃力地訴說了一切：「我叫約翰・費里厄，我們本來有二十一個人，但他們都因沒吃沒喝相繼死去了，現在只剩下我和那個小女孩倖存了下來。

「現在，她應該就是我的孩子了。從現在起她叫露茜・費里厄了，誰也不能把她從我身邊搶走。你們是從哪裡來的？怎麼這麼多人？」

「我們總共有上萬人，是受害的上帝兒女，天使梅羅娜的選民。」一位小夥子說。

「我沒有聽過那位天使的事，不過我相信她的確是選對了你們這些忠實虔誠的選民。」

「我不准你們說說笑笑地談論神靈，我們都信奉摩門經文，這些經文要用埃及文寫在金葉上，由派爾邁拉的聖徒把它交給神聖的約瑟・史密斯。」

「可是他卻非常專制蠻橫。我們都來自伊利諾州的瑙伏城，就是為了逃避蠻橫無理的史密斯以及那些對神不尊敬的人們，雖然如今流落到了這荒漠上，但是我們並不後悔。」

費里厄聽到瑙伏城便說：「噢，你們是摩門教徒。」

「是的，我們是摩門教徒。」

「現在你們準備去哪裡？」

「我們也不知道，上帝安排我們的先知來指引我們。那麼，我們現在必須得帶你去見先知，看他怎樣來安排你。」

他們剛來到山下，就被一群人圍住了。大家好奇地看著這兩個外表差別巨大的陌生人。他們一個那麼嬌嫩，一個那麼瘦弱，實在令人同情。救他們的小夥子一面推開擁擠的人群，一面向前走，後面跟著一大堆人。他們一直走到一輛富麗堂皇的馬車前才停下。這輛馬車看起來非常華麗，由六匹馬拉著。一個人端坐在馬車的一側，大約三十多歲。這個人衣著整齊，面容堅定，散發著一種天生的領袖氣質。人群圍過來的時候，他正在聚精會神地讀一本書。看到人們走來，他才把書擱在一邊。聽完大家的彙報，他仔細打量了一番這一老一少，然後嚴肅地說：「你們必須信奉我們的宗教，否則我們是不能帶你們走的。」

「只要能跟你們走，做什麼都願意。」費里厄急切地說。「斯坦格森兄弟，你就收留下他們吧！」領袖嚴肅地說。「供給他們吃喝，再向他們傳授我們的教義。趕快動身吧，向郇山開進！」

「向郇山開進！前進！」指示一個接一個地傳下去，消逝在遠處。鞭聲、車輪滾動聲交織在一起，隊伍緩緩向前移動。

斯坦格森長老把這兩個受難的人帶到他的車裡，為他們準備好了吃喝。長老說：「以後你們就住在這裡，過幾天你們的身體就能恢復。不過記住，你們已經是摩門教徒了。卜瑞格姆就是這麼指示的，他傳達的旨意就是約瑟·史密斯的旨意，也就是上帝之音，我們必須服從。」

踏入魔窟

移民們在定居以前的行程可謂充滿艱難與痛苦，尤其是在密西西比河兩岸到洛磯山脈西麓這片土地上，他們不僅要與野火、野獸頑強搏鬥，還要忍受飢渴與疾病的折磨。但憑著堅忍不拔、百折不撓的精神，他們始終奮然前進著。直到來到這片土地，他們決定再不願長途跋涉了。當看到神賜予他們的這片遼闊的猶他峪，他們都流著淚跪下磕頭，虔誠地祈禱。

不久，他們精明的領袖再次表現出了他非凡的領導才幹。他制定了許多套規劃方案，很快這裡就有了城市的面容。他按照教徒以前的身分、地位進行合理的分工、安排。原來是商人的，還讓他經商，原來是工人的仍然是工人。城市在不斷建設和完善之中，農民開始在荒地中播下種子。秋天時節，到處都呈現出一片收穫的景象。金黃的麥子像是一道美麗的屏障，一座宏偉的教堂聳立在了城市中心，每天從天剛亮就有人在教堂裡祈禱，一直到晚上，川流不息。

約翰‧費里厄和小女孩露西相依為命，他認小女孩為他的義女。他們倆也隨著摩門教徒到達了他們的樂園猶他峪，並已經習慣了生活在篷車裡。露西和斯坦格森的三個妻子以及一個兒子住在一起，身體很快就恢復了健康，而且因為乖巧很受大家歡迎，而她自己也漸漸地喜歡上那種漂泊不定、篷車為家的新生活。費里厄的身體也漸漸恢復了，他充當了大家的嚮導，同時也是一個槍法極準的獵人。由於他的品行和能力，大家對他非常敬佩，一致通過讓他定居在猶他峪，並且和其他移民一樣，分給他一塊肥沃的土地。

他在自己分得的土地上建築了一座木屋。由於早出晚歸，勤勞務實，技藝超群，因此把他的田園耕耘得有聲有色，生活也變得越來越富有。十幾年之後，當地已經沒有幾個人的財富能和他的相比了。從鹽湖地區一直到遙遠的瓦薩齊山區，沒有人不知道約翰‧費里厄。

儘管費里厄一向善於為人處世，但有一件事情卻還是引起了同教人的猜疑。那就是不論人們怎樣勸說，他都不肯娶妻成家，而且從未解釋原因。於是，有人指責他其實並不忠於自己的教派，也有人說他可能怕破費錢財，還有人懷疑說他肯定戀愛過，但受到了傷害。總之費里厄完全不聽別人的勸說，我行我素地過著自己的日子。除此之外，他完全是一個恪守教規的虔誠教徒。在人們心目中，他也始終是一個篤信教義、為人正直的人。

露茜在這片土地上漸漸長大，幫父親料理一切家務。優美怡人、空氣清新的環境和松木的香氣始終伴隨著露茜的成長，她越來越漂亮大方，嬌豔動人了。很多人路過費里厄家邊上的大路，看到露茜邁著輕盈的步伐穿過麥田時，都禁不住回憶起過去。當年嬌小可憐的她，現在已經完全成熟了。她和父親應該都是太平洋沿岸整個山峪之最，父親是最富有的人，而她又是最漂亮最標緻的美少女。

但是約翰‧費里厄沒感覺到女兒的這一切變化。因為這種變化太微妙了，連露茜自己都沒察覺到。對一個少女來說，這一切也許只有當她聽到某個人的話語，觸到某個人的手心時，才會陡然產生感覺。而且也只有這個時候，她的心靈才會開始萌動，人的本性才會開始甦醒。

六月的一個早上，天氣晴朗，摩門教徒們開始了一天的工作。到處都能聽到他們勞動時的歡聲笑語。大路上，一群騾馬拖著沉重的包袱來來去去，塵土飛揚——牠們是向西方行進的，加州正在興起一股淘金熱。淘金地帶貫穿大陸，一直延伸到太平洋沿岸的大道上。穿過伊雷刻德這座城，大路上經常會有成群的牛羊和一隊隊移民經過。他們從很遠很遠的地方跋涉而來，看起來都很疲倦。儘管路上一片混亂，但露茜‧費里厄卻憑著她高明的騎術，總能在道路上任意穿行。她那紅撲撲的臉蛋在棕色頭髮的映襯下顯得更加漂亮。此時她要為父親去城裡辦一些事情，正像平日一樣，一陣風似的在牛群中穿行。那些淘金者們看呆了，眼珠都忘了轉動，就連那些做皮革運輸的印第安人這時都放鬆了他們僵硬的面孔。快到城郊時，有六個放牧人趕著一群牛正穿過道路，道路被牛群堵得水洩不通。因為不願意多等一秒鐘，所以露西就騎著馬擠進了牛群中，結果很快陷入牛頭攢動的牛海之中。但她並沒有慌張，還是想從空隙中穿過。結果就在此時，露西的馬腹被一頭牛的牛角撞了一下。馬立刻抬起前蹄，狂嘶起來。要不是她的馬術好，恐怕早已被摔下來了。馬不停地騰躍著，每次騰躍都避免不了被牛角頂一下。牠越來越焦躁，露西唯一的辦法只能緊貼著馬鞍，因為只要她一鬆手，隨時都有被摔下來的可能。但堅持了不一會兒，她就覺得天旋地轉，而且飛起的塵土和牛群裡散發出來的臭味也令她喘不過氣來，幾乎已經不能忍受了。就在這時，她聽到有人在喊，隨之一雙大手抓住了馬的嚼環，終於使牠慢慢地鎮靜了下來。隨後她被從牛群中帶了出來。

那個人彬彬有禮地問：「小姐，你沒事吧？」

露西睜開微閉的眼睛看著面前這個高大健壯的男人，嫣然一笑說：「沒事，不過簡直嚇死我了，沒想到這匹馬會嚇成這樣！」

「多虧你抓緊了馬鞍子。」他非常誠懇地說。他身材魁梧，上身穿著一件很厚實的獵服，背上掛著一桿來福槍，騎著一匹青色的駿馬。「你是約翰・費里厄的女兒吧，因為我看見你從他的莊園那邊來的。拜託你問問他是否還記得傑弗遜・侯坡一家。他如果真是約翰・費里厄的話，還是我父親的好朋友。」

露西不解地問：「你為什麼不親自去問一問呢？那樣不是更合適嗎？」

小夥子聽了異常地激動，他那炯炯有神的眼睛看了露西一眼說：「其實，我也想親自去問問他。可是我現在這種打扮大概不合適吧！但如果他見了我，相信一定會招待我的。」

「我非常感謝你，我想我父親也同樣感謝你。他非常愛我，如果我今天被牛踩死，他肯定會傷心死的。」露西感激地說。

「我也同樣會傷心的。」他說。

「為什麼？我們既不是親戚，又不是朋友。」

小夥子聽到此言，臉上擠出一絲難堪的笑容。露西偷笑了一下。「你不要誤會，現在我們是朋友了，你一定得多來看看我們。我要回去了，說不定父親還在擔心！再見了！」

年輕人抬起她的小手吻了一下，說：「再見。」

露西掉轉馬頭，奔向了遠方。

小傑弗遜・侯坡和他的夥伴又開始繼續趕路，但一路上，他卻失去了往常的歡聲笑語，始終一言不發。他們一直在內華達山脈尋找銀礦，現在正要回去籌備資金來開發他們所發現的礦藏。

侯坡是事業型人物，做事積極、樂觀。今天他一反常態、情緒低落的原因是他的魂被露西給帶走了，內心充滿了一股像火一樣的熱情。

他的眼前不時浮現出露西的身影，以致現在對任何事情都沒有太多熱情。對他來說，露西已經變成他的唯一。他走到了人生的緊要關頭，他對露西的這種感情那麼強烈與渴望，完全是一種發自內心深處的激情，而且勢不可擋。從出生到現在，他想做的事總能稱心如意。他發誓，這次不管面臨多大困難都要成功，都要得到露西。

當天晚上，他正式登門拜訪了費里厄父女，之後便成了她家的常客。約翰・費里厄由於長年生活在山峪中，因此對外面的世界已經很不瞭解。傑弗遜・侯坡一到他家便向他們講述自己的所見所聞，而且講得滔滔不絕、繪聲繪色，令這對父女聽得如痴如醉。侯坡算是最早到達加州的淘金人之一，他曾親眼看到過滿地的黃金和無數發財致富的人，但同時也見過太多人因淘金而傾家蕩產。他做過嚮導，捕過野獸，當過牧場工人，尋過銀礦，一切驚險刺激的事情他都樂意嘗試，因此很受大家歡迎。每當侯坡和父親聊天時，露西總會在一旁含情脈脈地注視著他，心旌搖盪，臉蛋潮紅。父親對這一點根本沒有察覺，但小夥子早已心知肚明。

一天傍晚，侯坡又騎著馬向費里厄家走來，坐在家門口的露西遠遠望見了他，趕緊迎上前去。侯坡翻下馬，一邊大步走來一邊喊道：「露西，我今天是來辭行的，我要走了。我現在可以不要求你跟我一起走，但是等我下次回來的時候，你願意接受我嗎？」說完，他一直盯著露西看。

「你這一走，何時才能回來？」露西害羞地問。

「寶貝，大約兩個月吧！到那時候，我們就能在一起了，永遠不分開！」

「可是，我不知我父親他……」她答。

「如果我們的銀礦能順利開採，他一定會同意的。我相信我們一定會成功的。」

「噢，太好了，我就等你的安排了。」說著她把頭輕輕地依偎在了他那寬厚的胸膛上。

他吻了吻她的額頭說：「親愛的，我真捨不得離開你。可是他們還在那邊等我呢，兩個月以後再見。」

說完，他徑直走到馬前，翻身上馬，急馳而去。露西站在門前久久地望著侯坡的背影，直到他消失得無影無蹤。回到房間後，露西覺得很難過，但同時她也相信自己現在是猶他地區最幸福的女孩。

被逼擇婿

傑弗遜・侯坡離開鹽湖城已經三個多星期了，費里厄一想起他便有一些莫名其妙的惆悵。因為等他回來時，自己將失去心愛的女兒，但看到露茜每天開心的樣子，他就說服自己順應這個安排。費里厄心裡清楚，無論如何都不能把女兒嫁給一個摩門教徒，否則那簡直是一種恥辱。不過，這件事只能他自己盤算而不能說出去，因為在摩門教的地盤上，是不准發表違背教規的言論的。

是的，教規十分嚴格，即使是教會中聲望很高的那些聖徒也不敢隨便大發言論，不然立刻就會招來殺身之禍。摩門教徒在猶他地區布下的可謂是天羅地網，其規模之宏偉，組織之嚴密是任何一個其他教派所望塵莫及的。而且一些曾經被迫害過的人出於報復，如今又開始變本加厲地迫害別人。

這個組織無比龐大，神出鬼沒，任何事情都逃不過他們的掌握，令人備感恐怖。如果誰違反了教規，那麼結局多數是下落不明，杳無音訊。因此，人們說話做事都得特別注意，以免一不小心就招來殺身之禍。這種壓迫勢力就像一隻無形的大手，控制著人們的一切行動，使他們不得不每天都生活在緊張與恐怖中。

剛開始，這些厄運只會落在那些叛教之徒頭上，後來受傷害的人越來越多。成年婦女的供應已經漸漸不夠了，這就使得摩門教義裡的一夫多妻制失去了意義。慢慢地，人們開始聽到各式各樣怪異的說法。在印第安人沒有到過的地方，許多移民在途中被殺，帳篷被劫，摩門教長老的房間裡出現了陌生的婦女，她們哭聲不止，臉上露出極度恐慌的神色……

從山裡晚歸回來的遊民們也在議論，說傍晚時分，曾經有一隊騎著馬戴著面具的武裝隊伍從他們身旁飛馳而過。人們一開始並不瞭解這是一支什麼樣的隊伍，後來親眼見到後才終於知道了。直到今天，他們的稱謂——「旦納特幫」和「復仇天使」還仍然與罪惡和不祥聯繫在一起。

這個組織很神秘，因為人們並不知道誰是這個組織的成員。他們表面打著宗教的幌子，實際卻幹著毫無人性的勾當。誰也不敢輕易向別人抱怨對教會的不滿，因為難保對方不是該組織中的一員。大家互相猜疑著，沉默著。

一天清早，約翰・費里厄正要到田裡幹活，突然聽到一聲門響，便急忙向外望去。只見一個身體健壯，長著淡黃色頭髮的中年男子正朝他們的屋子走來。他定眼一看，不由出了一身冷汗，竟然是先知——卜瑞格姆。費里厄緊張至極，因為他不知道先知親自光臨到底是福是禍。他趕快跑出去迎接，但先知對他的迎接沒有任何表情，只是板著一張冷酷的臉徑直走進了客廳。

「費里厄兄弟，上帝的忠實信徒始終善待著你，當你在荒漠中快要死去的時候，是我們救了你，並且把屬於我們的食物分給了你，還破例分給你一塊土地，上帝賜予我們的猶他峪，現在讓你在這裡發財致富。

「不過在獲得這一切之前，你曾經答應過我們一個條件，那就是你必須信奉我們摩門教，必須嚴格遵守教規。這些當時你都是答應了的。問題是，現在大家反映你根本就沒有按照你所說的去做，不是嗎？」

費里厄急忙伸出雙手辯解道：「我不知道我哪點沒有按照我說的去做？我定期交納公共基金！每天去教堂做禮拜！我還需要做什麼？」

「你有妻子嗎？她們在哪裡？」

「我承認我沒有妻子，可是這重要嗎？況且婦女供應不足了，有更多的人比我更需要妻子。何況我有我的女兒照顧我。」

「我就是為你女兒的事來的！你女兒是猶他地區有名的美女，而且這裡已經有許多有身分有地位的人家看中了她。」先知說。

約翰・費里厄聽了，不禁打了個寒顫。

「我聽說，她已經和一個異教的青年訂了婚，我希望這不是真的。教規第十三條規定，摩門教中的每個女子都必須嫁給上帝的選民，如果違規，那麼她就犯了滔天大罪。你說你信奉摩門教，那麼你就不能讓你女兒去破壞這條約定。」

約翰・費里厄沒有爭辯，只是不停地玩弄著手裡的馬鞭子。

「你看怎麼辦吧！這個問題，四聖已經商討過了。因為她還年輕，我們也不會把她嫁給一個老頭子的。況且我們這些長老已經有了不少『小母牛』了。我們決定把她嫁給我們的孩子，而且她也有選擇的餘地。一個是斯坦格森的兒子，一個是德雷伯的兒子。他們都有錢有勢，而且信奉的是正教，一切就這麼定了！」

費里厄皺了皺眉頭，沉默了半天。

「我女兒還不到結婚年齡呢，您能給我們一些時間嗎？」費里厄說道。

「行，這好辦，一個月總該夠了吧！一個月後我要求你們必須做出決定。」他走出門後，露出一副凶狠狠的模樣，「約翰・費里厄，你若敢違抗四聖的命令，還不如當年死在布蘭卡山上。」說完便掉頭而去。費里厄只覺得腳步沉重，幾乎拖不動那疲憊不堪的雙腿。

他一屁股坐在門前的石階上，低垂著頭，手肘支在膝蓋上正在想該怎麼向女兒解釋，突然，有一隻白嫩的手放在了他的手上，他抬頭看看身邊的女兒，她明顯是受了驚嚇。噢，她都聽見了。

女兒無奈地看著父親，焦急地說：「爸爸，這該怎麼辦？」

「不要著急，」他用粗大的手把女兒摟在懷中，「我們會想出辦法的，天無絕人之路。」

露西除了哭泣，根本不知該如何是好。

「你對那個小夥子的愛不會改變，是嗎？我想你不會的，我也希望你不會。他是一個很不錯的小夥子，這裡的人沒有能比得上他的。明天我就給侯坡寫信，我相信我不會看錯人，侯坡一定會盡快趕回來的。」

露西這才感覺到了一絲希望，掛著淚珠的臉又露出了笑容。「爸爸，我真的很擔心，所有反對先知的人都遭到了殺身之禍，我們就⋯⋯」

「我們為什麼要怕呢？我們沒有反對過他呀！我們還有一個月的時間，我打算在這一個月內逃出猶他峪這個地方。」

「逃出猶他峪？」

「我們別無選擇了。」

「我們的財產怎麼辦？」

「能賣的賣掉，賣不掉的就留在這裡吧！露西，我並不留戀這裡。你知道我是個自由的美國人，我看不慣這裡人的生活。或許我老了，無法改變我的思想，但如果有人到我的莊園橫行霸道的話，我也會讓他好好享受一頓的。」

「可是，他們會放過我們嗎？」

「你不用擔心，等傑弗遜回來，我們就會逃出去的。這段時間裡，你要裝出若無其事的樣子，不然讓先知看出了破綻，是一定不會放過我們的。好了，沒什麼事，一切都會好的。」

約翰・費里厄安慰了一番女兒，顯得信心十足。但是當天晚上，露西就發現了父親與往日的不同。他回到房間後插上了門，拿出了那把生了鏽的舊獵槍，擦拭一新，還裝好了子彈。

逃亡行動

在約翰・費里厄和先知談完話後的第二天清晨，他到鹽湖城託了一個人，請他把信捎給傑弗遜・侯坡。他在信上說了他們現在的處境，並讓他接到信馬上回來。送走了信，費里厄總算放下心啦，他哼著歌回了家。快到家門口時，他看見門兩旁的柱子上拴了兩匹馬，於是三步併兩步趕緊走進房子。客廳裡坐著兩個小夥子，一個青年個子較高，臉色灰白，兩條腿高高地蹺著，腳伸在火爐旁。另一個長得奇醜無比，兩手插在口袋裡，還吹著口哨。他們看到費里厄進來便象徵性地點了點頭，那個高個的人先說話了：「我們可能並不認識，讓我先來介紹一下，我叫約瑟夫・斯坦格森，他是德雷伯長老的兒子。當你們處於困境時，上帝向你們伸出友誼之手，把你們從虎口中救了出來，讓你們加入到我們當中。」另一個奇醜無比的人帶著鼻音也哼了一聲：「上帝最終是要把天下所有的人都吸收進來的，他不會遺棄每個人的。」

約翰・費里厄很不情願地鞠了一躬，他已經明白了一切。斯坦格森說：「我們是按照父親的指令來向您女兒求婚的，請你們在我們兩個中選出一個。不過，我現在有四個老婆，而德雷伯兄弟有七個老婆，從這一點上說，我比他更需要。」

另一個著急地說：「不能這麼說，不在於誰的老婆多，而在於誰更有能力養活她們。我現在接管了我父親的磨坊，經濟能力很好。」

「可是，等我的父親被上帝召去的時候，我就是硝皮場和製革廠的主人了。那時，我也會是你的長老，在教會中我將有比你更顯赫的地位。」

「既然這樣，我們還是聽這位女孩的吧，看她選擇誰。」德雷伯照著鏡子得意地說。

約翰・費里厄實在忍不住了，他恨不得狠狠地拿鞭子抽他們。他朝著他們大聲喊道：「你們兩個給我聽著，我女兒讓你們來，你們就來，如果她不容許你們來，你們就不能踏進我的家門，看到你們我實在噁心。」兩個年輕人都大吃一驚，互相對視了一下，沒說出話來。在他們看來，向他女兒求婚，那是他的榮幸，不知為什麼他反應如此激烈。

費里厄再次厲聲喊道：「你們給我滾出去！」

他臉色鐵青，雙手青筋暴露。兩個求婚者一看形勢不好，趕緊撒腿跑了。費里厄追到門口，奚落地喊道：「以後你們倆商量好了再來！」

斯坦格森氣得結巴著說：「你不要……自……討……苦……吃，你會……後悔的！」小德雷伯也喊道：「你們會受到上帝懲罰的，他能讓你生，也能讓你死！」

費里厄氣憤地喊道：「我先解決了你！」說著，他衝上樓去要拿獵槍，被露西給擋住了。

在女兒面前，他總是無奈，只能眼睜睜地看著兩人跑遠。他抹了抹額頭的汗說：「這兩個王八蛋，如果把你嫁給這樣的人，我真是死不瞑目。」

露西害怕地說：「爸爸，傑弗遜能馬上回來嗎？」

「能，他就快回來了，不知那些王八蛋以後還會耍什麼花招。」

現在，對於這位剛烈的農民和他的女兒來說，處境的確不妙，急需有人來幫助他們。要知道在摩門教控制的整個地區，即使犯一點點錯誤都會受到懲罰，何況像他這樣膽敢如此觸犯長老呢？費里厄清楚地知道，現在財富和地位對他來說都於事無補，因為之前曾經有像他一樣有錢有地位的人也照樣遭到過暗殺。雖然他並不怕死，但是面對無法預知的大禍，他還是有點心神不寧。但他不想讓他女兒看出這種不安，想努力裝得若無其事。可是他這些舉動並未瞞過他聰明的女兒，她什麼都意識到了。

他深知，用不了多久，自己肯定會受到警告。第二天，意料之中的事發生了。早晨起床時，他在自己被子上正對著胸口的那個地方發現了一張紙條——「如果你在二十九天內不改邪歸正，後果自負。」看完之後，他有點心神不定，不知道這個神秘的紙條到底是怎麼進到他的家的。家裡的門都上了門閂，而僕人又睡在另一個房間裡。他胡亂地把紙條揉了起來，害怕被女兒知道這一切。紙條上的「二十九天」是在提醒他期限，看來僅靠勇猛是戰勝不了神秘莫測的敵人的。因為送紙條的那個人完全可以殺死他，而他卻根本不知道那個人是誰。

第二天早晨，當他們正要吃飯時，露茜突然驚叫起來，原來她發現在天花板的中央寫著一個「28」。女兒問是什麼時候寫的，她怎麼不知道，父親並沒有向她解釋。當天晚上，費里厄一眼沒合，他拿著槍整夜廝守著屋子，卻並未發現什麼。然而第二天早晨，他們的門上卻又被寫了一個大大的「27」。就這樣，他每天都能發現這些數字，有時寫在牆上，有時寫在地板上。不論他怎樣的小心，都沒有發現到底是誰幹的。每天一看到這些警告，他就魂不守舍，更是因此吃不下，睡不著，一天天在驚慌失措中度過。他瘦了好多，現在唯一企盼的就是侯坡回來。

日期從二十天變成十五天，又從十五天變成十天，可是侯坡仍然沒有音訊，離期限越來越近，費里厄不知該怎麼辦才好。他整天坐在門外張望，可是每次都落空。期限一天天地縮短，五天變成了四天，四天變成三天。最後，費里厄完全地絕望了，他不得不放棄逃跑的念頭。因為他對大山的情況一點都不熟悉，即使跑也跑不出去，而且通行的大路都設了關卡，沒有四聖會的命令，誰也過不去的。看來只能眼睜睜地看著這場大難臨頭，但他寧願死，也不願讓女兒受到這種侮辱。

這天晚上，他又一個人靜靜地坐在房間的角落裡，來回想著這件事，卻始終想不出一個萬全之策。第二天早晨，屋子裡的牆壁上又出現了一個「2」字。也就是說，明天就是期限的最後一天了。到時候將會發生什麼樣的事，誰都不清楚。他做了各種假想，假如他死了，女兒怎麼辦？但難道就這樣在魔爪之下等死嗎？想到這種無能為力的局面，費里厄忍不住趴在桌子上哭了起來。

「是什麼聲音？」他隱約聽到一些聲音。聲音雖然很小，但由於夜太寂靜了，所以還是能聽到。他側耳靜聽，這個聲音是來自大門那個方向。費里厄悄悄地走進客廳，屏住呼吸，一會兒這個聲音更近了。緊接著他聽到有人在敲門，是來暗殺他的人還是那個寫期限的人呢？費里厄想到這裡更加緊張，心想與其這樣整天心慌慌地過日子，倒不如死了算了。這麼一想他反倒什麼都不怕了，於是猛地跳上前去，撥下門閂，一把把門打開準備決一死戰。門外一片寂靜，晴朗的天空中只有幾顆星星在閃爍，呈現在他面前的除了眼前的花園，什麼都沒有。他又向四周看了看，還是沒有人。費里厄鬆了一口氣，隨意往腳下瞟了一眼，這一瞟不要緊，簡直讓他大吃一驚，因為地上趴著一個人。看到這一幕費里厄受驚不淺，幾乎要站不住了。他靠在牆上，用手按住自己的喉嚨，小心地仔細往地上看去，發現地上那個人正向他爬來。這時費里厄才發現，此人不是別人，正是他苦苦等待的傑弗遜・侯坡。

「噢，上帝呀！怎麼是你呀！你是怎樣進來的？」

「先給我弄點吃的！」恰巧費里厄的晚餐還在桌子上原封未動。他衝過去就大吃起來，一邊吃一邊問道：「露西還好吧？」

「還好，這些危險我一直都沒告訴她。」費里厄說。

「很好，你知道嗎？這棟房子已經被包圍起來了，所以我是一直爬進來的。他們真厲害，不過想要抓住我這樣的人，也不容易。」這時約翰・費里厄才醒過神來，他緊緊握住侯坡的手說：「你真是一個守信用的人。你是我們唯一的希望，只有你才能救我們。」

「您說得對，您確實是我最尊敬的人，但我坦白地說，這件事如果只是為您一個人，我還真得掂量掂量。但這關係到露西，我一定要把她帶出這個摩門教控制的地方。以後，猶他地區再不會有侯坡家的人了。」

「那麼，我們現在怎麼辦？」

「明天是最後期限了。我們必須立刻行動，我已經弄到一頭騾子、兩匹馬，現在在鷹谷那邊。您現在有多少錢？」

「兩千塊金洋和五千元紙幣。」

「好了，我這裡還有一些，湊在一起就足夠了。您現在就去叫醒露茜。」費里厄上樓去叫露茜，傑弗遜・侯坡已經把所有能吃的東西都打成包，還灌了幾瓶水。他打理好這些，費里厄和露茜也出來了。兩個年輕人匆匆問候，根本來不及細說。時間對他們很重要，哪怕是一分一秒，或許都能決定了他們的生死。

「我們必須謹慎行動，前門和後門都有人監視，只能從旁邊的窗戶出去。」傑弗遜・侯坡說話的聲音低沉而有力，他深知前面困難重重，卻執意要去闖闖。他們必須穿過門前的田野，在天亮之前趕過半山腰。

費里厄問：「如果我們被人攔住怎麼辦？」侯坡拍了拍他衣服下的左輪手槍，笑著說：「有它，我們不用怕。」費里厄環顧了一下自己的家，這裡已經漆黑一片，現在他將要永遠離開這裡了，不免有些傷感。可是，一想到女兒，他又堅定起來。就在這片土地上，有鬱鬱蔥蔥的林木和遼闊肥沃的田野，表面看去，一切都是那麼美好，可是又有誰會相信，就在這種美麗的背後，竟隱藏著無數的罪惡和殺機。年輕人的臉色此時顯得更加緊張、蒼白，不難看出，他對目前的嚴峻形勢已是非常瞭解。

費里厄拎著錢袋，傑弗遜・侯坡背著食物，露茜帶著一些她自己的東西。他們悄悄地打開窗戶，恰巧月亮被一片烏雲遮擋住了，他們趁機一個接一個跳了出去，然後悄悄地穿過花園，先是躲在了花園籬笆下的黑暗處。然後又慢慢地移向一個通向麥地的缺口。剛到缺口，侯坡猛然拉起父女倆快速奔到了一個陰暗處，而他們早已緊張得直冒虛汗。侯坡曾經在草原上歷練過，所以細微的動靜都逃不過他的耳朵。果然，他們剛躲下來，就聽見一聲貓頭鷹的慘啼聲。與此同時，在他們親手開闢的缺口處，出現了幾個隱隱約約的人影。緊接著又是一聲慘啼，只見人影從黑暗處走了出來。

一個人說：「等到怪鴟叫第三聲時，就下手。」另一個接著說：「好，要我向德雷伯兄弟說嗎？」

「告訴他，再讓他轉達別人。九到七！」

另一個人接著回了一聲「七到五」。看來，「九到七」「七到五」是他們的暗號。那些人剛走不遠，侯坡就帶著父女倆走出缺口，快速穿過了田地。露茜已經疲憊不堪，侯坡拉著她快速往前跑，上氣不接下氣地說：「現在已經闖過危險區了，我們必須快速趕路。」

上了大路，他們更加快了速度，雖然碰到過一些人，不過都躲開了。快到城邊的時候，侯坡帶他們走向一條崎嶇的小路。深夜一片漆黑，這條崎嶇的小路就是鷹谷，那裡有他們的馬兒。多虧侯坡多年出入這裡，所以即使在亂石中仍未迷失方向。他們沿著一條小溪來到了一塊巨石下，有一匹騾子和兩匹馬在那裡等著他們。三人翻身上馬，繼續在崎嶇的山路上逃亡。

山路的一邊是懸崖絕壁，絕壁上的一道道石棵就像魔鬼的一根根肋骨。另一邊到處是石塊，根本無法行走。在這中間有一條崎嶇的小路，只能容得下一個人通過。像這樣難走的路，即使騎術好的人也要費些周折，可三人的心情卻越來越舒暢，因為他們再也不用過那種受魔鬼統治的生活了。

但是，不一會兒，他們就發現原來並沒有真正逃出摩門教的天羅地網。因為他們發現在一塊黑暗幽深的岩石上，孤伶伶地立著一個崗哨，而與此同時那個崗哨也發現了他們，他大聲喊道：「誰在那裡？」

傑弗遜・侯坡摸了摸馬鞍旁的來福槍回道：「是去內華達的旅客。」崗哨手扣著板機，似乎打算隨時開槍。

「是誰允許的？」他又接著問。

費里厄回答：「是四聖允許的。」

「九到七。」崗哨又喊到。

侯坡突然想起剛才的那個暗號，就喊了一聲「七到五」。哨兵說：「過去吧，願上帝保佑你們。」

通過了摩門教所設的最後防線，前面的路逐漸好走了起來。三人趕緊放馬飛奔，身後只留下那個孤零零的崗哨，手裡握著槍，繼續目視著前方。

逃亡失敗

這一夜對費里厄父女和侯坡來說，真是驚險之極。他們穿過艱險的絕壁，走過曲折的山路後，總算逃出了魔爪之地。天亮時，他們已經來到被冰雪覆蓋山頂的群山之中。群山層層疊疊，一直延伸到地平線。道路兩旁都是巨石，好像隨時都有可能向他們砸來。這的確不是杞人憂天，因為之前就曾經有過一塊巨石滾落，嚇得馬兒一聲嘶叫。

當太陽從東方升起之時，所有的奇峰都被染成了絳紅，就像搖曳燃燒的生日蠟燭，令人對美好生活充滿了嚮往。美景使三人更加有了前進的動力，他們找到水源飲了馬，還分別吃了幾口乾糧。露茜很想就地躺下休息一會兒，可侯坡勸阻了她：「不行，他們現在一定正在追趕我們，我們必須抓緊時間趕路，等到了達卡森城就沒事了。」

經過一天一夜的奔走，三人早已筋疲力竭。他們計算了一下，估計離開敵人已經有三十多英里了。晚上，他們在一塊大岩石下睡了一覺，天微微亮就又繼續趕路了。一路上並沒有人追蹤他們，他們以為已經解放了，自由了，終於鬆了一口氣。可是他們萬萬沒有想到的是，其實此時魔爪離得並不遠，而且正在漸漸逼近。

第二天中午，他們的糧食吃完了，卻也不擔心，因為他們中的兩個都曾經是好獵人。他們選了一個幽靜的地方，撿了一些柴草生起火取暖。此時已是海拔五千英尺的半山，寒風凜冽。侯坡拴好了馬說：「我去碰碰運氣。」說完就帶著來福槍起身走了。父女倆起初還在他回望的視線，但不一會兒出現了一塊巨石，結果擋住了他的視線，看不見他們了。

侯坡翻過了好幾個峽谷，結果還是一無所獲。他仔細觀察了一下地面，發現有野熊的蹄印，但找了半天什麼也沒發現。正當他要掃興回去的時候，突然發現一隻被叫做「大犄角」的加拿大盤羊。牠站在一塊高高的岩石上，背對著侯坡，毫無防備。侯坡抓緊時機把槍對準了牠，子彈嗖地一下飛了過去。野獸受到致命一擊，立時倒了下去，接著滾到了峪下。

這傢伙特別肥，侯坡試著背起牠，可是太重了。沒辦法，他只好把它的四條腿割下來帶走。這時，太陽已經快要下山了，四周蒼茫一片，他不知道該從哪個方向回去。一時之間，峪裡變得坑坑窪窪，根本就辨不清是從哪個方向來的。他試著從一個方向走，可是走了一會兒又覺得不對勁，於是再返回來從另一個方向走。就這麼折騰了幾個回合，天終於徹底黑了下來。他強迫自己坐下來冷靜地想了一會兒，最後終於認定了一個準確的方向。方向是掌握了，但小路溝溝坎坎特別難走，又背著剛打到的獵肉，他感覺實在是走不動了。但一想到露茜，侯坡不由又氣力大增，堅持繼續向前走了。今天的收穫使他很滿意，因為這些獵肉足可以供他們今後的行程所用。就這樣拖著沉重的步伐走了很久之後，他終於回憶起這就是他們剛才停留的那個峪入口。他想他們一定為他著急了，於是還沒等走過去就大喊：「我回來了！」可是，他只聽到了自己的回音。又喊了幾聲，仍然只是自己的回音，他開始懷疑自己走錯了路，但直覺馬上告訴他沒有。他心裡開始有了一種說不出的恐慌，於是急忙丟下背上的獵肉，直奔曾經休息的地方。

繞過那塊岩石，他一眼便看到了他們休息過的地方。那裡還有冒著餘火的炭堆，除此之外什麼都沒有。老人和少女哪裡去了呢？這一切只能說明一個問題，這裡發生了一場毀滅性的災難。侯坡一時不知所措，只覺得頭暈眼花。他靠在那塊岩石上平靜了一會兒，終於清醒過來了。畢竟，他是一個意志堅強的人。他從灶裡撿了一根半焦的木棒吹燃，仔細照了一下四周，地面上到處是馬蹄印，從這些蹄印的方向判斷，應該是去鹽湖城方向了。他們一定又把父女倆帶回去了。突然，他照到了一個不高的墳墓，而且顯然是新堆起來的。這令他幾乎要崩潰了，因為這個土堆上豎著一支木棒，上面刻著一行醒目的字：

約翰・費里厄

生前住在鹽湖城

死於一八六〇年八月四日

他僅僅離開了幾個小時，想不到竟和這位老人永別了。傑弗遜・侯坡又四處尋找，希望能找到些別的線索，但是他一無所獲。看來，露茜是落入摩門教徒的手中了。這一切都是命中註定嗎？露茜要嫁給長老的兒子，成了小妾，而自己與心愛的人永遠不能在一起。一想到這裡，侯坡覺得自己也不想再活下去了，他真想就此就倒在這裡，永遠陪伴這位老人。但是冷靜下來之後，他又告誡自己絕不能一死了之，一定要為露茜報仇。復仇之心喚回了侯坡的意志，他開始漸漸恢復了以往的堅定。他的這種報仇決心可能是受他曾經大量接觸的印第安人的影響。跪在費里厄的墳旁，侯坡難過萬分，他覺得對不住老人，更對不起露茜。他想只有親手殺了那些仇人，才能減輕他對這父女倆的歉疚。他臉色蒼白，面無表情，沿著小路返回去，找到了獵到的獸肉，放在火堆上烤了起來，這點獸肉將是他未來幾天的食物。包好了烤肉，他開始沿著摩門教徒所走過的路艱難地往回走，那些原本是他們逃出來時的路。實在吃不消時，他就在亂石上躺下來，睡幾個小時，睜開眼睛後馬上又繼續往前走。第六天早晨，他終於又回到了這個不幸的逃亡之地——鷹谷。遠遠望去，到處是摩門教徒的田莊家園，與走時無異。他面色憔悴，消瘦了許多，站在崖頂伸出手臂憤怒地向這片土地揮了揮拳頭。進城後，他看到了大街上到處都掛著旗幟，貼著標語，不清楚摩門教徒又在搞什麼把戲。忽然，他聽到一匹馬的嘶叫聲，抬頭一看是一個騎士正向他奔來。當雙方互相能看清楚的時候，侯坡一眼就認出這個人，因為他曾經幫過他。他叫考波，侯坡向他打了個招呼。「你還認得我嗎？我是傑弗遜・侯坡。」他主動說。

考波以異樣的眼神看著他，簡直不敢相信眼前這個面無表情，眼睛黯淡，衣衫襤褸的流浪漢竟然是侯坡。但當他看清是誰時，馬上變得大為緊張。

「你簡直瘋了，斗膽跑到這裡來，你知不知道你已經被通緝了。你快走吧！」

「我不怕，通緝不通緝無所謂。我求求你回答我幾個問題，看在我們曾經是朋友的份上，不要拒絕我。」

考波十分不安，他向四周看看說：「快說，這裡連石頭都長耳朵，樹木都長眼睛。」

「露茜·費里厄怎麼樣了？」

「她昨天就被迫嫁給了小德雷伯。哎，你怎麼了？像丟了魂似的。」

「我沒事，你說什麼？她結婚了？」他絕望地跌坐在石頭上。

「昨天結的婚，就是為了這個，街上才插滿了旗幟，為了她應該嫁給誰——小德雷伯和小斯坦格森兩個鬧翻了，因為他們都去追趕你們了。雖說是斯坦格森打死了露茜的父親，所以他的功大，露茜應該歸他所有。但四聖會議決定，露茜應該和小德雷伯結婚，因為德雷伯的勢力大。不過我想這場戲演不了太久了，昨天我見到了露茜，她面無血色，頭髮蓬亂，簡直成了一個女鬼。怎麼，你要走？」

「是的。」傑弗遜·侯坡說著站了起來。他沒有一點表情，兩眼發紅。

「你要去哪裡？」考波問。

「你不要管。」他大踏步地走進深山老林中。這裡是一個危險地帶，野獸經常在這裡活動。不過，侯坡現在的凶猛程度恐怕沒有任何野獸能比得上。

考波的話不久便成了現實。露茜因為父親慘死，自己又被迫嫁給了仇人而整日悶悶不樂，最後簡直到了發瘋的地步，沒幾天就鬱悶致死了。小德雷伯娶露茜其實只是覬覦費里厄的財產，所以露茜死了他並不傷心，反倒是他的妻妾們對露茜非常同情，她們按照摩門教的風俗在露茜下葬前的一天晚上一直為她守靈。第二天早晨，當她們還圍坐在靈床旁的時候，屋門突然大開，一個衣衫不整、滿臉滄桑的男人突然闖了進來。女人們都傻了，直看到這個男人走到露茜的遺體跟前，彎下腰在露茜的額上吻了一下。他拿起她的手，取下那枚結婚戒指。他厲聲喊道：「她絕不能戴著它下葬！」當人們反應過來時，他連蹤影都沒有了。

從此傑弗遜・侯坡一直在深山中過著野人般的生活，為露茜報仇的念頭充斥了他的全部身心。猶他城中的人們都知道深山中有一個怪人，有時可以看到他在城外徘徊。有一次，一顆子彈射穿了斯坦格森家的窗玻璃，差點打到斯坦格森身上。還有一次，德雷伯正在山間的絕壁下走著，突然一塊大石頭從上面滑了下來，幸虧他躲得及時，才免去了這場災禍。當發現有人想謀殺他們時，兩人都曾派人到深山裡去抓這個怪人，但始終沒有得逞。無奈，他們只好小心從事，而且還僱了保鏢整天跟著。直到好長時間之後，似乎已沒有任何跡象顯示他們有生命危險，兩人這才放鬆了警惕。他們認為也許那個人的復仇之心已經冷淡下去了。

事實上他們想錯了，侯坡的復仇心不但沒有冷淡，反而日益強烈。他就是為了復仇而活著。他開始意識到自己要好好保護身體，不能碌碌無為，就這樣死去，如果他死了，所遭受的一切痛苦就都沒有意義了。想到這裡他便離開了環境惡劣的深山老林，回到了內華達礦。他要恢復一下體力，累積錢財做進一步的行動。

原本他打算回到內華達礦待一年就回鹽湖城，繼續報仇雪恨。可是因為種種原因，結果他不得不待了五年。五年過去了，往事在他心中卻依然無比清晰，他對仇人那刻骨銘心的痛恨也絲毫沒有改變，復仇之心依然是那麼的強烈。此番，他喬裝改扮，改名換姓，回到了那曾經使他痛苦不堪的地方。剛剛回到鹽湖城，他便聽到了一個對他來說非常不好的消息，摩門教內部叛亂，年輕一派要推翻長老的統治，很多人都脫離教會，離開了這塊肥沃的土地，而德雷伯和斯坦格森也在其中，並且現在下落不明了。據說德雷伯幾乎把全部財產都變成了現錢，因此走的時候是大富翁。而斯坦格森與他相比則寒酸得多。茫茫人海，去哪裡尋找他們呢？眼前困難重重，但侯坡並沒有打消過復仇的計畫。他帶著所有的積蓄，每天從一個地方到另一個地方，整日奔波，幾乎要把整個美國都找遍了。很快，他的錢用光了，就靠打零工維持生活。隨著時間流逝，他的頭髮漸漸花白了，臉上也增添了幾分歲月的痕跡，但復仇是他的人生目標，這件事始終沒有離開過他的心底。最終，皇天不負苦心人，一天，他終於從一個車窗裡看到了仇人的面孔，雖然只是一瞥，但他確定無疑——他要找的人就在俄亥俄州的克里夫蘭城。回到暫時居住地後，他開始了緊湊的準備。不巧的是同一天，德雷伯竟然也看見了侯坡，並且察覺到了他那藏在內心深處的仇恨，於是趕緊讓他的秘書——斯坦格森找到當地的治安法官報告，說有人要謀害他，結果傑福遜·侯坡被逮捕了。由於沒有親朋好友，也沒人願做他的證人，這次他一連被拘留了幾個星期，等到出來時，德雷伯和斯坦格森早已動身去了歐洲。

一個絕好的機會侯坡沒有把握住，但是經過這次挫折，他的信心更加堅定了。由於沒有路費，他只好找工作存錢。最後，他終於存夠了錢並去了歐洲，但歐洲這麼大，該從何尋起呢？他到過巴黎、彼得堡、哥本哈根，都沒有找到那兩個亡命之徒。最後，他在倫敦把他們逼上了絕路。在倫敦發生的一切，我們前面已經看到了，就不再敘述了。

復仇行動

罪犯的頑強拒捕事實上並不是對我們幾個有多大敵意，因此當他發現抵抗已是無濟於事時，竟然對我們笑了笑，問是否剛才因他的抵抗而傷到我們。我們搖了搖頭。他對福爾摩斯說：「你們是要把我帶回警局吧？好，我的馬車就在下面，現在給我鬆綁，我自己走下去，否則你們恐怕很難把我抬起來。」葛萊森和雷斯瑞德聽了以後，互相對視了一下，認為他的要求有點出格，而福爾摩斯卻真的為他解開了捆在腳腕上的繩子。他站起來，活動了一下筋骨，顯得很若無其事的樣子。我對他的相貌到現在還記憶猶新，他是那麼的健壯，好像整個身子都是肌肉組成的。他黝黑的臉上流露著一絲喜悅，這讓他顯得更加精力充沛。「我覺得警察局長這個位置對你來說最適合不過了。你對我這個案子的偵查確實很有一手。」

「我們一起去吧！」福爾摩斯對葛萊森和雷斯瑞德說。

「好的，我來趕車。」雷斯瑞德說。

「華生，你也和我們一起走吧！來，葛萊森和我們坐在一起。」

我欣然同意，大家一起上了馬車。那個罪犯確實沒有逃跑的意思，他十分規矩地上了馬車。雷斯瑞德駕起了馬車，很快，我們就到了警局。一位警官把我們領進了一間小屋，另一位上前把罪犯的名字和被害人的名字登記了下來。他們都面無表情，機械化地履行著程序。「犯人將在本週內提交法庭審訊。傑弗遜・侯坡先生，在你受審之前，還有其他什麼要求嗎？如果有的話盡可以提出，但你必須對所說的話負責，因為這將作為你的定罪依據。」

侯坡急切地說：「各位先生，我有許多話要說，我要把這件事從頭到尾地告訴你們。」

「你為什麼不到提審的時候再說呢？」那個警官驚奇地問。

「我怕我出現了意外。請你們不要誤解，我並不是要自殺。你是一位醫生嗎？」他轉過頭問我。

「對，我是醫生。」我回答道。

「那麼，你來摸一下我這裡。」他用帶著手銬的手指了指他的胸膛。我走過去，摸了摸他的左胸。覺得他的胸內跳動得特別激烈，同時也能感覺到他的胸腔也在微微顫動。我又把耳朵俯在他的胸口聽了聽，聽到裡面的聲音很嘈雜。

「你得了動脈血瘤症嗎？」我問道。

「上星期我去看了醫生，醫生說我得了血瘤症，而且說恐怕過不了多少天就要破裂。其實這個病以前就有了，後來由於我在深山中待了幾年，整天飢寒交迫，病情就惡化了。現在我終於得償所願，至於什麼時候死早已不在乎。但是我必須把這件事說明白，死後好有個記載。我不願讓人在我死後說我是一個普通的殺人犯。」

「醫生，你覺得他的病有突發的可能嗎？」警官轉向我問道。

「有可能。」我回答道。

「噢，真有這種可能的話，那麼為了履行法律義務，我們就得提前錄他的口供了。侯坡，你可以交代了，不過我還想提醒你，你所說的話我們都要記下來的。」

「好的，我坐下來說。我現在已經疲憊不堪，而且快要死了，所以我不會說謊的。我所說的每一句話都是發自內心的，請你們相信。至於將受到什麼樣的懲罰，我根本就不在乎。」侯坡說道。

傑弗遜・侯坡靠著椅子說完了這番話。更讓人吃驚的是他以下的供詞。他說話時沉著冷靜，講得有條有理，好像是在敘述別人的故事一般。我相信，他的供詞絕對是準確的。因為下面的供詞是我從雷斯瑞德的筆記本上摘抄下來的，而他的記錄都是按照罪犯當時所說一字一句記錄下來的。

他說：「這兩個人跟我無冤無仇，但我又為什麼對他們恨之入骨呢？因為他們罪不可恕，因為他們曾經害死過兩個人——費里厄和他的女兒，所以我殺他們。我想這也是他們應得的下場。如果讓我控告他們，我拿不出任何證據。但是，我確切地知道他們有罪。這是我親眼看到的，我已經替你們完成了懲罰他們的任務。如果換成是你們，我想你們也會像我一樣毫不猶豫地這樣做。

「剛才提到的那個女孩，她本來準備和我結婚，但被迫和德雷伯結了婚，後來她含淚默默地死去了。在她下葬的那一天，我從她手指上取下了那枚結婚戒指，而且下定決心，一定要讓德雷伯看著這枚戒指死去，要讓他知道是什麼要了他的命。我追蹤他們幾乎走遍了兩個大洲，這枚戒指一直伴隨著我。他們以為能擺脫我，但他們錯了。我是絕不會放棄的，即使我明天就死了，當然這也很有可能，現在也都無怨無悔了。我完成了我的任務，而且是我親手殺了他們，今生無求了。

「當然，我和他們的經濟狀況不能比，因此我要追上他們確實是很難。在倫敦的時候，我幾乎連溫飽問題都不能解決。後來我決定找一份工作，騎馬、趕車對我來說簡直不成問題。於是，我到一家馬車廠租了一匹馬和一輛車，每個月都要繳納一定的租金。除了交租金我所剩無幾了，但還能勉強支撐下去。一開始趕車，我不熟悉道路，只能隨身帶著地圖。後來我熟悉了幾個大旅館和幾個主要的車站，工作才順利起來。過了一段時間，我終於找到了他們居住的地方，是泰晤士河對岸坎伯韋爾地區的一所公寓。只要他們在這座城市，就別想再逃走！為了不讓他們認出我，我留了長長的鬍子，時時都在跟蹤他們，等待下手機會。這一次，無論如何也不能再讓他們逃掉了。

「但他們還是差一點又跑掉了。在倫敦，我可以說是和他們形影不離，不論他們走到哪裡，我都緊緊跟著。我只能在深夜出去趕車，所以賺的錢越來越少了，連租金都交不起了，因此最重要的是盡快幹掉這兩個亡命之徒。這兩個傢伙非常狡猾，他們好像也意識到了什麼，因此總是結伴而行，晚上很少出來。我跟蹤了他們大約兩個星期，從來都沒離開過他們。德雷伯經常喝得爛醉如泥，而斯坦格森則特別小心。我每天都在尋找機會，但總是找不到。不過我並沒有因此灰心，直覺告訴我，報仇的機會不遠了。我唯一擔心的就是我的病，不知道自己什麼時候就再也站不起來了。如果我的病過早發作，我真是死不瞑目。有一天傍晚，我趕著車出去，在陶爾魁地區——他們居住地的附近，突然間我發現有一輛馬車停在他們住的地方。一會兒，車夫搬著行李出來了。德雷伯和斯坦格森跟在後面，他們上了馬車，我也開始行動，緊跟著他們，我想，他們又要換地方了。

「在尤斯頓車站，他們下了車。我找了個孩子幫我牽著馬，隨著他們進了月台。他們正在訂去利物浦的車票，售票員說剛走了一輛，要走還得再等幾個小時。斯坦格森有些惱火，而德雷伯卻洋洋自得，為了能更清楚地聽到他們所說的話，我又向他們靠近了一些。德雷伯讓斯坦格森等他，他要去辦一件事。斯坦格森建議他不要一個人行動，因為他們已商量好了，凡事都兩個人一起行動。德雷伯卻說，這是他個人的事，不需要別人插手。斯坦格森對他說：『做事一定要小心，不要輕舉妄動。』德雷伯大發肝火地說：『你不過是我的一個私人秘書，有什麼權力干涉我？』這樣，斯坦格森便也賭氣地說：『如果趕不上最後一趟火車，就到好利得旅館來找我。』德雷伯說：『我會在十一點以前趕回來。』說完就走了。

「我千年一盼的好機會終於到了。現在他們就在我的掌握之中，原本他們兩個在一起時，我不好下手，只要他們分開了，就一個也逃不出我的手掌心。即使這樣我也非常小心，我想如果讓他們死得不清不楚的，那麼即使是殺了他們也沒什麼意義。我的復仇計畫早已制定好了，我要讓他們知道他們幹了多少見不得人的事，也就是說，他們惡貫滿盈了。就在前幾天，有一個人乘我的馬車去布瑞克斯頓路查看幾棟房子，後來不小心把其中一棟的鑰匙落在了馬車裡，我配製了一把後便把這把鑰匙還給了他。這下可好了，我找到了一個可靠的地方去完成我的任務。目前，最要緊的是怎樣才能把德雷伯引進那個房子。

「他先進了一家酒店，大約半個多小時才出來。出來時，他已經醉得幾乎不省人事了。他坐上了在我前面停的一輛雙輪小馬車，我趕忙跟著他們。我們經過滑鐵盧大橋，又走了幾英里，來到了他原來居住的地方。我並不知道他回去幹什麼，但我還是一直跟著他。我把馬車停在一個隱蔽的地方，只見他快步進了那棟房子，他僱的馬車馬上就離開了。」說到這裡，侯坡請求要點水喝，他的喉嚨乾了。

我遞給他一杯水，他咕咚咕咚喝了半天。

他又說：「這下可好了。我一直在那裡等，突然聽到房子裡有吵鬧的聲音。接著，大門被一下子打開了，跑出兩個人，一個是德雷伯，另一個是個青年，他跑上前一把抓住德雷伯的衣領，一拳打在德雷伯的臉上，緊接著又是一腳，德雷伯滾到了大街上。那位青年手裡拿著一根棒子追趕德雷伯，德雷伯左跑右跑跑到拐彎處，一眼就看到了我的馬車，招手示意我馬上過去。我過去時，他一下子蹦上了我的馬車，說：『去好利得旅館。』他上了我的馬車，我特別激動，心跳得厲害。我最擔心的是血瘤迸裂。我趕著馬車緩緩前行，心裡想著怎樣處理好這件事。其實我可以把他拉到偏僻的地方，再和他算帳。我正不知怎麼辦時，他卻酒癮發作，讓我送他到一家大酒店，並讓我在外面等他。他一直喝到酒店關門，出來時已經爛醉如泥，我想這次肯定要成功了。

「你們或許認為我會趁機給他一刀。我不會那麼做，這樣就太便宜了他，我早已決定給他一個機會去選擇。如果他有幸能把握住這個機會，那麼他還有生的可能。我在美洲流浪時，曾經在『約克學院』實驗室當掃地工，碰巧聽到教授給學生們講解有關毒藥的問題。他講到生物鹼，說這種東西是從南美洲土人製造毒箭的毒液中提取出來的，毒性很大，人只要沾上一點就會當場倒地。我便記住了那個盛毒藥的瓶子，在沒人的時候偷偷倒了一點出來。我把這些藥做成小藥丸，放在兩個盒子裡，又分別在兩個盒子裡放了一顆無毒藥丸，我想先讓他們選擇一粒，剩下的一粒我吃。我一直隨身攜帶著這兩個盒子。

「那是個狂風驟雨的夜晚，風呼呼地颳，雨嘩嘩地下，天氣簡直是壞透了，但我的心情卻沒有因天氣不好而受影響，我真想對著天空放聲大喊幾聲。各位先生，你們可以站在我的立場上想想我當時的心情。我點了一根菸，藉此想穩定一下情緒。我太興奮了，以至於手在顫抖，太陽穴跳得厲害。我趕著馬車走著走著，忽然費里厄和露茜出現在我的面前，他們微笑著向我走來，一直陪伴著我走到了布瑞克斯頓的那幢房子。

「周圍很寂靜，唯一能聽到就是淅淅瀝瀝的雨聲。我隔著車窗向裡看了一眼，德雷伯正處於熟睡中，我推了推他說：『先生，該下車了。』

「他迷迷糊糊地應了一聲。

「他當時肯定是認為到了旅館，於是下來就跟著我走。我不得不扶著他，免得他摔倒。走到房門口，我打開門把他攙進了屋子，這時我彷彿看到費里厄和露西也跟著我走了進來。

「他摸著惺忪的眼睛說：『太黑了。』

「我擦了一根火柴，點燃了我早準備好的蠟燭。『這不黑了！』我把蠟燭端到臉前對他說，『德雷伯，還記得我是誰嗎？』

「他睜大眼睛看了看我，差點沒叫出聲來。看來，他已經認出了我。他面如白紙，連連向後退了幾步，汗珠順著臉頰淌下來。我禁不住大笑起來，報仇真是一件爽快的事。

「你這個王八蛋！我追你追得好辛苦呀！我一直從鹽湖城追到這裡，現在你的末日就要到了！我們倆將有一個人或許會看不到明天的太陽了。

「他連退幾步，他的面部表情告訴我，他認為我是瘋了。的確，我渾身的每一根血管都快要破裂了，要不是從鼻子裡流出的那些血使我輕鬆下來的話，我想我的病可能當時就發作了。

「『露西・費里厄現在在哪裡？』在我向他怒吼的同時，我把門鎖了，鑰匙在他面前晃了晃。『今天可不能讓你逃走。』他似乎想說什麼，但他清楚地意識到，說什麼都沒有用了。

「『你想謀殺我嗎？』他結結巴巴地說。

「我哈哈大笑起來，『殺你也稱得上謀殺嗎？當你們把費里厄打死，又把露西搶走，一直帶進你那骯髒的破房子時，你是否還有一絲人性呢？』他辯解道：『他父親是斯坦格森殺死的。』

「『但是，你殺死了露西那顆純潔的心！』說著，我把那個藥盒放到他的面前，『現在讓上帝做出公平的裁決吧，現在你必須選一粒，餘下的那粒是我的。我想知道，這世上還有沒有公平。可以這麼說，我們兩個現在正在選擇生與死。』

「他抱頭喊饒命，我把明晃晃的刺刀放在他脖子上，逼他必須選擇。他不得不閉著眼睛吞下了他精心選的那一粒，我吃了剩下的那粒。我們倆面對面站著，等待著老天的裁決。不一會兒他便露出痛苦的表情，我們都明白了裁決的結果。至今我還記得他痛苦萬分的樣子。我把露茜的結婚戒指舉在他的眼前。不一會兒，他便再也不能動了。由於毒性過大，最後他的五官都變形了，臨死時只是一聲慘叫。我把他翻過來，摸了摸他的胸口，他的心臟已經停止了跳動。

「就在這時，我鼻子開始不斷流血，但是我根本就不在乎。我忽然想起曾經有一則報紙所登的消息，說一位德國人被謀殺，在他的身上寫著『RACHEL』，報紙對這件事還做了評論。我想著想著，就也用鼻子裡流出的血在牆上寫下了這個字。出門後我回到了自己的馬車上，周圍仍然空無一人，雨還在淅淅瀝瀝地下著。我趕著馬車走了一段，忽然想起那枚戒指，我摸了一下口袋，結果發現那枚戒指不見了。頓時我感到很著急，因為這是露茜留下來的唯一的東西。我想大概是在檢查屍體時把它掉了。我寧願犧牲一切，也要把丟掉的那枚戒指拿回來。

「我剛返回去，迎面就碰上了兩個警察，於是就裝作一個酒鬼才得以脫身。這就是我對德雷伯所做的一切。我還要讓斯坦格森遭到和德雷伯一樣的下場，因為我已經知道他住在好利得旅館。後來我一直在這家旅館附近徘徊，卻始終沒見到他的蹤影。我想他肯定知道了事情的嚴重性。斯坦格森辦事一直都很小心，他或許認為只要不出門就沒有生命危險，但我很快就得知他住在哪個房間。第二天，天微微亮，我就登著梯子爬進了他的房間。我進去時他還睡著，我叫醒他，把德雷伯的死告訴了他。我以同樣的方法讓他選擇一粒藥丸。他沒有選，而是沉默了一下，便朝我撲來。我想，反正他已經知道了他的罪惡了，怎樣的死都是死，於是我用刀刺穿了他的心臟。我快要死了，我要把所有的話都說完。事後幾天，我想存點錢再回美洲去。今天我正趕著車走在大街上，一個流浪小孩跑來問我是不是傑弗遜・侯坡車夫，我說是的，他便說，貝克街221號有一位先生要僱我的車。我什麼都沒想便跟著來了，結果就是這位年輕的小夥子把手銬銬在了我的手上。

「這就是全部過程。你們或許認為我是個凶手，但我認為我是一個執法的法官。」

侯坡講得驚心動魄，簡直令人身臨其境。我們都靜靜地坐在那裡，認真聽他講述了這一切。只有雷斯瑞德在記供詞時筆尖和紙的摩擦聲打破了這份寧靜。

「我還想問你一個問題，那位招領戒指的人是誰？」福爾摩斯問道。侯坡對福爾摩斯調皮地笑了笑說：「我只能說關於我自己的事，別人的事我不想再說了。不過我看到那廣告後就覺得這是一個圈套，但我還是抱了一絲的希望。我的朋友說願意為我跑一趟，你是否覺得他做得很出色？」

「是的，我非常佩服他。」福爾摩斯如實地回答。

後來那位警官嚴厲地說：「各位先生，這個星期四，我們將會把罪犯提交給法庭審理，希望各位到時準時出庭。」他按了一下鈴，雷斯瑞德和葛萊森把罪犯帶走了，我和我的夥伴也回到了我們的住處。

復仇天使之死

我們都準備週四出庭作證。可是，到了庭審那天已經用不著我們了。因為傑弗遜・侯坡的案件由更高級的法官受理了，他也被帶到了另一個法庭，接受更為公正的審判。原來在他被捕的當天晚上，病就發作了。第二天早晨，他被發現在監獄的地板上安詳地死了，臉上掛著一絲笑容，好像是為出色地完成了任務而感到高興。

第二天晚上，我們又聊起這件事，「葛萊森和雷斯瑞德如果得知侯坡死了，一定會氣死的。因為這樣一來他們就失去了吹牛的機會。」福爾摩斯說。

「他們對這個案子簡直沒有任何建樹！」我回答說。

「在人們眼裡，重要的不是你做出什麼，而是你能讓別人相信你做出了什麼。不過，沒關係的，無論如何，我都不會放過這個案子，因為它是我所見過的最精彩的案件。它雖然簡單，但其中有幾點卻值得我們引以為戒。」

我驚奇地問：「它簡單嗎？」

「是的，它只能用簡單形容了。」福爾摩斯看到我疑惑的樣子笑著說：「我沒有經過什麼周折，僅憑平常推理，就將罪犯繩之以法了，你說它不簡單嗎？」

「的確是這樣。」我說。

「我記得我以前跟你說過，解決特別的事情，有時僅靠一條線索就行了，最重要的是推理要嚴密，並學會一層層地回溯推理。關鍵時，它很重要。但是，人們往往不能很好地運用這種技能，總是忘記用回溯推理的辦法解決日常生活中的問題。假如有五十個人使用綜合推理法，可能僅僅有幾個人在使用分析推理法。」

「說實話，我聽不明白你所說的話。」我說。

「我並不希望你能聽懂多少，不過讓我試著再為你解釋。絕大多數人都有這種能力，如果你把事實的經過告訴他，他就能推測出結果。因為只要把事實放在一起，透過人的大腦進行分析、推理，得出結論並不難。但是，也有少數人，只要你把結果告訴他，他就能透過聯想分析，把產生結果的每個步驟告訴你，這就是『回溯推理』的方法。」

我忽然醒悟。

「侯坡這個案子就是一個絕好的例子，我們僅知道結果，各個步驟就需要我們自己去推理了。我還是把這個案件的各個推理步驟告訴你吧！你知道，剛到現場時，我並沒有首先進到那舊屋子，而是詳細地檢查了一番街道。我看到有一輛馬車的車痕，並且確定它是在夜間留下的。又因為車痕的距離很窄，而在倫敦市出租的四輪馬車要比自用馬車的車輪窄，所以我便判斷那是一輛出租四輪馬車。

「這是第一步。接下來，我走到花園前，因為花園小路是黏土路，很容易留下足跡。在別人眼裡這只不過是讓人踐踏的泥土路罷了，但我沒放過任何一點痕跡。在偵探學中，足跡這門藝術比較重要，但也是容易被人忽略的一個線索。多次實踐告訴我，我必須對它重視起來。在這些雜亂無章的靴子印前，我辨別出了警察的靴子印和更早的兩個人的足印。這樣我就基本掌握了第二個環節，那就是說，晚上一共來了兩個人，從他們的步伐可以看出，其中一個個子非常高，而另一個從他所穿的精緻的鞋子上可以看出，他穿戴很時髦。

「後來，走進房子，那個穿精緻靴子的人已經躺在了地上，這麼說那個高個子的人就是凶手了。從死者身上來分析，他沒有一點傷，但是臉色表情流露出死前曾處於一種恐怖狀態，而一切的生病死亡都不會有這種表情。我聞了一下他的嘴唇，有一種酸味，所以我推斷他是服毒而死。他的面部表情說明他是被逼迫而死的。運用排除一切不合理假設的排除法，你就能推斷出正確的結論，這個方法在偵探學中相當有效。

「從死者身上的東西看，這不是一樁搶劫案，因為那些貴重物品絲毫沒有少。那就只能是政治案件或是仇殺案件了。不過我認為肯定是仇殺案件，因為要是政治案件，凶手殺人以後肯定會馬上離開現場。可是他並沒有，還在屋裡走了半天。可以斷定它是一樁仇殺案，當在牆上發現了『拉契』這兩個字時，我就更加確信我的判斷了。我知道這是凶手為了引開警察的視線而故意為之的。當發現那枚戒指時結果就更清楚了，凶手可能是想透過這枚戒指讓被害者想起些什麼。關於這個問題，我曾經問葛萊森拍電報時，是否調查過德雷伯以前可曾發生過什麼特殊的事，葛萊森當時說沒有問。

「後來，我又查了一下那屋子，再次確定，凶手就是那個高個子。與此同時，我還發現了菸灰的痕跡以及凶手手指在牆壁上留下的痕跡。又因為屋內沒有搏鬥跡象，所以我斷定，那是凶手流的鼻血，並且從血跡的多少看，凶手一定是血液很充足，不然不會有這麼多血跡的。所以我推測凶手是個身強體壯的紅面人。後來，這一點也被證實了。

「離開案發現場後，我給克里夫蘭警局拍了電報，問了一下德雷伯的婚姻問題。答覆很明確，德雷伯以前曾指控傑弗遜・侯坡——舊日情敵，並要求警局出面保護他。到此時，我已經基本上掌握了這案件的來龍去脈，接下來的事就是看如何去抓凶手了。

「我確定：一定是那個趕車的和德雷伯一起進屋的，除此不會再有別人了。

「我從街上馬停的地方觀察過，發現馬曾隨意走動過很久，這就證明車夫肯定離開過馬車。車夫不在屋子裡，他會到哪裡呢？如果是一個神經沒問題的人，是不會明目張膽地在第三者面前進行周密的犯罪活動的。跟蹤別人最好的身分莫過於車夫了，這個情況使我明白，必須要到倫敦城中的出租馬車車夫裡去找傑弗遜・侯坡。

「凶手是馬車夫，而且他不會突然就不幹了，否則會引起人們對他的懷疑。他不會馬上離開，更不可能更名改姓，因為在一個陌生的地方根本沒人會知道他的真實姓名。於是我把流浪兒組織起來，讓他們分別去各個馬車廠打聽情況，結果這支小隊伍辦事效率還挺高。斯坦格森的死確實出乎我意料，但是任何事情都可能有意外出現，好在我發現了那兩粒藥丸，之前我就推測到德雷伯是因為服毒而死的。你看，整個案子的前後就這麼套著。」

「真是棒極了，你應該把你的推斷公布於眾，讓人們體會到你的神奇偵探術。如果你忙，我替你發表。」我興奮地說了這麼一大堆。

「你想有這個必要嗎？你先看看這份報紙。」福爾摩斯說著，遞過一張報紙。

我接過報紙一看，是《回聲報》，報上內容是：

侯坡的突然死亡，使人們失去了關於此案的很多談資。侯坡是殺死德雷伯和斯坦格森的嫌疑犯。據局內人員透露，這是一件蓄謀已久的桃色案件。至於這個案件的內幕詳情，經研究決定暫不公布。調查顯示：兩位被害者是摩門教徒，而侯坡並不是，但也是來自鹽湖城。這個案件本身與普通凶殺案並無異處，但仍可彰顯警探破案之神速，並對一些異域入境者發出警示：異域負案者應當在本國本地解決刑案為宜，最好不要潛入英倫。這個案件的偵破歸功於葛萊森和雷斯瑞德兩位偵探，他們辦事之幹練、機警，刑偵能力之傑出可謂家喻戶曉。據瞭解，凶手是在福爾摩斯家中被抓獲的，福爾摩斯是一名私人偵探，其偵探術頗有功底，並深受兩位警探之教益。這兩位功臣——葛萊森和雷斯瑞德會得到相當之嘉獎，以表彰其功績。

「我不早就跟你說過了嗎？我對血字的研究肯定會給他們增加榮譽的。」福爾摩斯笑著說。

「不過，沒關係的。我會把自己的所見所聞全部告訴世人的。現在案子了結了，你也應該知足了。」我堅定地說。

第二部　四簽名大揭秘

上尉的失蹤，少校的死亡，藏寶圖上四個簽名之人一生的悲慘遭遇，都緣自於一宗神秘的阿拉伯寶物。事實的真相到底如何？福爾摩斯經過偵探推理解開了這個秘密。

四簽名大揭秘

神奇的推斷

夏洛克・福爾摩斯從壁爐台的邊上拿出一瓶藥水，接著又從一個皮匣裡拿出注射器。他的手指雖然蒼白修長，但很有勁。他用手指安好針頭，捲起襯衫左袖口。靜靜地，他盯著自己的胳膊，肌肉雖發達，但布滿針眼。不一會兒，他終於把針尖扎入胳膊，推進藥水，然後躺在安樂椅裡，一副很滿足的樣子，長長地喘了口氣。

他每天都要這樣注射三次藥水。幾個月後，我已經習慣了。慢慢地，這種情況對我的刺激越來越大了，但我沒有足夠的膽量去阻止他。每當深夜想起此事，我都覺得不太舒服。有好幾次我想對他說出我的心裡話，可是他那古怪的脾氣是不會輕易採納別人的意見的，那可真是一件難事。他堅強的意志和自以為是的態度及和他相處時所看到、感覺到的古怪性格，經常使我害怕，避免惹他不高興。

但是，一天下午，我覺得必須警告他了，也許是由於我吃飯時喝了酒，也許是他的態度激怒了我。

「今天注射的是古柯鹼還是嗎啡？」我問他。

他正打算看那本破書，聽見我的話，軟綿綿地抬頭說：「古柯鹼佔百分之七，想試試嗎？」

我不客氣地回答：「不試。自從參加了那次阿富汗戰爭，到現在我的體質還沒完全恢復，我可不想再讓它來傷害我。」

他並沒有理會我的發怒，微笑著說：「可能你對吧，華生。它對身體有害，這我知道，可是有失必有得，它能增強人的興奮感，還可使大腦清醒，所以只能忽略它的副作用了。」

我真誠地說：「它的利害關係你應該好好考慮考慮。正如你說，也許由於藥物的刺激，你的大腦會興奮，可是它也會傷害你的大腦，使器官組織的變質加劇，更嚴重的是能使大腦長期衰弱。你也知道它對身體的副作用，實在得不償失。為什麼為了一時的快感來迫害自己正常的精力呢？這些話，我不僅僅是以朋友的身分，更是以一名醫生的身分跟你說的，我要對你的健康負責。」

我的話並沒有使他生氣，相反，他把胳膊放在椅子的扶手上，十指對在一起，做了一個對我的話很有興趣的姿態。

「我的性格好動，每當無事可做時我就有些浮躁。人們提供難題和工作給我，叫我破譯深奧的密碼，或者把最複雜的分析工作讓我做，這時我才會感到最舒適。」他說，「我所做的不是一般的工作——或者說這個職業的開創者就是我，再沒人做此種工作了——平淡的生活讓我厭惡，我總想使自己一直處在刺激中。」

我抬頭問道：「獨一無二的私家偵探嗎？」

「獨一無二！偵探裡的最高裁決機關就是我！當埃瑟爾尼・鐘斯或葛萊森、雷斯瑞德碰到困難時——他們經常有這種事——他們就要請教我。作為這種專家，我經常替他們審查材料，並且說出我的意見。破了案後，夏洛克・福爾摩斯的名字也不會出現在報紙上。我一直都不居功，我只想讓破案的快樂變為我工作的報酬。傑弗遜・侯坡的案子你還記得吧？這個案子不就是我用自己的方法帶給你經驗的嗎？」

「當然，我清楚地記得。那樣的奇案是我有生以來第一次遇到，我為它取名《血字的研究》，已經把經過寫成小冊子了。」

「我簡單地看過那本冊子，但確實不敢恭維。」他不滿地搖搖頭，「你知道嗎？偵探學——也許應該是一門非常精確的學科，研究它的人們應該用非常冷靜的大腦而不應感情用事。寫成小說的同時，其實你已給它加了一層藝術的色彩。正像在抽象的幾何裡摻雜進愛情故事。」

我不贊同他的說法，立即反駁說：「事實就是這樣，它本身就和小說情節很接近。」

「不要像記帳一樣把每件事都記下來，可以省略一些事，詳細敘述一些事，這樣才能重點突出。這案子最值得提出來的就是我怎樣從現場發現案件原因，又怎樣經過嚴密謹慎的分析和判斷最終破案。」

我很是鬱悶，原本是想讓他高興才寫那本冊子，誰知卻受到他一連串的批評。他的自負激怒了我，他好像是在要求我全書只允許完完全全地描寫他一個人的事情。在貝克街和他合租一間房子的幾年裡，我屢次發現，在他緘默不語或對別人說教的時候，總會有意無意地露出點傲氣。不過多說無益，我乾脆開始給自己的傷腿按摩起來。經過治療，阿富汗戰役中被打中的這條腿已經不礙走路了，但是天氣一有變化，它就疼得要命。

不一會兒，福爾摩斯在菸斗裡填滿了菸絲，慢慢開了口：「現在我的業務已經擴大到了整個歐洲，一位叫佛朗索瓦・勒・維亞爾的人，上星期來請教我。也許你也知道他的一點事。現在這個人在法國偵探界開始嶄露頭角，他具有凱爾特民族特有的敏感性，但缺少淵博的知識，而這正是他想提高斷案能力所必需的。他來請教一件挺有意思的有關遺囑的案子。我把1857年里加城的案子和1871年聖路易的案子介紹給他作參考。這兩個案子撥開了他的迷霧，你瞧，這就是剛接到的他的感謝信。」他一邊說，一邊扔給我一張弄皺了的信。我看了一下，信裡寫著「偉大」「高超的手段」「有力的措施」等一些恭維話，以此來表達這位法國偵探的稱讚和敬意。

「好像是小學生在和老師說話一樣。」

「他把我的幫助評價得太高了，他的才能也不可低估。他具有一個完美的偵探家所必需的條件，也能細心觀察和正確判斷，只是缺少淵博的知識。當然，這可以在他今後的工作中彌補。如今他還打算把我的幾篇文章譯為法文。」

「你的作品？」

「難道你不知道？真是慚愧，我寫的幾篇技術方面的論文，你記得嗎？有一篇論各種菸灰的辨別，在那篇文章中我舉出了一百四十種紙菸、菸絲和雪茄的菸灰，並用插圖說明其區別。菸灰經常作為證據出現在刑事案件審判中，有時甚至是整個案件中最重要的線索。認真想一想傑弗遜·侯坡的案子，你就會瞭解辨別菸灰對破案的幫助有多大。比如，如果能夠區別菸灰，你就可以在一個案子中斷定凶手所吸菸的菸灰類型，這就可以縮小你的偵查範圍。在有經驗的人眼裡，識別『鳥眼』菸的白灰與印度雪茄的黑灰簡直就跟識別白菜一樣容易。」

我說：「你確實在觀察細微事物這方面有非凡的才能。」

「我的確理解到了觀察案件中細微事物的重要性。這同樣是我的一篇論文，關於腳印的跟蹤，裡面提到用熟石灰保存腳印的方法。裡面還提到職業會影響一個人的手形，並附有幾種工人手形的插圖。當碰到需要判斷罪犯身分或無名屍體的案子時，此類細節就會很有用，這對偵探的意義非常重大。呀，我只顧說我的偵探學了，你是不是覺得煩了？」

我真誠地說：「不，一點也不，我反而覺得很有意思。我親眼目睹你用這些方法破了案，所以我覺得你剛才說到的觀察和判斷，二者在一定條件下是相互關聯的。」

他舒服地靠在椅背上，吐出一股濃濃的煙，說道：「也沒什麼關聯。比如說：觀察你後，我就知道你今天早上去了韋格摩爾街郵局。但經過推斷，我知道你發了一封電報。」

「是，完全正確。可是真奇怪，今天早上我才決定，也沒告訴誰，你怎麼就知道了呢？」我吃驚地問他。

看到自己的話產生的效果，他得意地笑了：「這簡單得都不用解釋，可是為了區分觀察和判斷的範圍，解釋一下也行。你的鞋面上沾著一小塊紅泥，而韋格摩爾街的對面正在修路，挖出來的紅泥都堆在了便道上，只有去了那裡才有可能踩上紅泥。同時根據我瞭解，那是一種特殊的紅，附近很難找出和它同色的泥。這也是透過觀察。其餘的就是透過推斷得來的。」

「你怎麼知道我發了一封電報呢？」

「整整一上午我就坐在你的對面，但沒看到你寫信。你的桌子上有一捆明信片和一大張整版郵票，所以可以推斷出你一定是去郵局發電報而不是做別的事。」

我略微想了想說：「確實是這樣，按照你的說法，確實簡單。我考驗你一下，你不覺得我魯莽吧？」

「當然不，我很歡迎，這就代替我再一次注射古柯鹼了。我願意研究你提出的任何問題。」福爾摩斯說。

「我常聽你講，每個物品上面都會留有其主人的一些特徵，經過這方面訓練的人很容易識別出來。我剛得到一塊舊錶，你看現在能否從這塊錶的身上找到其舊主人的影子呢？」

我把錶遞給了他，心中不禁暗笑。依我看，他不可能找到，就算是對他說話太獨斷的一個教訓吧！他手裡拿著錶，仔細觀察，先看錶盤，再打開錶蓋，一絲不苟地認真研究起來。開始是用肉眼，後來又用了高倍放大鏡。最後，看到他那沮喪的表情，我差點笑出來。

終於，他蓋好錶蓋還給了我。「這塊錶剛擦了油泥，主要的痕跡被擦掉了，似乎什麼也沒發現。」他說。

「對，這錶確實擦了油泥才到我手。」用擦過油泥為藉口來掩飾他的失敗，這一點我很不以為然。即使沒有擦過，他也不能從這裡找到更多的東西。

他半閉著眼看著天花板說：「遺痕不多，但還是能看出一點。我先說，你聽聽是不是準確。我認為這錶是你父親傳給你哥哥，又由他傳給你的。」

「完全正確。你是不是從錶背面刻著的H・W這兩個字頭這裡知道的？」

「是的，W代表你的姓。錶上的字和製錶時期差不多，大概是五十年前所造的，所以應該是上一輩留給你們的。習慣上珠寶這類的遺物一般會傳給長子，長子又常用父親的名字。我記得你父親多年前就去世了，所以我推斷這塊錶是你哥哥的。」

「是的，這些都對。你還知道什麼嗎？」

「你哥哥不太約束自己。起初他本來大有前途，但他失去了好多機會，所以後來生活貧困，偶爾情況也許會好一點。最後他死於嗜酒，這是我從這塊錶中看出的。」

我頗為生氣地說：「這就是你的錯了，福爾摩斯，你借助瞭解我哥哥的不幸經歷來假託你的推斷，沒想到你竟會用這樣的手段。沒人相信你是從舊錶中得出這些的。毫不客氣地說，你的這些話都是假的。」

「親愛的醫生，請原諒我，我保證沒有調查過你哥哥，你給我這塊錶之前，我甚至不知道你還有一個哥哥。我只是按照推理說出了這些事實，但請原諒，我忘了這對於你來說是一件非常痛苦的事情。」他和藹地說。

我驚奇地說：「可是這完全和事實相符。你怎麼這樣神呢？竟然能從舊錶上看到這麼多事實。」

「我只是很幸運地把一些情況說對了，也沒想到會那麼準確。」

「那這不是你猜出來的了？」

「對，我絕不借助猜想，那樣很不好，常有害於邏輯推理。在你看來不可思議，是因為你不瞭解我對問題的思考方式，不相信透過觀察到的小問題能推出大問題。舉例說，我說你哥哥不能約束自己是有原因的，你瞧，錶下面邊上有兩處凹痕，其他地方也有很多被碰撞過的痕跡，而它只有在和硬東西放在一起時才會這樣。對於生活細心的人，不會對價值五十多英鎊的錶這樣不經心。一塊錶就五十多英鎊，你想他的遺產數目會小嗎？你說對吧？」

我只有點頭表示認可。

「接照倫敦當鋪的慣例，收一塊錶之後，他們就會在錶裡用針尖刻上當票的數字，而不是掛一塊牌子在錶上，這樣可避免牌子混亂或丟失。我剛才打開錶蓋用放大鏡看了，至少有四組那樣的數字在錶裡。假如你哥哥不是非常窮困，相信絕不會去當鋪。當然，他的生活有時也會好轉，不然他哪有錢去贖錶呢？最後你再看看這上弦孔的裡蓋，旁邊有數不清的傷痕，應該是鑰匙戳搗造成的。你可以想想，頭腦清醒的人是不會連插好幾下的，這樣的痕跡大部分是喝醉的人幹的。手錶需要晚上上弦，但醉漢的手總是哆嗦的，所以錶上會留下痕跡，其實也就這麼簡單。」

我回答：「一語驚醒夢中人。剛才實在對不起，我絕對應該相信你是破案的天才，你現在有案子嗎？」

「製造人為刺激就是因為沒有案子。大腦每天閒著太痛苦了，怎麼活下去呢？請到窗前來，難道你看過這麼無聊而悲慘的世界嗎？看吧，那些黃霧擦著街邊灰暗的房子滾滾飄來，真是無聊至極。醫生，你想一想，有充足的精力而無用武之地有多難受。犯罪都是平常小事，而生活也一如既往的平淡。真不知道這世界上除了這些平常的事，還會有什麼？」他感嘆著。我正要安撫他，突然傳來一陣急促的敲門聲。房東太太拿著一個上面有張名片的托盤走了進來。

「一位年輕的小姐想見您。」她對福爾摩斯說。

「梅麗・摩斯坦小姐。這名字太不熟悉了，讓她進來吧，赫德森太太。醫生，我希望你也能在這裡別走。」

神秘的失蹤

摩斯坦小姐進來了。她體態輕盈，步履穩重，儀態沉著，淺色的頭髮，衣服也很適合她的氣質，手套與衣服的顏色十分搭配。她穿著一身沒有任何修飾的暗褐色毛呢料衣服，頭上戴著一頂同色的帽子，一根白翎毛插在邊上。簡單的衣著說明她的生活可能不太富裕。這位小姐不算漂亮，但樣子十分溫柔可愛，一雙蔚藍色的大眼睛顯得很有神。曾經走過三大洲的數十個國家的我都從來沒見過像她這麼高雅的女士。坐下後，她開始顯得有些緊張和不安，嘴唇和雙手輕微顫抖著。

「福爾摩斯先生，您曾經為希瑟爾・弗里斯特夫人解決了一次家庭糾紛。為此，我非常佩服您，所以我今天來找您了。」

「希瑟爾・弗里斯特夫人，我記得那個案子，非常簡單，不值得一提。」

「她和您想的不一樣。起碼，我的這個案子您不會說簡單，再沒有比這更讓人費解的事了。」

福爾摩斯兩眼放光地搓著雙手。他微微向前傾著上身，臉上表現出聚精會神、興致勃勃的神情。他鄭重其事地說：「您說一下案情吧！」

我感到自己在這裡好像有些不方便，所以站起來說：「失陪了，對不起。」

可是年輕女孩卻用手止住我說：「說不定需要您的幫助，您就再坐會兒吧！」

於是，我又坐下了。

她繼續說：「事情大致是這樣的，我父親是駐印度的軍官，母親早就去世了，我在國內再沒有別的親戚。很小的時候我就被送回英國，在愛丁堡城一所很好的學校讀書並寄宿，直到十七歲才離開了那裡。我父親是他所在團裡資格最老的上尉，1878年，他請了一年的長假回家。安全回到倫敦後，他給我拍了電報，讓我立即到朗厄姆見他。他的電文裡滿是慈愛，一到倫敦我就趕忙去見他。但朗厄姆旅館裡的人說，之前確實住著一位摩斯坦上尉，不過他兩天前就出去了，到現在還沒有回來。我等了一天，仍沒有消息。到夜裡，我接受旅館經理的意見，向警察局報了案，後來又在各種報紙上登了尋人啟事，但是仍然毫無音信。回到祖國，他本可以享福，誰知卻……」

她按著自己的喉部，話還沒說完就已經淚流滿面了。

「你還記得失蹤時間嗎？」福爾摩斯打開本子問她。

「1878年12月3日，距今快十年了。」

「你父親的行李呢？」

「在旅館。只有書和衣服，還有從安達曼帶回的一點古玩，但從那些東西裡根本找不到任何線索。他以前在安達曼群島是負責監管犯人的軍官。」

「在倫敦你父親有朋友嗎？」

「我認識曾經和我父親在一個團裡的駐孟買軍第三十四團的舒爾托少校。前些日子他退伍後就住在上諾伍德。我向他打聽過這件事，但他都不知道我父親回來了。」

「這就奇怪了。」福爾摩斯說。

「後面的事更怪。好像是六年前，即1882年5月4日，在《泰晤士報》上我看見了一則徵尋我地址的廣告，還說假如我回覆他，是對我有好處的，但廣告上沒有署名和地址。當時我剛到希瑟爾・弗里斯特夫人家做家庭教師。接受她的建議，我在報紙上登了我的地址。更奇怪的是，有一天郵遞員送來一個小紙盒，我打開後發現盒裡沒有一個字，只有一顆上等的珍珠。從此以後，我每年都會在這一天收到同樣的紙盒，同樣的珠子。除此之外，沒有寄珠子人的任何線索。行家們都說這些珍珠很值錢，確實不錯，你們看。」摩斯坦小姐一邊說，一邊打開隨身帶的盒子，裡面放著六顆我有生以來從未見過的上等珍珠。

「真有趣，還有其他情況嗎？」福爾摩斯問。

「有，所以我來找您。今天早上，我收到一封信，您自己看看吧！」

「謝謝，連信封也給我吧！」福爾摩斯說，「郵戳是九月七日倫敦南區的。啊，角這裡有個大拇指印，但有可能是郵遞員留下的。非常好的信紙，這樣的信封，六便士一紮。從信紙和信封上看，寫信人是挺講究的，沒有寄信人的地址。快看信上寫什麼了，『今晚七時請在朗厄姆劇院外左第三個柱子前等我。如有懷疑，可以帶兩個朋友一起來。您受到的委屈一定會得回公道。不要帶警察，不然恕不相見。您的不知名朋友。』太有趣了，您打算怎麼辦，摩斯坦小姐？」

「我就是來請您幫我出主意的。」

「必須去。信上表示可以讓您帶兩個朋友，您和我，對了，華生，正需要他了。他和我一直在一起工作的。」

「可是，他願意去嗎？」她臉上帶著懇求的神情看著我，對福爾摩斯說。

我立即說：「為您效力我很榮幸。」

「沒有別的朋友可以相託，有您兩位幫我，實在太感激了。我六點到這裡，可以嗎？」福爾摩斯說：「最遲六點。對了，寄珠子的紙盒上的筆跡和信上的一樣嗎？」

「全都在這裡。」摩斯坦小姐取出六張紙。

「像您這樣的委託人真難得，在我的眾多委託人之中您是考慮最周全的一個，值得很多人學習。來，我們比較一下。」他將信紙鋪在桌面上，對比著每一張，然後說：「毫無疑問，這六張紙都是一個人仿寫的。您看，希臘字母e是最明顯的，再看末尾的字母s是那麼彎。我不想傷害您，摩斯坦小姐，我想知道這些筆跡和你父親的一樣嗎？」

「不，完全不一樣。」

「我想也該這樣。那好了，我們六點鐘在這裡等您。現在三點半，您再讓我研究研究信，好嗎？再見。」

「再見。」摩斯坦小姐溫柔地看看我們，拿起盒子走了出去。我站在窗前目送她消失在人群中。

「她太漂亮了。」我回頭對福爾摩斯說。

他靠到椅子上，點著了菸斗，閉著眼睛有氣無力地說：「是嗎？我沒發現。」

我對他大喊：「機器！你簡直就是沒有一點人情味的機器人。」

他微笑著說：「不讓一個人的形象影響你的判斷力是最重要的。對於我來說，委託人只是問題的一個因素，一個單位。感情用事會影響大腦的準確判斷。我所見到的最漂亮的女人，她殘殺了三個小孩，原因是為了獲得保險金，最終被判了絞刑。我所認識的一個男子，雖然他的面孔讓人不舒服，但卻為倫敦貧民捐款二十五萬英鎊。」

「但是，這一次⋯⋯」

「我向來不做例外的猜想，規律沒有例外。筆跡的特徵你研究過嗎？分析一下他的筆跡，有什麼想法？」

我回答：「寫得很清楚，這個人的性格似乎很堅強，具有一些商業經驗。」

他搖搖頭道：「這個人寫的長字母和一般字母幾乎等高，d字母像a，再看l像e，意志堅強的人怎麼也不會把長字母和一般字母寫得等高。信中的k字不太統一，大寫的還可以。我現在要出去調查一些情況。給你一本書——溫伍德・瑞德的《成仁記》，一本非常出色的書，一個鐘頭後我就回來。」

我手捧著書坐在窗前，其實心思早就飛到了這本好書之外，飄到了我們剛才的那位客人身上——她的一舉一動和奇特境遇。她十七歲那年父親失蹤，那麼她現在應該是二十七歲，這正是她從幼稚走向成熟的一段時期。我坐在那裡一陣胡思亂想，直到大腦產生出危險信號。唉，我怎能朝那方面想呢？她只是這個案子的委託人，除了這個，沒有任何身分。如果我的前途黑暗，自然應該獨自擔當，不要再去痴想，妄圖扭轉這孤獨的宿命。

迷霧團團

福爾摩斯五點半才回來。他看起來挺高興，看來是找到了一些線索。我為他倒了一杯茶，他拿起茶杯說：「這案子不奇怪，看來情況只有一種解釋。」

「什麼，難道你已經查出真相了？」

「現在還不能這樣說，不過我發現了一條非常有用的線索，但是還得補進一些細節。在一份舊《泰晤士報》上，我找到了住在上諾伍德的前駐孟買軍第三十四團的舒爾托少校的消息，1882年4月28日他就去世了。」

「可能我的腦子太笨了，福爾摩斯，我不懂他的去世和此案有何關係？」

「你真不理解？我們這麼分析吧！摩斯坦上尉回倫敦只可能找舒爾托少校一個人，但舒爾托少校在他失蹤後卻說沒見過他，也不知道他在倫敦。舒爾托在四年後死了，之後不到一個星期，摩斯坦就收到了第一顆珍珠，並且以後每年一次。現在又有一封這樣的信，並且說她受了委屈。除了十年前她父親失蹤了，還有什麼委屈呢？況且，為什麼那個不知名的人在舒爾托死後才給她寄東西呢？難道舒爾托的後代知道了這秘密，並用這些珠子為前輩贖罪嗎？你怎麼看這件事呢？」

「怎能用此法來贖罪呢？太不可思議了，並且六年了，為什麼現在才開始寫信呢？另外，他說要給她一個公道，他怎麼還她公道呢？還她父親？這也不太可能，但你也不知她受了什麼委屈。」

「確實奇怪，讓人難以琢磨。」福爾摩斯神秘地說，「不過今晚走一趟就會全明白的。摩斯坦小姐的馬車到了。準備好了嗎？時間不早了，趕緊走吧！」

我戴好帽子，拿了根手杖，福爾摩斯則把槍放在了衣兜裡。可能他認為今晚的行動會有危險吧！

摩斯坦小姐穿著一身黑衣服，繫著圍巾，面色雖然蒼白，卻極力保持著鎮靜，超乎尋常的克制。她拼命控制著自己激動的情緒，快速回答了福爾摩斯的幾個問題。

她說：「爸爸來信常提到舒爾托少校，他們是很好的朋友。在安達曼群島作指揮官時，他們常在一起。對了，我從爸爸的書桌上發現了這張紙條，但不明白上面的意思，也許您願意看。」

福爾摩斯慢慢地展開紙條，在膝蓋上鋪開，用放大鏡細看了一遍。

他說：「這紙是印度特產，以前是釘在木板上的。圖好像是哪個大建築的一部分，上面有好多房間和走廊。紅十字畫在中間的點上，仍有模糊的字樣，是用鉛筆寫的『從左邊3.37』。四個十字好像一起連到了紙的左上角，充滿了神秘的氣息。旁邊極不規範地寫著，『四簽名——墨赫米特・辛格，喬納森・斯茂，德斯特・阿克勃爾，愛波德勒・克汗』。從這紙條我也推論不出什麼，但無疑這紙條非常重要。看它兩面都挺乾淨，說明曾經被細心地放在皮夾裡。」

「我從他的皮夾裡找到的。」

「摩斯坦小姐，您收好它吧，這也許對我們以後有用。現在這個案子我可以重新考慮了，它比我想的更複雜難懂。」他一邊說，一邊向後靠在了椅背上，皺緊眉頭，目光凝滯，由此可知他正在認真思考。我和摩斯坦小姐輕輕地談論著我們這次行動及可能產生的後果，但不管怎樣，我們的夥伴總是沉默著，直到目的地。

九月的傍晚，還不到七點鐘天空就陰暗下來，霧氣籠罩了整座城市。泥濘的街道及讓人心煩的黑雲壓了下來。煙火暗淡的倫敦河邊的馬路上，少許微光照著滿是泥漿的路面，點點黃光從路兩邊的店鋪玻璃窗中射出。穿過瀰漫的霧氣，那些光線一直照到了人來車往的路上，照到了絡繹不絕的行人們的臉龐上——那些表情形形色色，有歡喜的，有憂愁的，有憔悴的，有快樂的，又有誰知道那底下暗藏著多少怪誕和神秘，就好比人的一生，總要在黑暗與光明間來回交錯。

我不是個感情豐富的人，但今晚的氣氛和將要經歷的未知的事情卻使我非常興奮。我看出似乎摩斯坦小姐也和我有同感。福爾摩斯幾乎不受任何影響，他一邊拿著手電筒，一邊在本子上記著東西。

朗厄姆劇院的入口處觀眾們擠作一團，各種馬車依舊陸續地過來。先生、小姐們一個個穿著盛裝從車上下來。我們剛到第三根柱子，一個相貌平凡、穿著馬車夫衣服的壯男子便走了過來。

「你們和摩斯坦小姐是一道的嗎？」

她忙說：「我是摩斯坦小姐，他們是我的朋友。」

那個人盯著我們堅持說：「請您原諒，您要保證您的朋友中沒警察。」

她回答：「我保證。」他吹了一聲口哨，然後就有人趕著四輪馬車來到我們面前。他穿著流浪人的衣服，打開了車門。跟我們打招呼的人坐到了車夫的座上，我們上車還沒坐穩，車就開始在煙霧迷蒙的街上飛快地向前奔了。

真是令人生疑。我們坐在車上，不知要去哪裡，更不知會發生什麼，說被人耍了吧，也不太可能，總感覺這一次能得到些線索。摩斯坦小姐照舊不慌不忙，我也在設法安慰她，給她講些在阿富汗經歷的危險。其實我講得亂七八糟，因為我也為這環境和難測的命運而擔憂，心裡極度的不安。以致到了今日，她還在拿我講的故事當笑話：比如我是怎麼用一隻小老虎打死了鑽在帳篷裡的雙管槍。一開始，我還可以認出我們路過的地方，可是後來由於路遠霧多，加之對倫敦地理的陌生，我就不知方向了。總之，我僅記得走了很長一段路，除此之外一無所知。福爾摩斯卻對路況很熟，一邊走一邊喃喃地說出所到之處的地名。

他說：「這是溫森特廣場，洛思特路。現在我們似乎走的是沃克思路，卻薩利區。」就這樣，我們走到了一座橋面上，並且看到河水在閃光。

我們看見了燈光掩映下的泰晤士河，但車還在繼續前進，不一會兒就把我們帶到了對岸一條更分不清方向的街上。

福爾摩斯又說：「沃茲沃斯路、拉克豪爾胡同、修道院路、羅伯特街、冷風胡同，恐怕我們正在走向貧民區。」

我們確實到了一個可怕的地方。暗灰的磚房錯落在街道兩邊，角落裡還有些低俗的酒吧，後面有幾排兩層樓，樓前面有一個小花園，用磚造成的新樓房夾雜在此間。這是一片倫敦城郊區的擴建區。最後，馬車停在了胡同的第三個門前。這附近似乎只有我們面前的房子有人住，而且這房子也只有廚房窗戶露出一線光亮，別的地方一片黑暗。敲門後，一個印度人很快出現在我們面前，他頭戴黃色包頭，穿著肥大白衣，腰間繫一條黃帶。這個具有東方色彩的僕人和這個普通的三等郊區的住宅簡直完全不搭調。

「主人正等你們。」沒等說完，只聽見有人喊他：「請他們直接到這裡來，吉特穆特迦。」

上尉之死

我們跟著這個印度人從一條甬道進去。這是一條很平常的甬道，也不很乾淨，燈光微弱，特別寒冷。我們站在右門邊，他推開門，煙光下有一個尖頭頂的小男人。他的頭光禿禿的，只有周圍有一圈紅頭髮，像一圈樅樹。他搓著兩手站在那裡，臉上的表情變幻無常，一會兒笑，一會兒皺眉。他天生一副下垂的嘴唇，露出了一排黃牙，他實在醜得可以。雖然他禿頭，但其實只有三十歲左右，所以也不覺得很老。

「摩斯坦小姐，願意為您效勞。」他不停地高聲喊：「先生們，願意為你們效勞。小姐，到屋裡來，房子雖然不大，但我很喜歡。由於倫敦南郊比較荒蕪，所以這裡像個綠洲。」

屋裡的擺設使我們頗感奇怪，看起來就像是一顆耀眼的珍珠被嵌在銅托上。因為這樣的建築與擺設很不配套。東方式的花瓶和精緻的鏡櫃從豪華的窗簾和掛毯中露出來，黑色和琥珀色相間的軟綿綿的地毯走上去令人特別舒服，地毯上還鋪著兩張大虎皮，席上擺著一個印度產的大菸壺，顯得整個屋子更加東方化。屋頂處還隱約穿過一根金色的線，一盞銀掛燈掛在末梢。掛燈被點著時，一股清香便瀰漫了整個屋子。

這個小男人微笑且神情不安地說：「我是塞第厄斯·舒爾托，你叫摩斯坦，這兩位先生呢？」

「這是夏洛克·福爾摩斯先生，這是華生醫生。」

「啊，醫生！」他激動地說：「聽診器帶了嗎？您能幫我聽聽嗎？勞駕了，大概我心臟的心臟膜瓣有毛病了，不過大動脈還好，您幫我查一下心臟膜瓣吧！」

我從他的心臟聽不出一點毛病，但是他卻嚇得渾身發抖。我說：「放心好了，心臟沒問題。」

他輕鬆了些說：「請原諒我，摩斯坦小姐。我經常難受，因此懷疑心臟可能有病，我很高興醫生說沒問題。摩斯坦小姐，假如你父親能控制好情緒，保護心臟的話，也許現在他還活著。」

他怎麼能這樣毫不顧忌地說話呢，我非常憤怒，真想狠狠打他一頓。摩斯坦小姐臉色蒼白地坐下說：「其實我早明白父親已經死了。」

「放心吧，我一定告訴您真相，給您一個公道。」他說，「不論我哥哥巴索洛謬怎麼說，我都會告訴你。很高興這兩位朋友陪您來，現在他們不但能保護您，而且會是您的證人。不必讓警察或官方來干涉，我們三個能對付我哥。沒必要讓別人涉入，我們能圓滿解決這件事。巴索洛謬肯定不想公開這件事。」他用一雙滿是淚水的藍眼睛盯著我們，靠在椅背上似乎是哀求地等著我們的回音。

「我能保證不向外透露一個字。」福爾摩斯回答。

我也點了點頭。

「太好了！太好了！」他說，「摩斯坦小姐，您要香檳酒嗎？我開一瓶好不好？您不介意我吸菸吧？這東方式的香味不嗆人。我是想讓菸來消除一下我的緊張。」水菸壺點著後，煙氣從玫瑰香水中冒了出來。我們三人把他圍在中間，都伸著脖子，手托下巴，坐成了一個半圓形。這位腦袋光光、神色緊張的小男人一邊不好意思地抽著菸，一邊打開了話匣子。

他說：「其實我本打算給您寫信時附上地址，但又怕您把警察帶來。所以，只好先讓我的僕人去見你們。我非常相信他的應變能力，我讓他如果發覺情況不對就擺脫你們。

「請諒解我的安排及不禮貌的行為。我是一個很內向的人，最不願和別人來往，尤其是警察。我認為警察最魯莽，我從來不想和粗魯的人來往。你們看，我就喜歡像我周圍這樣的高雅氛圍。那是薩爾瓦多・羅薩的作品，那是高羅特的風景畫，可能有人認為是贗品，但布蓋婁那幅確實是真的。」

摩斯坦小姐說：「舒爾托先生，對不起，時間不早了，我希望我們直接一點。」

他回答道：「我們恐怕還需耽誤些時間去上諾伍德找我哥哥，我希望能戰勝他。昨天晚上我們爭論了好久，我認為正確的他就說錯，所以他對我的行動不滿意。人發怒時是非常不可理喻的！」

我不由得說：「我們就趕快去上諾伍德吧！」

他大笑著說：「這恐怕不太合適，如果我們這樣突然去了，我不知他會和你們說些什麼。我先得和你們說說我家的情況。不過我也不太明白這件事，盡力而為吧！

「也許你們知道，曾駐軍印度的約翰·舒爾托少校就是我父親。他在印度發了大財，十一年前，他退休了，帶了許多錢及貴重的古董還有些印度僕人回到家鄉，並且在上諾伍德買了櫻沼別墅，過起了悠閒安逸的晚年生活，他只有我們一對雙胞胎兄弟。

「摩斯坦上尉失蹤的案件，我至今仍記得當時一些情形，在報紙上我們也看了詳細介紹。

「因為他是父親的朋友，所以我們經常談論此事，甚至經常推測他到底發生了什麼事。但我們怎麼也沒想到這個秘密竟會和父親有關——只有他知道亞瑟·摩斯坦在哪裡。

「不過我們似乎能感覺到一些父親的擔憂。他僱了兩個拳擊手做保鏢，因為他不敢單獨出門。今天送你們過來的威廉就是其中之一。父親一直不跟我們說他的心事，但據我的觀察，他對裝了木腿的人特別在意。有一次，他竟然對一個這樣的人開了一槍，以致讓我們破費了不少錢。其實，那只是一個小販。一開始，我們哥倆都沒多想這件事，但後來發生的事使我們改變了看法。

「1882年春季，我父親收到了一封印度來的信，這好像讓他很受刺激。他在飯桌邊看完這封信後差點暈倒，後來就臥病在床上，直到死去。許多年前他的脾臟就有些腫大，這樣的打擊更惡化了他的病情。我們只是從旁邊瞥到了那封信一眼，看起來字跡凌亂且內容很少。當年四月，醫生讓我們在父親面前聽了遺囑。

「當時他正背靠大高枕，艱難地喘著氣。他叫我們鎖上門，讓我們站在兩邊。他握著我們的手，由於病情嚴重和激動，他說話不太連貫，可是那些話的確使我們非常吃驚。讓我試著重複一下他的原話。

「他說：『我要死了，但摩斯坦女兒的事卻讓我終生遺憾，它一直壓在我的心頭。那些寶物本該是她的，但一時的貪心使我做了蠢事。不過我一直都沒用過那些寶物——貪心實在太愚蠢了！只有這些寶物跟著我，我才能吃得飽、睡得香，根本不捨得分給別人。那串金雞納霜藥瓶旁的珍珠項鍊本來是要送給她的，可是我終究沒送出去。兒子們，你們必須把屬於她的那一半阿格拉寶物給她。但是一定要在我嚥氣之後，儘管我已重病在身，但說不定還能好轉。』

「他又說：『我告訴你們摩斯坦的死因。他心臟不好，但從未告訴過其他人，這麼多年來只有我知道。我們在印度時經歷了一段奇遇，因此得了一批寶物，後來由我帶回英國。摩斯坦回來後就想到我這裡要回他的那一半。他到這裡以後，是老僕人拉爾・喬達給他開的門。我們在分寶物時由於意見不同發生了爭吵，摩斯坦當時很生氣地從椅子上跳起來，隨後忽然把手放在左胸上，陰沉著臉身子向後倒了下去，正巧頭撞在了箱角上。我嚇壞了，跑過去一看，他已經死了。』

「『我不知該怎麼辦好，呆坐在椅子上動不了。起初我想報警，但報警後我肯定會被認為是凶手，他頭上的傷口對我更不利。另外，我該怎麼解釋寶物的來源呢？』

「『就在我手足無措時，拉爾・喬達突然出現在門口，他偷偷地走進來跟我說：「主人，別怕。藏了他，只有我們知道。」我說：「我沒傷害他。」拉爾・喬達搖著頭對我笑道：「主人，我全聽見了，你們正吵著，他就倒下了。我肯定不說，您放心吧！其餘的人全睡著了，我們埋了他吧！」他的這番話讓我下了決心，連我自己忠心耿耿的僕人都不相信我，我總不能企盼十二個陪審員判我無罪吧！當天晚上我們就埋了屍體。後來，各大報紙都登了摩斯坦失蹤的事情。你們說，這是我的錯嗎？我只是不應該偷埋屍體並獨佔寶物。所以，我希望你們把財寶還給他女兒。湊過耳朵來，寶物就在……』

「他突然神色大變，眼睛直往外看，並不住地大聲喊：『打出去，千萬……千萬把他打出去！』那音調，我一輩子都忘不了。我們扭過頭時，看到玻璃上有一張臉，正注視著我們。他的鼻子由於擠壓而變白了，兩隻凶殘的眼睛嵌在毛茸茸的臉上，一副凶惡的樣子。我們趕快衝到窗邊，但那個人已經消失了。再回來看父親時，他已經死了。

「那天晚上，我們查遍了整個花園，但除了留在花床上的一個挺明顯的腳印外，別的什麼都沒有。如果沒有這個腳印，也許我們會認為那張臉是個幻影，但這的確是真的。後來的事也證實了這一點。我們發現周圍確實有許多人正在關注我們。第二天清晨，父親臥室的窗子被打開了，房裡被搜了一遍。箱子上釘著一張破紙，寫著：『四簽名』，筆跡潦草。到現在，我們仍然不知這到底是什麼意思，那個人又是誰。我們能確定的只是父親的財產沒丟。我們倆都認為這和他平時的細心有關，但這真是個難解之謎。」

小男人點著了水菸壺，又深深地吸了幾口。我們起初都很認真地聽他講故事，但當摩斯坦小姐聽到她父親的死時，突然臉色變白。我趕緊從一個威尼斯式的水瓶裡倒了杯水給她，免得她暈倒。喝完水，她臉色好轉了一些。福爾摩斯還在那裡閉目深思，我不由想起：他今早還在感嘆人生無聊，現在又有棘手的問題向他挑戰了。塞第厄斯・舒爾托先生順次看了我們每個人一眼，當發現他的故事已經完全吸引了我們時，他好像很驕傲。接著又深深地吸了一口水菸，繼續往下說。

他說：「起初當我們哥倆知道家裡藏著寶物時，你們可以想到我們有多高興。但經過幾個月，我們找遍了整個花園，卻始終沒有發現寶物。父親還差一句話就說出藏寶地點了，一想到這一點我們就很難受。從項鍊的價值就能看出那批寶物的確很珍貴，我們哥倆也曾商量過項鍊該怎麼辦。每顆珍珠都很昂貴，我哥哥有點捨不得，在這方面他和我父親挺像。並且他還認為把項鍊送人也許會帶來沒必要的麻煩，只好由我來說服他。我先找到了摩斯坦小姐的地址，後來就連續地給她寄珍珠，以確保她維持正常的生活。」

摩斯坦小姐誠懇地對他說：「善良的人，您的行為太令我感動了。」

小男人不以為然地說：「其實我們也只不過是你財富的保管員。但我哥哥不這麼想，雖然我們的錢很多了，但他還想要更多。獨佔年輕小姐的財產，上天也不允許。我很欣賞『貪心不足蛇吞象」這句諺語。由於意見不合，我們只好分開。我把印度僕人和威廉帶出了別墅。可是昨天我發現了一個重要情況：寶物被找到了，所以才馬上給摩斯坦小姐寫信。現在，我們可以去上諾伍德向他要回您的那一份了。我昨天晚上告訴了他我的意見，他最終同意讓我們去了。」

塞第厄斯・舒爾托說完話後，坐在那裡手指不停地抽動著。我們都在考慮下一步該怎麼辦，福爾摩斯突然站起來，說：「先生，你從頭到尾都做得很令人欽佩，也許我們應告訴你一些你不知道的情況作為報答。但是天色太晚了，我們不能再耽誤時間了。」

小男人盤好水菸壺後，拿出了一件又長又厚的羊皮領大衣。雖然晚上並不冷，但他已經把自己包得非常嚴實，最後還戴上了一個兔皮帽擋著耳朵，只露出瘦削的面孔。他邊走邊說：「我只能把自己當病人來對待，因為體質太差。」

車子早在外面準備好了，我們剛坐穩，車就開始走了。塞第厄斯沒完沒了地說話，他的聲音比馬車聲還響。

他說：「我哥哥特別聰明，你知道他是怎麼找到寶物的？他最後斷定寶物就在屋裡，並且把整個房子的容量都計算出來了，連角落都精心地量過。他測出我們的樓高是七十四英尺，同時也測了各房間的高度。最後，他用鑽探方法確定了樓板的厚度，再加上室內的高度，總共也不過七十英尺，一共差了四英尺。這個差別只有到房頂去找。他在最高那層的房間的天花板上打了一個洞，那都是用板條和灰泥修的。很幸運，在那裡果然發現了別人都想不到的封閉屋頂室。天花板間的兩根椽木上放著寶物箱，裡面的珠寶至少價值五十萬英鎊。」

大家被這個天文數字驚呆了。假如尋寶計畫成功，摩斯坦小姐將很快從一個窮家庭教師變為英國最富有的繼承人。她的朋友們都會為她高興，但很慚愧，我的心裡卻特別難受，也許是由於我的自私。我只是象徵性地向她祝賀了一下後，就靠在那裡不說話了，後來甚至都聽不進他們說的話。我們的新朋友顯然有些憂鬱症，我隱約記得他列了很多病症，又從皮夾裡拿出許多秘方，好像想讓我做一下解釋。我真盼望他早已忘了那天晚上我給他的答覆。福爾摩斯後來說，他曾經隱約聽到我告誡他蓖麻油劑不能超過兩滴，否則就有危險，而且建議他把大量的士的寧（劇毒性生物鹼，在醫藥上用作神經興奮劑）做鎮靜劑。總之直到馬車停了，車夫給我們打開車門時，我才總算解脫。塞第厄斯・舒爾托先生把梅麗・摩斯坦扶下車，並告訴她：「櫻沼別墅到了。」

櫻沼別墅的慘案

我們快到十一點時才到達了目的地。瀰漫的霧氣消散了，和煦的西風吹開了烏雲，露出半個月亮。雖然能看清遠處的東西，但塞第厄斯・舒爾托仍拿了一個車燈為我們照亮。

櫻沼別墅矗立在一片廣場上，四周有高聳的石牆圍著，牆上還插著碎玻璃片用來防盜。只有一個小入口門，還釘著鐵夾板。我們的嚮導敲了兩下。

「誰？」一聲斷喝從屋裡傳出。

「是我，麥克默多，現在誰會到這裡來呢？」

從裡面走出了一個精悍的男人，他拿著燈籠，幽幽的黃光映在他臉上，更顯出他的狐疑。

「這是些什麼人，塞第厄斯先生？主人沒許可，我不會讓他們進來的。」

「他們是我的朋友。」

「他一天都沒出屋，更沒吩咐我，您很瞭解他的脾氣。要不先讓您的朋友在外面等一會兒，您先進來。」

塞第厄斯・舒爾托沒想到會是這樣，盯著對方僵住了。他大聲喊：「太不像話！怎能讓一位小姐深更半夜地等在外面？我向你擔保總行了吧？」

「塞第厄斯先生，對不起。」守門人堅持說，「我不知道他們是否是主人的朋友。我得對我的主人負責，這些人我一個也不認識。」

福爾摩斯緩緩地說：「你不認識我了嗎？麥克默多，你忘了四年前有個業餘拳手和你打了三個回合，在愛里森場裡你的個人拳賽上？」

他忽然說：「我的天！您有天賦但為什麼中途停止了呢？如果繼續練，你可能會成為冠軍。」

「華生，看到沒有？我失不了業，我們進去吧！」福爾摩斯笑著對我說。

拳擊手說：「大家都進來吧！不好意思，塞第厄斯先生，主人的習慣您是知道的，只有朋友才可以進去。」

一條曲折的石子小路直接通到那座普通的大房子。房子的周圍枝葉茂密，透過枝葉只有一絲月光照在頂樓的窗上。那麼大一座房子，這種黑漆漆的外觀讓人看著有些恐怖。塞第厄斯・舒爾托也顯然不安，拿著燈的手都顫抖了。

他說：「這是怎麼了？我哥哥知道我們今晚要來，可是怎麼沒點燈呢？搞不懂！」

「他經常這樣嗎？」福爾摩斯問。

「是，他保留了我父親的習慣。父親特別寵愛他，有時我想，其實父親告訴他的話遠比我多。巴索洛謬的窗戶被月亮照著，可沒點燈。」

福爾摩斯說：「是的，但門旁邊的小窗戶裡點著燈。」

「那是女管家博恩斯通太太的房間。她可以告訴我們一切。但她不知道你們都要來，為了不嚇著她，我們在這裡等一下，唉！什麼東西？」

他把燈高高舉起，燈光顫抖不定。我們的心跳得更厲害了，摩斯坦小姐緊緊抓住了我的手腕。那間漆黑的房裡不斷傳來一陣陣聽來淒涼悲切的女人聲音。

塞第厄斯說：「好像是博恩斯通太太在叫，我去看一下。」他習慣性地敲了兩下門。一個身材高大的婦人好像見了親人般把他迎了進去。

透過關上的門隱隱聽見她說：「簡直太好了！塞第厄斯先生，你來了。」

藉著燈籠的光，福爾摩斯緩慢細緻地查看了一番周圍的垃圾。摩斯坦小姐還是緊抓著我的手站在我旁邊。愛有時很難說清，前一天，我們還互不相識，甚至連一句話也沒說過，但現在我們卻站在了一起，共同對付未來的危險。後來每當想起這個情不自禁的動作，我都覺得很溫暖。她後來也說，當時挨著我使她有了依靠和力量。我們握著手，對潛在的危險反倒覺得坦然。

「這裡真奇怪！」她四處張望著說。

「我只是在柏拉萊特附近的山上看到過這樣的場景，像探礦似地挖出這麼一堆一堆的東西，好像全英國的鼴鼠都在這裡。」

福爾摩斯說：「他們為了這寶物不知挖過多少遍！他們可找了六年，怎能不像沙坑！」

突然塞第厄斯從房門裡伸著兩隻手跑了出來，邊跑邊叫：「嚇死我了，真受不了，巴索洛謬一定出事了。」他害怕的神色連羔皮大領都擋不住，沒有血色的臉上，肌肉不停地抽動，就像一個迫切等待救助的小孩。

「走，我們進去。」福爾摩斯斷然地說。

塞第厄斯懇求道：「進去吧，我根本不知該怎麼辦。」

我們和他進了女管家的屋子，她正心神不寧地走來走去。看到摩斯坦小姐，她好像發現了救星，激動地說：「天啊，上帝給了您一張多麼甜蜜的臉啊！我這一天可難受死了，不過見到您就好了。」

摩斯坦小姐一邊輕拍著她一邊安慰，老太太不一會兒就恢復了精神。

博恩斯通太太說：「我在這裡等了主人一天，他把自己鎖在裡面一句話也不說。他以前也這樣，一個小時前我從門縫裡看了一下他，塞第厄斯先生，您乾脆自己去看吧！十多年了，我從未見過他有這種表情。」

福爾摩斯拿著燈前面帶路，我扶著塞第厄斯上了樓，女管家和摩斯坦在樓下等。福爾摩斯邊走邊拿出放大鏡仔細觀察樓梯毯上的泥印。

第三節樓梯左邊有三個門，一幅印度毯掛在右牆上，還有很長的一條過道。福爾摩斯仍然仔細地觀察，我們跟在後面，停在了第三個門那裡。福爾摩斯使勁敲也敲不開門，推也推不開，看來已經閂上了門鎖。福爾摩斯看了一下鎖眼，鑰匙在裡面轉過，所以鎖孔沒完全關死。他從孔眼裡望去，立刻倒吸了一口氣。

我從沒見過他這樣。他對我說：「你來看看，華生，確實很嚇人。」

我從孔眼裡看了一下，嚇得趕緊縮了回來。在朦朧的月光下，只能隱約看到一張臉，看不到下面。他好像也在看著我們，同樣是禿頂、紅髮、毫無血色的面頰，牙齒很不自然地露在外面，僵硬的臉上露著猙獰的笑。這張臉跟我們的朋友塞第厄斯簡直一模一樣，以至於我不由想看一下他在不在我身邊。但我突然想起來，他們是孿生兄弟。

「太嚇人了，我們怎麼辦？」我問福爾摩斯。

「先打開門。」說著他向門撞去，幾乎是用全身的力氣來對付那鎖，但門只是響了幾聲，失敗了。於是，我們倆同時撞上去，「砰」的一聲，門終於開了。我們衝了進去。

這房間完全像化學試驗室。煤氣燈、蒸餾器、試驗管佔滿了桌子，對門牆上還擺著一些玻璃瓶，牆角上有幾個盛著酸類液體的瓶子，一些黑色的液體從一個破瓶子裡流了出來，柏油味散滿了整個屋子。那邊，牆上靠著一副梯子，亂木板和灰泥堆了一地，天花板上有一個可以出入的洞口，一條長繩亂捲著放在旁邊的地上。

巴索洛謬頭向左歪，慘笑著坐在桌邊的扶手椅上。也許他死的時間很長了，因為屍體已經僵硬了。他不僅笑得奇怪，彎曲的四肢也很特別。他的一隻手放在了桌子上，旁邊有個很奇怪的工具——一根很笨重的棕色木棒，上面用粗麻線捆著一塊石頭，有點像錘子。一張好像從記事本上撕下來的破紙上寫了幾個潦草的字。福爾摩斯遞給我看。我看到了「四簽名」這三個字。

「天吶，怎麼回事啊？」我大聲地問。

他一邊查看屍體，一邊和我說：「謀殺，跟我預料的一樣。」他從屍體的耳朵上發現了一根黑色的長刺，直接刺到了死者的頭皮裡。

「好像是一根荊刺。」我說。

「確實是，刺上有毒，你慢慢把它拔出來。」

我一取出荊刺，死者的傷口迅速合了起來，除了一點血跡殘留，別的什麼都看不出來。

「這麼神秘，我更糊塗了。」我說。

他說：「不神秘。再查幾個細節就一切真相大白了。」

塞第厄斯先生仍然在門口哆嗦著，進去後，我們幾乎忘了他。他突然高聲喊：「寶物全被搶走了！昨天我才幫我哥哥把寶物從那個洞口取出。我記得很清楚，我下樓時，他自己鎖了門。」

「那時大約幾點？」

「好像十點，現在他死了，警察一定會懷疑是我殺了他。你們不會這樣認為吧？你們想，如果我殺了他，我還會這樣做嗎？天啊！這該怎麼辦，我要瘋了。」他一邊跳一邊狂亂地喊著。

福爾摩斯柔柔地拍著他的肩說：「舒爾托先生，您無須害怕，按照我說的，先去報案，這有利於他們調查，我們會一直等著您。」

小男人不知該怎麼辦，只好搖搖晃晃地按福爾摩斯說的下樓了。

福爾摩斯的推斷

福爾摩斯一邊搓手，一邊對我說：「華生，我們得利用好這餘下的半個小時。儘管案子馬上會真相大白，可也不能太自信了，小心出錯。這個案子好像挺簡單，其實裡面還有很多問題。」

我禁不住問他：「簡單？」

他像一位老教授講學一樣地說：「那當然。別破壞腳印，保持現場，請坐到屋角那邊。首先，這個門從昨晚就一直沒打開過，他們是怎麼進出的呢？是從窗戶嗎？」他好像是在和自己說話，拿著燈繼續走向窗戶，大聲說：「窗戶這麼牢，根本不可能卸下的，過來幫我打開它。這裡距離房頂很遠，周圍也沒管子。快看，華生，昨天晚上下雨了，窗台上留有腳印，說明有人曾經站在這裡。此外，地板上和桌子邊都有一個圓的泥腳印。太棒了，這是最好的證據。」

我看著那些圓泥印，對他說：「這不像腳印。」

「是的，但它比腳印更有用。這痕跡肯定是根木柱的印跡，旁邊的鞋子印，像是加了寬鐵掌的一個靴子，你能想到什麼呢？」

「一個裝著木腿的人。」

「確實，另外還有一個手腳特別靈活的人。華生，你看是否能從那牆上爬過來呢？」

藉著月光，我伸出頭看清了那面牆，牆壁很光滑，可能有六丈高，根本就沒有踩腳的地方。

「這太不可能了。」我說。

「那是由於沒幫忙的人，但如果有人在屋裡把粗繩繫在牆頭鐵環上，再扔出另一頭，那麼只要用勁拿著繩子不放，即使是裝了木腿的人同樣能爬上。當然，同樣可以收回繩子，堆在地上，關閉窗子並插牢，按原路返回。」他指著繩子又說：「另外，儘管裝木腿的那個人爬牆技術還行，但也不很熟練，並且手掌也不很粗糙，因為在繩上和末端都留有血跡。這顯示，他抓繩下去的時候，速度非常快，所以把手磨破了。」

我說：「聽來有道理，但誰是他的同伴呢？他是從哪裡進來的呢？我更加糊塗了。」

福爾摩斯皺著眉，喃喃地說：「是的，我認為該同伴更為此案增添了神秘感，說不定他能在英國的犯罪史上創造新紀錄。當然，假如我沒記錯的話，類似的作案手法在印度曾經出現過，在塞內甘比亞也有過。」

「他到底從哪裡進來的呢？鎖著門，關著窗，莫非是從煙囪裡進來的？」我不停地問他。

「我也這樣想過，但煙囪太窄，不太可能。」

「到底是怎麼回事呢？」我問道。

他搖著頭說：「就按照自己的想法思考！我和你說過好多次，排除不可能的情況後，無論剩下什麼，也不論多麼難以讓人相信，但那都是事實。你好好想一想，排除了門、窗戶、煙囪外，更不可能提前藏在屋裡，這屋裡又沒有可以隱藏的地方，那麼還剩什麼可能呢？」

「那個洞！」我突然喊。

「肯定是！拿盞燈，我們到上面藏寶物的那間房去看一看。」

他登著梯子，兩手抓住椽木，一翻身便進了那屋，然後拿好燈，我也進去了。這屋大約長十英尺，寬六英尺，一層鋪著灰泥的薄木板架在椽木間，屋頂很尖。屋裡除了一層厚土根本沒有家具。我們行走時得踩著每一根椽木。

福爾摩斯扶著斜坡的牆對我說：「看，打開這個暗門，就可以到達外面那個很緩的屋頂，這大概就是罪犯同伴的出入口，當心看看他是否留下痕跡。」

地板上反射著燈光，我又一次看到了福爾摩斯臉上表現出的驚訝。這種目光令我嚇得直打哆嗦，同時我也清晰地看到地板上留有一串光腳的腳印，而且不到常人的一半。

我低聲說：「是個小孩幹的，福爾摩斯。」

他稍微平靜了一下，說：「我一開始也吃了一驚，但這本該很平常，我早該預料到的。可以了，我們下去吧！」

下來後，我趕忙問他：「你怎麼看那些腳印？」

他好像很不耐煩，說：「華生，按照我的方法，你實踐實踐，再仔細思考，然後我們交換意見，或許雙方都可以多些收穫。」

「我確實想不出原因。」

「馬上就會清楚的，我認為還得再看一看這裡。」說完他拿出放大鏡和皮尺，跪在地上，臉緊貼地面，像一條獵犬一樣開始在房間裡不停地查看、摸索。他的動作無聲且敏捷，我不由得想：如果他把這份智力和精力去用來犯罪，那將是個多麼可怕的罪犯呀！他邊查邊嘟囔，最後乾脆開始歡呼：「華生，太幸運了，流出來的木餾油上留下了他的小腳印。快看，這盛油的瓶子有裂縫，油流出來了。」

「那又有何用呢？」我問。

「我們馬上就能捉到他了。狗可以跟著氣味發現食物，也能憑著嗅覺找到味源，更何況是隻經過特訓的狗，加之又有這樣濃的氣味，結果肯定……呀，警察來了。」

外面傳來一陣腳步聲、談話聲和關門聲。

福爾摩斯說：「在他們上來之前，你先摸摸他的屍體，看有何感覺？」

我說：「肌肉像木頭一樣硬。」

「就是這樣，比平常的『死後僵直』硬多了，這是特別強烈的『收縮』反應，另外，從他臉上的慘笑和扭曲，你還可以想到什麼呢？」

我說：「中了植物性生物鹼的劇毒，會產生類似破傷風性的肌僵直。」

「一看見他那扭曲的臉，我就想到也許中了劇毒，所以一進房間，我就在試圖弄明白它是怎樣進入體內的。我看見了那根荊刺，它可以很容易地扎入或射入人的頭皮。你看，死者那個時候似乎是坐在這個椅子上，而那個洞口正好對著扎刺的地方。來，你再仔細看看這根刺。」我握住它看了看，原來它是一個長而尖的黑刺，尖頭上有一層發亮的東西已經乾了，一端是用刀剛刮了的。

「是英國當地的嗎？」他問。

「當然不是。」

「根據這些材料，我認為你應該可以得出一個合理的結論了，其餘的都不重要，也好對付。」此時，甬道傳來腳步聲。一個胖子進來了，他穿著灰衣服，警長和嚇得直打哆嗦的塞第厄斯・舒爾托緊隨其後。胖警官很魁梧，紅臉蛋，小眼睛不停地眨動。

他大喊：「這成何體統，熱鬧得快成了養兔場了，這些是什麼人？」

福爾摩斯慢慢地說：「埃瑟爾尼・鐘斯先生，您還認識我嗎？」

「記得，您是大理論家夏洛克・福爾摩斯，是您為我們說明了主教門珍寶案的原因，並推論出了結果，我當然記得。您確實為我們指明了方向，但我覺得，您那次也只是運氣好，根本不是什麼理論指導的原因。」

「那個案子太簡單了。」

「行了，行了，別不好意思承認了。事實就是那樣，根本不用理論來推。也算運氣真好，報案的時候，我正好由於其他事情來這裡的分署，您認為他是怎麼死的？」

福爾摩斯冷冷地說：「我的理論指導，您不是不需要嗎？」

「確實不需要，但也應承認，有時，您一句話真能揭開謎底。報案者說：鎖著門，五十萬鎊的寶物卻不見了，那窗戶呢？」

「關得非常嚴實，但在窗台上有個腳印。」

「窗戶關得嚴實，那腳印肯定也與本案無關了，這大家都知道。這個人肯定是在非常憤怒後才死的，後來珠寶就丟了。啊，我認為有這樣一種可能。舒爾托先生、警長，你們去外面。醫生，您留下吧！情況也許是這樣的，福爾摩斯，昨晚，舒爾托和他哥哥爭吵後，他哥哥由於暴怒而死，而他則帶走了寶物。您認為是這樣的嗎？」

「後來，死人起來再插上門。」

「對，這也許是有些說不通。但昨天夜裡，舒爾托先生的確和他哥哥在一起，並且爭吵了起來，後來他哥哥就死了，珠寶也沒了。要知道，舒爾托走後沒人再見過他哥哥，而且他的床上也沒人睡過。最後見到死者的那個人就是舒爾托。現在他肯定非常害怕，按照常理，相信稍微審訊一下，他就會交代的。」

福爾摩斯說：「您好像還沒完全瞭解情況。這是從死者頭皮上取下的刺，傷痕仍隱約可見，我保證這刺有毒。另外，桌子上有張寫字的紙，旁邊還有一根怪木棒，並且繫著塊石頭。您認為這是些什麼東西呢？」

「別人能用這根毒刺殺人，塞第厄斯同樣也能。這張紙，無非是想分散我們注意力的花招而已，這很有可能。可是他是從哪裡出去的呢？噢，對了，他能從屋頂的洞口爬出去。」他很費勁地將身體攀上梯子，擠過洞口，爬進了屋頂的房間。很快，大家便聽到他看見暗門後發出的興奮的叫喊聲。

福爾摩斯聳了一下肩說：「他偶爾也能發現些證據，並且有時講得也有些道理。法國人常說：『和沒有思想的蠢人更難相處。』」

埃瑟爾尼・鐘斯爬下來後說：「我已經能證明自己的觀點了，上面的那個暗門可以通向外面，而且現在還半開著。」

「我開的那門。」

「看來，您也知道暗門了。無論怎樣，這肯定是凶犯逃跑的通道。警長！」他有一點洩氣地說。從過道那裡傳來一聲：「有，長官。」

「把舒爾托先生帶進來。舒爾托先生，我有責任告訴您，現在您哥哥死了，而您說的話對您完全不利，我現在要代表政府逮捕您。」

「怎麼樣？怎麼樣？真是不出我所料！」舒爾托無奈地舉著雙手望著我們。

「別著急，我會還給您清白的，舒爾托先生。」福爾摩斯說。

「別說大話了，理論家，這件事不像您認為的那麼容易。」

「即使如此，鐘斯先生，我仍然要提供某些罪犯特徵給您。昨天晚上，有兩個人潛伏在這個房間裡。一個大概叫喬納森・斯茂。此人教育程度不高，個子較矮，身手很靈活，右腿裝了條木腿，左腳穿著靴子，靴子上有一塊不整齊的方形前掌，後跟是鐵掌。木樁腿的一側磨掉了一塊，大約中年，皮膚黝黑，以前也犯過罪。他的手掌還蹭掉了很多皮，這些或許對您有幫助。另外一個……」

「很好，另外一個呢？」儘管埃瑟爾尼・鐘斯對這話有些認可，可是他仍繼續嘲笑著問。

福爾摩斯轉過身說：「此人確實很怪，我馬上會告訴您他是誰。華生，請過來一下，我和你說句話。」

在樓梯口他對我說：「差點忘了，我們到這裡的主要目的。」

我說：「是啊，應先送摩斯坦小姐回去，別再讓她留在這個恐怖的地方。」

「馬上去吧！她住在坎伯韋爾的希瑟爾・弗里斯特夫人家裡，距離這裡不遠。如果你還想來，我在這裡等你，不過你累了吧？」

「沒關係。我想回來弄清楚事情的真相。老實說，我之前也經歷過一些或危險或奇妙的事，但還從未遇到像今晚這樣的情況，弄得我暈頭轉向的，我現在想幫你破這個案子。」

他說：「太好了，你回來幫我。我們自己來做，讓鐘斯一邊去吧！回來時，請你順路到鳥標本鋪子右面的第三個門，找到一個叫謝爾曼的人，告訴他，我想借他的托比一用。他的窗上畫著一隻黃鼠狼抓住一隻兔子的圖案。」

「這是狗的名字吧？」

「是的，一隻鼻子特別靈敏的混血狗，比倫敦所有的警察用處都大。」

我說：「現在一點整，如果換了新狗，三點前我肯定能把牠帶回來。」

福爾摩斯說：「我會在這裡多待一會兒，看看能否找到些新發現。至於鐘斯先生的高論，我看我們還是稍後再洗耳恭聽吧！歌德早就說過：『有人總喜歡對他們不明白的事情說三道四，我們早該習慣。』你瞧，多麼言簡意賅呀！塞第厄斯說過，旁邊屋頂室裡住著一個僕人，我需要找他和管家太太再瞭解一些情況。」

追蹤凶犯

摩斯坦小姐真是個天使。當她意識到有危險，而且身邊有更弱小的人需要關照的時候，她總能竭力保持鎮靜。當我過去接她回家的時候，她還陪在驚恐的女管家身邊，可一回到車上她就不行了。起初是險些暈倒，後來就不停地抽泣，在女管家身邊時的那點鎮靜早就無影無蹤了。事後她還曾埋怨過我，說我當時實在是太冷血了。可是事實上，她哪裡知道我的難處，因為那時我的內心也正在做著激烈的掙扎。我對她不僅產生了同情，更有關愛，並且透過那晚的經歷，我更加瞭解到她簡直是個既勇敢又善良的奇女子。我突然產生了馬上向她求婚的衝動，但當時考慮到兩點原因，我又很難開口。首先，她正處在困境，無依無靠，如果我這時向她求婚，好像有點乘人之危；其次，假如她真得到了那批寶物，那麼將馬上變為富翁，而我卻是個只拿一半薪水的窮醫生，此時提出，人們肯定會認為我是圖謀不軌。我不想讓她認為我是個粗俗的淘金者，進而小看我。正是這些寶物妨礙了我想要前進的步伐。

快到凌晨兩點時，我們才回到希瑟爾・弗里斯特夫人家，只有夫人在等摩斯坦小姐，其餘僕人們都睡著了。她不放心摩斯坦，親自出來為我們開門。令我欣慰的是，希瑟爾・弗里斯特夫人是位舉止大方的中年婦人，她非常熱情地摟著摩斯坦小姐，並不停地寬慰她。很明顯，摩斯坦小姐在這裡與其說是個被僱傭的家庭教師，還不如說是個很受尊重的好朋友。簡單介紹之後，弗里斯特夫人誠懇地邀請我進去給她講講今晚發生的事。但因為還有事，不能夠停留，所以我只好向她保證，有機會一定再來向她介紹本案的進展。告辭登車之後，我不禁回頭看了一眼，隱約看見她們手拉著手站在台階上的身影，玻璃上映出柔和的燈光，從那裡還能隱約看到掛著的晴雨計和樓梯扶手。心情煩悶時，能看一眼這樣一個和諧寧靜的英國家庭的景象，使人感到心情大為舒暢。

回去的路上，我又想到了這個離奇的案件，越想越糊塗。如今，摩斯坦上尉之死、寄來的珍珠、報上的廣告、摩斯坦接到的怪信，這些情況我們基本都掌握了。然而，即使是這些很清楚的事情，卻仍然不能帶給我們任何線索，反倒令人更加困惑。譬如：印度寶物，摩斯坦上尉行李中的怪圖，舒爾托少校死時的怪狀，發現寶物後被謀殺的死者及其怪相，屋頂的腳印，不尋常的凶器，以及和摩斯坦上尉所留圖紙上筆跡相同的字。

每件事好像都有聯繫，卻又錯綜複雜，實在令人捉摸不透。想必除了福爾摩斯這種有特殊才能的人之外，一般人永遠都不可能知道這其中的奧妙。

在萊姆貝斯區的一條街道的盡頭，有一列破舊的雙層樓房。我在三號門前停下後，敲了很長時間才有回音，接著屋裡燈亮了，一個腦袋從樓窗探了出來。

他大聲嚷道：「快給我滾，你這個醉鬼，不然我會讓四十三條狗出來咬你。」

我說：「你放出來吧，我就是為了其中一條才來的。」

那聲音又繼續喊道：「快滾開，這袋子裡有錘子，小心我砸你。」

我道：「我不要錘子，只要狗。」

「少囉嗦，給我站遠點，數到三，我就要扔錘子了。」

我趕緊喊：「福爾摩斯先生……」這幾個字剛一說出，還真是有效，沒過一分鐘，門就被打開了。出來的是一個有些駝背的瘦子，他脖子上青筋暴突，鼻子上架著一副眼鏡，這就是謝爾曼。

他說：「只要是福爾摩斯的朋友，我就非常歡迎。先生，請進，當心獾咬人。」此時又有一隻長著一雙紅眼睛的鼬鼠從籠中探出了頭，他趕忙說：「別調皮，你可不能抓這位先生。哦，先生，您別怕，這是一隻蛇蜥蜴，牠沒有毒牙，在這裡牠是吃甲蟲的。這裡經常有淘氣的小孩玩耍，我經常被吵醒，我以為您也是……對不起，剛才失禮了。噢，福爾摩斯怎麼了？」

「他想跟您借一隻狗。」

「一定想要托比吧！」

「是，就是牠。」

「左數第三個欄裡就是。」謝爾曼拿著蠟燭在前面帶路，慢慢穿過那些奇怪的動物。在昏暗的燈光下，我感覺周圍有許多隻眼睛在看著我們。我們把頭頂上睡著的野鳥們驚醒了，牠們又懶懶地將重心從一隻爪子換到另一隻爪子上站穩。

托比長得很醜，長毛遮住了耳朵，身上黃白兩色。牠是一隻混血狗，走起路來左右搖擺。只用一塊糖，我就把牠帶上了車。大約夜裡三點，我再次回到櫻沼別墅。舒爾托和守門人麥克默多都以嫌疑犯的身分被帶走了，門口站著兩個警察守門。我一說偵探的名字，他們立刻放行了。

福爾摩斯叉著腰，吸著菸在台階上等我。

他說：「總算來了，真是條好狗。你走後，我和埃瑟爾尼・鐘斯狠吵了一架，他剛把管家、僕人、守門人全帶走了，還帶走了我們的朋友，只把一個警長留了下來。這會兒我們就是這院子的主人了。把狗拴好，我們進去看看。」

拴好狗，我們再次上樓。這房間基本上還是原樣，只是死者身上多了條床單，還有一個警察疲憊地立在角落裡。

福爾摩斯說：「警長，用一下你的牛眼燈，另外我想把這紙板襯在胸前好掛燈，請您幫我繫在脖子上吧！謝謝，華生，你把我脫了的鞋襪帶走。我要讓大家看看我的飛簷走壁本領。再把木餾油蘸到毛巾上一點，好了。跟我到屋頂來一下。」

我們進了屋頂室，他又仔細地查看了半天那些腳印，說道：「好好看看這腳印，看出什麼特殊之處沒有？」

我說：「好像是個孩子的腳印，或許是個矮小婦女。」

「除了這些呢？」

「其餘的就和普通人一樣了。」

「不，完全不一樣，這邊的這個右腳印，你再仔細看看，我用我的右腳印上去，你看還一樣嗎？」

「此人的五趾分著，而普通人都是合在一起的。」

「就是呀，這一點值得注意。現在，麻煩你去那邊，聞聞那個吊窗的木框上有什麼味。我在這邊先不過去，因為我手裡這手帕有味道。」

我過去聞了一下，一股強烈刺激的木餾油味撲入鼻孔。

「那個人走時，腳踩到這裡了，你都能聞出味，那托比就更能聞到了。好，現在你帶著托比下去等我。」

我回到院子，這時福爾摩斯已經上了屋頂。他胸前掛著燈慢慢地爬行著，好像一隻螢火蟲。突然，他在煙囪後面消失了，但不一會兒又隱約在後面出現。我和托比也馬上繞到屋後，看見他正坐在房檐邊兒上。

「是華生嗎？」他喊道。

「是我。」

「我正站在那個人逃走的路上。下面那黑東西是什麼？」

「是一個水桶。」

「有蓋子嗎？」

「有蓋子。」

「附近有梯子嗎？」

「好像沒有。」

「這是最危險的地方，這傢伙，敢選這地方。不過，他能上來，我就能下去。這水管好像挺結實，管他呢，我下來了。」

隨著一陣輕響，只見那燈光從牆邊慢慢落下，接著咚的一聲，他先跳到木桶上，後來又跳到了地上。

他坐在地上一邊穿鞋襪一邊說：「想找他的蹤跡不難，循著他踩鬆的瓦就行。他匆匆忙忙地丟了這個。按照你們醫生的行話來說就是：這證明了我的診斷是正確的。」

他遞給我一個口袋，口袋是用同一色的草編成的，和紙菸盒的大小差不多。外面裝飾著幾顆不值錢的珠子，裡面裝了六根黑木刺，和巴索洛謬屍體上的那根一樣，一邊圓，一邊尖。

他說：「這很危險，不要傷了你。也許這是他的全部木刺。現在，我們就不用擔心被它刺到了，太棒了，我寧肯被槍打，也不願受這份罪。華生，你還能再跑六七英里嗎？」

我說：「可以。」

「你的腿沒問題吧？」

「沒問題。」

他把浸過木餾油的手帕放在托比的鼻子上，說：「好托比，好好聞一聞。」托比叉開腿，上翹著鼻子，那姿勢像是釀酒師在品嘗好酒一樣。福爾摩斯把手帕扔掉，在狗脖子上換了根結實的繩子，然後把牠帶到木桶下，托比馬上開始猛叫，並把尾巴高高翹起，聞著周圍的氣味往前跑，我們抓著繩子緊跟其後。

魚肚白漸漸從東方呈現，清冷的晨曦中已經隱約可見前面的遠景。之前那所孤零零的大房子以及它那黯淡的窗櫺，光禿禿的圍牆，還有那些滿眼的灌木和垃圾，此時都已經被我們甩在了身後。

經過了一路坑坑窪窪，我們來到了一堵高牆下。托比一直跑著，卻被堵在這裡，急得直叫。於是，我們來到了有棵小山毛櫸樹擋住的牆角下。好像經常有人從這裡爬來爬去，因為磚縫都被磨損了，磚角也磨沒了。福爾摩斯先爬了上去，再去接狗，接著我也爬了過去。就在我爬牆時，他說：「看到了嗎？白灰上有血印，那是裝木腿人的手印。案發到現在，已經二十小時了，幸好沒下雨，托比仍能聞到馬路上的氣味。」

之前，我的確曾經有過懷疑，不知道托比在隨著我們穿過這人山人海的倫敦馬路之後，是否還能循著氣味確認凶手。但是，這懷疑現在都被托比的表現打消了。牠堅定地帶著路，很明顯，木餾油味蓋住了其他任何味道。

福爾摩斯說：「關於此案，我已經有了好些破案方法。根據他踩到的化學藥品追蹤氣味法只是其中一種，不過既然這種方法既簡單又有效，我們何必費勁又費人地自討苦吃，我們只是把一個難懂的問題簡化而已。不過，用如此簡單的線索破案，很難顯現我們的真功夫。」

我說：「福爾摩斯，你的功績已經很大了。我認為你在這個案子使用的手段比傑弗遜・侯坡案中所用的破案方法更高明，例如，你那麼肯定地說出了裝木腿人的某些重要特徵，你是怎麼知道的呢？」

「噢，這太簡單了，一點也不誇張，兄弟，現在我對整個過程都很清楚了。首先，兩個軍官在印度負責看守罪犯時就知道了寶藏的秘密；後來，是一個叫喬納森・斯茂的英國人給他們畫了一張簡易地圖。這個人的名字曾經在摩斯坦上尉的圖上出現過——他畫完以後，還寫下了他及同夥的名字，即「四簽名」。後來，這兩個軍官之一找到了寶物，並帶到了英國。我認為此人也許違背了一開始的約定。至於喬納森・斯茂沒拿到寶物的原因很簡單，一開始畫圖時，即摩斯坦在印度當指揮官時，喬納森・斯茂和他的同夥都是囚犯。」

我說：「這只不過是個假設。」

「並不盡然，不僅僅是推斷，恐怕這是唯一合理的假設。舒爾托少校帶回寶物，想在家安度晚年，可是有一天他收到了一封來自印度的信，這讓他大為震驚，原因呢？」

「也許信中說：他騙過的人都已出獄了。」

「依我說，越獄逃跑才恰當。舒爾托少校應該知道他們的刑期，若是刑滿釋放，他也就不會那麼吃驚了。然後看看他所做出的反應，他用槍傷過一個裝木腿的英國商人。很顯然，他已經開始防備裝木腿的白人。在圖中四個名字中，只有喬納森・斯茂是白人，其餘都是印度或回教徒的名字。這些推理還算明白吧？」

「清楚明白。」

「好吧，我們再從喬納森・斯茂的角度來推測事實。他回英國事出有因。首先，他想取回他的那份財寶；其次，替他的夥伴報仇。他發現了舒爾托的住處，也可能買通了其中的一個僕人。博恩斯通太太說，一個叫拉爾・喬達的僕人品行不正。其實，寶物所在處只有舒爾托少校和一個已經死了的老僕人知道，斯茂很難找到，因此他特別擔心少校會把這個秘密帶到棺材裡。當他聽說少校病危，就什麼也不顧地跑到了少校窗前。可是他看見兩個兒子正在床前，所以無法進入。但當天晚上他還是藉機進入房中，並翻了個底朝天，希望發現一點線索，但結果很令他失望，因此一怒之下把『四簽名』的字條留下了。毫無疑問，他之前的計畫應該是要殺了舒爾托，然後在他的屍體旁留一個字條作標記，來展示『我』是為『我的朋友們』來伸張正義。這種方法殺人是常見的，有時甚至能給我們透露點兒凶手的情況。這些你能明白嗎？」

「非常明白。」

「然後他該怎辦呢？沒辦法，他只好暗暗觀察別人尋寶的動靜。有時離開英國，有時又會回來打探消息。當那個閣樓被發現後，立刻有人告訴了他，這就說明他有眼線。有一條假腿的喬納森肯定不可能爬過巴索洛謬・舒爾托家的高樓。所以他找了個身手很好的同伴，並讓他先爬過去。但不小心，他踩上了木餾油，所以就得托比出來，領著你一瘸一拐地跑了六英里。」

「如果這樣推測，那凶手是他的同伴而不是斯茂了。」

「的確。他應該也不同意這樣做，因此他在屋裡曾不停地頓足，並留下了不少痕跡。喬納森和死者並無冤無仇，沒必要這樣做，並且殺人還需償命，他也不想這樣。只不過他也沒想到他的同伴會這樣毒辣，竟會用毒刺毒死巴索洛謬。沒辦法，他只好留個紙條，帶著寶物和同伴一起逃走，這都是我猜測的。至於他的外貌，安達曼群島酷熱難耐，你想一想，被押在那裡多年，皮膚能白嗎？通常，根據一個人腳步的大小可推斷他的個頭，至於鬍子，那是因為塞第厄斯・舒爾托曾經在窗上親自看見。這基本說全了吧！」

「他那個同伴呢？」

「這不難，你馬上能知道。快呼吸一下倫敦的新鮮空氣吧！瞧，陽光從雲層中穿過，照得雲彩真好看，就像紅鶴的羽毛。哎，陽光下的人數不清，但能擔任我們這樣使命的，就好像沒幾個了。這麼大的宇宙，我們的這點雄心壯志實在微不足道。你看了約翰・保羅的書，有什麼體會嗎？」

「我是透過看卡萊爾的作品才開始再來看他的作品。」

「這如同從小河歸大海。他曾說：『一個人真正的偉大之處在於能夠認識到自己的渺小。』看，多麼奧妙且有深意的話啊！它不僅雄辯，而且還指出了比較與鑑別的力量，這種力量本身就是一種崇高的證明。在瑞奇特的作品裡，你能挖掘到很多精神食糧。你拿手槍了嗎？」

「這有根拐杖。」

「一旦我們找到匪巢，就得用武器來保衛自己。你對付斯茂，假如他的同伴太厲害，我就只好開槍了。」他邊說邊掏出了左輪手槍，裝上子彈後又重新放到口袋裡。

我們跟在一路小跑的托比後面，很快上了去倫敦市區的路，離繁華大街已經不遠了，兩邊都是半村舍的別墅。此時，工人們已經起床，婦女們開始打掃台階。街角四方屋頂的酒館的生意也開始了，喝完酒的壯漢們邊往外走，邊擦著鬍子上的酒。街頭野狗向我們狂吠著，但是這根本不影響托比，牠繼續低頭向前跑，不時地從鼻子中發出幾聲低吼，這顯示還有很重的木餾油味。

斯特萊塞姆區、布瑞克斯吞區、坎伯韋爾區，都被我們拋在了身後。又穿過很多小胡同，路過奧弗爾區，最終到了肯寧頓路。這嫌疑犯大概專門選擇走複雜的小胡同，以避免有人跟蹤，幾乎有彎路就盡量不走大路。在肯寧頓路的末梢，再向左行，路過證券街、威爾絲路就到了騎士街。托比突然停住了，牠豎著一隻耳朵，另一隻耳朵來回打轉，好像有一點不知所措。後來，抬起頭，好像在向我們問路。福爾摩斯悄聲問：「怎麼了？罪犯不會坐汽車，更沒搭氣球逃跑。」

「也許他們在這停了一會兒。」我說。

片刻之後，狗又開始走了。福爾摩斯高興地說：「行了，牠開始走了。」托比這次向四周聞了一下，最終下了決心，毫無顧慮地向前衝去。托比這次沒用鼻子嗅，而是把繩子繃得很緊，拼命跑向前方，氣味似乎更濃了。福爾摩斯雙眼放光，看來賊穴已經不遠了。

經過九榆樹，托比把我們帶到了白鷹酒店旁邊的普羅得立克和納爾遜大木場。托比穿過旁門，衝進了木場。鋸木工人已經開始工作了，牠穿過堆著的刨花和鋸末，迅速跑到一條旁邊堆著木材的小路上，之後興奮地跳到一隻桶上，手推車上的那個木桶還沒卸下來。托比伸著舌頭站在木桶上，眨著眼望著我們。空氣裡全是木餾油味，車輪和木桶上都是黑色的油漬。

我和福爾摩斯都面面相覷，互相看了一眼以後，忍不住大笑起來。

福爾摩斯的小幫手

「接下來該怎麼辦？托比也沒辦法了。」我問道。

福爾摩斯把托比帶出了木場說：「托比是按照牠的判斷去走的。如今，使用木餾油的地方特別多，尤其是作木材防腐用，如果計算一下倫敦每天的木餾油運輸量，你就會明白托比為什麼會判斷錯了。我們不能怪托比。」

「要盡快回到出現錯誤的地方。」

「是的，在騎士街左邊，托比曾經猶豫了一下，氣味一定是那裡弄錯了，幸虧不太遠，我們現在只能到另一條街上找了。」

我們把托比拉回了騎士街，牠這次不費事地就去了另一個方向。

我說：「小心些，不要讓牠再帶我們到木場啦！」

「我也這樣想，但是運油車肯定是走大馬路，而托比現在走在人行道上，所以不會錯了。」

托比跑過太子街、貝爾蒙特路，最後向一個由木材修成的碼頭上跑去，在寬街河邊。托比把我們帶到河邊，站在那裡，聽河水的聲音哼哼著。

福爾摩斯說：「很不幸，他們從這裡上船了。」我們把托比帶到碼頭上的幾個小艇和平底船上，牠認真地聞了聞，但沒有任何反應。

岸上碼頭旁有一座磚房，寫著「茂迪凱・史密斯」的木牌在磚房第二個窗戶上掛著。下面還有行小字：「出租船隻：按時按日計價均可。」門上的另一牌子上介紹說這裡另備有小汽船。碼頭上堆著的焦炭應該就是汽船的燃料，福爾摩斯很失望地看著四周。

他說：「看來挺麻煩。真沒想到他們這麼聰明，計畫之初就有了隱匿行蹤的對策。

他正要向那間屋子走去，這時跑出來一個捲髮的小男孩，大概五六歲。後面緊跟著出來一個手裡拿著海綿的胖婦人。

她叫道：「傑克，這小傢伙，趕快洗澡，你爸爸回來看見你沒洗澡，會打死你的。」

福爾摩斯趁機湊上去說：「可愛的小朋友。傑克，你想要點什麼嗎？」

小孩想了一下，說：「一個先令。」

「你不要更好的東西嗎？」

那小孩歪著腦袋又想了想，說：「那就要兩個先令。」

「好，給你，別丟了啊！你的小孩真可愛，史密斯太太。」

「他太調皮了，我簡直對他沒辦法，可是他爸爸又天天不在家。」

福爾摩斯假裝很失望地說：「他不在？太不巧了，我正找他有點事。」

「老實說，先生，從昨天清晨到現在一直沒回來，我真的挺擔心。但如果您要租船的話，我也能做主。」

「我想租汽船。」

「哎，他也是開汽船出去的。要是他坐了別的大平底船出去，我就沒這麼擔心了。有時，他開這船會到更遠的地方去。關鍵是，汽船上的煤根本不夠從屋爾畏到這裡一來一回。大概是他有事耽誤了，但沒煤，他怎麼回來呢？」

「也許他在中途買點兒煤。」

「這倒說不準，但他怕零買太貴，從來不這樣。這幾天，不知道那個裝木腿的人怎麼了，老是來這裡，我討厭他的那副表情和那身外國人的派頭。」

福爾摩斯很奇怪地問：「一個裝木腿的人？」

「是，先生。他來過不止一次，昨晚，他把我先生帶走了。我先生似乎一直在等他，早就點著了汽船上的火。跟你說實話吧，先生，我真的很擔心。」

「親愛的史密斯太太，您不用瞎著急，再說您怎麼知道昨天晚上來的那個人是裝了木腿那位？」福爾摩斯聳了一下肩說。

「一聽他那像公鴨的嗓子我就知道了。昨晚好像三點多，他敲了幾下窗戶說：『兄弟，該走了，快起吧！』後來，我先生叫醒了我們的大兒子，一起出去了，沒說一句話。我聽見了木腿碰在石頭上的聲音。」

「只有他一個人，沒有同伴了嗎？」

「先生，這我不確定，但我沒聽見別人。」

「史密斯太太，老早就想租您這艘船，我聽說這個……想想，叫……？」

「先生，『曙光號』。」

「噢，對。船身是綠色的，船幫上有寬黃線的那條舊船嗎？」

「先生，不是。剛刷過油，樣式和一般汽船一樣，黑色船身上畫著兩條紅線。」

「好吧，希望史密斯先生盡快回到家，非常感謝您。現在，我要去下游，如果碰見史密斯先生，我一定告訴他，您正等著他回家。您剛才說的那條船煙囪是黑色的吧？」

「不是，黑煙囪上畫著白線。」

「我想到了，船身是黑色的。史密斯太太，再見。華生，我們到對岸去，僱那艘小舢板。」

福爾摩斯上船後對我說：「和這樣的人談話，得一步一步地引出你需要的問題，叫他們不自覺地告訴你。否則一旦他們發現你想知道這些情況，就不會說一個字了。」

「很顯然，我們下一步已經明朗了。」我說。

「說說怎麼辦呢？」

「僱一隻船到下游去找『曙光號』。」

「格林威治到這裡有無數碼頭，橋那邊幾十里的地方都能靠船，『曙光號』不一定會停在哪裡。如果僱船一個一個地找，那得找到什麼時候？」

「那就請警察幫忙？」

「案子都快破了，我不想讓他們來摻和，假如需要人的話，我就叫上鐘斯。總而言之，他這個人還行，我不希望他因此而不能晉升。」

「那就登報吧，由碼頭老闆來尋找『曙光號』。」

「這個方法更不行，會打草驚蛇，進而加速他們逃跑的步伐。但是如果他們以為自己還沒有暴露，就不急著逃跑了。鐘斯的看法現在每天都會出現在報上，這其實給我們做了很好的掩護，容易麻痺罪犯。」

在密爾班克下船後，我問福爾摩斯：「下一步我們該怎辦？」

「我們先坐車回去吃早點，再睡一個小時，為晚上的行動做準備。我們先別忙著送托比回去，說不定還能用到牠。車夫，在郵局停一下。」

在大彼得街福爾摩斯發了封電報，他上車後問我：「你猜我是發給誰的？」

「不知道。」

「貝克街偵探小隊，還記得嗎？我們曾經在傑弗遜・侯坡的案子裡用過他們。」

我不禁笑說：「噢，是他們。」

「在這裡他們也許很有用，如果不行，我再用別的方法。收到電報後，小隊長維金斯帶著他的小隊能在我們吃完早飯後到達。」

大約早晨八九點，經過一晚上的折騰，我感覺渾身無力，走路都一瘸一拐的。我從這個案子的偵破中獲得了許多教益，開始明白福爾摩斯為什麼會對工作那麼有興趣。由於大家對巴索洛謬・舒爾托無甚好感，因此對他的被害也未覺太惋惜，對凶手也沒有太大的惡感。但如果說到寶物，就是另一回事了。按道理，摩斯坦小姐至少應擁有寶物的一部分。我願意為摩斯坦小姐盡全力找到寶物。確實，假如她擁有了這些寶物，我也許會失去她。但是，真正的愛情是無私的，它應該是偉大而崇高的。假如福爾摩斯能發現凶手，我就該付出十倍的努力去找到寶物。

回家洗了個澡，換了衣服後，我的精神大大好轉。下樓後，福爾摩斯已經擺好早餐，開始喝咖啡了。

他指著一份已經翻開的報紙笑著對我說：「這頭腦簡單的鐘斯和一個同樣簡單的記者已經對此案下了結論。唉，你已經夠煩了，還是趕快先吃火腿蛋吧！」

我接過這份《旗幟報》，上面赫然寫著「上諾伍德奇案」，內容是：

昨晚十二點，上諾伍德櫻沼別墅主人巴索洛謬．舒爾托先生被殺。本報得知，死者身上沒有傷痕，但室內丟失了死者繼承的一批寶物。塞第厄斯．舒爾托是死者弟弟，他與福爾摩斯先生和華生醫生最先發現了死者。報案時，正碰上埃瑟爾尼．鐘斯偵探路過上諾伍德警局分署。因此，案發後半個鐘頭，他立即趕到了現場。埃瑟爾尼．鐘斯先生是本市警署的著名偵探，有豐富的工作經驗，技藝超群，當天晚上就找到了重要線索。現在已把重大嫌疑人塞第厄斯．舒爾托逮捕歸案。一同被抓獲的還有守門人麥克默多、僕人拉爾．喬達、管家博恩斯通太太。現在已經查明，凶手應該非常熟悉房屋的構造，警方憑藉高超技術和細心觀察，已證實凶手是由屋頂室的一個暗門出入的。多方事實令我們深感此案非同小可。順利進展的偵破工作說明，老練警官的領導和警署的及時有效處理是刑事案件得以偵破的必要保障。同時也充分證明，派全市警力到各地駐守，以便及時趕到現場偵查的方法，是非常正確的。

「感想怎麼樣？厲害吧！」福爾摩斯一邊喝咖啡，一邊笑著說。

「我看我們差一點也變成凶手了。」

「我也這麼想，說不定他腦筋一轉，現在我們也在監獄裡。」

話音沒落，突然門鈴響了，接著聽見房東太太和人的爭吵聲。我很驚訝，半站起說：「天吶，難道他們真來抓我們了？」

「不會的，一定是貝克街的雜牌軍，我們的非官方部隊來了。」

隨著光腳踩地的聲音和很大的說話聲，進來十幾個衣服破爛的街頭小流浪漢。雖然他們不停地吵鬧，但是仍然不失紀律性。進來後，他們立刻站成一排，一個年齡較大的像是隊長的孩子站在前面。看著他們那身破爛衣服和那副神氣模樣，我們不由得想笑。「一接到您的電報，我就帶他們來了，車費總共三先令六便士。」

福爾摩斯把錢遞給他說：「給你錢。韋金斯，我和你說過，今後有事你一個人來就夠了，我的屋子裝不下這麼多人。另外，既然他們都聽你指揮，而且也都來了，那就都聽我的吧！我正在找一艘叫做『曙光號』的汽船，現在可能在下游。茂迪凱・史密斯是船主。特點：黑色船身上有兩條紅線，黑煙囪上有條白線。你們中必須有個人守在史密斯的碼頭，它就在密爾班克監獄的對面，如果看見船回來馬上報告。其餘的人分頭行動，在河下游細心查找，一旦發現情況，也馬上回來彙報，知道了嗎？」

「是，司令，知道了。」韋金斯說。

「薪水依舊。最先發現船的人另加一個畿尼。先預付你們一天的薪水。可以了，現在開始行動吧！」他一邊說，一邊先給了每人一先令。孩子們高興地衝下了樓，不一會兒就在人行道上消失了。

福爾摩斯起身離開桌子，點著菸說：「不要小看這些孩子，他們能到處跑動，打探各種怪事，還能偷聽別人說話。如果這船仍在水中，他們肯定會發現的。我想他們在天黑前就應該有消息了，此間這段時間我們就休息吧！找不到『曙光號』之前，別的行動也無法進行。」

「讓托比吃我們的剩飯吧！你再睡一覺嗎，福爾摩斯？」

「用不著，我不睏。我就是這樣一個人，有了工作就再也不覺得累，可是如果閒著，就肯定會少精沒神的。現在，我得再仔細琢磨一下這個案子。按理說，這件事不難。倫敦沒有幾個裝木腿的人，另外那一個，就更是少見了。」

「另外那一個？你又想到他了。」

「華生，也許你有你的想法，但我不想對你保密。再仔細分析一下我們掌握的情況，小腳印，沒穿鞋，一邊繫著石頭的木棒，很靈巧的動作，還有有毒的木刺，把所有這些連起來，你有何想法？」

我高聲說：「一個土著，或許是和喬納森・斯茂一起來的印度人。」

「不像。剛見到那武器時我也這樣想過，但發現了那些不一般的腳印後，我就不這樣認為了。印度土著的腳是既長又細的，他們的涼鞋鞋帶通常會把拇趾縫勒得很緊，所以拇趾會和其他四個腳趾分開。因此，雖然有矮個子的印度人，但他不可能留下這種腳印。另外，這些木刺只能憑吹管向外吹。那麼，這樣的土著我們該往哪裡想呢？」

「南美洲。」

他從書架上取下一本厚書，「這是新版的地理辭典第一卷，在這方面應該很權威。你看這上面是怎麼說的？

「『安達曼群島位於孟加拉灣，離蘇門答臘三百四十英里。』另外這裡氣候濕潤，有『珊瑚暗礁、鯊魚、囚犯營、布勒爾港、棉白楊、羅德蘭德島……』

「啊！你看這裡。

「『安達曼群島的土著人堪稱世界上最矮的人種，雖然曾經有人類學者宣稱，美洲的迪格印第安人和火地人或非洲的布史人是世界最矮的。但這裡的人的平均高度還不到四英尺，有些甚至比這還矮。他們生性凶狠、倔強而易怒，但一旦取得他們的信任並和你產生了感情，他們卻會為你兩肋插刀。』

「再看這裡，華生。

「『該土著形態極醜，頭大眼小，外貌奇怪，手腳非常小。也正因其凶猛、倔強、忠誠的特性，英國官吏曾經想爭取他們為之效力，但均未奏效。海難船員們倘若不幸遇到他們，則通常不是遭到被木柄石錘敲碎頭部的厄運，就是頃刻間被毒箭射殺，並且殘忍屠殺的結果總是以人肉盛宴告終。』

「華生，這種人若約束不好，後果簡直不堪設想。我認為，喬納森·斯茂把他帶出來，一定是有萬不得已的原因。」

「但他是怎麼找來了個這麼奇怪的人呢？」

「這就不好說了。不過既然斯茂從安達曼島來，那麼和一個土人在一起也不足為奇。很快我們就會搞清楚這件事。你確實太累了，躺到那個沙發上去，讓我給你來段催眠曲。」他有即興作曲的本領，不用說，這是一首他自編的曲子。當時演奏的情景直到現在還會隱約浮現在我的腦海，瘦削的手指，懇切的表情，一上一下來回顫動的弓弦……伴著這柔和的音樂，我漸漸入睡，好像看見了梅麗·摩斯坦正對著我甜甜地微笑。

進入「絕路」

一覺醒來，體力完全恢復正常，我看了下時間，已經不早了。福爾摩斯正在專心地讀著一本書，身旁放著他那把提琴，表情有些陰鬱。看見我醒了，他說：「我們的說話把你吵醒了吧？你睡得很香啊！」

「我沒聽到啊，有新消息了嗎？」

「很糟糕，沒有。太讓我失望了，本來以為該有一個結果了，但韋金斯剛才來報告說，任何蹤影都沒有，急死人了，現在每一分鐘都很寶貴。」

「我可以幫忙嗎？我的體力再扛一夜沒問題。」

「除了等，現在什麼也不能做。一旦我們出去了，萬一傳來新情況就誤事了。如果你有事情需要處理，那就請便，但我得在這裡守著。」

「我昨天向希瑟爾・弗里斯特夫人說好要去拜訪她，現在我就去她那裡。」

「拜訪希瑟爾・弗里斯特夫人？」福爾摩斯笑著問道。

「當然還有摩斯坦小姐，她們都想知道此案的進展。」

「不要向她們透露過多，不能太信賴女人。」

我不想回敬他的荒謬言論，只說：「一兩個小時以後我就回來。」

「好，祝一路順風。稍等，反正你要過河，就把托比還回去吧，我看我們不需要牠了。」

我還回了托比，給了謝爾曼半個英鎊做報酬。到了坎伯韋爾後，我發現那次冒險經歷在摩斯坦小姐身上至今仍有餘跡，她仍然顯得很疲憊，但還是急於知道新消息。弗里斯特夫人對此也懷著強烈的好奇心。我大致向她們描述了一下案情的經過，但省去了部分可怕的情節。關於舒爾托被殺現場那一段，我省略了死者可怕的面貌和嚇人的凶器。即使這樣，她們仍然覺得很刺激。弗里斯特夫人說：「這應該是小說裡的事情。一個受難的女孩，五十萬英鎊的珠寶，吃人的黑土著，還有裝木腿的罪犯，比小說還刺激。」

摩斯坦小姐高興地看著我說：「還有兩位義士的相救，您忘了？」

「梅麗，這案如果成功，你就會有二十五萬英鎊，但你好像對這一點也不熱衷。想一下，你變成富翁的情景，那是多麼令人羨慕啊！」

她好像對此並不怎麼感興趣，只是搖了搖頭。看到她對寶物不太關心，我稍微有些安慰。

她說：「我認為塞第厄斯・舒爾托的安全才是最重要的，別的都無所謂。他是那麼正直、善良，我們應該還他一個清白。」

從摩斯坦小姐家回來已經很晚了，我發現福爾摩斯的菸斗和書都在桌子上，但人卻不見了，看看周圍，也沒有什麼留言。赫德森太太來送窗簾了，我趕緊問她：「福爾摩斯呢？」

她壓低聲對我說：「先生，他在自己屋裡，你去看看吧，也許他病了。」

「您怎麼知道？」

「您走之後，他就變得很奇怪，在屋裡來回走動，最後我聽著他的腳步聲都煩了。一有人敲門，他就出來問：『赫德森太太，誰啊？』他現在又在自己的屋裡走來走去的。我剛才勸他吃藥，但他瞪了我一下，我就糊里糊塗地出來了，真希望他沒病。」

我說：「赫德森太太，您放心吧，他以前也這樣過。由於他心中有事，所以才心情不安。」我裝作很輕鬆地安慰她。福爾摩斯就這樣不停地走了一整夜。我明白，他想馬上行動，卻沒有消息。

第二天清晨，我發現他兩頰微紅，臉上顯得很疲倦。

我說：「夥計，饒了你自己吧，你都走了一整夜了。」

「我讓這煩人的難題攪得睡不著。許多大困難都克服了，難道要讓這小問題難住？不甘心！船的名字、罪犯的名字以及其他所有情況我們幾乎都知道了，但就是不見這船的蹤影。我費盡心思，借助所有力量去尋找了，還是沒有一點消息。史密斯太太也沒有她丈夫的音訊。我寧願相信他們把船弄沉了，但這肯定不是事實。」

「我們也許被史密斯太太玩弄了。」

「沒有，我調查了，那裡確實有一艘這樣的汽船。」

「也許它開到上游了。」

「我也這麼想，所以又派人到銳奇門那裡找了。假如今天還無準確消息，明天我就親自出去，不是找船，而是搜捕凶犯。今天，他們一定會回來報告情況的，一定會。」

但是，一天快結束了，還是沒消息。許多家報紙都登了上諾伍德慘案，並且都批評指責塞第厄斯・舒爾托。據說官方要在第二天驗屍，除此之外別無有價值的內容。黃昏時候，我再次來到坎伯韋爾，向摩斯坦小姐她們述說了我們的不利處境。回來後我發現福爾摩斯仍然悶悶不樂，對我也很冷漠。後來他為一個神秘的化學實驗忙碌得一整夜沒睡。實驗所散出的臭氣逼得我無法在屋子裡待下去，只好跑出來。直到天亮，試管碰撞的聲音還不時地從屋中傳出。

早晨一睜眼，我看見福爾摩斯正站在我的床前，渾身上下的打扮一看就是要外出。一套水手服穿在裡面，外面又罩了件短大衣，還繫了條紅圍巾。

他說：「華生，經過再三考慮，我覺得必須親自去一趟下游，必須試一下這最後一招。」

「我和你一起去。」

「不必了，你替我守在這裡吧！我本來不打算去。韋金斯昨天的表現很不好，不過他今天一定能帶回好消息的。你就幫我把信件、電報都拆了吧，這樣便於行事，好嗎？」

「沒問題。」

「好吧，你無須給我拍電報，我不一定在哪裡，假如進展順利，我很快就能帶些情況回來。」

吃早飯時，他仍沒回來。我就翻開《旗幟報》，上面又有此案的新情況：

上諾伍德案件又有了新變化。進一步的調查顯示，本案並非之前想的那麼簡單。塞第厄斯・舒爾托被釋放了，因為又有新證據證明他沒殺人。另外，管家博恩斯通太太也被釋放，警方將繼續根據新線索抓拿真凶。蘇格蘭場的埃瑟爾尼・鐘斯主管這個案子，相信不日即將破案。

總算把舒爾托的冤屈洗刷了，看到這裡我相當滿意。新線索在哪裡呢？估計無非是警方掩飾錯誤的老藉口吧！

我隨便地往桌上一扔報紙，卻發現了一則尋人啟事。寫著：

尋人：

星期二早晨三點左右，茂迪凱・史密斯先生和他的長子乘「曙光號」汽船離開史密斯碼頭，到現在還沒有回來。船身是有兩道紅線的黑顏色，煙囪是有道白線的黑色。有知道此二人或汽船下落者，請與貝克街221號或史密斯碼頭史密斯太太聯繫，定有重謝。

看到貝克街的地址，就可知是福爾摩斯幹的。這啟事簡直太妙了，假如罪犯看到，也只會認為是妻子尋找丈夫的平常廣告。

時間走得好慢啊，一聽見敲門聲或街上傳來的腳步聲，我就以為福爾摩斯回來了，或者是看到廣告來報信的人。我竭力想把思緒集中在書本上，但還是禁不住想到那兩個奇怪的罪犯。甚至還想或許證據不足，福爾摩斯推論錯了？或者他的理論有欠缺？更或者他是嚴重地自欺欺人？我還從未發現他推測失誤的情況，但是智者千慮必有一失，或許他太自信了，以致把一個很平常的案子看成了非常複雜的大案，所以一錯再錯。但我的確親眼看到了這些證據，親耳聽到了他的推理。即使這些奇怪的證據中有些並不那麼重要，但它們的確都有共同的指向。所以我不得不承認，即使福爾摩斯的推斷真的有誤，這案子也絕對非同小可。

下午三點多，門鈴突然響了，然後聽到一陣命令式的說話聲，原來是埃瑟爾尼・鐘斯來訪。這次他和在上諾伍德時的態度判若兩人，不再以專家自居，非常謙虛，甚至還有些慚愧。

他說：「您好，先生。福爾摩斯在嗎？」

「不在，不知他什麼時候回來。請坐下等一會兒吧，抽支雪茄，請坐。」

「謝謝。」他一邊說，一邊用紅綢巾不住地擦著上額。

「再來一杯有蘇打的威士忌吧？」

「半杯就行了。都現在了，天氣還這樣熱，煩死人了。我對上諾伍德案的看法，你還記得嗎？」

「記得一點。」

「我現在必須推翻它重新考慮。我原本已經抓住了舒爾托，但是他卻有一個無法反駁的事實，即：和他哥哥分手後，一直有人跟他在一起，也有人能證明不是他從暗門進入室內的。這樣一來，我在警署的威望就會動搖。可是我一個人很難偵破此案，所以希望您們能幫忙。」

「誰都有需要幫忙的時候。」

他堅定地說：「先生，福爾摩斯太了不起了，一般人絕難匹敵。他辦的很多案子都令人心服口服。他辦案的手段神出鬼沒，儘管有時太過著急。但總之，他堪比一個最有本事的警官。老實說，我是不行的。他今天早晨給我拍了個電報，說舒爾托的案子有了新線索，這是那個電報。」

他把電報遞給我。電報是十二點從白楊鎮發來的，內容是：

請馬上去貝克街，如果我不在，請等一會兒。我知道了舒爾托案的線索，你若願意親眼看此案的結果，今晚可以與我一起去。

我說：「太好了，他肯定接上了斷了的線索。」鐘斯一聽很得意，說：「看來他也有弄錯的時候啊！說不定這回也是白忙，但只要有一線希望我們就得抓住，這是責任。有敲門聲，也許福爾摩斯回來了。」這時傳來了很重的喘息聲和踏在樓板上的腳步聲。聽聲音這個人的呼吸很困難，因為他又休息了兩回，看來上樓也很費勁。他進來後，果然印證了我的推測。這是一個穿著水手衣服的老年人，水手服外面還穿著件一直扣到脖子上的大衣。此人兩腿哆嗦著，弓著腰喘著粗氣，明顯地老態龍鍾。他的肩膀不停地顫抖，呼吸似乎也很費力，手裡拿著一根很粗的木棍，圍巾遮住了他的臉，只能看見灰白的眉毛和鬍鬚，還有一雙發光的眼睛。從外表看，這個人好像是一個很受人尊重的航海家，可惜後來家道中落。

我問他：「您有事嗎？」

他以老人特有的習慣環視一下四周，問：「福爾摩斯在嗎？」

「他不在。但如果您有事的話，可以和我說。」

他說：「我只和他本人說。」

「您對我說，我能代表他。您是不是想說茂迪凱・史密斯汽船的事？」

「是這件事。我知道這艘船在哪裡，也知道那個人在哪裡，還有寶物，我全知道。」

「您和我說吧，我可以把一切都告訴他。」

「我只和他本人說。」他以老人所特有的固執說。

「那麼您就等一會兒吧！」

「不行，我不能在這裡浪費一天時間來等他。假如福爾摩斯真的不在家，我也沒辦法，只有讓他自己去打聽這些消息去了。我不喜歡你們倆，是不會告訴你們的。」

他起身要走，埃瑟爾尼・鐘斯一下擋住了他，說：「朋友，等一下。您帶來了非常有用的消息，不能這樣就走了。無論您願不願意，您都得等我朋友回來。」

老人想奪門逃跑，鐘斯飛快地將他擋在門口。

老人用木棍敲著地板，大聲說：「豈有此理！豈有此理！我到這裡是來拜訪我的朋友，但是你們兩個卻非把我留下，第一次見面，就這樣無禮！」

我說：「您先別急，我們會設法補償您浪費的時間。請您坐在沙發上吧，福爾摩斯馬上就會回來。」

他用手遮著臉，很不高興地坐下了。我和鐘斯一邊抽雪茄，一邊繼續談話。突然，我聽到福爾摩斯的聲音：「朋友，你們也該給我菸抽吧！」

我們吃驚地一下子跳起來，果然看見了笑容可掬的福爾摩斯。

我驚奇地叫：「福爾摩斯，是你！剛才的那個老頭呢？」

他把白髮拿出，說：「在這裡。眉毛、鬍子、假髮，都在這裡。想不到我的化裝術竟然能騙了你們。一開始我就知道我的技術挺棒。」

鐘斯興奮地說：「福爾摩斯，你太有當演員的天賦了。憑你學老人咳嗽的本事和你腿上的功夫，每個星期賺十鎊沒問題。但是你也沒有完全騙了我們，我已經看出了你的眼神。」

他點了一支菸，說：「我這樣的打扮已經一天了。這位朋友把我的事寫成書出版了以後，許多罪犯都認識我。所以我只能在工作時稍微打扮一下。我的電報，你收到了嗎？」

「我收到電報後才來這裡的。」

「你那邊進展如何？」

「任何頭緒都沒有。因為證據不足，我放了兩個，還剩兩個，可也沒有明顯證據。」

「沒事，你聽我的吧！待會兒會有兩個人來替他們補缺的。只要你一切聽我指揮，將來功勞都歸你，如何？」

「只要能抓到罪犯，我什麼都同意。」

「好。首先，我需要一艘快艇，而且必須是汽船，讓它今晚七點鐘在西敏碼頭待命。」

「這沒問題，一艘快艇常在那裡停著，我到時候用電話聯繫一下就行。」

「為避免罪犯反抗，還得有兩個強壯的警察。」

「經常有兩三個人守在快艇中。還需要什麼嗎？」

「一旦捉住凶犯，寶物也將尋回。一位年輕女士應該擁有一半，我想讓我的這位朋友親手把寶物交給她。你覺得怎樣，華生？」

「我很榮幸。」

鐘斯搖著頭說：「這恐怕不符合規矩，但可以開綠燈，不過看完後要馬上送回，等待上級調查。」

「那肯定了。最後，你知道，我辦案向來必須水落石出，因此我想要聽到喬納森·斯茂把案件的詳細情況親口說出來，因此我想在有警察看守的情況下，非正式地審問他一次。你同意嗎？」

「整個案情都由你掌握，假如你能抓住這個斯茂的話，你完全可以先審問他。但我不知道，究竟是否存在這樣一個人？」

「那麼，你是同意了？」

「完全同意。除了這些，還有什麼嗎？」

「另外就是，我想讓你和我們一起吃飯，馬上就會做好。我準備好了生蠔、野雞還有一些白酒。華生，你也許不知道，我還是個很好的管家。」

捉拿凶手

這頓飯，我們吃得很開心。福爾摩斯在高興時總是很健談，今晚更是這樣。他天南地北說個沒完，我很久沒見他這樣了。由神話劇說到中世紀的陶器，再到音樂、軍艦、佛學，簡直面面俱到，好像他什麼都懂，無論什麼都能胡扯幾句，幾天來的煩悶好像也成過眼雲煙了。埃瑟爾尼・鐘斯先生在休息的時候也很喜歡說笑，而且平易近人。而我興奮的原因是：今晚就可知道案件的結果。因此，我們三個都很愉快，但誰都未提飯後的冒險行動。吃完飯，福爾摩斯看了錶一眼，又倒了三杯紅葡萄酒說：「讓我們預祝今晚一切順利，乾杯，行動吧！你有槍嗎，華生？」

「以前曾經在軍隊用過一支，現在還在抽屜裡。」

「說不定你需要，帶上它吧！我預定了馬車，六點半來接我們，這會兒正等在門外。」剛七點，我們來到了西敏碼頭，那裡已經有汽船等著了。福爾摩斯仔細地查過後，問：「船上有警局的標誌嗎？」

「有一個綠燈在船邊上。」

「快摘下去。」

我們三人依次上船，坐在船尾。船前面坐著兩個很壯的警長，還有一個掌舵人，一個開機器的人。

鐘斯問：「我們開船到哪裡？」

「倫敦塔，告訴他們把船停在雅克布森船塢的對面。」

我們的船超過了很多載貨的平底船，又把一隻小汽船甩在後面了。福爾摩斯點著頭，微笑地表示滿意。

他說：「以這樣的速度，我們應該能超過河中的任何一艘船。」

鐘斯說：「那也不見得。不過能比我們的船快的，確實不多。」

「『曙光號』的速度是出了名的，我們一定要超過它。正好現在沒事，華生，我和你談談案子的進展吧！我不想讓這樣一個小彎子就絆倒我，你記得我這麼說過吧？」

「當然記得。」

「曾經有位政治家說：『變換一下工作是最好的休息。』非常正確，為了徹底休息大腦，我做了化學試驗。做好這個試驗後，我又重新思考了一番舒爾托的案子。孩子們搜遍了河的上下游，卻沒發現船，而它既沒停在任何碼頭上，也沒有回家，另外也不可能沉船。當然，如果實在找不到，也不排除這個可能。儘管斯茂很狡猾，但他沒受過多少教育，不可能想出這樣周密的計畫。他窺探了櫻沼別墅那麼長時間，說明他在倫敦已經住了很久，不可能什麼準備也不做就立刻逃離倫敦。他需要收拾的時間，哪怕是一天，我認為這是一種可能。」

「說不定在他準備行動前，就全準備好了，你這個推測的可能性不大。」

「我不這樣想，他不會那麼輕易地拋棄他的老窩，除非那對他沒有一點用處。另外，喬納森・斯茂肯定會想到，無論怎樣打扮他的同伴，那張臉都會引人注意，而且立刻能讓人想到上諾伍德慘案。憑斯茂的聰明，他不會忽略這些。因此為了避免嫌疑，他們肯定會晝伏夜出。按史密斯太太所說，他們也許是凌晨三點上的船。再有一個小時，天就快亮了，並且行人也多了。因此他們不會走太遠。

「他事先訂了史密斯的汽船，給了他很多錢，讓他不要聲張。然後，得手後準備坐船逃回老家。不過應該會先在老巢中辨一下風向，一旦風聲不緊了，就有可能從肯特碼頭或格雷夫桑德碼頭登上他們已經訂好艙位的大船，一走了之，再去美洲或別的地方。」

「但他不可能隨身攜帶這船啊！」

「確實不能。儘管我們還沒發現那船，但我認為它肯定在不遠的一個地方。憑斯茂的精明，他肯定不會把船開回去，或者停在哪個碼頭上，那樣警察會很容易嗅到他們的蹤跡。那麼，如何才能把船安全存放，並且可以隨時使用呢？我認為最好的方法是，在一個船塢修理它，如此就能安全地把它藏起，只要提前告訴船塢，他們就能隨時使用。」

「但這似乎太簡單了。」

「就因為簡單，我們才忽略了它。因此，今天上午我裝成一個老水手去偵查了一下。我詢問了每個船塢，但前十五個都說沒有，只有第十六個，即雅克布森船塢，他們說，兩天前有一個裝著木腿的人送來了『曙光號』船進行檢修。工頭指著船對我說：『那個船身上畫了線的就是，實際根本不用檢修。』正在這時，已經失蹤了兩天的茂迪凱·史密斯走了過來，渾身都是酒味。我當然不認得他，是他自己介紹了他和船。他說：『今天晚上八點，我們要出去。是正好八點整，千萬別耽誤了，船上要坐兩個人。』他一邊說著，一邊拍打著叮噹響的錢口袋。我估計他肯定賺了不少錢。於是我跟在他後面，看見他進了一家酒館。所以我就往回走，半路正好遇到一個小幫手，所以我讓他待在那裡盯著汽船。他在船塢的出口處站著，我們約好的，船一開，他就向我們晃毛巾。我們先在這裡等著，堵住他們的去路，待會兒，我們就會人贓俱獲。」

鐘斯說：「且不說他是不是真凶，光看你的計畫就已經很周密。不過假如是我，我會派幾個精明能幹的人，一發現他們，就立即逮捕。」

「我可不敢這樣，斯茂很狡猾，他肯定會先派人探路，一旦情況不對勁，必定會再回去躲一陣子。」

我說：「只要緊盯著茂迪凱·史密斯，我們就能發現他們的老巢。」

「那倒未必。我認為，史密斯十有八九不知道他們住在哪裡。史密斯關心的只是酒錢，而且一旦斯茂有事，只要派人通知一下他就可以。綜觀全域，我看我的方法最可行。」

不知不覺，我們駛過了好多座橋，漸漸駛出了市區。晚霞把聖保羅教堂頂的十字架照得金光閃閃。沒等到達倫敦塔，天色就已近黃昏。

指著遠處考薩利區一片桅檣林立的地方，福爾摩斯說：「雅克布森船塢就在那裡。我們就借這駁船作掩護，在這裡待一會兒吧！」他用望遠鏡看著對岸，說：「我發現了派在那裡的人了，但他還沒揮手巾。」

鐘斯著急地說：「要不我們在下游堵他們吧！」也不僅僅是他，我們都很不耐煩了。連那些警長和船夫，也等不及了，即使他們並不很清楚這次行動的主要任務。

福爾摩斯說：「他們最有可能到下游，但也不能放過上游的可能。我們這裡是個非常好的位置，可以看到對面船的出入，但他們看不到我們。今天晚上的月亮很圓，沒有雲霧遮住，請看那邊煤氣燈光下，有很多人在走動。」

「那是剛從船塢下班的工人。」

「這些人外表雖然骯髒粗俗，但你又哪裡知道他們每個人內心深處有怎樣的活力與精神。這是人的天賦，人生就是個謎。」

「有人說人是能思想的動物。」我說。

福爾摩斯說：「溫伍德・瑞德對這問題有這樣一套理論。人，單個人就是謎，但如果把單個人聚合成人類，就產生了定律。譬如，你很難猜測單個人的個性，但卻可預測人類的共性。統計學家們公認：雖然個性不同，但共性卻是永恆的……喂，看到那手巾了嗎？一個白色的東西在那邊動。」

我大聲喊：「是，我看見了，碼頭上的那個小傢伙就是你派的。」

福爾摩斯也高喊：「看見沒有，『曙光號』，它快極了。機師，加快速度，趕上那艘有黃燈的船。如果趕不上它，這一輩子我都很難原諒自己。」

「曙光號」已經很遠了，並且消失在了幾艘船的前面。它的速度非常快，正飛一般向下游駛去。看到這，鐘斯說道：「我們恐怕追不上了，它太快了。」

福爾摩斯高喊：「必須追上去。趕快加煤，即使燒了船，也必須追上它！」汽船鍋爐裡的火非常凶，已是最大馬力，引擎發出的聲音像一個鋼鐵巨人的心臟。飛快前進的船頭把平靜的河面頓時劃破，激起了兩邊滾滾的浪花。引擎顫一次，船也跟著顫一次，似乎汽船都有了生命力。船舷上的黃燈射向遠方，只看見前面的一個黑點被一片浪花托著若隱若現——「曙光」號也正全速前進。此時，河上許多船擋住了我們的去路，我們只能飛速地左衝右突，緊緊跟著「曙光號」。

福爾摩斯對著機器房的夥伴們大聲喊：「快，再加點煤，趕快燒蒸汽，超過他們！」在機器房裡的熊熊烈火中，不時閃現著他焦急的面孔。

鐘斯看著「曙光號」，說：「我們已經趕上了一點。」

我說：「是的，不用幾分鐘，我們就會追上他們。」

樂極生悲，就在此時，有一艘汽船拖著三艘貨船橫在了我們面前，幸虧一個急轉彎，沒有撞上它。但這一瞬間，「曙光號」又把我們甩了二百多碼，僅能看到其身影而已。這時，夕陽西下的暮色已經被星光燦爛的夜景所代替，汽船鍋爐已燒到了極限，由於船身拼命前進時所產生的巨大作用，使得船不停顫動，薄船板也嘎吱作響。汽船從倫敦橋下正中間通過，很快將西印度港區、長長的代德福德河段、狗島都拋在了後面。終於，前面又出現了那個清楚的小黑點。鐘斯用探照燈照準他們，於是看到了船上的人影。船尾坐了一個人，胯下有一個黑漆漆的東西，旁邊還有一團黑影，可能是一隻紐芬蘭狗。穿過鍋爐透出的光，我們看到一個男孩在掌舵，史密斯正在拼命地加煤。起初也許他們還不確定我們是在追他們，但後來發現我們一直尾隨，這才意識到不妙。到格林威治時，兩船大約只相距三百步，到布萊克沃爾時，不超過二百五十步。我摸爬滾打半輩子，曾浪跡很多國家，無數次打獵，追逐獵物，卻從來沒有像現在這樣刺激過。幽靜的夜裡，前面船上的機器聲聽得更清楚了，我們越來越近。船尾上的那個人還在那裡不停地揮手，並不時目測一下兩船的間距。兩船現在僅有四艘船的距離了，而且都已駛近河口，一邊是普拉姆斯第德沼澤，另一邊是巴刻茵平地。此時，鐘斯命令前面的船停下。聽見喊聲，船尾的人站起來了。他非常高大健壯，站在那裡，叉著兩腿，揮著兩手，正朝我們怒罵。我看見他的右大腿以下是根木腿。此時，聽到他的聲音，身下的黑影也站了起來，是個不能想像的小黑矮人。他的頭碩大奇怪，頭髮亂蓬蓬的。福爾摩斯取出了槍，看見這個奇怪的黑人，我也拿出了手槍。除了露出一張奇醜無比的臉，他全身都披在一張黑毯子裡，僅露出一張使人胃口倒足的臉以及凶光畢露的眼睛，厚嘴唇從牙根處向外翻翹著，讓人看了心驚肉跳。帶著一種野獸般的瘋狂本能，他拼命向我們亂喊亂叫。我從來沒見過這樣醜惡的嘴臉。

福爾摩斯低聲對我說：「他一舉手，我們就開槍。」此時兩船更近了，彼此也看得更清楚了。那兩個人仍然不停地向我們這邊大聲叫罵著。

我們很清楚地看到，那個小黑矮人把一根木棍放在嘴邊，這木棍是從毯子裡掏出的，又短又圓像尺子。我們一同拉動扳機。那個人轉了一下身子，並舉起雙手掉入河中，那含著憤恨的眼睛也隨之消失在河水的漩渦中。與此同時，裝木腿的人拼命衝向船舵，猛地扳轉起來，於是「曙光號」突然向南岸衝去，只差幾尺，我們的船總算躲開了它的船尾而沒有相撞。接著，我們也立刻改變方向繼續追去。寂寥荒涼的沼澤地被月光照著，地面上聚集著一潭死水和成堆腐爛的植物。「曙光號」已近南岸，並很快衝到了岸上，船頭翹到空中，船尾在水裡浸著。那個人剛往岸上一跳，木腿就陷入泥中，儘管使勁掙扎，但是仍然不能動彈。他越掙扎左腳，右木腿就陷得越深。我們的船停岸後，他已像釘子一樣釘在那裡了。我們用繩子套住他的肩膀，像拉魚一樣將他拉上了船。史密斯父子垂頭喪氣地坐在船上。聽到我們命令後，他們才離開了「曙光號」。一個精美的印度產鐵箱放在甲板上，這就是此案的禍端——寶箱。我們很小心地將它搬到艙裡，箱子沒帶鑰匙，非常重。拖著「曙光號」，我們慢慢地往回走，雖然一路不停地用探照燈四處照，但始終不見黑矮人，他大概早就讓魚吃了吧！

指著艙口處，福爾摩斯說：「瞧，差點送了命。」艙板上有一根毒刺，正插在我們之前站過的地方，或許是我們開槍時射來的。面對那毒刺，福爾摩斯還是像平時一樣一笑了之，但當時那種危險的情況，我至今想起來還仍然心有餘悸。

得到「寶物」

船艙裡坐著我們的犯人，他面前放著那些煞費苦心得到的寶物。他的眼睛裡流露著一種無所畏懼的神色，長著許多鬍鬚的下巴向外突出，似乎昭示著他怪癖的性格。從滿臉的皺紋和由於曝曬而變得黝黑的皮膚可以看出，他曾經做過許多年的室外工作。從那頭捲曲灰白的頭髮來看，他應該有五十出頭了。他的相貌並不難看，但因為發怒，使得濃眉和下巴都顯得很凶惡。他沉默著坐在那裡，眼睛不時地瞟到寶物箱上，帶銬的雙手在膝蓋上放著，給人感覺似乎心裡的痛恨更勝於惱怒。有一次，他突然抬頭看了我一眼，眼神中滿是嘲諷和冷笑。

福爾摩斯點了一支菸說：「喬納森・斯茂，沒想到事情竟會這樣。」

他坦白地說：「我也不想這樣，先生。反正，我這條命也逃不掉了。是童格那混小子用他的毒刺害死舒爾托先生的，我發誓我本來不想傷害他。我後來還用鞭子狠狠地抽過那小子，但人死不能復生，我能怎麼辦呢？我對舒爾托的死非常抱歉。」福爾摩斯說：「你全身濕透了，先來抽支菸、喝口酒暖一下身子。我問你，你是後來才進屋的，那麼你怎麼知道那個小矮人能對付得了舒爾托呢？」

「先生，你真神，好像親眼看見過一樣。我對他家的生活習慣摸得很清楚，那個時間舒爾托先生本來應該去吃飯的，因此我認為屋中沒人。跟您說實話，假如那時屋裡坐的是老少校，我肯定會毫不猶豫地掐死他，殺他就像現在抽菸一樣簡單。可惜的是，我一點也不恨小舒爾托，但卻得為他坐牢。」

「你現在是被蘇格蘭場的埃瑟爾尼・鐘斯拘押。他打算委託我對你詢問口供，你一定要如實回答我的任何問題，這樣，也許我能幫你一下。我認為我可以證明，舒爾托先生死在你進屋之前。」

「確實，先生，我進去時他已死了。一爬進窗戶，我就看見了他那歪在一邊怪笑的臉，差點嚇死我。要不是童格跑得快，當時我就殺了他。也正因為他逃得匆忙，這才丟了那袋毒刺和木棒。我想這肯定透露了我們的行蹤線索，至於您是怎樣把這些線索聯繫起來的，我就不得而知了。我只能怪自己，和您沒關係。」他苦笑了一下說，「唉！這件事的前前後後真像一場鬧劇，我本來可以正當享受這五十萬鎊，但前半生卻不得不在安達曼群島修河堤，後半生看來又要被送到達特莫爾監獄挖溝了。從我第一天碰到那個叫做阿奇麥特的商人，並和這批寶物聯繫起來之後，就一直霉運不斷。實際上，只要曾經和這寶物沾邊的人都很倒楣，像喪了命的阿奇麥特，罪惡的舒爾托少校和即將終身受苦的我。」

埃瑟爾尼・鐘斯這時把腦袋伸向艙內，說：「你們倒像是話起了家常。福爾摩斯，我們該拿酒來慶祝一下。很可惜，沒有活捉那小矮人。知道嗎，你差點喪了命，幸好你下手快。」

「收穫還算滿意！真沒想到『曙光號』竟這樣快。」

鐘斯說：「史密斯曾宣稱『曙光號』是泰晤士河上速度最快的船，假如他再有一個幫手，我們恐怕永遠也追不上它。他說，他根本不知道上諾伍德案。」

「他確實一點不知道！」斯茂突然高喊：「就是因為他的船快，我們才租他的船。我們也只是給了他好價錢，案子的情況，他一點不知道。並且我們承諾過，只要能把我們送到停泊在格雷夫贊德的前往巴西的『翡翠號』輪船上，我們還會額外給他一筆巨額報酬。」

鐘斯說：「關於他的罪行，我們會弄清的。儘管抓人時很俐落，但量刑時我們肯定會很慎重的。」儘管鐘斯這麼說，但他對囚犯一貫威嚴、傲慢的本性還是溢於言表。從福爾摩斯那一抹微笑中，我知道他也感受到了這一點。

鐘斯又說：「我們就快到沃克斯豪爾大橋了，華生醫生，您就帶走寶物在那裡下船吧！您要知道，這件事我頂著多大的責任，這可是違反規定的。但我說了就一定做到。可是這些東西太貴重，我得讓一個警長和您一起去，您是坐車去嗎？」

「是坐車。」

「箱鑰匙呢？斯茂？如果能打開箱子，我們最好提前清點一下，不然恐怕您還得砸箱子。」

「在河底下。」斯茂說。

「你真是找麻煩！為了你們我們已經花費了很多人力物力。醫生，不用我再叮囑了吧！您回來時，把箱子直接帶到貝克街就行了，我們在那裡等你，然後我們再到警署。」

在沃克斯豪爾，我們帶著沉重的箱子下了船。十五分鐘後，這位警長和我來到了希瑟爾·弗里斯特夫人的家。開門的女僕看到我半夜拜訪非常吃驚，她說夫人也許很晚才回來，摩斯坦小姐等在客廳。車上只留下警長，我把箱子拎進了客廳。

摩斯坦小姐穿著件半透明的白衣，脖子和腰間都繫著一條紅帶子，靜坐在窗前的籐椅上。她渾身罩在柔和的燈光中，雪白的手臂搭在椅背上，臉龐帶著無限肅穆的表情，燈光將她蓬鬆的秀髮映成金黃色，所有的姿態和表情都很容易讓人感覺到她內心充滿了憂傷。聽到我的腳步聲，她站了起來，臉上泛出了一道紅暈。

她說：「我以為是弗里斯特夫人回來了呢，原來竟然是您，有什麼好消息嗎？」

我壓抑住內心複雜的情緒，將箱子放到桌上，並假裝高興地說：「看到箱子了嗎？它比任何消息都好千百倍，您的財產找回來了。」

「這就是財寶？」她一點也不關心地看了一眼。

「是的。這些寶物，一半是塞第厄斯·舒爾托先生的，一半是您的。每一份也許有二十萬鎊。計算一下，光利息每年就是一萬鎊，英國婦女的首富將是您了，這難道不值得高興嗎？」

我的表演也許過了火，她似乎看出了我並非真心實意。淡淡地看著我說：「雖然我得到了這些寶物，那功勞也是您的啊！」

我說：「不是，完全是福爾摩斯的功勞。不過，就連他那樣絕頂聰明的腦袋也差點兒沒破了這案子，假如憑我，打死我也找不到任何線索。」

她說：「華生醫生，您快坐下和我講講詳細情況吧！」

我把發生的一切從頭到尾講給她聽：福爾摩斯的偵破手段、「曙光號」的發現、夜半探險及河上追擊，以及埃瑟爾尼・鐘斯的造訪。她靜靜地聽著，在說到我們差點兒被毒刺害死時，她的臉色慘白，血色全失，好像就快要倒下去了。我趕緊給她倒了點水，她說：「沒事，我就是有點緊張，聽說你們差點兒遭險，我替你們害怕。」

我說：「沒事，都過去了。不說這些掃興的事了，我們換種氣氛，高興一下。這是我專程帶來的寶物，我想你肯定願意親自打開它吧！」

「這實在太好了。」她說。但是語氣中卻沒有一絲興奮感。可能是想到大家都為此花費了很多心血，所以她只好敷衍了一下，以免顯得太不領情。

她看著箱子說：「太漂亮了。這應該是印度產的吧？」

「比那里茲金屬製品，在印度非常著名。」

她試著拿了一下這箱子，說：「真沉啊，光這箱子本身也值很多錢吧，但鑰匙呢？」

「斯茂扔到泰晤士河了，我們需要借用弗里斯特夫人的鐵鉗撬開它。」箱子正面有一個又粗又重的鐵環，鐵環上還有一尊佛像。我用鐵鉗用力把鐵環打開了，顫巍巍地抬起箱蓋，兩雙眼睛同時盯著箱子的開啟。然而，箱子裡面卻是空的，不過箱子四壁都是三分之二英寸的鐵板，造型非常精巧、堅固，用它藏寶物，簡直太合適了。也正是由於箱子四周都是如此厚的鐵板，所以才這麼重，但裡面確實什麼也沒有。

「寶物看來丟了。」摩斯坦小姐平靜地說。

聽了這句話，我似乎明白了其中的意思。這麼多天來折磨我的陰影正在消失，壓在我心中比石頭還重的寶物終於挪走了。儘管我知道自己這樣想其實很自私也很不應該，但此時我腦子中金錢的障礙卻一下消失了，消失得無影無蹤。

我禁不住興奮地叫道：「感謝上帝！」

她聽到這話，莫名地笑了。「您在說什麼？」她問。

我握住了她的手，她也沒抽走。我又說：「我倆以前被這麼大一筆財富隔離著，它阻擋了我想說的話，但現在沒有了它，我敢說了。我愛你，梅麗，像世界上所有男人愛女人一樣，我真心地愛著你。因此剛才我說：『感謝上帝。』」

我將她輕輕攬入懷中，她喃喃地說：「我也應『感謝上帝』。」

我知道，無論那晚是誰丟了一筆財富，可是我卻真正地得到了寶貝。

阿克拉寶藏

已經很晚了，我才回到車上。耐心的警長依然等著我。他看了空箱子後，顯得很失望。

他頹廢地講：「獎金也沒了。箱子中沒有財寶，我們就沒獎金。今晚的行動，我和普郎本來可以一人得十鎊獎金的。」

我說：「無論箱子中是否有財寶，塞第厄斯・舒爾托都會給你們錢的，因為他有錢也大方。」

警長仍然拉著臉說：「但埃瑟爾尼・鐘斯會認為做得不夠漂亮。」正像警長猜到的，在貝克街，當我們將空箱子放在他面前時，他的臉色果然很難看。鐘斯押著被抓的凶犯中途改變了計畫，先到警署備過案之後才過來，所以他們也是剛到不久。福爾摩斯像平常一樣，懶懶地坐在椅子上，對面是喬納森・斯茂，他把那條木腿翹著搭在好腿上。當我把空箱子給大家看時，他忽然開始仰天大笑。

埃瑟爾尼・鐘斯憤怒地說：「斯茂，這一定是你在搗鬼！」

斯茂大笑說：「當然，這是我的傑作，我已經將它藏到一個你們永遠也別想摸到的地方。那是我的財寶，假如我得不到，你們更休想。告訴你吧，只有安達曼島牢裡的三個夥計和我有權利得到它，其餘人都休想。既然我們都不能擁有它，我只好將它處理，這也正符合我們四個簽名時的發誓，我們會永遠一致。我想他們也會這樣想，寶物寧可沉到泰晤士河的河底，也不能到別人的手中，尤其是摩斯坦或舒爾托的後代手中。是我們幹掉了阿奇麥特，絕不能讓別人就此發財。當我確定你們的船肯定會追上我時，就決定要把珠寶藏到別人永遠找不到的地方了。這一趟，你們連一個盧比的油水也得不到，珠寶和童格現在在一起。」

埃瑟爾尼·鐘斯氣憤地喊：「斯茂，大騙子，你為什麼不把箱子和珠寶一起扔掉，非要自找麻煩呢？」

狡猾的斯茂斜著眼看了一下他，說：「我扔省事，對你們，撈更省事。你們既然能把我逮到，也就能在泰晤士河中撈出一隻鐵箱子。但如果把寶物分散在五英里的河道，你們撈起來也不那麼容易。我是下了狠心才這樣幹的，當我發現你們的船在逐漸接近時，我差點瘋了。這一輩子，我有成功，也有失敗，但我絕不後悔我曾做的事，後悔也沒用！」

鐘斯說：「斯茂，你這樣做實在很惡劣，假如你能協助我們的工作而不是蓄意破壞法律的話，說不定判刑時，我們會從輕發落你。」

罪犯笑著說：「多好聽的一番話啊！但這財寶屬於誰呢？難道不是我們嗎？財寶本來不是他們的，但法律非要給他們，這公平嗎？當初我付出了多大的代價才得到這批寶物。二十年啊，我在那熱病肆虐的潮濕地中整整待了二十年！整個白天都要在紅樹下做苦工，晚上又被鎖到骯髒不堪的窩棚中，除了蚊蟲叮咬，疫疾流行，身上還有手銬、腳鐐。可是即使如此慘重的代價也仍然無法換得阿克拉寶物，你們卻還在和我談什麼公平！假如我把這受盡折磨才得到的寶物拿去讓別人享用，你們就覺得公平了？我寧願被絞死，或者讓童格用毒刺射死，也絕不想讓別人來肆意揮霍我的財寶還要讓我在監獄過非人的生活。」此時的他和之前沉默寡言的他判若兩人，他滔滔不絕地講出了一大堆話來，由於太激動而使手銬不停地作響，但他的眼睛依然很亮。看到這幅情景，我突然明白了為什麼舒爾托少校一聽到囚犯越獄的消息就那麼駭然失色了。

福爾摩斯平靜地對他說：「斯茂，我們確實不瞭解你的真實情況，但你不把事情的經過全部告訴我們，我們又怎能判斷你是否有理呢？」

「先生，您說得很對。儘管您給我戴了手銬，但我不怨您……這件事很正常。如果您願意聽我的故事，我會一絲一毫都不隱瞞地告訴您所有實情。謝謝，請把杯子放在我身邊就行了，渴了，我會湊近杯子喝水的。

「我祖籍烏斯特郡，出生在波舒爾城附近。有時真想回去看一看，那裡住著很多斯茂族的人。但我平時不太檢點，所以我的族人不一定歡迎我。他們都是受人尊敬的老實農民和虔誠的教徒，但我卻是個流浪漢。在我十八歲時，由於談戀愛惹了麻煩，在那裡待不下去了，只好離家另謀生計。那個時候，步兵三團要駐軍印度，為了謀生，我入伍了，開始了以軍餉為生的生活道路。但上天好像故意阻撓我上沙場衝鋒陷陣，因為就在我剛學會鵝步操和怎樣使用步槍不久，有一天我到恆河游泳，一條鱷魚將我的整個小腿都咬掉了，好像做外科手術一樣乾脆。因為太過驚嚇和過量失血，我昏了過去，幸虧游泳好的約翰・荷德當時在身邊，他把我抓著救上了岸，不然我早淹死了。我在醫院住了五個月，五個月後裝著木腿一瘸一拐地出了院。由於殘廢，我被取消了軍籍，所以就更沒有糊口的工作了。

「你們無法想像，年紀輕輕地成了一個廢人，境況是多麼慘。幸虧不久否極泰來，一個名叫阿波懷特的人剛到印度，他經營的靛青園子需要有人監工，而他恰巧是我以前所屬部隊團長的朋友。團長平時很照顧我，這次更是竭力向園主推薦我。這工作騎在馬上就可以完成，儘管腿殘廢了，但我仍能夾住馬肚子騎馬，因此很快就上任了。我監督工人，就把工人的表現隨時反映給園主，住得也舒服，報酬也很多，慢慢地，我開始想就這樣過一生也不錯。阿波懷特為人和善，加之在那裡白人之間來往很親密，所以園主先生也經常會來我的小屋，抽支菸或說句話。

「但是，好景不長，印度突然發生了民族暴亂。人們在前一個月還各做各的事，而後一個月竟有二十多萬黑鬼子宣稱自由，不再接受管束了。這使印度成了地獄。也許這些事情你們透過報紙，比我們瞭解的還多。我僅知道我身邊發生的事。我們的靛青園叫牧德拉，處於西北幾省的邊緣。每到晚上，我們都能看到周圍被燒房的大火映得滿天通紅，而白天則總能看到在小隊士兵保護下的家小，急急忙忙逃到附近駐有軍隊的阿克拉城避免災難。阿波懷特園主比較固執，他堅決認為消息未免誇張，並相信叛亂不久就會被平息，因此他還和以前一樣，繼續在涼台上吸菸喝酒，完全沒有看到四周的戰火。我和一位管帳的夫婦對園主一直都很忠實，因此我們三人沒去逃命。結果那一天終於來了，我當時正好需要到很遠的園子裡去辦件事，晚上才騎著馬趕回來。我在離家不遠的半路上就看到了一堆東西，蜷伏在陡峭的山谷谷底，走近後下馬細看，真是倒吸一口冷氣，那正是管帳先生妻子的屍體，並且還被人用小刀殘忍地割成了條狀，而且被野狗或野狼叼走了許多肉。管帳先生就在不遠處趴著，手裡拿著已經放空了的槍，四個印度兵的屍體在他前面交疊著。就在我驚魂未定的時候，一抬頭，我看到那邊園主的房子已經被大火燒著了。我知道，如果這時進去無異於白白送死，而且也幫不了任何忙。於是我悄悄躲在遠處張望，看見上百個穿紅衣服的印度人正在被點著的房子前歡蹦亂跳，他們中的幾個發現了我，向我指了一下，接著兩顆子彈從我腦袋旁打了過去。我急忙策馬飛奔而去，到了阿克拉城已是半夜。

「但是阿克拉也不安全，事實上，全印度都不太安全。聚在一起的英國人，最多也只是保護槍炮射程內的一小塊範圍，其他各處的英國人則落難街頭。這場戰爭是幾百萬人和幾百人的戰爭，但是我們最不甘心的是：我們曾經精心培養的精銳士兵現在都成了我們的敵人，無論騎兵、炮兵還是步兵，他們的武器裝備都是我們提供的，就連軍號的調子也是我們的。阿克拉駐著我們的孟加拉第三火槍團，由部分印度兵、一連炮兵和兩隊馬隊組成。除此之外，還新成立了一支義勇軍，由商人和公務員組成，我拖著木腿也參加了。我們在七月初到了沙根吉，打退了那裡的叛軍，但因為彈藥缺乏，後來又只好退回城裡。周圍不斷傳來最糟糕的消息。如果看過地圖，你就會知道情形糟糕的原因。我們正處在大暴亂的核心地區，拉刻瑙就在東邊一百多英里外，坎普城在南邊的同樣距離，四周都充滿了暴亂和殺戮。

「阿克拉城很大，裡面住著千奇百怪的各色人等。在狹窄彎曲的街道中，僅憑為數不多的英國人很難嚴密防護，於是長官就調動軍隊聚集到了一個叫做阿克拉古堡的地方，準備將那裡作為陣地。你們聽說過關於這座古堡的情況嗎？抑或是和它有關的歷史記載？這一生，我到過許多地方，但是這座古堡是我曾見過的最神秘的地方。它佔地面積很大，僅僅徵用較新的那一部分，就能把全部軍隊、家屬都安排好，並且還有餘地。而古堡舊的部分比新的還大很多。舊堡是蠍和蜈蚣的地盤，沒人敢去。裡面全是空無一人的大廳，還有許多通道和走廊，人一旦進去，很容易迷路。因此，幾乎沒人進去，不過偶爾也有幾個大膽的會帶著火把進去探險。

「環繞舊堡前的那條河是條天然護城河，堡的後面和兩側都有許多能夠出入的門，因此需要分出一些士兵來把守。但我們人太少，既要防守堡的每個角落，又要照顧炮位，人手根本不夠，所以根本無力在那麼多的堡門處設重兵。後來，我們想到在堡中心設置個中心守衛室，一個堡門由一個白人和兩三個印度兵把守。我被派到了一個孤立的小堡門，在堡壘西南處，每天夜裡負責它的安全，兩個錫克教徒是我的手下。上方指示我，一有危險，只要開槍，馬上就有中心守衛室的人接應。但從中心守衛室到堡門間，大約還有二百來步路，中間都是曲折的走廊和甬道。一旦有危急情況，援軍能馬上趕來嗎？我不敢相信。

「一個剛入伍的殘兵，竟會得個小頭銜，這令我得意了好幾天。一開始，那兩個旁遮普省的印度兵和我把守堡門。他們一個叫愛波德勒・克汗，一個叫墨赫米特・辛格，都是久經沙場的老手。他們的個子都很高且相貌非常凶，英語都說得很好，可是卻整夜用古怪的錫克語嘰哩呱啦地說個沒完，我都無法插句話，只好一人在門外站著。對岸不時傳來的銅鑼聲和鼓聲，以及吸過鴉片後亂喊的瘋狂叛軍們的聲音都在提醒我，對面的人很危險。值勤的軍官為了避免意外出現，每兩個小時就會到處巡查一回。等到第三天黑夜，天空中下起了雨，在這樣的天氣站幾個鐘頭，真能煩死人。所以我試著再和那兩個印度兵說話，但他們卻不理我。凌晨兩點時，例行的巡查將這裡的沉寂打破了，後來一切又都照常。由於他們不想和我說話，所以我只好自己點支菸抽。就在此時，這兩個印度兵突然向我猛撲過來，一個搶了槍，打開保險，把槍口對準了我的頭，另一個將大刀架在了我的脖子上，咬著牙對我說，只要動一下，就打死我。

「我的第一個想法是：他們和叛軍是同樣的貨色。若他們佔了這堡門，整個堡壘便會陷落，那麼堡裡的老人孩子就要再次無家可歸。或許你們會認為我是向自己臉上貼金，但我發誓，一開始刀在我脖子上架著的時候，我的確是這麼想的，並且打算立刻大叫，說不定能向中心守衛室報警，即使只是最後的一聲。拿刀的那個人似乎看出了我的心思，我剛要喊，他卻湊過來悄聲說：『不要出聲，我們不是叛兵，堡壘沒危險。』從那個人的眼裡可以知道，我只要一喊，就會立刻沒命，而且他的話有點可信度，因此我沒說話，只等著他們出新花招。

「他們中比較凶的是愛波德勒・克汗。他跟我說：『先生，和您說吧，您只有兩條路能走，一是永遠別想出去，另一條就是和我們合作。也就是說，或者你發誓真心地和我們合作，或者我們今晚便把你的屍體扔入河中，再去投靠叛軍，除了這，沒有別的選擇。因為事情重大，我們誰也無法猶豫。你選吧，想死還是想活？三分鐘內回答我們。時間很急，等下次巡查來之前，必須辦妥。』

「我說：『我什麼都不知道，你們讓我決定什麼？但有一點可以肯定，假如涉及到堡壘的安全，我絕不和你們合作，你們乾脆馬上給我一刀。』

「他說：『此事與堡壘沒關，我們只要你做一件事，即你們英國人到印度的共同目的——發財。我們用這刀向你發誓——沒有一個錫克教徒曾經違反過此誓言——假如你和我們合作，我們會分給你四分之一的所得財寶，這是最公平的做法。』

「我問他們：『什麼財寶？我當然想發財，但你們得先和我說清楚原因。』

「他說：『用你父親的身體、母親的名譽及你的宗教信仰來對我們發誓，今後不能做有害於我們的事，不能說不利於我們的話。』

「我說：『只要對堡壘沒危害，我就可以起誓。』

「『我們倆也都向你發誓，四分之一的寶物屬於你。就是說四個人各得一份。』

「我說：『但現在僅三個人啊！』

「『不行，德斯特・阿克勃爾必須有一份。等他的時候，我告訴你經過。你先到外面去，墨赫米特・辛格，他們來了你就告訴我。先生，我們相信你，是由於我認為歐洲人肯定遵守諾言。假如你是個撒謊的印度人，不論你怎麼發誓，我們絕不會相信你，早就將你的屍體扔入河中了。但我們相信英國人，我想你們英國人也會相信我們的吧，繼續講此故事吧！』

「『印度北部有一個土王，他雖然領地很小，但卻有很多財產。一半是他父親留給他的，另一半是他自己搜刮來的。此人既愛財又小氣。叛亂後，他處於兩難境地：首先，他聽說許多白人被殺，因此就附和叛軍反抗白人；另外，他又怕將來白人萬一反敗為勝，會找他報復，因此左右為難，不知道該站在哪邊好。最後，他想到了一個折中的辦法，就是將財產分為兩半，凡是金銀錢幣類都放在宮中的保險櫃中，而所有的珠寶鑽石類則都放在一個鐵箱子中，然後差遣一個親信，裝成商人前往阿克拉堡藏寶。將來假如叛軍勝利了，他就保住了金銀錢幣，但如果白人勝利了，他將只丟掉金銀類，而保住了珠寶鑽石。他那裡的叛軍勢力較大，所以分完後他就加入了叛軍。先生，你想想看，他是不是應該效忠於一方，而他的財產，是不是也應該被總是忠於一方的人所擁有呢？』

「『土王的親信已化名成一個叫做阿奇麥特的商人，他就在阿克拉城。今晚，他將到堡裡來。這個秘密，他的隨從德斯特・阿克勃爾也知道。我們已經跟他約好，今晚將他們從我們把守的這個堡門帶進來。他們馬上就快到了。這裡很偏僻，人們想不到他們會來這裡。阿奇麥特應該消失，而土王的財產也將是我們的了。怎麼樣，先生？』

「人們在伍斯特爾州認為生命是最重要的，但是在戰火紛飛的情況下，也許就不那樣認為了。當時，那批寶物真的讓我很動心，至於阿奇麥特的生與死，我已經顧不得了。我的腦子裡已經裝滿了以後將怎樣享受這筆財富的憧憬，以及當我這個曾經被鄉親們認為是品行不端的人帶著很多金幣回去，並分給他們時，他們吃驚的樣子。想到這裡，我一下拿定了主意。但愛波德勒・克汗以為我還沒下定決心，所以又追問了一句。

「他說：『先生，您想一想，假如這個人被指揮官捉住，那結果也肯定是死，而且寶物還要充公，任何人都不可能得到一分錢。我們為什麼不私下裡解決了他，然後四個人共享寶物呢？這些寶物足以使我們都成為富翁。反正寶物歸了我們或充公，其實都一樣。旁邊沒人會看到。這主意行嗎？先生，您必須明確表態到底是要跟我們合作，還是將成為我們的仇人。』

「我堅定地回答：『我已經將整個人都交給你們了。』

「他把槍還給我，說：『太好了！我相信您將能永遠守諾。接下來我們只要耐心等待那兩個人就行了。』

「『德斯特・阿克勃爾知道這些嗎？』

「『這都是他的主意。現在，我們去和墨赫米特・辛格一起站崗吧！』

「當時正值雨季，雨下個沒完沒了。天特別黑，肉眼甚至看不清一步遠的東西。堡門前的戰壕裡雖還有些積水，但想過來並不難。於是我們開始默默等待那個前來送死的人。

「忽然，我看到戰壕對岸有一個燈光，正慢慢向我們移動過來。

「我大喊：『他們到了！』

「愛波德勒低聲對我說：『你只要像平常一樣問他就行，不要嚇到他，一會兒將他交給我們，我們會處理好的。你只要守在外面就可以了。點著燈，小心認錯人。』

「燈光一閃一閃的，漸漸地我看清兩個黑影正慢慢地移到了壕的對岸。等他們下了壕坡，我低聲問：『誰呀？』

「那邊答道：『自個兒人』。我將燈湊近照了照，看到了一個現實生活中很少見的印度人，他的個子極高，滿臉的黑鬍子竟然長到了腰際。後面是一個個子特矮，頭上裹著大黃包頭的傢伙，他手提一個包，胖得出奇。他就像一隻剛鑽出洞的老鼠，不停地東張西望，可能由於害怕，所以渾身都在發抖，但唯有眼睛分外明亮，顯得高度警覺。一想到要親自殺死這樣一個人，我不由有些於心不忍。但一想到寶物，我就又什麼也不在乎了。他一認出我是白人，便高興地跑了過來。

「他氣喘吁吁地說：『先生，我是個逃難的商人，現在正需要您的保護。從拉傑普塔納到阿克拉城的這一路，總有人打劫、侮辱我，就是因為我以前和英國軍隊比較要好。感謝上帝，我和我的東西現在終於安全了。』

「『包裡是什麼？』我問道。

「他說：『是祖宗留下的兩件東西。別人認為它不值錢，但卻是我的寶貝。我真的不是乞丐，求求您，讓我在您這裡歇兩天吧，以後我一定會報答您及您的長官。』

「看著他那可憐的小胖臉，我更不忍心殺他了。於是我不敢跟他再多說話，也許讓他快點去天堂會更解脫。

「『將他帶到總部。』我說。兩個印度兵引著他進到了甬道，高個子的跟在後面。在此之前，我還從未見過有這樣被死亡嚴密包圍著的人。他們進去之後，我就一個人手提燈籠站在外面。

「不久，我聽到他們在長廊上走動的聲音，接著是死一樣的沉寂，然後就是拼命的撕打聲。突然，我聽到一個聲音越來越近，趕緊拿燈向裡照了一下，嚇死我了，商人滿臉是血，正向這邊拼命跑來，後面是那個拿刀的高個子。商人跑得奇快，後面的人有點追不上。我知道他只要逃出我這裡，就可能活下去，看到他求生的樣子，我真有點想放他，但一想到那些財寶，我的心腸又硬了起來。他跑近後，我用明火槍在他的兩腿間猛掄了一下，他被打中了，向前滾了過去。沒等他爬起來，印度人追了上來並且給了他一刀。他哼都沒哼一聲，就死了。其實，說不定我那一下就已經殺死他了。先生們，我說話算話，無論對我是否有利，我都告訴你們了。」

他說到這裡時，伸出戴著手銬的手接過了福爾摩斯給他斟的加水威士忌。聽他講了這麼多聞所未聞的往事，暫且不說那些血淋淋的殺人情節，僅從他講述之時自然流露出的那種毫不在乎的神情上，也極易讓人感覺到他凶狠殘忍的本性。因此我認為，無論將來他會受到怎樣的懲罰，我都不會同情。鐘斯和福爾摩斯也都手扶膝蓋，嚴肅地坐在那裡傾聽著。很明顯，他們也跟我有同感。斯茂好像看出了我們的心思，在後來的敘述中，聲音和動作都表現出了為自己辯解的意圖。

他說：「確實不應該做這種事，但在當時那種境況下，有誰寧願自己喪命而不要寶物呢？從他進到堡門的那一刻起，就註定我們當中必須有一個人得死。假如讓他活著出去，一旦事情敗露，我們四個誰都活不成。」

福爾摩斯打斷了他的話說：「接著往下說那件事。」

「我、愛波德勒・克汗及德斯特・阿克勃爾一起將那屍體抬到裡面。別看他矮，但是很重。墨赫米特・辛格在外守門。經過曲折的一條甬道，我們最終來到一個空蕩蕩的大廳，大廳四周的牆壁早已支離破碎，地上的大坑成了他天然的墳墓。我們早就找好了這個離堡門很遠的地方。我們將他的屍體放進去，又用碎磚塊埋了。一切都收拾好後，這才去看寶物。

「你們眼前的這個鐵箱那時就放在阿奇麥特曾躺過的地方。一把鑰匙用絲線繫在箱子的雕花提柄上。打開箱子之後，瞬間美夢成真，那滿箱金光燦爛的珠寶晃得人簡直睜不開眼睛，就像我童年時在波舒爾聽過的傳奇故事一樣。盡情地過了一番眼癮之後，我們將所有珠寶開了一張清單。箱子裡裝有二百一十塊青玉、六十一塊瑪瑙、一百七十塊紅寶石、九十七塊翡翠、四十塊紅玉、一百四十三顆上等鑽石。其中有一塊叫『大摩克爾』的鑽石，據說號稱世界第二大鑽石。其餘還有無數的縞瑪瑙、綠玉、土耳其玉、貓眼石及當時我不知名的寶石，但後來我都認識了。另外，還有三百顆上好珍珠。其中十二顆串成了一條珍珠項鍊。從櫻沼別墅將箱子取回後，我仔細清點了一下，發現就少了那串項鍊。

「清單開好後，我們又將寶物放回到箱子裡，並讓墨赫米特・辛格看過。最後，我們再一次發誓：嚴守秘密，團結一致。我們決定先藏好箱子，等局勢穩定之後再平分。

「這些珠寶太珍貴了，如果馬上平分，各自都帶在身上，非常容易被發現並引起懷疑。另外我們也找不到更合適的地方藏它。所以我們又將箱子抬到了埋屍體的那個屋子，找到一面最完整的牆，先卸下了幾塊磚，將寶箱藏進去之後，又將磚頭封好。我們都用心記住了藏寶的地方。第二天，我為每個人畫了張地圖，並且四個人都簽了名，以此代表我們許下的諾言：從今之後，任何人的一舉一動都代表著四人的共同利益，任何人不能獨佔。先生，我敢發誓，我至今絕對沒有幹過有損於我們四人共同利益的事。

「關於印度暴亂的結局，我想就不必說了。德里被威爾遜佔領，考林爵士收復了拉克瑙，暴亂就此結束。新的軍隊紛紛開到了印度，那諾・薩希布乘著飛機逃走了，克雷特海德上校率領了一個急行軍縱隊來到阿克拉，將叛軍徹底清除了，印度又慢慢地恢復了和平。我們都迫切盼望著平分寶物的那天早日到來，然後各奔東西。可沒想到的是，我們卻被逮入監獄，一切夢想都破滅了。

「事情的經過是：儘管來藏寶的阿奇麥特是土王的親信，但土王並不完全信任他，同時又派了一個更貼身的僕人沿途跟蹤阿奇麥特。那晚，他看到阿奇麥特進入堡門後，本以為他已經藏匿好了珠寶，並且在第二天也想辦法混進了堡內，但他卻始終沒有找到阿奇麥特。他認為事情蹊蹺，於是就報告了守衛班長，班長又報告了司令。司令要求在堡內進行一次全面搜查，後來就發現了阿奇麥特的屍體。而我們這四個人呢，三個是守衛堡門的，另一個是死者同伴，因此很順理成章地就被逮捕了。土王那時已經被罷免了，並被趕出了印度，所以在審問中，那些寶物就再沒人提起。這變成了我們四個人的秘密。但是，殺人償命，我們都成了凶手。三個印度人被判終身監禁，我則被判處死刑，後來又被減免，跟他們一樣了。

「終身監禁意味著一輩子要坐牢，但是我們都共同保守著秘密。命運就是捉弄人，我們原本可以馬上成為富翁，享受榮華富貴，可是現在卻只能眼睜睜地守著寶藏的秘密，在獄中為了一口飯、一口水而忍受獄卒的欺辱。現實和內心的煎熬快把我逼瘋了。幸好我生性倔強，因此還是勉強忍耐著，等待著時機。

「這一天，時機終於來了。我被從阿克拉城監獄轉向馬特拉絲，最後再到安達曼群島的普雷爾島。這裡白人囚犯不多，另外，我的表現也不錯，因此不久便在哈里厄特山的好望城裡分配到了一間屬於自己的小茅屋。當時島上有一種很嚇人的熱病，還有一個土著部落甚至吃人，他們還經常向我們施放毒刺。我們在那裡日復一日地做苦力，開荒、挖溝、種山藥，還有很多雜事，只有晚上才能稍微歇一小會兒。後來，我學會了一些幫外科醫生配藥的皮毛知識。當然，與此同時，我也隨時在找機會逃跑。但是，此孤島離任何大陸都非常遠，海上好像靜得連一點海風都沒有，想逃跑實在太難了。

「當時，島上有一個整日無所事事的年輕外科醫生叫索莫頓，一到晚上，那些年輕的駐軍軍官都去他家賭博。我配藥的外科手術室有一扇小窗戶和他的客廳相連，有時我實在無聊，就熄掉燈，隔窗看他們打牌，聽他們說話。事實上我也很喜歡打牌，因此看看別人玩也很過癮。常來的人裡有率領著一支土人軍隊的舒爾托少校，普羅姆立・布勞恩中尉和摩斯坦上尉，還有另外兩三個司獄官員。這些人玩牌的技術很高，平日裡場面總是非常熱鬧。

「不久後我就發現，似乎軍官們每次都輸，而司獄官們經常贏。我想司獄官們技術高的原因大概是，在安達曼的時間長了，也沒有其他事，整天都在玩，因此技術就高了。軍官們越輸越想贏，因此賭注會更大，但結局多數是錢很快輸光。其中舒爾托少校輸得最厲害。他先是輸光了錢，後來又把期票輸完了。偶爾他也會贏點，然後便下更大的注，結果輸了更多，因此他整天都不高興，經常借酒來澆愁。

「有天晚上他又輸了很多，結束後摩斯坦上尉和他一起慢慢地往營地裡走。少校邊走邊抱怨他那倒楣事。他們倆每天都在一起，非常要好。當時我正在屋外乘涼，聽到了他們的話。

「快到我房門口的時候，少校說：『摩斯坦，怎麼辦呢？我看我得辭職了。』

「上尉安慰著他說：『老兄，不要急。我曾經的遭遇比這壞多了。可是……』我只聽到這些，不過這些足以夠我思考了。

「兩天後，我看到舒爾托少校在海邊散步，就湊上去對他說：『想請教您一件事，少校。』

「他把雪茄拿下，說：『斯茂，什麼事啊？』

「我說：『我知道一批珠寶的藏匿地點，價值五十萬鎊，您說該把它交給誰好呢？您知道我的情況，恐怕是無福享用了，我想交給有關當局，說不定他們會為我減刑。』

「他深吸了一口氣，眼睛死死地盯著我，好像要鑽進我的心裡去檢驗一下這是否是真話，後來他說：『斯茂，五十萬鎊？』

「『先生，是五十萬鎊，現成珠寶。它的主人已經逃走，誰先挖出它就是誰的。』

「他顫抖著說：『應該交給政府，交給政府。』但語氣顯然不堅定。我想少校已經上套了。

「於是，我又慢慢地問他：『您說我應不應該把這件事告訴總督呢？』

「『先不要著急，小心以後後悔，斯茂，還是先和我說說經過吧！』後來，我把故事的經過詳細對他說了一遍，但是為了避免洩露秘密，還是刪改了一些內容。聽完後，少校在那裡想了很長時間，他的嘴唇輕抖著，看得出，他正在進行激烈的掙扎。

「後來，他終於說：『事情重大，斯茂，不要向別人說出一個字，再過兩天，我告訴你該怎麼辦。』

「兩天後，摩斯坦上尉和他一起拿著燈來到了我的屋子。

「他說：『斯茂，你把這件事再親口對摩斯坦上尉說一遍吧！』

「我又重說了一遍。

「少校說：『像真的，值得幹一次？』

「摩斯坦上尉點頭表示同意。

「少校說：『斯茂，我看應該這麼辦。我和上尉認真考慮後，覺得這寶物應該歸你，與政府沒關係。你可以對你的東西任意處理。另外，假如可以達成某種共識，我們也可以替你處理它，或者是再證實一下。不過，你有什麼條件？』他在說話時，盡量裝著毫不在乎的口氣，但他眼睛裡所表現出的激動和貪婪的目光已經告訴了我一切。

「其實，我心裡也非常激動，但卻盡量保持著鎮定說：『只有一個條件，如果你可以幫我和另外三個朋友恢復自由，我們將把寶物的五分之一分給你們。』

「『僅五分之一，不值得冒險。』

「『但您可以算一下，平均每人可得五萬鎊。』

「『主要是我們沒辦法答應你的條件。』

「『其實很簡單，我早已想好了。我們只要有一艘能航行的小船和足夠多的糧食，就可以。並且這種小快艇或雙桅快艇實在是太多了，你們只需要替我們弄一艘船，等我們上船後，再將我們送到印度沿岸的一個地方就行了。』

「他說：『假如就你自己，就比較好辦！』

「『不能。我們發過誓，四個人不能缺一個，生死都要一起。』

「少校說：『摩斯坦，你看，斯茂多看重朋友義氣啊，我們應該信任他。』

「摩斯坦說：『這可是一件掉腦袋的事，但它的確能改變我們現在的困境。』

「少校說：『斯茂，答應你之前，我們必須得確定一下這話是否屬實。要不你先向我們說出藏寶的地方，等通行船來後，我親自去印度檢查一下。』

「他們越急，我就越平靜。我說：『別急，我還需和那三個朋友商量一下。我說過了，只有我們意見都統一了，才能辦這件事。』

「『這算什麼？我們白人訂的協議，和三個黑傢伙有什麼關係？』他不由得插了一句。

「『黑白不重要，我已經和他們發了誓，必須守諾。』

「終於在第二次見面時，愛波德勒・克汗、德斯特・阿克勃爾、墨赫米特・辛格三人也來了。我們又協商了一次，達成了一致。我們四人將阿克拉城的藏寶圖給了兩位軍官每人一份，並且在圖中標了藏寶的地點，以便舒爾托少校能找到。發現箱子後，舒爾托少校不能先帶走，而是必須先將快艇和糧食準備好，到羅特蘭德島來接我們逃走。之後，少校馬上回營銷假，再待摩斯坦上尉請假後，我們一起在阿克拉城會面將珠寶平分。由摩斯坦上尉代領他們倆的那一份。所有的一切，我們都發了誓，並做出了保證，絕不能背叛。花費了一夜的時間，我又畫了兩張藏寶的地圖，上面都簽著我們四個人的名字。

「先生們，我說了這麼多，你們該聽煩了吧！我知道，鐘斯先生肯定是想盡快將我送回拘留所才能安心。那麼，我簡單點說吧，結果是，舒爾托到了印度就再也沒回來。幾天後，摩斯坦上尉帶給了我們一張從印度開往英國的輪船的旅客名單，上有舒爾托之名。說他伯父留給了他許多遺產，他回去繼承遺產了。太無恥了！不僅騙了我們，竟然還騙了他的好朋友。之後，和我們想像的一樣，當摩斯坦去阿克拉驗證珠寶時，的確已經沒有了。這個無恥的東西，沒有遵守諾言，將寶物全偷走了。從那以後，我的頭腦裡僅有報仇這個念頭，無論方式合法與否。那些年裡，我唯一的念頭就是如何逃出去，然後找到舒爾托，並殺死他。這已經比阿克拉寶物本身更重要了。

「我這一生，只要許下諾言，就肯定遵守。在尋找舒爾托的這些年裡，我真是歷盡千辛萬苦。我說過，我在安達曼群島學了些醫學的皮毛。有一天，島上的一個土著得了重病，躺在樹林裡等死。在樹林中幹活的犯人將他帶了回來，不巧這時索莫頓醫生也重病在身。我聽說這個生番個性非常凶狠，但還是主動仔細照顧了他兩個多月，使他又恢復了健康。從此他對我產生了好感，每天在我屋子周圍守著，不想回樹林去。後來我向他學了一些當地的土話，這就更增加了他對我的好感。童格就是這個生番，他有一個很大的獨木船，還有非常高超的駕船技術。他對我很忠誠，並願意為我做一切事。之後，我就定了個逃跑計畫。我想讓他伺機在一個無人看守的小碼頭上等我，我等上船後就連夜逃跑。我告訴了他這個計畫，讓他準備好船和水，還有一些吃的。

「童格還真是忠誠可靠，那晚他果真按時把船划到了碼頭。有個阿富汗獄卒平日最愛欺負我，這天正巧是他站崗，我一直就想找機會報復他，現在終於天賜良機，老天爺將他送到了我面前，讓我在臨走時能報仇。他那時正背朝著我站在海岸上，原本我想用石頭把他的頭砸個稀巴爛，可是那裡連一塊石頭都沒有。後來，我突然想起身上的一件好武器。我在漆黑的夜裡坐下，仔細地解下了自己的木腿，然後猛跳三下，到了他面前，使勁打了下去，他的腦袋頓時粉碎。我木腿上的這條裂痕就是那次留下的。後來，由於重心不穩，我也倒了下去。等我爬起來後，他仍然躺在那裡，一動不動。之後我就上船了，一個小時後，我們終於離開那個噩夢般的地方。童格將他的全部財產、兵器和神像都搬上了船。其中還有一個竹長矛和安達曼島的椰樹葉編成的席子。我用這做成了船帆和桅杆。我們在海上毫無目的地漂著。十天以後，我們終於看見了一艘從新加坡開往吉達的客輪，船上滿載馬來西亞的朝聖香客，我們得救了。雖然那些香客都很怪異，但我們還是很快就熟悉了。他們有一點很好，就是什麼也不問，只是叫我們靜靜地待著。

「假如照這樣說下去，恐怕到明天天亮也說不完我們的復仇經歷。總之從此我們就開始全世界流浪，可是轉來轉去，就是總也到不了倫敦。但儘管如此，我仍沒忘記報仇。即使是晚上做夢，我都已經追殺了舒爾托很多次。一直到三四年前，我們才終於回到了倫敦。在英國，找到舒爾托並不難。接下來就是打聽那寶物是否還在他手中，他是否真的偷了寶物。為此我結交了一個一直幫助我的好朋友——請原諒，我不會說出他的名字的，因為我不想連累任何人。不久，我就查到寶物果然在他手中，於是便開始了我的復仇計畫。但是舒爾托太狡猾了，家裡除了一個印度僕人和兩個兒子外，竟然還有兩個拳擊手日夜保護著他。

「有一天，我突然聽說他快病死了，但我絕不甘心他就這樣死。於是潛入他的花園，趴在他臥室窗戶上查看情況。我看到他正躺在床上，旁邊是他的兩個兒子。當時，我真想衝進去以一對三和他拼了，但此時，他的下巴突然垂了下來，死了。即使進去也沒有用了。那晚，我偷偷地搜了他的房間，盼望能找到珠寶的線索，但結果很失望。我氣得要命，所以在他胸前放了那張有四個簽名的圖紙，以此作為來報仇的標誌，以後見到那三個夥伴，也好告訴他們我已經報了仇。我們被他騙得這麼慘，臨死不留一點記號給他，實在太便宜他了。

「這些年來，我們倆的生活主要是靠童格。我們在集市或一些人多的地方進行生番展覽和表演，由童格表演吃生肉或跳戰舞，每天竟能有一帽子銅板的收入。這幾年我們經常聽到櫻沼別墅的消息，不過也只是他們到處挖寶的事。終於有一天，傳來消息說，巴索洛謬・舒爾托在其實驗室的屋頂發現了寶物。我想馬上去看個究竟，但由於木腿不便，使我無法從窗戶爬進去。後來，我得知屋頂室有個暗門，而且舒爾托先生每天吃飯都有固定的時間。於是我就讓童格拿了根繩子，然後一起又到了櫻沼別墅。我用一圈長繩繫緊童格的腰，他攀高快得像貓，幾下就上去了。但沒想到當時巴索洛謬・舒爾托仍在屋中，正好給童格送上了門。童格殺了人，還以為自己做對了。當我抓著繩子爬進去時，他正得意地走來走去。我非常生氣，拿起繩子就抽他，一邊抽一邊罵他是小吸血鬼，他這才知道自己錯了。我在桌上留了一個四簽名的紙條後就直奔寶箱。最後，我用繩子把箱子吊下去，然後自己也沿繩滑下。童格斷後並收回繩子，關好窗戶，又按原路返回來了。

「該說的都說了。另外，我一開始就想好用了『曙光號』外逃，因為我曾聽一個船夫說過，它的速度非常快。後來我就和史密斯說，如果他能將我們安全送到大船，將會得到許多報酬。他後來當然也看出一些名堂，但我們的秘密他一點也不知道。這些句句是真，我也並非是為了換取任何寬恕才這樣說，並且我覺得實情才是對我最好的辯護。另外，我也想讓天下人都認清舒爾托的真實面目，讓人們都知道他是怎樣騙取我們的信任，做出了那麼傷天害理的事情的。至於他兒子的死，那根本不是我的錯。」

福爾摩斯說：「真是個有意思的故事。這樁奇案終於得到了一個圓滿的結局。你後半段的敘述和我的推測差不多，只不過我沒想到是你帶來的那繩子。另外，童格應該是把所有的毒刺都丟了吧，但他最後怎麼會又有一支呢？」

「是的，他確實全丟了，只是吹管裡還剩下一支。

「呀，我怎麼把這一點忽視了。」

犯人主動又問了一句：「您還想知道什麼嗎？」

「不用了，謝謝你。」福爾摩斯說。

埃瑟爾尼・鐘斯說：「好，福爾摩斯，眾所周知，您是刑案調查專家，我們本來應該多向您學習一些，可是人在江湖，身不由己，我還得盡我的職責。今天，我對您的朋友已很通融了，所以現在我必須馬上將他帶入牢中。馬車已經來了，還有兩個警長也在樓下等了很久。我想也許開庭時，還得您二位出庭作證。好了，十分感激你們的大力幫助，晚安吧！」

「先生們，晚安。」喬納森・斯茂也說。

細心的鐘斯走到門口時突然說：「你在前面走吧，斯茂，我可得小心些，免得你像對待安達曼島的那位先生一樣，給我一木腿。」

他們走後，福爾摩斯和我靜靜地吸了一會兒菸。終於，我打破沉默說：「這戲終於演完了，恐怕我以後向你學習的機會會少一點，因為摩斯坦小姐已經同意我做她的未婚夫了。」

他很低地哼了一聲，說：「我早就預料到了，但很抱歉，恕我不能向你賀喜。」

我聽後很不高興地問：「你難道對她不滿意嗎？」

「不是！相反，我認為她是我所見過的最可敬、最可愛的女孩，而且非常有助於你我從事的這種工作。從她保存的那張阿克拉藏寶圖，以及她父親的一些文件來看，她很有這方面的天賦。不過我覺得做這種工作最重要的條件是要有冷靜的大腦，但愛情正好相反，它是影響大腦冷靜的天敵。因此，我將永遠不戀愛結婚，以免影響我的判斷力。」

我笑著說：「但我敢確定，我這次的選擇肯定經得起考驗，好像你累了。」

「是的，是有點累，恐怕一個星期也恢復不過來。」

我說：「真奇怪，一個看起來很懶的人，精力怎麼會那麼充沛呢？」

他說：「確實，我天生就懶，但我又很好動。所以我經常想到歌德的一句話：『上帝只將你造成了一個人形，但只是金玉其外，卻敗絮其中。』

「在這個案子中，我想印度僕人拉爾・喬達恐怕是櫻沼別墅的一個奸細，是他做的內應。不管怎樣，鐘斯總算還撈到了這個人，功勞都算他的！」

我說：「這個分配不太合理吧！是你一手偵破了此案，而結果呢，我得到了妻子，鐘斯得到了榮譽，你呢？你獲得了什麼？」

「也許是那個古柯鹼瓶子吧！」夏洛克・福爾摩斯一邊說，一邊去拿起了它。

第三部　冒險史

照片成了威脅國王婚禮的炸彈，新郎在教堂門前神秘失蹤，乾癟枯涸的橘核成了死亡徵兆，鵝嗉囊裡竟藏著一顆價值連城的稀世珍寶——藍寶石。

冒險史

新娘失蹤案

隨著時間的推移，聖西蒙勳爵的婚事及其奇特的結局，如今已不再是這位不幸新郎身邊那些上流人士所感興趣的話題了。新的醜聞已經讓它變得不再重要，四年前的那場戲劇性事件就此被擱到了幕後。我還從未向大家透露過這個案子的真相，而且我的朋友福爾摩斯還為它花費了那麼多精力。因此，如果對這樣異乎尋常的案子不記錄一下，那對福爾摩斯的探案筆記而言實在是個遺憾。

那是我結婚前幾個星期的一個午後，我仍跟福爾摩斯一起住在貝克街。當時他外出未歸，桌子上躺著一封給他的信。當時陰雨綿綿，我胳臂上那顆參加阿富汗戰役時殘留下來的子彈正搞得我痛苦不堪，只能一直待在屋裡。

我躺在一張安樂椅上，雙腳搭在另一把椅子上，認真地讀著身邊的報紙，直到飽覽無餘再扔在桌上。我漫不經心地望了望那信封上碩大的飾章和交織在一起的家族字母，猜想可能又是哪位貴族寫來的。

他回來後，我告訴他：「這裡有一封很時髦的信，要是我沒記錯，以往你早上收到的，都是一個魚販子的信以及那個海關稽查員的信。」

「是的，我的信千奇百怪。」他笑道，「不過，通常越是普通人寫的越有意思。但是這封像傳票一樣古板，讓人看了就沒心情。」

他打開信封，看了一下信的內容。

「嗯，你看，好像還真是件有趣的事！」

「不是傳票公函之類嘍？」

「不是，顯然是我們業務上的。」

「是一位貴族寫來的？」

「英國最有地位的一位貴族。」

「恭喜你啊，老兄！」

「說實話，華生，我覺得對我來說，委託人的社會地位並不重要，我只是對他的案情感興趣。不過看來對這件新案件的調查可能必然要牽扯到他的社會地位。你最近一直在大量看報，對吧？」

「沒錯，因為無事可做。」我無可奈何地指著角落裡那堆報紙說。

「太好了，也許你可以為我提供一些新情況。我只看犯罪的消息和尋人廣告欄，其他都不看。看尋人廣告很有啟發性。既然你注意了最近的新聞，那一定讀了有關聖西蒙勳爵和他婚禮的消息吧？」

「嗯，看到了，我是充滿好奇地讀這則消息的。」

「很好，我這裡有一封聖西蒙勳爵的來信，給你讀一下。你一定要再查查報紙，幫我把所有關於這件事的消息都找出來。他是這樣說的：

親愛的夏洛克·福爾摩斯先生：

據巴克沃特勳爵介紹，我可以完全信賴您的分析與判斷能力，因此決定前往拜訪，向您請教我舉行婚禮時發生的令人心痛的意外事件。蘇格蘭場的雷斯瑞德先生已經受理了此案。

但他建議我邀您加盟，甚至以為裨益極大。我將於下午四時登門請教，居時若您另有約會，望稍後仍能惠予接見為望，因為事關重大。

您忠誠的

聖西蒙

「信是從格羅夫納大廈發出的，拿鵝毛筆寫的。尊貴的勳爵一不小心在他的右小指外側沾了一滴墨水。」福爾摩斯一邊疊信一邊說。

「現在是三點。他說四點過來，那一個小時之後就要到了。」

「有你幫忙，我能很快弄明白這件事。翻翻報紙，按時間先後把有關摘要放好，我要看看這位委託人的身世。」他從壁爐旁邊的參考書裡抽出一本紅皮書。「在這裡，」他說著便坐了下來，把書攤在膝蓋上。「羅伯特‧沃爾辛厄姆‧德維爾‧聖西蒙勳爵，巴爾莫拉爾公爵的次子，哦！勳章！天藍底色，黑色的中帶上鑲嵌著三個鐵蒺藜。1846年出生，現年四十一歲，這已是成熟的結婚年齡。在上屆政府中擔任過殖民地事務副大臣。他的父親，那位公爵，當過一段時間的外交大臣。他們繼承了安茹王朝的血統，是它的直系後裔，母親血統為都鐸王朝。可是這些都沒有什麼參考作用。華生，我看需要你提供一些比較實在的具體情況。」

「我這裡隨便就找到些。」我說，「事情發生在不久之前，給我的印象很深，但一直沒跟你講，因為你手中正有一個案子，肯定不希望被其他事情打擾。」

「哦，你是指格羅夫納廣場家具搬運車的那件小事吧！現在已經搞清楚了——其實剛開始就很明瞭。請把報紙重要些的資訊先告訴我。」

「這是我讀到的第一條消息，登在《晨郵報》的啟事欄裡。日期是幾個星期之前：

巴爾莫拉爾公爵的次子，羅伯特‧聖西蒙勳爵與美國加州舊金山阿羅依休斯‧多蘭先生的獨生女哈蒂‧多蘭小姐的婚事已準備就緒，若諸事順遂，將於近日完婚。

「就這麼多。」

「簡單明瞭。」福爾摩斯說著把他那瘦長的腿伸到了火爐旁。

「在同一星期的一份社會新聞性報上，也有一段對此事的詳細記載。在這裡：

婚姻市場上即將出現要求採取保護政策的呼聲。當前，自由貿易式的婚姻政策嚴重威脅英國傳統根基。大不列顛名門望族的大權一個個被來自大西洋彼岸的女表親所掌握。上個星期，這些嫵媚的侵權者在她們奪走的勝利品名單中又添了一位重要人物。聖西蒙勳爵二十多年來從未落入情網，今天卻公開宣布將與令之一見鍾情的哈蒂・多蘭小姐——加州百萬富翁的女兒結婚了。多蘭小姐是獨生女。她優雅的體態和美貌在韋斯特伯里宮的慶典宴上引起了眾人的極大關注。據說，她的嫁妝超過了六位數，而且預計仍將增長。巴爾莫拉爾公爵近年來不斷被迫將自己的藏畫出手，聖西蒙勳爵除了波奇木爾荒地那點產業之外，也一無所有。這位加州女繼承人透過聯姻將輕易地從一位女共和黨人躍到不列顛貴婦的地位。受益者顯然不是她一個人。」

福爾摩斯打著呵欠說：「還有嗎？」

「哦，多著呢。《晨郵報》上的另一條短訊說：

婚禮決定從簡，預定在罕諾佛廣場的聖喬治大教堂舉行。屆時只請幾位親戚朋友出席。新婚夫婦及親友將在婚禮之後返回阿羅依休斯・多蘭先生在蘭開斯特蓋特所租的寓所。

兩天後，有個簡單的通告宣稱婚禮已舉行，新婚夫婦將去彼得斯菲爾德附近的巴克沃特勳爵別墅度蜜月。

「這就是新娘失蹤之前的所有報導。」

「什麼之前？」福爾摩斯驚訝地問。

「新娘失蹤之前。」

「她什麼時候失蹤的？」

「婚禮之後吃早餐時。」

「確實比想像的有意思，事實上是很富戲劇性。」

「對啊，就是由於不一般，我才注意到了。」

「在舉行婚禮前失蹤倒是常有，也有在蜜月期間失蹤的，可是我還從未聽說過這麼做的，請告訴我所有細節。」

「事先說明一下，這些材料不是很完整。」

「或許我們可以把它們拼湊起來。」

「昨天晨報上有一篇稍微詳細些，讓我來念一下，題目是：『上流社會的婚禮怪事』。

發生在羅伯特・聖西蒙勳爵婚禮上的不幸事件令其全家感到萬分驚恐。如昨日報載，前日上午之婚禮儀式已舉行。但至此坊間不斷流傳的各種奇特說法已基本得以證明。雖經親友竭力掩蓋，但事件仍引起公眾關注。可見無視公眾之關心採取不予理睬之態度是不明智之舉。

婚禮在罕諾佛廣場的聖喬治大教堂舉行，場面簡單，毫不鋪張。參加婚禮的只有新娘的父親阿羅依休斯・多蘭先生、巴爾莫拉爾公爵夫人、巴克沃特勳爵、新郎之弟尤斯塔斯勳爵和新郎之妹柯拉拉・聖西蒙小姐及埃莉西雅・惠廷頓夫人。一行人參加完婚禮就去了蘭開斯特蓋特的阿羅依休斯・多蘭先生的公寓，那裡已備好早餐。此時好像有一個女人製造了一點麻煩。目前還不知道她是誰，但一直試圖跟在新娘和親友身後，強行進入公寓，並聲稱自己有權利向聖西蒙勳爵提出要求。管家和僕人在一陣糾纏之後將其趕走，所幸當時新娘已進寓所，開始與親朋好友共進早餐，期間她因身體不適回到房間，後因離開太久頗令大家擔心，故其父親前往尋找。不料女僕報告說新娘只在臥室裡逗留片刻即穿一件長外套，持一頂無邊軟帽匆忙下樓。一個男僕也說曾經看見一位這樣打扮的太太離開公寓，未料竟會是女主人。阿羅依休斯・多蘭先生確定女兒失蹤後，馬上與新郎報警，全力展開調查。相信此怪事不日應可獲明朗結果。但時至昨夜，該失蹤的小姐仍未找到。謠傳她可能遇害。據報警方已拘留了那個鬧事的女人，並懷疑其因為嫉妒或其他原因而與新娘失蹤案有染。」

「還有嗎？」

「另一張晨報上，有一條更發人深省的消息。」

「內容是……」

「芙羅拉・米勒小姐，就是那位鬧事者，已經被捕，她好像在阿利格羅當過芭蕾舞演員，與新郎認識多年。就這些了，根據報導，你該瞭解整個案情了吧？」

「是個有趣的案件，我無論如何不會放過。華生，你聽門鈴響了，四點剛到。我猜一定是那位高貴的爵爺來了。你別走，我需要一位見證人，哪怕在旁提醒著我也好。」

「羅伯特・聖西蒙勳爵來了！」僕人說。一位紳士走了進來，他看起來很有修養，鼻樑很高，臉色蒼白，眼睛炯炯有神，舉止很文雅，看得出頗養尊處優。他體態輕捷，但整體看外表還是與年齡不太相稱。因為他走路有點屈膝，還彎腰駝背。高高的捲邊帽摘下來後，他的頭頂周圍便露出了一圈灰白的頭髮，並且顯得很稀疏。他身上的衣著很講究，甚至有些奢華：高高的豎領，黑色大禮服，白色背心，黃色手套，漆皮鞋，淺色腿罩。他慢慢地走進來，右手一邊擺動著繫金絲眼鏡的鏈子，一邊四處打量。

「您好，聖西蒙勳爵。」福爾摩斯站起來鞠了個躬。「請坐，他是我的朋友兼同事，華生醫生，請坐在火爐邊，讓我們來說說這件事吧！」

「你們知道，這件事令我十分苦惱，福爾摩斯先生，據說您接手過類似案子，但我猜想，那些委託人的社會地位也許跟本案完全不能相提並論。」

「不，那倒未必。」

「很抱歉，您說什麼？」

「上次案子的委託人是國王。」

「噢，真的嗎？真沒想到，哪位國王呢？」

「斯堪地那維亞國王。」

「什麼？他妻子也離奇失蹤了嗎？」

「您知道的，」福爾摩斯和藹地說，「就像我答應對您的事保密一樣，其他委託人的事情我也一樣要保密。」

「對，對！不好意思，我這就把案子的所有經過告訴您。」

「多謝，報紙上的所有報導我都看了。我覺得可以相信他們說的是真的——比如這則有關新娘失蹤的消息。」

聖西蒙勳爵看了一眼說：「對，是真實情況。」

「不過，無論是誰在得出結論之前，總要搜集大量補充材料。我還想問您些問題，以便掌握更多事實。」

「您問吧！」

「您是什麼時候初次見到哈蒂・多蘭小姐的？」

「一年前，在舊金山。」

「您是在美國旅行？」

「對。」

「你們那時訂婚了嗎？」

「沒有。」

「但你們進行友好的往來嗎？」

「我覺得跟她交往很開心，她也能看出這一點。」

「她父親非常有錢，是吧？」

「據說是太平洋彼岸最有錢的人。」

「他是怎麼發財的？」

「採礦。幾年前他還一無所有，可是有一天挖到了金礦，便投資開發，一下子就暴富了。」

「可否談談您對您妻子性格的認識。」

那位先生望著壁爐，眼鏡上繫著的鏈子搖得更快了。他說：「福爾摩斯先生，您知道，我妻子在他父親發跡之前已經二十歲了。此前她一直在礦山上自由自在地生活，漫山遍野到處遊玩，所以她受到的教育是大自然賦予而非教師傳授的。她是我們英國人所說的頑皮女孩，性格潑辣、豪爽、任性而不服約束。她的性子很急躁，容易亂做決定，天不怕地不怕。當然如果我不認為她本質很好，難能可貴的話，是絕對不會讓她享有我的高貴稱號的。她勇於自我犧牲，非常討厭那些不光彩、不名譽的事情。」

「您有她的相片嗎？」

「我隨身帶了。」他把錶鏈上的小金盒打開，我們看到了一位很美麗的女人的容顏。那是一個用象牙做的袖珍像，藝術家充分展示了那光亮的頭髮，黑眼睛和很富感染力的俊美的小嘴。福爾摩斯入神地看了一會兒，便把盒子關上，還給了聖西蒙勳爵。

「這麼說，是這位迷人的小姐來倫敦以後，你們才又續舊情的？」

「對，她和她父親來參加倫敦年末的社交活動。我常和她相聚，並訂了婚，現在還跟她結了婚。」

「據說她的嫁妝很豐厚？」

「還可以，我們家族通常也要這樣的規格。」

「已經舉行了婚禮，那麼這份嫁妝按理應歸您了？」

「我沒有過問這件事。」

「這很得體。您在婚禮的前一天見過多蘭小姐嗎？」

「見過。」

「她心情如何？」

「她心情好極了，滔滔不絕地談論我們將來該如何生活。」

「嗯！很好，那婚禮當天上午呢？」

「也非常高興，婚禮結束之前一直充滿了喜悅。」

「後來，您發現她有什麼異常嗎？」

「哦，老實說，我見到了從未有過的情況。她表現得脾氣急躁，但那點小事真的不值一提，也與本案無關。」

「不妨說來聽聽。」

「她太孩子氣了。我們去教堂的更衣室時，她的花掉了。當時她正在往前排座位走，花剛好掉到座位前，座上的先生幫她撿了起來。花束看起來並未損壞，但我向她提及時，她的回答竟然很生硬無禮。回家的路上，她似乎一直不開心，太可笑了。」

「您是說有一位先生坐在前排，那當時在場的陌生人很多嗎？」

「是的，教堂開門時讓他們進去的。」

「那位先生是不是你妻子的朋友？」

「不是，我是出於禮貌才稱他為先生。他只是個普通人，我連他長什麼樣都沒看清。我覺得我們談得太離題了。」

「聖西蒙夫人在婚禮之後沒有之前開心，她回到她父親的公寓之後做了些什麼？」

「我看到她跟她的女僕說話。」

「那個女僕是怎樣的人？」

「她是美國人，叫艾莉絲，和她一樣來自加州。」

「一個心腹僕人？」

「也不能這樣說。我覺得她們主僕不分。但是，他們美國對這樣的事可能另有看法。」

「她們聊了多長時間？」

「嗯，幾分鐘吧！我當時正在想其他事情。」

「你聽見她們談什麼了嗎？」

「我妻子說到些『強佔別人的土地』之類的話，她總是說這類俚語，我不清楚她指什麼。」

「美國的俚語有時非常形象化，您妻子和女僕聊完之後又做了什麼？」

「她進了吃早餐的屋子。」

「您陪她進去了嗎？」

「沒有，她從不講究這些細節。大概十分鐘之後，她匆忙起身，說了幾句道歉的話便離開了，以後就沒有回來過。」

「可是，那個女僕艾莉絲卻說，主人到自己屋裡穿上了件長外套，戴了頂軟帽出去了。」

「對，後來有人看到她跟芙羅拉·米勒一起去了海德公園。芙羅拉·米勒便是那個被捕的女人，那天上午她在多蘭的寓所裡製造了一場風波。」

「哦，我想聽聽有關這位女士的具體情況，還有你倆的關係。」

聖西蒙勳爵聳了聳肩，揚揚眉毛說：「我們很友好，多年的交情了。以前她常住在阿利格羅，我對她很關照，她對我也不錯。可是，福爾摩斯先生，您應該知道女人都這樣。她很可愛，可是性格急躁，而且有點迷戀我。

聽說我要結婚，她就寫信恐嚇我。說實話，我也是怕她到教堂鬧事，所以才悄悄舉行婚禮。不料等我們回來的時候她已經到了多蘭先生門前，想闖進去，公然侮辱並威脅我太太。由於我事先擔心會發生此類事件，所以提前安排了兩名便衣警察在那裡。他們很快把她弄出門外，她知道吵不出什麼結果，後來也就作罷了。」

「您妻子聽到這些了嗎？」

「她沒有聽見。」

「可是後來有人看見她與這個女人走在一起？」

「對，雷斯瑞德先生把這件事看得很嚴重，他推測是芙羅拉把我妻子騙了出去後，再設圈套害她。」

「嗯，這也有可能。」

「您也這樣認為嗎？」

「我沒說一定這樣，而且您自己也不太相信是吧？」

「我瞭解芙羅拉，她連一隻蒼蠅都不忍心傷害。」

「但是，嫉妒有時會莫名其妙地改變人的性格。您怎麼看待此事？」

「嗯，我是來尋找答案的，不是來表達看法的。我已把一切事實都告訴了您。不過既然您問了，我也但說無妨，我想此事可能對她刺激頗大，巨大的突變讓她神經錯亂了。」

「您是說她精神突然錯亂了？」

「嗯，沒錯，我一想到她竟然拋棄——我不是說拋棄我本人，是說拋棄多少女人夢寐以求的社會地位——就覺得她肯定是瘋了，否則無法解釋。」

「當然，這也是一種可能吧！」福爾摩斯笑道。「聖西蒙勳爵，我想我已基本掌握了全部材料。順便問一下，你們當時吃飯的餐桌是不是可以看得到窗外的情況？」

「可以看見馬路對面，海德公園。」

「好的，我想已經沒必要再耽擱您的時間了，我們隨後聯絡。」

「希望您能順利解決這件事。」委託人說著站起身來。

「我已經解決了。」

「什麼？怎麼講？」

「我的意思是說，我已經搞清楚這個案子了。」

「她在哪裡？」

「您很快就會知道。」

聖西蒙勳爵搖了搖頭，「事情恐怕沒那麼簡單，我恐怕需要一個比我倆更聰明的腦袋啊！」說著，他行了一個莊重而嚴肅的舊式鞠躬禮，然後轉身離開了。

「承蒙聖西蒙勳爵把我和他的腦袋相提並論，太榮幸了。」福爾摩斯說完大笑起來。「一問一答了這麼半天，真是該來一杯蘇打威士忌和雪茄了。其實，在委託人進屋之前，我已經得出該案的結論了。」

「老兄，你真厲害！」

「我比較了幾個類似的案子，很快就觸類旁通了。不過以前從未像這次這麼快。目前，我所掌握的全部事實性結果都能支持我的推測。旁證有時的確很有說服力。正如梭羅所說：『牛奶伴鱒魚，一清二楚。』

「可是，你聽到的我也都聽到了。」

「但你沒有類似案例參考，我正是靠之前發生的那些類似案件歸納出了結論。幾年前，在亞伯丁發生過類似的事情。普法戰爭後一年，慕尼黑也出現過一例。目前我們手上這件與它們幾乎如出一轍。嗨，雷斯瑞德來了！午安！雷斯瑞德！餐具櫃上有個大酒杯，盒子裡有雪茄。」

那位警探身著水手粗呢上衣，打著老式領帶，儼然一個老水手。他拎著一個黑色帆布包，寒暄幾句便坐下來點了一支雪茄。

「我快煩死了，聖西蒙勳爵這個倒楣的案子還沒一點線索。」

「真的？太不可思議了。」

「有誰聽過這麼複雜離奇的事？一條有價值的線索都沒有，耗了我好多時間。」

「你全身都濕透了。」福爾摩斯邊說邊伸手摸了摸他粗呢上衣的袖子。

「沒錯，我把海德公園裡的塞廷湖撈了個遍。」

「天吶，撈什麼？」

「聖西蒙夫人的屍體呀！」

福爾摩斯笑倒在椅子裡。

「你怎麼不去特拉法爾加廣場的噴水池裡撈呢？」

「你這話什麼意思？」

「因為兩個地方有同樣的尋找機會。」

雷斯瑞德氣呼呼地看了我朋友一眼，吼道：「就你無所不知！」

「嗯，我剛剛知道了事情的經過，但已經做出判斷了。」

「真的嗎？你覺得這件事與塞廷湖沒關係？」

「我想絕對無關。」

「可是，我的確在那裡找到了這些東西，這又作何解釋？」他邊說邊打開提包，從裡面倒出一件波紋綢結婚禮服、一雙白緞子鞋、一頂新娘的花冠和面紗。東西上沾滿了水，還掉了顏色。「還有，」他說，接著把一枚嶄新的結婚戒指放在這些東西上面，「福爾摩斯大師，這可是你難以回答的問題啊！」

「哦，真的嗎？」我朋友說著，朝空中吐了一個藍色的煙圈。「這些都是你在塞廷湖裡撈上來的？」

「不，是一個園藝工人在湖邊發現的。經辨認，這些衣服是她的，我想屍體應該就在附近。」

「這麼說，每個人的屍體都應該在衣服不遠處嘍？您想由此得出什麼結論？」

「得到證據，證明芙羅拉・米勒與失蹤案有牽連的證據。」

「這恐怕很難辦到。」

「到這種地步了，你還這樣想嗎？」雷斯瑞德生氣了，「福爾摩斯先生，你的演繹和推理不見得實用，兩分鐘之內你已經犯了兩個錯誤，這些衣服確實和芙羅拉・米勒小姐有關。」

「為什麼？」

「衣服口袋裡有個名片盒，從中找到了一張便條，就是這個。」他把便條扔到桌上，「看看怎麼寫的吧！」

一切就緒後即可見到我，屆時請馬上過來。

F・H・M

「我一直認為，聖西蒙夫人是被芙羅拉・米勒騙走的，芙羅拉與她的同謀者應對該案負責。這張便條的簽名就是她名字的首字母。毫無疑問，她在門口把字條偷偷塞給了聖西蒙夫人，然後便控制了她。」

「太妙了，雷斯瑞德，」福爾摩斯笑了起來，「你真不簡單，讓我看看。」他心不在焉地拿起了紙條，但馬上被吸引住了，還興奮地叫道：「這的確很重要！」

「呵，你終於承認了。」

「非常重要，我對您表示祝賀。」

雷斯瑞德站起來，又低頭看去，「怎麼回事？你看反了！」他忍不住叫了起來。

「不，這才是正面。」

「正面？你瘋了吧？便條是用鉛筆寫在這面的嘛！」

「嗯，這面是一張旅館的帳單，我很感興趣。」

「無關緊要，我看過了。」雷斯瑞德說。

10月4日，房間8先令，早飯2先令6便士，雞尾酒1先令，午餐2先令6便士，葡萄酒8便士。

「我不認為它能說明什麼。」

「或許您沒看出什麼，可是它確實很重要。當然，便條也很重要。最起碼這些首字母的簽字很重要，因此我要再次祝賀您。」

「我已經浪費了很多時間，」雷斯瑞德說著站了起來，「我只相信實幹。我們走著瞧，看誰先查明案子。」他一邊說，一邊把衣服塞進包裡走了出去。

「在您離開之前，我想給您點提示。福爾摩斯喊道，「我說一下我的看法，聖西蒙夫人是個謎局，現在沒有，以前也從未有過這個人。」

雷斯瑞德冷冷地瞟了一眼我的同伴，又回頭看了看我，然後輕拍了三下額頭，轉身走了。

他前腳關上門，福爾摩斯後腳就站了起來，穿上外衣，「這傢伙說的戶外工作也有道理，華生，你看會兒報紙，我出去一下。」

福爾摩斯五點鐘出門，之後我也一點沒得閒。因為不到一個小時，兩個點心鋪的夥計送來了個大平底食盒。他們幫我把盒子打開，瞬間，我們那簡陋的公寓餐桌上便擺滿了豐盛的美食：兩對山鷸，一隻野雞，一塊肥鵝肝餅和幾瓶陳年老酒。兩位不速之客擺好了這些美食便彷彿天方夜譚裡的精靈一般突然消失了。他們說這些東西已經付了錢，是按吩咐送來的。

快九點時，福爾摩斯邁著輕快的步伐回來了。他表情嚴肅，兩眼發光，我想，他已經證實了自己的結論。

他搓著手說：「好，晚餐都擺好了。」

「你好像有客人，他們擺了五份。」

「對，我相信一定有客人來訪。」他說，「奇怪，聖西蒙勳爵怎麼還沒到，啊哈，他來了，在樓梯上。」

的確是上午來過的那個人。他快速走了進來，使勁晃著眼鏡，貴族氣派的臉上竟流露出一絲不安的表情。

「看來，我的信使到過您那裡了？」福爾摩斯問。

「對，您的信令我極度震驚，您有足夠的證據證實您的話嗎？」

「當然。」

聖西蒙勳爵坐到了椅子上，一隻手撫著前額。

「公爵不知會做何感想。他的家族成員竟會如此蒙羞！」他輕聲嘟噥道。

「這純粹是誤會，我認為算不得羞辱。」

「哦？您也許是從另外的角度來看這件事的。」

「我看用不著責備誰。那位小姐也是不得已為之。不過的確令人失望，她處理得太唐突了。在這種情況下，母親又不在身邊，沒人替她出主意。」

「我很難原諒她，她簡直是在捉弄我。氣死我了！」

「門鈴好像響了，」福爾摩斯說，「沒錯，樓梯上有腳步聲。如果我不能說服您就此釋懷的話，聖西蒙勳爵，我還請了一位意見與我相同的人，他也許更勝任。」他開了門，請進了一位先生和一位女士。「請允許我介紹一下，聖西蒙勳爵，他們是法蘭西斯・海・莫爾頓先生和夫人，我想您認識這位夫人。」

委託人一見到來人便從椅子上跳了起來，呆呆地站在那裡，垂著眼皮，一隻手摸著前胸，一副大傷尊嚴的樣子。那位女士馬上往前幾步，向他伸出了手。可是他卻無動於衷，儘管她懇切的神情是那樣令人難以拒絕。

她說：「你生氣了，羅伯特。沒錯，你完全有理由生氣。」

「用不著向我說抱歉，」聖西蒙勳爵冷冷地說。

「哦，是的，我知道萬分對不起你。我在離開之前，本來應該跟你說一聲，但我當時真的很為難。自從在這裡重新遇到法蘭西斯，我就不知道自己都說了什麼，做了什麼。真奇怪我當時竟未摔倒在聖壇前暈過去。」

「莫爾頓夫人，您解釋的時候需要我們倆迴避一下嗎？」

「我可以說兩句嗎？」那位陌生的先生說，「我們之前有點保密得過分，現在我倒想讓全歐美的人都知道真相。」他瘦長健壯、皮膚黝黑，臉刮得相當乾淨，面貌英俊，動作機敏。

「那麼，我來說說事情的經過吧！」那位夫人說，「我在1884年與法蘭西斯在落磯山附近的邁圭爾營地相識。我父親那時正經營一個礦場，我與法蘭西斯訂了婚。後來，有一天父親發現了一個富礦，從此發了大財，但法蘭西斯的礦脈卻漸漸枯竭最後破產了。父親富了，弗郎卻窮了下去，所以父親反對我們繼續交往。他帶著我去了舊金山，法蘭西斯也追到了那裡，瞞著父親來見我。我們不敢讓父親知道，但卻自行商量，由法蘭西斯先去賺錢，等像我父親那樣有錢時就回來娶我。我也發誓等他一生，非他不嫁，只要他還活著。他說：『我們現在就結婚吧，這樣我就放心了，也用不著在我回來之後要求別人認可我是你丈夫。』

「就這樣，商定過後，他請了一位牧師，隨後我們便舉行了婚禮。婚禮後法蘭西斯便離開我去闖蕩世界，我則回到了父親身邊。

「他到了蒙大拿之後，我才得到他的音信。不久，又聽說他去了亞利桑那探礦，後來又說去了新墨西哥。再後來，報紙上登了一個長篇報導，說印第安人襲擊了一個礦工營地，死亡者名單裡有法蘭西斯。我當場昏了過去，後來便臥病在床。父親認為我得了癆病，找遍了舊金山的名醫來給我治病。一年來，我確實相信法蘭西斯死了。後來結識了聖西蒙勳爵，還訂了婚，父親很高興。可是我早已把心給了法蘭西斯，世界上沒有第二個男人可以取代他。

「儘管如此，我還是決定嫁給聖西蒙勳爵，盡我的義務。愛情雖然無法勉強，但是行動可以勉強。我懷著盡力做好他妻子的願望走向聖壇，可是就在路過聖壇欄杆時，我本能地回了一下頭，發現法蘭西斯正站在第一排座位那裡看著我。我還以為是他的靈魂出現了，可再看時，他還在，眼神彷彿在問我是高興還是難過。很奇怪我當時竟然沒有暈倒，但確實是天旋地轉。牧師的話像蜜蜂的嗡嗡聲在我耳邊響，我手足無措，不知怎麼辦。難道我應在教堂裡中斷儀式，製造一場風波嗎？我又看了他一眼，他似乎知道我的想法，因為他把手指靠在唇邊，示意我別出聲。隨後我見他草草地在一張紙上寫了幾個字，想必是在給我寫便條。於是，我在經過那排座位時故意讓花束落在他前面，他趁撿花時悄悄把便條塞給了我，上面只有一行字，讓我在他發出信號時跟他走。毫無疑問我要對他負責，因此決心照他的要求去做。

「我回家後，把情況對女僕說了。我們在加州認識，相處得很好。我叫她不要聲張，收拾一下東西，準備好我的長外套。我知道應該告訴聖西蒙勳爵，可是我無法在眾人面前開口，只好不辭而別，準備以後再解釋。我坐在餐桌旁不到一分鐘便看見法蘭西斯在馬路另一邊站著向我招手，於是藉故離開，偷偷溜出去跟上了他。這時有個女人跑來對我說了好多聖西蒙勳爵的閒話——好像是他婚前的一點個人隱私。我好不容易擺脫了她，趕上了法蘭西斯，然後乘一輛馬車駛往他在戈登廣場租的公寓。經過漫長的等待，我們終於真正結了婚。

「原來法蘭西斯被印第安人關進了監獄，後來越獄逃跑才重獲自由。他長途跋涉回到了舊金山，得知我誤認為他已去世，並到了英國，這才追到這裡，並且在婚禮儀式上找到了我。」

「我從一張報紙上看到的，」這位美國人說，「報上只有教堂和姓名，沒有女方的地址。」

「接下來我們商議該怎麼收場。法蘭西斯說應該徹底公開。但我覺得很內疚，只想從此消失，永遠不見他們——或許，給父親留個信，告訴他我還活著。但一想到那些坐在餐桌旁等我回去的爵士們和夫人們，我便感到深深的不安。

「法蘭西斯為了不讓別人再找我，便把禮服和其他東西捆成一包，扔到了一個沒人找得到的地方。要是這位善良的福爾摩斯先生今晚不來找我們的話，我們原本計畫明天就到巴黎。我不清楚他是如何找到我們的，但是他的善意和勸說使我們明白了自己的錯誤。他知道我們害怕見太多人，於是提供了這樣一個與聖西蒙勳爵單獨談談的機會。我們得知後立刻就趕來了。好了，羅伯特，你現在知道了一切，要是我給你帶來了痛苦，那實在很抱歉，但希望你別把我想得太卑鄙。」

聖西蒙勳爵絲毫沒有放鬆他的僵硬姿勢，皺著眉頭，閉著嘴巴，靜靜地聽著。

「很抱歉，我不習慣這樣公開談論個人私事。」他說。

「那麼，你不肯原諒我了？在我走之前，可以握個手嗎？」

「哦，要是這樣會讓你高興，當然可以。」他伸出手，冷漠地握了握她的手。

「本來我希望您能跟我們共進晚餐。」福爾摩斯說。

「我想不必了。」勳爵說，「我或許會默默承受這個現實，可是別指望我能表現得不痛不癢。如果可以，我現在祝你們晚安。」他欠身行禮，然後昂首挺胸地走了。

「我想，你們應該會給我這個面子吧？」福爾摩斯說，「和一個美國人交朋友是件令人高興的事，莫爾頓先生。許多人包括我都相信，多年前一位君王的愚蠢行為和一位大臣的錯，絕不會影響同宗後代在未來的某一天成為同一世界大國的公民，米字旗與星條旗無妨共同升起。」

客人離開後，福爾摩斯說：「這案子太有意思了，它可以很清楚地顯示一個道理，很多看起來無法解釋的事，原因卻無比簡單。這位夫人的敘述已經基本說明了問題，不過對另外一些人，如蘇格蘭場的雷斯瑞德先生來說，也許至今也找不到明確的思路。」

「你自己就沒走過彎路嗎？」

「至少有兩件事我一直很清楚。一是這位女士在婚禮之前還很高興；二是回家後很快就突然反悔了。顯然這中間發生了什麼，進而促使她改了主意。會發生什麼呢？有新郎來回一路隨行，她不可能有機會跟別人說話。那就可能是看到了什麼。而她剛從美國來，在這裡不可能認識什麼對她有如此影響力的人，那就是說她看到的十有八九是個美國人——你發現了嗎？我們一直在用排除法。那麼應該是個什麼樣的美國人呢？為什麼看一眼就能讓她改變主意？我想應該不是戀人就是前夫。據勳爵所講，她少女時代其實家境一般，甚至是在艱苦中成長。而且還有一個細節，就是教堂前排曾經有一個男子幫新娘撿花束，之後新娘便態度大變。另外還有些線索，比如她跟女僕交談時，說到了一些意味深長的暗語，像是『侵佔別人的地』——這是礦工用語，常用來借指搶佔別人的礦產或開採權之類——如此一來，真相還不夠清楚嗎？她是跟一個男人出走了，而這個人不是她的舊日戀人，就是前夫。後者可能性更大。」

「你到底是怎麼找到他們的？」

「原本很難，可是雷斯瑞德已經掌握最有價值的情報卻視若無睹，那幾個姓名的首字母相當重要。不過，瞭解到一個星期之內誰曾經在倫敦這家頂級旅館結過帳更重要。」

「你怎麼知道是頂級旅館？」

「根據那昂貴的價格推斷的：八先令一個床位，八便士一杯葡萄酒，可見那家旅館有多高級。收費如此昂貴的旅館在倫敦很少。在諾森伯蘭大街，我訪問的第二家旅館的登記簿清晰記載著，有個叫法蘭西斯・海・莫爾頓的美國人在前一天剛離開。查看他的帳目時，正好發現我在複寫的收據上看到的那些帳目。那位美國先生留言說他的信件可轉到戈登廣場226號。我就趕到了那裡，還好這對愛侶在家。我以長輩的身分向他們提了一些建議。我說，不管怎樣，他們最好向公眾，特別是向聖西蒙勳爵說明一切。我邀請他們來與他見面，並且你也看見了，他們果然守約前來了。」

「不過，結局似乎不圓滿，」我說，「勳爵的行為明顯不夠瀟灑。」

「哦，先生，」福爾摩斯笑道，「你要是經歷了求婚、結婚等一系列麻煩事之後，卻在剎那間發現妻子與財富不翼而飛，恐怕也灑脫不起來吧！我覺得我們該對聖西蒙勳爵寬容一點，並感謝上帝別讓我們在某一天遭遇同樣的不幸。請把椅子挪過來，把小提琴遞給我。我們現在必須想想，如何打發這淒涼冷清的秋夜。」

威脅國王的相片

一直以來，夏洛克・福爾摩斯都把她稱為「那位女人」，我從來沒有聽到他稱呼她別的。在福爾摩斯看來，她比任何一位女人都出色，因為她才貌雙全。可是，這並不意味著福爾摩斯愛上了愛琳・阿得勒。因為福爾摩斯是一位極度理性化、嚴謹慎重、頭腦沉著而且冷靜無比的人，所有的情感，特別是愛情，對他來說都是與自身極不相融的。在我看來，他好比是一架專門用來觀察和推理現實世界的完美無缺的機器。而一旦讓他變成個含情脈脈的人，他就會完全不知所措了。他有生以來從未說過含情脈脈的話，最經常的口吻就是譏笑和嘲諷。然而大多數觀察家卻十分讚賞那種溫柔的情話，因為它能夠比較接近真實地揭示出一個人的行為與動機。但是不得不承認，這種情感的確會分散一個老練的理論家的精力，干擾他嚴謹周密的思維，進而使人的智力成果受到懷疑。假如在一個人的大腦中加入了強烈的個人情感，則有可能引起比在精密儀器中摻進砂子，或是高倍顯微鏡鏡頭出現裂紋更嚴重的後果。可是，一個女人，已經不在人世的女人愛琳・阿得勒，卻的確是長久地留在了福爾摩斯的記憶裡。

最近這段日子裡我很少與福爾摩斯見面，尤其是我結婚以後，跟他往來的次數更是少得可憐。因為那種異常美好的新生活以及作為一家之主而產生的樂趣深深地吸引了我。放蕩不羈的福爾摩斯卻不習慣這種傳統的套路，所以他仍然住在以前的房子裡，仍然整日置身於貝克街上那些破舊的書籍中。他總是服食古柯鹼一個禮拜，然後瘋狂地工作一個禮拜，這就是他的生活，一種由藥物產生的昏睡狀態，以及同樣原因產生的亢奮的工作狀態相互交替的生活。他還是和以前一樣，仍然熱衷於對犯罪行為的研究，仍然樂於用他那超凡的智力和洞察力去尋找線索，偵破案件，進而幫助警方解決那些被認為是無法破解的謎案。有時候，我也會聽到一些關於他的情況，比如說，他被請到了奧德薩並偵破了雷伯夫暗殺案，另外還有庭柯馬利的艾德金森慘案，以及他出色地完成了荷蘭皇家委託的使命。我和其他讀者一樣，僅僅是在報紙上看到了對這些事情的報導，除此之外，我對他幾乎一無所知了。

1888年3月20日的那天夜裡，我出診（當時我已經開始重操舊業了）回來的路上剛好經過貝克街。當我再次看到那扇非常熟悉的房門時，往日情景立即浮現在眼前。這些年來，在我的內心深處，其實始終難以將個人追求與曾經在《血字的研究》一案中感受到的那神秘事件徹底分割開來。就在車子走過那扇大門的瞬間，一種迫切想與福爾摩斯敘舊的欲望怎麼都揮之不去，他近來又在研究什麼難題呢？燈光從他的屋子裡透了出來，我抬頭向上看了一會兒，發現他的側影來回走動了兩次，頭低著，兩手背在身後，瘦而高大的身體在房間裡來回踱著步。這是我十分熟悉的場景，這些舉動告訴我，他正在工作。我敢肯定他是剛從睡夢中醒來，正急著思考剛剛想到的問題，尋找著新的線索。我按了幾下門鈴，進去後被帶到一間屋子裡，這屋子曾經有一部分是屬於我的。

福爾摩斯對我的到來顯得並不很熱情，這種情況以前倒很少發生。當然我還是能感覺到他猛地見到我時的驚喜，儘管他什麼都沒說，可是眼神裡卻流露出一種無法掩飾的親切感。他指指那張扶手椅示意我坐下來，然後扔給我一盒雪茄，又指了一下牆角裡的酒精瓶和小型煤氣爐。他站在壁爐前，用他那獨特的神情瞧著我。

他開口說：「華生，你的確非常適合結婚，我想你的體重從上次分手到現在，至少又增了七磅半。」

「七磅。」我對他說道。

「不，我認為是七磅多，華生。應該比七磅多一些，如果我沒猜錯，你又重新幹醫生這行了吧？你以前可是從來沒說要繼續行醫的。」

「你怎麼知道？」

「我自己看出來的，同時也是推斷出來的，要不然我怎麼會知道你最近常常被雨淋濕，並且還僱傭了一個女僕，而且那女僕還笨手笨腳的。」

「喔，我親愛的福爾摩斯，你真是了不起！如果你生在幾個世紀以前，一定會被施以火刑，活活燒死的。的確是這樣，星期四我去了一次鄉下，走路去的，回來時被雨淋了個落湯雞！可是現在我已經換了衣服，很難想到你是怎樣看出來的。提到那個女傭瑪麗・珍，她簡直就是無藥可救了，我太太把她給辭退了，你究竟是怎麼推斷出來的？」

他非常得意地笑了起來，一邊笑還一邊搓著他那細長的手指。

「這很容易，」他說。「我剛剛看到你左腳那隻鞋的裡側有六道近乎平行的裂紋，這些裂紋說明有人本想去掉那些沾在鞋跟上的泥土，但是笨手笨腳地卻順著鞋跟往下刮造成的。同樣是依據這一點，我推斷你曾經在下雨的時候出去過，而且是倫敦沒有經驗的女傭造成了你鞋上難看的裂紋。至於知道你又重新做了醫生，是因為，如果有一位身上有碘酒的氣味，右手的食指上有硝酸銀的斑點的先生走進了我的房間，他的禮帽好像藏過聽診器，右側鼓了起來，你說這樣的人不是醫生的話，他會是做什麼的呢？」

就這樣，他不費吹灰之力推斷了出來，我不禁笑出聲來，說：「聽你這麼一說，似乎什麼事情都變得那樣簡單，並且簡單得可笑，好像我也有本事推斷出來。雖說在你解釋你的推理之前，我並不清楚你的下一步推理，但我仍舊認為我的眼力也不會比你差。」

他點燃一支菸，懶洋洋地半躺到扶手椅上，說道：「的確是這樣，但是你只是看而已，我卻在觀察，兩者之間有明顯區別。舉個例子，你經常走從下面大廳到這間屋子的樓梯吧？」

「經常走。」

「大概有多少次了？」

「應該有幾百次吧！」

「那麼，請問這樓梯有多少級呢？」

「多少級？這我還真不知道。」

「這不就對了嗎？你只看而未曾觀察。我呢，因為觀察過，所以知道樓梯一共有十七級。既然你仍對細節感興趣，又常常記錄我的經驗，我想你可能也會對這個東西感興趣。」他把一張粉紅色、一直放在桌面上的厚厚的便條紙遞到了我面前，「郵差最近送來的，」他告訴我，「你大聲地念念看。」

這便條上沒有日期，也沒有署名和地址。

上面寫著：

某人將於今晚七時一刻到訪，有要事與閣下商議。閣下最近曾經為某一歐洲皇室出色效力，其成功表現足以證明閣下堪擔大事。此評價今已廣播四方，我等甚知。望勿外出。若來者佩戴面具，請先生萬勿見怪。

「的確神秘，」我說，「你覺得這是怎麼回事？」

「目前我也沒頭緒，要知道，沒有找到足夠的事實依據就胡亂推測是大忌。我們不應牽強附會地讓事實屈從於理論，而是應該讓理論來適應事實。目前，我有的僅是這張便條，你能否推斷出什麼來呢？」

我仔細地觀察了一番這張便條和上面的字跡。

「寫這張字條的人也許非常富有，」我極力模仿著福爾摩斯的推理習慣說，「這種紙的品質特別好，半個克朗買不了一疊。」

「特別——正是這兩個字，」福爾摩斯說，「它根本不是英國製造的，你往亮處照一下。」

我拿起紙往高處照了一下。發現紙的紋理中有一個大「E」和一個小「g」、一個「P」和一個「G」、還有一個小「t」交織在一起。

「你知道這是什麼意思？」福爾摩斯問道。

「那當然，這是製造者的名字，更準確地說，是他名字的字母。」

「不對，『G』和小『t』代表『Gesellschoft』，指的是德文中的『公司』。跟我們經常使用縮寫詞『CO.』一樣。字母『P』代表的是『Papier』，也就是『紙』的意思。這個『Eg』嘛，我們必須查一下《大陸地名詞典》。」他一邊說，一邊從書架上取下一本厚厚的棕色皮的詞典。

「Eghw，Eglonits——在這裡，Egria。它的意思在德語裡是波希米亞，一個離卡爾斯巴德不遠的國家，因其玻璃工藝和造紙廠而出名。哈哈，華生，你知道它是什麼意思了嗎？」他有點得意，兩眼放出光彩，從口裡吐出來一圈煙霧。

「這種紙是波希米亞製造的。」

「非常正確，這個便條出自德國人之手。你注意到沒有，『此評價今已廣播四方，我等甚知』，這個句子結構十分特別。法國人和俄國人絕對不會這樣寫，只有德國人才會亂用動詞。因此，現在我的重要任務是弄清楚那位用波希米亞紙寫字，並且還要戴面具來掩蓋身分的德國人的目的是什麼。你聽，如果我沒有聽錯，他已經來了，我們馬上就可以解開謎團了。」

他正說著，從外面傳來了清脆的馬蹄聲和車輪摩擦路邊石頭的聲音，接著我們聽到了門鈴響，福爾摩斯高興地吹了一聲口哨。

他說：「聽起來好像有兩匹馬，是的，肯定有兩匹。」他往外面看了一下，接著說道，「一輛精美的小馬車和一對漂亮的馬，每匹價值一百五十幾尼。華生，要是不出意外的話，這個案子可有錢賺了。」

「我認為我必須走了，福爾摩斯。」

「你說什麼？華生，請坐在這裡，如果我沒有了你這樣得力的助手，那會很糟糕的。這個案子看起來非常有意思，假如錯過了機會，那可太遺憾了。」

「但是你的委託人……」

「不必理他，我或許需要你幫忙，我想他也是。好了，他來了，華生，你就這樣坐在椅子上，好好地看著我們好嗎？」

這時，傳來一陣沉重而緩慢的腳步聲，經過樓梯，通過走廊，最後來到我們門口，接著敲門聲響起。

「請進！」福爾摩斯說。

隨後進來了一個人，他身高約六英尺六英寸，胸膛寬厚，四肢看起來很健壯。他衣著華麗，但在英國這個地方卻略顯庸俗。他穿一件雙排鈕扣的上衣，袖子和上衣前襟開叉處都鑲有寬寬的羔皮，肩上披著深藍色大氅，猩紅色的絲綢做的襯裡，領口別著一個鑲有火焰形綠寶石的飾針，腳上穿一雙長到小腿肚的皮靴，靴口還鑲有深棕色毛皮。這身華麗的打扮給我們留下了極為深刻的印象。他手裡還托著一頂大簷帽，臉上戴了個黑色面具，遮住了顴骨。顯然他進屋前剛剛整理過面具，因為進屋時他的手還仍然摸著它。從露在面具之外的下半部分臉上可以看出，此人長著厚而下垂的嘴唇，下巴又長又直，應該是一個頑固、堅強的人。

「您看到我給您寫的便條了吧？」他問，帶有濃重德國口音的聲音有些低沉、沙啞。「我要來拜訪您，字條裡說得很清楚。」他看著我們倆似乎不知該跟誰說好。

「您請坐，」福爾摩斯說，「他是我的同事和朋友——華生先生，以前常幫我破案。我想問一下，該怎樣稱呼您？」

「就叫我馮・克拉姆伯爵吧，我是波希米亞貴族。您朋友應該也是一位嚴謹而令人尊敬的人吧？我是否也可以把極為重要的事託付給他？否則，我只願意跟您單獨談。」

聽到這裡，我站起來要走，福爾摩斯一把抓住我，把我摁回椅子裡對那個人說：「要談就和我們倆談，否則就不要談了，在我朋友面前，你可以暢所欲言。」

馮・克拉姆伯爵聳了一下他寬厚的肩膀，說：「既然如此，你倆得先保證必須保密，只須兩年，以後就沒有關係了。因為它現在的重要性甚至可以影響整個歐洲的歷史發展。」

「我絕對保密。」福爾摩斯答應他。

「我也一樣。」我說。

「我想你們不在乎這個面具吧，」那位伯爵說，「派我來的人不想讓你們知道我的身分，因此我得說明一下，我剛剛告訴你們的名字是假的。」

「這個我自然知道。」福爾摩斯冷冷地說。

「情況非常緊急，為了不讓事情發展成醜聞，進而使歐洲一個王族受傷，我們得想盡任何辦法。直接告訴你們吧，這件事將影響到歐姆斯坦家族——波希米亞的世襲國王。」

「這個我也知道。」福爾摩斯說著坐到了扶手椅裡，並且閉上了眼睛。

在來訪的客人心目中，福爾摩斯原本應該是個把整個歐洲問題分析得最透徹，思考問題最嚴謹，精力最充沛的偵探。然而此時他這種無精打采的懶洋洋的樣子，著實使來訪者吃了一驚。福爾摩斯慢慢睜開雙眼，漫不經心地看著那位夜訪者。

他突然說：「如果陛下肯屈尊告知在下整個案情，我將更好地為您服務。」來者聽後，馬上從椅子裡站了起來，他在屋裡走來走去，無法控制自己的情緒，最後竟絕望地扯掉了臉上的面具扔到地上。

他吼道：「你猜對了，我就是國王，沒必要再隱瞞了。」

「喔，真的嗎？」福爾摩斯問，「其實在您開口之前，我就知道陛下是卡斯爾—菲爾施泰因大公、波希米亞的世襲國王威廉・哥德來西・西起士蒙得・馮・歐姆斯坦。」

「但是你必須理解我，」那位怪異的伯爵坐了下來，摸了一下他那又高又白的額頭，接著說：「你要明白我不擅長親自辦這種事。但是它實在太重要了，要是我把它告訴了一個偵探，從此恐怕就要受制於他。我是對您抱了很大期待才微服出行，從布拉格趕到這裡的。」

「您就說吧！」福爾摩斯說著再一次閉上了眼睛。

「事情是這樣的：五年前我和一位極其有名的女冒險家，在我到華沙長期訪問期間偶然相識，她叫愛琳・阿得勒，我覺得對這個名字你應該不會陌生。」

「華生，幫我在資料中查出愛琳・阿得勒，」福爾摩斯眼睛仍然閉著。這些年來，他一直採用這種方法，即把很多人和事的材料貼上標籤備案以便查看。因此，要找出一個他無法提供材料的人或事反倒不容易。不一會兒，我找到了有關那女人的備案材料。它被夾在兩份材料之間，而那兩份材料分別是關於一個猶太法學博士和一位曾經寫過些關於深海魚類論文的參謀官的材料。「給我看一下，」福爾摩斯說，「嗯！1858年生於紐澤西州。女低音、義大利歌劇院——嗯！華沙帝國歌劇院首席女歌手——退出了歌劇舞台——對了！她住在倫敦——好！據我瞭解，您和這位女士有關係，您現在正急著想把那封您寫給她的會使你受連累的信要回來。」

「對，非常正確。」

「你是否和她秘密結過婚？」

「沒有。」

「有什麼法律文件或證明嗎？」

「也沒有。」

「這我就不明白了，陛下，假如她想用那些信來敲詐你，或是出於別的什麼目的，她怎樣才能證明那些不是假的呢？」

「信上的字是我寫的。」

「呸！假造的。」

「是我私人的信箋。」

「偷來的吧！」

「有我的印簽。」

「也可能是偽造的。」

「還有我的照片。」

「買來的。」

「可是我倆都在照片裡。」

「啊？這就不好辦了，陛下，您的生活似乎是有些不檢點。」

「我當時簡直瘋了——精神有問題。」

「這已經給您帶來了嚴重傷害。」

「那時，我太年輕了，不過是個王儲，現在我也才三十歲。」

「這樣說，照片一定得收回來。」

「我試過了，但是沒有成功。」

「您可以出高價把它買下來。」

「她絕對不會賣。」

「那樣只能偷了。」

「我曾經試過五次。有兩次派兩個小偷去翻她的房子，還有一次當她旅行時趁機調換行李，另外還在路上攔劫過兩次，但是什麼也沒弄到。」

「那張照片一點影子也沒有了？」

「是的，一點也沒有。」

「這只不過是件微不足道的小事。」福爾摩斯笑著說。

國王有點氣憤，說道：「但是這對我來說是非常重要。」

「好的，非常重要。她到底想用這張照片來幹什麼呢？」

「毀掉我。」

「怎樣毀掉你？」

「我馬上要結婚了。」

「我明白了。」

「我即將與斯堪地那維亞國王的二公主克羅蒂爾德・羅德曼・馮・札克斯麥寧根結婚。你應該聽說過，他們的家規十分嚴格，而她又是一個非常敏感且細心的女人，假如她對我的行為產生懷疑，那婚事肯定告吹。」

「愛琳・阿得勒都做了些什麼呢？」

「她威脅我，說要把照片寄給他們。她一向說到做到，所以她肯定會那樣做的。你不瞭解她，這個女人個性極強，不但擁有完美無缺的容貌，還有男人般堅強的心，要是我跟其他女人結婚，她真是什麼事情都可能做出來。」

「您確定那張照片仍在她手中？」

「我當然確定。」

「原因呢？」

「因為她說她要在下星期一，即婚約公布的那天把照片送出去。」

「快了，離現在還有三天時間。」福爾摩斯不慌不忙地打著哈欠說，「太棒了，最近我們剛好要調查一兩件重要的事，看來，這幾天陛下您得駐留倫敦了。」

「好的，你在蘭厄姆旅館能找到我，我用的名字是馮・克拉姆伯爵。」

「我將把我們調查的情況寫信告訴您。」

「這太好了，我要盡快知道一切。」

「那麼，遇到錢的問題怎麼處理？」

「一切由您全權做主。」

「毫無條件嗎？」

「我坦白跟你說吧，我甚至可以把我領土中的一個省作為你拿回照片的報酬。」

「那目前的費用呢？」

國王從自己的大氅下面，拿出一個很重的羚羊皮袋，放在桌子上。

「這是三百鎊金幣和七百鎊鈔票。」國王說。

福爾摩斯快速地在筆記本上寫了一張收據，然後撕下來遞給他。

「請告訴我那位女士的住址？」他說。

「聖約翰伍德，賽朋恩泰大街，布里翁尼府第。」

記下地址後，福爾摩斯說：「還有一個問題，照片是不是六英寸？」

「對。」

「好的，再見了，陛下，我相信好運不久就會來臨。」然後他又對我說：「再見，華生。我想請你明天下午三點再來一趟，有事跟你商量。」此時，皇家的四輪馬車已經走出了很遠。

第二天下午三點整，我準時趕到了貝克街。福爾摩斯還未回來，房東太太告訴我，他早上八點多就出去了。儘管如此，我依然耐心地坐在壁爐旁等他回來。我對這件事很感興趣，雖說這案子不像我曾經記錄過的那兩個案子那樣慘不忍睹，鮮血淋淋，但該案委託人的顯赫地位及案子的性質本身都充滿了獨特的色彩。除此之外，福爾摩斯那敏銳的觀察力及周密的推理能力，還有那種快速而精確地解決問題的方法，都值得我去研究，也讓我從中獲得了無窮的樂趣。他總能成功，我對此已經習以為常。因此，我根本沒想過有一天他也許會失敗。

大約四點左右，房門開了，一個喝得醉醺醺的馬車夫走進屋來。他滿臉通紅，長滿了落腮鬍，身上更是破破爛爛。雖然我早已習慣了福爾摩斯那出神入化的化裝術，可是面對這樣一個人，還是不得不仔細分辨才認出是他。他朝我點點頭就進了臥室，不到五分鐘又像平時一樣穿著花呢衣服，風度翩翩地走了出來。他雙手插在口袋裡，伸展開雙腿，舒服地坐在壁爐前開懷大笑。

「喔，這是真的嗎？」他說道，忽然被嗆到了，接著又大笑起來，一直笑到沒勁才躺倒在椅子上。

「這究竟是怎麼回事？」

「真的太有趣了，我敢打賭你絕對不知道我上午都做了些什麼，或是忙出了怎樣的結果。」

「我是不知道啊，但我猜你是在觀察愛琳・阿得勒女士的生活習慣，或者是你細心地察看了她的房子。」

「非常正確，不過結果十分特別，我很樂意告訴你事情的經過。今天早上八點多一點，我裝扮成一個失業的馬車夫出去打探情況，你要是一個馬車夫的話，也會很容易獲知這一切。很快，我找到了布里翁尼府第。那是一棟別緻的小別墅，總共兩層樓，後面還有座美麗的花園。別墅大門正對馬路，門上掛著洽伯鎖。寬敞明亮的客廳在右邊，裡面裝修得十分華麗，長長的窗戶幾乎探到了地面，小孩都能打開那些窗門。從馬車房的頂部可以搆得著過道的窗戶，除此之外別無其他特別之處。我認真地察看過別墅周圍，並未發現任何讓人感興趣的東西。

「接下來，我沿街一直往前走，在靠近花園的那堵牆的巷子裡，不出所料地發現了一排馬房。我幫馬夫們梳洗馬匹，他們給我兩個便士、一杯混合酒、兩菸斗板菸絲作為報酬，而且講了許多有關阿得勒女士的事情給我聽。除了她之外，他們還告訴我其他六七個人的很多軼事。由於我不感興趣，就沒好好聽，但是不得不聽下去。」

「愛琳・阿得勒的情況如何呢？」我問他。

「啊，據說她的美貌迷倒了當地所有的男人，號稱是世界上最美麗的佳人。賽朋恩泰大街的馬房裡誰都會這樣說。她經常在音樂會上唱歌，過著極其平靜的生活。她每天早上五點鐘出去，晚上七點鐘回來吃飯。除了演出，她平時極少出門。她唯獨跟一個男子交往，而且關係十分密切。那個人英俊瀟灑，長得很健壯，平均每天至少來看她一次，一般都是兩次。那就是戈弗雷・諾頓先生，住在坦普爾。你曉得作為心腹馬車夫的好處嗎？那些車夫常為他趕車，送他回家，知道很多關於他的事，聽完他們的話之後，我又到布里翁尼府第徘徊了一陣，考慮接下來該怎樣行動。

「戈弗雷・諾頓是關鍵人物。他是個律師，這對我們有些不利。他們倆是什麼關係呢？為什麼經常去看她？她是他的委託人還是朋友或情婦？如果是委託人，那照片就是交給他了；假如是情婦，那照片肯定不會給他。解決了這些問題，我才能確定接下來到底是該繼續調查布里翁尼府第，還是那位先生在坦普爾的住處。我得非常小心地對待這一點，然後慢慢擴大調查範圍。也許這些細節會使你不耐煩，可是如果你想瞭解這件事，我必須告訴你我所遇到的各種困難。」

我說：「我在專心地聽著。」

「正當我細心琢磨的時候，突然看到一輛馬車來到布里翁尼府第門前，從車裡下來了一位紳士，一位十分瀟灑的男士。他皮膚黝黑，長著鷹勾鼻，留著小鬍子，看起來應該就是我聽說的那個人。他似乎很著急，大聲地讓車夫在門外等他，然後從給他開門的女僕身邊匆匆走過，一點拘束的樣子都沒有。

「他在房子裡面待了大約半個多小時。透過客廳的窗戶，我隱約看到他在屋內來回走動，興奮地揮舞著胳膊在談論著什麼。可是，我沒有看到那個女人。過了一會兒，他走了出來，樣子比剛才還急。上馬車時，他看了下腕上的金錶，急切地吼道：『快點趕，馬上到攝政街格羅斯・漢基旅館，然後到艾奇豐爾路聖莫尼卡教堂。如果你能在二十分鐘內趕到，我會付給你半個畿尼。』他們說著就沒有了蹤影，我正猶豫要不要追趕時，突然一輛精緻的四輪馬車從小巷裡出來，那位車夫上衣扣只繫了一半，領帶歪在一邊，馬匹輓具上的所有金屬箍頭都從帶扣裡突出來。馬車還沒停穩，一個女人就從屋裡跑了出來，一頭鑽進車廂裡。我在剎那間瞟到她一眼，的確是位美人，那種美麗足以使任何男人拜倒在她的石榴裙下。

「她大聲對車夫說：『約翰，去聖莫尼卡教堂，只要你在二十分鐘之內趕到，我就給你半鎊金幣。』

「華生，這真是個千載難逢的機會。我正考慮到底該追上他們還是乾脆攀在那車的車後時，剛好駛過一輛出租馬車。車夫對極菲薄的車費舉棋不定，但我在他說不幹之前早已一下跳進了車廂，『聖莫尼卡教堂，』我說，『要是你在二十分鐘以內到達，我給你半鎊金幣。』當時的時間是十一點三十五分，接下來要發生什麼事已經不言而喻。

「我從未坐過這麼快的車，馬車夫趕得實在太快了。然而即使如此，那兩輛馬車還是比我先到達教堂。出租馬車和四輪馬車早已停在教堂門口，馬正呼呼喘氣。付了車錢後，我連忙走進教堂。裡面僅有三個人，除了身穿白色法衣的牧師，另外兩個就是我剛剛追趕的人。牧師似乎在勸說他們什麼，三人圍站在聖壇前。我呢，像一個流浪漢偶爾流浪到教堂似的，裝作若無其事地順著通道向前走。站著的三個人突然轉過頭來望著我，他們的舉動嚇了我一跳。戈弗雷急忙跑過來。

「『謝天謝地！』他喊道，『你來得太好了，快！快來啊！』

「『這究竟是怎麼回事？』我困惑地問。

「『快過來，老兄，只耽擱你三分鐘而已，否則我們就不合法了。』

「他把我拖上了聖壇。就在我還沒搞清楚自己站在哪裡時，我發現自己已經本能地對附在我耳邊的話語做了答覆，並為一件我根本不瞭解的事情作了證。總之就是幫助未婚的女人愛琳・阿得勒和單身男子戈弗雷・諾頓結了婚。這件事幾乎在瞬間完成，緊接著，男子和女子分別向我表示了感謝，牧師呢，站在那裡對我微笑。這個場面把我給弄糊塗了，我還沒有遇到過如此荒唐的事。所以剛才還忍不住哈哈大笑，他倆要結婚，卻不太合乎法律要求，在沒有證婚人的情形下，牧師不為他們證婚，虧得我及時出現，解了他們的圍，免得新郎跑到街上去找證人。新娘非常高興，給了我一鎊金幣，我想把它繫在錶鏈上，作為紀念。」

「這實在是太出人預料了，」我說，「後來呢？」

「唉，我感到計畫有變，他倆可能要馬上離開這個地方，因此我必須採取緊急措施。他倆在教堂門口分開，男子坐車回了坦普爾，女子回了她住的地方，臨別時她對他說：『我和以前一樣，五點坐車去公園。』我只聽到這些。他們走後，我也離開了那裡，開始想其他辦法。」

「你預備怎麼做？」

「一些滷牛肉和一杯啤酒，」他按了一下電鈴說道，「我忙得連晚飯都沒有時間吃，今晚可能更忙，對了，醫生，今天晚上你得幫我。」

「非常榮幸。」

「你不擔心犯法？」

「絕不。」

「也不擔心被逮捕嗎？」

「為了一個高尚的目標，我不會害怕。」

「是的，這目標很高尚。」

「而且，我是你最得力的幫手了。」

「我以前就這麼想。」

「下一步你打算怎麼辦？」

「房東太太的飯一來，我馬上告訴你，但是現在，」他飢腸轆轆地盯著房東太太送到的食物，並且說，「我得邊吃邊談，因為所剩時間已不多，快五點了，我們必須在七點之前趕到行動地點。愛琳女士，哦，是太太，要在七點回去，咱倆一定要在布里翁尼府第和她相遇。」

「接下來呢？」

「下面的事情我來辦，我早已安排好了怎麼對付要發生的事，現在我只提醒你記住這一點，就是無論發生什麼，都不要插手，你明白嗎？」

「你是說我什麼都不用管？」

「什麼都不用管，也許會有一些小而不愉快的事情發生，但你一定不要插手。因為等我被送進屋裡後，那種不愉快就會消除，並且估計四五分鐘之後，有人會把臥室的窗戶打開，你必須靠近窗戶等著。」

「好的。」

「你必須緊緊盯著我，我確定你能看見我。」

「好的。」

「只要我一舉手——就像這樣——你就得把該扔的東西扔到屋內，然後大聲喊『著火了』。你知道我是什麼意思了嗎？」

「知道了。」

「其他就沒什麼要緊的，」於是，他從衣袋裡拿出了一支長長的雪茄似的捲筒，「這是一支水電用的煙火筒，兩頭有蓋，能自己燃燒，你唯一要做的就是管好這個東西。很多人會在你喊著火時趕來救火，這時，你就趕緊跑到大街的另一頭，十分鐘之內我會去街拐角找你，但願你明白了我的意思。」

「到了地點，我一直保持不介入狀態，緊靠著窗戶，盯著你，一看到你舉起手就把煙火筒扔進屋內，接著大叫著火了，然後就到街拐角去等你。」

「太棒了，就是這樣。」

「你放心地等我的表現吧！」

「好極了，我認為我該為扮演的新角色準備一下了。」

福爾摩斯進了臥室，幾分鐘後，他走了出來，一副中年牧師的形象，和藹可親，頭戴一頂寬大的黑色帽子，褲子寬鬆而下垂，打著白色的領帶，那極富同情心的微笑以及那和藹可親的模樣幾乎無人能與之相比。這時，福爾摩斯不僅是換了衣服，連神情、舉止甚至他的靈魂都改變了。當他是一名偵破專家時，舞台上少了一位著名演員，科學界少了一位推理家。

六點一刻，我們離開了貝克街，提前十分鐘到達了賽朋恩泰大街。天色暗了下來，我們在布里翁尼府第外面來回走了一會兒。房屋主人一回來，燈馬上亮了，這棟房子跟我想像的一樣，儘管那完全是根據福爾摩斯的描述。唯一不同的是，它周圍不像我想的那樣安靜，相反，這裡十分熱鬧，迥異於附近其他安靜的社區。一群衣衫襤褸，一邊吸菸一邊聊天的人在拐角處聚集著，有一個人在用腳踏磨輪磨剪刀，還有兩個警衛正和保姆調情。另外有幾個人穿著很體面，嘴裡叼著雪茄，一副不務正業的模樣。

就在我們倆在房子外面來回走動時，福爾摩斯對我說：「看，他們一結婚，事情反倒更簡單了，那張照片成了對雙方都有威脅的武器，國王怕公主看見它，而阿得勒也怕被戈弗雷・諾頓看見。對我們來說，現在最重要的是在哪裡才能找到照片。

「對呀，我們去哪裡找呢？」

「她不可能隨身攜帶，六英寸的照片，要裝進女人的衣服裡也太大了點。況且國王已經派人攔劫過她兩次，她應該有防備了，因此我判斷她不會隨身帶著。」

「這樣一來，照片會藏在哪裡呢？」

「有兩種情況，在她的銀行或律師手中。但是我又感覺這些都不太現實，女人生來就喜歡保密，她們總有自己獨特的隱藏方法。她性格堅強，對自己的掌控能力非常有把握，所以她可能不會輕易把照片交給別人保管。至於此事對一個事業人士會產生什麼間接影響或政治後果，她可能就不清楚了。還有不要忘記，這幾天她還要用這照片，因此照片肯定在她的房子裡，而且會放在她隨手就能拿到的地方。」

「但是房子被盜過兩次了。」

「哼！那幫人根本不得要領！」

「你怎麼去找？」

「我根本就不用找。」

「到底怎麼辦呀？」

「我會讓她自己把照片拿出來。」

「她不會這樣做的。」

「她絕對會這樣做。我聽到了車輪聲，是她乘坐的馬車。你要記住，照我說的去做。」話音剛落，我們就看見了馬車的燈光。不久，朝布里翁尼府第又駛來一輛漂亮的小馬車。車剛一停下，一個流浪漢就從角落裡衝了出來，想開門賺點賞錢，但是另一個流浪漢也衝了過來，不想放過這個機會。於是，兩人打了起來，那兩位警衛站在其中一個流浪漢的一邊，而磨剪刀的那個人則站在另一個流浪漢一邊，兩邊吵得非常凶，也不知誰先動手打了人。愛琳女士正好在這時下了車，立刻被亂哄哄的人群包圍了。這些滿面通紅的人撕打在一起，打得十分激烈。福爾摩斯突然衝到人群中試圖去保護愛琳・阿得勒，但是才剛到她身邊，就大叫一聲，倒在了地上，臉上鮮血直流。見有人受了傷，警衛和流浪漢馬上溜走了，這時來了幾個看熱鬧的人，他們打扮得非常體面，急忙替愛琳・阿得勒解了圍，然後留下來照顧受傷的男人。愛琳・阿得勒，我比較喜歡這樣稱呼她，慌忙跑上了台階，但是當跑到最高一級時又突然停了下來，此時房間裡透出的燈光把她的身材勾勒得十分曼妙宜人。

她回頭向街上的人問：「那位先生傷得嚴重嗎？」

「已經死了吧！」有些人回答。

「不，他還活著，」這聲音很大聲。「但是，也許還沒送到醫院就死了。」

「他真是個勇敢的人，」一位女士說，「要是沒有他，夫人的錢包肯定會被那些流浪漢搶走。他們猖狂極了，是一夥的。哦，他能夠呼吸了。」

「夫人，我們不能讓他就這樣躺在大街上，能把他抬到您屋裡去嗎？」

「當然，沒問題。客廳裡有張舒服的沙發，把他抬進去吧！」人們十分小心地把福爾摩斯抬進了布里翁尼府第，並安頓在了正廳裡。而我，則趕緊選擇站到了緊靠窗戶的一個位置，靜觀著事情的發展。屋裡的燈火通明，但還沒拉窗簾，所以我能看見福爾摩斯被放在沙發上的全部過程。當時他的心情怎樣我不得而知，不過當我看到即將被我們「算計」的女人是如此美麗溫柔，即使對待陌生的傷者也是那麼善良和氣時，心裡又不覺有些愧疚。可是，我不能半途而廢，否則不僅有負福爾摩斯的託付，同時也未免顯得太背信棄義了。於是我咬了咬牙，從口袋裡掏出了煙火筒。畢竟，我們並不是要傷害她，但也不希望她傷害別人。

躺在沙發上的福爾摩斯表現出一副被窒息得喘不過氣來的樣子，一個女傭急忙打開了窗戶。就在那一刻，我看到他把手舉了起來，照他的指示，我立刻將煙火筒扔了進去，大聲喊道：「著火了！」不料剛喊了一聲，竟聽到那些形形色色的看熱鬧的人也跟著大喊起來：「著火了！」屋裡煙霧很濃，並已經從開著的窗戶裡冒了出來。我看到很多人影在來回跑動，不一會兒，又聽到福爾摩斯安慰大家的聲音，說那是場虛驚。穿過混亂的人群，我急忙跑到街道拐角處。還不到十分鐘，福爾摩斯果然來了。他立刻拉著我一聲不吭地快速離開了這混亂的地方，直到埃奇韋爾路上。

「醫生，你做得很棒，」他說，「沒有比這更好的了，一切都十分順利。」

「你得到那張照片了嗎？」

「我知道它藏在哪裡了。」

「你怎麼知道的呢？」

「就像我說的那樣，她親手把照片拿出來的。」

「我還是不明白。」

「我不想對你保密，」他笑道，「事實上這很簡單，你應該能看出來，今天街上都是我們的人，我僱的。」

「我當然看出來了。」

「正當他們吵得激烈時，我拿著一瓶液體的紅顏料跑上前去，故意摔倒在地上，並順勢把顏料抹在了自己臉上，像是被打出了一臉的血。都是老套路而已。」

「這個我早料到了。」

「後來他們把我抬進屋。她只能這樣做，除此之外沒有其他辦法。正如我想的那樣，她把我安置在客廳裡，照片不在客廳，就在臥室，我想弄清楚它究竟在哪裡。當他們把我放在沙發上後，我故意裝出呼吸困難的樣子，他們因此立即打開了窗戶。這時，你的機會來了。」

「為什麼要這麼做呢？」

「這實在太重要了，假如一個女人聽說自己的房子失火了，那麼立即前去搶救的肯定是她認為最珍貴的東西，這也是人的本性之一，我以前用過多次了。在達林頓頂替醜聞案中，我利用了這一點，在阿恩沃斯城堡一案中，用的也是這個辦法。通常若是結了婚的女人，會立即去搶救她的孩子，要是未婚女子，會首先去搶救她的珠寶盒。我知道在那間房子裡，對那位夫人來講，現在最重要的東西是那張照片。一旦著火，她必定會馬上去搶救照片。你一手炮製的失火警報放得很好，煙火筒產生的煙霧及外面的呼叫聲也很好地烘托了氣氛，她反應極其靈敏，果然中計了。照片就藏在壁龕裡，而那個壁龕就放在門鈴拉索上面的一個嵌板裡，嵌板是能移動的。她在那旁邊停留了片刻，但照片剛被抽出一半我就看見了。於是，我大聲喊是一場虛驚，她很快又把照片放回原處。之後，她只是看了一眼煙火筒後就奔出了房間，再也沒露面。我站起身來，趁機找了個理由溜出來了。本來我還正在猶豫要不要馬上把照片偷出來，可是馬車夫進來了，他用懷疑的眼光看著我，實在無法下手，只有再等更好的時機了。欲速則不達，我們得為整個計畫著想。」

「下一步怎麼辦？」我問他。

「我們的調查其實已經接近尾聲了，明天國王和我會到她府上拜訪，如果你樂意，不妨跟我們一起去。屆時我們肯定會被引至客廳等候，不過也許等她出來的時候，我們和那張照片都已經不見了。陛下將會親手拿回那張照片，不知道要多高興。」

「你們打算幾時動身？」

「早上八點。那時她應該還未起床，我們正好有機會偷照片。另外，我們的手腳要俐落，因為她的生活習慣也許會在婚後改變，我現在就給國王打電話。」

說著說著不覺已經來到了貝克街，我們在他家門口停住了腳步。正當他掏鑰匙開門時，一個人從旁邊經過，並打了一聲招呼：

「晚安，福爾摩斯先生。」

大街上走著好幾個行人，剛剛的問候聲好像是發自一個瘦高個、穿長外衣的人。「這個聲音我似乎聽過，」福爾摩斯驚訝地盯著昏黑的街道說，「但卻想不起來這個人是誰了。」

當晚我就住在了貝克街。第二天清晨，我們還在吃早點，波希米亞國王就急匆匆地踏了進來。

「你真的得到了那張照片？」他緊緊抓住福爾摩斯的肩，盯著他的臉問道。

「不，還沒有。」

「可是，有希望了嗎？」

「對，有了。」

「那快走吧，我希望趕緊過去。」

「我們必須僱一輛出租馬車。」

「沒必要去租，我的馬車就在下面。」

「那樣更好。」我們走下樓來，一同再次奔赴布里翁尼府第。

福爾摩斯對國王說：「愛琳・阿德勒已經結婚了。」

「你說什麼？結婚？什麼時候的事？」

「就是昨天。」

「新郎是誰？」

「一個叫戈弗雷・諾頓的律師。」

「但是她並不愛他。」

「我倒希望她愛他。」

「原因呢？」

「要是她愛上了他，您就用不著害怕有麻煩了。因為如果她愛她丈夫，那就不會再愛您了，而她只要不愛您，就不會再影響您的生活。」

「說得沒錯，可是⋯⋯哎，要是她也能有我這樣的貴族出身就好了。那樣，她將是一位多麼理想的王后。」說完這些，他突然緘默了，彷彿陷入愁悶的思緒中，直到馬車停到賽朋恩泰大街。

一位上了年紀的婦女在門前的台階上站著，用不屑的眼神目視著我們走下馬車。奇怪的是，布里翁尼府第的大門是開著的。

「你就是夏洛克・福爾摩斯吧？」她問。

「是的，我是。」我的同伴非常驚訝地答道。

「哦！我的主人叫我等在這裡，她說你今天會來。她和丈夫早上一起走了，乘五點十五分的火車從查令十字街站出發去歐洲大陸了。」

「你說什麼？」這完全出乎福爾摩斯的預料，他驚呆了。

「你的意思是她離開了英國？」

「不會再回來了。」

「但是照片呢？」國王失望地說，「一切都完了！」

「讓我們進去看看。」福爾摩斯推開女傭，跑進了客廳，我與國王緊跟其後。屋裡的東西很亂，家具橫七豎八地散落滿地，架子給拆開了，抽屜也是打開的。可見在離開之前，女主人似乎曾翻找過一遍東西。福爾摩斯直奔門鈴的拉索，並很快打開了上面的那個嵌板，裡面果然有一張照片，還有一封信。照片是阿得勒身穿禮服照的。信上寫道：「夏洛克・福爾摩斯先生收。」

福爾摩斯連忙把信拆開，我們圍在一起讀了起來。這是今天凌晨寫的，信上寫著：

親愛的福爾摩斯先生：

你做得的確很出色，我幾乎讓你給騙了。火警發生以前，我一點也沒有懷疑過你，但是很快我發覺自己洩露了秘密，於是我想了很多。有人在幾個月前曾提醒我應防備你，他們說要是國王僱偵探的話，那個人一定是你。他們還把你的地址告訴了我。可是即使如此，我還是洩露了你想知道的秘密。當時我的確有理由懷疑你，但同時又無法讓自己相信那個慈眉善目的老牧師其實不懷好意。你應該清楚，我是個訓練有素的女演員，女扮男裝本來就是我的拿手好戲。我也經常利用這點技藝隨心所欲地享受自由。當時，我派馬車夫約翰去監視你，然後跑上樓，換了一身散步穿的便服。當我再次下樓時，你正好離開我家。

然後我開始跟蹤你，直到你家門口。這樣一來，我已經確定，原來這次大名鼎鼎的偵探夏洛克・福爾摩斯先生要偵察的人就是我。接著，我向您冒失地道了晚安，隨後就去坦普爾找我先生去了。

我們倆都不喜歡被您這樣的偵探天天盯著，所以決定離開這裡了。很抱歉，您來的時候已經人去樓空。至於那張照片，請您的委託人放心，我又愛上了一個比他更優秀的人，而這個人也非常愛我。從今以後，陛下喜歡做什麼都可以了，不用再擔心他曾經錯待過的人會給他帶來什麼麻煩。我把照片留下，只是為了保護自己，那是我唯一可以保護自己的武器。我也留下一張他或許願意收下的照片。謹此向您——親愛的夏洛克・福爾摩斯先生致敬。

愛琳・阿得勒・諾頓敬上

「確實是位了不起的女人——喔，太了不起了！」讀畢信，國王不禁嘆道，「我就說過，她很機智，很果斷。她要是當上王后，肯定不會令人失望，遺憾的是她的地位跟我不同啊！」

「依我所見，你們倆的水準確實不同，」福爾摩斯冷冷地說，「實在抱歉，沒能給陛下一個理想的結果。」

「別這樣說，先生，」國王說，「正好相反，結果我已經很滿意了。我清楚，她是說話算數的人，那照片現在跟被燒毀一樣令我放心。」

「聽您這樣說，我真的很高興。」

「非常感謝！告訴我，我該如何報答你。這只戒指……」他一邊說，一邊從手上摘下了一只蛇形的綠寶石戒指，托在手裡遞給了福爾摩斯。

「我認為另一件東西比它更有價值，陛下。」福爾摩斯說。

「請講，無論什麼都可以。」

「就是照片呀！」

聽了這話，國王驚訝地看著他。

「愛琳的照片！」他說，「你想要，就拿去好了。」

「太好了，謝謝！事情算是辦完了。早安，陛下。」說完，福爾摩斯對他深深地鞠了個躬，轉身走了，再也沒看一眼國王向他伸出的手。

我跟他一起回到了貝克街。

這就是波希米亞國王如何受一樁醜聞的威脅，而福爾摩斯的神機妙算竟被一個女人打敗的故事。以前他總是對女人的聰明智慧不屑一顧，不過最近卻極少見他嘲諷女人了。後來，每當提到愛琳・阿得勒或那張照片，他總會尊敬地稱呼她為那位女人。

紅髮會的騙局

去年秋天的某一天，我去拜訪夏洛克・福爾摩斯。當時他正和一位年紀很大的老先生談話，那個人身材矮小，有些胖，臉色紅潤，長著一頭火紅的頭髮。由於是很冒失的到訪，因此當發現有客人在裡面時，我很不好意思地轉身要走。福爾摩斯起身拉住了我，並把我迎到屋裡，關上了門。

他說：「你來得太巧了，親愛的朋友。」

「我擔心你太忙。」

「沒錯，我是有點忙。」

「我想我應該到另一個房間去等你。」

「不，不用，威爾遜先生，他是我的朋友兼得力助手，曾幫我破了不少重大案件，功不可沒。我相信在偵破您這個案子上，也一定少不了他的幫忙。」聽了此話，那位矮小的老先生半站起身來向我點點頭，我發現他厚眼皮下的小眼睛裡閃過一絲不信任的目光。

「請坐在靠背椅上吧！」說著，他自己又坐到扶手椅上，兩手指尖合攏。這是他沉思時的樣子。「親愛的華生，我知道，你跟我一樣，都是不喜歡平常乏味、毫無新鮮感的東西，只有那些奇特古怪的事情才能刺激到我們的神經。你精心地記錄的那些古怪案件其實也是我們一起分享快樂的過程。我想說的是，你所做的一切為我的冒險生涯增添了很多色彩。」

我對他說：「我確實對那些案子很有興趣。」

「也許你還記得吧，我們曾討論過瑪麗・薩瑟蘭小姐之前提的那個簡單問題：為了獲得準確的資訊和非同凡響的成果，我們必須深入到生活中，這比其他任何大膽的冒險都更具有現實意義。」

「我並不贊同你這種說法。」

「是嗎？醫生。不過我想你早晚會認可我的看法。因為我會搜集大量的證據證明給你看。言歸正傳，這位是今天上午專程趕來的傑伯茲・威爾遜先生，他講了一個非常古怪的故事，我也是第一次聽說。我記得跟你講過，表面非常奇特的案子其實未必意味著是大案，相反卻有可能只是簡單的小案，有時甚至令人懷疑是否有犯罪行為發生過。目前的案子就是這樣，現在還不能斷言此事是否涉及犯罪，不過聽起來的確稀奇。威爾遜先生，請您從頭到尾再複述一遍事情的經過吧，我需要進一步瞭解情況，而且我的朋友也沒聽到開頭部分。通常我只要獲悉事情的某些細節，就肯定會想起其他類似的案子，以此來引導思維，但這次我得承認，我還真沒什麼可參照的。」

矮個子老頭挺了挺胸，一副頗為驕傲的樣子。他從衣袋裡掏出一張又髒又破的報紙攤在膝上，趁他在上面尋找廣告欄的機會，我仔細打量了他一番，希望能從他的衣著打扮上發現些什麼。但是，並未發現什麼特別之處。從外表看，這老頭像個普通的英國商人，胖胖的，行動遲緩，穿著一條寬大而下垂的灰格褲子，上身是一件穿髒的燕尾服，前面沒繫扣子，因此露出了裡面的褐色背心，背心上面有條阿爾伯特式的銅鏈子，上面還有一個方孔的金屬圓片在胸前來回晃動。在他身邊的椅子上有一頂破舊的禮帽和一件褪色的棕色大衣，衣領被壓得起了褶。總之，除了一頭紅色的頭髮和臉上懊惱不悅的神情外，實在沒有其他特殊之處了。

夏洛克・福爾摩斯似乎看出了我的想法，他笑著對滿是疑惑的我說道：「我認為他是個共濟會會員，曾經幹過粗活，吸菸，還去過中國，最近寫過不少東西，除了這些，別的我還沒推斷出來。」

聽到這些，傑伯茲・威爾遜突然坐直了身子，雙手按住報紙，兩眼死盯著我的朋友。

他說：「啊，天啊！福爾摩斯先生，您怎麼會如此瞭解我的過去？例如，你怎麼知道我幹過粗活？的確，我以前在船上做過木匠。」

「親愛的威爾遜先生，看看你的手，右手比左手大得多，說明你常用右手幹活，所以右手肌肉發達一些。」

「吸菸和共濟會會員呢？」

「我要是什麼都說了，豈不顯得你的理解力太差？何況您還忽略了組織的嚴格規定，竟然還配戴了一枚像指南針似的弓形徽章。」

「喔，是的，我的確忘了這一點。那關於寫東西呢？」

「這還用說嗎？您右邊袖子上有長達五寸的地方都已經被磨得發光，左邊的袖子上有塊整齊的補丁，相信是經常與桌子磨擦造成的。」

「您怎麼知道我去過中國？」

「您右手腕上刺著一些魚紋圖案，我認為肯定是在中國刺的。我對紋身有些研究，還發表過相關論文。能用這麼細膩的色彩為大小不一的小魚著色，只有中國技師的高超技藝才能做到。此外，您錶鏈上掛著的中國銅錢，不是進一步說明了問題嗎？」

威爾遜聽著聽著突然大笑起來，說：「好極了，我還真沒想到這些。起初我認為您是未卜先知，可是一旦說穿了，又並不覺得有什麼奇怪了。」

「華生，我是不是不該說得這麼透徹？應該『大智若愚』才對，要知道，我的這點小名聲恐怕是經不起太過耿直率真的揮霍的。威爾遜先生，那則廣告找到了嗎？」

「我找到了，在這裡。」他一邊說，一邊用粗紅的手指指向廣告欄中間。對我們說：「這裡，事情全部由它引起，先生們，請自己看一下。」

我們把報紙接過來，認真讀起來。

致紅髮會會員：

茲因美國賓夕法尼亞州已故黎巴嫩人伊齊基亞・霍普金斯遺贈，現授權本會增加空職一位，為掛名領薪性質，凡紅髮會成員均有資格申請，週薪是四英鎊。凡紅髮男子、身體健康、年滿二十一歲、智力正常之人均可應徵。前來應徵者請在星期一上午十一點到艦隊街教皇院七號紅髮會辦公室，連絡人鄧肯・羅斯。

真是一則奇特的廣告，我讀了兩遍，情不自禁地問：「這究竟是怎麼回事？」

福爾摩斯坐在椅子上笑個不停，顯得很興奮，他總是這樣。他說：「這則廣告很怪，對吧？威爾遜先生，請把您以及和您同住人的情況詳細說一說，還有這則廣告為您帶來了什麼運氣，結果又如何，都說來聽聽吧！華生，先把報紙的名稱及日期記下來。」

「這是一張1890年4月27日的《紀事年報》，正好是兩個月前的。」

「很好，威爾遜先生，開始講吧！」

「哦，夏洛克・福爾摩斯先生，剛才我跟您講過了，」威爾遜擦著額頭說，「我在市區附近的薩克斯-科伯格廣場開了一家小當鋪，是個很小的買賣，這幾年我靠它勉強生活。以前我還有能力僱兩個夥計，但現在只能僱一個了。儘管這樣，我還是覺得力不從心，幸虧他只要一半工錢，因為他想學會做這種買賣。」

「這個樂於奉獻的小夥子叫什麼名字？」福爾摩斯問。

「叫溫森特・斯波爾丁。實際上他也不小了，只是我不清楚他究竟多大，我只知道他是個精明能幹的人，依他的才能完全可以找到比這好的工作，賺更多的錢。不過，無論如何，只要他自己願意，我幹嘛要勸他放聰明些呢？」

「哦，是嗎？你竟然以如此低的薪水僱到了一個好夥計，太幸運了。這樣的事發生在你這般年紀的雇主身上真是不多見，那位夥計是不是也不是一般人？」

威爾遜先生說：「他也有缺點，就是非常喜歡照相，整天拿個相機到處拍照，一點上進心都沒有，拍完之後就馬上跑到地下室去洗照片，跟兔子鑽洞一樣快。儘管他這個毛病令我不悅，但畢竟還是一個沒有壞心眼的夥計。」

「我想，你們倆現在仍住在一起吧？」

「沒錯，先生。除他以外，還有個十四歲的女孩。她負責做飯，掃屋子。我從沒有結過婚，沒有家，但我們三個在一起生活相處得很融洽。

「這則廣告是打亂我們生活的第一件事。剛好是兩個月前的今天，斯波爾丁拿著一張報紙，走到帳房對我說：

「『威爾遜先生，我好想向上帝祈求，保佑我成為紅頭髮人。』

「我困惑地問他：『為什麼？』

「他說：『為什麼？您不知道紅髮會最近多了一個空職？如果誰去任職，肯定會發一大筆財。據我瞭解，空職多，紅髮人少，負責託管那筆遺囑指定財產的人很苦惱，簡直是有錢沒地方花呀！如果我的頭髮可以變成紅色，馬上就能進入天堂了。』

「我又問：『說具體點好嗎？』福爾摩斯先生，你知道，做我們這行的，總是等買賣自動上門，用不著東奔西走地攬生意做，因此我已經很久不出門了，外界的事一點也不瞭解，所以我想多知道一些資訊。

「斯波爾丁疑惑地望著我問：『您沒聽說過關於紅髮會的事嗎？』

「『從未聽說過。』我回答。

「『這都不知道？您可是完全有資格去申請那個空缺的人啊！雖然一年只給二百英鎊，可是基本上什麼事都不用做，如果有其他工作也不會妨礙。』

「你們可以想像得到，這件事對我的吸引力有多大。這幾年，我的生意一直不好，如果有二百英鎊的額外收入，那就太棒了。

「於是我跟他講：『快把事情的經過全告訴我。』

「他邊說邊讓我看廣告，『你應該自己看，紅髮會目前有個空職，你到廣告上寫的地方就能辦申請手續。據我所知，紅髮會是一個叫伊齊基亞・霍普金斯的美國富翁發起的。他十分古怪，長著一頭紅髮，而且對紅頭髮人情有獨鍾。他死後人們才知道，他把全部財產交給委託人管理，希望用他的遺產替那些同樣是紅髮的男子找份好差事。據說，紅髮會幾乎不做什麼事，待遇卻很高。』

「我說，『那去申請的紅髮男子一定很多吧！』

「他說：『沒您想的那麼多。那位美國人，年輕時是在倫敦發跡的，他一心想要為倫敦做點事，因此這好事僅限於倫敦人，並且必須是二十一歲以上的紅髮男子。還有，如果頭髮是淺紅或深紅色，不是真正的火紅，那申請也是白搭。我就說這些了，您要是想申請就趕緊去，好歹也是幾百英鎊呢，不要白不要呀！』

「先生們，你們也看到了，我的頭髮的確是火紅色的。因此我想，如果我去謀職，應該比其他人的希望大。既然斯波爾丁那麼瞭解這件事，因此我就讓他陪我一起去了。

「福爾摩斯先生，跟您說，我是絕對不想再見到那種場面了。頭髮深淺不一，來自各個地方的人擁擠在那裡，艦隊街上處處擠滿了紅髮的人，教皇院看起來簡直像個兜售紅柑橘的大賣場。真沒料到，一則廣告會引來如此多的應徵者。他們的頭髮有各種顏色——磚紅色、橙色、土黃色、檸檬色等。但是，跟斯波爾丁說的一樣，火紅色的極少。看到這麼多人來應徵，我有點灰心，想回家，但斯波爾丁勸阻了我。他把我連拖帶拽地帶進人群，來到面試的台階下面。而階梯上，一些人垂頭喪氣地正陸續走下來。我們好不容易擠了進去，終於到了辦公室。」

福爾摩斯在他停頓時吸了一口鼻菸，想了想說：「有點意思，接著往下說。」

「那個辦公室十分簡陋，只有幾把椅子和一張辦公桌。辦公桌後面坐著一個頭髮比我還紅的矮小男子。每個申請人過去之後，他都要評價兩句，想盡辦法在他們身上挑出一些毛病，然後把他們都打發走。看來，要坐上那個寶座實在困難。輪到我們時，我發覺矮個男子顯得比較客氣，他還把門關上單獨跟我們談話。

「『他是傑伯茲·威爾遜先生，想申請那個空職。』我的夥計說。

「矮個子先生說：『我認為他非常適合這個職位，在我所見過的人當中，沒有誰的頭髮顏色比他的更完美了。』他又往後退了一步，歪著頭，認真打量我的頭髮，我被他看得都有些不好意思。接著，他快速走過來握住我的手，大聲表示祝賀。

「他對我說：『我如果再猶豫不決就是對你的不敬了。不過請原諒，我必須小心謹慎，你應該不會介意吧！』說著，他揪住我的頭髮用力一扯，疼得我叫出聲來。他這才鬆開手說：『你都流淚了，證明這頭髮不假。我們以前被假髮騙過兩次，還有一次被染過的頭髮騙了，不得不提防點。聽起來像是故事，連上鞋線的蠟都有人用，實在叫人噁心。』他朝窗外大聲喊道，『我們有合格的人選了！』外面傳來一陣嘆息聲，人們失望地四處散開了。不久，就只剩下我和那位矮個先生兩個紅髮人了。

「『我叫鄧肯・羅斯。我自己就是紅髮基金會的養老金領取者。威爾遜先生，你結婚了沒有？』

「我回答：『沒有。』

「他的表情立刻嚴肅起來。

「他說：『哎呀！這可麻煩了！你現在的情況令人遺憾。這筆基金的設立就是為了能養活更多的紅髮人，然而你卻還沒有結婚，太遺憾了！』

「福爾摩斯先生，聽到這番話後，我真是很失望，心想這下完了，說來說去還是沒資格申請。不過，那個人後來想了想之後又說倒也沒太大關係。

「他說：『換作別人的話，這個缺陷可能很關鍵，但是你的頭髮太好了。我們面對特殊的人應施予特殊照顧。什麼時間能來上班？』

「我說，『哦，我另外有點事，我自己開了個小當鋪。』

「『沒關係，我願意幫您照看鋪子。』溫森特・斯波爾丁說。

「我便問：『上班時間是？』

「『上午十點到下午兩點。』

「你應該知道，福爾摩斯先生，通常，當鋪的生意主要在晚上，特別在星期四、星期五晚上，那兩天剛好是發薪水的前兩天，因此我認為上午賺些錢很好。況且我有個聰明能幹的夥計，他會管好鋪子的。

「我說，『我很願意，薪水怎麼算？』

「『一個禮拜四鎊。』

「『工作的內容呢？』

「『不過是掛了個名而已。』

「『此話怎講？』

「『哦，就是辦公時間你得來，至少要在這樓裡待著，只要你離開一會兒，就等於放棄了這個職位。關於這一點，遺囑上寫得十分明白。只要你在辦公時間擅自離開，就是違約。』

「我說：『在這四小時之內，我絕不會走開。』

「鄧肯・羅斯先生說：『不論是什麼理由，生病或者有其他事，都不能曠工，必須老老實實待在這裡，否則你的職位就不保。』

「『那具體到底做些什麼呢？』

「『負責抄寫《大英百科全書》，我這裡有第一卷，你自己帶墨水和筆紙，我們為你提供桌椅。明天能來上班嗎？』

「我回答：『能來。』

「『那就這樣，威爾遜先生，再見，再次祝賀你得到這個職位。』他對我鞠了一個躬，於是我們轉身離開。遇到這等好運氣，我開心極了。

「起初，我幾乎無時無刻都在琢磨這件事，後來又開始擔心，怕是一場騙局。但我又實在想不出如果是騙局，那麼它的目的是什麼。按照常理來看，怎會有人立下遺囑，就為了花大筆錢請人抄寫《大英百科全書》？太可笑了。溫森特・斯波爾丁安慰了我半天，叫我放心。臨睡覺時，我下定決心，無論怎樣，明天一定要去看個究竟。第二天上午，我買了一瓶墨水、一根毛筆、七大頁書寫紙，總共用了一便士，然後就去了教皇院。

「讓人欣慰的是，一切都十分正常。辦公室裡的桌椅已經放好，鄧肯先生一直留在那裡幫我開始工作。他交代我從字母A開始抄寫後，就逕自走開了。但是，每過一會兒他都會來看一下我的工作情況。下午兩點道別時，他還誇我抄得很快。我離開辦公室後，他就把門鎖上了。

「這件事就這樣做了下去。星期六時，那個人又來了，把一星期的薪水四英鎊金幣付給了我，以後的每個星期如此。我也堅持每天十點上班，兩點下班，從不遲到早退。漸漸地，我發現鄧肯・羅斯先生來的次數少了。有時僅來一次，後來幾乎不來了。但我依舊像往日一樣不離辦公室半步，因為不知道他什麼時候要來，況且我不想丟掉這份好工作。

「八個星期就這樣過去了。我抄了很多詞條，像『男修道院院長』、『盔甲』、『建築學』、『雅典人』，並且還在繼續趕工，希望早點抄到以

B為首的詞條。我花了不少錢買書寫紙，抄的東西堆了很高。可是後來這件事竟然不了了之，實在令人吃驚。」

「停了？」

「是的，先生。今天上午，我照舊十點去上班，可是發現辦公室的門被鎖著，門板上用平頭釘釘了一小張卡片。這張卡片我帶來了，你們看一下吧！」

他拿著一張跟便條一樣大小的卡片，上面寫著：

紅髮會已經解散，此啟。

1890年10月9日

我們倆看了看卡片又看了看那位愁容滿面的威爾遜，越想越覺得滑稽，於是情不自禁地一起大笑起來。

老人看我們笑得滿臉通紅，他憤怒地吼道：「有這麼好笑嗎？你們要是再這樣譏笑我，我立刻去找其他人。」

「別，別，」福爾摩斯忙說，然後把要站起來的威爾遜又推回椅子裡，「我會承接您這個特殊的案子，我沒有小看它的意思。您不要太在意，我只是覺得這案子確實有些滑稽。對了，你看到門上的卡片後採取什麼行動了嗎？」

「我當時覺得很驚訝，不知該怎麼辦。然後我向旁邊的人打聽，但是他們一點也不清楚。於是我去找房東，他住在樓下，是個會計。我向他打聽紅髮會，他告訴我他沒聽說過有這樣的組織。我又問他鄧肯・羅斯是做什麼的。他說不認識那個人。

「『就是住在7號的那個人。』我說。

「『你說的是那個長一頭紅髮的先生？』

「『對呀！』

「他說：『他叫威廉・莫里斯。是個律師，不過是暫時住在這裡，他的新家已收拾好了，因此昨天就搬走了。』

「『我想知道在哪裡可以找到他。』

「『哦，在他的新辦公室裡，我知道地址。在離聖保羅教堂不遠的地方，愛德華街17號。』

「聞聽此言，我急忙趕到他的新住處，但是那裡只有一個護膝製造廠，廠裡的人都不認識什麼威廉・莫里斯或鄧肯・羅斯。」

福爾摩斯又問：「接下來呢？」

「我只好回家。夥計勸說了我半天，可是他怎麼勸我都聽不進去。他叫我耐心地等一些日子，也許會有些回音。不過，福爾摩斯先生，我確實很著急，因為我不希望丟掉這個好工作。別人告訴我說，您常常替那些走投無路的窮人想辦法，因此我才來找您。」

「您做得好極了，我很願意接手這個不尋常的案子。據您所說，這件事表面看起來很簡單，事實上很嚴重。」福爾摩斯說。

「當然，我每個星期要損失四英鎊，非常嚴重。」傑伯茲・威爾遜說。

福爾摩斯說：「不，先生，您不但沒吃虧，而且還白白得了三十多英鎊，並且透過抄詞典，得到了很多知識。」

「我的確沒吃虧。不過，福爾摩斯先生，我希望搞清楚這件事，我想知道他們都是什麼人？為何拿我開玩笑？即使是玩笑，他們也沒必要浪費三十二英鎊吧！」

「我們會把這些問題調查清楚的。不過威爾遜先生，你得先回答我幾個問題。首先，給你看廣告的那個夥計，大概在你那裡做了多久？」

「當時才來了一個月。」

「怎麼來的？」

「看到廣告就來應徵了。」

「那時來應徵的只有他一個人嗎？」

「不是，十多個。」

「你怎麼只選他呢？」

「那是由於他聰明，而且要錢不多。」

「實際上，他只要薪水的一半。」

「對。」

「那個叫溫森特・斯波爾丁的小夥子長什麼樣？」

「個子不高，但很健康，反應敏捷，三十歲左右，皮膚很光滑，額頭上有一個被硫酸燒的疤痕。」

福爾摩斯坐直身子，似乎很激動。他說：「我就猜到會這樣。你有沒有發覺他打了耳洞？」

「知道啊，他告訴我，是年輕時吉普賽人幫他打的。」

福爾摩斯說：「哦，」又想了一會兒說，「他目前仍住你那裡？」

「對呀，剛剛我才從他那裡來。」

「你離開時都是他幫你看鋪子？」

「對，先生，我很滿意他的工作，況且上午原本就沒什麼生意。」

「好吧，威爾遜先生，我會在兩天內告訴你調查結果。今天是星期六，我想，到星期一就有結果了。」

威爾遜走後，他問我：「華生，你來說說這是怎麼回事？」

「我說不上來，這太奇怪了。」我如實地說道。

福爾摩斯說：「通常來講，真相大白之後，越離奇的案子反倒顯得越普通。要知道，正是那些毫無特色的案子才真正難破。比如一個長得普通的人，反倒讓人很難認出來。我們得立即行動。」

我問他：「你打算從哪裡開始？」

他說：「先抽菸吧，只要抽夠三斗菸就會有答案。此外，請在十五分鐘之內別跟我說話。」他說完就蜷縮到了椅子裡，把腿曲起，膝蓋都快碰到鼻尖了。他叼著黑色菸斗，閉上眼睛，就那樣躺著。我覺得他一定睡著了，於是我也打起瞌睡來。突然，他一下子從椅子裡跳了起來，似乎已胸有成竹，並順手把菸斗擱在壁爐台上。

他對我說：「今天下午，薩拉沙特在聖詹姆斯會堂演出。華生，你有空嗎？」

「我今天剛好沒事，我的工作不是那麼忙。」

「好的，戴好帽子，我們走。路過市區時我倆可以順便吃了午飯。節目單裡大多是德國音樂，這比較適合我的胃口。我認為德國音樂比義大利或法國音樂更深刻，剛好我需要深省。」

我倆坐地鐵到了奧爾德斯蓋特，又步行了一小段路，就來到薩克斯-科伯格廣場，發生那個離奇案件的地方。這裡是條簡陋的小巷，又窄又破。四排灰暗破舊的兩層磚房排列在一圈鐵欄圍牆裡面。還有一片雜草叢生的草坪，上面卡著幾簇快枯死的月桂小樹叢。街道拐角處的一棟房子的房門上，有塊棕色木板和三個鍍金圓球，木板上寫著「傑伯茲·威爾遜」幾個白色大字。看到這個招牌，我們知道那應該是委託人開的鋪子了。福爾摩斯首先站在那棟房子前面仔細觀察了半天，然後又到街上轉了一圈，接著又回到拐角處，兩眼炯炯發光。最後，他來到當鋪那裡，使勁用手杖敲了敲人行道後，抬手又敲當鋪的門。一位年輕人替他開了門，那小夥子看起來十分機靈、能幹，鬍子剃得光光的，他請福爾摩斯進屋。

福爾摩斯卻說：「勞駕，我想向你打聽點事，從這裡去斯特蘭德怎麼走？」

夥計立刻回答：「到第三個路口時往左拐，走到第四個路口再向左拐。」說完之後，把門關上了。

轉身離開後，福爾摩斯跟我說：「的確是位精明的小夥子。依我推斷，他可以算是倫敦城裡第四個精明的人了。至於膽識，我不確定他能否數第三。我以前對他有所瞭解。」

我說：「顯然，這個人在紅髮會一案中是關鍵人物。我覺得你假裝問路，不僅僅只是為了看他一眼吧！」

「是的，不是看他。」

「你究竟看什麼？」

「當然是我想看見的。」

「你為什麼要敲人行道呢？」

「我們現在應該細心觀察，而不是談話，親愛的華生。我們正在敵人的地盤上偵查，還要瞭解一下薩克斯-科伯格廣場的情況，還是先到廣場後面看看吧！」

從破爛的薩克斯-科伯格廣場的拐角處轉過來時，我倆看到了一幅和剛才大不一樣的景象。這條繁華的大街與那條陋巷簡直是一幅畫的正反兩面。這條街是市區通往西北的骨幹，一群群做生意的人熙熙攘攘地堵住了道路。他們中間，有的在向裡走，也有的向外走，人群把人行道都踩得黑乎乎的。望著這一排排豪華的商店和樓宇時，我簡直不敢相信這條繁華的大街竟然緊挨著那破破爛爛的廣場。

福爾摩斯站在拐角處，看著那些房子說：「我們來看看，一定得記住這些房子的順序。我喜歡準確地瞭解倫敦。這裡有家莫蒂然菸草店，那邊是家報亭，再往裡面是市區郊區銀行的科伯格分行、素食餐廳、麥克法蘭馬車製造廠，一直到另外一條大街。行了，華生，我們工作完了，休息一下吧！先去吃份三明治，喝一杯咖啡，然後去聽小提琴演奏會。那裡只有悅耳動聽的音樂，不會有這麼多難題來煩我們。」

福爾摩斯原本也是位熱情奔放的音樂家，他不僅擅長演奏，同時也是位頗具實力的作曲家。那個下午，他異常興奮地坐在觀眾席上，細長的手指伴著音樂節拍不停地來回擺動。臉上雖有微笑，眼裡卻透著憂傷，彷彿進入了夢鄉一般。這時的他和平日裡那位斷案如神、聰明機智的大偵探相比簡直判若兩人。他身上同時具備著兩種非常鮮明極端的性格，並且經常在這兩個極端間來回遊走。他有時精力過人，有時卻不堪一擊。認真的時候，他可以連著幾天坐在椅子上沉思，然而當猛然間產生強烈的追捕欲望時，他的推理則又變成了直覺，進而讓那些不瞭解他的人很難信服他的做法，並把他當成了一個誇誇其談的人。那個下午，當我看到他獨自在音樂中陶醉時，突然意識到看來那個他決意要追捕的人馬上將大禍臨頭了。

從音樂會出來後，他說：「華生，你是不是想回家了？」

「是該回家了。」

「我還要花幾個小時去做點事，發生在科伯格廣場的事情可是個大案。」

「什麼大案？」

「有人正在密謀作案，我一定要及時阻止他們。但是，因為今天是星期六，事情恐怕麻煩一些，我希望你今晚能幫幫我。」

「什麼時間？」

「十點就可以了。」

「十點我一定到貝克街。」

「太好了。華生，不過我擔心這次也許會有危險，你帶上軍隊裡用過的那把槍。」他朝我揮揮手，轉身消失在人群裡。

我之前總是不願承認自己比福爾摩斯笨，然而跟他在一起，我卻又不得不承認自己太笨了。就像這件事，他看見的我也看見了，他聽到的我也聽到了，但僅僅是根據當事人的描述，他已經大致瞭解了事情發生的經過，而且還能預計將會發生什麼，我卻什麼也感覺不到，至今糊里糊塗。我又把事情從頭到尾想了一遍，從紅髮人抄寫《大英百科全書》到偵查薩克斯-科伯格廣場，然後想到臨分別時福爾摩斯的暗示，晚上要出去幹什麼呢？幹嘛要帶槍？究竟是去哪裡？從他的話來看，當鋪裡的那個夥計肯定很難對付，他也許會耍些花招。我想理清這些事情，但就是得不出結果，算了，不理它們了，反正今晚真相就大白了。

九點一刻我從家裡出來，穿過公園，再穿過牛津街到貝克街。福爾摩斯的家門口停著兩輛雙輪雙座馬車，走進過道時，我聽到樓上有說話聲。進了屋子，我看見福爾摩斯正和另外兩人說得熱鬧。我認識其中一個，是警察局的偵探鐘斯，另外那個瘦高的男子，頭戴一頂光鮮的帽子，身穿一件厚實而考究的大禮服。

福爾摩斯說：「好，我們的人已到齊。」一邊說一邊扣上上衣的扣子，還從架子上取下了那根打獵用的鞭子。「華生，我想你一定認識蘇格蘭場的鐘斯先生吧？給你介紹一下，這位是梅里韋瑟先生，也是今晚我們的合作夥伴。」

鐘斯自豪地說：「你瞧，醫生，我們又要一起搭檔了。這位是我們的追捕專家，他只需一隻老狗的協助就能抓住獵物。」

梅里韋瑟卻愁容滿面地說：「希望今晚的行動不會落空。」

偵探說：「先生，你要相信福爾摩斯，他很有一套自己的獨到思維。他的方法說白了，雖說有些理論化，但的確具備優秀偵探的素質。比方說在舒爾托凶殺案和阿克拉珍寶竊案中，他推斷得比官方還要正確，這我可沒有半點誇張。」

梅里韋瑟先生說：「您這樣說我並不反對，鐘斯先生，但是我還是得聲明，我錯過了打橋牌的時間，星期六晚上不打橋牌，這是二十七年以來的第一次。」

福爾摩斯說：「很快你會發現你今晚下的賭注會比以往更大，而且比打牌的場面更刺激。梅里韋瑟先生，你今天的賭注大約是三萬英鎊。至於鐘斯，你的賭注是你想要抓的人。」

「約翰・克萊是個殺人犯、盜竊犯、詐騙犯，雖然他是個年輕人，但卻是犯罪集團的頭兒。梅里韋瑟先生，我認為逮捕這個人比逮捕其他罪犯都重要，我們必須高度警惕。約翰・克萊的祖父是王室公爵，他本人也曾經在伊頓公學和牛頓大學讀過書。他頭腦十分靈活，儘管我們總能輕而易舉地碰到他，但卻抓不到他。他可以上個星期砸壞一張蘇格蘭的兒童床，下個星期卻又在康沃爾建一個孤兒院。我跟蹤了他很多年，但從未見過面。」

「今天晚上我可以為你介紹一下，我曾經和約翰・克萊打過幾次交道，很贊成你的說法，好了，十點多了，我們開始行動吧！您二位坐第一輛馬車，我和華生坐第二輛。」夏洛克・福爾摩斯一路上沒再多說話。

他靠在座位上，不停地哼著下午聽過的曲子。馬車行走在有許多煤氣燈的漫長街道上，直到法林頓街。

福爾摩斯說：「現在我們離那裡很近了。梅里韋瑟是位銀行的董事，他對這個案件很感興趣，而讓鐘斯一起來也有原因，他這個人不錯，儘管對他的職業來說顯得很笨。可是他有個最大的優點，只要抓住罪犯，就會像獵狗一樣凶猛，龍蝦一般頑強。好了，我們該下車了，他們在那裡等我們。」

我們再次來到了那條繁華的大街。把馬車打發走後，在梅里韋瑟先生的指引下，我們穿過了一條狹窄的通道，從他打開的一扇旁門進去。裡面是一條走廊，走廊的盡頭還有一扇大鐵門，通過之後迎面出現了一串螺旋式的石階梯，一直通向另一扇讓人看了就覺得有些恐怖的大門。梅里韋瑟先生點亮提燈，帶我們走下一條充滿泥土味的通道，然後開了第三道門，走進了一間龐大的拱形地下室，裡面堆滿了大箱子。

福爾摩斯提著燈到處察看。他說：「從上面突破這個地下室似乎並不容易。」

梅里韋瑟先生用手杖敲打著地板說：「從下面也很難。」話音剛落，他突然吃驚地抬起頭，「哎呀！下面似乎是空的。」

「請各位一定要保持安靜！否則我們的行動就會被破壞了。請您先找個箱子坐一會兒，別打擾我們的工作。」福爾摩斯嚴肅地說。

梅里韋瑟先生委屈地坐到一個板條箱上。這時，福爾摩斯拿著提燈和放大鏡，跪在地上，開始仔細觀察石板之間的裂縫。不一會兒他就檢查完了，站起來把放大鏡裝到了衣袋裡。

他說：「我們還得等一個小時，因為他們不會在當鋪老闆睡著之前開始行動。等他一睡著，他們就會爭分奪秒地行動，以爭取逃跑時間。華生，我猜你已看出來了，這裡是倫敦一家銀行分行的地下室。梅里韋瑟先生是這家銀行的董事長。他會告訴你，那些膽大包天的罪犯為何會對這個地下室感興趣。」

梅里韋瑟小聲地說：「這裡有法國黃金，很早我們就接到警告，說有人在打它們的主意。」

「法國黃金？」

「對呀，幾個月前，剛好我們得到一個增加資金儲備的機會，為此我們從法蘭西銀行借了三萬個法國金幣。但我們一直沒來得及開箱起出這筆錢，因此一直放在地下室。我坐的這個箱子裡就有兩千個法國金幣，全部用錫箔紙包裝。我們銀行現在的黃金儲備量比任何一家分行都大得多，因此董事們很擔心。」

福爾摩斯說：「你們的擔心很有道理。我現在來安排一下，大概一個小時之內就能把事情搞清楚，梅里韋瑟先生，我們得把提燈罩上。」

「在黑暗中等嗎？」

「只能這樣，本來我帶了一副牌，想著我們四人正好可以打橋牌。但是，有人現在可能已經準備好了，為了避免意外，我們不能漏出一點光。大家首先要選好自己的位置，那些罪犯全都膽大妄為，我們得趁他們不備時突然襲擊，同時一定要小心行事，免得受到傷害。我躲在這個箱子後面，你們藏在那些箱子後面，要是看到我用燈照他們，你們就趕緊撲上去。華生，如果他們開槍，你也可以果斷回擊。」

我把左輪槍上了子彈，放到我藏身的箱子上面。福爾摩斯快速拉上提燈的滑板，大家於是陷入黑暗之中——我長這麼大，還從未經歷過這麼黑的環境。我聞到了被烤熱的金屬散發的味道，這證明燈仍在亮著，一有動靜肯定會馬上發出亮光。大家在緊張的氣氛裡守著，陰冷潮濕的地下室和四周的漆黑，使人有壓抑的感覺。

福爾摩斯低聲說：「他們只有一條路可退，先退到屋裡，再退回薩克斯-科伯格廣場。鐘斯，你照我吩咐的做了嗎？」

「是的，我派了一個警官及兩個警察守在門口。」

「很好，我們已經堵死了出口，只需在這裡等著了。」

等候的時間是漫長的，我們後來對了一下錶，一共等了一小時十五分鐘，然而感覺上卻似乎等了一整夜，恨不得黎明馬上到來。由於不能隨意走動，大家的手腳都麻了。我的神經繃得很緊，幾乎能聽到他們的呼吸聲，並且能分辨出是鐘斯粗重的呼吸聲還是那位銀行董事長的嘆氣聲。我從箱子上往前望去，能望見石板，忽然發覺前面隱約閃出一絲亮光。

起初，只是石板上反射著一點點亮光，後來這些亮光匯成了一條線，又過了一會兒，地面上出現了一條縫隙，有一隻手從縫隙中伸過來。那隻手又白又嫩，就像女人的手。它在有燈光的地方摸索著，大約過了一分鐘，慢慢伸出了地面，但突然又縮下去了。周圍又是漆黑一片，只有一點昏黃的光照在石板縫裡。

那隻手隱沒了一會兒，突然傳來一聲刺耳的聲音，地板上的一塊白石板被掀翻了。那地方立刻現出了一個方形的洞口，一縷燈光從洞口射出。接著，一張清秀的臉從洞口露出來。那個人機敏地朝四處望了望，見沒什麼異常，就用雙手扒著洞口往上爬，然後他單膝抵在洞邊上，瞬間就爬了上來。

隨後，他的同伴也被拉了上來。那個人動作也非常靈敏，他個子不高，臉色十分蒼白，頭上長有火紅的頭髮。

他悄聲說：「一切正常，你準備鑿子和袋子了嗎？天吶，阿奇爾，不好了，快往下跳，快點！其他的由我應付！」

福爾摩斯馬上跳過去，抓住了那個人的衣領。另一個猛地跳下洞去。嘶啦一聲，鐘斯僅扯下了他衣服的下襟，混亂中一把左輪手槍的槍管在亮光中閃現，福爾摩斯趕忙用他的獵鞭打掉了那把槍。

福爾摩斯不慌不忙地說：「約翰・克萊，你跑不掉的，不要費力氣了。」

對方也十分平靜地說：「看出來了，但我的朋友逃了，你們只不過抓住了他的衣襟。」

福爾摩斯說：「門口有人正在等他！」

「哦，真的？原來你們安排得如此周密，我得祝賀你們。」

福爾摩斯說：「彼此，彼此，你一手策劃的紅髮會也很獨到、管用。」

鐘斯說：「你很快就能見到你的同夥，他鑽洞的水準可比我強。把手伸出來，讓我銬上。」

當手銬銬上罪犯的手時，他竟然說：「你們不要用你們的髒手碰我，我可是王族的後代，另外你們得記住，跟我說話要用『先生』和『請』字。」

鐘斯瞪大眼睛，忍不住笑了，說：「好吧『先生』，請自己走上台階，出去之後，我們會用馬車將你送到警察局，你覺得可以嗎？」

約翰・克萊回答：「這還差不多。」他向我們三人鞠了一躬，在警官的監護下慢慢地走了出去。我們三個也緊跟著走出來。梅里韋瑟先生說：「真不知我們的銀行該怎麼感謝你們。毫無疑問，你們用最嚴謹的方法破了案，這個案件是我見過的最奇特的銀行盜竊案。」

福爾摩斯說：「我自己原本也要找約翰・克萊算點帳。為這個案子我花了點錢，我認為銀行應該支付。除此之外，我還得到了最珍貴的東西，那就是這次破案的經驗，單是那個紅髮會的故事就讓我長了不少見識。」

第二天清早，我們在貝克街一起喝加蘇打的威士忌酒，福爾摩斯開始向我解釋：「華生，我不知道你是否看出來了，這件事一開始就十分明顯，那則紅髮會的廣告及抄寫《大英百科全書》的唯一目的就是讓那個當鋪老闆每天能離開鋪子一段時間。這個方法相當特殊，不過很聰明。想出這個方法的人一定是克萊，他巧妙地利用了當鋪老闆的火紅色頭髮，用每個星期四英鎊的豐厚待遇騙老闆上了鉤。相對他們想得到的千百萬英鎊來講，這點錢不值一提。首先，他們在報紙上登了則廣告，一個去租了間辦公室，另一個則鼓動當鋪老闆去申請。這樣一來，他就會每天定時離開當鋪，好讓他們做想做的事。當聽說那個夥計自願拿半份薪水時，我就斷定他一定有特別的原因。」

「然而，你怎麼會知道他的目的呢？」

「如果當鋪裡有女人，也許他是想幹點風流事。可是根本沒有，而且當鋪做的生意又小，也沒什麼值錢的玩意，自然不用費心。這樣看來，他們的目標不在當鋪，那會是什麼呢？老闆說夥計喜歡拍照，成天跑地下室，我就想地下室一定有問題。接下來，我認真調查了那個夥計，發覺他是倫敦最狡猾、最敢冒險的罪犯之一。他一定在地下室做了手腳，並且所做之事須花費幾個月才可以完成。他做的是什麼呢？我推測可能是挖了一條通往某地的地道。

「當偵察過作案地點之後，我就完全明白了。我用手杖敲擊人行道，你當時很驚訝，事實上我是要查清楚地下室通向何處。我不清楚它通向哪裡時，就去敲門，剛好是我想見的那個夥計來開門。我們曾較量過，不過那是第一次見面。我幾乎沒看他的臉，而只看他的膝，也許你發現了，他褲子上的膝蓋部分又髒又破，還有很多褶。這說明他用了相當長的時間去跪著挖地道。這樣，只剩下一個問題了，他們挖地道的目的是什麼？經過對四周的查看，我發覺他們的鋪子挨著市區的銀行。問題自然解決了。我們聽完音樂，你回家後，我去拜訪了蘇格蘭場和銀行董事長，結局怎樣，你都知道了。」

「你怎麼知道他們會在當天晚上作案？」我問。

「哦，紅髮會關門是個信號，它表示傑伯茲・威爾遜在不在當鋪都沒關係了。換句話說，地道已經挖好了。不過地道可能會讓人發現，黃金也不知什麼時候會被搬走，所以他們得立刻行動，並且相對來說，星期六比較合適，那樣，他們將有兩天的時間逃跑。根據以上推測，我猜他們會在當天晚上動手。」

我露出欽佩的表情稱讚道：「你的推理太精彩了，儘管是一連串的推理，可是每個環節都證明了你推斷的準確性。」

他說：「我只是不想太無聊。」打了個哈欠，他又說，「哎，我發覺生活有時的確索然無味，我不希望在碌碌無為中虛度時光。這些案件總算幫我實現了願望。」

我對他說：「你還為社會做了不少貢獻。」

他聳了聳肩，說：「還有些用吧！像古斯塔夫・福樓拜給喬治・桑的信上寫的那樣：『人是渺小的，著作才是一切！』」

愛情騙局

我與福爾摩斯面對面地坐在他家的壁爐前，他說：「兄弟，生活其實遠比我們想像的更豐富多彩，奇妙萬千。即使是那些最真實而普通的事情，也未必是我們的想像所能解釋的。假如我們可以手拉手飛上藍天，飛翔在這城市的上空，然後掀開所有的屋頂，看看裡面到底在發生著什麼：奇特的巧合，背地的密謀，鬧得不可開交的衝突，它們不斷地發生，周而復始地紛紛上演，其精彩程度完全可以替代那些庸俗、老套的小說，令其毫無存在的價值。」

我說：「未必呀！你瞧這報上刊登的案子，多沒勁呀！警察的報告生硬、現實，不僅索然無味，更談不上離奇。」

福爾摩斯說：「只有經過一定的選擇和判斷，才能達到理想效果。警察的報告裡找不到這些，也許是他們把精力不是花在觀察者認為的重要細節上，而是花在了吹捧地方長官上。但我敢肯定，只要掌握觀察而得的細節，從再普通平常的東西上也能找到突破。」

我笑著搖搖頭說：「我理解你的觀點，但這是因你所處的地位造成的。環視三大洲，曾經受惠於你的幫助和諮詢的人實在太多，眼界自然開闊。但是這裡——我從地上撿起一份晨報——你看，這裡有一篇《丈夫虐待妻子》的文章，篇幅佔了半版，即使我沒看裡面的內容，也知道它寫的是什麼。顯然，肯定是男人有了另外一個女人，於是狂歡濫飲，對女人拳打腳踢，致其身上傷痕累累，幸有極富同情心的姐妹或房東太太，再怎麼寫也無非是這些陳腔濫調了。」

福爾摩斯拿過報紙，大致看了一遍，說：「事實上，這個例子跟你說的正好相反。這是關於鄧達斯家的分居案，巧的是，我經手過，它發生時，瞭解一些細節。丈夫不喝酒，也沒有其他女人，他被妻子控告是因為他有個壞習慣，每次吃完飯之後，總是把假牙扔向他妻子。我想一般作者肯定想像不出這種故事。來一點鼻菸吧，你所舉的這個例子反倒讓我贏了。」

他拿出了他的舊金鼻菸壺，蓋子上鑲了一顆紫水晶，光彩照人的水晶與他一貫的生活作風極不相符，我忍不住評論了一番。

他說：「對了，好幾個星期沒看見你了。你忘了，這是波希米亞國王送給我作紀念的，感謝我在愛琳・阿得勒一案中幫了他的忙。」

「那枚戒指呢？」我指著他手上那枚光芒四射的鑽戒問。

「這是荷蘭王室送的。那個案子十分微妙，一直連你我都不便透露。你真是太夠朋友了，這麼久以來一直幫我記錄著許多案子的點點滴滴。」

「目前你有什麼案子嗎？」我問道。

「有十一二件，不過都不太特別。當然，不特別並不意味著不重要，我發現越普通的案子反而越有觀察和分析的餘地，調查這種案子也十分有趣。罪行越大的案件越簡單，那是由於犯罪動機非常明顯。在我辦理的這些案子中，只有馬賽的那個案子比較複雜，另外的都很簡單。但是，也許馬上會來有趣的案子了。如果我沒猜錯，現在就有一位委託人來了。」

他站起來走到窗前，俯視著倫敦街道。我越過他的肩向外望去，一個女人正站在街的對面，身材高䠷，脖子上圍著毛皮圍巾，頭上歪戴著一頂寬邊帽，很像德文郡公爵夫人賣弄風情時的姿態。她帽子上插著一根羽毛，雖說身著盛裝，卻神色慌張，正猶豫不決地抬頭望著我們的窗戶，而且身子前後搖晃不定，煩躁地玩弄著手套上的扣子。突然，她好像是下了決心，猛地快速穿過街道，像游泳的人一下跳到水裡一樣，一頭撲到了樓下，緊接著，一陣刺耳的門鈴響了。

福爾摩斯把菸頭扔進爐子，說：「我以前也見過這種情況，如果一個人在人行道上來回徘徊，則很可能是遇到了隱私的感情問題。她想聽聽別人的意見，但又不確定是否該暴露隱私。有所區別的是，要是一個女人認為是那個男人有負於她，通常就不會猶豫了，而是往往急得把門鈴繩都拉斷。而這個女士看來並不那麼氣憤，只不過是有點不知所措而已。好在她立刻就會進來，疑團很快會解開了。」

說到這裡，傳來了敲門聲，一個穿著制服的男僕走進來稟報說，有位叫瑪麗・薩瑟蘭的小姐來拜訪。還沒說完，那女人已站到了他身後，宛如一艘隨領港小船而來的商船。福爾摩斯熱情而大方地歡迎她，並隨手關上了門。他稍微鞠了一躬，禮貌地請那位女子坐下。然後，開始用他特有的漫不經心的神情打量起她來。

他開口道：「您眼睛如此近視，還打那麼多字，不覺得費力嗎？」

她說：「起初有些費力，習慣後就不用老看著字母的位置了。」突然她明白過來，覺得很驚訝，抬頭看著福爾摩斯，溫柔善良的臉上露出驚懼的表情。她問道：「您認識我嗎，福爾摩斯先生，否則怎麼會知道我的事？」

福爾摩斯笑著回答：「沒什麼奇怪的，我的工作主要是瞭解一些東西。也許我已經修練到可以發現別人發現不了的細節。否則，您怎麼只來找我！」

「先生，我從埃斯里奇太太那裡聽說了您的大名。警察和人們都認為她丈夫死了，因而不去找他，但您沒費吹灰之力就找到了他。福爾摩斯先生，希望您也能幫助我。我靠打字賺點錢，不是很富有，除此就是每年繼承的一百多英鎊的遺產。只要您讓我知道有關霍斯默・安吉爾先生的消息，我把它們全給你。」

福爾摩斯問她：「您幹嘛那麼著急地從家裡跑來找我？」他兩手指尖相互抵著，抬頭望了望屋頂。

瑪麗・薩瑟蘭小姐迷惑的臉上現出吃驚的表情。她回答：「沒錯，我是突然出來的，那是因為當我看到溫蒂班克先生——也就是我父親，他對這件事漠不關心時非常氣憤，他既不報警，也不來找您，什麼都不做，只會說：『沒事的，沒事的。』我很傷心，一怒之下，穿上衣服就到了您這裡。」

福爾摩斯說：「是您的繼父吧？你們的姓不一樣。」

「是的，他是我繼父。由於他只大我五歲零兩個月，因此我覺得喊他為父親很可笑。」

「你媽媽還健在嗎？」

「對，她還健在。福爾摩斯先生，我爸爸剛去世，她就結婚了，那個男人還小她十五歲，對這一點，我根本不滿意。我爸爸生前在托特納姆法院路做管材生意。他留下了一個大的企業，由我媽媽和工頭阿迪先生共同打理。可是溫蒂班克先生來了之後，就強迫我媽媽賣掉了那個企業，他是個到處出差的推銷員，推銷酒的，自認為地位比我們優越。他們賣掉了父親企業的全部，獲得四千七百英鎊。如果我爸爸還活著，他肯定能賣更多的錢。」

我猜福爾摩斯會對這種理不清的描述不耐煩，然而出乎我的所料，他一直在仔細地聽。

「你自己的收入是從這個企業得來的嗎？」他問她。

「不是，先生。是我另外的收入，那是奧克蘭的納德伯父留給我的，是紐西蘭的股票，利息是四分五釐，股票金額為二千五百英鎊，但是我只可以動用利息。」

福爾摩斯說：「你說的這些我很感興趣。每年你有一百多英鎊的固定收入，加上打字賺來的錢，完全可以過上整日出去旅行的舒服日子。我認為，一個單身女人一年只要六十英鎊就會過得很好。」

「福爾摩斯先生，即使比這還少的錢，我也可以過得很好。但是，你可以想像，我住在家裡，又不想成為他們的累贅。所以，只要大家生活在一起，他們就花我的錢。當然，這只是暫時的，因為溫蒂班克會定期取出我的利息交給我媽媽，我只花打字賺來的錢就夠了。我每天可以打十五張到二十張，每一張賺兩個便士。」

福爾摩斯說：「我大致上已經瞭解您的情況。他是我的朋友華生醫生，在他面前，您沒有必要隱瞞什麼，把您跟霍斯默・安吉爾先生的關係談一下吧！」

聽到這話，薩瑟蘭小姐漲紅了臉，兩手緊張地揪著外衣的鑲邊。她說：「第一次，我是在煤氣裝修工的舞會上見到他的。我爸爸活著的時候，他們常送我們票。後來，他們仍然沒忘記我們，把票給了我媽媽，但是溫蒂班克不希望我們參加舞會，就連我們去教堂做禮拜他都會發火。不過，這次我非去不可，憑什麼不讓我去？他說我們去那裡不合適，因為爸爸的朋友幾乎都在那裡。還說，我沒有衣服去參加晚會，但我那件紫色長毛絨衣服，還沒穿過幾次。後來，他拿我沒辦法，又正巧去法國出公差了，所以我在原來的工頭阿迪先生的陪同下，和媽媽一起去參加了舞會，我在那裡遇到了霍斯默・安吉爾先生。」

「我想，你繼父回來後，肯定大發雷霆。」福爾摩斯說。

「倒沒那麼生氣，只是無奈地聳了聳肩說，想叫女人不去做她們想做的事是不可能的，她們通常想做什麼就非做不可。」

「我明白了，你跟霍斯默・安吉爾先生是在煤氣裝修工舞會上認識的。」

「對呀，那個晚上我遇到了他，第二天他還來問我們是否平安地回了家。我們後來見過面……福爾摩斯先生，我是說，我們在一起散過兩次步。但是不久之後我繼父回來了，我們便不能再見面了。」

「不能再見面？」

「對啊，我繼父不希望那樣。他要是有能力的話，會不讓任何人來我家的，他老說，女孩子就得老實待在家裡。因此，我常常對媽媽抱怨，別家的女孩總有自己的世界，而我卻沒有。」

「那位霍斯默・安吉爾先生呢？他後來沒去看你吧？」

「哎，我繼父後來又要去法國，霍斯默寫信給我，說繼父去法國之前最好別碰面，免得麻煩。那段時間我倆一直寫信聯繫，他每天都寫一封給我，為了不讓父母發現，我每天很早便去取信。」

「你跟他訂婚了嗎？」

「是的，訂婚了，福爾摩斯先生，在我們第一次散步之後。霍斯默・安吉爾先生是萊登霍爾街一家公司的出納員，並且……」

「哪個公司？」

「問題就在這裡，福爾摩斯先生，我也不清楚是哪個公司。」

「他住哪裡？」

「就在公司裡面住。」

「你不知道他的住址？」

「是的……只知道在萊登霍爾街。」

「你的信寄到哪裡？」

「我寄到萊登霍爾街，他自己會去取，他告訴我，如果把信寄到他公司，別人會取笑他和女人來往。本來，我想用打字機寫信，但他不同意，說我親自寫的信讀起來更親切，彷彿看到我一樣，而打出來的東西，中間隔了一部冰冷的機器。福爾摩斯先生，你瞧他多麼喜歡我啊，如此小的細節都想到了。」

福爾摩斯對她說：「我一直認為小事情最重要，它最能說明問題。你能否回憶一些有關霍斯默・安吉爾的小事？」

「當然可以，先生，他特別靦腆，不想別人看見我們，因此總是在晚上散步。他溫文爾雅，言談舉止非常紳士，說話輕聲細語，很溫柔。他告訴我他小時候得過扁桃腺炎和頸腺腫大，因此喉嚨不好，聲音太小，還有點含糊。他打扮得很講究，整齊大方，視力跟我一樣不太好，老戴一副淺色眼鏡，擋住亮光。」

「好，你繼父走後，他又做了些什麼？」

「他去了我家，提議在繼父回來之前，我們就結婚，他的態度很誠懇，要我把手放在《聖經》上發誓，無論如何，都要忠實於他。我媽說這樣做是對的，說明他對我很有感情。我媽起初就喜歡他，簡直比我還喜歡。當他們建議在一個星期內舉行婚禮時，我提到擔心繼父不同意，他倆都說別擔心，等他回來，告訴他就行了。我媽還說，她會親自跟繼父說這件事。福爾摩斯先生，實際上我不願意這樣做，他儘管只大我五歲，但畢竟是父親，應該得到他的同意，何況我不喜歡偷偷摸摸地做事。於是，我寫了一封信給他，寄到法國波爾多，他公司的辦事處，但是信在結婚的那個早晨被退了回來。」

「就是說，他沒收到信？」

「是的，福爾摩斯先生，我的信寄到時，他剛好動身回英國。」

「哈，太不巧了。你的婚禮是在星期五到教堂舉行的嗎？」

「是啊，福爾摩斯先生，一切都很安靜，沒有四處張揚。我們決定在皇家十字路口納聖救世主教堂舉辦婚禮。婚禮結束後再到聖潘克拉飯店吃了早飯。那天早上霍斯默接我們時坐了一輛雙輪馬車，他讓我和我媽媽坐那輛，剛好又來了一輛四輪馬車，他自己坐了上去。我們先到教堂，然後四輪馬車也來了，可等了半天他一直沒下車。馬車夫從座位上下來，打開車廂才發現裡面根本沒人！車夫說他也不明白這是怎麼回事，明明看著他進去的。福爾摩斯先生，從上個星期五到現在，我就再也沒聽到有關他的消息。」

福爾摩斯說：「他如此對你，真是很不尊重。」

「不，不，福爾摩斯先生，他體貼入微，對我很好，我不相信他會拋棄我。他一早就對我說，不論如何，我們都要忠於彼此，就算發生了意想不到的事，也要記住各自的誓言，而且說他也會遵守他的誓言。在結婚當天說這種話似乎不可理解，但現在想來，這肯定有深意。」

「你斷定這話有其他含義，這麼說，你認為他出了意外？」

「是的，先生。我斷定他可能遇到了危險，否則他不會這樣說，看來，他預料的事真的發生了。」

「但是，你從來沒想到會發生意外嗎？」

「沒有。」

「另外，你媽媽對這件事的態度怎樣？」

「她很生氣，還叫我永遠不許提這件事。」

「你繼父呢，你跟他講了嗎？」

「講了，他似乎和我一樣，認為的確是發生了某些意外，但他認為我遲早會有霍斯默的消息的。因為他認為，僅僅把我帶到教堂門口就消失，這對誰也不會有好處，假如我借給了他錢，或是結婚後把財產給了他，他跑了還有道理。但他從不花別人的錢，我的錢就算是一先令他也不會用。既然如此，還會發生什麼事情？他為什麼不寫一封信給我？他都快把我給弄瘋了，我整晚失眠。」她拿出一塊手帕，捂住臉哭了。

福爾摩斯站起來，對她說：「我幫你辦理這個案子，我相信一定會有結果的。你不用再擔心了，我們一定幫你。另外，請你把霍斯默先生忘了吧，就像從未認識他一樣。」

「您是說我不可能見到他了？」

「恐怕是這樣了。」

「他究竟出了什麼事呢？」

「把這交給我好了。我要得到有關霍斯默的更多東西，還有他寫給你的信。」

她說：「上個星期六，我在《紀事刊》上登了尋人啟事。您看，在這裡，還有他給我的四封信。」

「非常感謝，您的聯繫地址呢？」

「坎伯韋爾區，里昂街31號。」

「我知道您不知道安吉爾先生的地址，那就告訴我您繼父工作的地址吧！」

「在芬丘奇特的法國紅葡萄酒大進口商韋斯特豪斯・馬班克商行。」

「謝謝，情況我基本瞭解了，你把那些文件都留下，而且記住我的話，把這件事忘了，別讓它影響你的生活。」

「你真好，福爾摩斯先生，不過我做不到。我得對霍斯默忠誠，他要是回來我就和他結婚。」

這位小姐，雖然頭戴著一頂使人感到滑稽的帽子，但卻非常純樸痴情，她在如此無助的情況下仍然不失善良的本性，實在令人敬佩。把文件放到桌上她就走了，還答應只要需要她，她馬上就過來。

福爾摩斯又習慣性地伸直兩腿，兩手指尖相抵，眼睛盯著上方沉默起來。他從架子上取下用了多年的老菸斗，上面沾滿了油膩。這把菸斗簡直是他的軍師。他把菸絲點上，靠在椅子上，一邊抽菸一邊想問題，不停吐出的煙圈立刻圍繞了他。

他說：「這位小姐是個很有意思的研究對象，她本人比案子更值得研究。她說的情況實際上極普通，我的案例裡，1877年的安多弗案，去年的海牙案，都與此案相類似，屬於老掉牙類型，也許只有一兩個新鮮的情節。不過，這個小姐很值得思考。」

「你似乎看到了許多未曾發現的東西，可是我總是看不到。」我說。

「不是看不到，華生，是你沒注意。你不知道該注意哪裡，所以常常忽略掉很多東西。我沒有提醒你，應該注意這女人的袖子，因為那上面有長毛絨，或是注意大拇指指甲、注意鞋帶……好了，說說你透過觀察都看到了什麼？」

「嗯，她戴著一頂插有深紅色羽毛的帽子，帽子是寬邊的，藍灰色。灰色的短外套，上面綴有黑色珠子，邊上嵌著黑色流蘇。上衣呈褐色，比咖啡色深。領子和扣子上鑲有紫色長絨毛。手套是淺灰色的，右手食指被磨破了，我沒太注意她的鞋，但是她有些胖，戴著金耳環，整體說來還算有錢，過得也算舒服、自在。」

聽了我的話，福爾摩斯笑著拍了拍手。

「華生，你進步不小。觀察很仔細，儘管你忽視了某些重要東西，然而基本上掌握了方法。你看顏色很準，但不能只看表象，得把注意力集中在細節上。我看女人，先看她的袖子，而看男人則先看他的膝蓋。你看見了，那個女孩袖子上有長毛絨，這很說明問題。另外，她手腕上有兩條紋路，顯示她是打字的，那是打字時壓在桌子上留下的。手搖式縫紉機也有這種痕跡，不過是在左手，離大拇指最遠的一邊，而打字留下的痕跡正好橫過最寬的部分。根據她鼻樑上兩個戴眼鏡留下的痕跡，我判斷她是近視眼，還是個打字員。對我的推斷她似乎非常吃驚。」

「我也很吃驚。」

「不過並不稀奇。我接著觀察，發現她穿的鞋不是一雙。雖說完全相同，但一隻鞋尖上有帶花紋的皮包頭，但另一隻上沒有。她一隻鞋只扣了下面兩個扣，另一隻扣了第一三五個扣子，如果你見到一個穿戴整齊的女孩，卻沒有配對鞋子，鞋扣又沒繫全，說明她一定是急著出門的。這不難吧？」

「還有嗎？」我很有興趣地問，對他的推理，我一貫充滿好奇。

「我還推測出她在離家前寫了張字條，而且是在她穿好衣服之後寫的。你注意到她右手手套的食指給磨破了，但卻沒注意到手套和食指都染上了紫色墨水。這是因為她寫字時太急，蘸墨水時筆插得太深。這件事應該發生在今天早上，否則墨水不會那麼清晰地留在手指上。雖說簡單，但非常有意思。言歸正傳，華生，幫我讀一下找霍斯默・安吉爾的尋人啟事。」

十四號早上，一位叫做霍斯默・安吉爾的先生突然失蹤。此人身高六英尺五英寸，身材魁梧，皮膚淡黃，頭髮烏黑，有點禿頂，臉上有頰鬚和唇髭，戴淺色墨鏡，說話聲很細。他身穿鑲著絲邊的黑禮服，黑色背心，哈里斯花呢灰褲，褐色綁腿，腳上穿一雙兩邊有鬆緊帶的皮鞋，背心上掛一條阿爾伯特式金鏈子，失蹤前曾任萊登霍爾街某公司出納。若有人……

「好了，」福爾摩斯說道：「那封信，」他看了一眼，「也沒什麼特別的，除了引用一些巴爾札克的話之外，幾乎沒有其他線索。不過，我發覺了另一個使人驚訝的地方。」

我說：「這些信都是打字機打出來的。」

「不光這些，連名字都是用打字機打的。看，信的後面有幾個字：『霍斯默・安吉爾』，有日期，不過地址只有『萊登霍爾街』，除此之外沒別的了。名字只說明一個問題，並且具有決定性。」

「說明什麼呢？」

「你難道還沒弄清楚這個名字的重要性嗎，朋友？」

「我不確定，也許他準備在萬一有人指責他毀約時，就能否認那是他的簽名。」

「不，這不是重點。我現在得寫兩封信，一封給倫敦的一個大商行，另一封給委託人的繼父溫蒂班克先生，請他們明晚到我這裡來，當場解決問題。我們應該跟她的男性親屬見一面。好了，華生，在收到回信之前我們沒其他事可做了，先把這件事放一邊吧！」

我非常信任福爾摩斯的推理能力及充沛的精力，所以每當看到他胸有成竹、不慌不忙地面對案子時，我就認定其實他已經有相當把握了。據我所知，他破了這麼多案子，只失手過一次，那就是愛琳・阿德勒照片一案。不過，我一想起《四簽名》及《血字的研究》那些奇案，就總是感覺如果連福爾摩斯都破不了的案件，可能就沒人能破了。

我離開時，他還在那裡抽他的菸斗，他肯定已經找到了有關那位失蹤新郎底細的線索。

回到家後，我一直忙著醫治一位重病患者，並且一直照看他到將近凌晨六點。我急急忙忙坐上一輛雙輪馬車往貝克街趕，擔心去晚了幫不上什麼忙。進門後，我發現只有他一個人在家，而且整個人都蜷在扶手椅裡，一副昏昏欲睡的樣子，眼前的燒瓶和試管中散發著刺鼻的鹽酸味，看來他又做了一夜的化學試驗。

「問題解決了嗎？」我問。

「當然解決了，是硫酸氫鋇。」

「我指的不是這個，是那件案子！」我對他叫道。

「啊，那個案子！我今天一直在想我做的那個實驗。我昨天說過，那個案子一點也不奇怪，只是一些地方很有意思。令我覺得遺憾的是，現在竟然找不到一條法律可以懲治那條惡棍。」

「他究竟是什麼人？為什麼要拋棄薩瑟蘭女士？」

我剛問完，還沒等到福爾摩斯回答，一陣沉重的腳步聲就從樓道裡傳來，接著，有人敲門了。

「溫蒂班克先生——那位委託人的繼父來了。」福爾摩斯說，「他回信說六點以前過來，請進來吧！」於是走進來一個中等個子、身體健壯、皮膚發黃的三十來歲的男人。他的鬍鬚剃得很乾淨，一副阿諛奉承的模樣，看了我們一眼後便把那頂圓帽子摘了下來，放在衣架上，接著又鞠了個躬後，然後側身坐在了椅子上。

「晚安，溫蒂班克先生，」福爾摩斯說，「我想，這信是您打的吧，信中約定我們六點會面，對吧？」

「是啊，先生，我來晚了，不好意思，但我是迫不得已啊！想不到薩瑟蘭會為這點小事來打攪您，我表示抱歉。畢竟家醜不便外揚，我原本不贊成她來找您。你們也許看見了，她愛激動，脾氣很大，決定要做什麼就必須去做。當然我對你們倒不會介意，因為你們與官方警察之類的沒什麼聯繫，但外人知道了總是不好。況且，這樣做毫無意義，你們怎麼可能找到那個霍斯默・安吉爾呢？」

福爾摩斯肯定地說：「我保證一定能找到他。」溫蒂班克先生聽到這話，渾身一哆嗦，手套都掉在了地上，他說：「我真高興聽到您這麼說。」

福爾摩斯說：「讓我覺得奇怪的是，原來打字也跟手書寫一樣，完全可以暴露一個人的特徵，除非換了打字機，因為兩台不同的機器不可能打出相同的字來。因為在同一台打字機上，有些字母會磨損得非常厲害，而有的卻只磨損一邊。溫蒂班克先生，你看你打的這封信，字母『e』模糊不清，字母『r』的尾巴總缺一點。此外還有十四個更明顯的特點。」

「我的信是用辦公室的印表機打的，當然會有磨損。」他邊說邊用敏銳的眼神看了福爾摩斯一眼。

「溫蒂班克先生，我現在講一個有趣的研究給你聽聽，」福爾摩斯說，「最近我想寫一篇打字機和犯罪關係的文章，我特別感興趣這個題目。這裡有四封信，全部是那位失蹤男人打的。信裡不僅每個『e』都模糊，每個『r』都少了尾巴，並且還有另外的十四個特徵，要是不信，請您用放大鏡觀察一下。」

聽到這裡，溫蒂班克再也坐不住了，他從椅子裡跳起來，拿起帽子說：「福爾摩斯先生，我沒時間聽你說這些，如果你能抓住那個人，就抓住他好了，抓到時通知我一聲。」

福爾摩斯迅速上前，把門鎖了說：「我現在就告訴你，我已經抓到他了。」

「你說什麼，他在哪裡？」溫蒂班克吼道，他好像一隻被逮住的老鼠，睜大眼睛看著福爾摩斯，臉都被嚇白了。

福爾摩斯鎮靜地說：「您別叫，叫了也沒用，溫蒂班克先生。這件事十分明顯了，您是賴不掉的。另外，您好像不夠禮貌，竟然說我解決不了如此簡單的事情，的確是小問題而已！坐下來，我們談談吧！」

那位先生無力地坐下來，額上直冒汗，斷斷續續地說：「這……這還不足以被訴訟。」

「沒錯，是夠不上。不過，溫蒂班克先生，我從來沒見過這麼卑鄙、自私、殘忍的人。接下來，我為您講一個故事，要是我說得不對，請予指正。」

那個人縮成一團蜷在椅子裡，垂著腦袋，一副垂頭喪氣的樣子。福爾摩斯把腳搭在壁爐台的一角，身體靠著椅背，手插在衣袋裡，開始敘述起來。

「一個男人為了錢而娶了一個大他很多的女人，」他說，「假如那個女人的女兒和他們一起生活的話，那就可以一直花她的錢。那筆錢不算太少，如果沒有了它，他們的生活將發生很大改變，所以他們想盡辦法來保持現狀，不讓女兒離開。女兒十分善良，多愁善感，憑她的容貌、人品及收入，顯然不會單身。但如果她嫁人了，他們就會失去那每年一百多英鎊的可觀收入。她的繼父該怎樣做才不會讓她嫁人呢？於是，他想盡辦法把她關在家裡，不讓她和外界接觸。後來，他發現這不是一個長久之計。因為她越來越有主見，開始維護自己的權利，並且還要去參加舞會。她的繼父在這種情況下想到了什麼方法呢？他想了一個狠毒且卑鄙的辦法。在妻子的幫助下，他給自己裝上假鬍子，戴上淺色墨鏡，細聲細語地說話。由於女兒眼睛近視，所以沒看出他的偽裝。他利用霍斯默・安吉爾的名字在女兒的面前出現，而且還向女兒求婚，以免她愛上別的男人。」

「我當初只想跟她開個玩笑，但是誰會想到她那麼痴情。」那個人小聲地說。

「這根本就不是玩笑。但是，那位可憐的女孩從來不知道自己已經上當，她被愛情沖昏了頭腦，一直以為她的繼父在法國。那位先生的溫文爾雅令她著迷，母親的稱讚也讓她高興。安吉爾後來登門拜訪，是因為只有這樣戲才能演下去。見了幾次面之後，他們就訂婚了。訂婚可以保證女孩不再跟別人談戀愛，但是騙局不可能一直維持，總不能老說去法國了吧！於是，他們就想盡快把這件事戲劇性地結束，讓那位女孩永遠也不會忘記他，也就阻止了她愛上別人。因此，就出現了手按《聖經》發誓永遠忠實於他，在舉行婚禮的早晨給她某種暗示的一幕。溫蒂班克先生想讓薩瑟蘭小姐對霍斯默・安吉爾忠貞不二，但是又難以預料他的生死。總而言之，這至少能使她在往後的十年中不去和其他男人結婚。霍斯默陪她去了教堂，到了門口他又不能進去，於是耍了個花招，從馬車的這扇門進去，又從那扇門出來，偷偷溜走了。溫蒂班克先生，事情的經過大致就是這樣。」

那位先生在福爾摩斯的說話過程中，漸漸恢復了過來，他站起身，臉上現出不屑的神情。

「也許是真的，也許是假的，福爾摩斯先生。」他說，「雖然您很聰明，但仍然差了一點，您不會不知道，現在我並未觸犯法律，也從未做過別的違法的事，你現在把門鎖上的話，我可以指控你是『人身攻擊和非法拘留』。」

福爾摩斯打開門說：「即使法律不能把你怎麼樣，可是你也照樣比任何人都該受到懲罰。假如那位女孩有兄弟或朋友，他們肯定會拿鞭子抽你的！揍死你！」見到那個人無恥地笑了一下，他把臉都氣紅了，說：「儘管我的委託人並沒要我這麼做，但我這裡剛好有根鞭子，我覺得我還是該抽……」他快速去拿獵鞭，但還沒拿到手，樓梯上就傳來了急速的腳步聲，接著大廳的門重重地被摔了一下，我們往外望去，溫蒂班克已經拼命地在大街上飛跑了。

「真是沒有人性！」福爾摩斯邊說邊笑，重新坐回了扶手椅上，他接著說：「那個壞蛋總有一天會被送上斷頭台。這個案子看似平常，但確實有幾點很有趣。」

我說：「到目前為止，我仍然不清楚你是如何推理的。」

「哦，顯然，首先應該想到：那個霍斯默・安吉爾先生，他那樣做一定有什麼目的。同時也應該想到，他的繼父有機會從這件事中得到好處。另外，我們注意到了，霍斯默・安吉爾先生和她繼父從來沒有同時出現過，安吉爾總是在她繼父出差後才出現，這一點十分重要。戴著墨鏡及奇怪的說話聲，以及滿臉的落腮鬍，都說明那是偽裝，這也很關鍵。連名字他都要用打字機打，可見他擔心她認出自己的字跡，哪怕是最少的筆跡也不願透露。但事實上，他那樣做反倒更讓人懷疑。你看，這些不沾邊的小問題都指向同一個方向。」

「你是怎麼證實你的推斷呢？」

「要是知道罪犯是誰，那就很好證實了，我知道她繼父工作的商行，於是寫信給他們，根據那份尋人啟事的描述，把裡面我認為是偽裝的部分，像落腮鬍、眼鏡、細嗓音等去掉，然後請他們想想有沒有人跟尋人啟事中去掉偽裝部分後的相貌長得相似的。並且我發現了打出的信件的特點，就寫了一封信寄往他辦公室給他，問他可不可以到這裡來一趟，意料中，他的回信是用打字機打的，這封信和以往那些信有相同的特徵。還有一封從同一郵局寄出的發自商行的信，信裡說他們的職員溫蒂班克長得很像啟事中的人，全部過程就是這樣。」

「薩瑟蘭女士怎麼辦？」

「就算我把事情的真相告訴她，她還是不會相信。你也許知道那句波斯諺語：『打消女人心中的妄想，猶如在老虎嘴裡拔牙。』哈飛茲所講的道理跟賀拉斯的一樣富有哲理。他對人情世故的瞭解也和賀拉斯一樣深刻。」

真正的凶手

有一天早上，我跟妻子正在吃早飯，女傭送來一份電報，是夏洛克・福爾摩斯發的，電報內容是這樣的：

能否抽暇數日？現獲英國西部有關博斯科姆一案之來電，若能親臨，不勝欣喜。此地空氣清新，景色怡人。望十一時一刻從帕丁頓出發。

「你怎麼想？親愛的？」妻子坐在桌子對面問我，「打算去嗎？」

「還沒想好，最近特別忙，有許多事得做。」

「哦，安斯特魯瑟會幫你做那些事的，你這些日子臉色不太好，我認為換個環境會好一些，何況你對夏洛克・福爾摩斯辦的案子很感興趣。」

「一想到我在他辦案過程中學到的那麼多東西，我總覺得不去不好意思。」我說，「但是我要去的話，必須馬上收拾東西，因為離出發時間只剩半個小時了。」

在阿富汗的軍旅生活使我養成了行動迅速，幾乎隨時可以出發的好習慣。

不到半小時，我已經帶著行李包坐上了駛向帕丁頓車站的馬車。時間倉促，所以我沒有帶太多隨身物品。福爾摩斯在月台上來回踱著，他穿著一件長長的灰色斗篷，頭上戴一頂很緊的便帽，這身打扮使他顯得更高更瘦。

「華生，你能來簡直太好了，」他說，「有你這樣值得信賴的人跟我在一起，事情就容易了許多。地方上的人往往靠不住，不是沒用就是帶有偏見。你先去佔兩個座位，我去買票。」

車廂中只有我和福爾摩斯兩個人，以及他帶的一大疊報紙。他在報紙中找來找去，一會兒仔細看看，一會兒記點什麼，一會兒又開始思考，直到我們過了雷丁。後來，他把報紙捲成捆，扔到了行李架上面。

「你知道有關這個案件的情況嗎？」他問。

「不知道，我好久沒看報紙了。」

「倫敦的報紙報導得總是很粗略，我把最近的報紙都翻了一遍，以便多瞭解些情況。這個案子屬於那類很難偵破的簡單案子。」

「你說得似乎有點自相矛盾。」

「但是，這是一個值得思考的道理，越容易找到偵破線索的案子情節越是特殊，而那些平凡得沒有一絲特別之處的案子反倒越難找到真正的罪犯。這個案子，他們已初步確定為兒子謀殺父親的嚴重案件。」

「是謀殺案？」

「沒錯，他們的確這樣認為。但我在沒有親自偵查該案之前，絕不會下這樣的結論。好了，我現在把我知道的一些情況跟你說一說。

「博斯科姆地處赫里福德郡，是離羅斯很近的鄉下地區。約翰・特納先生是那個地方最大的農場主。多年之前，他在澳洲發了財，回到了故鄉後把自己的一個農場——哈瑟利農場租給了查理斯・麥卡錫先生。他們倆在澳洲就認識，因此後來定居在一起，成了親密的鄰居。特納非常富有，麥卡錫成了他的佃戶。但是，他們仍然和原來一樣，是平等的關係，麥卡錫有個兒子，十八歲了，特納有個獨生女，也十八歲了。他倆都沒有妻子，並且似乎很迴避和周圍的英國人來往，過著一種近乎隱居的生活。麥卡錫父子都熱愛運動，常常去賽馬場，他們家裡有兩個傭人，一個男的，一個女的。特納家則有好多人，似乎是五六個，對於他們兩家我就知道這些。下面我再告訴你一些這個案子的事實。

「六月三日，也就是星期一下午的三點左右，麥卡錫從他家裡出來，到博斯科姆池塘。這個池塘是一個由博斯科姆流下來的溪水匯成的小湖。上午，他跟傭人去羅斯時還對其說，下午三點他還有個重要的約會，因此得趕緊辦完事去那裡，但是他在約會之後就再也沒回來。

「哈瑟利農場離博斯科姆池塘有四分之一英里遠，走過那一段路時，有兩個人曾看到過他，一個老女人，報紙上沒寫她的名字，另一個叫威廉・克勞德，是特納先生僱來看守獵場的。他們倆可以作證，當時麥卡錫先生是獨自一人走過去的。威廉・克勞德先生還說，他看見麥卡錫先生過去之後，他的兒子詹姆斯・麥卡錫先生也經過那裡，胳膊底下還夾了一把槍。他肯定，在那個範圍之內，他兒子可以看到麥卡錫先生。但在知道慘案發生之前，他並沒有注意過這件事。

「當那位威廉・克勞德看見麥卡錫父子後，有人又看見了他們，在博斯科姆池塘不遠的一片茂密的小樹林裡。池塘四周長滿了雜草和蘆葦，有一個十四歲的小女孩佩里斯・莫蘭正在小樹林裡採鮮花，她是博斯科姆莊園守門人的女兒。她說，她看到麥卡錫先生和他兒子正在樹林邊靠近池塘的地方吵架，還聽到麥卡錫罵他兒子，後來他兒子舉起手來，好像想打他父親，這種場面把她嚇壞了，就趕忙跑回家告訴了她母親，說她離開樹林時，麥卡錫父子正在池塘邊爭吵，都快打起來了。她才說完，小麥卡錫就跑了進來，說他父親死在林子裡了，想要守門人幫幫他。他看起來非常激動，沒帶槍也沒戴帽子，右手和袖子上都沾了血。他們跑到池塘邊，看到老麥卡錫的屍體倒在草叢裡，死者的頭像被某種笨重的東西砸過，都陷了下去。從傷痕上來看，可能是用槍托砸的。離屍體不遠的地上扔了一枝槍。很快，警察把那個年輕人抓起來了，星期二傳訊時宣布他犯了『蓄意謀殺』罪。星期三他被提交給羅斯地方的法官審判，這個案子目前正由巡迴審判法庭審理。這便是驗屍官及巡迴審判法庭處理該案的經過。」

聽了這些，我說：「真不敢想像，竟有這麼惡劣的罪犯。要是說現場可以作為證明一個人有罪的證據，那麼這個案子就屬於這一種。」

福爾摩斯說：「不能光用現場來作證。它表面上可以說明一些東西，但是你只要換個角度去看，可能又會說明另外一種不同的情況。不過，案情對這個年輕人十分不利，或許他確實是殺人犯，但還是有幾個人相信他是無辜的。農場主的女兒特納還委託雷斯瑞德來辦理這個案子，替小麥卡錫辯護。

你還記得那個雷斯瑞德嗎？那個辦理『血字的研究』一案的警長。他覺得這個案子不簡單，所以又來找我。這就是為什麼我們兩位紳士不能吃過早飯後安穩地待在家裡，而必須以五英里每小時的速度趕向那裡的來龍去脈。」

我對他說：「我認為你從這個案子裡可能得不到什麼啟發，因為案子太簡單了。」

他答道：「越是簡單的事越容易使你上當，我們也許能找到一些雷斯瑞德認為並不重要的東西。我們要用雷斯瑞德不會應用甚至不理解的方法去肯定或者否定他那一套看法。你是瞭解我的，應該不會認為我是在吹牛吧！打個比方說，我可能推斷出你臥室的窗戶在右邊，但這麼簡單的事恐怕雷斯瑞德就不會注意到。」

「你是怎麼推測出的？」

「我非常瞭解你，親愛的朋友，我清楚你具有軍人那種特有的愛乾淨的習慣。每天早上你都要刮鬍子，但現在這個季節，你只有藉著陽光刮，但你左邊臉上的鬍子沒有右邊刮得乾淨，這表示右邊光線比左邊強。我認為像你這樣的人，不可能在兩邊光線相同的情況下，把鬍子刮成這樣。這件小事就可以證明我是怎樣進行觀察及推理的，這是我的特長。現在，這種特長將對我們面臨的案子大有幫助。很多傳訊中忽略的問題，都值得我們仔細研究。」

「什麼問題呢？」

「他是回到家裡才被逮捕的，當場沒有抓他。當他知道自己被捕時，還說一點也不覺得奇怪，這是他罪有應得。他的這些話，消除了陪審團心裡的疑惑。」

我忍不住叫道：「這是他在坦白交代。」

「未必，因為有人後來提出異議說他是無辜的。」

「事實表象這麼清楚，竟還有人說他是無辜的，從這一點來看，的確值得懷疑。」福爾摩斯說：「剛好相反，我認為這是一條最清楚的線索。就算他再傻也不會不清楚自己當時的處境。如果警察抓他時，他表現出驚訝或憤怒，我才會覺得可疑，因為在那種情況下，那樣的反應一定是虛假的，這對一個有計謀的人來說也許是條妙計。但他大膽地承認了當時的情況，反倒讓我覺得他是清白的，或者他的意志相當堅強。他說自己罪有應得，但假如我們換個角度想想，那其實也是很正常的。你想，站在自己父親的屍體旁，並且當天還在跟父親吵架，不但沒盡做兒子的義務，還要打他父親。現在父親死了，他心裡能不懊悔、自責嗎？因此，說出那樣的話並不奇怪，這不能證明他有罪。」

我搖搖頭說：「很多人的證據比這還少，最終一樣被判死刑。」

「草菅人命的事還少嗎？多少人冤死在絞刑架上啊！」

「那個年輕人自己是怎麼說的？」

「他的供詞讓支持他的人非常失望，但是其中有幾點值得注意，就在這裡，你可以看一下。」

他從那捆報紙中抽了一份，是赫里福德郡的本地報紙。他向我指出有關那個年輕人自己陳述事情經過的那一段。我坐在車廂內認真讀了起來，報紙這樣寫道：

死者的獨生兒子詹姆斯・麥卡錫先生出庭陳述如下：「我離家去了布里斯托爾三天，在星期一（三號）上午回到家。我到家時父親不在，女傭告訴我，他跟車夫約翰・科布去羅斯了。不一會兒，院子裡傳來馬車的聲音，我往窗外望去，我父親從車上下來，然後又出去了，我不清楚他要去哪裡。後來，我拿了把槍，想到博斯科姆池塘邊的養兔場去。威廉・克勞德說得沒錯，我在路上的確見到了他，但我絕對沒有跟蹤我父親。在離池塘還有一百碼時我聽到『庫依』的喊聲，那是我們父子倆常用的信號。聽了這聲音，我加快腳步走過去，看到了父親站在池塘邊，他也看到了我，很吃驚，還大聲問我要去幹什麼。說了幾句話我們就吵了起來，還差點動手了。我父親的脾氣很暴躁，他越來越生氣，簡直無法控制，我為了讓他消消氣，便走開了。可是沒走多遠我便聽到父親慘叫了一聲，我急忙跑回去，發覺父親已經快停止呼吸了。他的頭部嚴重受傷，我趕緊把槍扔到地上，把他抱起來，但他很快就沒氣了。我在他身邊待了幾分鐘，想到去找特納先生的守門人，因為他住的地方離那裡最近。當我們重新回到池塘時，也沒看見其他什麼人。我不明白父親怎麼會變成這樣。平時他人緣不太好，也不熱情，讓人覺得有點畏懼，但是據我所知，似乎沒有誰與他有深仇大恨。我就知道這些。」

驗屍官：「你父親臨終前有沒有對你說過什麼？」

證人：「他是含糊不清地說了點什麼，不過我只聽到什麼『厄拉特』之類的發音。」

驗屍官：「你知不知道是什麼意思？」

證人：「我不清楚，只覺得那時他已經神智不清了。」

驗屍官：「你為何與你父親爭吵？」

證人：「我不願意講。」

驗屍官：「但是你一定得講。」

證人：「我真的不能說。不過，我可以保證，它跟這個案子沒關係。」

驗屍官：「這得由法庭來定奪。我不說你也知道，拒絕回答問題對你是沒有任何好處的。」

證人：「我仍然不能回答這個問題。」

驗屍官：「據我們調查，你和你父親常常用『庫依』這個詞。」

證人：「對呀！」

驗屍官：「你父親在還未看到你，甚至不知道你回來的情況下，喊『庫依』又作何解釋呢？」

證人（有些驚慌）：「這我不知道。」

一個陪審員：「在聽到你父親慘叫，並看到他受重傷之後，你有沒有發現什麼可疑現象？」

證人：「沒發現太可疑的。」

驗屍官：「請問這話怎麼講？」

證人：「又跑回那裡時，我腦子裡一片混亂，只想著父親。不過，我彷彿記得當我跑過去時，左邊地上有一個東西，灰色的，好像是件大衣，又像是披風，我從父親身邊站起來，轉過頭想找它時，卻看不見了。」

驗屍官：「你的意思是，在你去守門人家求救之前就不見了？」

證人：「沒錯，那時就不在了。」

驗屍官：「你不能肯定那究竟是什麼嗎？」

證人：「是的，我只感覺那裡有件東西。」

驗屍官：「它距離屍體有多遠？」

證人：「大約十幾碼。」

驗屍官：「距離樹林的邊上有多遠？」

證人：「差不多。」

驗屍官：「這樣說來，它在離你十幾碼的地方，讓人給拿走了？」

證人：「對，當時我背對著它。」

對證人的審訊到此為止。

我一邊看一邊說：「我想驗屍官後來問的那些話對小麥卡錫來說相當關鍵。驗屍官應該告訴小麥卡錫，要注意自己話裡的矛盾之處，也就是他父親還沒看見他就叫了『庫依』。另外，他還拒絕交代跟父親爭執的內容，這對他非常不利。」

福爾摩斯半躺在靠椅上伸長了腿，偷偷地笑了。他說：「你和驗屍官一樣都把重點放在這裡，總算找到了對小麥卡錫不利的因素。不過，你注意到沒有，你們一會兒說他想像力太豐富，一會兒又說他缺乏想像力，也在自相矛盾。說他欠缺想像力，是由於他沒編出一個和他父親爭吵的理由使陪審團同情；說他想像力豐富，則是因為他編出父親臨終時說的話，以及那件不見了的衣服。事實並非如此，華生，我覺得小麥卡錫說的都是實話，我將以此作為偵破此案的出發點，看看結果究竟會是怎樣。給你看看我的佩脫拉克袖珍詩集吧！在到達案發現場之前，我不想再提有關這個案子的話題了。我們到斯溫登吃午飯吧，估計二十分鐘之後就到。」

通過了景色迷人的斯特勞德溪谷，又跨過寬闊的塞文河，我們最終來到了那個美麗的羅斯小鎮。一位瘦高的男子在月台上等我們，他看起來就像個偵探，顯得有些詭異神秘。即使他跟四周的農村人一樣穿了件棕色風衣，打著皮裹腳，但我還是一眼就認出了他——蘇格蘭場的雷斯瑞德偵探。我們三個一起坐車來到赫里福德的阿姆斯旅館，他在那裡替我們預訂了房間。

一起喝茶時，雷斯瑞德說：「我清楚你們辦事俐落，恨不得立刻能到達現場，因此我為你們僱了一輛馬車。」

「你太客氣了，去不去得由晴雨計決定。」福爾摩斯說。

聽了這話，雷斯瑞德大吃一驚。他說：「我不理解你在說什麼。」

「溫度是多少度？二十九度。天上既沒雲，也沒颳風。我還要抽一袋菸，這裡的條件很好，今天晚上，我認為用不著馬車了。」

雷斯瑞德哈哈大笑道：「顯然，你看了報紙上的報導，還下了結論。實際上這個案子非常簡單，你瞭解得越多它就越簡單。當然，我們無法拒絕一位小姐的強烈要求，她久聞你的大名，很想聽聽你的看法，儘管我一再聲明，如果我沒辦法的，你也沒有辦法。喔，天吶！她的馬車來了。」

話剛說完，一位年輕女士就急速走進屋來。她是我見過的最美麗的女孩，藍色的眼睛閃閃發亮，雙唇微啟，面頰紅潤，顯得有些激動，也有些憂愁，甚至都顧不上女性的矜持了。

她喊了一聲：「哦，夏洛克・福爾摩斯先生，」她看著我倆，最終憑直覺盯住福爾摩斯。「見到您，我真高興。我到這裡來是要告訴您，詹姆斯他不是殺人凶手。我十分瞭解他，因為我們從小一起長大。他心地善良，連一隻蒼蠅都不會傷害，更別說人了。只要是真正瞭解他的人都會認為說他是凶手很荒唐。」

福爾摩斯說：「我也想還他清白，請您相信我，我一定盡力而為。」

「您看了那些證詞了吧？是否看出什麼疑點或得出什麼結論？難道您不認為他是被冤枉的嗎？」

「我認為他極有可能是被冤枉了。」

聞聽此言，她一甩頭，不屑地看著雷斯瑞德說：「聽到沒有？他為我帶來了希望。」

雷斯瑞德無奈地說：「我認為他下的結論過早。」

「但是，他是正確的。哦，我肯定他沒錯。詹姆斯不會那樣做的。我知道他不願講跟他父親爭吵內容的原因，那是由於涉及了我。」

「為什麼會涉及到您呢？」福爾摩斯問。

「我不想繼續隱瞞了。因為我，詹姆斯和他父親發生了衝突。麥卡錫先生想要我倆盡快結婚，我們從小就青梅竹馬。但是現在他還年輕，沒有生活的經驗，而且……而且……嗯，他還不願意結婚，就為這個，他們吵了起來，我確定是這個原因。」

福爾摩斯問道：「您父親同意你們結婚嗎？他持什麼態度？」

「他不同意，只是麥卡錫先生一個人支持。」

福爾摩斯若有所思地看了她一眼，她的臉馬上紅了。

他說：「感謝您提供這些情況，不知明天可否到您家拜訪，見見您父親？」

「醫生也許不會同意你們見他。」

「醫生？」

「對啊，你們可能還不知道。這些年我父親身體一直不好，這件事更是讓他整個人幾乎都崩潰了，現在成天躺在床上。威羅醫生說，他的情況很糟糕，神經異常脆弱。麥卡錫先生是早年在維多利亞唯一瞭解我父親的人。」

「哦！在維多利亞！這十分重要。」

「對，是在礦場。」

「這就更對了，在金礦場。根據我瞭解，特納先生就是在那裡發了財。」

「對，確實是那樣。」

「太感謝您了，特納小姐，您提供的線索相當重要。」

「如果明天您聽到什麼新情況，請立即通知我。我想您一定會到監獄去看詹姆斯，福爾摩斯先生，如果您見到他，請代我轉告他，我相信他的清白。」

「放心，我一定轉告，特納小姐。」

「現在我必須回去了，我父親病得很厲害，他不放心我離開他。再見，上帝會保佑你們的。」說完之後，她又像來時一樣匆匆離開，馬車聲隨之遠去。

雷斯瑞德沉默了一會兒之後說：「福爾摩斯，你為什麼要欺騙一個女孩呢？這案子本來就沒什麼希望，我真替你臉紅，雖然我這個人心腸比較硬，但我認為你更殘酷。」

福爾摩斯說：「我認為我能替詹姆斯・麥卡錫平反。監獄批准你去看他了嗎？」

「批准了，但是准我倆去。」

「那麼，我得想想要不要出去了，今晚坐火車去赫里福德看麥卡錫還來得及嗎？」

「來得及。」

「太好了，我們現在就走。華生，兩個小時我就回來，我擔心你時間不好過。」

我送他們到火車站，然後在街頭轉了一圈，又回到了旅館。我躺在沙發上翻著一本廉價的小說，藉此打發無聊的時間。但那平淡無奇的情節遠不如這起莫測的案情吸引我，因此我眼睛雖看著小說，腦子裡卻還在想著那個案子。後來，我乾脆把小說拋在一邊，專心琢磨起來。如果那個年輕人說的是真的，從他離開後到聽到慘叫，又到跑回那個地方的這段時間裡，究竟發生了什麼呢？嫌犯手腳怎會如此敏捷？為什麼用如此殘忍的手段殺一個老人呢？作為一個醫生，難道我不能從死者的傷情推斷出點什麼嗎？我拉鈴叫人送來一份本地報紙，報紙上有審訊的記錄，法醫的驗屍證明上寫著：死者腦後的第三個左頂骨和枕骨的左半部由於受重物猛擊而破裂。我一邊摸著自己的頭，一邊判斷著死者被襲擊的位置。凶手顯然是從後面偷襲的，這種情況對被告有利，有人看到他和父親面對面地吵架。但是，也不一定，因為他很可能趁父親背過身去時下手。但不論怎樣，這一點應該告訴福爾摩斯。此外，死者臨終時說什麼「厄拉特」。這指的是什麼？我認為一定不是死者亂說話，一般情況下，受襲擊而快死的人神志是很清楚的，絕不會囈語。他似乎要告訴兒子凶手是誰。不過，這個「厄拉特」說明了什麼呢？我冥思苦想，希望能找到一個合理的解釋。要是像小麥卡錫說的那樣，有一件灰色衣服在地上，那一定是凶手逃跑時落下的，也許是他的大衣。他膽子也夠大的，竟然在離小麥卡錫不到十幾步的地方，趁他跪下時，從背後拿走了衣服。這個案子太複雜了，雷斯瑞德說得一點也沒錯。然而我仍然相信夏洛克・福爾摩斯的判斷，相信只要有新的證據支持他的判斷，那小麥卡錫可能就有希望了。

福爾摩斯很晚才回來，雷斯瑞德住在城裡了，因此只有他一個人。

坐下之後，他說：「晴雨計的水銀柱很高，但願我們偵查現場之前不要下雨，這關係很大。此外，考察現場一定要集中精力，萬分仔細，最好不要在疲憊不堪時去做。我看到了小麥卡錫。」

「有什麼新情況嗎？」

「沒有。」

「他什麼線索也沒有提供給你嗎？」

「什麼也沒有提供。我還以為他知道誰是凶手，只不過是為他掩蓋。不過，目前來看，他對這一無所知。這小夥子長得挺英俊，但不夠機靈，是個老實厚道的青年。」

我說：「他要是真的不願意跟特納小姐結婚，就簡直太愚蠢了。」

「唉，這件事說來也很令他煩惱。小麥卡錫其實特別喜歡特納小姐，但是幾年前他做了件錯事。那時麥卡錫還是個少年，而特納小姐在一所寄宿學校讀書，已經離家五年，跟麥卡錫有些生疏了。他竟在布里斯托爾與一個酒吧女郎發生了糾葛，還在婚姻登記處登記結了婚，簡直傻透了。當時誰都不知道這件事，但他自己也很為這件傻事後悔。所以，當父親催他向特納求婚時，他非常著急，卻又不敢說出實情。他知道，他父親很嚴厲，如果知道此事一定不會饒了他，而他自己離開父親甚至無法生活。出事的前三天，他在布里斯托爾與他當酒吧女的妻子在一起。他父親也不知道他去哪裡了。這一點非常關鍵，很值得注意。沒料到，壞事也會變好事，得知他進了監獄，那個酒吧女郎馬上把他給甩了。她寫信告訴他，說自己是有夫之婦，丈夫在百慕達碼頭工作，所以他倆根本沒有夫妻關係。我覺得，這樣一來小麥卡錫反倒輕鬆了不少。」

「但如果他不是凶手，那會是誰呢？」

「哦，是誰呢？你應該注意一下。第一，死者與某人約定在池塘邊見面，可以肯定那個人不是他兒子，因為他連兒子在哪裡都不知道，更不知道兒子什麼時候回來。第二，當死者知道他兒子回來之前，有人曾聽到他叫『庫依』！這兩點是案子的重點。好了，我看現在我們不如談點與本案無關的輕鬆話題吧，案子的事明天再說。」

正如福爾摩斯預告的那樣，第二天天氣晴朗，萬里無雲。雷斯瑞德上午九點坐馬車來接我們，然後我們一起去了哈瑟利農場和博斯科姆池塘。

雷斯瑞德說：「今天上午我聽說了一件事，莊園裡的特納先生病情惡化，生命危在旦夕。」

「我猜他是個老頭子吧！」福爾摩斯說。

「大約六十歲左右，他在國外時身體就不好，病了很多年了。麥卡錫之死使他大受打擊，他是麥卡錫的老朋友，並且還是麥卡錫的恩人。據我所知，他不要租金就把哈瑟利農場租給了麥卡錫。」

「真有那麼好的事？」福爾摩斯問。

「是啊，他一直在想辦法幫助他，周圍的人都說他好。」

「但是你們沒有發現其中的蹊蹺嗎？麥卡錫原本一窮二白，他除了接受特納的大量幫助之外，還想讓兒子娶特納小姐，而特納小姐又是家產的繼承人。麥卡錫對這件事的態度很堅決，好像不是在商量，而是在執行計畫，只要他說出來，別人就必須照辦。這不是很奇怪嗎？這些事情都是特納小姐親口說的，你們怎麼想？」

雷斯瑞德朝我遞了個眼色說：「我們用演繹法推斷過了。福爾摩斯，我覺得光說這些紙上談兵的推斷，什麼問題也解決不了，光是調查事實本身就足夠我們忙了。」

福爾摩斯幽默地說：「你說得對，對你來講，調查事實已經很困難了。」

雷斯瑞德激動地說：「不論如何，我掌握了一個你很難接受的事實。」

「那就是……」

「就是麥卡錫是他兒子所殺的，別的說法都不正確。」

「喔，月光總比迷霧更明亮。」福爾摩斯笑著說，「左邊就是哈瑟利農場了，你們看。」

「是的，就是那裡。」

那是一棟使人看了就覺得很舒服的兩層石板瓦頂樓房，面積很大，樣式新穎，牆上長滿了青苔，窗簾是拉著的，煙囪裡沒冒煙，看起來覺得冷冷清清，似乎還籠罩在低沉陰鬱的氣氛裡。我們從外面叫門，女傭出來了。在福爾摩斯的要求下，她讓我們看了死者死時穿的鞋，還有小麥卡錫的一雙鞋，但那並不是他當時穿的那雙。福爾摩斯在兩雙鞋的不同位置量了一番，接著叫女傭帶我們去院子裡，沿著院子的一條小路，我們徑直走到了博斯科姆池塘。

認真勘察現場的福爾摩斯總會與平時判若兩人。假如你只熟悉作為思想家與邏輯學家的福爾摩斯，那麼此時就一定認不出他了。他的臉色一會兒紅，一會兒黑，皺著眉頭，兩條眉毛就像兩道黑線，眼睛非常有神。他彎著腰，低著頭，雙唇緊閉，細長的脖子上青筋突起，甚至連鼻孔都張大了，像一頭飢餓的野獸。如果這時誰跟他說話或問他什麼，他會像沒聽見似的，或是不耐煩地回答一句。他安靜地快速走過橫穿草地的小路，經過樹林，然後走到博斯科姆池塘。那是一片潮濕的沼澤地，上面有許多腳印，小路和旁邊的草地上也有許多腳印。福爾摩斯一會兒快步向前，一會兒又停下來，還有一次，他故意環繞了一下，走到草地裡面。我很有興致地看著福爾摩斯的一舉一動，而緊跟其後的雷斯瑞德卻始終一副不屑的神情。

博斯科姆池塘方圓約五十碼，周圍長滿了蘆葦，坐落在哈瑟利農場和特納先生私人花園的邊界上。岸上有片小樹林，透過樹林我們能看見紅頂的房子，這顯示了主人的富有。小樹林裡的樹木生長茂盛，樹林到池塘邊僅有一片狹窄的二十步左右寬的地帶。雷斯瑞德告訴我們，死者倒下的地方地面相當濕，可以清晰地看到死者倒地後留下的痕跡。我從福爾摩斯那迫切的眼光裡感覺出，他急著想在這腳印雜亂的草地上找出很多東西。他像隻警犬一樣循著氣味跑了一圈，然後回頭轉向雷斯瑞德。

他問：「你跑到池塘去幹嘛了？」

「我用草耙在裡面撈了一下，希望能撈到什麼有用的東西。但是天吶……」

「哎，得了！得了！沒空聽你囉嗦了。這裡到處都是你內八字的左腳腳印。鼴鼠都能跟蹤你，不過腳印到蘆葦那裡就沒了。如果我早點來就好了，這裡彷彿一群水牛打過滾一樣。守門人領著那夥人就是從這裡走過來的，屍體周圍六到八英尺以內都有他們的腳印。」說著，他掏出一個放大鏡，趴在防水油布上，想看仔細一些，並且一邊看一邊自言自語道：「這腳印是小麥卡錫的，他似乎來回走了兩次，並且有些腳印很深，沒有後腳跟的痕跡，很明顯有一次跑得很快。這表示他說的確實是實話，聽到他父親的叫聲他就跑了回來。這些是他父親來回走的腳印，這個呢？是小麥卡錫聽他講話時槍托砸地的印子。這個呢！哈！這是什麼留下的痕跡？腳尖！對，腳尖！不是一般的鞋，是方頭靴子！這是走過來，那是走過去，那又是走過來……為了取大衣。這些腳印從哪裡來的？」他來回察看，在時隱時現的腳印引導下，我們一直來到樹林邊，跟到了一棵大山毛櫸樹下。福爾摩斯一路跟蹤，最後他又趴在了地上，還高興地叫出聲來。他在那裡翻著樹葉和枯枝，並把一些像泥土樣的東西裝進了信封。他用放大鏡檢查了地面、樹皮、苔蘚後面一塊有鋸齒狀的石頭，還把石頭收了起來，之後又沿著一條小路穿過樹林，直到公路邊上——足跡在這裡消失了。

到這時他才轉回來，說道：「這個案子很有趣。右邊那棟房子一定是門房，我該去找莫蘭聊幾句，或留個字條給她，然後我們回去吃午飯。你們先到馬車那裡等著，我很快就到。」

走了十多分鐘，我們到了馬車那裡，然後坐車回了羅斯，福爾摩斯一路端詳著他撿的那塊鋸齒狀的石頭。

他指著石頭對雷斯瑞德說：「這個你也許會感興趣，雷斯瑞德，它就是殺人凶器。」

「沒看出什麼特別呀！」

「確實沒什麼特別。」

「你憑什麼判斷它是凶器？」

「因為那石頭下面的草還活著，這說明石頭只在那裡放了幾天。也不知這石頭是從哪裡來的，它的形狀與死者的傷口剛好吻合。除此之外，沒有其他凶器的痕跡。」

「那凶手呢？」

「凶手一定是個高個子男人，左腿瘸，左撇子，身穿一件灰色大衣，腳穿一雙高跟的狩獵靴子。他抽印度雪茄，用的是雪茄菸嘴，還帶著把很鈍的削鵝毛筆的小刀，另外還有其他痕跡，但是光這些就可以幫助我們了。」

雷斯瑞德笑：「你真是個懷疑派，總有成套成套的道理，可是英國陪審團是要證據的。」

福爾摩斯平靜地說：「你有你的方法，我有我的方法，證據會有的，今天下午我會很忙，可能要坐車回倫敦。」

「難道讓案子懸著嗎？」

「不，已經結案了。」

「可是，疑團仍然未解開。」

「已經解開了。」

「誰是凶手？」

「我所描述的那個人。」

「這個地區的居民並不多，想找到凶手也不難。」

雷斯瑞德聳聳肩說：「我很務實，所以不想找遍整個地區去查一個左撇子的瘸腿男子。要是那樣做，蘇格蘭場的人會笑話我的。」

福爾摩斯說：「那好啊，反正線索已經提供給你了。你住的地方到了，再見。走之前我會留個字條給你。」

雷斯瑞德下車不久，我們也到了旅館。走進去時，午飯已經為我們準備好了。福爾摩斯一副若有所思的樣子，什麼也不說，看他那怪異的表情，我知道他可能又陷入困境。

吃過飯之後，福爾摩斯說：「華生，坐過來一點，我們聊聊。我不知道該怎麼辦，你幫我出個主意怎麼樣，抽根雪茄，聽我講講我的看法。」

「你講吧！」

「嗯，在我們最初分析案情的時候，小麥卡錫的證詞裡就有兩點同時引起了我們的注意，但我認為這對他有利，而你卻認為對他不利，那兩點就是：一、據他所述，他父親在看見他之前，喊了一聲『庫依』。二、他說父親臨死前說了『厄拉特』。死者臨終模糊地說了一些話，但他就聽到了這麼點兒。我們完全可以就從這兩點出發破案，首先假設他說的都是事實。」

「那麼，『庫依』是什麼意思？」

「嗯，我想他一定不是叫他兒子，因為他不知道兒子回來了，所以他兒子聽到他喊『庫依』純屬巧合。死者這樣喊的目的是想引出他約好的人，據我調查，庫依是澳洲人之間使用的一種稱呼。因此，我們可以猜到，約好和麥卡錫在博斯科姆池塘邊見面的人，一定到過澳洲。」

「那『厄拉特』又是什麼意思呢？」

福爾摩斯把一張折著的紙展開放在桌上，說：「這是一張維多利亞殖民地地圖，昨天晚上我打電報到布里斯托爾要來的。」他指著圖上的一點問：「你看這是什麼？」

我念道：「阿拉特。」

他移開了手，說：「你好好看看。」

「巴勒拉特。」

「是的，死者臨死前說的就是這個，但他兒子僅聽到後面的兩個字，那時他想說出凶手的名字就是巴勒拉特的某個人。」

「太妙了！」我大聲叫好。

「顯然，我們現在可以把偵查範圍縮到很小了。小麥卡錫說的要是真的，就還有一點值得確定，就是凶手有一件灰色大衣。對於這位穿灰大衣的澳洲人起初我們僅有模糊的認識，但現在已經很清楚了。」

「那是當然。」

「他很熟悉這個地方，因為陌生人不可能經過農場或莊園來到這個池塘。」

「確實是這樣。」

「所以我們長途跋涉到這裡來。透過仔細查看現場，我現在已經基本瞭解了案情，罪犯的大致輪廓也告訴了雷斯瑞德這個笨傢伙。」

「你是怎樣推斷出這些細節的？」

「憑細心觀察。」

「我知道，你憑他步伐的大小來判斷他的身高，憑他的腳印來推斷他的靴子。」

「對，他的靴子非常特殊。」

「你怎麼知道他是瘸子的呢？」

「他左腳留下的腳印比右腳清楚，可見他左腳使了較大的勁，所以判斷出他是個瘸子。」

「左撇子呢？」

「你看到法醫對死者傷痕的鑑定了吧！死者背面受敵，並且受傷的部位是頭的左側，你想，只有左撇子凶手才可能打到他頭的左側。他們父子說話時，凶手應該一直站在樹後抽菸，我根據地上發現的菸灰推斷，他抽的是印度雪茄。為了研究這個，我花了好長時間，並寫過一篇論文專門論述一百四十五種菸絲、雪茄和香菸的灰，這些我以前都對你講過。發現菸灰之後，我又在苔蘚裡找到了菸頭，是那種跟鹿特丹捲製的雪茄差不多的印度雪茄的菸頭。」

「雪茄菸嘴呢？」

「由於菸頭沒有用嘴叼過的痕跡，因此我推斷他用的是菸嘴，雪茄的末端沒有嘴咬的印子，是用刀切的，可沒切齊，因此我說他帶了一把鈍刀。」

我說：「你向凶手撒了一個大網，他跑不掉的，你還挽救了一個年輕的生命，簡直像斬斷了他脖子上的絞索一樣。事情就快水落石出了，可是那個罪犯是……」

「約翰・特納先生前來拜訪。」旅店的服務生推開我們的房門，說著就把客人引了進來，來者是個我從來沒見過的老人。他走路一瘸一拐，看起來很蒼老，但那剛毅的臉龐和發達的四肢，卻又使人感覺他似乎曾擁有強健的體魄和特殊的性格。他長著一頭銀灰色的頭髮，鬍鬚彎曲，眉毛下垂，顯得體面尊貴，風度翩翩。但是，他的臉色卻很蒼白，嘴唇和鼻尖都是紫蘭色，作為一個醫生，我一眼就看出他得了絕症。

福爾摩斯禮貌地說：「請坐沙發，看來您收到我留的字條了？」

「是的，收到了，您說為了免去流言蜚語，所以我們在這裡見面。」

「我覺得去莊園找您，一定會引起人們的議論。」

「為什麼要見我，有事嗎？」他臉上一副疲憊不堪的表情，然而看了福爾摩斯的眼神，他似乎已經知道了答案。

福爾摩斯說：「沒錯，我知道有關麥卡錫的一切情況。」聽了之後，老人低下頭，雙手捂住臉，喊到：「上帝保佑我吧！我向您保證，不會讓那個年輕人受到一絲傷害，如果法庭判他有罪，我將站出來說實話。」

「聽到您這樣說，我覺得十分欣慰。」福爾摩斯嚴肅地說。

「實際上，我很早就想說出實情了，但一想到女兒，害怕她知道了會難過……假如我被捕了，她要怎麼活？」

福爾摩斯說：「也許還未到被逮捕的地步。」

「您說什麼？」

「我是位私家偵探，您女兒要求我到這裡來想辦法救小麥卡錫的。」

特納先生說：「我就要死了，是糖尿病，好多年了，醫生說，我最多還能活一個月，就是死，我也要死在家裡。」

福爾摩斯起身坐到桌子旁，他鋪好紙和筆，說：「麻煩您把事情的全部經過都告訴我，我記錄下來，然後您在上面簽個字。到萬不得已時，我再把它拿出來救小麥卡錫。我向您保證，只在必要時刻才用它，這位華生醫生可以作證。」

老人說：「好吧，我也許活不到開庭那天了，所以也不在乎這些，不過希望我女兒不要受到傷害。我現在就把整個事情都告訴你，雖說事情的發生經歷了很長時間，但講起來卻用不了多久。

「你們根本不瞭解麥卡錫，他真是個惡魔。我說的是實話，但願上帝保佑你，別讓他抓住你的把柄，他一直抓著我不放已經二十年了，我這輩子就是毀在他手裡的，我先告訴你是怎樣被他抓住把柄的。

「那是1860年代，我在礦區開礦，當時很年輕，容易激動，還不守本分，什麼事都敢做，結識了一些壞人，成天吃喝玩樂。採礦失利之後，我們六個遊手好閒的夥伴一起當了強盜，經常攔路搶劫來往車輛。那時我化名成巴勒拉特的黑傑克，那個區的人現在還知道巴勒拉特幫。

「有一回，我們劫了一個從巴勒拉特到墨爾本的黃金運輸隊，他們共有六名騎兵護送，剛好我們也是六人，勢力相當。一開始時，我們打死他們四個騎兵，很快我們也有三個人死了，但黃金最終還是被我們弄到了手。我用槍抵著那個馬車夫的頭，他就是麥卡錫，我敢肯定，如果當時殺了他，今天什麼事都不會發生。但是，儘管我見他雙眼使勁盯著我，好像要記住我的樣子，可還是放了他。得到那些黃金後，我變得十分富有，並且回到英國後就更沒有人懷疑了。我們剩下的三個同夥回到英國後就各奔東西了，我也下決心走正道，所以買下了今天這份家業，還用自己的錢去做些善事，以此彌補我的罪過。後來我結了婚，妻子雖然過世得早，可是我還有一個可愛的女兒。在她很小的時候，我就發誓再也不能做壞事。總之，我想脫胎換骨，盡力彌補當初的過錯，可還是沒想到最終會落在麥卡錫的魔掌中。有一次我去城裡辦事，一件有關投資的事，不料在攝政街遇到了他，當時他穿得破爛不堪，境況十分困窘。

「他拉著我說：『傑克，我們又見面了，你收留我和我兒子吧，我們會和你成為一家人的，否則……英國可是個講法制的國度，我隨時隨地可以叫來警察。』

「我沒有辦法，只好把他們帶回村子。從此以後，他開始操縱我。他霸佔最好的土地，卻從不給我交租金。我的生活也不得安寧，老想起過去的事，而且無論走到哪裡都能看到他那張狡猾的臉。我女兒長大後，情況更糟糕，由於他知道我最怕女兒知道我過去所做的一切，甚至超過怕警察，因此他總是以此為要脅，想要什麼我都得給。我也從不吝嗇，土地、錢、房子，他要的我都給，可是後來他要了一件我不能給的東西，那就是我女兒。

「那時，我女兒長大了，他兒子也長大了。我身體不好，他想讓他兒子來接管我的全部家產。我堅決反對，我不想讓我們兩家的血緣混在一起，倒不是因為我不喜歡那個小夥子，只是因為他身上流著他父親的血。最後，我們約好在那個池塘邊見面做個了斷。

「我快到那裡時，他正與他兒子談話。我就躲在樹後面抽菸等他，想等他兒子走了再過去。但是他對他兒子說的話把我氣壞了，他勸他兒子向我女兒求婚，而根本不在乎我女兒的想法，我女兒在他看來彷彿是個妓女。我是否可以闖過這一關？反正我也活不長了。我的頭腦雖然還清醒，四肢也強壯有力，可是我知道我這輩子算是完了。如果我讓他永遠閉嘴，我的過去和我女兒都可以保全。我不能讓女兒來替我承擔這一切。我殺了他，好像殺了一頭凶惡的野獸，心裡很痛快。他的叫聲又引回了他的兒子，我趕緊躲到了樹林裡。可是我必須回去拿回我扔在那裡的大衣。這些就是事情的全部經過，福爾摩斯先生。」

老人在記錄上簽了字，福爾摩斯說：「好了，我無權審判你。但願不要再有人像您這樣受不了誘惑，以致無法掌控自己的人生。」

「但願如此，先生，接下來你怎麼打算？」

「鑑於您現在的身體狀況，我不想做什麼。您也知道，這個案子很快就會由高級法院受理，你的自白書我幫你好好保管，不到萬不得已絕不讓別人知道。無論如何，我會替你保密。」

老人莊重地說：「好，再見吧！當你將來臨終時，如果能想到曾幫助我這樣一個人如此安寧地死去，一定會感到快樂的。」說完他慢慢地走了。

福爾摩斯沉默片刻說：「願上帝保佑我們！命運為何老愛捉弄那些孤立、困苦的人呢？每當我遇到這種案子時，總會想到牧師巴克斯特的話，他說：『夏洛克・福爾摩斯之所以能偵破該案，完全靠上帝保佑。』」

後來，在巡迴法庭上，詹姆斯・麥卡錫被宣布無罪釋放，因為福爾摩斯為他的辯護律師提供了有力的申訴意見。特納先生則在和我們見面的七個月之後去世了。可能會出現這樣的情況：他的兒子跟他的女兒結婚了，生活得幸福美滿，但他們根本不知道，在過去的日子裡，他們的上空曾經有過怎樣的幾朵烏雲。

可怕的橘核

我粗略地瀏覽了一下1882年至1890年間我保留下來的有關福爾摩斯破案的記錄和筆記，忽然覺得眼前有趣的素材實在太多了，竟然不知該從哪裡入手選擇。有些案情經過報刊雜誌的渲染已經家喻戶曉，也有些案件雖然未能為他提供施展出色才華的餘地，但卻成了那些雜誌報刊爭相報導的主題。還有一些案件，即使他也只是弄清楚了當中的部分環節，並且有很多分析還只是猜測而已。比如有這樣一個案子，不但情節離奇，而且結局也相當特別。雖說此案的有些真相至今是謎，並且可能永遠是謎，但我還是不禁想講出來讓更多人分享。

1887年，我們經手了一系列案件，無論有趣與否，當時我對它們都做了較詳細的記錄，並且保留至今。這些記錄的標題裡，有下列記載：「帕拉多爾大廈案」「業餘乞丐團案」，這個集團在一間家具店的地下室裡擁有一個豪華奢侈的「俱樂部」；「美國帆船『蘇菲・安德森號』失事真相案」；「格拉斯・彼得森巫法島奇案」；還有「坎伯韋爾放毒案」。我記得在最後這個案子裡，當福爾摩斯給死者的錶上發條時，發現兩個小時之前這錶的發條就已經被上緊了，因此說明死者在那段時間已經上床休息。這個推論最後成為澄清案子的關鍵。所有這些案子，今後可能會有那麼一天，我將全部整理、簡述出來。但其中可能沒有任何一個案子會比我現在要執筆寫出的更錯綜複雜、怪異荒誕了。

那時剛好是九月下旬，秋分時節的雨非常猛烈，狂風暴雨侵襲了一整天了。此時此刻，在倫敦這座人類用智慧和辛苦建造的城裡，我們也沒有了往日的工作熱情，不得不屈服於大自然的威力。它彷彿是被關在鐵籠裡還沒馴服的猛獸，在拼命透過人類文明的柵欄向世界狂吼。疾風暴雨隨著夜幕的拉開變得更加猛烈，風就像壁爐煙囪裡發出的嬰兒般的哭聲，一會兒低低地飲泣，一會兒又大聲狂嘯。福爾摩斯心情抑鬱地坐在壁爐的一端，正在編定罪案記錄的索引目錄，我則在另一邊埋頭閱讀著克拉格・拉塞爾著的關於海洋的一篇精彩小說。此時，屋外的狂風怒吼以及傾盆大雨似乎也漸漸變成了海浪的衝擊聲，彷彿與小說的主題遙相呼應，融為一體。我太太當時回表親家省親了，所以這些天我又成了貝克街我那故居的房客。「嘿，」我抬頭對我的同伴說，「門鈴確實是在響，今晚會有誰來呢？你的朋友？」

「除了你，我還有什麼朋友？況且，我也不希望總有人來訪。」他說。

「應該是你的委託人吧？」

「如果是委託人，案情肯定很嚴重，否則這時候誰會願意出來？也許是房東太太的朋友吧！」

福爾摩斯猜錯了，因為走廊上很快響起了腳步聲，接著就有人來敲門了。他伸手把照亮自己的那盞燈轉向客人就要坐的那把椅子，然後說：「請進。」

進來一位大約二十二歲左右的年輕人，他穿著整潔，舉止落落大方，手裡的傘不斷有水淌下來，身上的雨衣閃閃發光，看來的確是冒著狂風暴雨過來的。燈下，他焦急地打量了周圍一下，這時我發覺他的臉色很蒼白，兩眼下垂。這種眼神往往是一個被巨大憂慮壓得喘不過氣來的表現。

「我應該說抱歉，」他邊說邊戴上了一副夾鼻的金絲眼鏡。「希望我沒有打擾您。我擔心泥水會弄髒了您整潔的屋子。」

「把您的雨衣和傘給我吧，我把它們掛在鉤子上，一會兒就會乾。」福爾摩斯說，「我猜你是從西南方來的吧？」

「對，我從霍舍姆來。」

「我根據你鞋上黏的泥土猜到的。」

「我是專門來向您請教的。」

「你太客氣了。」

「我確實需要您幫助我。」

「那可就不那麼容易了。」

「久聞福爾摩斯的盛名，卡斯特少校告訴了我您當初怎樣從坦克維爾俱樂部醜聞案中把他解救出來。」

「對，是那樣的，有人誣陷他用假牌行騙。」

「他說任何問題您都可以解決。」

「他太誇張了。」

「他還說您是位常勝將軍。」

「我也失敗過——有三次敗給了幾個男人，一次敗給了一個女人。」

「可是，這完全不能與您無數次的勝利相提並論。」

「對，通常說來，我還算是成功。」

「這樣說來，我這個案子您應該也會成功。」

「請把椅子挪過來一點，談談你案子的情況。」

「不是一件普通的案子。」

「來這裡談的案子都不普通，我這裡都快成最高上訴法院了。」

「可是，我想問一下，先生，在您處理的案子裡，有沒有比我家族中發生的這些更神秘難解的？」

「您說的我很感興趣，請先給我講一些主要的事實，然後我將問您一些我認為最重要的細節。」福爾摩斯說。

他說：「我叫約翰・奧彭肖，事實上我自己與這件可怕的案子並沒有什麼聯繫，那是上代人留下來的問題，我將從事情的開頭講起，以便你們充分瞭解。

「我爺爺有兩個兒子，一個是我伯父伊萊亞斯，另一個是我父親約瑟夫。我父親在卡文特里開了一家小工廠，在自行車問世之後，他抓住時機擴大了工廠，並享有奧彭肖防破車胎的專利，所以生意很好。後來他出讓了工廠，進而獲得了一筆鉅款並過上了很富裕的生活。

「我伯父伊萊亞斯年輕時曾僑居美國，後來成為佛羅里達州的一個種植園主。聽說他經營得不錯，南北戰爭時，他在傑克遜麾下作戰，並升為上校，隸屬胡德部下。南軍統帥羅伯特·李投降後，他離開部隊，又回到了種植園。三四年後，大約是1869年到1870年的樣子，他回到了歐洲，在索塞克斯郡的霍舍姆附近買了一小塊地。其實他在美國發過大財，離開那裡是由於他討厭黑人，也不贊成共和黨賦予黑人選舉權。他這個人凶惡殘暴，發怒時話語粗俗，性情十分古怪。生活在霍舍姆這幾年，他幾乎足不出戶，我甚至懷疑他是否去過城裡。他擁有一個花園和兩三塊地，可以天天在裡面做運動，鍛鍊身體。他經常幾個星期不出家門，但菸癮很大，喜歡喝白蘭地酒。他非常不喜歡社交，不交朋友，連唯一的親弟弟也不來往。

「至於我，雖然他顯得不太關心，但實際上我感覺他還是喜歡我的。因為他第一次看到我時，我還是十一二歲的孩子。那時是1878年，他回國已經八九年了，非常希望我父親能同意讓我跟他一起生活。他也在試圖以自己的方式疼愛我，清醒時，他喜歡跟我一起鬥雙陸棋，下西洋棋，還同意我代表他對家裡內外的事情做決定。所以到十六歲時，我已經儼然是一個小當家了。我保管著所有的鑰匙，可以去任何我想去的地方，做任何我想做的事，只要不影響他的隱居生活就可以。可是也有例外，那就是閣樓上的許多房屋中，有一間堆放著破舊的雜物，它成年累月都鎖著，不允許任何人進去。我曾經好奇地透過鑰匙孔向房內窺探，但除了一堆破舊的箱子和包袱外，並未看到其他任何東西。

「1883年3月的一天，他收到了一封貼有外國郵票的信，這對他來說似乎不尋常，因為他沒有任何朋友，帳單從來都是付現款，從不用信函。他拿起信來十分詫異地說：『從印度寄來的，郵戳是印度南部港口城市本地治里的，怎麼會呢？』他急忙拆開信，信封裡掉出五個乾癟的橘核，我剛要發笑，卻見他張著嘴唇，瞪大雙眼，臉就像死灰一般，我臉上的笑容也被他嚇得僵在那裡，只聽他尖叫起來：『KKK！上帝呀，真是罪孽難逃。』

「『死亡！』說著他站起身回了自己房間，只留下嚇得目瞪口呆的我。我拾起信封，在信封口蓋裡面，就是塗膠水的上端，發現了用紅墨水寫的三個潦草的K字。除了那五個乾小的橘核，裡面沒有其他東西，究竟是什麼把他嚇成這樣呢？我上樓時，他剛好下來，一手拿著樓頂專用的破舊鑰匙，另一隻手是一個錢盒一樣的小黃銅匣子。

「『他們想怎麼做就怎麼做吧，贏我也沒那麼容易。』他發誓一樣說道，『讓瑪莉今天把我房間裡的壁爐升起火來，然後派人把霍舍姆的福德姆律師請來！』

「我按照他說的做了。律師來了之後，他把我叫到他房裡，壁爐裡爐火燒得很旺，裡面有一堆燒盡的黑色紙灰。那個黃銅的小匣子敞著蓋放在一旁，裡面什麼也沒有，我看了一下匣子，非常驚訝，蓋子上清晰地印著我在信封上見到的那三個K字。

「『約翰』，伯父說，『希望你能作為我遺囑的見證人。我將把我全部產業，包括好的與不好的，都留給你父親，即我弟弟。將來你會從他那裡繼承到。你如果能順利地擁有它，那最好了。可是，如果事與願違，那就最好把它留給你的敵人。我很抱歉留給你一個有兩重意義的東西，但我也不確定事情會怎麼發展。你現在就在福德姆律師指的地方簽上你的名字。』

「我在律師指定的地方簽上了自己的名字，然後，律師就拿走了遺囑。您應該能想到，這件事給我造成的心理壓力可想而知，我怎麼想也想不通其中的奧秘，卻又沒辦法從這件事帶來的恐懼中脫身。雖說隨著時間的流走，這種感覺會淡一些，況且我們的生活也未受到任何影響。可是我還是發覺從這之後，我伯父的行為跟以前大不相同了，他喝酒比以前更厲害了，而且大多數時間都把自己鎖在房間裡，也更加不喜歡去社交場所。有時候，他又像發了瘋似的，拿著左輪手槍在屋裡屋外橫衝直撞，大吼大叫，嘴裡說著他誰都不怕，還說不管是人是鬼，誰都不可以把他像綿羊似的囚禁起來。瘋狂過後，他又慌忙躲進屋裡，插上門閂並鎖上鎖，好像內心充滿恐懼，無法再虛張聲勢地偽裝下去一樣。每當這時，即使在寒冷的冬天，他臉上都會冷汗淋漓，彷彿剛從水盆裡出來。

「噢，不能繼續考驗您的耐性了，福爾摩斯先生，還是講一下結局吧！有天夜裡，他又發酒瘋了，忽然跑了出去，之後就再也沒有回來。我們在花園的一端，一個泛著綠色汙水的坑裡找到了他，他臉向下俯趴著。坑內的水不過兩英尺深，沒發現任何暴力痕跡。根據他平時的古怪行為，陪審團斷定他是自殺。但我知道他一直是個挺怕死的人，不太相信他會自尋短見。即使這樣，事情還是過去了。我父親繼承了他的全部遺產，包括地產以及約一萬四千鎊的銀行存款。」

「請稍等，這是我聽過的又一樁奇案。請把您伯父接到信的日期和所謂的自殺日期告訴我。」

「他在1883年3月10日收到信，死在七個星期以後的5月2日。」

「謝謝，請繼續說。」

「我父親接管霍舍姆那棟房子時，我建議他好好檢查一下長年上鎖的閣樓。在那裡，我們發現了那個黃銅匣子，裡面的東西被毀掉了，匣蓋裡有個寫著K K K三個大寫字母的紙標籤，下面還有『信件、收據、備忘錄和一份記錄』等字樣。我們想，從這些文字上大概能推斷出奧彭肖上校所銷毀文件的性質。頂樓上，除了一些散亂的文件和記載我伯父美洲生活的筆記本外，其他東西都不重要。這些淩亂的文件中，有的記錄著戰爭情況和他榮獲英勇戰士稱號的事蹟，另外就是戰後重建南方時與政治有關的一些文字。當時，我伯父顯然是參加了反對來自北方的那些政客的抗爭。

「1884年初，我父親搬到霍舍姆去住，直到1885年元月，一切都還如意。元旦後的第四天，我們正在桌旁吃早餐時，突然聽到父親尖叫了一聲，只見他拿著一個剛打開的信封，另一隻手裡竟然是五顆又乾又小的橘核。我平時一提到伯父的那些奇遇他總覺很荒謬，可今天他也遇到了同樣的情況。父親嚇得不輕，顯得面無人色，神情恍惚。『天吶，約翰，這是怎麼回事？』他結結巴巴地問。

「我的心也沉重得跟鉛塊一樣。『這是K K K。』我回答。

「他看了看信封的內層，叫道：『是的，是這些字母，裡面還寫了什麼嗎？』

「『把文件放在日晷儀上，』我站在父親身後面讀道。

「『什麼文件？什麼日晷儀？』他又問。

「『應該是花園裡的日晷儀，其他地方沒有，』我說，『文件一定是指那些被毀掉的東西。』

「『呸！這裡是文明國度，不允許這麼無法無天！』他大著膽子說，『這東西是哪裡來的？』

「我看了看郵戳，說：『從蘇格蘭的敦提市來的。』

「『簡直是個荒唐到家的惡作劇，』他說，『我和文件、日晷儀有什麼關係！我向來不去管這種無聊事。』

「我說：『我們應該報警。』

「『這種事也要報警？荒謬！我絕不報警。』

「『那讓我去報吧！』

「『不，不許你去，傳出去讓人笑話。』

「他是個非常頑固的人，和他爭辯只會白費口舌，我只好走開，但心裡很不安，總感覺有什麼大禍就要來臨。

「收到信後第三天，我父親去看他的老朋友弗里博迪少校，那個人在普茨坦山的一處堡壘當指揮官。他的出訪使我感到高興，因為我覺得他離家就能遠離危險。可是我想錯了，他出去的第二天，少校拍了封電報給我，叫我立刻趕去。父親摔倒在一個很深的白堊礦坑裡，附近有很多這樣的礦坑。他躺在裡面不省人事，頭骨也摔碎了，我趕到的時候他已經死了。很明顯，黃昏前他從費爾哈姆回來，因為不熟悉鄉間小路，白堊坑又沒有護欄，所以失足掉了進去。驗屍官快速判定為『意外致死』。我小心地檢查了可能與他死亡有關的所有細節，但並未發現能支持謀殺意圖的任何事實。現場也沒有腳印或暴力跡象，沒有發生搶劫，更沒有出現陌生人的記錄。可是就算我不說您也明白，我的心情很難平靜。我肯定，有人在他周圍策劃了什麼陰謀。

「我在這種情況下繼承了財產。您可能會問我幹嘛不把它賣了，答案是我確信是伯父生前的某些意外事件決定了我們今天的災難。因此，無論住在哪棟房子，禍事都會威脅到我們。

「我父親是在1885年1月遭遇不幸，到現在已經兩年零八個月了。這段時間，我在霍舍姆過得還算平靜。我甚至懷有這樣的僥倖心理：災難已經遠離了我家，它與我的上一輩人一起埋葬了。可沒想到這種自我安慰早了一些。昨天上午，災難又一次降臨，情況與當年我父親遇到的一模一樣。」

年輕人走到桌旁，掏出了一封揉皺的信，從裡面倒出五個乾癟的橘核。

「就是這個信封，」他繼續說，「郵戳是倫敦東區。信封裡還是K K K三個字，跟我父親收到的一樣，也有『把文件放在日晷儀上』的字樣。」

「您採取過什麼措施嗎？」福爾摩斯問。

「沒有。」

「沒有？」

「說實話吧，我覺得沒什麼辦法。」他低著頭，用消瘦而蒼白的手捂著臉，「我認為自己好像是可憐的兔子遇到了毒蛇，似乎陷進了一種不可抗拒，異常殘暴的魔爪之中。這魔爪防不勝防。」

福爾摩斯說：「先生，您得採取行動，否則很危險。您現在不應該唉聲嘆氣，必須振作起來，否則沒有什麼能挽救您。」

「我曾去找過警察。」

「啊！」

「但聽我說完之後，他們只是笑了一下。我覺得他們有了成見，認為那些信都是惡作劇，就像驗屍官說的，我兩位親屬的死都是意外事故，所以沒有必要與那些前兆聯繫在一起。」

「簡直蠢得不可理喻！」福爾摩斯揮拳喊道。

「不過他們派了一名警察，陪我一起住在那棟房子裡。」

「今晚他跟您一起出來了嗎？」

「沒有，他們要求他就待在屋裡。」

福爾摩斯又一次憤怒地揮起了拳頭。

他吼道：「您為什麼又來找我？更重要的是，您剛開始怎麼不來找我？」

「我不知道啊！今天，我把困境對普林德卡斯少校說起時，他才叫我來找您的。」

「您收到信已經兩天了，這以前我們就該有所行動，除了您剛才說的之外，還有其他更有用的細節嗎？」

「有一件，」約翰・奧彭肖說，他從上衣口袋裡掏出一張褪色的藍紙，攤開擺在桌上。他說：「我記得，我伯父那天焚燒文件時，我在紙灰堆裡看見了一些小的沒燒到的文件，紙邊是這種顏色。我在我伯父房間的地板上撿到了這張紙。我覺得這是從那些文件裡掉出來的，因此沒有被燒掉。上面除了提到橘核外，看不出有其他線索。它也許是私人日記中的一頁，是我伯父的筆跡。」

福爾摩斯把燈移了一下，我倆一起彎腰看那張紙。邊上參差不齊，確實是從某個本子上撕下來的，上面寫著「1869年3月」字樣，下面是一些莫名其妙的東西：

四日：赫德森來。抱著同樣的舊政見。

七日：把橘核交給聖奧古斯丁的麥考利、帕拉米諾、約翰・斯溫。

九日：麥考利已清除。

十日：約翰・斯溫已清除。

十二日：訪問帕拉米諾，萬事順利。

「謝謝！」福爾摩斯說，然後疊好那張紙還給了年輕人。「您現在一分鐘也不能耽誤，我們甚至連討論一下您說的情況的時間都沒有了，您馬上回家，開始行動。」

「我該怎樣做？」

「只須做一件事，並且馬上去辦。您把這張給我們看過的紙放在您說的那個黃銅匣裡，而且再放一張便條說明文件除了這張以外，都被您伯父燒毀了。做完這些，馬上照信上說的把匣子放到日晷儀上，知道嗎？」

「知道了。」

「您先不要想報仇的事，我認為我們能透過法律達到目的。他們既然布下了網，我們就必須採取措施。但首先要解除您現在面臨的危險，其次才是揭露秘密，打擊犯罪集團。」

「謝謝，」年輕人起身穿好雨衣，「我會按照您說的去做，是您給了我新的生命和希望。」

「您要抓緊時間，同時還得照顧好自己，因為我覺得有一種極現實的危險正威脅著您，您怎麼回去？」

「從滑鐵盧火車站坐火車回去。」

「現在還沒到九點，街上還有很多人，因此我覺得你會平安無事的。但是，無論如何都要小心。」

「我身上帶了槍。」

「太好了，明天我就開始辦理您的案子。」

「我在霍舍姆等您？」

「不，該案的關鍵在倫敦，我要在倫敦尋找線索。」

「過一兩天我再來拜訪，告訴您銅匣子和文件的事，我會按照您說的去做。」然後，他和我們握手告別。門外狂風依舊，傾盆大雨不停地敲擊著窗戶。這個離奇的故事好像隨暴風雨而來——像一片落葉被狂風吹到我們身上，現在又被凶猛的暴風雨帶走了。福爾摩斯靜靜地坐了一會兒，頭向前傾，眼睛盯了一會兒壁爐裡紅彤彤的火焰。接著，他又點上菸斗，靠著椅子，開始望著煙圈一個接一個升向天花板……

「華生，我覺得在遇到的所有案子裡，這件最令人摸不清頭腦。」他說。

「也許吧，除了那個『四簽名』的案子。」

「哦，是的，可是我覺得這個約翰·奧彭肖似乎比當時舒爾托面臨的危險更大。」

「但是，究竟是什麼樣的危險，你有明確的看法嗎？」我問。

他說：「性質是確定的。」

「那到底是怎麼回事？K K K究竟是誰？為何要不斷糾纏這個不幸的家庭？」

福爾摩斯閉上眼，手肘放在扶手上，手指併攏說：「一個理想的推理家可以根據事實的一方面，推斷出其他各個方面，以及由此產生的所有後果。就跟動物學家居維葉能根據一塊骨頭準確描繪出一隻完整的動物一樣。要是一個觀察家能完全掌握一系列事件中的某個環節，也許就可以正確地推理出其他環節。現在，我們還未獲得只有透過理性判斷才能得出的結果，單憑直覺，肯定會失敗。推理家想要使這種功力達到無與倫比的地步，就必須善於利用他所瞭解的所有事實。這並不難理解，一切藝術都需要知識。即使現在有了免費教育和百科全書，但我們還是很難對所有事物都全面瞭解，一個人要學到對他有用的一切知識不是不可能的。我一直在努力，我還記得有一次你還精確地指出我的局限性，在我們剛交往時。」

「是的，」我一邊回答，一邊笑了。「那是我列的一張記錄表，很有意思。我記得：哲學、政治和科學給你打了零分；植物學說不準；地質學，僅就倫敦五十英里以內地區，造詣可以說很深；推理學，非常獨特；解剖學，沒有系統；驚險文學和罪行記錄，應該是無與倫比的；是小提琴音樂家，劍術運動員，拳擊手，律師；是古柯鹼和香菸的自我毒害者。這些要點都是我分析出來的。」

福爾摩斯聽到最後一項時大笑起來，「嗯，像以前說的一樣，」他說，「我現在還是要說：一個人必須把他可能需要的東西提前儲存在頭腦裡，其他的，則可以放到藏書室，需要時，隨取隨用。為了今晚接的這個案子，我們現在就要把所有資料集中在一起。麻煩你把書架上《美國百科全書》K字部那本遞給我。謝謝！我們來研究一下當前的情況，看看能得出什麼結論。首先從這個有充足依據的假設開始——奧彭肖上校離開美國的原因。他這樣年紀的人通常不會隨便改變以往的習慣，並且我認為他不會心甘情願地放棄佛羅里達的舒適環境而回到英國來過孤寂的鄉村生活。不過他又對英國孤獨的鄉村生活表現出極度熱愛，恐怕也正暗示出他心裡害怕某人某事，但因躲避成功而欣慰。於是我們可以做出這樣的假設，他是因為害怕什麼東西才離開美國。至於他怕的是什麼，我們可以從他和他繼承人收到的信件上來推斷。你注意到那些信封的郵戳了嗎？」

「第一封寄自本地治里，第二封是敦提，第三封是倫敦。」

「確切地說是倫敦的某個地區，你能推斷出什麼來嗎？」

「這幾個地方都是海港，所以寫信的人也許在船上。」

「太對了，我們有一條線索，毫無疑問，寫信人當時很可能在船上，我們現在來考慮第二點。本地治里那次，從收到威脅信到出事，經過了七個星期，而敦提僅過了三四天，這說明了什麼？」

「因為前者旅程更遠。」

「可是，信件也要經過很遠的路程啊！」

「這我就不知道了。」

「我們至少可以有這樣的假設：那個人或那夥人是坐一艘帆船，那些看來奇異的信號是他們在出發前放出的。你瞧，信號從敦提發出後，緊接著就出事了，多快呀！如果他們乘輪船從本地治里來，那信件會和他們一起到達。可是事情證明，七個星期以後才發生事情，因此我覺得信是郵輪運來的，而寫信人則是乘帆船來的。」

「很有可能。」

「不只是可能，事實也許就是這樣。你現在明白這件事的緊迫性了吧！我叫小奧彭肖提高警惕也是這個原因。災難隨著發信人行程的結束而來到，這次信從倫敦來，所以我們不能耽擱時間。」

「天吶！這種令人髮指的殺人害命到底是為什麼？」我叫道。

「奧彭肖的文件對帆船裡的人來說可能生死攸關。事情很清楚，他們肯定不是一個人，一個人不可能做到連殺兩人而不留痕跡。而且他們的殺人手段竟然可以矇騙過驗屍官及陪審團這麼多人的眼睛。因此，一定有同夥，並且都是有勇有謀的人。不論文件藏在哪裡，他們都非要弄到手。估計K K K不是一個人名字的縮寫，而是某個集團的標誌。」

「是什麼集團的標誌呢？」

福爾摩斯傾身向前，低聲問我：「你聽說過三K黨嗎？」

「沒聽過。」

「看這裡，」福爾摩斯打開膝蓋上的書，念道：

「克尤．克拉克斯．克蘭，最早是模仿來福槍扳機扣動之聲演繹而來。它是在美國南北戰爭後，由南部各州的前聯邦士兵組成的一個秘密團體，全國都有其分會。其中在田納西、路易斯安那、卡羅來納、喬治亞、佛羅里達州比較引人注目。其勢力主要致力於政治目的，如恐嚇黑人選民，謀殺或驅逐那些反對他們政治觀點的人……在施行暴行前，他們一般會先寄一些奇形怪狀但還可以辨別的東西給受害人作為警告，譬如一小根帶葉的橡樹枝、幾粒西瓜籽或幾個橘核。受到警告的人，可以公開宣布放棄原來的觀點，或逃到國外。但假如不理不睬，就勢必會被殺害，而且被殺方式多數出人意料。該團體組織嚴密，使用的方法極端系統，所以在各次案件中，從未有人倖免於難，也從未有嫌疑人被追查到。美國政府及南方上層社會雖然做過很大努力，但至今未能制止。幾年間，該組織滋長、蔓延之勢更甚。直到1869年，三K黨突然垮台，此後暴行僅存餘波。」

福爾摩斯放下手中的書說：「看出來了吧，這個團體是在奧彭肖攜帶文件逃離美國時垮台的，兩件事也許有因果聯繫。難怪總有人死咬著奧彭肖和他的家人不放。可以理解，這些記錄和日記牽涉到了美國南方的一些重要人物，如果不重新找回，有的人恐怕連覺都睡不好。」

「那，我們看見的那一頁……」

「跟我預料的差不多。要是我沒記錯的話，上面曾寫了『送橘核給A、B和C』其實這意味著已經把警告送給了那三個人。然後又寫：A、B已經清除或者已經出國；最後還說訪問過C，這恐怕意味著C已遭不測。喂，醫生，看看這黑暗的世界吧，讓我們為它帶去一點光明。我確信，此時小奧彭肖正照我說的去做，這也是他唯一的機會。今晚的事就這樣了，現在請把小提琴遞過來，讓我們暫時把這煩人的天氣和同胞的不幸遭遇放到一邊吧！」

第二天早晨，天晴了。太陽透過朦朧的雲霧在這個城市上空散發著柔和的光芒。我下樓時，福爾摩斯已經在那裡坐著吃早餐了。

「原諒我沒等你一起吃，」他說，「小奧彭肖的案子會使我忙上一整天。」

「你準備怎麼做？」我問。

「這得看我初步調查的結果，也許我會去一趟霍舍姆。」

「你不直接去嗎？」

「不，我得先從城裡查起，你拉一下鈴，女傭會替你送咖啡來。」

我一邊等咖啡，一邊拿起桌上未打開的報紙看起來。突然，我的目光停在了一個標題上，心裡不禁打了個哆嗦。

我叫道：「福爾摩斯，你遲了一步。」

「啊！」他放下杯子說，「我正擔心這個，究竟怎麼回事？」他說話時看起來很平靜，但我知道，其實他心裡十分緊張。

奧彭肖的名字和「滑鐵盧橋畔的悲劇」這個標題吸引了我的注意力，報導的內容如下：

昨晚九點到十點之間，H區警員庫科在滑鐵盧橋附近執勤時，忽然聽到有人落水及呼救的聲音。當時恰逢狂風暴雨，四周漆黑一片，所以儘管數人參與救援，卻仍然以失利告終。警報發出後，經水上警察共同努力，最後撈上來一具屍體，經檢驗是一名年輕紳士。根據其衣袋中信封判斷，此人名為約翰・奧彭肖，生前住在霍舍姆附近。據推測，死者可能是著急趕從滑鐵盧站開出的末班車，天黑路滑加之匆忙，以致誤踩一渡輪小碼頭的邊緣而不慎落水。死者身上未發覺任何暴力痕跡，顯係意外事故，此事足以喚起執政當局注意河濱碼頭之安全。

我們沉默地坐了幾分鐘，福爾摩斯看起來也很沮喪，那人受震驚的神情我還從未見過。最後，他終於開口講話了：「我很難過，華生，雖然說起來有些偏狹，可是它的確是傷害了我的自尊心。這件事怪我，在我有生之年內，我一定會親手解決掉這幫傢伙。他來向我求救，我卻打發他走，讓他走上死路……！」他從椅子上跳起來，在屋內來回不停地走動，始終難以控制激動的情緒，羞憤的表情更是不時浮現在他深陷的雙頰之上。只見他一會兒兩手交握在一起，一會兒又鬆開，反反覆覆。最後他大聲說道：「這幫狡猾的魔鬼！到底是用什麼詭計把他騙到那裡去的？那堤岸根本不是到車站的直達路線啊！況且儘管夜色漆黑，可是那座橋上來往的車馬行人依然很多。哎，華生，我馬上就要出去，等著瞧吧，到最後，看誰會贏！」

「你要去找警察嗎？」

「不，我要自己做警察。等把網結好，我們就能夠捉蒼蠅了。可是一定得結張好網才可以捕捉。」

這一整天我都一直在忙自己的醫務工作，天色很晚了才回到貝克街。福爾摩斯還未回來。快到十點時，他回來了，臉色很蒼白，看起來精疲力盡。他跑到碗櫃旁，扯了一大塊麵包下來，狼吞虎嚥地吃起來，然後又喝了一大杯水。

「你很餓？」我問。

「都快餓瘋了！早餐過後我就沒再吃東西。」

「沒再吃？」

「是呀，一點也沒吃，沒時間吃。」

「事情怎麼樣了？」

「還可以。」

「有線索了嗎？」

「已經在我的掌握之中，小奧彭肖的仇一定可以報。華生，我們就以其人之道還治其人之身，我已經考慮好久啦！」

「你說什麼？」

他從櫃子裡拿了一個橘子，剝了皮，擠出橘核，撿出五個放到一個信封裡，並且在信封口蓋的背面寫了「S H 代J O」，最後黏好信封，在上面寫了「美國，喬治亞州，薩凡納，『孤星號』三桅帆船，詹姆斯・卡爾霍恩船長收。」

「他進港時就會收到這信，」他得意地笑道。「看到這封信，他肯定會夜不能寐，並且會覺得這是他死亡的前兆，就跟奧彭肖碰到的情形一樣。」

「這個卡爾霍恩船長究竟是何方神聖？」

「是那群混帳的頭，做掉他之後，我會繼續處理其他人。」

「你怎麼調查出來的？」

他從衣袋裡掏出一大張寫滿日期與姓名的紙。

「我去查了《勞氏船舶年鑑》，還有相關舊檔案的卷宗，追查了1883年1月和2月曾經在印度本地治里港停過的每艘船以及其離港後的航程，花了一整天的時間。」他說，「從記錄上看，這兩個月內，有三十六艘噸位較大的船到過那裡，其中一艘名為『孤星號』的帆船引起了我注意，因為記錄上說這艘船是在倫敦結關又開走，但奇怪的是，它卻用了美國的一個州名命名的。」

「我猜，是德州吧！」

「究竟是哪個州，我還沒搞清楚，不過我敢肯定它是一艘美國籍帆船。」

「後來呢？」

「我又查看了敦提港的記錄。證實1885年1月，『孤星號』確實到過那裡，這就進一步證實了我的推測。接下來，我也對目前停靠在倫敦港的船隻做了詳細的調查。」

「結果呢？」

「『孤星號』上個星期到過這裡。我去艾博特船塢打聽時，查出這艘船今早已返回薩凡納港了。我又發電報給格雷夫森德市，得知這艘船不久之前已經開過去了。因為現在海上是東風，所以我堅信，估計此船目前已開過古德文森，距離維特島不遠了。」

「那接下來你打算怎麼辦？」

「我會捉住他！我調查了，船上只有他與他的兩個副手是美國人，其餘都是芬蘭人和德國人。並且根據幫他們裝貨的碼頭工人講，他們三人昨晚曾離船上過岸。等他們一到薩凡納港，郵船就會把這封信帶給他們。而且我已在電報上通知了那裡的警察，通報說他們就是這裡正在追緝的三名通緝犯，被指控為犯有謀殺罪。」

可是，人算不如天算，人為布下的網再精巧，也不可能沒有絲毫漏洞。殺害約翰・奧彭肖的凶手再也不可能收到那些橘核了，因此也永遠不會知道，這世界上還另有一個比他們更加智慧、堅持的人正在全力追捕他們。那年秋天，風特別凶猛，持續地颳了很久。我們一直在等候著薩凡納方面有關「孤星號」的消息，但卻始終沒有音信。後來聽說有人在離大西洋很遠的地方，在一次海浪退潮後發現了一塊破碎的船尾柱，上面刻著「ＬＳ」兩個字母，那應該是「孤星號」的縮寫。我們所能打聽到的「孤星號」的命運僅此而已。

神秘的乞丐

聖喬治大學神學院已經去世的院長伊莱亞斯·惠特尼有一個兄弟——艾薩·惠特尼，他吸食鴉片上了癮，終日沉溺其中。據我所知之所以染上這種惡習，是由於在大學時一念之差造成的。他讀了一本同樣是癮君子的德·昆西描述吸食鴉片如何夢幻、如何享受的書，並且如法炮製地也吸食那些在鴉片酊裡泡過的菸草，藉此來體驗所謂如醉如痴的效果。時間一長，不知不覺就上癮了。後來發現不對，想戒掉卻已經很難。像很多人一樣，多年來他身陷其中不能自拔，親戚朋友對他既厭惡又憐惜，無可奈何。我至今都能想起他那副模樣：面色發黃，眼皮垂著，兩眼無神，身體縮成一團蜷在椅子裡，彷彿一個倒楣的落魄王孫。

在1889年6月的一個晚上，我家門鈴忽然響起，當時大多數人應該都要睡覺了。聽到門鈴聲，我馬上從椅子裡坐起來，妻子也停下了正在做的針線活，臉上露出不愉快的表情。

「一定是病人，你又要出診了。」她說。

我忙碌了一天，才疲倦地從外面回來，聽了之後忍不住嘆了一口氣。

開門聲之後是急促的說話聲，接著是一陣腳步聲傳來。幾乎與此同時，我家的房門洞開，一位婦女走了進來，她身穿深色呢絨衣服，頭上蒙著黑紗。

「對不起，這麼晚了還來打攪您！」說著，她快步走上前，摟住我妻子，靠在她身上哭泣起來。「噢！我好倒楣啊！」她哭著說，「你們可要幫幫我！」

「啊！」我妻子一邊說，一邊揭開她的面紗，「原來是凱特・惠特尼呀！凱特，你把我嚇死了！真沒想到是你！」

「這麼晚來找你，因為我實在沒有辦法了。」這種事經常發生，女人們一旦遇到不順心的事，都會像黑夜的鳥兒撲向燈塔一般撲向我妻子，希望從她那裡獲取一些安慰。

「我們很高興你能來！但是請先喝口兌水的酒，平靜下來，再告訴我們到底出了什麼事。要麼我讓詹姆斯先去休息，你覺得怎麼樣？」

「噢！不！我也需要醫生的幫助。是艾薩出事了，我好害怕，他都兩天沒有回過家了！」

這已不是她頭一次來我家求助，向我是從求醫的角度來徵詢，向妻子則是作為老同學和老朋友來傾訴。一般我們都會想盡辦法勸導她，比如問她是否知道丈夫在哪裡，能不能幫她找回來……

其實，找他並不難。一般情況，他只要菸癮一來，就跑到老城區最東面的一個鴉片館去過癮。不過他外出遊蕩向來不會超過一天，每晚都是抽搐著身體，疲憊不堪地回家。但這次情況似乎有些特別，他已經在外面待了四十八個小時了。他會去哪裡呢？也許正在和碼頭上那些社會渣滓混在一起吞雲吐霧，也許還在那個鴉片館，她太太堅信他在鴉片館。那家鴉片館在天鵝閘巷的黃金酒店，但她知道這個地方也沒用。作為一個年輕嬌怯的女人，她怎能闖入那種地方，把自己的丈夫從一群惡魔中間拖出來呢？

看來，只能是有人代勞了。起初我想跟她一起去，但回頭一想，何必讓她辛苦一趟呢，我一個人也可以把他找回來。憑我是艾薩・惠特尼的醫藥顧問的身分，相信我對他會有影響力。而且我獨自去，事情也許會好辦一點。我向她保證只要她丈夫真的在那個地方，兩個小時內一定把他送回家。十分鐘之後，我乘上了一輛雙輪小馬車，向東駛去。對於這趟差事，起初我並未在意，更不會想到後來是如此這般的離奇。

一開始很順利。天鵝閘巷是隱藏在倫敦橋東沿河北岸的高大碼頭建築物後面的一條汙濁的小巷，那間菸館就擠在一家廉價成衣店和一家琴酒店之間，門面是個黑漆漆的豁口，像一個洞穴。一條陡直的階梯通向裡面，我順著階梯走下去，讓車在外面等著。來來往往的醉漢們的雙腳已把石階的中間踩磨得凹陷不平了，門上懸掛著油燈，我在閃爍不定的燈光裡摸到了門閂，走進了一間又深又矮的屋裡。屋內瀰漫著棕褐色的鴉片煙霧，靠牆擺著一排排木床，好像移民船前甲板下的水手艙。

透過昏黃的燈光，隱約能看到有人東倒西歪地躺在床上，有的聳肩低頭，有的頭顱後仰，有的下頷朝天，他們用失神的眼光從各個角落打量著新來的客人。在燃燒著鴉片的金屬菸斗裡，人吮吸時發出的紅色光環，在重重疊疊的黑影裡閃著微光，忽明忽暗。他們有的自言自語，有的用低沉單調的語言在相互交談。但他們的談話往往含混不明，可能都是自己的心事，至於別人對他講的話，都當了耳邊風。然而，絕大部分人只靜靜地躺著，遠處放著一盆熊熊燃燒的炭火，一個老頭坐在旁邊的一張三腳板凳上。他身材高大，正雙手托腮，兩肘支在膝蓋上，兩眼凝視著炭火。

一個臉色蒼白的馬來人在我一進屋時便走上前來，遞給我一桿菸槍和一份菸劑，邀請我到裡面的一張空床上。

「非常感謝，可是我不打算在這裡久留。」我說，「我是艾薩·惠特尼先生的朋友，我得找他談談。」

在我右邊，有人動了一下並發出聲音。透過暗淡的燈光，我看到惠特尼睜大眼睛注視著我，他臉色慘白，邋裡邋遢，十分憔悴。

「天吶！原來是華生！」他說，那樣子又可憐又可鄙，樣子顯得很緊張。「嗨，華生，幾點了？」

「快十一點了。」

「哪天啊？」

「六月十五日，星期五。」

「老天！我一直以為今天是星期三。就是星期三，你不要嚇唬我。」他低下頭把臉埋進雙臂放聲大哭起來。

「我跟你講，確實是星期五，你妻子整整在家等了你兩天，難道你不覺得內疚嗎？」

「是的，我應該感到羞恥，可是你弄錯了，華生，我只不過在這裡待了幾個小時而已，抽了三鍋、四鍋……我不記得了。但是我立刻跟你回去。小凱特太可憐了，我不能讓她再擔心了，扶我一把，你僱馬車了嗎？」

「沒錯，我僱的馬車正等在外面。」

「好，我就坐車回家吧，不過你得幫我看看究竟欠了多少帳，我一點精神也沒有，幾乎走不動了。」

我四處尋找掌櫃的，在躺著人的木床之間屏住呼吸，來回穿行，以免聞到那令人作嘔的氣味。當經過炭火房那位高個子老頭旁邊時，覺得有人拉了我一把，並悄悄地說：「走過去再回頭看我！」我急忙找話音的來源，只有那老頭距我較近，我肯定這話是他說的。但他仍和剛才一樣，聚精會神地坐在那裡。他臉上布滿皺紋，瘦骨嶙峋，佝僂著背，兩膝間放了一支菸槍。我走了幾步回過頭來看他，吃了一驚，要不是我極力克制，肯定會叫出聲來。他轉過身時，除了我，誰也看不到他，佝僂的身體已經伸直，皺紋也舒展開來，兩眼炯炯有神，竟然是夏洛克・福爾摩斯，他正坐在炭火盆邊看著目瞪口呆的我發笑。照他的示意，我急忙走到他身邊，他馬上轉過身側面向眾人，這時竟又顯出那副哆哆嗦嗦，胡言亂語的模樣。

「福爾摩斯！你來這裡幹什麼？」我小聲問他。

「小聲點，」他說，「我耳朵很靈，你要是有心幫我，就先把你那位菸鬼朋友打發掉，我急於跟你聊聊。」

「我僱了一輛馬車等在外面。」

「那就讓他坐車回去吧！你放心，他顯然沒力氣再招惹麻煩了。我勸你寫個便條告訴你太太，說我倆又開始合作處理一件事了。然後你到外面等我，五分鐘後我來找你。」福爾摩斯有什麼要求，我總是難以拒絕。而且，我只要把惠特尼安全送上馬車，任務就算完成了，剩下來的時間，我很樂意跟老朋友去冒險。這種事情對他來說簡直就是家常便飯。不一會兒，我寫好便條說明了行蹤，又幫惠特尼付清欠帳，這才帶他出來，並一直望著他坐馬車離開。很快，一個老頭從鴉片館裡出來，我們一起往街上走去。他駝著背，搖來晃去，蹣跚地走過兩條街，然後快速朝周圍看了一遍，這才站直身子。我們倆都忍不住哈哈大笑。

「華生，我猜，你現在肯定是想，注射點古柯鹼從醫學觀點來看勉強還能容忍，現在怎麼又添了吸鴉片的怪癖呢？」

「發現你在那個鬼地方，我當然吃驚。」

「我比你更吃驚，你不也在那裡嗎？」

「我是去找朋友的。」

「但我去找一個敵人。」

「敵人？」

「對，一個天敵，也許不久後可以稱它為我的一個獵物。華生，簡單地說，目前我正在探查一樁奇案，我想從那些癮君子口中尋找到蛛絲馬跡。以前我也幹過類似的事，菸館裡的人要是認出我來我就沒命了。那個印度阿三，就是開菸館的無賴，曾經揚言要找我報仇，因為我以前就去菸館調查過。保羅碼頭拐角處有幢房子，房子後面有一個活板門，那裡藏著很多故事，月黑風高之夜，總有東西會經由那裡被打發掉。」

「什麼！你是指一些屍體嗎？」

「是的，華生，那個菸館殺人如麻，從每個被弄死的菸鬼身上都可以得到一千鎊，假如我們弄到這筆錢，就發財了。沿河一帶，最危險的謀財害命之所就是這裡。我估計內維爾．聖克雷爾就是從這裡進去並再也沒有出來。我們就把圈套設在這裡。」他把食指放在兩唇之間，吹出一個響亮的口哨，遠處響起了同樣的口哨，一陣車輪聲和馬蹄聲從遠處傳來。

「華生，你現在願意和我出去一趟嗎？」他問。

此時，一輛雙輪單馬車從暗處駛出，兩邊的吊燈射出兩道黃色的燈光。我說：「要是我可以幫上忙的話。」

「信得過的朋友總是可以幫忙的，筆桿記事就更不用說了。我在杉園的房裡有兩張床。」

「杉園？」

「對，偵查此案這段時間就住在那裡，那是聖克雷爾先生的屋子。」

「在什麼地方？」

「在離李鎮很近的肯特郡，我們得趕二十來里的路。」

「我可是一無所知啊！」

「當然，但你很快會知道一切的。上來吧！行了，約翰，不麻煩你了。這是半克朗，明天早上見，大概十一點等著我，鬆手吧，再見！」

他輕抽了馬一鞭子，馬車馬上疾馳而去。穿過一條條無人街道後，路面漸漸寬闊起來，最後又通過了一座兩側有欄杆的大橋。黑沉沉的河水從橋下流過，岸邊延伸過去是一塊單調的荒地，上面到處是磚堆和泥灰，四周一片沉寂，只有巡警那沉重而有規律的腳步聲偶爾打破這寂靜的夜。一團團散亂的雲從上空緩緩飄過，幾顆星星在雲縫裡發出微弱的光芒。伴隨著偶爾傳來的樂不思返的狂歡者的縱歌狂喊聲，馬車靜靜地前行。福爾摩斯始終沉默著，低著頭，彷彿在沉思，我坐在旁邊不敢打擾他，儘管我很想知道這個案子的情況，為何會使他如此費心。馬車已經走出好遠，前面就是郊外別墅區的邊緣地帶。他這時才從沉思中醒過來，搖搖身子，聳聳肩，點上菸斗，又恢復了悠然自得的模樣。

「華生，你是保持沉默的天才。」他說，「這是你成為我非常可貴的朋友的前提，對我來說，跟別人交往是件很困難的事，因為我的觀點不是很能令人信服。現在我真不知道待會兒該怎麼向那位迎接我們的可愛的小女人解釋。」

「你別忘了，我根本不知道這件事。」

「在到李鎮之前，我有足夠的時間告訴你一切。此案看起來簡單，可是卻令我如墜雲霧，甚至摸不著頭腦。毫無疑問，線索確實不多，我抓不到任何頭緒。現在，讓我把案子的大致情形告訴你，華生，你也許會讓我在黑暗裡見到一絲光明。」

「你就講講吧！」

「幾年之前——準確地說，是在1884年5月，有個叫內維爾・聖克雷爾的紳士來到了李鎮。他買了一座大別墅，庭院非常漂亮、豪華，可見他特別有錢。漸漸地，他與周圍的很多人都交上了朋友。1887年，一位釀酒商的女兒嫁給了他，後來生了兩個孩子。雖然他在幾家公司都有投資，但是自己卻沒有正式職業。依照慣例，每天早上他會進城，下午五點十四分再坐火車從坎農街回來。聖克雷爾先生現年三十七歲，無不良癖好，是位好丈夫，好父親。我已經調查過他現在的一切債務，共有八十八鎊十先令。而他的存款，光首都銀行就有二百二十鎊。因此，認為他因財務問題而煩惱，進而出事的假設恐怕不成立。

「上個星期一，聖克雷爾先生有兩件重要的事要辦，還要為小兒子買一盒積木，因此他很早就進了城。巧的是，就在那一天，他離家後不久，他太太收到了一份電報，電報說有一個重要的小包裹已經寄到了亞柏丁運輸公司辦事處，等她去取。事實上，她一直在等這個包裹。如果你熟悉倫敦的街道的話，就會知道那家公司的辦事處是在弗斯諾街，而那條街恰巧與天鵝閘巷之間有一條岔道相通，天鵝閘巷就是你今天遇到我的那個地方。聖克雷爾太太吃過午飯就進城，在商店買了點東西後就到運輸公司辦事處去取包裹。在下午四點三十五分，她正好路過天鵝閘巷去車站趕車，你聽清楚了嗎？」

「清楚了。」

「不知你是否記得，那是個天氣炎熱的星期一。聖克雷爾太太邊走邊四處張望，希望能盡快找到可以乘坐的馬車，因為她很討厭走這種雜亂的街道。當經過天鵝閘巷時，她突然聽到一聲喊叫，順著聲音，她發現自己的丈夫正從一座三層樓的窗口向下望她，彷彿還在向她招手，當時她被嚇得手腳冰涼，出了一身冷汗。據說，她丈夫當時的樣子十分可怕，顯得很激動，因為窗戶是敞開的，所以她能清楚地看到他的臉。他當時使勁朝她揮手，但瞬間便消失在窗口，似乎有一種難以抗拒的力量在他背後拉了他一把。女人敏銳的眼睛在剎那間產生了奇效：她看到了一個不同尋常的細節，他雖然穿著進城時的那件黑色上衣，可是脖子上沒了硬領，胸前也沒了領帶。

「她想丈夫可能出什麼事了，於是順著台階飛奔而上——房子就是你今晚去過的地方，也就是我偵查的那家菸館。她穿過屋子，衝向二樓的樓梯，結果被那個印度人堵在了樓梯口，還被推了回來。接著又跑來一個丹麥人，他們一起把她推到了街上。她非常震驚，急忙沿著小巷衝了出去，在弗雷斯諾的街頭，她十分幸運地撞上了一位正去值班途中的警官和幾名警察。聽完她的訴說，他們便與她一同返回菸館。雖然菸館老闆一個勁地阻攔，但他們還是進了那間剛剛發現聖克雷爾先生的屋子。可是，屋子裡沒有任何跡象顯示他曾經待過。實際上，那層樓上沒有其他任何人，除一個奇怪的人之外。他跛著腳，面目可憎，看起來好像長住在那裡。這個傢伙和那個印度人都發誓說，那天下午沒有人到過那層樓的前屋。他們的否認使警官一時摸不著頭腦，認為也許是聖克雷爾太太看錯了。這時，她突然大叫一聲，撲到了放在桌上的一個松木盒子前，打開後，裡面滾出一堆兒童玩具和積木，那是她丈夫答應給兒子買的玩具。

「她的發現，以及那跛子表現出的驚慌失措的神情，都表示事情並非像他們說的那樣簡單。警官也產生了懷疑，於是仔細搜查了每間房子。結果證明此間種種確實存在凶險案情。作為客廳的前屋裡，擺設簡樸，屋子通向另一間正背對著碼頭的小臥室。從小臥室裡可以看到碼頭的情景，碼頭與窗戶之間是一塊窄長的地段。退潮時這裡是乾地，漲潮時，則最少也有四英尺深的河水淹過來。臥室裡有一扇由下向上開的窗子。搜查中，巡警們發現窗框上有血跡，地板上也有，還在前屋的一條帷幕後發現了聖克雷爾先生的靴子、襪子、帽子和手錶，唯獨沒有那件上衣。這些東西上沒有任何暴力的跡象，聖克雷爾先生也沒了蹤影。顯然他是想從窗戶跳出去，再透過游泳逃生。但當時絕不可能，因為慘劇發生時，正是潮起的時候，並且漲到了頂點。

「回頭再來看那些與本案有直接聯繫的歹徒們。那個印度阿三的臭名雖然遠近皆知，但聖克雷爾太太說過，她丈夫在窗戶出現後幾秒鐘，那個印度人已經在樓梯口等她了，因此在這件事中，他充其量只是一個幫凶。他一再辯解說自己什麼也不知道，並且說對樓上租戶休・布恩的一切也都不清楚。至於那位下落不明的先生的衣物為何會出現在屋裡，他更是說不出個所以然來。

「除了印度阿三，就是那個住在三樓上的瘸子，他一定是最後見到聖克雷爾先生的人。他叫休・布恩，經常到倫敦來的人都認識他那張醜惡的臉。他以乞討為生，為了避免警察管制，他經常扮成賣蠟火柴的小商販。沿針線街往下走不遠，在靠左邊的一個牆角，你也許注意到過，這個乞丐成天坐在那裡，膝上放著幾盒少得不能再少的火柴。他把一頂油漬斑斑的皮草帽放在身邊的人行道上，看到他那副令人哀憐的相貌，人們常常會把小錢雨點般地投進他的帽子裡。他引起了我的注意，我想瞭解一下他的乞討生活，於是暗中觀察過他多次。當我完全瞭解了他的乞討情況後，真是大吃一驚，因為他的收入很豐厚。你知道，每個經過他身邊的人都忍不住看他那奇特的相貌一眼：一頭蓬鬆的棕紅色頭髮；一塊恐怖的傷疤把那張沒一點血色的臉襯托得更加難看，那塊疤一收縮，就會把上唇外面邊緣翻捲著拉上去；猶如哈巴狗一樣的下巴；跟頭髮顏色形成鮮明對比的黑眼睛……所有這些都是他與其他乞丐的差別。另外，他還很機靈，不管路人扔給他什麼破爛東西，他都會從容而恰當予以回應。我們現在已經知道，他便是寄宿在菸館的人，也是最後一個見過失蹤紳士的人。」

我說：「但是，一個殘疾人怎麼可以獨自對付得了一個年輕力壯的男子呢？」

「他走路確實是殘疾人的樣子，然而其他方面都很強，並且營養充足，跟一般的乞丐不同。你的醫學經驗也可以證明，一個人要是有一肢不靈活的話，其他肢體通常都會特別健壯，由此來彌補缺陷。」

「接著說。」

「聖克雷爾太太在看到窗框上的血跡後就暈了過去，一位警察用車把她送回了家。因為她留下來會妨礙現場偵查。負責本案的警官將所有房間都仔細查過了，可是沒發現一件有利於本案的東西。但他們當時忽視了一點，就是沒有立即把休・布恩抓起來，以致讓他有了幾分鐘和印度同夥串供的時間。還好這個失誤很快就被糾正了，休・布恩已經被拘留，但還沒有發現什麼可以給他定罪的證據。雖然他汗衫右袖口上的一些血跡令人懷疑，但他的左手第四指靠近指甲處被刀割破了一塊，他指著傷口，說血是從那裡流出來的，並且說剛剛他到過窗戶那邊，窗上的血跡也是這樣來的。同時他否認見過聖克雷爾先生，還發誓賭咒，說他與警方一樣，對房間裡的衣物感到非常迷惑。他覺得聖克雷爾太太說看到她丈夫出現在窗戶，那一定發瘋了，也許是在做夢。但他最後還是被押到了警察局，雖然他一直在抗議。警官依然守在房子裡，盼著退潮後能找到新線索。

「令人興奮的是，還真找到了一絲希望。儘管他們在泥灘上並未發現內維爾・聖克雷爾的屍體，不過他們找到了他的上衣，它在退潮後完全暴露在沙灘上，你猜我在他衣袋裡找到了什麼？」

「猜不出來。」

「沒錯，很難猜到。每個口袋都塞滿了一便士和半便士的錢幣——共四百二十便士和二百七十個半便士，難怪潮水沒有捲走上衣。然而，對人的軀體來說就是另外一回事了，每次退潮時，房子與碼頭之間的水勢都異常洶湧，軀體很可能被捲走，而只留下這件沉甸甸的上衣。」

「但是，人們發現這位先生的其他衣服全都在屋裡，他難道只穿著一件上衣嗎？」

「不，華生，可以更恰當地解釋這件事，布恩如果在沒有人看見的情況下把內維爾・聖克雷爾推出窗外，那麼接下來肯定會立即把那些洩露真相的衣服消滅乾淨。情急之下，抓起衣服扔出窗外的潮水裡是個好辦法，但衣服那麼輕，肯定沉不下去，會順水漂浮。恰在此時，他已經聽到那位太太和印度人的爭吵聲，並且也許已經從同夥那裡知道大街上有一批巡警正朝這裡跑來，所以幾乎沒有太多時間考慮。也許他突然想到了那些乞討來的錢，就衝到那個藏錢的地方，隨手抓起一把硬幣，塞進衣袋裡，這樣衣服便沉了下去，之後，當再想扔其他東西時，已經來不及了，只好匆匆把窗戶關上。」

「這種解釋聽起來還說得過去，但太勉強了。」

「可是我們找不著比這更合理的假設了，暫且把它當作正確的吧！我說過了，休・布恩已經被關進了警察局，可是警方卻找不到任何有利證據來證明他以前犯過哪些罪。甚至連嫌疑也找不到，長期以來，他只是世人皆知的乞丐。

「他的安靜生活似乎並沒有危害到別人，事情就是這樣的。而那些應該解決的問題卻至今仍是些謎。這些問題就是：內維爾・聖克雷爾先生去那個菸館幹什麼？他在那裡出了什麼事？他現在在哪裡？休・布恩到底在這個案子中處於什麼角色？我承認：在我過去經手的案件中，還很少有類似的，案情看起來如此簡單，實際上卻疑團不斷，這麼難查。」

就在夏洛克·福爾摩斯為我介紹這一連串怪事時，馬車已經將我們帶出這座城市。最後，散落在四處的房子也消失了。馬車在兩邊有籬笆的鄉間小路上前進，他正好說完時，我們也從兩個村莊之間穿出，閃爍的燈光從其中幾家窗戶中透出來。

我的同伴說：「現在到了李鎮的邊緣，對我們來說，這旅途並不算長，可是一路上已穿過了三個郡縣，從米特兒賽克斯出發，路過瑟里郡的一角，最後到了肯特郡。你有沒有看見那透過樹叢的燈光？杉園就在那裡。一位忐忑不安的婦女應該正等在那裡的燈光下，憂心忡忡地豎耳傾聽著外面的聲音。毫無疑問，她已經聽到我們的馬車聲了。」

「為什麼不待在貝克街辦這個案子呢？」

「因為必須在這裡進行某些偵查。聖克雷爾太太已經很熱心地為我準備了兩間房，你放心，她會熱情歡迎你的到來，因為你是我的同事兼朋友嘛。華生，我們到了，說心裡話，在不知道她丈夫的下落之前，我非常害怕見到她。」

在一座大別墅前，我們的馬車停了下來，別墅位於庭院的中央。一個馬僮跑了過來，車剛停穩，他便拉住了馬頭。我下了車，與福爾摩斯並肩走上了一條一直延伸到樓前的彎彎的小碎石路。樓門是開著的，一位少婦站在門口。她皮膚白皙，頭髮金黃，穿一身合體的淺色細紗布衣服，領口和袖口都鑲著紗邊。紗邊呈粉紅色，如蟬翼般蓬鬆透明，燈光的照射使她顯得更加亭亭玉立。她一手扶門，一手半舉在空中，看樣子非常著急，顯然已等了很長時間。她微微彎著腰，往前探身，雙眼充滿渴望地注視著我們，雙唇微啟，彷彿隨時要向我們提問。

她問：「情況如何？」一邊問一邊看到我。她的問話聽起來抱有很大希望，但當看到福爾摩斯搖頭聳肩的樣子時，她又開始傷心起來。

「什麼令人興奮的消息也沒有嗎？」

「沒有。」

「壞消息也沒有？」

「是的。」

「謝天謝地！快進屋吧，你們也累了一整天了。」

「他是我的朋友，華生醫生。我真高興他能來幫我破案。在過去的很多案子裡，他都發揮不可忽視的作用。」

「很高興見到您，」說著，她與我握了握手，「如有招待不周的地方，望多包涵。我近來遭受的打擊實在是太大，萬望體諒。」

「尊敬的夫人，」我說，「我吃過很多苦，您不用跟我這樣客氣，因為我不會介意。要是能幫上你什麼忙，那是我的榮幸。」我們一起走到了一間燈火通明的餐廳，桌上已經放好了冷餐。聖克雷爾太太說：「我想請教您兩個問題，福爾摩斯先生，希望您給我一個明確的答案，不要有絲毫掩飾，可以嗎？」

「可以，太太，您問吧！」

「您不用考慮我的感受，我會控制好自己，不會說暈倒就暈倒。唯一有一個請求，希望您說實話。」

「您想問什麼？」

「別騙我，您覺得內維爾還活著嗎？」

被這麼一問，夏洛克·福爾摩斯頓時窘住了。

「您告訴我實話啊！」她站在地毯上，看著福爾摩斯急切地問道。後者這時正坐在一把柳條椅裡。

「說實話，太太，我並不那樣認為。」

「您是說他已經不在了？」

「對。」

「被謀殺了？」

「我覺得不是，但也有可能。」

「他是哪一天遇難的？」

「星期一。」

「福爾摩斯先生，今天我收到了他的信，您或許願意解釋一下，這是怎麼回事？」聽了這話，福爾摩斯觸電般跳了起來。

「你說什麼？」他大聲叫道。

「沒錯，就今天。」她手裡舉起一張小紙片，微笑著站在那裡。

「我可以看一下嗎？」

「當然。」

福爾摩斯急忙抓過紙條，把燈移過來，又把紙攤在桌上，認真地讀了起來。我也站起來，湊過去看那張紙條。信封的紙相當粗糙，上面蓋有格雷夫森德地方的郵戳，日期是當天，準確地說是前一天，因為這時已經過了午夜。

「字跡很潦草，」他喃喃地說，突然又提高聲音，「這絕對不是您丈夫寫的，他不可能寫這麼潦草的字。」

「是的，信封可能不是，但裡面的信是他寫的。」

「我覺得，無論是誰寫的信封，但都是起初不知道地址，問過之後才寫上去的。」

「為什麼？」

「您看，人名是用深黑墨水寫的，寫好後自行乾了。其他字的墨色發灰，顯然是寫好後又用吸墨紙吸過，要是一口氣寫成，再用吸紙吸乾，所有字跡的顏色就不會有深淺之分。這個人先寫人名，後來才寫地址，說明他不知道收信人的地址。當然這是小事，可是小事最不應該去忽視。我們現在好好看信吧，哈！還有一個東西。」

「對，是他的一枚圖章戒指。」

「您敢肯定這是您丈夫的筆跡？」

「這是他的一種筆跡。」

「什麼一種？」

「就是在匆忙中使用的一種，儘管它與平時的不一樣，可是我一樣認得出來。」

親愛的：

別害怕，一切都會好起來。既然錯誤已經鑄成，就得花費一些時間來糾正它，希望你耐心地等待。

內維爾

「這封信是用鉛筆寫的，並且信紙是一張八開本書的扉頁，紙上並沒有留下手紋！噢！看樣子那個從格雷夫森德寄信來的人，他的拇指很髒。哈！信封是用膠水封口的，要是我沒猜錯的話，這個人在黏信封時口裡還嚼著菸草。您肯定這是您丈夫的字跡嗎，太太？」

「我肯定，這是內維爾的字跡。」

「信物還是今天從格雷夫森德寄出的。聖克雷爾太太，雖然我不能亂下結論說危險已經不存在，但現在確實是有一線曙光了。」

「他肯定還活著，福爾摩斯先生。」

「也許，這筆跡是經過巧妙偽造而來的，是為了把我們引入歧途。而那枚戒指，它終歸證明不了什麼，因為可以被人從你丈夫手上取下來呀！」

「不，不，這確實是他親手所寫的啊！」

「不錯，但還有一種可能，就是星期一已經寫好了，但直到今天才寄。」

「是有這種可能。」

「要是這樣，那麼這期間裡，就什麼事情都會發生。」

「哦，福爾摩斯先生，您為什麼一直給我潑冷水？他會沒事的。我們夫妻之間有一種默契，他要是遭遇不測，我肯定會感覺到。就在我最後見到他的那天，他在臥室裡不小心割破了手，而我當時在餐廳，竟已感覺到好像出什麼事了，便立即跑上樓。您看，連這樣的小事都讓我如此敏感，何況事關他的性命，我怎麼能一點不祥的感覺都沒有呢？」

「憑我的經驗，相信一個女人的直覺，有時確實比一位分析推理家的論斷還準確。根據這封信，您的確有一個有力的證據來支持您的論斷。但是，如果您丈夫還活著，而且還有寫信的自由，他為什麼要在外面住，為什麼不回家呢？」

「我猜不出原因，這很難理解。」

「星期一那天，在他離家之前，有沒有說過什麼？」

「沒有。」

「您在天鵝閘巷看到他時，是不是非常驚訝？」

「當然驚訝了。」

「窗戶當時是開著的？」

「對。」

「他是否叫你了？」

「是的。」

「但是，他只是發出含混不清的呼叫聲？」

「沒錯。」

「您覺得當時他是在求救嗎？」

「對，我想那是求救聲，而且他揮動了雙手。」

「說不定那也是一聲吃驚的叫喊，因為他突然看到了你，並且因為太意外而本能地舉起了雙手，您認為有這種可能嗎？」

「有可能。」

「你覺得像是有什麼人硬把他拉了回去，是嗎？」

「他一下子就沒了，這太突然了。」

「有可能是他一下子縮了回去，你有沒有看到屋裡有其他人？」

「沒有，可是在樓梯腳下，我看到了那個印度阿三，還有那個可怕的人也在那裡。」

「既然如此，您看到您丈夫時，他還穿著原來的衣服嗎？」

「是的，但沒了硬領和領帶，我很清楚地看見他露著脖子。」

「以前他有沒有提過天鵝閘巷？」

「沒有。」

「他吸食鴉片嗎？」

「從來沒抽過。」

「謝謝你，太太，我就想弄清楚這些。讓我們先吃點東西，再休息一下，也許明天要忙一整天。」

聖克雷爾太太為我們準備了寬敞舒適的房間，裡面有兩張床。一夜的奔波使我精疲力竭，進屋後我馬上鑽進被窩，準備睡覺。但福爾摩斯卻沒有一點睡意。他總是這樣，要是有一個解決不了的問題困擾著他，他一定會一連幾天甚至一星期都廢寢忘食，總在反覆思考，再三分析，重新整理歸納各種資訊，並從不同的角度來回推斷，直到弄明白為止。因此，我知道他這次又要熬通宵了。他脫下上衣和背心，換了一件寬大的藍色睡衣，然後找遍屋裡所有地方，把枕頭和靠墊都收攏起來，用它們搭了一個東方式的簡易沙發，然後盤腿坐上去，還在面前擺了一盎司強味的菸絲和一盒火柴。藉著昏暗的燈光，我看到他盤腿坐在那裡，兩眼盯著天花板的一角，嘴裡始終咬著那支歐石楠根雕成的舊楠根菸斗。他一聲不響地坐在那裡，藍色的煙霧從嘴邊不斷升起，盤旋在他的頭頂。他既不出聲，也不動彈，面容如山鷹般堅定。由於過度勞累，我很快進入了夢鄉，而我的朋友就那樣坐著，陷入無盡的沉思中。我半夜從噩夢中醒來，朦朧中看到他還保持著相同的姿勢，靜靜地坐在那裡。天快亮時，我睜開雙眼，夏日的陽光射進屋裡，眼前除了前夜那堆菸絲消失了之外，其他都是老樣子。我朋友嘴裡還叼著那個菸斗，煙霧還在緩緩上升，盤旋繚繞，房裡瀰漫了一股濃濃的煙霧。

「你醒了嗎，華生？」他問。

「醒了。」

「想不想趕車出去，到路上散散心？」

「想啊！」

「趕緊準備一下，現在還沒有人起來，可能我會順利地把馬車弄出來。我知道小馬僮睡覺的地方，我去叫他。」他現在的樣子跟昨晚那個愁眉苦臉的人完全不同了，還一邊說一邊笑，眼裡閃著興奮的光芒。

我起床穿衣時，看了看錶，正好四點二十五分。我剛穿好衣服，福爾摩斯就回來了，他說馬僮正在準備馬車。

「我得檢驗一下我的新推斷，」說著他穿上了鞋子，「華生，我覺得現在你面前站著一個笨頭笨腦的糊塗蟲，並且是全歐洲最笨的一個！應該有人一腳把我給踢到查令十字街去！幸好現在我已經找到了那把打開這個奇案的鑰匙。」

「在哪裡？」我微笑著問。

「在洗浴室裡，」他說，「噢，別認為我在開玩笑。」看到我不信任的神情，他接著說：「我剛去那裡把鑰匙拿了過來，並裝進了我的格萊斯通提箱裡。我們走吧，朋友，去檢驗一下這鑰匙可不可以打開那把鎖。」

為了不驚動別人，我們放輕了腳步，悄悄地下了樓。一出房門，明媚的陽光便灑到身上。馬僮已經套好了馬，馬車靜靜地停在路旁，那個還沒穿好衣服的馬僮已經站在馬的一邊。我們上了車，順著倫敦大道飛馳而去。時間還早，路上只有幾輛裝著蔬菜的鄉下大馬車慢慢地行駛著，那些蔬菜是往城裡運的。

「有些地方看起來很怪，」福爾摩斯說著，抽了馬一鞭，「我承認，我曾經像鼴鼠一樣瞎。但後來我變聰明了，儘管遲了點，可總比在自己設的迷霧裡打轉好。」

我們趕著車穿過瑟里一帶的街道，一些早起的睡眼迷濛的人正在窗邊張望。馬車飛快地駛過滑鐵盧大橋，急速穿過威靈頓大街，最後往右拐了一個急彎，到了鮑街。站在門邊的兩個警察向福爾摩斯敬禮致意，警務人員大多都認識他。其中一個警察把馬牽走了，另一個領著我們進去。

「誰值班？」福爾摩斯問。

「是布萊斯特里特，先生。」

「嗨，布萊斯特里特，你好！」福爾摩斯跟一位警官打招呼，「我們希望跟你私下聊聊。」那位高大魁梧的警官，戴著一頂鴨舌帽，身穿一件帶有盤花的鈕扣夾克衫，此時正從石板鋪的甬道上往下走。

「可以，福爾摩斯先生，先到我房裡來坐。」

我們來到警官那間像辦公室的小屋裡，桌上放著一本很厚的分類登記簿，牆上裝了一部電話，布萊斯特里特當桌坐下。

「要我幫你什麼忙嗎，福爾摩斯先生？」他說。

「我來看那個叫休・布恩的乞丐。他因為與李鎮的內維爾・聖克雷爾先生失蹤案有牽連而受控告，被關在這裡。」

「是的，他被押到這裡候審。」

「現在他在哪裡？」

「在單人牢房內。」

「他守規矩嗎？」

「倒還守規矩，就是渾身髒臭得要命。」

「太髒？」

「沒錯，我費了好大勁才讓他把手洗了。他的臉黑得像補鍋匠似的。哼，等案子結了之後，非得讓他洗個澡。您見了也會受不了，太髒了！」

「我得要見見他。」

「這個簡單，跟我來吧，您先把包放在我屋裡。」

「不用了，我還是帶上它吧！」福爾摩斯神秘地笑了笑。

「那好！請隨我來！」他領著我們走過一條通道，打開一道門上的鎖，然後順著一條盤旋式的樓梯走了下去。下樓之後有一處白牆廊道，兩邊各有一排牢房。

「他的牢房就在右邊第三間。」警官說著，朝裡面看了一眼。

「能看得很清楚，正在睡覺。」他說。

我們倆穿過隔柵朝裡望去，他正面向我們躺著，呼吸緩慢且深沉，睡得很死。他中等身材，穿著一件破爛的粗料上衣，從裂縫處露出了貼身穿的染了色的襯衫。這身打扮跟他的行當極相稱。警官所言不虛，他髒得無法形容，但汙垢都掩蓋不了他臉上的醜陋疤痕。那傷疤從眼邊一直垂到下巴，收縮後的傷疤把上唇的一邊往上吊起，三顆牙因此露在外面，像頭一直在嚎叫的野獸，一頭蓬亂的紅髮蓋住了眼睛和前額。

「這長相真是絕了，是吧？」警官說。

「他確實該洗一下了，」福爾摩斯說，「我想了個辦法，讓他變乾淨一點，而且我擅自把這些東西帶來了。」他一邊說一邊打開那個手提包，拿出了一塊很大的洗澡海綿，把我嚇了一跳。

「哈哈！您真有趣！」警官笑道。

「喏，麻煩你輕輕地打開牢門，我馬上會讓他露出比較體面的容貌。你會發現你做了件大好事。」

「可以，這個忙我能幫，」他說，「他這樣子又不會帶給看守所什麼光彩，對吧？」他打開門，我們輕輕地走了進去。那個睡得正酣的傢伙只側了側身，轉而又進入了夢鄉。福爾摩斯用水罐裡的水把海綿弄濕，往犯人臉上使勁擦了兩下。

「讓我來介紹一下，」他說，「我們看到的這位便是肯特郡李鎮的內維爾・聖克雷爾先生。」

我今生從未見過這樣精彩的場景。那個人的臉讓海綿一擦，竟像剝樹皮一樣，一層一層脫落下來。那粗糙的棕色消失了，恐怖的傷痕也不見了，亂糟糟的紅頭髮也給揪了下來。床上坐起了另外一個人，他面色蒼白，長得很英俊，頭髮烏黑，皮膚光滑，甚至還不知道發生了什麼。他用力揉著惺忪的雙眼，打量著四周，當知道真相敗露時，他大叫一聲趴到床上，把臉深深埋進了枕頭。

警官叫道：「天吶，那個失蹤的人竟然在這裡，我看過他的相片，認得出來！」

事情到了這地步，犯人知道無可挽回，乾脆換上了一副聽之任之的表情說：「即使如此，我又犯了什麼罪呢？」

「指控你犯了殺人罪，殺了內維爾・聖……哦，除非他們判這個案子為自殺未遂案，你才可能不被指控。」警官咧嘴笑了，「哈，我當了二十七年警察了，總算得了一個立功的好機會，這下，可撈便宜了。」

「如果我是內維爾・聖克雷爾，那麼顯然，我沒犯任何罪，你們拘留我是非法的。」

「你是沒犯罪，可是你犯了一個天大的錯誤！你這種勾當對得起你妻子嗎？」

「不光是妻子，還有我的孩子，」那囚犯開始呻吟了，「上帝保佑，不要讓他們因為父親的所作所為而蒙羞，我最擔心的就是這個。天吶，這件事傳出去會丟死人的，我該怎麼辦啊？」

福爾摩斯在他旁邊坐下，輕輕拍了拍他的肩膀。

「如果到了讓法庭來受理此案的地步，案情公諸於眾是必然的。但是，如果你能讓警方相信，這件事沒必要對你提出控告，我覺得也就沒必要把案子公開了。我相信布萊斯特里特警官將會把你的敘述記錄在案，並上報有關當局。這樣，案子就不會被訴諸法庭，也就不會被傳出去了。」

囚犯高興地叫了起來：「上帝保佑你！我申請受拘禁，我甘願受懲罰，但絕不想讓我的秘密成為家人的痛苦和羞恥的汙點，影響到我子女的成長。

「現在，你們是唯一瞭解我身世的人。我父親是切斯德弗特的小學校長，因此我從小就受到了良好的教育。年輕時，我特別喜歡旅行，也熱愛演戲。後來，我成了倫敦一家晚報的記者。有一天，為了一組反映城市乞討生活的報導，我自告奮勇地去採訪，不料這竟成了我人生的一個轉折，從此我開始了另一種生活。為了得到寫文章的第一手材料，我決定親自扮做乞丐去體驗。我當演員時學過化裝術，並且我的化裝技巧在劇場後台是出了名的好。我把這種本領在扮演乞丐的日子裡發揮得淋漓盡致。首先，我把臉塗上厚厚的油彩，為了裝扮成一副最讓人可憐的模樣，我用一條肉色橡皮膏做成了一條很逼真的傷疤，還把上唇向上扭捲起來，再戴上紅色的假髮，配上適合的衣服，然後在市區選定一個地方，表面賣火柴，實則是在當乞丐。第一天，做了七個小時，晚上回家後一清點，發現竟有二十六先令零四便士，我很驚訝。

「我寫完報導就把這件事忘了。可是後來，事情有變。有一次，我替朋友擔保了一張票據，結果竟招來一張法庭傳票，最後判我賠二十五鎊。當時我根本拿不出這筆錢，正急得走投無路時，突然想到了這個辦法。我請求債主寬限我半個月的籌款時間，然後請了假，重新化裝成乞丐，到城裡去乞討。結果僅用了十天時間就償清了那筆債。

「這樣，你們應該能想像到，這其中的誘惑有多大。我只要將油彩塗在臉上，把帽子放在地上，靜靜地坐在那裡，一天就會有兩英鎊的收入。可是我辛苦工作一個星期也只能賺這麼多。一旦嘗到甜頭，想回頭就很難了。我的內心也曾經在自尊與金錢之間反覆掙扎，最終金錢佔了上風。我辭掉了記者的工作，天天坐在我第一次選定的地方，憑藉醜陋的外貌換取世人的同情，進而把銅板輕鬆地塞進自己的口袋。只有一個人知道我的秘密，那就是天鵝閘巷那個下等菸館的老闆，因為我租住在他那裡，早晨我是一個骯髒的乞丐，晚上則又變成一個衣冠楚楚的花花公子。印度阿三答應為我保守秘密，因為我給他高額房租。

「很快，我便累積了大筆財富。我相信，不是每個乞丐都能在倫敦街頭一年賺到七百英鎊——其實我的平均收入比這高。我會化裝，並善於討好那些給錢的人。漸漸地，我成了這城裡有名的乞丐，各種銀幣每天流水般地湧入我的口袋，運氣最差時每天也有兩英鎊的收入。我越有錢，越貪心，不僅在郊區買了別墅，還結婚生子。沒有人懷疑我的真正職業，我太太只知道我在城裡做生意，但她根本不知道我究竟做的是什麼。

「上個星期一事發當天，我結束了一天的乞討，正在那家菸館樓上的房間裡換衣服。萬萬沒料到的是，我只是隨意向窗外瞟了一眼，竟看到我太太在街心站著，而且她正在看我。這把我嚇壞了，我大叫一聲，急忙用手擋住了臉，然後馬上逃離窗戶去找印度阿三，求他堵住任何上樓來找我的人。雖然我聽見妻子在樓下與印度阿三爭吵，但我知道短時間內她是上不來的。我趕緊脫下換上的衣服，重新飛速地穿上那身乞丐服，塗上油彩，戴上假髮，又變成了休・布恩。這樣，就連我妻子也沒能識破我的偽裝。但是我想到那間屋子恐怕很快會被搜查，而那些衣服也肯定會洩露我的秘密，於是慌忙打開窗戶，由於著急，用力太大，原先被割破的手又破開了。我拉過一個皮袋——平時討來的錢都在那裡面，從裡面抓出大把銅板裝進上衣口袋，然後拼命扔出窗外，相信泰晤士河水很快就把它沖走了。本來還打算把其他衣物也扔掉，但是警察已經衝到了樓上。不過很快我便發現，沒有誰認出我是內維爾・聖克雷爾，這使我感到欣慰。然後，他們就把我當作謀殺內維爾・聖克雷爾的嫌疑犯抓了起來。

「還有什麼需要解釋的嗎？因為只能繼續偽裝，所以臉上髒一點也就只能忍著。我想妻子一定非常著急，所以就趁警察沒注意時，取下了我的戒指，還匆忙寫了幾行字，託印度阿三幫我寄出去。我安慰妻子說不要擔心，一切都會好起來。」

「她昨天才收到那封信。」福爾摩斯說。

「天吶，真不知道這一個星期她是怎麼熬過來的。」

布萊斯特里特警官說：「警察一直監視著那個印度阿三，要他在不被發現的情況下把信寄出去，也難為他了。他也許把信又轉託給某個當海員的顧客了，可是那傢伙卻一連幾天都把這件事忘得一乾二淨。」

「應該是這樣。」福爾摩斯說著點了點頭，表示同意警官的推論，「但是你行乞就未被指控過嗎？」

「有的，而且很多次，但是我並不在乎那一點罰款。」

「從現在開始，不准你再沿街乞討，」布萊斯特里特警官說，「如果你想要警察局替你保守秘密，休・布恩就一定得在倫敦消失。」

「我發誓。」

「既然如此，我覺得這件事也沒必要追究下去了。但是，如果你重操舊業，我們將立即把這件事公諸於眾。福爾摩斯先生，你的幫助再次使我們澄清了事實，非常感謝！另外，我想知道，您是怎麼知道答案的？」

福爾摩斯說：「答案嘛，都是坐在五個枕頭上，抽完一盎司菸絲的功勞。華生，我想要是我們現在趕回貝克街，應該還來得及吃早飯。」

鵝嗉囊裡的藍寶石

耶誕節後的第二天早上，我去看我的朋友——夏洛克·福爾摩斯，順便祝他節日快樂。他正懶洋洋地躺在沙發上，穿著一件紫紅睡衣，一個菸斗架擱在右手邊，眼前堆著一堆皺巴巴的晨報，顯然是剛看過。沙發邊是一把木椅，一頂汙穢破舊的硬胎氈帽掛在椅背上，帽子破得幾乎不能再戴了，有幾處都開了口。椅墊上放著鑷子和放大鏡，帽子這樣掛很便於檢查。

我說：「正忙啊，希望沒妨礙你。」

「說什麼呀，有個朋友陪我討論研究成果是件多麼令人高興的事，只是……」他指指帽子說，「它沒什麼價值。可是與它有關的幾個問題都很嚴重，甚至很有教育意義。」

時值嚴冬，玻璃上凍滿了冰花，我坐在扶手椅上，湊到燃燒得正旺的木柴火爐上烘手。「據我推測，這帽子雖破，但卻和某件要案有關，根據這條線索你可以解開謎團，懲罰罪犯。」

「不，不，」福爾摩斯笑著說，「不一定是犯罪行為，小事一樁而已。你想，在這方圓幾平方英里之內，擁擠著四百萬人，什麼事情都有可能發生。何況，這世間的奇聞怪事太多，有些即使聳人聽聞，但也並非都是犯罪，這樣的事我見得還少嗎？」

「確實如此，」我說，「在我最近記錄的六個案子裡，有三個都與法律上的犯罪無關。」

「我知道，你是說愛琳·阿得勒照片案、瑪麗·薩瑟蘭奇案以及歪嘴乞丐這幾個案子吧？」

我說：「沒錯。」

「嗯，眼下這件小事可能同樣也歸不到犯罪的行列。你認識守門人波得森吧？」

「認識。」

「這便是他的戰利品。」

「這帽子是他的？」

「哦，不，是他撿的。誰也不知道這帽子是誰的，可是卻不能因此漠視它的存在。我先講一下它的來歷。耶誕節早晨，它和一隻肥鵝被一起送到了我這裡，現在那隻肥鵝一定烤在波得森家的爐子上。事情的經過是這樣的：在耶誕節那天，凌晨四點左右，參加完一個小型宴會後的波得森走在回家的路上。突然，他發現前面有一個身材高大的人，步履蹣跚，還背著一隻白鵝。波得森經過古治街拐角處時，看見一夥流氓正圍著那個人爭吵。其中一個還把他的帽子打翻在地。陌生人掄起挑鵝的棍子自衛，結果把身後商店的玻璃打得粉碎。你知道的，波得森是個淳樸誠實的人，於是他準備挺身而出，幫那陌生人一把。不料陌生人一看到穿著制服、像警察模樣的彼得森朝著他走來，也許是害怕會因為打碎玻璃而被罰，竟馬上丟掉鵝，逃離了現場。那些流氓見波得森朝這邊走來，也慌忙逃走了。這樣，現場便只剩了波得森和那兩件戰利品：一頂破帽子和一隻大肥鵝。」

「那也該物歸原主吧？」

「是的，親愛的。可問題就出在這裡，儘管鵝的左腿上綁有一張卡片，上面寫著：獻給亨利・巴克夫人，而且帽子的襯裡上也寫有姓名縮寫『ＨＢ』字樣，可要知道，在這座城市裡，姓巴克的人數不勝數，名叫亨利・巴克的人也是多如牛毛，想物歸原主談何容易呀！」

「後來呢？」

「耶誕節早上他帶著東西來我家，因為他知道我對這些雞毛蒜皮的事感興趣。至於那隻白鵝，雖說冬天氣溫很低，但似乎也不宜久放，因此我讓波得森把牠拿走，去完成一隻鵝的終極使命了。至於這頂帽子，就暫由我為那位陌生人保管著。」

「他沒有登尋物啟事？」

「沒有。」

「你有關於陌生人身分的線索嗎？」

「只能去推測。」

「根據這頂帽子？」

「對。」

「別開玩笑了，親愛的，你能從這頂破帽子上得出什麼？」

「你瞭解我的做法，給你放大鏡，試試能否根據帽子推測出它主人的性格。」

我反覆觀察手裡的舊氈帽，這是一頂最普通的圓形黑氈帽，硬邦邦的，破得幾乎不能再戴。紅色的絲綢襯裡已經褪了色，商標也不在了。正如福爾摩斯所說，帽子裡有「ＨＢ」的姓名縮寫，寫得很潦草。帽簷上穿了小孔，想必是為防止被風颳走而設，不過上面沒有穿鬆緊帶。還有幾塊用墨水染黑的補丁，總之四處都裂開了，汙跡斑斑。

「慚愧，沒看出什麼來。」我說著把帽子遞給他。

「華生，正好相反，你能看出來，只是你沒有信心說，而且也沒有就看到的現象做推論。」

「說說你的推論吧！」

他看著手裡的帽子，以其特有的神情和姿態開口道：「這帽子也許會讓人聯想到很多東西，而且有幾點是很明顯的，還有幾點雖不確切，但也八九不離十。透過帽子的外觀推測，其主人目前的處境可能不太好，但頗有學問，而且三年前的生活應該相當富裕。他曾足智多謀，但是時過境遷，如今的敗落家境使他日漸消沉，好像還染上了某種不良癖好，比如酗酒。我想，這可能是他太太不再愛他的緣故。」

「哦，行了，親愛的福爾摩斯！」

「然而，不管怎樣，他還在維持著起碼的自尊。」他不理會我的插話，逕自往下說。

「他已經人到中年，而且從來不鍛鍊，頭髮灰白，最近幾天才理過，還塗了檸檬膏。以上這些都是從他的帽子上推斷出來的，另外他家沒有安裝煤氣燈。」

「你真會編笑話。」

「不是笑話，是我的結論。難道你真沒看出什麼名堂嗎？」

「我並不笨，但說實話，我不完全贊同你的觀點，譬如你說這個人學問高深。」

福爾摩斯啪地一下把帽子扣在頭上，那帽子剛好蓋住他的整個前額，還壓到了鼻樑上。他說：「擁有如此大的腦袋，會不聰明？」

「你怎麼知道人家是家道中落呢？」

「你瞧這帽子，是當時很流行的捲邊樣式，還有條羅紋絲綢箍帶和華麗的襯裡，都是一流帽子的特徵。三年前他買得起這麼昂貴的帽子，後來卻再沒買過，不是家道中落是什麼？」

「我明白了。他的『足智多謀』與『意志消沉』又作何解釋？」

福爾摩斯笑了，他用手指著用來釘鬆緊帶的小圓盤和搭環說：「這便是他的遠見，他在訂做帽子前就意識到大風可能會把帽子颳跑，但出售的帽子是沒有鬆緊帶的，所以他特意訂做了這樣一頂帽子，但是後來鬆緊帶壞了，他卻懶得去修，顯然有些意志消沉了。他還用墨水染黑帽子的補丁，力圖掩蓋它的破舊，以此來維持殘存的自尊。」

「聽起來似乎有點道理。」

「另外，我用放大鏡檢查了帽子的襯裡，發現了一些黏在一起的頭髮，顯然那是理髮師的傑作，還有頭髮上散發著一種檸檬膏的怪味。上述情況充分說明他已到中年，頭髮灰白，近來剛理過髮，頭髮上還塗了檸檬膏。再看看帽子上的塵土，顯然與大街上的風塵不同，它是屋裡特有的棕色絨狀灰塵。可想而知，大部分時間裡，這帽子是被閒放在一邊的。還有，從襯裡上的濕跡推斷，其主人經常出汗，所以我推測他沒有好好鍛鍊身體。」

「你還說他妻子已經不愛他了？」

「華生，帽子上的灰塵明顯是幾個星期沒清掃過了。你想想，如果你的帽子上的灰塵堆積了幾個星期，而你的妻子卻不管，還看著你這樣出門，那還能說她仍然愛你嗎？」

「另外還有一種可能，他沒有妻子。」

「不，他背的那隻肥鵝便是要拿去討好妻子的，你難道忘了鵝腿上那張卡片了嗎？」

「你解開了大部分謎團，可是我還是沒明白他家為何沒安煤氣燈。」

「要是只有一兩滴燭油，那也許是偶然滴上去的，但帽子上至少有五滴燭油，因此我推斷他的帽子經常挨著燃燒的蠟燭，譬如上樓時會一手端著蠟燭一手拿著帽子。無論如何，煤氣燈是滴不出燭油的。你說呢？」

我興奮地說：「太妙了，你真是天才。但如你所說，這些都與犯罪無關。不過是丟了一隻鵝而已，我們真是瞎操心。」

福爾摩斯剛要辯解，門突然被撞開了，那個守門人——波得森滿臉通紅地跑了進來，他樣子匆忙，一臉驚疑。

「福爾摩斯先生，鵝，那隻鵝！」他結結巴巴地說道。

「鵝，牠怎麼了？該不會是死而復生了吧？」福爾摩斯轉過身來笑道。

「瞧，先生，我妻子在鵝嗉囊裡發現了這個！」我們抬眼一看，只見在波得森的手心裡竟躺著一顆閃閃發光的藍寶石。它的體積比黃豆略小，晶瑩剔透，流光溢彩，彷彿一道電光倏忽間劃過他的手心。

福爾摩斯坐起身來，吹了個口哨，「天吶，波得森！它確實是件無價之寶，你明白你得到了什麼嗎？」他問。

「是一顆藍寶石，不是嗎，先生？可以切割玻璃，據說削鐵如泥。」

「它可不是一般的寶石，來頭大了。」

「難道是莫戈伯爵夫人的藍寶石？」我大聲問道。

「是的！我最近看了《泰晤士報》上有關於這顆寶石的報導，因而知道它的大小與形狀。這寶石是舉世無雙的稀罕精品，它的價值只能大致估計一下，一千英鎊的賞金還不足寶石本身價值的二十分之一。」

「天吶！一千英鎊啊！」守門人癱倒在椅子裡，睜大眼睛看著我跟福爾摩斯。

「那不過是賞金。聽說伯爵夫人似乎是出於某種感情上的原因，承諾只要能找到寶石，她甘願把一半的財產賞給別人。」

「要是我沒記錯，這寶石是在『世界旅館』弄丟的。」我說。

「是的，五天前，就是12月22日，一個叫約翰・霍納的水電工，因為涉嫌偷了伯爵夫人的寶石而被控告，由於人證物證都有，因此法庭受理了該案。」他在一些過期的報紙中尋找著，「這上面說得很詳細。」他最後找出一份報紙，念道：

「『世界旅館』寶石失竊案。犯罪嫌疑人約翰・霍納，二十六歲，水電工人，因為盜竊莫戈伯爵夫人的藍寶石而被法院起訴。證人詹姆斯・萊德，旅店領班。其證詞為：因為莫戈伯爵夫人化粧室裡壁爐上的第二根爐柵有鬆動現象，所以在失竊當天，他曾經帶水電工約翰・霍納去焊接爐條。中途領班被人叫走了。等他再次回到化粧室時，發現霍納已經不見了，一個摩洛哥的首飾盒被人撬開，丟在梳粧檯上，首飾盒裡空空如也。事後人們得知，莫戈夫人習慣把寶石放在那個盒子裡。旅店領班立刻報案，霍納於當晚被抓獲。奇怪的是，從霍納身上和他家裡並未搜出寶石。伯爵夫人的女傭凱薩琳・丘薩克已證明萊德發現寶石失竊時的驚叫聲，同時也證明萊德所提供的證詞與她看到的基本吻合。B區警官布萊斯特里特說，霍納在被捕時反應激烈，拼命替自己辯白。因為他之前有盜竊前科，故警方未敢隨便了事，而是將案子移交給法庭。霍納在受審過程中始終非常激動，還在宣判時暈倒，最終被抬下法庭。」

「哼！警察局與法庭也不過掌握這麼點情況。」福爾摩斯說著隨手把報紙放在一邊。

「我們現在得弄明白的是，從寶石被盜開始到後來在多特內姆法院路上撿到那隻鵝結束，這中間到底發生了什麼。現在看來問題並非我們想的那麼簡單，它涉及犯罪的可能性極大。這的確是那顆寶石，可是寶石竟然出自鵝身上，鵝又是亨利・巴克先生的。我剛剛已把有關亨利・巴克以及他那破帽子的分析結果告訴了你，現在看來要著手尋找到那位先生了，得搞清楚他在事件中扮演什麼角色。最快捷的方法就是在所有晚報上刊登失物招領。要是行不通，我們再想另外的辦法。」

「怎麼寫失物招領呢？」

「把筆給我，就這樣寫：現於古治街拐角處拾到一頂黑色氈帽與一隻白鵝，望亨利・巴克先生於今晚六點半至貝克街二百二十一號B詢問，即可奉還原物。」

「簡潔扼要就好。」

「對，很簡潔，但不知他能否看到？」

「他肯定會注意看報的，對於一個並不富裕的人來講，這個損失夠慘重了。很明顯，他以為打碎玻璃闖了禍，又看到波得森向他走近，所以心慌極了，於是只顧逃跑，而丟了其他東西。事後他一定很懊惱，後悔不該丟掉鵝。另外，報紙上有他的名字，認識他的人都會提醒他看報的。波得森，你把這個送到廣告公司去，一定要在今天的晚報上登出來。」

「先生，登在哪家報紙上呢？」

「哦，登在你可以想到的任何報刊上，如《環球報》、《星報》、《蓓爾美爾報》、《聖詹姆斯宮報》、《新聞晚報》、《回聲報》等。」

「好吧，先生，這顆寶石怎麼辦？」

「噢，先讓我來保管它吧，謝謝。哦，對了，回來時別忘了買隻鵝，我必須送那位先生一隻，來替代你們一家正在吃的那隻。」

波得森走後，福爾摩斯仔細觀察起那顆寶石來，「真是絕無僅有！你看，如此光彩照人！但它卻是犯罪的根源——沒有一顆寶石不是這樣。它們是魔鬼最有效的誘餌，在體積更大年代更久的寶石身上，幾乎每一面都藏著一樁血腥的罪惡。這顆寶石被發現還不到二十年，是在中國的廈門海岸問世的。它的奇特之處在於，它具有紅寶石的全部特徵，但卻是蔚藍色而非鮮紅色。儘管它問世不久，卻歷經坎坷。這顆重四十克的結晶碳已經導致兩樁謀殺案：一起是硫酸毀容案；另一起是自殺案，後來還發生了幾起搶劫案。誰也沒料到這麼一件可愛的裝飾品會變成向絞刑架和監獄輸送罪犯的供應商。我應該把它鎖進保險箱，再寫信告訴伯爵夫人，我們已找到了她的寶石。」

「這麼說，約翰・霍納無罪了？」

「我不太肯定。」

「哦，你是否認為亨利・巴克與該案有關？」

「我想，亨利・巴克應該是無辜的。他不會想到這隻鵝簡直比金鵝還值錢。總之無論如何，只要尋人啟事一有答覆，情況就明朗了。」

「在此之前，還有什麼要做的？」

「沒有了。」

「那麼，我先去處理我的份內工作，今晚也是六點半來，我很想知道結果。」

「很樂意再見到你。我七點吃晚飯，可能會吃到一隻山鷸。順便說一聲，鑑於最近出現的情況，也許我也會請赫德森夫人檢查一下那隻山鷸的嗉囊。」

由於被一個患者耽擱了點時間，當我再次來到貝克街時，已超過了六點半。走進寓所，發現屋外站著一個身材高大的男人。我走到門口時，門剛好打開，於是我們被一同帶進了福爾摩斯的屋裡。

「要是我沒猜錯，您就是亨利・巴克先生吧？」說著，福爾摩斯站起身，很快換了一副平易近人的表情接待客人。「請坐，巴克先生，這裡離壁爐近，暖和。今晚很冷啊，看來您的血液循環不如夏天。哦，華生，你來得正好。巴克先生，這帽子是您的嗎？」

「是的，先生，的確是我的。」

他身材高大，膀大腰圓，頭顱很大，有張寬大的臉，留著一把尖細且略呈灰白的棕色落腮鬍。鼻子與雙頰很紅潤，向外伸手時略有點發抖，這些特徵都證實了福爾摩斯的猜測。他褪色的黑大衣的領口全部都扣著，領子也豎著，細長的手腕從袖子裡露出來。手腕上沒有襯衣和袖口之類的東西。他講話時斷時續，措辭嚴謹，彷彿是一位時運不濟的文人學者。

福爾摩斯說：「這些東西在我這裡放了好幾天了，我一直希望在報上找到您的地址，您怎麼不登尋物啟事？」

客人面有難色，笑了笑說：「我如今是貧困交加，沒有以前那麼富裕了，而且我想那些打劫的流氓早把它們拿走了，所以就不想去花什麼冤枉錢。」

「您說得沒錯，但是那隻鵝，我們不得已才把牠給吃了。」

「吃了？」客人激動得差點站了起來。

「對，我覺得要是不那樣做，那隻鵝將不能再食用了。但是我覺得現在餐櫃上那隻鵝的份量跟您那隻差不多，肯定很鮮美，應該能補償您。」

「哦，當然了。」巴克先生長長地吁了一口氣。

「當然，我們還留著您那隻鵝的鵝毛、鵝腳、嗉囊……畢竟是您自己的鵝，如果您希望……」

這個人忽然大笑起來，說：「我要這些東西沒用，難道要拿來做那次歷險的紀念品不成？先生，您要是同意，我想我對您餐櫃上那隻就已經很滿意了。」

福爾摩斯迅速看了我一眼，聳了聳肩。

「好吧，給您帽子，還有鵝，」他說，「您能否告訴我那隻鵝是在哪裡買來？我對飼養家禽很感興趣，很少見過像您那隻長得那麼好的鵝。」

「當然，先生。」他把失而復得的財產夾到胳膊下，站了起來，「我白天多數在靠近博物館那邊的阿爾法小酒店賭點小錢。今年，那個好心的叫溫蒂蓋特的店主辦了一個賞鵝俱樂部。因為每個星期都要在那裡花掉不少酒錢，因此耶誕節前，俱樂部回饋給了我們每個人一隻鵝。至於後來的事，你已經清楚了。您看，無論對我的年齡還是身分，戴這樣一頂蘇格蘭帽都不太相配。您真使我受益匪淺，萬分感謝，先生。」他很要面子地向我們深深一鞠躬，然後欣然離去。

「亨利・巴克的事情算是處理完了。」福爾摩斯說著，關上了門。「他顯然對此事一無所知。哦，華生，你餓不餓？」

「不是很餓。」

「我們把晚餐改為宵夜如何？現在應該抓緊時機，順著線索查下去。」

「好，我同意。」

這是一個寒冷的夜晚，我們穿上大衣，圍上圍巾，把自己嚴嚴實實地包裹了起來。屋外，一望無際的夜空星光閃爍，呼出霧氣的行人儼然很多把正在射擊的手槍，噴出道道白煙。我們大步走過了醫師街區、維姆波爾街、哈雷街，後來又橫穿維戈摩街來到了牛津街，不到一刻鐘時間便來到了博物館附近的阿爾法小酒店。它的規模相當小，位於通向霍爾伯恩的一條街的拐角處。我們走了進去，向臉色紅潤，繫著乾淨白圍裙的酒店老闆要了兩杯啤酒。

「您的啤酒要是跟您的鵝不相上下，那將肯定是最好的啤酒。」福爾摩斯說。

「我的鵝？」酒店老闆顯得相當驚訝。

「是的，半個小時以前我還和你們的會員亨利・巴克先生聊過。」

「哦，我知道了。但那些鵝並不是我們的！」

「哦？那是誰的？」

「是從卡文特的一個推銷員那裡買來的。」

「是嗎？我認識他們當中的一些人，您說的是哪一個？」

「叫布雷寇里齊。」

「哦，這個人我不認識。祝您身體健康，生意興隆。再見！」

我們離開酒店，再次鑽到了寒風裡。「現在就去找布雷寇里齊，」他邊扣外衣鈕扣邊說，「華生，記住了，雖說在線索的一頭我們只有一隻鵝，可是在另一頭，我們將會扯出一個至少要被判處七年徒刑的人。我們的調查很可能正好證實他的罪行。無論如何，我們已經掌握了一些可能被警察忽略了的線索，應該順藤摸瓜追查下去，直到弄清楚一切。朝西南，快走！」

我倆走過霍爾伯恩街，拐入恩答爾街，接著又穿過了曲折的貧民區，最終來到卡文特市場。在一堆緊挨著的大貨攤中間，我們找到了攤位，那裡豎著一個牌子，上面寫著布雷寇里齊。攤主面容清瘦，臉長長的，留著整齊的落腮鬍，正在和一個小夥計收攤。

「晚安，今晚好冷啊！」福爾摩斯說。

店主朝我們點了點頭，並用一種質疑的眼神看著我倆。

「看來，鵝全部賣光了。」福爾摩斯指著空空的大理石櫃檯說。

「明天早上我可以賣給你五百隻鵝。」

「那沒用。」

「好吧，那個亮著燈的攤子上還有一些。」

「哦，是別人介紹我到您這裡來的。」

「誰？」

「阿爾法酒店的老闆。」

「噢，我確實往他那裡送了二十四隻鵝。」

「您是從哪裡弄來的，那些鵝確實很好。」

我沒想到這個問題竟惹惱了攤主。

他高昂著頭，雙手叉腰問道：「先生，你到底想怎樣？有話請直說好了。」

「我並未拐彎抹角，只是想知道您賣給阿爾法酒店的鵝是誰賣給您的？」

「哦，這樣啊，但是很抱歉，我不想告訴你。」

「其實事情很簡單，我不清楚您為何因為這點小事大發脾氣？」

「大發脾氣？想想看，你要是老被別人盤問，也會大發脾氣的。我付錢，你供貨，生意就算兩清，幹嘛還不停地打聽『鵝在哪裡』，『你把牠賣給誰了』，『你們用鵝換了什麼東西』，你說無聊不無聊？難道那隻鵝是金銀財寶不成？」

「先生，我與其他問過您的人沒有一點瓜葛，」福爾摩斯毫不在乎地說：「您要是不願意告訴我，那這個打賭就算完了。我要說的就是這些，但我會繼續堅持我在家禽飼養上的看法。我在這個問題上下了五英鎊的賭注。我打賭我們吃的那隻鵝是農村養的。」

「哈哈，你就輸掉了五英鎊，因為牠的確是在城裡餵養的。」店老闆說。

「不會吧？」

「我肯定。」

「的確不像。」

「對家禽的瞭解，你會比我還內行？我跟你說，我從學徒時就與牠們打交道，不瞞你說，送到阿爾法酒店的鵝全部是城裡飼養的。」

「怎麼證明你說的話是真的？」

「好，敢不敢打賭？」

「您肯定輸錢，我確信自己的推斷。儘管如此，我還是願意出一英鎊，只為了使您今後不要再如此固執。」

店主忍不住地笑起來，他說：「皮爾，把帳本給我。」

小夥計拿來了一個小帳本和一個封面滿是油汙的大帳本。把它們放在吊燈下面。「嗨，自以為是的先生，」店老闆說，「我還說那些鵝全賣光了呢，真沒想到還剩一隻值一英鎊的！請看這個小帳冊。」

「上面寫了什麼？」

「凡是提供貨的貨主，名字都在這上面。知道吧？對，這一頁上記的全是鄉下人，名字後面的數字代表帳目的頁碼，就是說在那頁上記著他們的帳目。看！那張用紅墨水寫的，全是城裡人的名字，喂，請看第三個，把它念出來吧！」

福爾摩斯念道：「奧科肖克太太，波里克思頓路117號——29頁。」

「好，你現在來看看總帳。」

根據他的指點，福爾摩斯翻到了其中一頁，「在這裡，奧科肖克太太，波里克思頓路117號，雞蛋和家禽供應商。」

「最後一次記帳是什麼時候？」

「十二月二十二日，二十四隻鵝，收取七先令六便士。」

「對，就是這樣，你再看下面的。」

「賣給阿爾法酒店的溫蒂蓋特，賣價十二先令。」

「你現在還有什麼話可說？」

夏洛克・福爾摩斯裝出一副懊惱的表情，從口袋裡掏出一英鎊扔到大理石櫃檯上，帶著一臉令人猜不透的複雜表情走了。沒走多遠，他便停在一盞路燈下面，開心地笑了起來。

「碰上這些留落腮鬍的人，卻又不打算把秘密告訴你，你只要跟他打賭，保證奏效。」他說，「我肯定，就算給他一百鎊也沒有跟他打賭管用，華生，沒想到我們這麼快就結束了調查。現在只剩下一個問題：到底是今晚還是明天去奧科肖克太太那裡。不過據那個沒禮貌的店主所說，看來不光我們在打聽這件事，因此我們必須……」

他的話讓一片嘈雜的爭吵聲打斷，是從剛才那個貨攤傳來的。我們順著聲音望去，看到昏黃的燈光下面站著一個身材矮小、賊眉鼠眼的人，店老闆布雷寇里齊站在門口，惡狠狠地向那個人揮舞著拳頭。

「你跟你的那些鵝一樣煩死人了！」他吼道，「但願你們一起升天去吧，你要是再敢來說些莫名其妙的話打攪我，就別怪我放狗咬你。你有種就把奧科肖克太太叫來，我當面給她答案，這跟你有什麼關係，鵝又不是你賣給我的！」

「是的，但那裡面確實有我的一隻鵝！」矮個子哭喪著臉說。

「你就找奧科肖克太太去要好了。」

「可是她叫我跟你要。」

「啊？你幹嘛不去找普魯士國王要呢？這跟我沒關係，行了，煩死了，你馬上給我滾！」說著店老闆惡狠狠地走上前，那矮子嚇得迅速消失在黑夜裡。

「啊哈，看來我們用不著去波里克思頓路了。」福爾摩斯小聲說，「跟我來，瞧瞧從這傢伙身上到底會查出什麼來。」穿過燈火輝煌的店鋪和在其四周閒逛的人群，我們快走幾步追上了矮子。福爾摩斯拍了一下他的肩，嚇得他趕緊轉身。路燈下，只見他臉色發白，沒有半點血色。

「你要幹嘛？你是誰？」他哆嗦著說。

「不好意思，」福爾摩斯說，「我剛才不小心聽到了你和店老闆的交談，也許我可以幫你。」

「你是誰？你怎麼知道這件事？」

「我是夏洛克・福爾摩斯。我的職責便是瞭解別人不瞭解的事。」

「可是，這件事你到底知道多少？」

「不好意思，整件事的過程我都清楚。你正著急找的鵝被波里克思頓路的奧科肖克太太賣給了一個叫布雷寇里齊的商販，後來又被轉賣給了阿爾法酒店的溫蒂蓋特先生，再由他轉到了他的俱樂部去，亨利・巴克先生剛好是俱樂部成員之一。」

「先生，總算找到您了！」矮個男人伸出顫抖的手說，「真不知該怎麼向您解釋，我對這件事實在太有興趣了。」

福爾摩斯叫了一輛路過的四輪馬車。「既然這樣，我們不如換個好地方認真討論一下，這個颳著冷風的鬧市不是說話之地。在出發之前，我很想知道您叫什麼。」

矮子愣了一下，向旁邊望了一眼說：「我叫約翰・魯賓遜。」

「不，我要您的真名。」福爾摩斯說，「辦事時用假名似乎不太好。」

陌生人的臉馬上由白變紅。「好吧，我叫詹姆斯・萊德。」他說。

「沒錯，『世界旅館』的領班，請上車！很快我會把一切你想知道的都告訴你。」那個男子待在那裡，愣愣地來回打量我倆，眼裡有擔心，也有希望，這完全是一種對自己的命運沒有半點把握的人的表情。他上了馬車，大家一路上都無語，但明顯感覺這傢伙很緊張。他的手一會兒握緊，一會兒又鬆開，還喘息不定。半小時之後，我們回到了貝克街的屋子裡。

「到家了！」我們進了屋，福爾摩斯開心地說，「在如此冷的天氣裡，暖洋洋的火爐真讓人感到舒服。萊德先生，您冷嗎？在處理那件事以前，允許我先換上拖鞋。喔，行了，你很想知道那些鵝的事情吧？」

「是的，先生。」

「確切地說，你是想知道某一隻鵝的情況。就是那隻白色的，尾巴上有一道黑的。」

萊德渾身一抖，彷彿被電擊了一下，「噢，先生！您知道這隻鵝在哪裡？」

「對，牠到過我這裡。」

「這裡？」

「對，牠確實是隻不一般的鵝。你對牠有如此大的興趣，我不覺得奇怪。那隻鵝死後產了一枚蛋——世界上少見的，華貴而燦爛的藍色小蛋，我已經把它藏到了保險櫃裡。」

我們的新夥伴突然站了起來，右手緊抓著壁爐架。福爾摩斯打開保險櫃，拿出那顆寶石並高高舉起，萊德看著那閃閃發光的寶石，拉長了臉。很明顯，他不知道該不該認領。

「戲演完了，萊德，」福爾摩斯說，「請站好，不然你會摔倒在爐子上。華生，扶他坐到椅子上吧，他膽子太小，再給他點白蘭地喝。行了，現在好一點了，他確實長得太瘦小了！」

不一會兒，他又站立不穩地直起身，很快，又差一點趴下去。白蘭地令他臉上有了些紅光。他強打精神又坐了下來，眼中充滿驚慌地看著譴責他的人。

「這個案子的全部細節我們都已摸清，並且證據在握，所以我不打算再問你什麼了。但是需要你補充些小情節，以便完整地理清案子。萊德，你聽說過莫戈伯爵夫人的藍寶石吧？」

他結巴著回答：「凱薩琳・丘薩克跟我講過。」

「哦，你是說伯爵夫人的女僕。對，這筆唾手可得的財富對你的吸引力不小啊！但在你之前，已經有不少比你更高明的人都功敗垂成了，你的手段還是差一些。我覺得你這個人天生就不夠厚道，你清楚水電工霍納有過盜竊前科，所以才決定栽贓於他。你做了些什麼？你和你的同謀丘薩克在伯爵夫人房裡動了手腳，搞壞一些東西做圈套，並引他進房間修理。然後你假裝離開，並再次趁機溜進去撬開首飾盒，偷走了寶石。然後才大喊失竊，導致那個可憐的水電工被捕，後來你……」

萊德撲通跪在地上，抱住福爾摩斯的腳哀求道：「先生，看在上帝的份上，還有我年邁的雙親，饒了我吧，他們要是知道我的事一定會心痛的。以前我從未幹過壞事，今後我一定改，我發誓，我願意在《聖經》面前發誓，求您不要把這件事告訴法庭。求求您了！」

「回到椅子上去，」福爾摩斯斥責道，「現在想到磕頭求饒了。當初您怎麼沒想到可憐的霍納，他因這件事被無辜地送上了法庭。」

「先生，我會遠離這裡，遠離這個國家，這樣對他的指控就會自動撤銷的。」

「哼，這個話題之後再說。你先老實交代你是怎樣演第二幕戲的，寶石怎麼會到鵝肚裡，鵝為何會被賣到市場上？如果想減輕罪過，就必須如實交代。」

萊德舔了一下他乾裂的嘴唇，「我會如實交代的，先生。霍納被逮捕後，我一直很擔心，害怕警察會突然來搜我的屋子。所以，把寶石帶在身上對我來說是唯一的出路。但旅館裡沒有一個地方是安全的，所以我裝成受人之託外出辦事的樣子走出旅館，趁機到了我姐姐家。她嫁了一個叫奧科肖克的人，住在波里克思頓路。她在那裡養鵝，再賣給市場。我在路上很緊張，感覺到人人都像警察和偵探，因此雖然天氣奇冷，但還沒到波里克思頓路時，我就已經滿頭是汗了。我姐姐見我臉色蒼白，問出了什麼事，我告訴她，旅館的珠寶失竊使我心裡很煩，然後進了後院，一邊抽菸一邊打主意。

「我以前有一個朋友叫莫立，他以前做過些違法的事情，剛從貝恩頓威爾釋放回來。有一天我遇到他，聊起了偷盜和銷贓的方法。他曾經有一兩件事的把柄在我手裡，我知道他不會出賣我，於是我決定把秘密告訴他，並請教一下該怎樣把寶石變成錢。但他住在傑爾貝恩，怎樣才能安全到那裡呢？我隨時都可能會被搜查並逮捕，寶石不能總放在我背心的口袋裡呀！此時，正巧一大群鵝在我面前走過，我一下子有了主意，想必再精明的偵探也識破不了。

「姐姐幾個星期前就告訴我，要從那些鵝中挑一隻作為聖誕禮物送給我，她說話肯定算數，我現在就挑吧！我決定把寶石塞進鵝肚子裡，然後再把鵝送到傑爾貝恩。我在姐姐院子裡的一個小棚後面，趕出一隻尾巴上有黑邊的大白鵝，捉住了牠，撬開嘴，使勁把寶石往裡塞，直到不能再塞時，鵝一下子把寶石吞了下去。牠奮力扇著翅膀想掙脫，姐姐聽到聲音走過來問我怎麼了？我轉身與她說話時，那隻鵝從我手裡逃走了，飛奔到了鵝群裡。

「姐姐問我：『你捉牠幹嘛，傑姆？』

「我說：『你不是答應給我一隻鵝做聖誕禮物嗎？我看一下哪隻最肥。』

「『哦，這樣啊，』她說，『你那隻早挑好了，在那邊，就是那隻白的，我們叫牠傑姆的鵝，我一起餵了二十六隻，留一隻自己吃，一隻給你，其餘二十四隻都要賣到市場。』

「我說：『謝謝姐姐，如果對你來說都一樣，我想要我剛捉的那隻。』

「她說：『那可是我特意為你餵的，牠比你要的那隻重三磅。』

「『沒關係，我就要那隻。如果可以，我想現在就拿走牠。』我說。

「『隨你好了，你選中哪一隻了？』姐姐略顯不高興。

「『就在那裡面，尾巴上有一道黑紋。』

「『行，把牠宰好，你就拿走吧！』

「就這樣，福爾摩斯先生，我照我姐姐說的做了，然後帶著那隻鵝一刻未停地趕到了傑爾貝恩。我毫無保留地把一切都告訴了我的朋友，他聽了以後果然非常興奮。可當我們剖開鵝胸脯時，我的心都沉了下去，裡面根本沒有藍寶石，我想肯定弄錯了，於是急忙跑回姐姐家，可當我趕到時，鵝已經全不見了。

「我大叫：『姐姐，鵝呢？』

「『傑姆，已經賣給經銷店了。』

「『哪一家？』

「『卡文特的布雷寇里齊。』

「『裡面有沒有一隻尾巴上有黑邊？就像我挑走的那隻？』我問。

「『有，但是有兩隻，我們也分不清。』

「我明白發生了什麼，於是馬不停蹄地跑到布雷寇里齊那裡，但是他已經把鵝都賣了，並且什麼也不告訴我。今晚你們也聽到了，他總是那樣，凶極了。姐姐說我神經錯亂，我也覺得自己快瘋了，不僅沒有得到令我犧牲名譽的寶石，現在還一樣要被烙上竊賊的印記。我祈求上帝原諒我，饒恕我的罪行！」他渾身發抖，兩手捂住臉哭了。過了很久，房間裡終於安靜下來，只有他沉重的喘氣聲和福爾摩斯敲打桌子的聲音。忽然，福爾摩斯站起身來一把打開了門。

「立即滾蛋！」

「先生，您說真的？噢，上帝保佑您！」

「廢話少說，快滾！」

他果然什麼也沒再說，轉身跑了。門「砰」的一聲被帶上，樓梯上響起了腳步聲。隨後，街上也傳來了他連滾帶爬的聲音。

福爾摩斯手裡拿著菸斗，冷靜地說：「華生，無論如何，我們並沒有一定要幫警察破案的義務。只要這個傢伙不再去咬霍納，那案子就可以不了了之。我們的做法既開解了一項重罪，也拯救了一個人的靈魂。相信此人以後再不敢做違法的事了，因為他早就被嚇破了膽。我們要是把他關進監獄，他很可能會被判終身監禁。現在正值大赦，我們乾脆來個順水推舟吧！這是一次偶然而遇的奇事，問題得到解決也算是一種交代了。醫生，勞駕你按下鈴，我們進入下一個案子的調查，對象仍然是家禽。」

「斑點帶子」奇案

一轉眼，八年過去了。在這八年裡，我認真研究我朋友——夏洛克·福爾摩斯的偵破方法，記錄的案子也斷斷續續地已超過七十個。然而粗略瀏覽後，竟然發現其中大部分都是悲劇結局。雖然也有喜劇，可是少之又少。還有一個特點，就是這些案例全都古怪離奇，幾乎沒有一件是普通平常的。原因非常簡單，那就是福爾摩斯破案不僅僅為了當事人的酬金，更主要是他無比熱愛這門偵探技術。他感興趣的案子都是獨樹一幟或者荒誕不經的，簡單明瞭的案子他向來是不屑一顧，拒絕接手。就在這些案件裡，我覺得沒有哪一樁比羅伊洛特家族那個案子更令我難忘了。這個家族在薩里郡斯托克莫蘭遠近聞名。事情發生在我剛認識福爾摩斯不久，那時我們都是單身，在貝克街合租一套公寓。我之所以沒有當時就記錄該案，是因為我保證過，無論如何會嚴守這個秘密。上個月，我許諾過的那位女士過早去世了，因此承諾也隨之解除了。現在，我終於可以把格雷姆斯比·羅伊洛特醫生的死因大白於天下。我深知，外界對他的死因眾說紛紜，民間也一直廣泛流傳著各種離奇恐怖的謠言，這比事情真相還要駭人聽聞。

我清楚地記得，事情發生在1883年4月初。我與福爾摩斯都愛睡懶覺，可是某天一覺醒來，他竟已穿戴整齊地站在了我床前。我看了一下錶，剛七點一刻。我老大不樂意地看著他，要知道，我可是向來喜歡有規律的生活的人。

「很抱歉，華生，可是我必須叫醒你，」他說，「今天早上我們註定不能睡懶覺了，首先是赫德森太太被敲門聲吵醒，她便報復似的來敲我的門，於是我被吵醒了，現在又來吵醒你。」

「出什麼事了，失火了嗎？」

「不是，是位年輕女士，準確地說是一位委託人。她非要見我，情緒很激動，現在正在客廳等著。我想她肯定有急事，你知道，偌大的城市，一位年輕女士大清早跑來吵醒還在床上做夢的人，這很反常，事情肯定不一般。我想你一定不願錯過這個大好時機，更希望從頭開始聽故事。作為朋友，怎麼說也該叫醒你，給你個機會呀！」

「老兄，如此說來，我還必須抓住這個機會嘍？」

事實上，跟在一旁觀察福爾摩斯的專業性調查推理還真是我的興趣。他的判斷之迅速敏捷，推論之準確精細，都是我所極度欣賞的。那些結論看似憑直覺做出，實際上卻都是建立在邏輯思維的基礎之上。他就是靠這些本事解決了委託人的一個又一個難題。幾分鐘後，我穿戴整齊地跟著我的朋友一起下樓來到了客廳。一位蒙著厚紗，身穿黑衣的女士端坐在窗前。見我們走進房間，她急忙站了起來。

「早安，小姐，」福爾摩斯愉快地說，「我叫夏洛克・福爾摩斯。他是華生醫生，你在他面前可以像在我面前一樣說話，不需顧忌什麼。因為他是我的摯友兼同事。啊！赫德森太太想得真周到，把壁爐都燒旺了，真讓人高興。我看你在發抖，請往火爐這邊坐，我讓人端杯熱咖啡給你。」

「我是在發抖，但不是因為天氣冷。」那女士說，聲音很小，邊說邊照福爾摩斯建議的那樣換了個座位。

「那為什麼發抖？」

「因為害怕，先生。」說著她掀開面紗，看起來確實很焦慮，令人同情。她臉色蒼白，神情沮喪，雙眼像一頭被追捕的動物的眼睛那樣惶恐不安。她很憔悴，頭髮裡夾雜著一些銀絲，可是身材容貌卻似乎只有三十歲的模樣。夏洛克・福爾摩斯快速打量了她一番，從頭到腳。

「別害怕，」他安慰她，並輕輕拍了拍她的手，「我們會盡力幫你解決問題，我知道，今天早上你是坐火車來的。」

「你認識我嗎？」

「不，你左手手套裡有半截回程車票，我看到了。你肯定很早就出發了，而且你在到達車站之前，還曾經坐單馬車駛過了一段漫長而崎嶇的泥濘道路。」

那位女士驚呆了，滿臉疑惑地望著我的朋友。

「親愛的小姐，這一點也不神秘，」他笑了笑，「你外套的左臂上起碼有七處新沾的泥土，要知道，只有單馬車才會甩起泥巴來。你肯定坐在車夫左邊，只有坐在那個位置才會濺到泥。」

「您說得很對，不管您是怎樣推斷出來的。」那女士說，「六點不到我就離開了家，到萊瑟黑德時已六點二十了。我趕上了開往滑鐵盧的第一班火車，就匆匆趕來了。先生，我很害怕，快受不了啦，再這樣下去我非瘋了不可，沒有人能幫我——一個也沒有。雖然有那麼一個人關心我，可是他也毫無辦法，他也很可憐。福爾摩斯先生，我是從法琳托許太太那裡聽說您的，您在她最需要幫助時幫了她，您的地址也是從她那裡打聽來的。哦，先生，您也幫幫我，至少替我指一條出路。我已經跌入黑暗的深淵，走投無路了。我發誓，我不會忘恩負義，雖然目前不能酬謝你，但是一個月或一個半月之後，等我結婚了，就可以支配自己的收入，屆時一定把酬勞付給你。」

福爾摩斯走到辦公桌前，打開抽屜鎖，拿出了一本小小的案例簿，瀏覽了一下。

「法琳托許，」他說，「哦，對，那個和貓眼石王冠有關的案子。華生，你那時候還沒來。小姐，我樂意為您效勞，就像以前為您朋友做的那樣。關於酬勞，我的職業本身就是最好的酬勞。不過，您可以隨意支付您能夠付出的費用，請把事情講出來吧！」

「好的，」來客說，「我正處於一種可怕的境地，我所擔心的東西都很模糊，我的懷疑和憂慮全由一些瑣碎事情引起，所以在別人看來那不值一提。大家都覺得我說的全是一個神經質女人的胡思亂想，連我最親近、最可能從他那裡得到幫助和指點的人也這樣認為。雖然他沒說什麼，可是我一樣能察覺出他在迴避我，福爾摩斯先生，聽說您能洞察人們心中的種種邪惡，所以請您告訴我，在危機四伏的情況下，我該怎麼辦？」

「小姐，我正認真聽。」

「我叫海倫・斯脫納，我與我的繼父——薩里郡西部邊界斯托克莫蘭的羅伊洛特家族的最後一個生存者住在一起，這個家族是英國最古老的撒克遜家族之一。」

福爾摩斯點頭說：「我很熟悉這個名字。」

「這個家族曾經是英國最富有的家族之一，它的地盤越過了本郡邊界，北到伯克郡，西到漢普郡，非常寬廣。但到了上個世紀，由於連續四代子嗣的揮霍，到了攝政時期就已經開始衰敗了，最後被一個賭徒弄得傾家蕩產，除了幾畝土地和老宅邸之外，什麼都沒有了。而那所有百年歷史的宅邸也被當得差不多了，最後一個地主在那裡過著沒落貴族的悲慘生活。我的繼父便是那地主的獨子。他不同於祖輩，很早就學會了適應新環境。他從一個親戚那裡借了一筆錢攻讀了醫學學位，還出國到加爾各答行醫。他醫術高明，個性堅強，所以在那裡過得還算湊合。但後來家裡多次被竊，他覺得是管家的失誤，憤怒之餘失手打死了印度管家，結果差點被判死刑。後來雖然保住了性命，但卻被長期監禁。回到英國之後，他變得異常暴躁，活得很潦倒。

「我母親——斯脫納太太是孟加拉炮兵司令斯脫納少將的遺孀。羅伊洛特在印度的時候就娶了我母親。她再婚時，我與孿生姐姐朱麗婭才兩歲。母親很有錢，每年有不少於一千英鎊的收入。可是我們與羅伊洛特醫生住在一起後，母親便立下遺囑把所有財產贈給他，但有一個條件，就是要在我和姐姐結婚後，每年必須給我們一筆錢，以保證我們能夠生活下去。不幸的是，母親返回倫敦後不久，就在克普附近的一次火車事故中喪生。那件事發生在八年前。羅伊洛特在我母親逝世後，決定放棄在倫敦重新行醫的念頭，帶著我們回到了他的老家，因為光那些遺產也足夠讓我們生活得很幸福。

「可是，我繼父的脾氣在我們回去後發生了可怕的轉變。當看到這古老家族的後裔又回到了這座宅邸，鄰居們很高興。可是後來人們發現，他整天把自己關在房間裡，不論遇到誰都要跟人家無理取鬧。這跟他以前完全不同，雖然這種怪脾氣在這個家族中有遺傳，可是我覺得長時間旅居熱帶地區似乎使之更加重了，而且越來越嚴重。與鄰居們一系列的爭吵很令我們蒙羞。有兩次，甚至是法庭出面才得以解決。這使得全村人都對他望而生畏，他力大無比，發怒時簡直沒人能制伏得了他，因此人們一看到他的影子，馬上就躲開了，生怕惹禍上身。

「但悲劇還是時常發生。上個星期，村裡的鐵匠被他從欄杆上扔進河裡，最後我花光所有的錢，才把事情平息了下去。他沒有一個朋友，除了那些流浪的吉普賽人，他與他們處得很好。他同意那些人在一塊僅有的，象徵他家族地位的領地上紮營居住。那是幾畝荊棘叢生的土地，他經常過去看他們。每當他去吉普賽人的帳篷時，都會受到熱情的款待，他也很樂意接受。有時，他甚至跟隨那些人流浪幾個星期。另外，他還特別喜歡印度動物，那是一個記者送給他的——一隻印度獵豹和一隻狒狒。這兩個寵物每天自由自在地在他的領地上跑來跑去，村裡人又多了兩樣害怕的東西，鄰居們就像怕牠們的主人一樣怕牠們。

「透過我說的情況，你們也該知道我和姐姐是在怎樣的環境裡生活了。我們孤獨寂寞，沒有一個朋友，沒人願意和我們長期相處。我們整日在家操持所有的家務，累得骨頭都快散了架，姐姐三十歲就死了，去世時已兩鬢斑白，本來烏黑的秀髮裡摻雜了許多可怕的白髮，甚至和我現在的一樣白。」

「你姐姐已經去世了？」

「她去世兩年了。我正想告訴您她去世的事情。以我們那種生活環境，根本見不到任何同齡和同等地位的人。但是我們有個姨媽——霍洛拉・韋斯法爾小姐——我母親的妹妹，她終身未嫁，住在哈羅附近。我們必須得到允許，才能到她家做客，並且時間不能很長。我姐姐兩年前去她家過耶誕節，在那裡認識了一個海軍陸戰隊少校，兩人相愛並訂了婚。從姨媽家回來後，她把這件事告訴了繼父，沒想到繼父大發脾氣。結果，離婚禮還不到兩個星期時，發生了一件意想不到的事，我唯一的親人，我的姐姐死了。」

福爾摩斯在這位女士講述她的悲慘故事時，一直閉著眼睛，靠在椅子上，但當說到她可憐的姐姐的死，我朋友睜開了眼睛，看了看他的客人。

「請再詳細描述事情的全部經過。」他說。

「這個簡單，我清楚地記住了每件在那個可怕時刻發生的事。先說說那個宅邸的大致情況吧！它非常古老了，現在只有一側耳房住人。耳房臥室在一樓，客廳在中間，我們三個人的臥室連著的。第一間是我繼父的，第二間是我姐姐的，第三間我自己住。這些房間相連但卻不相通，房間都是朝著同一條過道開門的，不知道我這麼說你們是否明白？」

「明白了。」

「房間外面有一塊草坪，三間屋子的窗戶都朝向草坪。事發當晚，我繼父很早便回了自己的臥室，可是我們知道他並沒有睡覺，因為他一直在抽印度雪茄，那菸味把我姐姐薰得痛苦不堪。這種雪茄他已經抽了很久，而且很上癮。後來，我姐姐實在受不了，便來到我的臥室裡待了一會兒，我們聊了些她婚禮的事。當她回自己房間時，已經過了十一點。我記得她走到門口時又停住了腳步，還回頭問我。

「『海倫，你在深夜聽到過有人吹口哨嗎？』

「我說：『沒聽到。』

「『我想你睡著的時候不可能吹口哨吧？』

「『怎麼會，你幹嘛這樣問？』

「『因為一連好幾夜，大概是清晨三點左右的時候，我總能聽見輕輕的口哨聲，我睡眠很淺，因此被吵醒了。不知道那聲音從哪裡來，可能是來自隔壁，或者來自草坪，當時我就想問問你有沒有聽到過。』

「『我一直沒聽到過，肯定是那些種植園裡的吉普賽人。』

「『有可能，可是那口哨要真是來自草坪，你怎麼沒聽到，真奇怪。』

「『哦，可能是我睡得比你沉，不容易被吵醒。』

「『好吧，不管它了，反正無關緊要。』她扭過頭，對我笑笑就出去了，並隨手把我的房門拉上。不一會兒，我聽到她在開她的房門，鑰匙在鎖裡轉動的聲音清晰地傳進我耳朵裡。」

福爾摩斯說：「什麼？你們習慣在深夜把自己反鎖在屋裡？」

「是的。」

「為何要這樣做？」

「我剛剛跟您說過，羅伊洛特醫生養了一隻印度獵豹和一隻狒狒，牠們在醫生的領地上到處亂跑，如果我們晚上不鎖門，就會覺得安全得不到保障。」

「原來如此，請往下講。」

「那天晚上聽了姐姐說的話，我怎麼都睡不著，一種不祥的感覺沉甸甸地壓在我心頭。我說過，我與姐姐是孿生姐妹，我們心靈之間的默契是其他姐妹之間不能比的。那晚，狂風暴雨不斷，風聲雨點不斷打在窗戶上，嚇得我心驚膽戰。突然間，一聲令人驚恐的尖叫聲穿透了夜空，那是我姐姐的聲音。我從床上一躍而起，抓起披巾，披在身上，一頭衝向了過道。就在我打開房門時，忽然聽到了一聲輕輕的口哨聲。雖說是慌亂中，但我還是覺得這聲音跟姐姐描述的一樣。隨後我聽到一聲金屬掉到地上的哐啷聲。我順著過道跑到姐姐的房裡，發現她的門已經被打開，並且正在慢慢開啟。我嚇呆了，愣愣地盯著門，害怕裡面鑽出什麼可怕的東西來。這時，藉著燈光，我看到姐姐出現在門口，她面色蒼白，充滿恐懼的神色，雙手向前摸索，還發抖呢，身體也搖搖晃晃的。我連忙跑過去抱住她，她此時似乎沒一點力氣了，癱倒在地上，痛苦地在那裡打滾，四肢抽搐，令人不忍心看。起初我以為她沒認出我，可當我俯身想把她抱起時，她突然淒厲地叫了起來，我永遠也忘不了那叫聲。她喊道：『唉，天吶，海倫，那條帶子！那條有斑點的帶子！』她好像沒有表達清楚她的意思，還要說什麼，並把手舉起，指著醫生的房間，張了張嘴，但話沒說出來，又開始了可怕的抽搐。看到姐姐痛苦的樣子，我急忙跑出去大聲叫我繼父。他這才穿著睡衣，急忙從他房間裡跑出來。當他來到我姐姐身邊時，姐姐已經不省人事了。他快速給她灌了白蘭地，還把村裡的醫生請來了，可是太遲了，任何努力都是白費，姐姐已經不行了。她一直昏迷不醒，最後停止了呼吸，我姐姐就這樣悲慘地走了。」

「等一下，」福爾摩斯說，「你確定你聽到了那輕輕的口哨聲和金屬碰撞聲？你肯定嗎？」

「當地的驗屍官在調查時也這樣問過我，我確實聽到了，它給我的印象很深，姐姐死之前就跟我說過哨聲，這哨聲給我帶來了不祥的感覺。但那天晚上風雨交加，聲音很雜，還有老房子的嘎吱聲，也有可能聽錯。」

「當時你姐姐還穿著白天的衣服嗎？」

「沒有，她已經換上睡衣了。她右手拿著一根燒焦了的火柴棍，左手握著一個火柴盒。」

「你是說，出事時她點燃了火柴，看了看周圍，這能說明一些問題，驗屍官的結論怎樣？」

「他調查得很仔細，因為我繼父的品行在當地已經臭名遠揚了，但最後還是沒有得出什麼令人信服的死因。我能證明，房間絕對安全，因為房門總是反鎖著，窗子上有寬鐵槓的老式百葉窗，每晚一拉上百葉窗，就關嚴實了。牆壁和地板都檢查過了，沒發現任何問題。雖然煙囪很寬闊，可早已用四個大鎖環閂上了，也很安全。從房子的結構來看，我姐姐在出事時，房間裡確實只有她一個人。而且她身上沒有任何暴力的痕跡，一條劃痕也沒有。」

「是不是中了毒？」

「醫生們也懷疑過，但檢查之後否定了。」

「你覺得那位女士是怎麼死的？」他問我。

「也許是恐懼和精神上的過度震驚害了她，不知她究竟看見了什麼可怕的東西。」

「出事那天晚上，種植園裡有吉普賽人嗎？」

「有，那裡總是有些吉普賽人。」

「從她提到的帶子——一條有斑點的帶子，你能猜到什麼？」

「我有時候想，那可能是胡話，她當時的精神已經錯亂了。但是有時我又覺得她是在指某些人。或許指的是在種植園裡的吉普賽人。他們當中很多人都戴著有斑點的頭巾，我不知道這能否解釋那個令人費解的形容詞。」

福爾摩斯搖搖頭，似乎不滿意她的推測。

他說：「問題沒有這麼簡單，你接著說。」

「悲劇發生後這兩年，我活得更加寂寞孤單，因為我失去了唯一的姐姐。不過後來情況有了改變。一個月前，有一位親密的朋友來向我求婚，我們認識好多年了。他叫阿米塔奇——珀西・阿米塔奇，是阿米塔奇先生的第二個兒子。他們家就在附近的克蘭沃特。因為我繼父並沒有反對這樁婚事，所以我們決定在春天結婚。但是前兩天，這棟房子西邊的耳房進行裝修，我房間的牆壁上被打了一些洞，我只好搬到姐姐以前的房間裡，就是她喪命的地方，並睡在她睡過的那張床上。不料，可怕的事情又出現了。昨晚，我躺在床上怎麼也睡不著，靜靜地想著姐姐的悲慘遭遇，那可怕的情景讓我害怕死了。就在那時，我突然聽到了一聲輕輕的口哨聲——那曾經預兆姐姐死亡的口哨聲。你想，我會嚇成什麼樣子！我馬上跳起來，點亮了燈，找遍了屋子的每個角落，結果什麼也沒發現。可是我還是被嚇得魂不附體，趕忙穿好衣服，不敢再上床睡覺。天剛亮，我就悄悄地逃了出來，在對面的克朗旅店那裡僱了一輛單馬車，一直坐到萊瑟黑德，又從那裡輾轉來到您這裡，希望您能幫幫我，為我指一條路。」

「你做得很對，」我的朋友說，「不過，你把所有細節都說清楚了嗎？」

「是的，凡是我能想起來的都說了。」

「羅伊洛特小姐，你在撒謊，你沒說完所有的情況，至少你在為你繼父掩飾什麼。」

「啊，你說什麼？」

作為回答，福爾摩斯拉起她那遮住手的袖口褶邊，在她白皙的手腕上，有五塊烏青的傷痕清晰可見，是四個手指和一個拇指的印子。

福爾摩斯說：「你被虐待過。」

客人滿面緋紅，重新遮住帶傷的手腕說：「他身強力壯，力氣大得甚至控制不了輕重。」她聲音非常小。

屋裡一陣沉默，大家各自思考著自己的問題。福爾摩斯依然招牌式地雙手托著下巴，盯著火爐。爐火劈啪作響，燒得很旺。

他最後說：「此案非同小可，極其複雜。在我們採取行動之前，必須知道更多細節，越多越好。但是時間太緊迫了，我希望在你繼父不知道的情況下查看一下那些房間。今天可以嗎？」

「可以，正巧繼父今天要進城來辦事，也許一整天都不會在家。你們可以自由行動，家裡雖然有一位女管家，可是她不但上了年紀，而且反應遲鈍，我可以隨便支開她。」

「太好了，華生，願意跟我一起去嗎？」

「當然。」

「好，我們一起去。您自己還有什麼事嗎？」

「我會坐十二點的火車回家，以便等候你們的光臨。不過既然我都到了城裡，那麼在回去之前還是想辦一兩件事。」

「午後不久，我一定趕到那裡。請安排好一切等著我們，這之前我也有一些小事要處理。願意再坐一會兒，吃點早餐嗎？」

「不了，謝謝，我走啦，向你們傾訴之後，心情愉快多了。我等著你們，下午請一定要來。」她把厚厚的面紗又拉了下來蒙住臉，悄悄地走了出去。

「華生，你有什麼想法？」福爾摩斯往後一仰，重新靠在椅背上問我，「我想這是一個蓄謀已久，非常陰險而毒辣的陰謀。」

「的確陰險毒辣，置人於死地，卻又在不知不覺中。」

「但這位女士說過，地板和牆壁並未被破壞，門窗和煙囪也進不去，要是這些情況屬實，那就可以確定她姐姐無緣無故地死去時，的確是一個人在房間裡。」

「那夜裡的口哨聲又從哪裡來呢？那女人臨死之前說的令人費解的話又是什麼意思？」

「這一點我也解釋不出來。」

「夜裡奇怪的口哨聲；和羅伊洛特醫生關係密切的一幫吉普賽人；我們有充分的理由相信，老醫生想阻止他繼女結婚；那女子死亡之前說的關於帶子的話；還有海倫提到她親耳聽到哐啷一下的金屬撞擊聲（可能是由一根緊扣百葉窗的金屬槓落地發出的聲音）……只要把這些情況結合在一起考慮，我認為就能找到線索，而沿著這些線索就完全可以解開這個謎。」

「那麼，種植園裡的吉普賽人扮演的角色是什麼呢？」

「目前我也不知道。」

「我想這些推理目前都有許多漏洞。」

「是的。正因如此，今天我們才必須親自去看一下。我想知道這些漏洞到底是可以補救，還是根本就解釋不通。喂！誰在那裡？」

隨著我朋友的一聲叫喊，有人突然撞開了我們的門。一個彪形大漢站在門口，他的打扮既像個專家，又像個莊稼漢，看起來不倫不類，相當奇怪。他戴著一頂黑色大禮帽，穿一件長禮服，腳上穿的卻是高筒靴，還帶有綁腳。他身材高大，手中揮舞著一根獵鞭，站在那裡幾乎快把門撐破了。一張寬臉爬滿了皺紋，由於太陽的長期炙曬，顯得很黃。此時，他正以一副邪惡的表情來回打量著我和福爾摩斯，一雙深陷的眼睛閃著凶光，加之細長而高聳的鷹勾鼻，看起來簡直活脫一隻年老、凶殘的猛禽。

這奇怪的老頭問：「你們誰是福爾摩斯？」

福爾摩斯平靜地回答：「我就是，先生，請問您是哪位？」

「我是住在斯托克莫蘭的格雷姆斯比・羅伊洛特醫生。」

「噢，醫生。」福爾摩斯親切地說。

「別跟我攀交情，我一直跟蹤我的繼女，我知道她剛來過，她都告訴了你什麼？」

福爾摩斯說：「今年這裡的天氣不太好。」

「她都告訴了你什麼？」老頭暴跳如雷地喊道。

「但我卻聽說番茄花就要開了，並且會很棒。」我的同伴繼續談笑風生。

「你在敷衍我，是吧？」老頭揮動手中的獵鞭往前跨了一步，「我對你並不陌生，早就聽說過了，你這個無賴。你叫福爾摩斯，一個愛管閒事的傢伙。」

我的朋友微微一笑。

「福爾摩斯，愛管閒事的傢伙！」

我的朋友更是笑容可掬。

「福爾摩斯，你這個蘇格蘭場自以為是的、塵土一樣的小官兒！」

這次福爾摩斯笑出聲來，說：「你太幽默了，出去時請把門帶上，門外的風吹了進來。」

「我說完就走。我警告你，休想管我的閒事。我知道斯脫納小姐找過你，我一直跟著她。告訴你，我可是個危險人物，絕不好惹！你看這是什麼？」他快速向前走了幾步，抓起火鉗，用他那雙粗大的手拗彎了它。

「當心別讓我抓住你。」他大叫著把扭彎的火鉗扔進壁爐，大步走出房間。

「他真是個和藹可親的人，」福爾摩斯哈哈大笑，「雖然我沒他塊頭大，不過他要是多待一會兒，就會知道我的手勁並不比他差。」為了證明這一點，他一邊說一邊撿過那把被扭彎的鋼火鉗，猛一使勁，又使它恢復了原狀。「真是蠻不講理，竟然把我與警察混為一談，太可笑了！不過，這段小插曲倒是讓我們的偵查工作添了樂趣，我只希望那位小姐不要再遭什麼折磨。想不到竟讓這個畜生跟蹤了，太讓人擔心了。行了，華生，我們吃早飯吧，我吃完飯要去一趟醫師學會，希望從那裡能找到一些有利於案子的材料。」

夏洛克・福爾摩斯早飯後步行去了趟醫師學會，回來時快一點了。他手裡拿了一張很潦草地寫著筆記及數字的紙。

「我查到了斯脫納太太的遺囑，為了弄明白它的真正意義，我必須計算出他們能從那些投資中獲利多少。其全部收入在那位女士去世之前略低於一千一百英鎊。但現在，因為農產品價格下降的衝擊，只剩下七百五十英鎊了。根據遺囑，每個女兒結婚時，每年都有權索要二百五十英鎊的收入。顯然，如果他的兩個繼女都結婚的話，他的財產就剩不了多少了。哪怕只有一位小姐結婚，也會讓他很狼狽。上午我忙得很有意義，這些資料可以證明他有阻止兩位女孩結婚的動機。華生，現在時間很緊迫，而且那老頭已經發覺我們在插手這件事，如果不加快腳步，就危險了。我們僱一輛馬車去滑鐵盧車站，你最好把你的左輪手槍隨身帶上。不要忘了，我們的對手能把鋼火鉗弄彎，不過一把埃利二號應該是對付他的最好工具，除了這個東西，我覺得再帶一把牙刷就足夠了。」

到了滑鐵盧，我們剛好趕上一班開往萊瑟黑德的火車。到站之後，我們在車站旅店僱了一輛馬車，又在單行車道上趕了五六英里。那天天氣好極了，到處洋溢著春的氣息，樹木伸出了第一批嫩枝，空氣中的泥土氣息更是使人心情舒暢。眼前的景色和我們正在做的事簡直形成了絕妙的對比。景色是春意盎然，賞心悅目，可是我們做的卻是關於謀殺的調查。我的朋友坐在馬車前面，雙臂交叉，帽子低垂著蓋住了眼睛，頭也垂在胸前，明顯是在沉思。突然，他抬起頭來，拍拍我的肩膀，指向對面的綠草地。

他說：「你看，那邊。」

那有一片樹木叢生的園地，沿一個很平緩的斜坡往上走，就會看到一片林子。在樹林裡有一座十分古老的宅邸，隱約可以看見它灰色的牆和高聳的屋頂。

「斯托克莫蘭。」福爾摩斯說。

「對，先生，這就是格雷姆斯比・羅伊洛特醫生住的地方。」車夫說。

「那邊正在裝修，我們的目的地就在那裡。」福爾摩斯說。

馬車夫指著左邊說：「村子在那邊，不過你們順這條路去拜訪羅伊洛特醫生會更近一點：籬笆兩邊有台階，走過那些台階，再沿著地裡的小路走，就在那邊，那位小姐正走的那條小路。」

「那條小路上走著的女人應該是斯脫納小姐，」福爾摩斯用手擋住光線認真分辨著，「看來是該依照你說的去做。」

下車後，我們付清了車費，馬車就原路返回了。

福爾摩斯一邊走台階，一邊跟我說：「我想讓那個趕車的傢伙以為我們是建築師，或其他辦事人，否則他會說閒話的。午安，斯脫納小姐，您看，我們沒有食言，準時來了。」

早上剛見過的這位委託人聽到此話，急忙跑過來迎接，看起來非常高興。

「我很著急地等著你們，」她一面熱情地跟我們握手，一面說，「我已經按照計畫安排了一切，十分順利，羅伊洛特先生進城去了，天黑之前估計不會回來。」

「我們已經見過他了。」福爾摩斯說。

他把醫生上午大鬧公寓的事講了一遍，聽得斯脫納小姐的臉都變白了。

她驚叫道：「天吶，如此說來，他一直跟蹤我？」

「看來是這樣。」

「他很狡詐，我經常能感覺到他在監視我。真不知他回來後會怎樣對付我。」

「他肯定會先想盡辦法自保。因為他也許發現了，有比他高明的人在注意他。今晚你必須把門鎖好，別讓他進去。他要是敢撒野，我們便送你去你姨媽家。現在我們必須抓緊時間，你立刻帶我們去檢查一下那些房間。」

這座宅邸是用灰色石頭砌成的，中間高聳，兩邊呈弧形，就像一對向兩邊延伸的蟹鉗。牆壁上長滿了青苔，一側邊房的窗子已破爛不堪，窗口用木板堵著，房頂也坍了一部分，一副破敗淒涼的景象。由於長年失修，幾乎慘不忍睹。但是右邊的房子還看得過去，掛著窗簾，煙囪裡冒著輕煙，這家人明顯住在這裡。牆邊豎著一些鷹架，牆上的石頭被鑿過，看起來在裝修，可並未看到半個工人。福爾摩斯在那塊稍稍剪過的草坪上來回走動了一會兒，認真地檢查著窗戶的外部結構。

「我猜，這間是你的臥室，中間是你姐姐的，挨著主樓的就是你繼父的寢室。」

「對，但是我現在搬到姐姐的臥室裡來了。」

「那邊的牆似乎不用裝修吧？」

「是的，我覺得那只是為了迫使我搬出我的臥室，只是個藉口。」

「哦，是有問題呀！這房的另一邊是一條通道，三間臥室的門都面向它開，裡面有窗戶嗎？」

「有，但是很小，太狹窄了，人無法鑽進去。」

「既然你們晚上都反鎖自己的房門，那麼就不可能從通道這邊進入你的房間了。你現在回自己房間，像平時一樣閂好百葉窗。」

斯脫納小姐照福爾摩斯說的去做了。福爾摩斯仔細查看窗子，然後試圖打開百葉窗，但是不可能。如果能把刀子塞進去，也許還可能把閂槓撬起來。但是百葉窗上根本沒有一條縫隙可以插進刀子。後來，他又用放大鏡查看了合葉，發現鐵製的合葉牢固地嵌在堅硬的牆壁上。「嗯，」他摸著下巴，十分不解地說：「一定是我的推理有漏洞。看來百葉窗一閂上，沒人可以鑽進去。行了，再看下臥室裡能不能找到線索。」

我們穿過一道小側門，裡面是一條刷得雪白的過道。福爾摩斯略過第三間臥室，徑直來到第二個房間。這裡現在住著斯脫納小姐，她可憐的姐姐便是死在這間屋裡。裡面非常簡樸，天花板很低，開口式的壁爐，一切都是照鄉村老式宅邸的樣式建造的。屋子的一角放著一個帶抽屜的櫃子，另一角放著一張狹窄的床，床上罩著白色的床罩，窗子左側放著一個梳粧檯。另外還有兩把柳條椅子，屋裡所有家具就是這些。房間正中央鋪了一塊四方形的威爾頓地毯，四周的木板和牆上的嵌板是棕色櫟木的，已經十分陳舊，上面蛀孔斑駁，還褪了色，它們的歷史可能比這房子還久遠。福爾摩斯找了把椅子坐在了牆角，但雙眼卻仍在不停地巡查，看樣子似乎已把房間裡的每個細微之處都記下了。最後，他注意到了床頭，那裡有一根粗拉繩垂在枕頭上，大概是拴鈴叫喚僕人的工具。他指著它問：「這鈴通往什麼地方？」

「通向管家的房間。」

「它好像比屋裡的任何東西都配置得要晚。」

「是的，才裝上兩年。」

「是你姐姐要求裝的？」

「不，我知道她從未用過，我們總是自己去拿我們想要的東西。」

「是啊，看起來，裝一個這樣的拉鈴繩根本沒必要。很抱歉，我要花點時間檢查一下這塊地板。」福爾摩斯拿著放大鏡，趴在地上，十分仔細地檢查起來。接著，他又以相同的方式查看了屋裡的嵌板。最後又來到床前，觀察了很長時間。只見他順著牆上下來回地打量了一番，突然揪住鈴使勁拉了一下。

「奇怪！這鈴繩根本沒用，不過是個樣子。」他說。

「沒響啊？」

「不但沒響，上面還沒接線。你看，其實繩子的另一端是拴在通氣孔上面的鉤子上的。」

「這實在是荒唐，以前從未發現。」

「讓人真是覺得不可思議！」福爾摩斯手拉鈴繩，喃喃地說，「這間屋子有兩個奇特的地方，例如，通氣孔是朝向隔壁房間，這樣做很愚蠢，因為花相同的精力，完全可以使之通向外面。」

「這個通氣孔也是最近才有的。」那位女士說。

「它跟鈴繩是相同時間裝的嗎？」福爾摩斯問。

「對，當時還改裝了其他幾個地方。」

「這真是有趣極了——鈴繩只是做個樣子，通氣孔也不通風。斯脫納小姐，如果你同意，我們想檢查另一個房間，看看有什麼異常情況。」

羅伊洛特醫生的臥室比他繼女的稍寬一些，不過家具幾乎一樣簡樸。一張行軍床，一個小木書架上放了很多技術性書籍，床邊放了一把扶手椅，靠牆有一把普通木椅，還有一張圓桌和一個大鐵保險箱，一眼就可以看遍所有的家具和雜物。福爾摩斯繞房間慢慢走了一圈，聚精會神地觀察，並檢查了所有家具和雜物。

「這是什麼？」他敲了一下那個鐵保險箱。

「裡面放著我繼父業務上的文件。」

「哦？您親眼看過裡面的東西？」

「幾年前見過一次，我記得裡面滿滿的都是文件。」

「打個比方，這裡面也許會裝有一隻貓？」

「不可能，您的想法太荒謬了！」

「哦，你看一下這是什麼？」他從保險箱上拿起一隻盛牛奶的小碟。

「不，我們從不養貓，家裡只有一隻印度獵豹和一隻狒狒。」

「嗯，對，獵豹也算一隻大貓，但我肯定一碟牛奶是不夠牠吃的。另外還有一點，我得證實一下。」他蹲在木椅前面，專心地查看椅子表面。

「謝謝，基本上明白了。」他說著站了起來，把放大鏡裝進了衣袋。

「呵，這裡的幾件東西很有趣。」

一根打小狗的鞭子吸引了福爾摩斯。這根鞭子掛在床頭，捲著打了一個結。

「華生，你做何感想？」

「這不過是一根很平常的鞭子，可讓我想不通的是，它為什麼要打成結？」

「這鞭子不像你想得那麼簡單，哎，這個萬惡的世界，一個聰明人要是把他的智慧都放在了胡作非為上，那真是悲劇。我覺得我已經查到了想要知道的東西了。斯脫納小姐，如果你願意，我們到外面的草坪上散步一會兒吧！」

離開現場後，我朋友的臉色異常嚴峻，以前我從未見過他如此陰沉的表情。我們在草坪上徘徊著，不管是我還是斯脫納小姐，誰也不想打擾福爾摩斯的思緒，只是耐心地等待他從沉思中回過神來。

終於，他開口說：「斯脫納小姐，您必須按照我說的去做一切事情，這很重要。」

「我一定聽您的。」

「事情非常嚴重，不能有半點馬虎，您的命運就控制在您自己手中，一定要聽我的話。」

「我保證一定聽您的吩咐。」

「首先，我和我的朋友得在您的房間過夜。」

我和斯脫納小姐都嚇了一跳，迷茫地看著他。「沒錯，一定要這樣做，請聽我解釋，我猜，那邊就是村裡的旅店吧？」

「是的，克朗旅店。」

「好，從那邊能看見您的窗戶吧？」

「是的，能。」

「您繼父回來時，您必須把自己關在房裡，假裝頭痛。夜裡，當您確定他已經睡下時，就打開您房裡的百葉窗，解開窗戶的搭扣，再把燈放在窗戶對我們做信號。然後您帶上必備的東西回您原來的房間，記住，要悄悄進去。雖然它還在裝修，但還是可以住一個晚上。」

「是，沒問題。」

「其他事情就交給我們了。」

「你們想怎樣做？」

「我們要住在您的房間裡，然後查明擾亂您生活的聲音是從什麼地方來的。」

「福爾摩斯先生，我相信您已經想好辦法了。」斯脫納小姐激動地拉著他的袖子說道。

「也許吧！」

「您快告訴我，我姐姐是怎麼死的？」

「等有了更確鑿的依據，我一定告訴您。」

「但您至少可以告訴我，姐姐是受驚嚇致死的，對不對？」

「不，我覺得不對。我想她的死有更具體的原因。好了，斯脫納小姐，我們得走了，要是羅伊洛特醫生回來碰見我們，那就白費功夫了。再見，勇敢點！您放心，只要照我說的去做，您的危險很快就會被解除。」

我和福爾摩斯很快在村裡的克朗旅店訂了一間臥室和一間客廳，房間在二樓。透過窗子，我們能夠俯視斯托克莫蘭莊園林蔭道旁的大門和住人的邊房。黃昏時分，我們看到羅伊洛特醫生回來了。在為他趕車的瘦小少年的襯托之下，他高大的身材顯得更加突出。我們聽到他的大叫聲，還看到他朝一位男傭憤怒地揮舞著拳頭。因為男傭開門時耽擱了點時間。馬車進了院子，其中一間客廳不一會兒就亮起了燈，那燈光透過樹林，很遠處都能看見。

「華生，你知道嗎？」福爾摩斯說，這時，天已經黑了，我們倆坐在一起說話，「今晚讓你和我一起來，我確實有點顧慮，因為這裡的確有危險。」

「我可以幫你什麼忙呢？」

「只要你在場，肯定會幫我大忙。」

「真是如此，我很樂意。」

「非常感謝。」

「你說有危險，想必是因為在屋裡看到了有價值的線索。」

「不，我只是多做了一點推斷而已。我想我看到的，你也都看到了。」

「但除了那根鈴繩，我幾乎沒發現什麼特別之處。而且不得不承認，我想不出它的用途。」

「你注意那個通氣孔了嗎？」

「是的。可是我覺得兩個房間之間有通氣孔並不奇怪，而且洞口很小，連老鼠都鑽不過去。」

「在我們未到這裡之前，我就猜，我們肯定會發現一個通氣孔。」

「啊？真的嗎？」

「沒錯。因為斯脫納小姐說過，她姐姐聞到了羅伊洛特醫生的雪茄菸味，這就說明兩個房間之間肯定有通道。但是它肯定非常狹小，否則驗屍官在調查時會發現，因此我斷定這通道可能只是一個通氣孔。」

「可是，它有什麼作用呢？」

「你不覺得奇怪嗎？幾乎在相同的時間，鑿了一個通氣孔，拉了一根鈴繩，還有一位小姐喪了命。」

「我還是想不通三者之間有何聯繫。」

「你看到那張床有什麼不同了嗎？」

「沒有啊！」

「它是被固定在地板上的，以前你見過固定的床嗎？」

「還真沒有。」

「那位小姐的床不能動，只能長期放在那裡！並且既面對繩索，又對著通氣孔，而繩子只是個擺設，根本沒起過作用。」

「福爾摩斯，」我叫道，「我似乎明白了。幸好來得及阻止某種可怕的陰謀再次得逞。」

「是很可怕，一個醫生要是誤入歧途，就會變成最危險的惡人。帕爾莫和普雷察德，算是你們這一行的傑出代表了吧？但都比不上此人的計謀高超。他有膽也有識。天亮以前事情還多著呢，看在上帝的面子上，我們休息一下，安靜地抽支菸，讓心情放鬆一下吧！」

大概九點左右，樹叢裡透過來的燈光熄滅了，莊園沉浸在一片漆黑之中。又過了兩小時，大約十一點的時候，一盞燈出現在我們視線的正前方，發出耀眼的燈光。「光來自中間的房間，是給我們的信號。」福爾摩斯說。

我們出去時，跟旅館老闆打了聲招呼，讓他以為我們是去拜訪一位熟人，而且有可能在那裡過夜。很快，我們來到了路上，涼颼颼的冷風吹在臉上，漆黑的夜，只有那盞昏黃的燈閃爍在我們前方，指引著我們去完成那沉重的使命。

由於山牆長年未修，所以到處都是殘壁斷垣，我們輕易進了院子。穿過樹叢，越過草坪，正當我們打算從窗子進入房間時，突然，一個形如畸形孩子的醜八怪從一叢月桂樹中竄了出來。牠扭動著四肢縱身跳到了草坪上，然後飛快地穿過草坪，消失在黑夜裡。「天吶！」我低聲叫道，「你看到了沒有？」福爾摩斯也和我一樣，被嚇了一大跳。他緊緊抓住我的手腕，非常激動，然後低聲笑著在我耳邊說：「這一家子太絕了！就是那隻狒狒。」

我差點忘了，醫生喜歡養奇怪的動物。還有那隻印度獵豹！說不定什麼時候，牠也會忽然趴到我們肩上來。我學著福爾摩斯的樣子，脫掉鞋，鑽進了臥室，這才鬆了一口氣。我的朋友把百葉窗輕輕地關上，又把燈移到桌子上，向房間周圍看了看。屋裡跟白天一個樣子，他躡手躡腳地來到我面前，「別發出任何聲音，哪怕是最小的聲音也會讓我們的計畫失敗。」他小聲對我說。

我點了點頭，表示知道了。

「我們得在黑暗中坐著，否則他會從通氣孔中看到燈光。」

我又點了點頭。

「你千萬不能睡著，這攸關性命，拿好手槍，也許我們用得著。你坐在那把椅子上，我坐在床邊。」

我拿出左輪手槍，放在桌上。

福爾摩斯則把他帶來的那根細長的鞭子也放在床上。床邊還有一盒火柴和一個蠟燭頭，他把燈吹滅了。於是，我們陷入黑暗之中。

我永遠不會忘記那個可怕的黑夜，聽不到一點聲音，連喘氣聲都沒有，但我知道，我的朋友也正睜大眼睛坐在我旁邊，兩人神經都高度緊張。我們只能守候在黑暗中，因為百葉窗擋住了外面所有的光。偶爾會傳來貓頭鷹的叫聲，接著又是一聲貓叫似的哀鳴從窗前傳來，顯然是那隻印度獵豹發出的。遠處的教堂裡還會陸續傳來鐘聲，每隔一刻鐘敲一次，鐘敲了十二點、一點、兩點、三點，我們靜靜地等待著情況的出現……

終於，一道轉瞬即逝的亮光突然出現在通氣孔的方向，隨之而來的是一股燃燒煤油和金屬加熱的氣味，旁邊的屋裡點著了一盞遮光燈。我聽到了挪動的聲音，儘管十分輕微。半小時後，我突然聽到另一種聲音——好像水壺燒開了水在嘶嘶地噴著氣的聲音，而且十分輕柔緩慢。聽到那聲音時，福爾摩斯猛地從床上跳了起來，他劃著了一根火柴，並用那根細長的鞭子使勁抽打床頭的繩子。

「華生，你看見了嗎？」他壓住嗓音問道。

可是我什麼也沒看見。當福爾摩斯劃著火柴的時候，我只聽到了一聲低沉但清晰的口哨聲。突然出現的亮光照在眼睛上，使我不能馬上看清楚他到底在拼命抽打什麼，但我卻看清楚了他的臉，蒼白無比，一副憤怒、憎惡的神情。

終於，他住了手，向上看著通氣孔。就在此時，沉寂的黑夜裡突然傳來了一聲可怕的尖叫——我從未聽過的，無比恐怖的叫聲，它交織著痛苦、驚懼和憤怒，令人毛骨悚然。據說這尖叫聲都驚醒了那些遠在村裡，甚至遠在教區的人們，使人心驚肉跳。我呆呆地看著福爾摩斯，他也同樣望著我。最後，那叫聲總算消失了，四周又陷入沉寂。

我心神不定地問：「怎麼回事？」

福爾摩斯說：「已經結束了，而且也許是最好的一種結局。帶上你的槍，讓我們去羅伊洛特醫生的臥室裡看一下。」

我的朋友點亮燈，一臉嚴肅地帶著我穿過過道，敲了兩次門，裡面都沒有反應，他便轉動門把，走了進去。我手裡握著手槍，緊跟其後。

眼前是一幅這樣的景象：桌子上放著遮光燈，遮光板半開著，一道亮光照著保險箱，箱子也半開著。羅伊洛特醫生披著一件長長的灰色睡衣，正坐在桌子旁邊的椅子上，睡衣下面露出一雙赤裸的腳脖子。他穿著一雙土耳其無跟拖鞋，我們白天看到的那根短柄長鞭子放在他的膝蓋上。醫生的下巴向上翹著，一雙眼睛直直地盯著天花板。他的額頭上繞著一條奇特的帶有褐色斑點的黃帶子，我們走進房間時，他沒有出聲也沒有動。

「帶子，那有斑點的帶子！」福爾摩斯壓低了聲音說。

我向前走了一步，只見那奇怪的頭飾竟開始蠕動，一條毒蛇從他頭髮裡鑽了出來。那毒蛇又粗又短，頭像鑽石一樣呈菱形，脹著脖子蜷在那裡，讓人看了噁心不已。

福爾摩斯說：「這是一條印度毒蛇，確切地說，是生長在沼地的蝰蛇，醫生被牠咬到之後十秒鐘便喪了命，簡直是罪有應得。他還想害別人，沒想到是自作自受。我們得把這畜生扔回牠的窩裡，然後再把斯脫納小姐轉移到安全地方，最後再告訴警察這裡發生了什麼。」

他一邊說，一邊快速從死者手中拿過鞭子，將活結輕輕甩過去，套住了毒蛇的脖子，然後把牠拉起來，扔回保險箱裡，並隨手關上了箱子。

羅伊洛特醫生就是這樣死的，關於我們是如何把這可怕的經過告訴那個被嚇壞了的小姐，又如何乘坐早班車送她到姨媽家，託她照顧她，警察是怎樣調查，並得出最終結論……實在是太冗長了，沒必要在此贅述。不過，第二天在回城的路上，福爾摩斯向我解釋了那些我沒弄明白的地方。

他說：「華生，我曾經根據不充足的材料推斷出一個錯誤的結論，這真是很危險。因為有吉普賽人的出現，加之那位小姐臨終憑藉火柴光下瞬間看到的東西而說了『帶子』一詞，結果差點把我們引入了一條完全錯誤的方向。後來我不得不承認，危險不可能來自窗戶，也不可能來自房門，這才轉換了觀點，進而漸漸接近真相。就像我曾經對你說的，我注意到了那個通氣孔和那根鈴繩，並且發覺那根繩子只是個擺設，床也不能移動，於是就產生了懷疑。我猜那繩子也許是作為橋樑，以便使什麼東西從洞孔鑽過來。我馬上想到了蛇，別忘了醫生養了一些印度動物，把這兩者聯繫在一起時，我認為自己的思路對頭了。能想出用一種什麼化學試驗都檢驗不出的毒物，這恐怕只有是受過東方式醫學訓練，而且非常冷酷而聰明的人才能做到。驗屍官要是沒有敏銳的眼光是查不出毒牙咬過的微小黑洞的。然後，我想起了口哨聲，為了不讓被害人發現毒蛇，他就得在天亮之前把牠召喚回去。也許他就是用我們看到的牛奶把蛇訓練得一聽見召喚便會回到他那裡。他一定會在自己認為最合適的時間把蛇送過通氣孔。相信牠會順著繩子爬到床上，可能會咬人，也可能不會咬床上的人。也許她一個星期每晚都倖免於難，但最後還是難逃死劫。

「我早在進入他房間之前便得出了這個結論。後來檢查了他的椅子後，又進一步得到了證實。他為了搆到通氣孔，通常要站在椅子上。剩下的所有疑問全部被保險箱和那碟牛奶，還有鞭繩的活結消除了。斯脫納小姐曾聽到的金屬哐啷聲，那應該是他繼父慌忙把毒蛇關進箱子而發出的。你看到了，我在現場，我一聽到那東西嘶嘶地響，就毫不遲疑地點亮了燈，還使勁抽打牠。」

「結果，你又把牠打回了原處。」

「不光是這樣，還使牠回過頭去咬了牠的主人。因為我抽打的那幾下，激起了牠的毒性，於是牠就對準看到的第一個人狠狠地咬了下去。其實，我對醫生的死負間接責任，可是實話實說，我不會感到內疚。」

工程師的意外業務

在我和福爾摩斯密切交往期間偵破的所有案件當中，只有兩個是因我介紹的關係才引起他注意的：一件是哈瑟利先生大拇指案，另一件是沃波敦上校發瘋案。對於機敏又有獨到見解的讀者來說，也許後者更有深意。但前者從一開始就撲朔迷離，情節極具戲劇性，因此卻更值得記述，雖然它並未用到多少我朋友最擅長且最推崇的演繹法。雖說當時報紙對其多有涉及，但千篇一律地都只是用半欄篇幅簡單概括，很難引人關注，遠不及像剝粽子一樣，把事實一點點展現在你面前，讓案情的疑點隨著全部事實真相的顯露而漸漸浮出水面，進而讓人彷彿身臨其境更有閱讀快感。雖然時間已經過了兩年，但當時的情景我至今記憶猶新，因為那案子留給我的印象太深了。

故事發生在我婚後不久的1889年夏天，當時我已經重操舊業繼續行醫，而且還有了自己的小窩，只能把福爾摩斯單獨留在貝克街的寓所裡。但我仍然常去看他，並力勸他改掉那放蕩不羈的反世俗生活，常到我家來作客。我的業務很快漸入佳境，而且我家離火車站不遠，所以常有一些鐵路工人到我這裡看病。因為我曾經治好了一位病痛已久的病人，他回去後沒少宣揚我的醫術高明，為我介紹了不少生意。

有一天早上，快七點時，女僕敲門把我叫醒，說有兩個人從帕丁頓來，在診室等我。我匆忙穿好衣服下樓，憑經驗，鐵路上來的患者一般都病情較重。下樓後，我的老朋友——那個鐵路警察正走出診室，還隨手緊緊地關上了門。

他舉起大拇指指了指後面，輕輕地說：「我把他帶了過來，現在應該沒什麼大問題了。」

「怎麼回事？」我問，因為看他那神秘兮兮的樣子，讓我覺得他儼然是關了一隻怪物在裡面似的。

他悄聲說：「是個新病號，我想最好把他親自送來，免得他溜掉。現在他已沒什麼大礙，我也得走了，跟你一樣，我也要值班。」說完便匆匆離去，連向他道謝的機會都沒留給我。

我進到診室，看見桌旁坐了位先生。他衣著樸實，穿著花呢大衣，一頂軟帽放在我的書上。他的一隻手受了傷，上面包著一塊血跡斑斑的手帕。他很年輕，看起來不過二十五歲，長得很帥，但臉色蒼白，似乎正在用所有的意志來忍受著由於劇痛而產生的影響。

「醫生，不好意思，這麼早就來打攪您，」他說，「我夜裡碰到了一件非常嚴重的事故。今早我坐火車趕到這裡，正在車站打聽醫生時，那位好心人把我送到了這裡。」他遞給女僕一張名片，她把它放在了我旁邊的桌子上。

我拿起來看了一下，上面印著：維克托・哈瑟利先生，水利工程師，維多利亞街16號A（四樓）。這些就是病人的資料。「很抱歉，讓您久等了，」說著我坐到靠椅上，「看得出你剛坐了一夜的火車，坐夜車實在是一件無聊乏味的事。」

「噢，我可沒感到單調無聊，」說著竟放聲大笑起來，而且笑聲又高又尖，前仰後合地整個身子都倒在了椅子裡。作為醫生，我很反感這種笑法，馬上制止了他。

「別笑了！」我大喊，從玻璃水瓶裡倒了一杯水給他，「鎮定鎮定吧！」但是沒用，他還在笑。我突然覺得，這也許是那些性格堅強的人在經歷了某些劫難後的徹底發洩。過了一會兒，他終於恢復過來，臉色很白，看起來疲憊至極。

「我真是丟人現眼。」他氣喘吁吁地說。

「沒什麼，喝了這個。」我在水裡摻了點白蘭地，他喝過後蒼白的臉頰開始有了點紅潤。

他說：「好多了！麻煩您幫我看一下大拇指吧，其實應該說，是原來有大拇指的位置。」

他把手帕解開，伸出手來。情況很嚇人，裡面只剩四根手指和一片鮮紅可怕的海綿狀骨肉斷面，大拇指已經被從根部剁下或者硬拽了下來。

「天吶！」我叫道，「這傷口太恐怖了，肯定流了好多血。」

「對，流了很多，我受傷之後就昏了過去，很長一段時間都沒了知覺，等我醒來時，血還在流，這才急忙用手帕緊緊包起來，並用一根小樹枝把它綁緊。」

「包紮得很好！你應該當一名外科醫生！」

「你知道，這也是一個流體力學問題，我的老本行。」

「應該是用非常沉重、銳利的器械砍的。」我邊檢查傷口邊說。

「似乎是屠夫的砍肉刀。」他說。

「意外事故，是嗎？」

「絕對不是。」

「怎麼？難道竟有如此殘忍的人？」

「沒錯。」

「太恐怖了。」

我用海綿擦拭傷口，洗乾淨後再敷藥裹好，最後用脫脂棉跟消毒繃帶包紮起來。他躺在床上，始終咬緊牙關，沒有因為疼痛亂動一下。

「現在感覺如何？」包好之後我問。

「好多了，謝謝您的白蘭地和繃帶。我原本很虛弱，現在像換了個人似的。我還有很多事要做。」

「我建議你最好先別想這些，否則你的神經會受不了。」

「哦，不會了，現在不會了。我得去報案。不瞞你說，要是沒有這傷口作證，他們肯定不會相信我。這件事很不尋常，而我又沒有其他證據能證明我說的是真話。唉，就算他們信任我，可是我也只能提供少量蛛絲馬跡，不知能不能替我主持公道。」

我說：「你要真想解決問題，還不如先去找我的朋友福爾摩斯先生。」

「哦，我聽說過他，」病人說，「他要是肯受理，我當然很高興，不過同時最好也報警。您願意幫我介紹一下嗎？」

「不但可以介紹，我還可以親自陪你去見他。」

「真是太謝謝您了！」

「我們租一輛馬車一起走，還可以和他一起吃早飯，你的身體可以嗎？」

「可以，要是不把我的遭遇說出來，那才是真的不舒服。」

「我讓傭人去租馬車，我馬上就來。」我匆忙上了樓，跟妻子打了聲招呼，五分鐘後便與這位新夥伴坐上了駛往貝克街的馬車。

正如意料中一樣，福爾摩斯穿著睡衣在臥室裡一邊走，一邊看著《泰晤士報》上的尋人啟事、離婚啟事等專欄，嘴上叼著早餐前的那斗菸，菸斗中是前一天抽剩的菸絲、菸草塊——他總是在每晚入睡前把這些東西小心地烘乾，然後堆在壁爐架的角落裡，第二天繼續用。他熱情地招待了我們，叫人拿出鹹肉片和雞蛋讓我們飽餐了一頓。餐後，他把我們的新朋友安置在沙發上，自己則靠著一個枕頭坐下，手旁還放了一杯兌了水的白蘭地。

「看來你的遭遇很不平常，哈瑟利先生。」他說，「你在這裡不用拘束，隨便躺著，把你所知道的都告訴我們，要是累了便休息，一會兒再喝點酒提提神。」

「謝謝，」病人說，「醫生的包紮已經減輕了很大痛苦，這頓早餐更增強了治療的效果。我盡可能少浪費您的時間，抓緊時間講講我的不幸經歷。」

福爾摩斯坐在扶手椅上，顯得非常疲倦，其實我知道那是因為他想竭力掩蓋敏銳的注意力和迫切的心情。我坐在對面，開始靜靜地聽哈瑟利講述他的奇案。

他說：「我是個孤兒，單身一人住在倫敦，職業是水利工程師，至今已在格林威治那家著名的文納和馬西森公司做了七年學徒，並因此獲得了非常豐富的行業經驗。我父親逝世後留給了我一筆很可觀的遺產，於是我決定自己創業，好好闖一番事業，後來就在維多利亞大街租了幾間辦公室。

「我想，誰都明白初次單獨創業的艱難，我也一樣。兩年裡，我只受理了三次諮詢與一件工作，總收入才二十七英鎊十先令。每天上午九點到下午四點，我都風雨無阻地守在那裡，直到我認為永遠不會有任何主顧再來關照了。

「可是，昨天在我要離開時，辦事員說，有位先生因業務上的事要見我，還給了我一張名片，上面印著萊桑德・斯塔克上校的名字。上校跟他進了屋，他中等個子，很瘦，面部瘦得只突出了鼻子和下巴，兩頰的皮膚緊貼在高高突起的顴骨上。他的憔悴樣不像疾病所致，倒像天生的。因為他眼睛很有神，步伐輕快，舉止靈活。他穿得很樸素，大概四十歲左右。

「『你是哈瑟利先生嗎？』他問，帶點德國口音，『哈瑟利先生，我聽說你業務精通，謙虛謹慎，能保守秘密。』

「我對他鞠了一躬，像所有年輕人一樣，聽到恭維話便馬上飄飄然起來。『敢問是誰這麼誇獎我？』

「『哦，這個暫時還不能告訴你，不過我聽說你是個孤兒，單身一人獨居在倫敦。』

「『是的，』我說，『不過請原諒我的冒昧，這些好像跟我的業務無關，聽說您是為了業務上的事才來找我的。』

「『確實如此。不過，我是不會說半句廢話的。我們要委託你一件事，但事關機密，我認為單身的人比有家室的人做起來要更方便些。』

「『您大可放心，』我說，『我既然向您保證過，就一定會做到。』

「在我說話時，他一直盯著我，我從未見過如此多疑的目光。

「他最後說：『那麼，您保證了？』

「『對，我一定說到做到！』

「『你必須全程保密，絕對保密，從此口頭和書面上都不得再提這件事，做得到嗎？』

「『我已經保證過了。』

「『太好了。』他突然跳了起來，閃電般跑過去打開門，確認了一下門外是否空無一人。

「『這就好！』他轉回身來，『我知道，有時候辦事員會非常好奇東家的事。現在我們可以放心交談了。』他把椅子移到我旁邊，再一次以懷疑的眼光看著我。

「看到他這番奇怪的行為，我不由產生了一種反感和恐懼，甚至冒著失去雇主的可能，明顯流露出了不耐煩的表情。

「『先生，您就說您的事情吧，』我說，『我時間很寶貴。』願上帝原諒我最後的那句話。

「『工作一個晚上付你五十個畿尼夠了嗎？』他問。

「『還真不少。』

「『說是一個晚上，實際可能一小時就夠了。我想請教你的是有關水力沖壓機齒輪脫開的問題。你只要告訴我問題出在哪裡，我們就能自己把它修好。你認為這個委託如何？』

「『工作看起來很輕鬆，報酬也相當優厚。』

「『是的，我們希望您搭今晚的班車過來。』

「『去哪裡？』

「『到伯克郡的艾津。一個牛津郡附近的小地方，離雷汀不到七英里，帕丁頓有一班車能在十一點十五分送你到那裡。』

「『好極了。』

「『我會坐馬車去接你。』

「『還要乘馬車趕一段路？』

「『是的，那地方在鄉下，離艾津車站有七英里遠。』

「『如此說來，我們在午夜之前趕不到了，而且也沒有回程的火車，不得不在那裡過夜？』

「『是的，我們會安排你過夜的地方。』

「『那可麻煩了，可否換個更方便的時間去？』

「『我想你最好今晚來，我們付了那麼多錢，就是為了補償你的不便之處。這些錢完全可以請到這行裡最高明的人。如果不想做，後悔還來得及。』

「這筆錢對我很重要。於是我說：『我樂意效勞，但我想知道我的具體工作是什麼？』

「『是的，也許是要求你嚴格保密讓你覺得不放心，我們無意隱瞞你。我說，你確定這裡肯定沒人偷聽吧？』

「『肯定沒有。』

「『事情是這樣的，你也許知道，漂白土是一種十分貴重的礦產，在英國只有一兩個地方有這種礦藏。』

「『這個我聽說過。』

「『不久之前，我在雷汀附近買了一塊地——很小的一塊，幸運的是，我發現那塊地裡有漂白土礦床。經過探查，又發現這個小礦床竟連接著兩個更大的礦床，但這兩處都在我鄰居家的土地上。目前他們一點不知情，如果我在他們發現礦床之前把地買下來肯定很划算。但我卻沒有這麼多錢。所以，我跟幾個朋友商量，先秘密地開採我們的小礦床，等賺了錢之後再去收購鄰居的土地。我們現在已經進行了好長時間，還安裝了一台水壓機以便操作。這台機器，我已經說過了，它出了故障，需要你的指點。我小心謹慎，因為要是有人知道我曾請水利工程師來我們這小地方，他們肯定會奇怪的，真相難免暴露，我們的計畫就泡湯了。一切就是這樣，所以才讓你嚴守秘密。』

「我說：『我聽明白了，只有一點，水壓機對你們挖漂白土有作用嗎？據我所知，漂白土是像從礦坑裡淘沙礫那樣挖出來就行了。』

「『哦，』他說，『我們用的是自己的方法。為了不在搬運過程中洩露秘密，我們把土碾壓成磚坯，掩人耳目，這可是事情的關鍵。我可是什麼都告訴你了，說明已經非常信任你。我們就十一點十五分在艾津見吧！』說完他便站了起來。

「『我一定去。』

「『不要跟任何人講。』最後，他再次用遲疑的目光盯著我，用那隻濕冷的手和我握了一下，然後匆忙離去了。

「事後我又冷靜地思考了半天，既為這件突如其來的業務感到吃驚，同時也很高興。因為他們付給我的酬金是我要求的十倍，並且這次業務也許會再帶來其他業務。不過，來者的容貌和舉止留給我的印象並不好，而且我認為他對於漂白土的解釋，並不能充分說明我有必要一定在深夜前往。但無論如何，我決定把一切顧慮都扔在腦後，吃完飯便坐車去帕丁頓，而且準備如約嚴守那個秘密。

「我在雷汀換了車，然後剛好趕上了開往艾津的最後一班車。十一點過後，總算到達了那個燈光昏暗的小站。我是唯一在那個站下車的乘客。月台上只有一個手提燈籠的搬運工。我走出檢票口，看到早上認識的那位主顧正等在暗處。他悄悄拉住我，催我上了一輛敞開車門的馬車，之後馬上把窗子都拉上，敲了敲馬車的廂板，馬立即快速奔跑起來。」

福爾摩斯問：「只有一匹馬嗎？」

「是的。」

「你還記得牠是什麼顏色嗎？」

「我記得在跨進車廂時，藉著燈光看了一眼，是栗色的。」

「看起來是充滿活力還是無精打采？」

「嗯，很有活力，毛色十分光滑。」

「謝謝，不好意思，打擾了您的話，您繼續。」

「就這樣，我們上了路，足足駛了一個小時左右。萊桑德・斯塔克上校說只有七英里遠，可是我覺得至少有近十二英里的路程。他一直默默地坐在我旁邊，我幾次望過去，都發現他也正緊張地盯著我。路很不好走，隨著車子的顛簸我們歪來倒去。我向窗外看去，想知道我們到了什麼地方。可是窗子是毛玻璃做的，除了偶爾透過幾點朦朧的燈光，其他什麼也看不見。我不時地搭訕幾句，想打破旅途的沉悶，可是上校只用隻言片語來敷衍我，因此話題總是無法談下去。馬車最後在一條礫石路上停了下來，上校下了車，我跟在他後面。突然，他一把將我拉進了一扇車前敞開的大門，還沒來得及看清房子的模樣，我已經被帶到了一個大廳。隱約間，我還能聽到馬車離開時發出的嘎吱聲。

「房子裡漆黑一片，上校一邊小聲嘟噥著，一邊摸著尋找火柴。突然，走廊一頭的一扇門打開了，朝我們這邊射來一道亮光。燈光越來越亮，接著，一個手裡持燈的人出現在我們面前。她朝前探身打量著我們。我也看清楚了，一個非常美麗的女人，從她黑衣上反射出的光澤上看，那衣料應該很華貴。她說了幾句外語，似乎是在問話，可是我的同伴卻粗暴地回答了她。這使她很吃驚，手裡的燈都差點掉下來。隨後，斯塔克上校對她耳語了一番，然後就把她推進了房間，自己提著燈向我走來。

「『你就在這間屋裡等一會兒，』他說著推開了另一間屋子，一個擺設簡單並且很僻靜的小屋子。屋中間有一張圓桌，上面放著幾本德文書。他把燈放在門邊的一架小風琴的頂上。『我不會讓你久等。』說著，就消失在黑夜裡。

「我雖然不懂德文，但我能認出其中有兩本是科學論文，其餘都是詩集。我走到窗邊，想看看鄉間的景色，但是一扇櫟木百葉窗關得很嚴，擋住了窗子。屋裡相當安靜，走廊外似乎有一座破舊的鐘在滴滴答答地響。除此之外，一切都死氣沉沉。我逐漸被一種不安的感覺籠罩：這些德國人是幹什麼的？他們為什麼要深居在這偏僻的小山村？這裡到底是哪裡？我甚至分不清東西南北，只知道這裡離艾津十英里左右。

「但是我猜想雷汀或其他一些大鎮應該都在這個半徑所形成的範圍內，因此這裡也許並不偏僻。不過，既然如此安靜，那肯定是在鄉間。我在屋裡來回走動，小聲唱著小曲來壯膽，我想自己完全被那五十畿尼的報酬征服了。

「寂靜當中，房門突然打開了，在此之前我並未聽到任何響動。門縫裡擠進了那個女人，她身後是漆黑的大廳。房裡那盞燈發出的昏暗的燈光照在她漂亮的臉上，我一眼看出了她的驚慌失措，自己也更加緊張。她哆嗦著舉起手指示意我不要出聲，又很快對我說了幾句蹩腳的英語，眼睛像一匹受驚的小馬，邊說邊向後面的陰暗處張望。

「她說：『如果我是你，早跑了，我絕對不會留在這裡，留下來對你一點好處也沒有。』

「『但是，夫人，』我說，『我還沒有工作。等看過機器，我自然會走。』

「『不要等了。』她又說，『從這道門可以出去，沒人會阻擋你。』她看我笑著擺手，突然鎮定起來，向前一步，兩手緊握著輕聲說：『看在上帝的份上，你快點逃，現在還來得及。』

「可是我這個人生來固執，遇到阻礙反而會更堅持。豐富的酬金，疲憊的旅行，以及眼前這個不愉快的夜晚……難道要讓一切毫無價值地付諸東流嗎？我為什麼放棄報酬，不工作就逃走呢？我想她也許懷有某種偏見。儘管她的神情給了我極大的震動，但我還是很堅定，搖頭表示我要留下來。她還想再次勸我，但樓上傳來很響的關門聲，樓梯上也傳來了腳步聲，她聽了之後，舉起雙手做了一個絕望的姿勢，之後就像來時一樣，無聲無息地消失了。

「萊桑德・斯塔克上校和一個矮胖子走了進來。那位上校向我介紹說那是弗卡森先生。

「『他是我的秘書兼經理，』上校說，『還有，我記著這門是關上的。我擔心穿堂風吹壞了您。』

「我說：『剛好相反，我覺得這房間有些悶，所以把門打開了。』

「他疑惑地看了我一眼，說：『我們開始工作吧，我們先帶你去看看上面的機器。』

「『我想應該戴上帽子。』

「『不用了，就在這房子裡面。』

「『啊？你們在屋子裡挖礦？』

「『不，這裡只是壓磚坯。這不重要，我們只需要你檢查一下機器，再把毛病指出來。』

「我們上了樓，上校提著燈在前面走，我和胖經理跟在後面。這房子很像一座迷宮，有許多走廊、過道、窄窄的螺旋式樓梯、低矮的門。經歷了幾代人的踐踏，房子的門檻都凹了下去，底層的地板沒有鋪地毯，也未擺放任何瓷具，牆上的白灰不時往下掉，骯髒的汙漬上還冒著濕氣。我雖然沒有接受那位夫人的警告，但還是故意裝作一副毫不在乎的樣子，刻意觀察了這兩個人。弗卡森話很少，不過從他的隻言片語裡我斷定，他可能是英國人。

「萊桑德·斯塔克上校打開了最後一扇矮門，裡面是一個方形的小房間，小得甚至容不下三個人。因此上校帶我進去，弗卡森留在外面。

「他說：『這裡實際上是水壓機房，要是一開動可不是鬧著玩的。這個屋子的天花板也實際是下降活塞的底部，它降落到這個金屬地板上時將會產生好幾噸的壓力。外面有些平行的水柱，水受壓後，就會傳送和遞加所受壓力，機器這才能正常運轉。可是現在機器開動沒問題，就是轉得不很靈活，因此壓力不夠。請你檢查一下，並告訴我們怎麼才能修好它。』

「我接過他的燈，仔細查看那台機器。它相當龐大，能產生很強大的壓力。我壓下操作桿時，聽到了颼颼聲，於是意識到可能是機器裡面有裂縫，這會導致水由一側活塞回流。接下來我還發現，傳動桿頭上的一個橡皮墊圈皺縮了，因此塞不住在其中來回移動的桿套。這就是壓力不足的原因，我向他們指出了這些。他們認真地聽著，還問了一些關於如何修好機器的關鍵問題。向他們講清楚之後，我們回到了機器主室。由於好奇，我不由仔細打量了這台機器，一眼便知，漂白土的故事絕對是謊言。因為開採漂白土根本用不到如此大功率的機器，否則也實在荒唐。屋子的地板是一個大鐵槽構成的，牆壁都是木質的，地上積滿了一層金屬屑。我彎下腰正想看個究竟，突然傳來一聲低沉的德語驚叫，上校臉色很難看地望著我。

「他問：『你在做什麼？』

「我深感上當，非常生氣。『我在欣賞您的漂白土，』我說，『如果我能知道你們這台機器的真正用途，也許還能提供更好的建議。』

「話一出口，我馬上後悔了。他的臉色更難看了，眼睛裡冒出邪惡的光。』

「他說：『很好，你會知道一切的！』他退後一步走了出去，砰地一聲把門關上了，還把鎖裡的鑰匙轉動了一圈。我衝過去使勁拉門，但怎麼也打不開。

「『喂！』我大叫，『上校，讓我出去！』

「我在寂靜裡聽見了一種聲音，嚇得我的心都快蹦了出來。那是槓桿的聲音和水管漏水的颼颼聲，他把機器開動了！我藉著地板上的那盞燈，看到漆黑的屋頂正在慢慢地向我壓過來。我知道它的威力足以在很短時間之內把我壓成肉醬。我尖叫著，用力撞門，用手摳鎖，哀求上校放了我，可是機器的聲音吞沒了一切。

「我的頭離房頂只有一兩英尺了，一抬手便能摸到屋頂。這時，我腦子裡閃過一個念頭，怎樣的姿勢才能減輕一個人死亡的痛苦呢？要是趴著，那樣壓力會全部落在脊椎骨上。想到骨頭被劈啪地壓斷，我嚇得渾身發抖，說不定換個姿勢會好一些。但總不能仰面躺，親眼看著那屋頂向我壓下來吧？我已經站不直了，這時，突然看見了一樣東西，心裡有了希望的火花。

「我說過了，房頂和地板都是鐵做的，可牆是木板做的。我從兩塊牆板之間看見了一絲昏黃的光亮。當我拼命推倒一小塊嵌板後，光線越來越亮了。真不敢相信這裡還有一扇死裡逃生的門。我立刻衝了出去，魂飛魄散地躺在牆的另一邊喘息。此時，我身後的嵌板又關上了，那盞燈的破碎聲和片刻之後鐵板相撞的聲音說明了我是在千鈞一髮的時刻逃脫了險境。

「直到被人猛烈地拉扯手腕，我才甦醒過來。我發覺自己躺在一條走廊上，一個人右手拿著蠟燭，左手正使勁拉我。她就是那位好心的朋友，我當初是那麼愚蠢地漠視她的勸告！

「她上氣不接下氣地叫：『快！快！他們馬上就會趕來，你不能再浪費時間了，快點呀！』

「這次，我完全相信她了，馬上站起來跟著她衝出走廊，接著又跑下了一座螺旋樓梯，來到了一條寬敞的過道前。還沒站穩腳跟，便聽到了跑步聲和兩個人的大喊聲。一個人在我們剛待過的那一層，另一個在他下面，兩人上下呼應。我的嚮導停下來看了看四周，慌忙帶我鑽進了一扇門。它通向一間臥室，月光正從窗戶上灑落進來。

「她說：『這是你最後的機會，儘管很高，但你還是得跳下去。』

「她說話時，過道那頭已經出現了燈光，上校正急速跑過來。他一手提燈，一手拿著一把像屠夫切肉刀一樣的凶器。我拼命跑過臥室，推開窗戶。月光下的花園非常安靜，芳香無比，它就在下面三十英尺左右的地方。我爬上窗台，但猶豫著要不要跳，因為我擔心我的救命恩人會受到傷害，要是那樣，再危險也得救她。正想著，上校已衝到門口，想推開她闖進來。可是她卻使勁抱住他，往後推。

「她用英語叫：『弗里茲！弗里茲！你上次已經發過誓，答應過我不再做這種事了，他不會講出去的！』

「『你瘋了，愛麗絲！』他喊道，竭力掙開她，『你知道吧，這會毀了我們，讓我過去，他知道的太多了。』他把她推開，跑到窗口，用那把刀向我砍來，那時我身體已離開了窗子，但是兩手還在抓著窗台。我感到一陣劇痛，一鬆手便掉了下去。』

「我只是震了一下，但並未摔傷，於是很快爬起來，拼命奔向矮樹叢，因為我知道自己並未脫離危險。跑著跑著。我突然感到一陣眩暈和噁心，低頭看了一眼那隻受傷的手，才發覺大拇指被砍掉了，傷口的血還在不斷往外湧。我急忙用手帕包裹好傷口，一陣耳鳴之後，我暈了過去。

「當我再次醒來時，也不知昏迷了多久。太陽已經升起來了。我全身的衣服都被露水打濕了，傷口流出的血浸透了袖子，疼痛再次使我想起了昨夜的危險遭遇。一想到追趕我的人，我又立馬跳了起來。奇怪的是，四周既沒有房子也沒有花園，原來我躺在公路邊的樹籬笆角落裡，不遠處有座長長的建築物。走近一看，原來是昨晚下車的車站。要不是手上的傷，我簡直以為只是做了一個噩夢。

「我迷迷糊糊地走進車站，打聽了早班車的時間，他們告訴我一個小時內會有一班開往雷汀的火車。我見值班的仍是昨晚那個搬運工，急忙向他打聽萊桑德・斯塔克上校。可是他對這個名字好像很陌生。我問他昨晚有沒有注意到等我的馬車，他說沒有，又問他附近哪裡有警察局，他說三英里外有一個。

「對我這樣一個傷疲交加的人來說，那路程太遠了，我打算回城再去報警。差不多六點鐘左右，我總算回到城裡，先去包紮了傷口。然後這位醫生就陪我來這裡了。案子現在託付給您了，我會全力配合。」

聽完這段奇異的敘述，房間裡陷入沉默。隨後，福爾摩斯從架子上取下了一本厚重的剪貼報。

「這則廣告也許你們會感興趣，」他說，「大概所有報紙一年前都刊登過，我念一下：

尋人：

傑利麥亞・海林先生，現年二十六歲。職業：水利工程師。於本月九日晚十時離寓所後下落不明。身穿……

「啊！等一等。我猜，看來上校上一次就需要徹底維修他的機器了。」

「天吶！」我的病人喊道，「這剛好驗證了那位夫人說的話。」

「毫無疑問，上校是一個冷酷的亡命之徒，他不容許任何東西妨礙他的行動。他跟海盜一樣，不會在被他俘獲的船上留下一個活口。好了，時間寶貴，我們得馬上採取第一步措施，到蘇格蘭場報案，要是你還能堅持的話。」

三小時之後，我們上了火車。從雷汀去波克郡那個小村子的路上，除了我和福爾摩斯以及那位水利工程師，還有蘇格蘭場的布萊斯特里特警官和一位便衣警察。布萊斯特里特把一張本郡的軍用地圖放在座位上，用圓規以艾津為中心畫了一個圓。

「就是這裡。」他說，「這是以這個車站為圓心，十英里為半徑畫的圓，我們要找的地方就在邊線附近。先生，我記得您說的是十英里。」

「馬車整整駛了一個小時。」

「你覺得他們在你昏迷時把你從那麼遠的地方運了回來？」

「我猜是，因為模糊中我感覺被人抬過。」

我說：「可是，為什麼他們發現你昏倒在花園裡卻不繼續幹掉你，還要放過你。是因為那個女人的求情使壞蛋心軟了嗎？」

「我想不是，他太凶殘了。」

布萊斯特里特說：「真相總會大白的。」

「看，我畫好了一個圓，接下來就看要在哪一個點可以找出那個壞蛋了。」

「依我看，這地方不難確定。」福爾摩斯胸有成竹地說。

「真的？現在就能確定？」警官問，「好，這是您的判斷。讓我們再看一下誰的看法跟您一樣。我認為在南邊，因為那一帶更加人煙稀少，非常荒涼。」

病人說：「我覺得在東面。」

「我想在西邊，那裡有幾個很偏僻的村莊。」那位便衣偵探說。

「我認為在北面，」我說，「因為那地方沒有山，我們的朋友說過，馬車沒有上過坡。」

警官笑道：「哦，看來意見並不統一，我們繞了一個大圈，您將把最關鍵的一票投給誰？」

「你們全錯了。」

「不可能吧？」

「沒錯，你們都不對，請聽我說，」他把手指放在圓心，「他們就在這裡。」

「但是，十二英里的路程呢？」哈瑟利急忙說。

「來回各六英里，這最簡單了，您也說過，上馬車時，那匹馬精力充沛，要是牠已經奔走了十二英里那麼難走的路，怎麼可能還是那個樣子？」

「的確，很可能是這樣的把戲」，布萊斯特里特說，「顯然，這個犯罪集團的性質已很清楚了。」

「毫無疑問，」福爾摩斯說，「他們是個大規模製造假幣的犯罪集團，那台機器是用來鑄造合金硬幣以代替銀幣的。」

「我們追查這件事情已經很久了，發現這群罪犯很狡猾。」警官說，「他們一直在大量生產半克朗的假幣。我們曾經追蹤到雷汀，可再往遠處便沒了線索。他們很會掩藏行蹤，足以證明是精通此道的慣犯。幸好有了這個線索，這下一定要將之一網打盡。」

然而警官想錯了，這群罪犯並未就此落網。當我們的火車進站時，看到了一股濃煙從附近的小樹叢後湧出，宛如一片碩大無朋的鴕鳥毛高懸在景色優美的田園上空。

「難道是房子失火了嗎？」火車出站時，布萊斯特里特問。

「是的，先生。」站長說。

「什麼時候著的火？」

「聽說是晚上，火勢越來越猛，房子現在已成一片火海了。」

「那是誰家的房子呢？」

「彼徹醫生的。」

工程師說：「請問，彼徹醫生是不是德國人，骨瘦伶仃，鼻子又尖又長？」站長笑了起來，「不是的，彼徹醫生是英國人，我們這個教區沒有人穿得比他更講究了。據我所知，有一個人和他住在一起，倒是個外國人，也是個病人。但是好像即使你請他吃頓上好的牛排，他也不會嫌油膩。」

站長還沒說完，我們便衝向了失火的地方。那條路直通小山頂，出現在我們面前的是一座高大的白灰粉刷的建築。每扇窗的每條縫裡都冒著火苗，花園裡有三輛消防車在撲救，但已無濟於事。

「就是這裡！」哈瑟利激動地叫道，「瞧這條沙石路，那邊就是我躺過的薔薇叢。我從第二個窗戶跳下來的！」

「你的仇已經報了，」福爾摩斯說，「是你的油燈被壓壞後燒了木板牆。當時他們在追你，因此沒發現。現在認真看一下，人群裡有沒有你昨晚見過的人。但是我猜此時他們至少已經跑出一百英里遠了。」

福爾摩斯說得沒錯。沒人知道那個漂亮女人和那個險惡的德國佬，還有那古怪的英國人，他們去了哪裡？那天早上，有位農民見過一輛馬車載著幾個人和幾個沉重的箱子，飛速地向雷汀那邊駛去。這些亡命之徒逃到那裡就沒了蹤影，連聰明的福爾摩斯也推斷不出他們的去向。

這幢奇特的房子很令消防員們傷腦筋，三樓一個窗台上發現的一截被砍下的大拇指更是讓他們驚恐。大火終於在太陽下山時給撲滅了，可是屋頂已經被徹底燒塌，現場成了一片廢墟。除了彎曲的汽缸和鐵管，那台讓我們不幸的朋友付出慘重代價的機器沒有留下任何痕跡。在一間偏房的外屋裡，警方找到了很多鎳錠及錫錠，但沒發現硬幣。這也許正可以解釋他們逃命時攜帶的大箱子裡到底裝了些什麼。

要不是那塊鬆軟的泥土上留下的清晰足跡，工程師是如何被人從花園裡抬到他甦醒的地方，也許永遠是個謎。他明顯是被兩個人抬走的：一個人的腳印很小，另一個卻特別大。看來那英國人雖沉默少語，但心地卻沒有同夥那麼殘忍，是他幫那個女人把昏迷的工程師抬到了安全的地方。

在乘火車返回倫敦的路上，工程師沮喪地說：「這件事對我來說真是倒楣透頂。我丟了一個大拇指和五十畿尼的酬金，除此之外，什麼也沒得到。」

福爾摩斯說：「不，你得到了經驗，這是間接的價值。相信此事很快會廣為人知，我想你的事務所也馬上就要生意興隆啦！」

皇冠上的綠玉

「你看，福爾摩斯，有個瘋子正向這邊過來了。竟沒有家人管他，這麼獨自出來亂跑，真是可悲。」一天早上，我站在窗前一邊看著樓下的街景，一邊對福爾摩斯說。

我的朋友懶洋洋地站起來，雙手插在上衣的口袋裡，也從我身後探身望去。這是一個晴朗的清晨，地上鋪著一層昨天下的厚厚的雪，冬日的陽光照得它閃閃發光。貝克街馬路中心的雪已經被來往的車輛輾成了灰色的帶狀痕跡，可是人行道兩邊的雪卻還像剛下時那麼潔白。人行道被打掃過了，但還是很滑，因此路上的行人很少。實際上這條路上只有這位先生在走，他的古怪行為引起了我的注意。

此人大概五十歲左右，身材高大，寬臉龐，儀表堂堂，相貌非凡。他的衣著雖顏色暗淡，卻看得出非常華貴且時髦。一件黑色大禮服，一頂有光澤的帽子，一雙式樣新穎有綁腿的棕色高筒靴，裁剪非常精細得體的棕灰色褲子，看起來實在不同常人。可是他的舉止卻與儀表極度不相稱，甚至有些可笑。因為他正在奔跑，偶爾還甩幾下，彷彿一個非常疲勞的人為減輕雙腳的負擔而在刻意放鬆自己。他跑的時候，兩手不停上下揮動，腦袋搖來晃去，臉部抽搐得特別難看。

「他到底怎麼了？」我情不自禁地問，「好像正在看這些房子的門牌號碼？」

「我斷定他要來我們這裡。」福爾摩斯說。

「來這裡？」

「對，想必又是一個前來諮詢和尋求幫助的人，我感覺得到。哈！你看我說對了吧！」此時，那個人已衝到我們門口，並按響了門鈴。

不一會兒，他進到了我們的屋裡，邊喘氣邊打手勢，兩眼滿是憂傷失望的神情。我們見此立即收起了笑容，並頗感吃驚。他一時說不出話來，身體發抖，扯著頭髮，就像失去理智一樣。突然，他跑過去用頭撞牆。我倆嚇壞了，趕緊拉住他把他拖回房中央。福爾摩斯把他按到一張安樂椅上，輕拍著他的手陪在一邊，並試圖用舒緩輕鬆的語調跟他談了起來。

「您到這裡來是想把您的事情告訴我，對吧？您跑累了，先歇會兒吧，等緩過氣來再跟我講，我會很樂意幫您。」

那個人坐了一會兒，胸脯劇烈地起伏著，他盡量穩定了情緒，然後拿出手帕擦了擦前額，閉著嘴唇，面向我們。

「你們是不是覺得我瘋了？」他猛地問。

「我想您一定是遇到了很煩心的事。」福爾摩斯說。

「天知道，我碰到了什麼……它來得太突然了，真可怕，使我失去了理智。我會因此受到公然的侮辱，雖然我的品行一直完美無瑕。人人都有自己的苦惱，這是註定的。但是這兩件事以如此可怕的形式降臨在我身上，真是把我搞得手足失措。更糟的是，此事不止牽扯到我一個人，要是解決不好，英國最尊貴的人恐怕也會受到牽連。」

福爾摩斯說：「先生，您先鎮定一下，告訴我您是誰，出了什麼事？」

客人說：「我的名字你們可能很熟悉，我是針線街霍爾德—史蒂文生銀行的亞歷山大•霍爾德。」

我們確實熟悉這個名字，他是倫敦第二大私人銀行的主要合夥人，到底是什麼事讓這位倫敦的一流公民竟落到如此可憐的地步？我們好奇地等著他振作精神，然後說出一切。

他說：「我的時間很緊迫，當警察廳警官建議找你們協助時，我就馬上趕來了。我是坐地鐵然後步行過來的，因為馬車在雪地上行駛速度太慢。我平時幾乎不鍛鍊，因此剛才跑得喘不過氣來，現在好多了，我把事情的大致情況告訴你們。

「你們都知道，一家成功的銀行通常都善於為其資金找到可靠的投資管道，同時還得增加業務往來和存戶數量。我們最能獲利的投資方式就是在可靠的擔保下，把錢以貸款方式放貸出去。幾年以來，我們做了很多筆這樣的交易，很多名門望族都以他們收藏的名畫、藏書或金銀餐具作抵押向我們貸了大筆的錢。

「昨天上午，我正坐在銀行辦公室裡，職員遞進來一張名片，我被上面的名字嚇了一跳，他不是別人，正是全世界都知曉的、一個在英國最尊貴的人。他的到來讓我受寵若驚，剛想表達些諸如知遇之恩之類的感激話語時，他卻直接切入正題，好像恨不得立即完成某項使人不快的事情似的。

「『霍爾德先生，』他說，『據說你們常辦理借貸業務？』

「『要是抵押品值錢，本行的確也辦理這種業務。』我回答道。

「他說：『我急需五萬英鎊！當然，我可以輕易從一些地方借到十倍的款項，可是我寧願以正規方式，當作自己的一件私事來辦。你知道，處在我這樣的地位，不能隨便接受別人的恩惠。』

「『能否告訴我，您需要使用多久？』我問道。

「『我下週一便可收回大筆到期款項，屆時一定如數歸還，加上你覺得可行的利息。現在對我來說最重要的是立即拿到這筆錢。』

「我說：『要不是數目過大的話，我願意將我自己的錢貸給您，那樣就不用作進一步的洽談了。但是現在我不得不以銀行的名義來為您辦理此事，所以只能公事公辦，哪怕是對您，恐怕也要求有所擔保才成。』

「『我很願意這麼做。』說著，他把一個黑色的四方形摩洛哥皮盒拿了出來，『你應該聽說過綠玉皇冠吧？』

「我說：『那是英國最珍貴的一件公產。』

「『沒錯。』他一邊說，一邊打開盒子。那件光彩奪目的寶貝就襯托在柔軟的肉色天鵝絨上面。『這上面有三十九塊大綠寶玉，而且僅上面的鏤金雕花，就無法估計其價。這頂皇冠估計最低也值我要借錢的兩倍，我打算以它為抵押品。』

「手裡拿著這貴重的寶盒，我有些不知所措地望著我的委託人。

「『你是懷疑它的價值吧？』他說。

「『不是，我只是不確定……』

「『至於我把它放在這裡是不是合適，你大可放心。我要是不能保證四天之內把它贖回，就肯定不會這樣做，這不過是個形式罷了。它作抵押夠了嗎？』

「『夠了，太多了。』

「『你應該知道，霍爾德先生，我這樣做是想證明我十分信任你。我不僅要求你要小心謹慎，而且還要避免因此產生的任何流言蜚語。最重要的是，要採取一切措施保管它，否則哪怕是一丁點兒的閃失，都會產生一場醜聞。任何損壞都跟徹底丟失一樣，因為它是獨一無二的，根本沒有第二件。現在，我放心地把它交給你，星期一上午我會親自來取。』

「見他急著離去，我沒敢再說什麼，馬上叫來出納員，給了他五十張票額為一千英鎊的支票。獨自回到辦公室後，望著桌上的東西，我突然感到很不安。因為要負的責任太重大了，它可是一件珍貴的國寶，不管遭到任何意外都會不可避免地引起公憤。我開始懊悔當時為什麼要答應保管它。可是來不及了，我只好把它放在我的私人保險箱裡，然後接著做事。

「晚上，我認為把如此貴重的寶物放在辦公室裡不合適，銀行的保險箱以前曾經被撬過，萬一我的保險箱被撬，那不就完了嗎？因此我打定主意，以後幾天只能隨時帶著這個盒子，讓它一秒鐘也不離開我。之後我便租了一輛馬車帶著皇冠回家了。到家後我把它拿到樓上，鎖在了客廳的大櫃子裡。

「福爾摩斯先生，我再介紹一下我家裡的情況，好有助於你判斷。我的馬夫和僕人住在房子外面，這兩個人可以先撇開不提。家裡還有三個跟隨我多年的女僕，她們都值得相信。還有一個叫露西・帕爾的侍女，她剛來幾個月，不過我認為她品行良好。她長得很漂亮，有不少傾慕者，經常有人會為她逗留在我家附近不走。這是我在她身上發現的唯一不足之處。可是無論如何，我們都覺得她是個好女孩。

「僕人的情況就是這樣，我家其實很簡單，不必浪費時間細說。我是一個鰥夫，有一個兒子叫亞瑟。提到他我很傷心，他太令人失望了。這都怪我，可能是我把他給寵壞了。我妻子死後，我過於疼愛他了，哪怕他有一丁點兒不開心我也會不高興。我什麼都順著他，現在想想，當初要是嚴格要求他，那麼現在對我倆都好。可是我做的一切都是因為愛他。

「我想讓他將來接我的班，可是他太放蕩、任性，不像有事業心的人。說實話，我不相信他有能力處理業務。他雖然年輕，但已經是一家貴族俱樂部的成員。在那裡，他整日放蕩風流，很快成了一群奢侈浪費的富豪子弟的密友。他賭博，在賽馬場亂花錢，經常跑來求我預支給他津貼費去付賭債。我曾經試著讓他脫離那群狐朋狗友，可是由於他的朋友喬治・潘維爾爵士，結果一次又一次地被拉了回去。

「喬治・潘維爾爵士這樣的人能影響他，我並不覺得奇怪。我兒子常帶他回家，我自己也難免被他的翩翩風度所迷惑。他玩世不恭，比亞瑟大，據說去過很多地方，見過大世面，能說會道，長相英俊。

「但是拋開他相貌的魅力，冷靜地思考他的為人時，我總覺得他的那種眼神和冷嘲熱諷的談吐，令人感覺不值得信賴，連我的小瑪莉也這麼想。她天生具有一種女性所特有的敏感和深刻的洞察力。

「談到這裡，就只剩下瑪莉的情況沒講了。她是我的侄女。我兄弟五年前去世，留下了孤苦伶仃的她。我收養了她，並把她當親生女兒對待。

「她溫柔、可愛、美麗，很會操持家務，又非常文雅、恬靜、溫順，簡直是我們家的陽光和我的左右手，真不敢想離開她我該怎麼辦。但有一件事她卻沒讓我稱心，那就是我兒子向她求婚兩次了，而且也真的是愛她，可是她都拒絕了。我覺得要是有誰能把我兒子引入正道，那非她莫屬，我希望他婚後的生活會有所變化。可是現在，哎，晚了，永遠不可能挽回了。

「福爾摩斯先生，現在我家裡的情況都講清楚了，我接著說那件倒楣事。

「那天回家後，我把這件事告訴了亞瑟和瑪莉，還告訴他們那件珍寶就在我房間裡，但我沒有說委託人的名字。我確定當時露西・帕爾把咖啡端來後就走了，但是不知道她出去時有沒有關門。瑪莉跟亞瑟聽了很感興趣，還想見識一下那頂皇冠，可是我想還是不動為好。

「亞瑟問我：『您把它藏哪裡了？』

「『在我櫃子裡。』

「『哦，希望夜裡不會有人打它主意。』他說。

「『我把它鎖上了。』我說。

「『可是那個櫃子用什麼舊鑰匙都能打開。我小時候用廚房食品櫃的鑰匙就打開過。』

「他講話向來隨便，因此我沒在意。可是後來他又跟著我進了臥室，一臉凝重。

「『爸爸，您可不可以再給我二百英鎊？』他垂著眼皮說。

「『不行！』我嚴肅地說，『我在金錢方面太縱容你了！』

「『您向來仁慈，』他說，『我必須得到這筆錢，不然我這輩子都沒臉再去那家俱樂部了！』

「『那太好了！』我說。

「『沒錯，但是您不該讓我因為名譽掃地而離開吧，我可不想那麼丟人。我必須弄到這些錢，您要是不給，我再想辦法好了。』

「我那時很生氣，這個月他已經是第三次向我要錢了。『你別打算從我這裡得到一個子兒。』我大聲地說。他鞠了一躬，就走出了房間。

「他走了以後，我打開櫃櫥查看了一下寶貝，發現它安然無恙，於是就又小心地鎖上了。然後我又開始查看房子，本來這項工作平時都是瑪莉去做，可是那晚我決定親自去。下樓時，我看見瑪莉一個人站在大廳的窗邊，我走近她時，她急忙把窗戶關上並插上插銷。

「『爸爸，您允許露西今晚出去了嗎？』她問。看起來有點慌張。

「『沒有啊！』

「『她剛才從後門進來，我想她一定是去側門那裡見了什麼人，我覺得這樣不安全，您得阻止她。』

「『你明天早上跟她講吧，或者我去說也行。你確定把各處都關好了嗎？』

「『是的，爸爸。』

「『晚安！』我親了她一下轉身回了臥室，不一會兒就睡著了。

「福爾摩斯先生，一切就是這樣，有些與本案有關，要是有不清楚的地方，您儘管問。」

「非常清楚了。」

「現在我該講那個關鍵情節了。當晚我睡得不是很死，因為擔心寶貝，所以警覺萬分。大約凌晨兩點，我被屋子裡的響動驚醒，可是那聲音在我還完全清醒之前就沒了，好像是某扇窗戶被輕輕地關上了，我急忙側身仔細聽。突然，我聽到隔壁屋裡傳來了清晰且小心的腳步聲。我驚恐極了，但仍悄悄下床，從客廳的門縫裡向外望去。

「『亞瑟，你這個畜生，小偷！你怎麼可以碰那頂皇冠？』我尖叫道。

「我放在那裡的煤氣燈還半亮著，只見我兒子只穿著襯衣和褲子，手拿皇冠站在燈旁。他似乎正在使勁扳它，聽到我的叫聲，他兩手一鬆，皇冠竟掉到了地上。他臉色灰白，我趕忙撿起來一看，發現一個金邊角處缺了三塊綠玉。

「『混蛋！』我氣得大吼，『你弄壞了它！你將使我丟一輩子的人！你把偷走的寶石藏在哪裡啦？』

「『偷？』他驚叫道。

「『是的！你這個小偷！』我使勁搖著他的肩膀。

「我沒有偷！我不會偷的！』他說。

「『這裡少了三塊綠玉，你肯定知道它的下落，還想狡辯，我明明看見你想把另一塊玉扳下來！』

「『您罵完了嗎？』他說，『我受夠了！您竟然這樣侮辱我，我也沒什麼可說的了，一早我就離開這個家，去走自己的路！』

「『警察一定會抓住你，』我氣瘋了，『這件事跟你沒完！』

「『你休想從我這裡知道什麼！』沒想到他還來勁了，『你要是喜歡警察，就叫他們去搜好了！』

「我發怒的吵鬧聲把全家都驚動了。瑪莉最先奔進我的房間，一看到那皇冠和亞瑟的臉，她便明白發生了什麼，尖叫一聲便昏倒在地。我馬上派傭人去叫警察，希望他們快來調查。當一個警官帶著一個警察進來時，亞瑟還是交叉著兩隻胳膊悻悻地站在那裡，問我是不是要指控他偷竊。我說這頂被損壞的皇冠是國家財產，因此就不再是私事而是公事，我必須按照法律的程序來處理。

「『隨便您，』他說，『但總不能說逮捕就逮捕了吧？要是您能讓我離開這房間五分鐘，我保證對大家都會有好處。』

「『那樣，你就可以逃之夭夭，甚至還有機會把偷到的東西藏起來，是吧？』可是一想到自己的可怕處境，我只能軟下來，請求亞瑟替我考慮一下，否則不光是我的名譽，還會有一位比我高貴得多的先生的名譽也會受損，甚至還會引起一樁驚動全國的醜聞。我承諾只要他告訴我那三塊失蹤的綠玉在哪裡，就保證一切都不再追究。

「『你應該明白，你是被人贓俱獲的，如果拒絕承認只會加重你的罪行，交代那些綠玉的去向是你唯一的自救方法，只要說出來就不追究你。』

「『留著您的寬恕給那些向您乞求寬恕的人好了。』他輕蔑地說完轉身就要走。

「見他如此頑固，不聽勸導，我只得讓警察把他看管起來，並馬上對他進行全面搜查。可是找遍了他全身和他房間裡所有可能藏寶石的地方，還是一無所獲。我們幾乎用盡各種勸誘和恐嚇辦法，仍然無法讓這可惡的孩子開口。今天早上，他被送進了監獄，我在辦完一切手續後就趕忙到您這裡求救來了。警方已公開承認他們目前一無所獲，只能寄希望在您這裡了。需要多少費用您儘管開口，我已懸賞一千英鎊了。可是這又有什麼用呢？一夜之間信譽全無，同時失去了寶物和兒子，天吶，怎麼辦啊？」

他兩手抱頭，身子晃來晃去地自言自語，彷彿一個無助的孩子。

福爾摩斯皺緊眉頭，兩眼盯著火爐，默默地坐了幾分鐘。

「平時您接待的客人多嗎？」他問。

「不過是些合夥人以及他們的家屬，亞瑟的朋友偶爾也會來，喬治・潘維爾爵士近日也來過幾次，其他就沒誰了。」

「您常去參加社交活動嗎？」

「我和瑪莉不常去，基本上都在家裡，亞瑟常去。」

「對一個年輕女孩來講，這很不正常啊！」

「她天生愛靜。此外，她現在都二十四歲了，算不上很年輕。」

「照您說的，這件事好像極度地震驚了她？」

「是的，也許她比我還震驚。」

「你們倆都認為您兒子有罪？」

「這毫無疑問，我親眼看見他拿著皇冠。」

「我不認為對他的證據很充分，皇冠的其他地方是否被損壞了？」

「是的，它被扭歪了。」

「您不妨這樣想，說不定他是想把它弄直。」

「上帝保佑您，您是在幫他說話，當然也是在幫，可是這不太可能。唉，他到底在那裡幹了些什麼？假如他是清白的，那為何一言不發呢？」

「這就對了。他要是有罪才會編造謊言。我覺得他沉默恐怕是因為左右為難。這個案件有幾個地方很奇怪。警方怎麼看待那些把您從睡夢中吵醒的聲音？」

「他們說那也許是亞瑟關他臥室房門的聲音。」

「真是荒唐！似乎一個存心作案的人肯定要大聲關門，並故意把大家都吵醒似的。哦，他們對這些寶石的失蹤又持何種觀點呢？」

「現在他們仍在敲打地板，搜查家具，希望找到它們。」

「他們沒有到房子外面看看？」

「去了。他們花了大把精力，檢查了整個花園。」

福爾摩斯說：「既然如此，這不是很明顯了嗎？親愛的先生，這件事比您或是警察原先預料的複雜多了。也許你們覺得案情很簡單，事實上我認為正好相反。我們按照你們的邏輯來分析一下：您兒子從床上下來，冒著極大的危險來到您的客廳，打開櫃子，拿出那件寶貝，花了很大力氣扳下了上面的一角，然後再找個沒人發現的地方，把上面的三塊綠玉撬下來並藏好，接著再冒著被別人發現的危險帶上剩餘的東西回到您房間。您覺得這個分析行得通嗎？」

「可是還能怎樣解釋呢？」這位銀行家叫道，並做了一個失望的姿態，「他要是沒有壞動機，為何不敢解釋呢？」

「我們該做的工作，就是先要把這件事弄清楚。」福爾摩斯說，「如果您同意，我想去一趟您的家，然後花一個小時再做一次更周密的調查。」

我的朋友堅持要我跟他們同往。剛好我也很想去，因為那些陳述深深地勾起了我的好奇心和同情心。我承認，我和那位不幸的父親一樣，對他兒子是否犯罪持相同觀點，我們覺得這是顯而易見的。不過我對福爾摩斯的判斷力還是抱有很大的信心，我相信，既然他不認可已經被大家接受的解釋，那就肯定有某種理由來支持他。在去南郊的路上，他一直沉默不語，低著頭，帽子垂著蓋住了眼睛，陷入思考。這時候，我們的委託人因為看到了某種希望，所以顯得情緒高漲了許多。甚至還跟我談起一些他業務上的事情。我們坐了一會兒火車，又步行走了一段路，最終來到了大銀行家那極其豪華的費爾班克公寓。

費爾班克是一所非常大的房子，用白石砌成，離馬路有些遠。一條雙行的車道沿著草坪一直通到大鐵門前。鐵門右邊是一小叢灌木和一條窄窄的兩面有小樹籬的小徑，一直從馬路口通到廚房門口，平日是供零售商人進出用的。左邊有一條通向馬廄的小道，但不在庭院裡，看起來顯然也很少有人走。福爾摩斯叫我站在門口，自己緩緩地繞房子走了一圈，從屋前沿著小販走的那條路，再繞到花園後面通向馬廄的那條小道，前後花了很長時間。之後，我和霍爾德先生乾脆進屋坐在餐廳的壁爐旁等他。恰在二人都沉默之時，一位年輕女士推門進來了。她身材苗條，中等個子，在蒼白皮膚反襯之下，眼睛和頭髮看起來顯得特別黑。在我的記憶中，還從未見過這麼蒼白的女子。她嘴唇上沒有一絲血色，眼睛由於哭泣而紅腫。看得出，她應該是位個性堅強且很有自控力的人，但此時看起來好像比銀行家還痛苦，顯然很受打擊。她拖曳著衣裙靜靜地走進來，無視我的存在直接來到她叔父面前，以一種女性特有的柔情在他頭髮上輕輕地撫摸著。

她問：「爸爸，您已經決定放了亞瑟，是嗎？」

「不，我沒有，孩子，這件事必須調查到底。」

「可是我確信他是無罪的。您應該相信女性的本能直覺，我知道他沒做什麼錯事。您這樣對他太過分了，您會後悔的。」

「如果他真是被冤枉的，為何不做解釋呢？」

「他就是被冤枉的，我們不應該懷疑他。」

「我能不懷疑他嗎？我當時清楚地看見他拿著那頂皇冠。」

「他只是拿起來看看。哎，您相信我，他是被冤枉的，讓這件事結束吧！不要再提了，好可怕呀，我們親愛的亞瑟被關進了牢房。」

「找不到綠玉，我絕不甘休。瑪莉，我知道你很愛亞瑟，但你不知道綠玉皇冠會給我帶來多嚴重的後果，絕不能草草了事。我已從倫敦請來了一位先生，讓他全面調查此事。」

她轉身看著我說：「就是這位？」

「不，他是他的朋友，他現在正在馬廄那條小道上調查。」

「馬廄那條小道？」她向上揚起了眉毛，「他指望在那裡找到什麼？哦，我想就是這位吧！先生，我相信您一定能證明我說的是真的，我堂兄亞瑟是無罪的。」

「我一點也不懷疑您的看法，而且我相信也一定能證明這一點，因為有您在。」福爾摩斯邊說邊走到擦鞋墊上蹭掉了鞋底上的雪，「瑪莉・霍爾德小姐，很榮幸能和您交談，可以問您幾個問題嗎？」

「當然，先生，只要可以澄清這件可怕的事情。」

「您昨夜聽見了什麼？」

「我在叔父大聲說話以前沒聽到什麼，我是聽到他說話後才下來的。」

「您昨晚把門窗都關上了，但您是否把它們都閂上了呢？」

「都閂上了。」

「到今天早上這些窗戶都還閂著嗎？」

「是的。」

「您的女傭，她有個情人？昨晚您也對您叔父講，發現她出去見了他？」

「沒錯，就是在客廳等候的那個女傭。她也許聽到了叔父有關皇冠的談話。」

「我明白，您的意思是說她出去告訴了她的情人，他們可能密謀盜竊寶物。」

「這些空洞的推理有什麼用？」銀行家不耐煩地叫了起來，「我已經跟您講過了，那頂皇冠當時在亞瑟手上。」

「霍爾德先生，不用著急。我得把此事追問下去。霍爾德小姐，您見到那個女傭是從側門附近回來的，對嗎？」

「沒錯，我當時正在檢查那扇門是否閂好了，剛好看到她偷偷溜了回來。我還看到了那個站在暗地裡的男人。」

「您知道他是誰嗎？」

「知道，是給我們送蔬菜的小販，叫法蘭西斯・包士柏。」

「他站在門的左側——也就是離進門很遠的路上？」

「是的。」

「他裝著一條木頭假腿。」

年輕女士的黑眼珠露出了害怕的樣子，「您怎麼像個魔術師呀，您是怎麼知道的？」她略帶笑意地問，但福爾摩斯卻沒有迎合她的微笑。

「我想現在應該上樓去看看，然後再到屋外轉一圈。不過上樓以前最好再查看一下樓下的窗戶。」

他邊說邊快速走過一個個窗戶，最後在大廳那扇可以向外看見馬廄小道的大窗戶前停了一會兒。他打開窗戶，用隨身帶來的放大鏡很仔細地查看了窗台，最後才說：「現在可以上樓了。」

銀行家的臥室布置得很簡單，地上鋪著灰色地毯，有一個大櫃櫥和一面穿衣鏡。福爾摩斯走到櫃櫥前，盯著上面的鎖。

他問：「這鎖是用什麼鑰匙開的？」

「就是我兒子說的那把，能打開廚房食品櫃的那把鑰匙。」

「在哪裡？」

「在化妝台上放著。」

福爾摩斯取過鑰匙打開了大櫃櫥。

「這是把無聲鎖，」他說，「難怪沒把您吵醒。這盒子一定是裝皇冠的那個了？我們一定得看一下。」他把盒子打開，拿出皇冠放在桌上，那確實是一件精美絕倫的珠寶工藝品，我生平從未見過如此華麗的物品。皇冠的邊上有一道裂口，在一個角上有三塊綠玉不見了。

福爾摩斯說：「霍爾德先生，這個邊角和失去綠玉的邊角是對稱的。現在我想讓你試試能否把它掰下來。」

銀行家緊張地退到後面說：「我做夢都不敢去掰它。」

「我來試一下，」福爾摩斯突然使勁去掰，可皇冠紋絲未動。「我感覺有點鬆動，可是憑我的手，是怎麼使勁也不可能掰開的。一個普通人絕對無法用手掰開它。哦，霍爾德先生，如果我真把它掰開了，會出現什麼情況呢？會發出像槍響一樣的聲音。您敢說這一切發生在距您的床幾碼之外的地方，您卻沒聽到任何聲響嗎？」

「我不敢想，也看不出任何問題。」

「事情會越來越明瞭的。霍爾德小姐，您怎麼認為呢？」

「我跟我叔父一樣困惑。」

「見到您兒子時，他沒穿鞋，連拖鞋都沒穿，對嗎？」

「對，除了褲子和襯衫外，沒穿別的。」

「謝謝，你們的回答讓我有幸深受其益，如果再搞不清楚這件事，那就只能怪我們自己了。霍爾德先生，請允許我再去外面查看一下。」

他堅持要獨自去，因為說人多了會留下很多腳印，可能給他的工作造成很大的困難。大約一個多小時後，他回來了，腳上沾滿了積雪，仍然是一臉神秘莫測的表情。

「我想該查的都查了。霍爾德先生，我覺得最好還是回我的住處向您解釋一切答案吧！」

「可是，福爾摩斯先生，那些綠玉在哪裡？」

「我還不確定。」

「我是不是永遠也不可能找到它們了？」那位銀行家搓著手大叫，「還有我可憐的兒子，這就是您給我的希望嗎？」

「我的觀點一點沒變。」

「上帝啊，我的房間昨晚究竟發生了什麼？」

「明天上午九點到十點，如果您可以到我的寓所，我將盡所能把一切解釋得更清楚。另外，我是不是可以這樣認為，只要能找回那些綠玉，你並不介意我花費款項的數額。」

「只要找到寶石，我情願拿出全部家當。」

「很好，我將在明天上午之前查明此事。再見，傍晚之前我也許還會到您這裡來一趟。」

我知道我的朋友此時對該案已是胸有成竹了，但究竟是什麼結論，我卻不清楚。回家的路上，我曾經幾次想打探一點消息，可是他老是轉移話題，最終我只好打消了這個念頭。到家時還不到下午三點，他匆忙走進自己的房間，幾分鐘後竟已是另一番打扮下樓了。只見眼前這個人：領子外翻，打著紅領帶，穿著一雙破皮靴，破外套磨得發亮，活脫脫一個流浪漢。

「這副打扮像嗎？」說著他朝鏡子裡照了一下，「華生，我真希望你跟我一起，可是恐怕不行，因為我也許能找到線索，也許是瞎忙，但到底是哪種可能，不久之後便會知曉。我爭取幾個小時之後就能回來。」他從餐櫃上放的大塊牛肉上割了一小塊，夾在兩片麵包中間——看來是要充當一頓晚飯，然後裝進衣袋裡轉身走了。

結果我剛喝完茶，他便非常興奮地回來了，手裡舉著一隻帶有鬆緊扣的舊靴子。他把靴子扔到角落裡，急切地去倒茶喝。

他說：「我路過這裡，順道進來一趟，馬上得走。」

「去哪裡？」

「西區那邊。可能要很久才會回來，要是太晚你就不要等我了。」

「事情進展得怎樣了」

「哦，還行，沒什麼意外。我走後又去了趟霍爾德先生家，不過沒進屋。我不能放棄那個有意思的疑點，也不能光坐在這裡閒聊，現在需要馬上脫掉這身衣服，換回本來面目。」

從言談中我察覺到他應該收穫不小。瞧，他眼裡閃著光，憔悴的臉上還現出紅暈。他急忙上了樓，幾分鐘之後，大門又砰地一聲關上了。我知道，他又樂此不疲地去開始了一次新的追獵。

我等到半夜，他始終未歸，只好回房睡覺了。他經常為追蹤一條線索而幾天不見人影，我早就見多不怪了。總之，後來我不知道他是幾點回來的，反正當我早上下樓吃早飯時，他已坐在那裡了，一手端著咖啡，另一手拿著報紙，衣著整潔，精力充沛。

「不好意思，華生，沒等你我便先吃了。」他說，「不過你別忘了今天上午我們和委託人的約會。」

「現在過了九點了，」我說，「門鈴響了，肯定是他。」

沒錯，來者就是那位銀行家。他身上發生的變化使我震驚。一夜之間，他那寬闊結實的臉竟消瘦得癟了下去，頭髮好像也比以前更白了，一副萎靡不振的模樣。和昨天的狂暴樣相比，現在似乎顯得更加痛苦。他一屁股坐在了我推給他的扶手椅上。

「也不知我造了什麼孽，會得到如此殘酷的懲罰，」他說，「就在兩天以前，我還是個富有而幸福的人，自由自在地生活在這個世界上。可是現在竟然到了孤單度晚年的境地，真是禍不單行，瑪莉也拋棄了我。」

「拋棄了您？」

「是呀，今早我發現她的房間空無一人，大廳的桌子上有一張留給我的便條。昨晚，我曾憂傷地對她說，如果她跟我兒子結婚，也許事情就不會這樣，但我並沒有指責她的意思，也許我不該這麼說。她在便條裡這樣說：

親愛的叔父：

我深感自己給您帶來了麻煩。要是當初我能採取另外的方式，這件可怕的事也許永遠也不會發生。可是現在，我再也無法快樂地住在你的屋簷下了。我想我該永遠離開您，您別為我的前途擔心，我會有自己的棲身之所。最主要的是，求您別找我了，因為您不會找到，並且那樣也會幫倒忙。不論是生是死，我都永遠是

您忠實的

瑪莉

「福爾摩斯先生，她這是什麼意思？你想她會自殺嗎？」

「不會，絕不可能，這可能是此事最好的解決方法了，霍爾德先生，我相信您的苦惱也會馬上消失。」

「哦！您肯定？福爾摩斯先生，您找到了什麼嗎？那些寶石在哪裡？」

「您該不會認為一千英鎊一塊綠玉價格太貴吧？」

「我願意出一萬英鎊。」

「沒必要，三千英鎊足夠了。另外還需要一小筆酬金，您帶支票簿了嗎？給您一枝筆，開張四千英鎊的支票就可以了。」

那位銀行家一臉茫然地開了支票。福爾摩斯來到辦公桌前，拿出了一個小小的三角形金紙包，裡面包著那三塊綠玉，他隨手把紙包扔到了桌上。

我們的委託人發出一聲驚叫，一把抓在了手裡。

「您找著了！」他急促地叫道，「我有救了！我有救了！」

他興奮極了，高興地把那幾顆寶玉緊緊貼在胸前。

「另外，您還欠了一筆債，霍爾德先生。」福爾摩斯一本正經地說。

「欠債？多少？我馬上還。」他拿起筆。

「不是欠我的，您要對那位高尚的年輕人——你的兒子，誠心道歉，是他把事情攬到了自己身上。要是我有這麼一個兒子，看到他這麼做，我會無比自豪的。」

「真不是亞瑟幹的？」

「我昨天就說過了，今天再說一遍，不是他幹的。」

「您肯定？我們趕緊去他那裡，告訴他事情已經水落石出了。」

「他早知道了。我完全弄明白後找他談過話，可是他不願說實話，我只好直接告訴他了。他聽完後表示默認，還補充了幾點我不太明白的地方。要是他知道了今天早晨的消息，想必就可以開口了。」

「天吶！您快點告訴我謎底吧！」

「我會的，並且還會告訴您我調查這個案子所有的步驟。我這就從頭說起。首先，我想這話不好出口，而且您也許不願意聽到：那就是您的侄女瑪莉和喬治・潘維爾爵士關係密切，現在他倆已經逃走了。」

「我的瑪莉？這不可能！」

「非常不幸，這不僅可能，而且是事實。就在你們在家裡熱情接待此人時，也許不論您還是您兒子，應該都不清楚他的底細。他是英國最危險的人物之一——一個潦倒的賭徒，一個凶殘的流氓，一個沒心沒肺的東西。您的侄女也不瞭解他，當他對她花言巧語，就像他曾經向上百個其他女人做的那樣時，瑪莉很高興，以為是自己真的贏得了他的心。這個惡棍很懂得用甜言蜜語利用她，而且幾乎每晚都和她幽會。」

「我不相信！」銀行家的臉色變得十分蒼白。

「好吧，我現在告訴您，您家裡前天晚上發生了什麼。您侄女認為您確實已經回了臥室，就悄悄溜下來，到那扇朝著馬廄小道的窗戶前跟她的情人說話。由於站了很長時間，他的腳印便深深地印在了雪地上。她跟他提起了那皇冠，這引起了他對財富的貪欲。他強迫她服從自己的意願。我不否認她愛您，可是常常也有這樣的女人，她們愛自己的情人勝過愛親人。您侄女就是這樣的女人。他們還沒說完具體計畫，就見您正巧下樓，於是她趕忙關上窗戶，還說了那個女傭和裝假肢的情人在幽會，不過那倒是事實。

「您兒子在和您談話之後，便上床睡覺了，可是他因為欠俱樂部的錢，所以翻來覆去無法入睡。半夜時，他聽到有輕微的腳步聲經過房門，就起來查看。結果驚訝地發現是堂妹悄悄地沿著過道走了過去，最後竟然進了您的客廳。這孩子驚呆了，急忙披上衣服站在暗處觀察。這時看到您侄女從房裡出來了，手裡還拿著那件寶貝。藉著過道的燈光他看得一清二楚，所以很震驚。他跑過去藏到了您門口的簾子後，從那裡可以看清大廳裡發生的任何狀況。只見她走下樓，偷偷打開窗戶，把皇冠從窗戶遞給了暗地裡的一個人。然後又關好窗戶，從他躲藏的簾子旁邊經過，急忙回了自己房間。

「她在場的時候他沒有採取任何行動，因為不忍戳穿自己心愛的女人，令她無地自容。等她回房之後，他才反應過來，此事將給您帶來極大的麻煩，因此最重要的就是要趕緊把皇冠追回來。他跑下樓，披著衣服，光著腳，一把推開窗戶跳到了外面的雪地上，沿著小道追去。月光下他看見一個黑影，仔細辨認，竟然是喬治・潘維爾爵士。他在匆匆逃走，但最終還是被亞瑟抓住了。二人在那裡爭搶起來，一人抓住皇冠的一端。您兒子在扭打的時候被喬治爵士打了一拳，眼部給打傷了。這時他才發現什麼東西被突然拉斷了，低頭一看，是皇冠被搶到了自己手裡。於是他馬上跑了回來，關上窗子之後來到了您房裡。當他正在查看被扭壞的皇冠並試圖使勁把它弄正時，您出現了。」

「真是這樣嗎？」銀行家激動地問。

「他原本以為您會感激他，不料您卻破口大罵，這使他很憤怒。他不說明實情，是不想出賣他覺得應該手下留情的人。況且，他覺得應該做得有點紳士風度，所以替她隱瞞了真相。」

「難怪她一見到那頂皇冠便尖叫一聲暈倒了。」霍爾德先生說，「哦，老天，我真是太愚蠢了。他要求出去五分鐘，原來是要去找回那些失落的綠玉，我冤枉了他，真是糊塗啊！」

「我到您家時，」福爾摩斯說，「立刻檢查了四周，希望能從雪地上找到遺留的有利證據，雪從前天晚上到現在都沒再下過，這期間剛好有濃霜保護著印跡。那條商販常走的小路已經被踐踏得很厲害，根本無法辨認腳印了。但在離廚房稍遠的地方，我發現了一個女士跟一個男士站在那裡說話時留下的腳印，其中有個腳印是圓的，證明那個人有一條木製的假腿。我敢肯定，當時有人驚動了他們，因為從雪地上深淺的腳印形狀上可以看出，那個女士後來是在匆忙間跑回了家門口。裝木腿的人似乎還在那裡多站了一會兒才走。當時我猜這也許是那位女傭與她的情人。之前您也說過有關他們的事，後來證明確實如此。我在花園裡走了一大圈，除了警察們留下的混亂腳印以外，沒發現什麼。但是當我來到通往馬廄的那條小道時，卻在雪地上發現了一段長而雜亂的腳印。

「那腳印有兩條是穿靴子的，令人興奮的是另外兩條，它是一個赤腳人留下的。根據您說的情況，我馬上判斷那應該是您兒子留下的。頭一個人來回走了兩次，後一個走得很快，有的光腳腳印還踩在了靴印上，顯然是在追什麼人。跟隨著腳印，我來到了大廳的窗戶外，發現穿靴子人在那裡等人時把積雪都踩化了。接著再來到另一邊，大約是從小道走下去一百多碼的地方，我發現穿靴子人曾經在那裡轉過身來，把地上的雪踩得亂七八糟。如果沒猜錯的話，那裡似乎發生了一場激烈搏鬥。最後，我看見地上果然有一些血跡，這證明了我的猜測。穿靴子的那個人是沿著小道逃跑的，因為那裡也有一些血跡，這表示他受傷了。再來到大路的另一邊時，人行道已經被打掃過，線索因此中斷了。

「您還記得吧，我剛進屋時曾經用放大鏡查看了大廳的窗台和窗框，結果發現有人從那裡進出過，因為一隻濕腳跨進來時在上面留了痕跡，並且還能看到輪廓。掌握了這些細節，其實當時我對這裡發生的事已經有了初步的看法。那就是，有人曾守候在窗戶外，一個人把皇冠帶到了那裡。您兒子發現後，去追那個人並和他打了起來，兩人抓著皇冠使勁爭搶，這才造成了那東西的損壞。他奪回了皇冠，可是他的對手也抓到了一小部分。當時我瞭解的就是這些，接下來的問題就是要確定那個人是誰？又是誰把皇冠交給他？

「我記得有這麼一句古老的格言：把絕對不可能的排除掉，剩餘情況即使再不可能，也肯定是事實了。首先，您自己不可能把皇冠拿出去，那麼剩下的就是您侄女和女傭們。但如果是女傭們幹的，您兒子肯定沒必要替她們受過，剩下的就只能是他深愛的堂妹了，並且也正因如此，他才會替她隱瞞。這樣一來解釋就通了。何況這秘密並不光彩，因此他更得這樣做。您說過您看到過她站在窗戶邊，還有她一看到皇冠就昏了過去，聯繫到這些，因此我推測，應該就是她了。

「誰是她的同謀呢？誰在她心裡的地位能超過您的寵愛和恩情呢？很明顯，只能是情人了。您不喜歡社交，結識的朋友也不多，但喬治・潘維爾是其中的一個。您曾說過他在婦女當中的聲譽不好，因此我初步斷定，他就是那個穿靴子的人，而且他還持有失去的綠玉。雖然亞瑟已發現了他，可是他並不害怕，因為他知道，要是亞瑟吐露一個字，他的家庭就會受到危害。

「好了，相信您現在應該能猜到我第二步會怎麼做了。我裝扮成流浪漢來到了喬治的住所，搭訕上了他的貼身傭人，得知他主人前天晚上劃破了頭。我花六先令買了一雙他主人丟掉的舊鞋，並拿著那雙舊鞋再次來到您家花園，核對出鞋和腳印一樣大。」

「我昨天晚上在窗外小道上看見了一個衣衫破爛的流浪漢。」霍爾德先生說。

「那正是在下。我想我已經查到了要查的人，於是便回家換了衣服。想來想去，我覺得只能繼續再扮演一個微妙的角色，這樣才有可能避免起訴，保護家醜。而且我知道，那個狡猾的混蛋現在肯定不會輕易承認什麼，因為他知道我們在此事上很被動。果然，我去找他時，他矢口否認，甚至在我指出他作案的每個細節時，他還從牆上取下了一根護身棒威脅我。我也不示弱，在他舉棒之前馬上用手槍瞄準了他的頭。他這才有了些理智。我說我可以花錢買回綠玉——每塊一千英鎊。他非常後悔，說他已把綠玉以六百英鎊的價錢賣掉了。我答應不揭發他，只要他把收贓人的地址告訴我。最終，我找到了那個人，討價還價之後，最後以每塊一千英鎊把綠玉贖了回來。之後我又去找了您兒子，告訴他事情已經處理好了。就這樣，經過了這異常艱辛的一天，我大約兩點鐘才上床睡覺。」

「天吶，您這一天可是把一件有可能使整個英國都蒙羞的醜聞給避免了！」銀行家站了起來說道，「我真不知該怎麼感謝您。不過您會看到的，我絕不會辜負您的好意。您的本事我真是聞所未聞。現在我得去找兒子了，希望他能原諒我的過錯。至於可憐的瑪莉，我十分痛心，您恐怕也不知道她的去向吧？」

「我覺得可以肯定地說，喬治·潘維爾在哪裡她就在哪裡。同樣，我還可以斷定，不論她犯了什麼罪，不久之後都將受到嚴厲的懲罰。」

暗室的秘密

夏洛克・福爾摩斯把《每日電訊報》的廣告扔到一邊說道：「一個為了藝術而熱衷藝術的人，總是能從最平凡、最普通的形象中獲得最大的樂趣。華生，我很高興地發現，從你為我們的案件所做的記錄中不難看出，你已掌握了這個道理。我還敢斷定，有時你還添加了不少潤色的成分。你著重記錄的並非那些我曾主要參與的轟動一時的著名案件，而是那些情節也許是非常普通的瑣碎細節。事實上，正是這些案子才有發揮判斷推理及邏輯思維等綜合能力的餘地，因此我把它們列入我特殊研究的範圍之內。」

「可是，」我笑著說，「我的記錄總被認為有聳人聽聞之嫌，但事實如此，我也沒有刻意那麼做。」

「也許你確實有錯，」他一邊說，一邊用火鉗夾起一塊火紅的爐渣來點燃菸斗。他在爭論問題而不是思考問題時，常用這個櫻桃木菸斗替代那個陶製的。「也許你的錯就在於總是把每個細節都記錄得那麼生動，卻沒有把自己的著眼點放在關注事物的因果聯繫以及嚴密推理上——實際上，這是事物最值得注意的地方。」

「我覺得我對你的記錄還是十分客觀的。」我漫不經心地說。因為不只一次地在我朋友的奇怪性格裡看到了他不近人情、自說自話的一面，所以我表現得很不高興。

「我這麼說並非自私或自大，」他說，跟平時一樣，他不針對我的談話，而是直指我的內心。「我之所以希望你公正地看待我的偵探方法，是由於它不屬於我個人——那是一種我自己的身外之物。犯罪是常見的事，可是正確的邏輯推理方法卻很難得。因此你該認真記錄的是那些邏輯過程，而非罪行。否則你會把原本值得詳細講授的課程降為了講一系列故事。」

這是一個初春的寒冷早晨，我們吃過早飯，面對面坐在貝克街老房子裡的火爐邊，深黃色的濃霧在窗外成排的暗褐色房子周圍瀰漫，以致連對面的窗戶都變成了陰暗和模糊不清的東西。我們只得點亮煤油燈，燈光照著白桌布，也照著閃閃發光的瓷器和金屬器皿，桌子還沒收拾乾淨。福爾摩斯本來一直在翻看一堆報紙的廣告欄，不知為何突然停了下來，似乎帶著某種情緒似的，狠狠批評了一番我筆下的種種不足。

之後，他稍作喘息，一邊抽著長菸斗，一邊看著爐火說：「同時，你也不用太擔心被指責筆法危言聳聽，因為在這些承蒙你感興趣的案子裡，很多不是法律上的犯罪行為。比如那件我全力幫助波希米亞國王的小事，比如瑪麗・薩瑟蘭小姐的離奇經歷，再比如有關歪唇男子那難以解釋的隱私，還有那個貴族單身漢的遭遇……這些都不在法律的範疇之內，雖然你已經盡力避免誇張，可是我還是認為你的描寫太繁瑣了。」

我說：「結果也許會這樣，可是我採用的是小說的手法，小說需要趣味性。」

「哎，朋友，對大眾來講，他們絕對不可能從一個人的牙齒上看出他是一位編輯或是從別人的左拇指上判斷出他是一個打字員，他們絕不會去注意什麼是分析和推理以及其間的微小區別。不過，你寫得再如何繁瑣，我也不會怪你，因為作大案的時代早已過去。一個人，至少一個刑案犯，如今已經不具備以往那種冒險和創新的精神了。我自己的這個行業，似乎也在退化成一家代理處，只不過辦理一些替人找回丟失的鉛筆之類的小事，或者是幫那些住校的年輕女孩出個主意之類。我想，無論如何，我的事業已一落千丈，無法挽回了。今天早上收到的這個字條，便是我事業到達低谷的標誌，你看看吧！」他把信揉成一團丟給我。

信是前天晚上從蒙塔格普萊斯寄出的，內容是：

尊敬的福爾摩斯先生：

我急於找您商量一下，我是否該接受別人的聘請去擔任家庭女教師。倘若方便，我希望明日十點半前往拜訪。

你真誠的

維奧萊特・亨特

「你認識這位年輕女士嗎？」

「不認識。」

「現在就是十點半了。」

「對，我想肯定是她在按門鈴。」

「也許這件事會比你想像的有意思，還記得藍寶石案嗎？一開始的研究只是一時興起，可是後來發展成為專門的調查，說不定這件事也一樣。」

「嗯，但願吧，我們的疑問馬上會被解答，如果沒猜錯，當事人馬上就進來了。」

還沒說完，一位年輕女士便走了進來，她衣著樸素、整潔，朝氣蓬勃、很機靈，臉上有一些像鴴鳥蛋似的雀斑，看起來顯得很有主見。

「很抱歉打擾您了，」我朋友起身迎接她時，她說，「我遇到了一件怪事，但又沒有父母或其他親友可以請教，因此就來請教您了。」

「亨特女士，請坐，我想我很樂意為您服務。」

看得出，福爾摩斯對這位當事人的言談舉止很滿意，他仔細地打量了她一番，便安靜下來，認真地聽她敘述經過了。

她說：「我在史班斯・孟諾上校家裡做了五年的家庭教師。可是兩個月前我失業了，因為上校奉命被調去新斯科夏的海利費克斯工作，他把孩子們也帶走了。我在報紙上登啟事找工作，還按招聘廣告前去應徵了一些，可全失敗了。最後，我的積蓄用完了，已經到了不知該怎麼辦的地步。

「西區有一家叫做魏斯特維的家庭女教師介紹所，在倫敦相當出名，我每個星期都到那裡打聽是否有適合我的工作。魏斯特維是創辦人的名字，但經理人卻是一位小姐，叫史道柏。她坐在自己的小辦公室裡，求職的婦女則在前面的接待室裡等著，然後被一個一個領進去，按照登記簿上登記的替大家分配適合的工作。

「我上個星期去的時候發現除了史道柏小姐之外又多了一個十分粗壯的男士。他長著厚厚的雙下巴，戴一副眼鏡，笑容可掬地坐在她旁邊，並認真打量著進來的每位女士。當我進去時，他在椅子上劇烈地動了一下，然後馬上轉身對史道柏小姐說：『這就可以了，不用再找了，太棒了！太棒了！』他相當熱情，叉著手，一副親熱、和氣的樣子，使人覺得很輕鬆。

「他問我：『小姐，你是來找工作的嗎？』

「『對，先生。』

「『是當家庭女教師嗎？』

「『對，先生。』

「『你要求薪水多高？』

「『我以前在史班斯・孟諾上校那裡是一個月四英鎊。』

「『啊，苛刻呀……太苛刻了！』他一邊叫，一邊伸出胖胖的雙手，激動地在空中揮舞，『竟然有人出這麼少的錢就僱傭您這樣一位有吸引力和造詣的小姐。』

「『我的造詣？您太誇獎了，先生，』我說，『我只懂一點法語、德語，一點音樂及繪畫……』

「這些都不是主要的，重要的是您具備一位有教養的女士所應有的舉止和風度。如果沒有這些起碼素質，就不能教育一個將來也許會對國家歷史起巨大作用的兒童。那位先生怎麼可以付給你少於三位數的可憐薪水呢？小姐，您如果受聘於我，薪水以一年一百鎊計算。』

「可想而知，福爾摩斯先生，這種待遇對我這樣窮得叮噹響的人來講，是多麼不可思議啊！那位先生看到我露出了懷疑的神情，就打開錢包，取出了一張鈔票。

「『這是我一貫的做法，』他說，兩眼由於笑容而眯成了兩條縫，『預付一半的薪水給您，好讓您應付開支，並添置幾件衣服。』

「我還從未見過如此慷慨，如此會關心人的先生。當時我還欠小販的債，這筆預付的薪水太重要了。可是我又總覺得不太對勁，就想多瞭解一些情況再說。

「『我能知道您住在什麼地方嗎，先生？』我問。

「『漢普郡，一個迷人的鄉村地區，離溫徹斯特才五英里。房子相當可愛，小姐，是一座古老而美麗的鄉村古宅。』

「『先生，我的工作是什麼呢？』

「『教一個小孩子，他是個剛滿六歲的小淘氣。哦，你會看見他用拖鞋打蟑螂！啪噠！啪噠！啪噠！你連眼都來不及眨一下，他就已經打死三個了。』他靠在椅背上笑，兩眼又瞇成了兩道縫。

「我對孩子的玩樂方式感到吃驚，可是他父親的笑聲卻讓我覺得他不過是在開玩笑。

「『我唯一的工作就是照管一個小孩子？』

「『不，不是唯一的，不是唯一的，親愛的小姐，』他大聲叫道，『您的工作應該是，我想您機靈的頭腦應該能想到，就是還要服從我妻子的一些吩咐。當然，它們都是一位小姐應該遵從的。您瞧，沒什麼難的吧？』

「『很榮幸我可以成為對你們有用的人。』

「『太好了，我們現在說說服裝。我們喜歡時尚，您知道，可能有點時尚癖，但沒有壞心腸，要是我們給您一件衣服讓您穿的話，您應該不會反感我們的怪癖吧？』

「『不會，』我說。可是他的話的確很讓我吃驚。

「『叫您坐在這裡或那裡，您應該不會不樂意吧？』

「『哦！是的，不會。』

「『我們希望您上班之前剪短頭髮。』

「我簡直不敢相信自己的耳朵，福爾摩斯先生，您也看見了，我的頭髮長得很密，顏色像栗子，漂亮極了，很有藝術感。我想都不敢想，隨便把它剪掉會是什麼樣子。

「我說：『這可能不行。』他的小眼睛一直打量著我，我這樣說時，發現他臉上滑過了一絲陰影。

「『這也許是最重要的一點，』他說，『我妻子有這點癖好，夫人們的癖好，小姐，您知道，夫人們的癖好是必須考慮的。您真不願把頭髮剪掉？』

「『是的，我確實做不到，先生。』我回答。

「『哦，好吧，那只能到此為止了，真可惜，您別的地方都很合適。那麼，史道柏小姐，我想還是再看看其他幾位年輕女孩吧！』

「那位女經理一直坐在那裡整理文件，沒和我們說一句話。可是她現在卻極不耐煩地看著我，我懷疑那是因為我的拒絕而使她丟了一筆可觀的佣金。

「『你是否願意把名字繼續留在登記簿上？』她問我。

「『只要您允許，史道柏小姐。』

「『嗯！登記好像也作用不大了。你既然拒絕了別人提供的最好的機會，』她尖酸地說，『也就別指望我們再盡力替你再找這種機會了，再見吧，亨特小姐。』她按了一下台上的叫人鈴，一個傭人把我帶了出去。

「哦，福爾摩斯先生，我回到家裡，打開食櫃，裡面已經沒什麼可吃的東西了，桌子上還放了兩三張索款單。這時，我突然感到自己幹了一件蠢事。畢竟，有怪癖且又希望別人順從他們的那些人，也是為他們的怪癖付出了代價的。在英國，很少能找到一年一百鎊薪水的家庭女教師職位。再說，我的頭髮對我也沒多大用處。很多人剪短頭髮後還會顯得更有精神，也許我也該把頭髮剪掉。第二天，我更加覺得自己錯了。又過了一天，我肯定自己簡直是完全錯了。我差點要不顧傲氣地去介紹所詢問那個職位是否還在，結果就在此時竟然收到了那位先生寄來的一封親筆信，我念一下吧！

親愛的亨特小姐：

承蒙史道柏小姐幫助，我得知了您的地址，所以再次寫信詢問您能否重新考慮一下你的決定？我太太很希望您來，我對您的描述大大吸引了她。我們願意每季度付您三十英鎊，以此補償我們那小小癖好給您帶來的麻煩。這些要求對您應不算太苛刻。我太太偏愛很深的鐵藍色，她希望您早晨在屋裡穿這個顏色的衣服，不用您掏錢買，我們就有一件，那是我女兒艾莉絲（她現在在美國費城）的，我想那件衣服您穿會很合身。另：關於坐這裡或坐那裡，或照指定方式消遣，我想這些並不會帶給您什麼不便。至於頭髮，確實很遺憾，儘管初見時我就覺得它很漂亮，可是我必須堅持，加的薪水可以補償您的損失。說到照管孩子，則是十分輕鬆的。希望您一定來，我會坐馬車到溫徹斯特接您。請通知我您坐的火車班次。

你忠實的

傑佛諾・羅凱瑟

「福爾摩斯先生，這是我剛收到的信，我決定接受這個工作。可是我覺得在做出最後決定前，應該把事情的經過告訴您，請您替我參謀一下。」

「嗯，亨特小姐，既然您已經決定了，那就這樣辦吧！」福爾摩斯笑道。

「您怎麼不勸我回絕他？」

「我得承認，我不會願意讓自己的妹妹申請這個工作。」

「這是什麼意思？福爾摩斯先生。」

「嗯，我沒根據，說不上來，您也許有自己的看法。」

「嗯，我是有些猜測。羅凱瑟看起來很和藹，脾氣相當好，但他太太也許是個瘋子。他為避免秘密洩露而不得不將她送進精神病院，因此想出各種辦法來滿足她的癖好，以防止她精神病發作。」

「這個解釋不錯，有一定的道理，說不定事實就是這樣。但不管怎樣，這對於一個年輕小姐來講都不是一戶好人家。」

「可是，福爾摩斯先生，薪酬很高啊！」

「嗯，是的，很高。我擔心的正是這一點，他們為何要每年付您一百二十英鎊？他們只需要出四十英鎊便可找一個，這其中肯定有特殊原因。」

「我想，告訴了您這些，是希望將來請您幫助，您就知道是怎麼回事了。而且，有您做我的後盾，我心裡會踏實一些。」

「哦，您可以就這樣去赴任。我保證，您的小難題也許會成為我幾個月來最感興趣的事，這裡面有些很奇怪的現象，您要是感到疑慮或者遇到了危險……」

「危險？您覺得有危險嗎？」

福爾摩斯嚴肅地搖搖頭，說：「我們要是可以肯定，那就不叫危險了。可是，不論白天或黑夜，您只要拍個電報我就立刻去幫助您。」

「太好了，」她高興地站了起來，臉上的愁容不見了。「我現在可以放心地去漢普郡了。我馬上給羅凱瑟先生回信，今晚就去剪短頭髮，明天早上就去溫徹斯特。」她對福爾摩斯說了些感謝的話，然後便起身告辭了。

當聽到她敏捷堅定的步伐走在樓梯上時，我說：「她至少是一位懂得自我保護的年輕女孩。」

福爾摩斯一本正經地說：「這正是她需要的，如果在很多天之後還聽不到她的消息，那就是我錯了。」

我朋友的話在不久之後真的應驗了。接下來的兩個星期裡，我的心思全放在了那位年輕女士身上，總擔心這個孤單女子會誤入什麼歧途。豐厚的薪水、奇特的條件、輕鬆的工作，都說明這件事有點不平常。雖然我無法肯定這是一時癖好還是陰謀，更不知那個人是個慈善家還是惡棍。福爾摩斯呢，我常見他一坐便是半個鐘頭，眉頭緊皺，定定出神。我一說這件事，他就一揮手示意免談。「材料！材料！」他不耐煩地吼道，「沒有黏土，沒有黏土就做不成磚頭！」但他最後說，他一定不會讓自己的姐妹去做那種工作。

一天深夜，我們終於收到了電報。當時我正想上床睡覺，福爾摩斯正想做他著迷的化學實驗。他常常為此整夜忙碌，一般是當我離開時，他正彎著腰在試管或曲頸瓶上做實驗，而第二天早上我下樓吃早飯時，他卻還在那裡。他打開電報看了一下，就遞給了我。

「馬上查一下開往布雷蕭的火車時刻表。」說完，又去忙他的實驗了。

電報內容如下：

明天中午務必來溫徹斯特黑天鵝旅館。千萬要來！我已經束手無策了。

亨特

福爾摩斯抬頭望了我一眼說：「你想和我一起去嗎？」

「當然。」

「請看一下列車時刻表。」

我查了一下布雷蕭的火車時刻表，然後說：「九點半有一班，十一點半到達溫徹斯特。」

「很好，我最好推遲一下我的丙酮分析，以便精力在明早處於最佳狀態。」

我們於第二天順利地踏上往英國舊都的路程。福爾摩斯儘管一直在讀他的晨報，不過當過了漢普郡之後，他就把報紙丟了，欣賞起風景來。這是春季的一個好日子，陽光明媚，空氣清爽，藍天上飄著朵朵白雲，令人心曠神怡。遠處連綿起伏的山峰環繞著愛德曉特城，眼前漸漸出現了一片鄉村美景，紅色和灰色的農家屋頂隱藏在青翠的新綠中。

「好清新的美景啊！」從煙霧騰騰的貝克街來到這裡，令我忍不住大聲讚美起來，可是福爾摩斯卻一本正經地搖了搖頭。

「華生，你知道嗎？我觀察事物總是會以個人主觀心態為轉移，這也是我的性格缺陷。這些美景讓你深有好感，可是卻讓我覺得不舒服，那些稀稀落落的房子給人孤獨與隔離感，那裡面發生的罪惡很容易隱藏，不為外人所知。」

我說：「上帝啊！誰會想到犯罪會與那些漂亮的老房子聯繫起來呢？」

「華生，它們經常使我有某種恐怖的感覺，這是我的經驗產生的結論，我覺得美麗的鄉村甚至比倫敦最醜陋的小巷都容易發生可怕罪行。」

「你別嚇壞我了。」

「可是，這是很明顯的道理。在城裡，輿論壓力比法律還起作用。在城裡，哪條小巷有孩子被毒打哭叫，哪個醉鬼鬧事打人，都不會壞到沒有鄰居同情和憤怒的田地。而且，司法機構就在附近，一旦提出控訴，馬上可以採取行動，罪犯距被告席就只有一步之遙。可是再看看這些孤零零的房子，它們建在各自的田地裡，居住著愚昧無知的村民，很少有人懂法律。這些地方每年都可能發生凶暴行為和暗藏的罪惡，卻多數不被人知。亨特小姐要是住在溫徹斯特，還不必太擔心她，然而危險的是，她住在五英里之外的鄉村。不過，可以確定，她現在還沒有什麼危險。」

「她能到溫徹斯特來與我們會面，說明她可以脫得開身。」

「對，她有人身自由。」

「你對此事有什麼見解嗎？」

「我曾設想過七種不同的解釋，每種都適用於我們目前所知道的事實。只要瞭解到正在等待我們的新消息，我就能知道到底是哪種設想正確了。好了，那邊是教堂，一會兒就能看到亨特小姐，她會把一切告訴我們的。」

黑天鵝旅館是這條大道上一家有名的小客棧，距離火車站不遠。年輕的亨特女士正在那裡等我們。她已經訂好了一個房間，桌子上還擺好了我們的午餐。

她熱情地說道：「您能來我真是太高興了，謝謝！不知如何感激才好。我現在真不知該怎麼辦了，只能聽你們的建議。」

「請跟我們講講究竟出了什麼事？」

「好的，我得盡快說，因為我答應羅凱瑟先生要在三點前趕回去。我今天早上請了假，他並不知道我進城來幹什麼。」

「你逐一說出來吧！」福爾摩斯把他那又瘦又長的腿伸到了火爐邊，準備聽她敘述。

「首先，整體來說我並未受到羅凱瑟夫婦的虐待，這樣講對他們很公平。可是我無法理解他們，心裡對他們有很多懷疑。」

「您不能理解他們什麼？」

「不能理解他們對自己行為的辯解。你可以從所發生的事情背後瞭解到一切情況。我剛來這裡時，羅凱瑟先生用他的單馬車接我到了紫葉山毛櫸林。像他說的那樣，這裡環境優美，但是房子並不漂亮。那是一棟龐大、四方的房子，刷成了白色，但潮濕的氣候把它侵蝕得到處是斑點汙漬。它四周有些空地，三面環樹林，另一面是塊斜坡地，通往南安普敦公路。公路大概離這棟房子一百碼。房子前的空地屬於這棟房子，周圍的樹林則屬於薩色頓勳爵的部分領地。房子大廳的正對面長了一叢紫葉毛櫸，因此該地就命名為紫葉山毛櫸林。

「我的雇主仍然和以前一樣和藹可親，他駕車接我到家，晚上把我介紹給他太太和孩子。福爾摩斯先生，我們在貝克街您家裡的推測不正確，羅凱瑟夫人不是個瘋子，反倒是位恬靜的婦女。她臉色很白，比丈夫年輕很多歲。我猜她應該不足三十歲，而她丈夫應該不少於四十五歲。我從他們的交談中得知，他們結婚約七年了。他原來是個鰥夫，前妻生有一個孩子，現在去了美國費城。私下裡羅凱瑟先生對我說，他女兒離開是由於她反感與父親的那位年輕太太一起生活。

「不管是在心靈還是容貌上，羅凱瑟夫人既沒給我留下好印象，也沒留下壞印象，她是個無關緊要的人，很普通。不難看出，她一心一意地愛著她的先生和兒子。她那雙淡灰色的眼睛時常左右顧盼，只要察覺出他們有什麼需要，便會馬上設法滿足。他待她也很好，不過方式魯莽了點。總而言之，他們是對恩愛夫妻。可是這位夫人卻好像有一些秘密和憂鬱，她常常滿面愁容地陷入沉思。我好幾次不經意地發現她在流淚，我想她一定是因為那個調皮的孩子而傷心。我確實從未見過如此被寵壞了的小孩。他腦袋很大，脾氣很壞，個子卻沒有同齡人高。一天到晚，他不是野性發作，便是悶悶不樂地繃緊了臉。對那些弱小的動物施暴是他唯一的樂趣。他在捕捉老鼠、小鳥和昆蟲的時候表現出了過人的才智。可是我還是不談他了，福爾摩斯先生，他跟我的事情沒有太大關係。」

「我很樂意聽您說的任何細節，不論您覺得有沒有關係。」我朋友說。

「我盡力不使任何重要的環節漏掉。那屋子傭人的外表和行為也讓我覺得不愉快——他家只有兩個傭人，一男一女，男的叫托樂，粗魯笨拙，長著灰白頭髮與落腮鬍。他永遠是醉醺醺的，有幾次我跟他們在一起時，發現他醉得很厲害，可是羅凱瑟先生好像沒看見似的，一點也不在乎。他老婆長得高大健壯，跟羅凱瑟夫人一樣沉默不語，但是沒有她和氣。他們夫妻是最讓人討厭的。不過，我很幸運，大部分時間都待在保育室或自己房間裡。這兩處是連著的，都在房子的同一個角落。

「我來到紫葉山毛櫸林後，前兩天的生活還算平靜。第三天吃過早飯後，羅凱瑟夫人下樓，悄悄對他丈夫說了些什麼。

「『哦，是啊，』他轉過身來，『亨特小姐，您為我們的癖好而剪短頭髮，我們謝謝您。我肯定這一點也沒破壞您的容貌。現在，我們想知道這件鐵藍色衣服您穿合不合適。衣服在您房間的床上，如果您願意穿上，我們將非常感激。』

「我要穿的那件衣服在床上，顏色很特別，暗藍色，是用一種相當好的嗶嘰料子做的，可是我一看便知那是舊的。那衣服我穿很合適，似乎是量身訂做的，羅凱瑟夫婦看了都很滿意。他倆在客廳裡等我。那客廳佔據了整棟房子的前半部分，很寬敞，有三扇落地窗，中間那扇旁邊放了一把背朝窗子的椅子，他們叫我坐到椅子上，接著羅凱瑟先生在屋子的另一邊踱來踱去，開始對我講一些我從未聽過的趣事。你們不知道他有多滑稽，我都笑死了。可是羅凱瑟夫人一點幽默細胞也沒有，根本不笑，只是呆呆地坐著。她兩手放在膝蓋上，臉上憂鬱而焦急。大約過了個把小時，他又突然說我該去工作了，並且可以換了衣服。

「兩天以後，同樣的事情又上演了一遍。我又不得不穿上藍衣服，坐在窗前，聽東家講了半天稀奇古怪的笑話。他講得很精彩，別人很難模仿，我笑得前仰後合。他還遞給我一本黃色封面的小說，並讓我把椅子往旁邊移，以避免我的影子把書擋了。他讓我給他大聲朗讀，是從一章的中間開始，但剛讀了大約十分鐘，他又突然叫停，讓我回去換衣服。

「福爾摩斯先生，您肯定能想到，我對這種奇特的表演有多困惑。我發現他們總是小心地讓我背對著那扇窗戶，於是產生了懷疑，很想知道身後究竟發生了什麼。起初我覺得很難當著他們的面回頭看，不過很快我想到了一個辦法。我的一面鏡子打破了，我悄悄地把一片碎鏡子藏在了手帕裡。在下一次表演時，我趁笑的時候把手帕拿到眼前，隨便擺弄一下，順勢就可以看到身後的一切。第一次我什麼也沒看見。第二次再看時，我發現有個長著小鬍子，穿灰色衣服的人正站在南安普敦路那邊，好像在朝我們這邊看。那是一條重要的公路，行人絡繹不絕。那個人斜靠在場地周圍的欄杆上，非常仔細地朝這邊探望。我放低手帕，看了羅凱瑟夫人一眼，發現她也正以敏銳的眼光看著我。她沒說話，可是我肯定她已經發現我手裡拿著一面鏡子，而且也看見了我身後的情景。她馬上站起身。

「『傑佛諾，』她說，『馬路那邊有一個不三不四的傢伙，他正在看亨特小姐。』

「『亨特小姐，那是您朋友嗎？』他問。

「『不，我在這裡誰也不認得。』

「『哼！太沒禮貌了！您轉過身去，揮手示意他離開。』

「『最好別理他。』

「『不，那樣他會常常來這裡的，請您回過身去像這樣揮手叫他走。』

「我按照他說的做了。同時，羅凱瑟夫人拉下了窗簾。這件事發生在一個星期之前，後來我不再坐到窗邊，也沒再穿那件藍衣服，那個男人再也沒出現過。」

「請繼續講，這很有意思。」福爾摩斯說。

「您也許會覺得支離破碎，欠缺條理。因為我經歷的各個事件之間就是彼此分離的。到這裡的第一天，羅凱瑟先生帶我去廚房附近的一間小屋。快走近的時候，我聽見一根鐵鍊噹啷作響，還有一頭大動物在走動。

「『往這裡看！』羅凱瑟先生讓我從兩塊板縫中往裡看，『一個可愛的傢伙，是吧？』

「從門縫裡望去，我發現黑暗中蜷伏著一個模糊的東西，牠的兩眼閃閃發亮。

「『別怕，』東家說，他看到我驚訝的模樣便笑了，『牠是我們的看門狗柯羅。雖然我是主人，可是只有我的飼養員老托樂才能對付牠。我們每天餵牠一次，不能太多，因此牠總有一股芥末那樣的熱辣勁。托樂每晚都把牠放出來，要是有人私自闖進來碰上牠的尖牙齒，就只能乞求上帝保佑了。看在上帝的份上，您一定不要跨過那道門檻，否則就是不要命了。』

「他的警告是有根據的。兩天之後，大概凌晨兩點，我從臥室往外看去，發現月亮很明亮，屋前的草坪上閃著銀光，就像白天一樣。我正站在那裡享受著寧靜美麗的夜色，突然發現什麼東西在紫葉山毛櫸的陰影下移動。當牠走到月光下，我才看清原來是一隻如小牛般大小的巨犬。牠的毛色棕黃，顎骨寬厚而且下垂，長著一張黑嘴巴和一副碩大突出的骨骼。牠緩緩地走過草坪，消失在另一角。這隻可怕的看門狗使我打了一個寒顫，沒有一個賊會像牠那樣能嚇著我。

「我還得告訴您一件十分奇怪的事。我在倫敦把頭髮剪了，剪下來的那一大綹頭髮被我放在了箱子底下。有一天晚上，我把小孩子安置到床上後，便開始看看屋裡的家具，整理我的東西，以此打發時間。屋裡有一個舊衣櫃，上面兩個抽屜沒鎖，裡面沒什麼東西，但下面的一個卻被鎖上了。我的衣服裝滿了上面兩個抽屜，可是還有很多沒地方放。我正為不能用第三個抽屜而生氣，突然想到也許是無意間被鎖上了，於是便找出一大串鑰匙來試著打開它。剛好第一把鑰匙便打開了。抽屜裡只有一樣東西，我想你們永遠不可能猜出那是什麼——是我的那綹頭髮！

「我拿著那綹頭髮仔細查看，那罕見的顏色和密度跟我的一模一樣。這是不可能的，我的頭髮怎麼會鎖在這裡？我雙手顫抖著打開我的箱子，把東西全倒出來，從箱子底下拿出了我自己的那綹頭髮。我把兩綹放在一起，它們竟然完全相同。這難道不奇怪嗎？簡直莫名其妙，我不明白是怎麼回事，便重新把那綹頭髮放回抽屜，沒再對羅凱瑟提及。我想我真不該打開那個鎖上的抽屜。

「也許您注意到了，我天生喜歡觀察事物，福爾摩斯先生。不久，我便對整棟房子有個清晰的輪廓：有一邊的廂房根本沒人住，托樂一家住的通道對面有一扇老是鎖著的門。有一天我正要上樓，突然看見羅凱瑟手拿鑰匙從那扇門裡走出來。當時他跟平日判若兩人，臉部因發怒而漲得通紅，眉頭緊皺，額頭因激動而露出了青筋。他鎖好那扇門，急忙從我身邊走過，一句話也不說，也不看我。

「這使我覺得奇怪，所以當我帶著孩子去散步時，繞了個圈子來到那房子的另一邊，這樣便能看到它的一部分窗子。那裡一排有四個窗子，其中的三個非常破舊且骯髒，第四扇拉下了百葉窗，關閉著，顯然很久沒用了。

我來回踱步並不時朝它們看，結果羅凱瑟先生出現了，他和平時一樣高興，『啊！』他說，『要是我悄悄地從您身邊走過，親愛的小姐，請別誤會我沒禮貌，我剛處理完一些事務。』

「我請他放心，我沒認為他冒犯了我。我說：『順便問一下，好像上面有一整套房間，有一間是關著窗板的。』

「他看起來很吃驚，我想我的問話出乎了他的意料。」

「『我喜歡拍照，』他說，『把那幾間當作暗房。看看我們年輕的小姐多仔細啊！誰會想到這個呢？』他像開玩笑一樣說道。可是他的眼神卻不是打趣，而是疑惑和惱怒，根本不是在開玩笑。

「哦，福爾摩斯先生，當我知道那棟房子裡可能會有不可告人的秘密後，就迫不及待地想知道一切。我和大家一樣好奇，而且還想，要是揭開內情說不定還會有好事。所以，與其說是我的好奇心，還不如說是我的使命感。這種感覺也許是人們所說的女人的本能。但不管怎樣，的確有那種感覺。我密切地觀察，一有機會便想衝破這道禁門。

「一直到昨天，機會終於出現了。除了羅凱瑟先生，托樂和他妻子也都曾經在這空房子裡忙過什麼。有一次，我看到托樂抱著一個大黑布袋從裡面走出來。他最近常酗酒，昨晚又喝醉了。我上樓時，發覺門上還插著鑰匙，無疑是他們落下的。那時，羅凱瑟夫婦和孩子都在樓下，機會難得，於是我悄悄轉動鑰匙，打開那扇門，溜了進去。

「前面有一條小過道，既沒裱糊過，也沒鋪地毯。盡頭拐彎處是一個直角，轉過彎有並排著的三扇門，第一扇和第三扇開著，裡面都是空的，又暗又髒。其中一間有兩扇窗，另一間只有一扇，窗台上堆滿了厚土，黃昏的光線照在那裡顯得房間更加昏暗。中間那道門關著，外面橫擋著一根鐵床上的粗鐵槓，一頭鎖在牆上的一個環上，另一頭用一根粗繩綁在牆上。門本身也上了鎖，可鑰匙不在。這扇被密封的門與從外面看見的那扇緊閉的窗戶同屬一個房間。門縫下面射出了一點點光線，可見屋裡不是很暗，也許裡面有天窗，可以透進光線。我站在過道裡，看著那道門，猜不出裡面藏著什麼秘密。這時，我突然聽到裡面有腳步聲，從門縫裡透出的微光中，我看到一個人影在來回走動，這使我立刻產生了一種巨大的恐懼。福爾摩斯先生，我被嚇得轉身撒腿就跑，似乎還有一隻可怕的手在後面緊抓我的衣服。我慌忙沿著過道跑，跨過那道門，一頭撞到等在外面的羅凱瑟先生的懷裡。他笑著說：『沒錯，果真是您，我見門開著，就猜到是您。』

「『啊，嚇死我了！』我氣喘吁吁地說。

「『哦，我親愛的小姐！我親愛的小姐！』您難以想像他那時有多溫柔體貼，『什麼東西把您嚇成這樣？』

「他說話的聲音好像哄小孩一樣，相當做作，我高度警惕地提防著他。

「『我好笨，走到那個空房子去了，』我說，『它在昏暗的光線下，好淒涼！好恐怖！我被嚇得跑了出來，天吶，裡面死氣沉沉的，靜得可怕！」

「『就這些？』他懷疑地看著我。

「『您什麼意思？』我問道。

「『我鎖上的那道門，您知道為什麼嗎？』

「『我不知道。』

「『就是不許閒人進去，您明白嗎？』他仍然親熱地微笑著。

「『如果早些知道，我一定……』

「『行了，您現在知道也不遲！如果再敢跨進那道門……』說到這裡，他的微笑突然變成了恐怖的獰笑，一張魔鬼般的臉看著我，『我就把您扔給那個看門狗。』

「我當時被嚇壞了，不知做了什麼，也許是快速地衝到了我的房間。我什麼也不記得了，只是後來發現自己躺在床上，渾身抖個不停。這時我想到了您，福爾摩斯先生，如果沒人幫我出主意，我就無法再繼續待下去了，我害怕那棟房子，那個男人和那個女人，那些傭人，還有那個孩子。他們都讓我覺得害怕，如果你們肯跟我去那裡就太好了。我當然可以離開那裡，可是我的好奇心跟恐懼感一樣強烈。於是我決定給您發電報。我戴上帽子，穿好外衣，步行去了約半英里外的電報局。回去時，我心裡踏實多了，可是進大門時卻又開始感到不安，害怕那隻狗被放了出來。我悄悄地跑了進去，什麼事也沒發生。晚上，我想著很快就可以見到你們，因此躺在床上興奮得睡不著。今天早上，我輕易地請假來了溫徹斯特，可是我必須趕在三點之前回去，因為羅凱瑟夫婦今晚打算出去做客，我得照顧小孩。現在，我把所有的經歷都講給您聽了，福爾摩斯先生，真希望能知道這些究竟意味著什麼。還有最關鍵的是，我該怎樣做？」

這個故事使我倆都聽呆了，福爾摩斯回過神來，站起來在屋裡走來走去，雙手插在衣袋裡，一臉的嚴肅。

他問：「托樂是不是酒醉了還未醒？」

「對，我聽到他老婆對羅凱瑟太太說她對他一點法子也沒有。」

「很好，今晚羅凱瑟夫婦要出去？」

「對。」

「那裡有沒有地下室能鎖得很嚴實？」

「有，那個藏酒的地窖可以。」

「亨特小姐，從您處理此事的經過來看，您是位異常機智而勇敢的女士。請想一下，能不能再做一件英勇的事？如果我不覺得您是個了不起的女性，就絕不會這樣要求你。」

「讓我試試，我該怎麼做？」

「我和我朋友七點到紫葉山毛櫸林，羅凱瑟夫婦那時應該已經出門去了。說到托樂，我想他那時可能還沒清醒。那麼就只剩下托樂太太了，她也許會報警。你要是能派她去地窖裡做些差事，然後趁機把她鎖在裡面，那就十分有利於此事的進行。」

「我想能做到。」

「好極了！我們就開始對此事進行徹底調查。僅有一個解釋說得通，您被請到那裡去冒充某個人，而那個人其實被關在那個屋子裡，這很明白。至於那個被關的人，我想肯定是他女兒艾莉絲・羅凱瑟小姐。要是我沒記錯，她被說成去了美國費城。你被選中是因為你的長相、頭髮的顏色都跟她一樣。美麗的頭髮被剪掉，也許是由於她得了什麼病，所以他們當然也要你犧牲頭髮。你看到那綹頭髮純屬意外。在公路上的那個男人一定是她的朋友，而且很可能是她未婚夫。由於他看到你的時候，你正穿著那女孩的衣服，長得又很像她，並且從你的笑容和姿勢中，他斷定艾莉絲過得很快樂，以為她不再需要他的關愛了。晚上把那隻狗放出來，是為了防止他與她接近。這些都很清楚。對於該案最重要的一點，是那個小孩子的性格。」

「這跟小孩有什麼關係？」我叫了起來。

「華生，你是醫生，應該知道，要瞭解一個孩子的脾性，就得著手研究他的父母。那麼，反過來也是同理。我經常透過研究孩子來瞭解其父母的品格。這個小孩的性格相當凶殘。因此我認為他的性格不是繼承了其父便是繼承了其母，無論如何，這對控制在他們手裡的那位可憐的小姐來講都很危險。」

「福爾摩斯先生，我相信您，」我們的委託人說，「過去發生的那些事讓我相信您是對的，我們別耽誤時間了。馬上去救那位可憐的小姐吧！」

「我們要對付的人非常狡猾，所以我們必須小心一些。我們在七點以前什麼也不能做，一到七點我們便會合，用不了多久就可以解開謎團了。」

我們七點準時來到紫葉山毛櫸林，把雙輪馬車放在了路邊的一家小客棧裡。眼前那叢毛櫸樹的葉子如同擦了鋥亮的金屬粉，在夕陽下閃閃發光。這讓我一下子便認出了那棟房子，即使亨特小姐沒在門口微笑著迎接，我們照樣找得到。

「都安排好了嗎？」福爾摩斯問她。

不知從樓下的什麼地方傳來了很響的撞擊聲。「是托樂太太在地窖裡，」她說，「她丈夫正在廚房的地毯上，這是他的那串鑰匙，跟羅凱瑟先生那串一模一樣。」

「做得很好！」福爾摩斯稱讚道，「您帶路吧，我們很快就知道這樁邪惡勾當的結局了。」

我們上了樓，打開那扇門，走過過道，來到了亨特小姐說的那個障礙物前面。福爾摩斯把繩索割斷，挪開了那根橫擱著的粗鐵槓，然後用那串鑰匙試開那把鎖，可是怎麼都打不開。屋裡沒有什麼動靜，福爾摩斯在這種沉靜當中不由皺起了眉頭。

「我想我們來得並不晚，」他說，「亨特小姐，您站著別動，華生，用肩膀頂門，不信進不去。」

那是一扇古老而破舊的門，我們一起使勁，它馬上就塌了下來。我倆衝了進去，屋裡除了一張簡陋的小床，一張小桌子和一筐衣服，什麼也沒有。上面的天窗開著，被囚禁的人不見了蹤影。

福爾摩斯說：「這裡面有詐，他們大概猜到了亨特小姐的計畫，提前把人帶走了。」

「怎麼帶走的？」

「從天窗，很快就會知道答案了。」他爬到屋頂，「啊，原來如此，」他叫道，「這裡有一架長梯，一頭靠著屋簷，他一定是這樣幹的。」

「可是這不可能呀，」亨特小姐說，「羅凱瑟夫婦走的時候，梯子不在那裡。」

「他肯定又跑回來搬的，我說過他既狡詐又危險。有人上樓來了，肯定是他，華生，你應該準備好手槍。」

話音未落，只見一個非常肥胖、粗壯結實的人已經站在了門口，手拿一根粗棍子。一見到他，亨特小姐馬上尖叫一聲，縮到牆角。福爾摩斯走上前，鎮靜地面對著他。

「你這個混蛋！」他說，「你到底把你女兒藏到什麼地方了？」

那胖子四處看了看，還看了一下打開的天窗。

「這話該我來問你們！」他吼道，「你們這夥賊！賊探子！我可逮著你們了！你們跑不掉的，我要叫你們吃點苦頭！」他轉過身，跑下了樓。

亨特小姐大聲叫道：「他在找那隻狗！」

「我有手槍！」我說。

「最好把門關上，」福爾摩斯說，於是我們一起衝下樓，還沒來到大廳，就聽見了狗的狂吠聲，接著又傳來一陣淒厲的尖叫，還有獵犬撕咬人的恐怖聲音，聽得我們毛孔都豎了起來。一個紅臉蛋、上了年紀的人揮舞著胳膊從側門跑了出來。

「天吶！」他大叫，「誰把牠放出來的？牠已經兩天沒吃食物了，快！快！否則就來不及了！」

我和福爾摩斯連忙跑過去，托樂緊跟在我們後面。那隻龐大的獵狗，正在用牠的黑嘴緊緊咬住主人的喉嚨。他痛得在地上打滾，淒慘地叫著。我跑過去開了一槍，把牠的腦袋打開了花。牠倒了下去，可是鋒利的牙齒卻還嵌在他那肥胖的頸部。我們費了好大的勁才把人和狗分開，然後把他抬到了屋裡。人還活著，可是已經血肉模糊，十分恐怖了。我們把他放在沙發上，叫托樂送信去給他太太。我們圍在他旁邊，試圖減輕他的痛苦。這時門開了，走進來一個瘦高的女人。

「托樂太太！」亨特小姐叫道。

「是的，小姐，羅凱瑟先生回來後把我放了出來，然後才去上面找你們，真可惜，小姐，你沒有告訴我你的計畫，否則你就不會費那麼大的勁了。」

「哈！」福爾摩斯盯著她說，「很明顯，托樂太太對這件事比誰都瞭解。」

「沒錯，先生，我現在要把知道的全部告訴你們。」

「好的，請坐下來講，我承認我對此事確實有幾處不太清楚。」

「我這就告訴你們，」她說，「我要是能早點從地窖裡出來就好了。如果這件事鬧到了法庭上，請你們記住，我是作為朋友站在你們這一邊的。因為，我是艾莉絲小姐的朋友。」

「她從她爸爸再婚時，心裡就不高興。但在家裡，她沒有任何發言權。不過她的情況還不是太糟，直到她在朋友家遇到了福樂先生。據說根據遺囑，艾莉絲小姐有家產權。可是由於她的善良與忍讓，幾乎從未提過一句有關權利的話，並把一切都交給她父親處理。他原本可以對她放心，但要是她有了丈夫，她丈夫一定會要求在法律範圍內得到她應得的部分，所以她父親極力阻止這種事的發生。他要求女兒簽一個字據，聲明不論結婚與否，她的錢都由他支配，可是她一直不簽。鬧到後來，她得了腦炎，整整六個星期，真是差一點死掉。但最後她還是康復了，不過瘦得很厲害，漂亮的長髮也給剪了。好在他的男朋友依然忠誠地愛著她。」

福爾摩斯說：「哦，謝謝您告訴我們這些。至於剩下的故事，我想我應該可以推斷出：羅凱瑟先生於是就把她監禁了起來。」

「是的。」

「還從倫敦找到亨特小姐，就是為了擺脫福樂先生的糾纏？」

「沒錯，先生。」

「可是福樂先生一直堅持不放棄，後來他遇上了您，並用金錢或其他方式說服了您，讓您覺得你們的利益是相同的。」

托樂太太靜靜地說：「福樂先生是一個講話和氣、出手大方的人。」

「他採用這個辦法，讓您丈夫不斷喝酒，然後叫您趁主人不在家時準備好一架梯子。」

「是的，先生，的確如此。」

「我們應該感謝您，托樂太太，是您使我們瞭解了全部。現在村裡的醫生和羅凱瑟夫人馬上就要來了。華生，我想我們還是把亨特小姐送到溫徹斯特去，因為我覺得在這裡我們的合法地位得不到保障。」

就這樣，紫葉山毛櫸林的秘密揭開了。羅凱瑟先生倖免於難，但卻成了一個精神頹廢的人，並全靠他那忠心的太太照顧，苟延殘喘著。老傭人仍和他們住在一起，也許是他們知道得太多，所以羅凱瑟先生不好辭退他們。福樂先生與羅凱瑟小姐一起出走的第二天，便在南安普敦申請了特許證書，並結了婚。福樂先生目前在毛里求斯島擔任政府職務。至於亨特小姐，我的朋友福爾摩斯讓我覺得失望，由於她已不再是他問題的中心人物，因此他對她已不再有興趣了。她現在是瓦索耳地區一所私立學校的校長。我斷定她在教育工作中會非常優秀。

第四部　傳說中的獵犬

夜半時分，查爾斯爵士突然暴死在莊園外面的沼澤地裡，在屍體的附近，有許多令人毛骨悚然的獵狗爪印。難道他的死真是家族那個古老傳說中的大獵狗所為……

傳說中的獵犬

粗心的訪客

夏洛克・福爾摩斯正坐在桌前吃早餐。除了時常整夜工作之外，他通常都很晚起床。

我站在壁爐前，拿起一把昨晚一位客人落在這裡的手杖。這根用檳榔木製成的手杖精緻而沉重。在手杖最上端有大約一寸寬的銀箍，上面刻著「送給皇家外科醫學院學士詹姆斯・莫蒂默，C C H的朋友們贈，1884年。」這只是一根老式的但經久耐用的手杖罷了。

「華生，你覺得這根手杖怎麼樣？」

福爾摩斯正背對著我坐在那裡，我還以為他沒有察覺到我做的一切。

「你腦袋後面一定長了眼睛，要不怎麼會知道我在幹什麼呢？」

他指了指面前一把擦得閃亮的銀製咖啡壺說：「就是這個讓我知道的。還有，華生，告訴我你是怎樣看待這根手杖的？很遺憾，我們沒遇到他的主人，不知道他究竟是為了什麼來這一趟。因此，這件意外的紀念品就更顯得重要了。現在，你已經詳細地查看過它了，請把他的主人向我描述一下吧！」

我想，應該按照他的推理方式去考慮問題，於是便說：「從認識他的人送給他的紀念品以示敬意來看，莫蒂默是一位行醫多年，成就卓著，並且很受人尊敬的醫生。」

「好哇，太好了！」福爾摩斯說道。

「我還認為，他可能是一位在鄉下行醫的醫生，而且大多時候是步行出診的。」

「為什麼這麼說？」

「雖然這根手杖很漂亮，但是它已經磕碰了很多處，而且下端所包的鐵頭已經磨損得很厲害了，可見它經常被使用。很難想像一位城裡的醫生還在用著它，所以我說這是一位鄉下醫生的手杖。」

「對，是這樣的。」福爾摩斯說。

「至於上面刻著的『C C H的朋友們』這幾個字，據我推測，它指的可能是一個獵人協會。他或許給這裡的獵人協會的成員看過病，所以獵人們就送給他這把手杖以示謝意。」

「華生，你真是大有長進啊！在你為我那些很不起眼的成就做記錄時，就已經習慣於低估自己了。或許你自身並不能發光，但是你卻是能傳導光的媒介。有些人自己並不是天才，但是他有驚人的激發天才的能量。親愛的朋友，我太謝謝你了。」

福爾摩斯以前從沒像今天這樣說這麼多讚美別人的話。他的這番話給了我極大的鼓勵。從前，他對於我對他的佩服以及我試圖把他的推理方法公諸於眾的努力總是表現得很冷漠，這讓我的自尊心受到了極大的傷害。現在我竟然掌握了一些他的推理方法，而且還得心應手地加以運用，竟然還得到了福爾摩斯很少有的誇獎，想到這裡我就高興起來。

他從我手裡把手杖拿了過去，先是仔細看了看，然後把手杖放在放大鏡下觀察了起來。

「雖然簡單，卻很有趣，手杖上的確有幾處可以說明問題。」福爾摩斯一邊說，一邊慢條斯理地坐在了那條長椅上。

「我難道忽略了什麼嗎？我相信已經把重要的地方都說全了。」我有些不解。

「華生，恐怕你推斷的那些結論沒有多少是正確的！我說你有驚人的激發天才的能量是說，在我指出你的錯誤時，往往也接近了真理。當然，我並沒說你這一次完全錯了，正如你所說的，那個人是位鄉村醫生，而且常常步行出診。」

「這麼說，我的推測就是正確的呀！」

「也只是到這個程度而已。」

「但是，這也是全部的事實了。」

「不，你錯了，親愛的華生，這並不是全部事實。比方說，你與其說它來自獵人協會，倒不如說它來自一家醫院。由於『ＣＣ』放在『醫院』這個詞之前，因此自然就會讓人想到『Charing Cross』（查令十字）這兩個詞來。」

「這種可能性或許有。」

「百分之九十是這樣。如果這種假設成立，那麼我們就可以對這位來客進行大致的描述了。」

「好吧！假如，『ＣＣＨ』是指查令十字醫院，那麼我們還能得出什麼進一步的結論呢？」

「一定有能說明問題的地方。既然你掌握了我的推理方法，那麼就現學現用一下吧！」

「我已經弄清楚了一點，那就是他以前在城裡行醫。」

「就讓我們大膽地設想一下吧，這種贈送行為最可能發生在什麼樣的情況下呢？是什麼時候，他的朋友才合夥向他贈送禮物表達謝意呢？顯然是在莫蒂默離開一家醫院自己去鄉下行醫時吧！」

「是的，的確有這種可能。」

「我們還可以推測他不是一名主治醫生，因為這種地位只有在倫敦行醫多年的很有名望的醫生才能達到的。這種名聲顯赫的人又怎麼能遷到鄉下去呢？那麼，他究竟是一個什麼樣的角色呢？如果他在醫院工作而不是一個主治醫生，他只能是個住院醫生，也就是說只是比醫學院高年級的學生稍高一點罷了。

「刻在手杖上的時間顯示，他是在五年前離開的。如果真是這樣，華生，你推斷的那位嚴肅的中年醫生的結論就是錯誤的。那位醫生不到三十歲，他為人和藹，安於現狀，行事馬虎草率。而且，他隨身帶著一隻狗，一條大小處於獵狗與獒犬之間的狗。」

福爾摩斯仰面靠在椅子上，不時地吐著煙圈。

我淡淡地笑了笑：「我不能查證你後面的推測是否正確，但是想要找出幾個與他的年齡和經歷有關的特點，也不是不可能的。」我一邊說，一邊隨手翻了翻書架上的書，從中找到一本醫藥手冊，翻到了人名目錄。裡面有幾個叫莫蒂默的，但只有一個可能是我們的來客。

我向福爾摩斯念道：「詹姆斯·莫蒂默，於1884任查令十字醫院住院外科醫生，曾獲得傑克遜比較病理學獎金。他也是瑞典病理學協會通訊會員，曾任過格林盆、索斯利和高塚村等教區的醫務官。」

福爾摩斯用略帶嘲諷的語調說：「華生，沒有什麼獵人協會吧！不過你的推測有一點是正確的，那就是他在鄉下行醫。不過，我覺得我的推測更符合這位醫生，因為只有為人和藹才會收到禮物，只有不貪圖功名利祿的人才會放棄大城市而來到鄉村，我還說過他馬虎草率，你看他在房間裡坐了一會兒，就丟下了他的手杖。」

「你說他有條狗，這從何而來？」

「這根手杖上有明顯的狗齒印，從牠的牙印空隙來看，牠的下巴比獵犬寬，而比獒犬窄。噢，我想出來了，牠是一隻捲毛的長耳黃犬。」福爾摩斯認真地說。

說著，福爾摩斯站了起來，在屋子裡踱來踱去。他說話時的語調充滿自信，我詫異地盯著他。

「我說，你怎麼這麼肯定呢？簡直讓人難以置信！」

「因為我已經看到了那隻狗，」福爾摩斯指著大門口的台階說，「你聽鈴聲，這是牠的主人正在按鈴。華生，你別走，你們是同行，你在場會對我有幫助。」

「華生，聽那腳步聲，他正朝著我們這間屋走來。可是你卻不知道，這位醫生到底要向偵探專家請教些什麼呢？請進！」

這位來客的外表，簡直太出乎我的意料了。

我先前預料他是一位典型的鄉下醫生，而他卻是一個又高又瘦的人，長著一個大鼻子，一雙貓頭鷹般的眼睛在一副金絲眼鏡的襯托下爍爍發光。他穿得很時髦，可是又有些落魄，外套髒兮兮的，褲子也破了個洞。他雖然年輕，但卻有些駝背了。他走路時頭向前傾，具有貴族那種慈祥和善的風度。

一進門，他就看見了福爾摩斯手裡的那把手杖。他一下撲向那根手杖，同時說道；「終於找到它了！我寧願失去一切，也不願失去它。之前，我還一直不能肯定手杖是丟在輪船公司了，還是落在這裡了。」

福爾摩斯問：「它一定是一件禮物吧？」

「是的，先生。」

「那是查令十字醫院的朋友送的？」

「對，是我結婚時兩個朋友送的。」

福爾摩斯搖著頭悲傷地說：「上帝呀！太糟糕了！」

莫蒂默醫生透過眼鏡眨著疲憊的眼睛。

「怎麼了？難道我說錯了什麼？」

「不，沒有，不過您打亂了我的推斷。您說是在結婚時他們送的吧？」

「對，我一結婚就離開了醫院，並辭了工作，也就失去了成為顧問醫生的機會。不過，能建立一個幸福的家庭，這也值得了。」

「哈哈，幸虧沒有弄錯，詹姆斯・莫蒂默博士。」

「以後別再叫我博士了，我不過是個皇家外科醫學院的畢業生罷了。」

「不，絕對不是，您還是個思維縝密的人。」

「福爾摩斯先生，我只是個科學的門外漢。現在，我有一些話想對您一個人講。」

「請不要介意，他是我的朋友，華生醫生。」

「華生，您好，很高興見到您，我聽說過您的大名。不過，我還是對您——福爾摩斯更感興趣，沒想到能親眼看到您。您那長長的頭顱，深邃的眼窩。在您的顱骨成為實物標本之前，如果按照它的樣子製成模型，它一定是人類學博物館中的最出色標本。希望您不要介意我的話，我實在是太欣賞您的頭顱了。」

福爾摩斯示意，請客人坐下。

「我能從您的外表看出，您是一個善於思考本行問題的人。我從您的食指上看出您是自己捲菸抽的，請自便吧！」

那個人掏出菸紙和菸草，嫻熟地捲了一支菸，他的手指像昆蟲的觸鬚一樣抖動著。福爾摩斯顯得很沉著，但是他的眼珠快速地轉動，似乎對這位來客充滿了興趣。

「昨晚和今天，您兩次光臨寒舍不會僅僅是出於對我的顱骨感興趣吧？」

「不，不是為了這個。我有另外一件事。我知道自己沒有實踐經驗，而今我又遇上了一件極為複雜的事情，我得知您是歐洲的第二位最高明專家……」

福爾摩斯有些生氣：「你認為誰排在我的前面呢？」

「貝蒂榮先生辦案的方式具有極強的嚴密性。」

「你為什麼不找他商討呢？」

「先生，請您不要生氣，就嚴密和科學的頭腦來說，貝蒂榮是這樣的。但論實際經驗，您是世界上獨一無二的，沒有人能代替您。我剛才的話是不是惹您生氣了？」

「是有一點，不過我能諒解你。莫蒂默醫生，最好把你有疑惑的事情講出來吧！」福爾摩斯說道。

可怕的傳說

詹姆斯・莫蒂默說：「這裡有一張手稿。」

福爾摩斯說：「您一進屋我就看到了。」

「它是一張舊手稿。」

「是十八世紀初期的，不然它就是偽造的了。」

「先生，您是怎麼知道的？」

「當您說話時，我看到手稿一直露著一兩英寸的樣子。作為一位專家就應該把文件的時期估計到偏差不超出十年，否則他就太蹩腳了。您或許也看過我寫的關於這方面的論文。讓我推測一下，手稿是1740年左右寫成的。」

「它是1742年完成的。」醫生從口袋裡掏出一份手稿接著說，「這是查爾斯・巴斯克維爾爵士交給我的，是他家的祖傳家書。三個月前，巴斯克維爾爵士遭到不幸，這件事在德文郡引起了很大的討論。我既是他的私人醫生，也是他的朋友。他是一個意志堅強、經驗豐富而且洞察能力非常強的人。他很看重這張手稿，其實他早已明白將要發生什麼，而現在竟然還是發生了。」

福爾摩斯拿過手稿，把它平展在桌上研究起來。

「華生，快過來，長S和短S交替使用，是我確定年代的主要依據之一。」

我隨著他的喊聲走了過去，只見在那張發黃了的紙上寫著「巴斯克維爾莊園」幾個大字。在它下面寫著「1742」這幾個阿拉伯數字。

「看來它是一篇記事性的文字。」

「對，它確實記載著一個在巴斯克維爾家族流傳很久的傳說。」

「我想，你來找我是為當前發生的一件與這個記載有關的事吧？」

「您說得對，不過這件事很緊急，希望您能在一天一夜之中做出準確的判斷。如果您願意的話，我就讀給您聽。」

福爾摩斯又靠在椅背上，微閉眼睛，手放在腦前，一副聽其自然的樣子。

莫蒂默把手稿舉在燈下，用沙啞的聲音讀起了這個奇特的故事：

關於巴斯克維爾獵犬一事有過很多傳說，我之所以把它記下來是因為我確信有這件事。我是雨果·巴斯克維爾的嫡系後人，這件事是由我的父親傳下來的。孩子們，希望你們相信，公正的神明是一定不會放過那些罪惡的人的，除非他們懺悔改過，否則無論犯了什麼罪都不會被神明寬恕。即使你們知道這件事，也不要害怕。不過，你們以後要多加小心，以免重蹈覆轍。

在大叛亂時期（指英國1642-1660年的內戰——譯者注），這座巴斯克維爾莊園的主人雨果是卑鄙粗俗、不把上帝放在眼裡的人。對於這些，鄉親們都能原諒他，因為這裡從來沒有什麼教興盛過。他的那種狂妄殘忍的性格是大家都熟知的，這位雨果先生相中了一個農民的女兒，這位女孩一向相當謹慎，她自然要躲著這個惡名遠揚的浪蕩男子。在米可摩斯節（基督教紀念聖徒麥可的節日〔每年9月29日〕——譯者注）那天，這位女孩的父親和兄長都外出了。雨果先生得知情況後便帶了幾個狐朋狗友去把這位女孩搶了回來，把她關在樓上的一小間柴草房裡。然後他們痛飲起來，他們以往就常常在夜裡酗酒，還說些不堪入耳的話。可憐的女孩蜷縮在一個角落裡聽著那些髒話，心中驚恐萬分，不知所措。曾經有人這麼說，不管是誰，哪怕只是重複一遍巴斯克維爾醉酒時說過的那些話，都必定不會得到好的結果。後來，這位少女實在忍受不下去了，就從窗戶出來，攀著牆上的藤蔓爬了下來。然後，她一直朝家中跑去，這裡離她家大約有九英里遠。

過了一會兒，雨果笑著來到那間柴草房裡，他打開門一看，卻發現她竟然跑了。他怒氣衝衝地跑下樓，掀翻餐桌，大喊道：誰能追回那個丫頭，我願意她任他擺布。這些放蕩的浪子們都瞠目結舌，他們中的長得最凶也是喝酒最多的一個人放開一群獵狗，高呼僕人備馬追去。

其餘的這些人還傻站著，雨果又大喊了一聲，他們才回過神來，有的帶著槍，有的騎上馬，有的還帶著酒。

月亮高高地掛在天空中，他們順著女孩所走的路，聲勢浩大地追下去。

他們疾馳了一二英里路的時候，遇到一個牧人，他們粗魯地問他見到一個女孩沒有。這位牧人不知到底發生了什麼事，好半天才說看見過，並且說她後面還緊跟著一群獵狗。牧人接著說，雨果・巴斯克維爾也騎著匹黑馬從這裡經過，身後還有一隻大獵狗跟著他。

「天吶，千萬不要讓這隻狗跟在我後面！」牧人祈禱著。這些酒鬼嘴裡含糊不清地吐著髒話又向前趕去。不久，他們就被嚇得渾身發抖，因為他們聽到一聲慘叫，這聲慘叫就在他們附近。緊接著他們看到那匹黑馬口吐白沫從沼澤地裡跑出來，這些酒鬼擁在了一起，全都毛骨悚然。他們緩緩前進，如果他們只是一個人走在那裡的話，他們或許早嚇得掉轉馬頭逃之夭夭了。但他們仗著人多，最後終於趕上了那群獵狗。這些獵狗雖然是神勇善戰的名貴品種，可是這時竟然也擠在沼地裡的一條深溝的盡頭處發出哀號聲，有的早已逃了，有的只是瞪著眼睛向前面望去。

這夥人勒住了韁繩，可以想像，這時他們的酒已經醒得差不多了，大多數人都不敢再前進了。只有三個膽大的傢伙繼續向前走去，發現不多遠就是一片寬廣的平地，中間立著兩根大石頭柱子。在月光的照耀下，那個因為驚嚇和疲憊而死的女孩就躺在那裡，旁邊是雨果的屍體。使他們害怕的不是這兩具屍體，而是一個正在撕扯著雨果喉嚨的可怕的東西——一個很大的，黑乎乎的東西，像是一隻大獵狗，誰也沒見過這麼大的獵狗。正當他們呆呆地看著這一幕時，那個口淌鮮血的怪獸轉向了他們。三個人一見便扭轉馬頭慘叫著逃命去了。據說一個因驚嚇當晚就死去了，而另外兩個也都瘋掉了。

我的孩子們，這就是那隻大獵狗的傳說的來歷，從那時起這隻大獵狗就一直騷擾著我們這個家族。我之所以把它寫下來，是因為我覺得隨便聽到的東西和猜到的東西要比真實知道的東西可怕得多。在我們這個家族裡有許多人都死於非命，而且死得是那麼神秘，但願上帝能保護你們！我建議你們一定要謹慎，千萬不要在夜深人靜的時候走過那片神秘的沼澤。

這就是巴斯克維爾留給他的兩個兒子——羅傑和約翰的遺書，並叮囑他們不要把此事告訴他們的姐姐——伊莉莎白。

莫蒂默讀完這篇文字後扶了扶眼鏡，然後就望著福爾摩斯。

福爾摩斯揉了揉眼睛，把菸頭扔進菸盒裡。

「嗯，是這樣的？」

「您不覺得很有趣味嗎？」

「對於一個搜集神話傳說的愛好者來說，這是一件多麼有趣的事啊！」

莫蒂默又摸了摸衣袋，然後取出一張皺巴巴的報紙說道：「福爾摩斯先生，您看這張報紙，上面記載了一件剛剛發生的事。就是這一篇關於幾天前查爾斯・巴斯克維爾爵士死亡的報導。」

福爾摩斯好奇地探過身子，滿臉的嚴肅。

我們的來客扶了扶眼鏡，又開始讀了起來。

本郡對查爾斯・巴斯克維爾爵士的突然死亡表示深切的哀悼。在下屆中部德文郡選舉中，此人可能是自由黨主席候選人之一。爵士在莊園居住不久就因其樂善好施得到大家的尊敬。查爾斯在外地發財致富後，便回到家鄉，重振因遭厄運而衰敗的家業，這件事得到大家的贊同。查爾斯爵士在南非投機致富後，他就變賣了財產回到家鄉。

過了一年，人們到處都在談論他的慷慨，他花掉將近一半的財產來改造家鄉，現在計畫因他的去世無法繼續實行。因為他沒有子嗣，他曾經說過，他將花他畢生的精力在這個鄉區，因此他的死，使很多人難過。關於他對本鄉區的捐助，本專欄以前曾經報導過。

驗屍結果無法說明爵士死亡的真正原因，因此不能排除迷信中說的那種可能，所以沒人相信是謀殺或自然死亡。爵士是鰥夫，據說精神有點不正常。他雖然是個富翁，但個人的喜好卻非常少。他的僕人只有白瑞摩夫婦，丈夫是總管，妻子是主婦。他的朋友說查爾斯爵士的身體健康情況並不好，尤其是心臟。他在世的時候，經常面色蒼白、呼吸困難和失眠多夢，他的僕人和醫生也都證明了這一點。

案件經過十分簡單。查爾斯爵士每天在睡覺前都要到莊園裡的水松夾道散步。五月四日，爵士說要到倫敦，並讓僕人為他準備行李。當晚他抽著雪茄去散步了，可是這次他卻沒有回來。過了十二點鐘，白瑞摩發現主人還沒回來，就打著燈籠出去尋找主人，當時外面很潮濕，路上的腳印很明顯，有幾處都可證明，爵士就是從小路中間的那個柵門走過去，然後又一直沿著夾道走的，最後在夾道的盡頭發現了他的屍體。白瑞摩說他主人的足跡在通過柵門後就變成只用足尖走路了。有個名叫摩菲的吉普賽馬夫說，他當時正在離案發現場不遠處，聽到了呼救聲，但不知是從哪個方向發出的。爵士身上沒有什麼傷痕，但他臉部嚴重變形，幾乎到了讓人認不出來的地步。但一切都能證明這具屍體就是爵士的屍體。後來醫生解釋說，這是因呼吸困難和心率衰竭而死亡的最常見的表現。這個解釋也得到屍體解剖所的進一步證實。法院的驗屍官也遞交了一份與醫院相同的判斷書。

此種結果是大家都想得到的，因為他的後代依然要住在莊園裡繼續父輩的善行，因此結果是相當重要的。如果這一切不能證明他的死和那個傳說沒有關係，恐怕莊園的主人去留就難說了。

如果說爵士還有活著的最近的親屬來繼承爵士的財產，就只有他弟弟的兒子亨利・巴斯克維爾先生了。以前人們一直說他在美洲，現已進行調查，以便通知他來接收這筆數目龐大的財產。

莫蒂默收好報紙，又把它放在口袋裡。

「福爾摩斯先生，這就是報紙所報導的爵士死亡的消息。」

「我得好好感謝你，是你讓我對這個案件產生了濃厚的興趣。其實，我已經讀過這些報導了，只不過，我當時把精力都放在梵蒂岡寶石案這件事上了。也是因為教皇急切地要我盡快做出判斷，所以我就忽視了這個發生在國內的案件。你說報紙把所知道的全部寫出來了嗎？」

「是的，我認為全部寫出來了。」

福爾摩斯現在已經完全靠在椅背上了。他不焦不躁地說：「你是否還能告訴我一些內幕呢？」

莫蒂默激動地說：「好吧，讓我把一切我所知道的都告訴您，而這些我一直都沒告訴過任何人。因為我是行醫的人，所以不相信迷信與謠傳，但我最怕的是在公眾面前顯得自己像是相信了一種流傳的迷信一樣。另一個原因就如報紙所說的那樣，如果不能證明這個人的死與傳說沒有關係，恐怕巴斯克維爾莊園就真的不會有人住了。想到這些原因，我想我還是不把實情說出為好。但對您則不同，就讓我把所知道的實情都告訴您吧！

「沼澤地上人口稀少，所以住得比較近的人家關係就比較密切，因此我和爵士特別熟。這片莊園除了賴福特莊園的弗蘭克蘭和生物學家斯台普特先生以外，方圓幾十里之內就再沒有受過教育的人。爵士特別喜歡清靜，加之他經常有病，所以我們倆的接觸就頻繁起來。我們都比較喜歡科學，所以逐漸成為好友。從南非回來時他帶了許多科學資料，我們經常坐在一起討論一些解剖學上的問題。

「在最後的幾個月裡，我發現查爾斯爵士越來越緊張。他特別相信那個傳說，雖然他天天在自家院子裡散步，但到了晚上他通常不敢到沼澤地。

「福爾摩斯先生，您或許不相信那個傳說。但爵士一直認為那是真的，並且經常說他有預感，他將會大難臨頭。他好幾次都問我，是否看見過什麼奇怪的東西，或者說是聽到過獵狗的哀號。他問我這些問題時，神色都惶惶不安。

「在案發的前幾個星期，有一天晚上我到他家，恰巧碰到他站在大門口。我走過去站在他前面，可是他卻神色慌張地盯著我的背後。我突然轉過身來，恍惚間看到有一個黑色物體從我眼前跑過，把他嚇得直發抖。我四下裡找了一會兒，可是什麼都沒有發現。但他卻一直不能從這件事的陰影裡走出來，整個晚上，他不停地向我解釋那些可怕的故事。為了證明這些事的存在，他還把這張手稿交給我，並讓我替他保管。

「我提到這件事，是因為它可能會和後來的悲劇有關係。當時，我根本就不相信，認為那是錯覺，沒有什麼可怕的。

「查爾斯爵士接受了我的勸告，準備去倫敦。他因為長期處於憂慮狀態，心臟承受著沉重的負擔，因此他的健康狀況不太好。我想讓他換個地方住住，或許會讓他感覺好一些。我的朋友斯台普特也很關心他的身體狀況，他也非常贊同我的想法。但是，不幸的事最終還是發生了。

「當白瑞摩發現爵士遇害後，就立即讓馬夫金斯來找我。馬夫到我家時，我還沒睡下，所以立即趕到了案發現場。

「我仔細觀察了現場，又沿著水松夾道往前觀察了爵士的腳印，在到達沼澤地的那扇柵門的地方，有爵士的腳印，我也發現了腳印的變化。我仔細辨別過了，在那裡除了白瑞摩的腳印之外再沒有其他人的腳印了。

「我認真地檢查了一下屍體，在我到達前確實沒有人動過他。當時，他趴在地上，四肢伸直，面部表情看起來猙獰可怕，而且他身上確實沒有什麼傷痕。但白瑞摩對驗屍的人撒謊了，他說爵士屍體周圍的地上沒有任何痕跡。不，絕不是這樣的，因為我看到了足跡，非常清晰。」

「足跡？」福爾摩斯問。

「是的，確實有足跡！」

「那是男人的還是女人的？」福爾摩斯又問。

醫生抬起頭看了看我們，然後用微弱的聲音答道：「都不是，是一隻大獵犬的爪印！」

爵士之死

老實說，我聽了這些之後，兩腿都發軟了。

醫生的聲音也打起顫來。

福爾摩斯直起身來，兩眼盯著醫生問：「你說的這些，都是親眼看到的？」

「是，我當時看得很清楚。」

「這些你一直都沒對別人說過嗎？」

「沒有，因為我說了，對他們不會有什麼好結果。」

「那別人為什麼沒發現呢？」

「因為爪印離屍體約有二十多碼，他們可能沒有留意到吧！如果不是事先我知道這個傳說，恐怕也不會發現。」

「沼澤地有許多牧羊犬嗎？」

「是有很多，但牠們並不是我所說的那一隻。」

「爪印很大，對嗎？」

「太大了。」

「牠沒有接近屍體？」

「沒有，離屍體大約有二十多碼。」

「那天晚上天氣怎麼樣？」

「很冷而且特別潮濕。」

「沒有下雨吧？」

「是的，沒有下雨。」

「請你描述一下夾道的情況。」

「兩邊是兩排老樹籬，大約有十二英尺高，長得密密麻麻的。中間是一條大約有七八英尺寬的小路。」

「還有什麼東西？」

「還有就是在小路兩旁各有一條約六英尺寬的草地。」

「我想樹籬有一處被柵門切斷了吧？」

「對，就在進入沼澤的那個門跟前。」

「有別的出口嗎？」

「沒有了。」

「那麼，如果要到夾道上，就只能從這柵門進去了？」

「不，在另一頭的涼亭處還有一個出口。」

「那天，爵士到那邊了嗎？」

「沒有，在那裡沒有發現什麼痕跡。」

「現在，你得清楚地告訴我，那爪印在小路上還是在草地上？」

「在小路上，草地上沒任何痕跡。」

「爪印是靠近沼澤的柵門這一邊吧？」

「對。」

「好了，現在就更有趣了。當時門一定是關著的吧？」

「是的，而且還鎖著。」

「門有多高。」

「四英尺左右。」

「也就是說，任何人都可以翻過這道門。」

「是的。」

「有人檢查過門嗎？」

「檢查過，沒什麼發現。」

「是你親自檢查的嗎？」

「是我親自檢查的。」

「你什麼也沒發現？」福爾摩斯追根究柢。

「我有一點不明白，我推測爵士一定在那裡站了五到十分鐘。」

「你是從哪裡推測的？」

「我在地上發現，他曾掉過兩次菸灰。」

「華生，太神奇了，簡直是個行家。他的腳印怎麼解釋？」

「在那一小塊地上，到處都是他的腳印，我沒有發現別人的腳印。」

福爾摩斯用兩個手指有規律地敲打著桌子，然後充滿遺憾地說：「要是我在現場該多好啊！這種案件非常少見，給犯罪學專家提供了多麼好的進行研究的機會呀！我原本想在那裡發現一點線索，可是現在那裡已經被踐踏得不成樣子。莫蒂默醫生啊，你為什麼當時不叫上我呢？你真的應該對這件事負責。」

「福爾摩斯先生，請您諒解，我有我的苦衷，我不想洩露這些秘密的原因您已經知道了。同時……」

「怎麼不說了呢？」

「有些問題，是任何人都不能解決的。」

「你是說還有一件更奇怪的事？」

「我不能確定。」

「雖然你不能完全確定，但你一定有想法。」

「福爾摩斯先生，這場災難發生後，我就聽到一些稀奇古怪的故事。」

「你說說。」

「在這件事還未發生時，就有人在沼澤地裡看到過傳說中所描繪的動物，牠不是科學界已知的動物。那簡直就是一隻怪物，在夜裡還會發光。這件事我曾經盤問過幾個人，一個是村民，一個是馬夫，他們都向我敘述了這個相同的故事，他們看見的動物就像傳說中的大獵狗那樣。現在全鎮的人都處於恐慌之中，如果誰敢在夜裡穿過那片沼澤地，那簡直就是個英雄。」

「難道您作為一個學醫的人，也相信這些嗎？」

「我現在也不知到底應該相信什麼了。」

福爾摩斯聳了聳肩，擺出一副無可奈何的樣子。「到目前為止，我還沒有辦理過有關鬼怪的案子，恐怕這件事不在我的能力範圍之內。現在不管怎麼說，腳印是確實存在的。」

「與其說這是一隻怪獸，還不如說它是一個魔鬼。」

「醫生，你現在已經完全超越了自然。你得告訴我，既然你已經相信那是魔鬼，為什麼還來找我？你還說這是任何人都力不能及的，你為什麼還要我去調查呢？」

「我不是希望您去調查。」

「那麼，你來的目的是什麼？」

「我想讓您告訴我，對那位在一小時零一分鐘之後就要到達的亨利・巴斯克維爾爵士應該怎麼辦？」

「他就是爵士弟弟的兒子，那位繼承人嗎？」

「對，爵士死後，我們就對這位年輕的紳士進行調查，後來發現他在加拿大務農。他是一個好小夥子。我現在不是作為一個醫生，而是作為查爾斯爵士遺囑的受託人和執行人來和您說話的。」

「爵士還有別的繼承人嗎？」

「沒有了。唯一有消息的親人就是他的弟弟——羅傑・巴斯克維爾，他是兄弟三個之中最年輕的一個。老大是查爾斯，老二是亨利的父親，老三就是羅傑了。羅傑品行惡劣，據說和他的祖先一脈相通，就連模樣都和老雨果的畫像一模一樣。他在英國待了幾年，後來又跑到了美洲中部，1876年就病逝在那裡了。亨利是這個家族的最後一個人了，一會兒我就見到他了，我應該怎麼辦？」

「那就先讓他到他祖祖輩輩居住的家裡去吧！」

「是，應該這樣，但每個巴斯克維爾家族的人一住進莊園都會遭到厄運。如果老爵士在死前能來得及說話，一定會告訴他的子孫們不要住進這座莊園。但如果是這樣的話，整個貧困、荒涼的鄉間的繁榮、幸福都繫於這位未來主人的來臨了。話還得說回來，如果莊園連主人都沒了，老爵士曾經做過的一切善行也就白費了。我非常關心這件事，因為我對此事的看法會影響巨大，所以我才向您講述這一切，這都是為了能夠聽聽您的建議。」

福爾摩斯思考了一會兒。「簡單地說，事情就這樣了，」他說，「大家一直認為是傳說中那個大獵犬威脅著這個家族——這就是你的意見嗎？」

「至少可以這麼說，這也是多種跡象所顯示的。」

「可以這麼說，假如那個傳說中的大獵犬存在的話，那麼不管這個年輕人在哪裡都會一樣倒楣，一個鬼怪的活動範圍不可能只局限於一個地方。」

「福爾摩斯先生，如果您親眼看到所發生的一切，您或許就不會認為這個年輕人是不會受到什麼威脅的。他再有五十分鐘就到了，您說我該怎麼辦？」

「先生，我建議你帶著你那隻長耳獵犬，乘上一輛馬車去車站接亨利爵士。」

「那以後怎麼辦？」

「然後，在我對這件事得出結論之前，不要告訴他任何事。」

「您需要多長時間才能做出結論？」

「二十四小時，你能在明天十點鐘再來找我一次嗎？如果能和亨利爵士一起來，那就更好了。」

「我一定來。」他趕忙用鉛筆把約會記在袖口上，然後便心不在焉地離開了。

快要出門的時候，他又被福爾摩斯叫住了。

「我還有一個問題要問您，在查爾斯爵士死之前，有幾個人在那個地方看見過那個怪物？」

「總共有三個人。」

「後來呢？」

「後來就沒聽人說過了。」

「再見。」

福爾摩斯欣喜若狂地回到他的座位上，這說明他又要開始工作了。

「華生，你出去嗎？」

「是的，不過如果能對你有所幫助的話，我可以不出去。」

「朋友，我現在還不需要。只有採取行動時，才需要你幫忙。真妙啊，從某些角度看來，這件事真的很特別。你出去路過布萊德雷商店時，讓他們往這裡送一磅味道比較重的板菸。如果方便的話，你天黑之前不要回來。我想一個人理一下這個案子。」

福爾摩斯喜歡聚精會神地權衡點滴證據，然後做出各種假設，再對比分析，然後定出主次。

我聽了他的話後，一整天都待在俱樂部裡，晚上隨便在外面吃了點飯，直到九點多鐘才回到家裡。

一打開門，滿屋子的菸草味直衝鼻子，我不住地咳嗽起來。透過煙霧，我看見福爾摩斯靠在安樂椅上，嘴裡還銜著菸，地上放了許多圖紙。

他關心地問我：「著涼了嗎？」

「沒有，只是菸味太重了。」

「的確，滿屋子都是濃濃的菸味。」

「我實在忍受不了，能打開窗戶嗎？」

「好的，你一天都是在俱樂部中度過的吧？」他說著就把窗戶打開了。

「噢，親愛的福爾摩斯。」我驚奇地說。

「我猜對了吧？」

「是的，你是怎麼知道的？」

他看了看我便笑了起來。

「華生，因為你帶著一身的輕鬆。如果一個人在泥濘的雨天出門，晚上回來，身上乾乾淨淨，說明他一天是待著沒動的，他在這裡又沒有親朋好友，你說他會去哪裡？」

「是呀，挺明顯的。」

「有許多人就看不出相當明顯的事情，你猜我待在哪裡？」

「你不是一直都待在家嗎？」

「不，我到德文郡去了。」

「那一定是你的靈魂去了吧？」

「是的，是我的靈魂去了。這段時間，我喝了兩壺咖啡，還抽了許多菸。你走後，我就讓人從斯坦弗警局取來了沼澤地的地圖，我的靈魂就在這地圖上轉了一整天，我已經熟悉那裡的路徑了。」

「這張地圖很詳細吧？」

「是的。」他指著地圖的某一處地方說，「你看，這個地方非常重要。這就是巴斯克維爾莊園了。」

「它的四周有樹木嗎？」

「有，這是莫蒂默說的那條水松夾道，但圖上沒有清楚的指示。不過，我想它是順著這裡延伸下去的。在右邊就是那塊沼澤地，這些小房子就是格林盆村，莫蒂默就住在這裡。在這片空地幾乎沒人居住。這裡是他說的賴福特莊園，就是那位生物學家斯台普特住的地方。在沼澤地這裡的兩戶農家，是高陶和弗麥爾。在更遠處是王子鎮的大監獄，這裡曾經發生一場悲劇，今天我們就和他們一起來演一齣好戲。」

「這裡一定寸草不生吧？」

「不，這裡的環境太優美了，連魔鬼都想佔用這片土地。」

「你也相信魔鬼的傳說了。」

「真正的魔鬼是人，不是嗎？我們先來分析兩個問題。第一個，那裡到底有沒有發生過犯罪事實？第二個就是，這究竟是什麼性質的罪行？如果傳說是真的，我們就必須和超自然的東西鬥一鬥。這樣的話，我們就不需要調查了。不過，這種情況要在各種假設都被推翻後才會考慮。現在，如果你不介意的話，我就把窗戶關上了。我認為濃厚的空氣更能使一個人思想集中，我一直喜歡這樣思考。哎，華生，你考慮過這件事嗎？」

「考慮過，白天在俱樂部我一直都在思考這個問題。」

「對這件事，你是怎麼看的？」

「簡直撲朔迷離，一點都摸不著頭腦。」

「不過，這案件有幾處比較特別，比如說足跡的變化，你對此怎麼看？」

「莫蒂默說他發現足跡逐漸變成足尖印。」

「他只是重複了那個驗屍官的話，誰散步用足尖走路呢？」

「這些又怎麼解釋？」

「華生，難道你不知道嗎？人奔跑的時候留下的不就是這樣的腳印嗎？」

「他為什麼要奔跑呢？」

「這就是問題的關鍵了。種種跡象顯示，查爾斯在狂奔前就已經嚇瘋了。」

「你是怎麼知道這些的？」

「這些都是憑我想像而來的。因為他一害怕，就很有可能辨不清方向了。如果那個馬夫證詞確鑿的話，他肯定是邊跑邊喊救命，但他跑的方向反了。當天晚上他一定在等一個人。為什麼在那個地方等而不在家等呢？」

「你說他是在等人？」

「是的，他在等人，因為爵士年齡比較大了而且身體狀況不太好，所以他單純為了散步的話是不會到那裡的。醫生的判斷很準確，他說爵士在那裡待了五到十分鐘，這並不是件普通的事。」

「可是他每天晚上都散步呀！」

「我並沒有說他每天晚上都會在通向沼澤地的門前佇立等待，那天是他去倫敦前的最後一個晚上，那麼他為什麼去了沼澤地？好了，我們先不分析了，等明天見到莫蒂默醫生和亨利爵士再說吧！來，請把小提琴拿給我，讓我為你演奏一曲吧！」

爵士的繼承人

我們很早就把餐桌收拾乾淨了，福爾摩斯穿著睡衣，坐在椅子上，等待他們的到來。

莫蒂默醫生和那位準男爵準時來到。從外表上看，準男爵大約三十多歲，個子不太高，長了一雙大眼睛，眉毛濃重，面孔剛毅。他穿著紅色的蘇格蘭服飾，看起來是久經風霜常在戶外活動的樣子。

不過，他表現得很自信，頗具幾分紳士風度。

莫蒂默醫生介紹道：「這就是亨利・巴斯克維爾爵士。」

「這位是夏洛克・福爾摩斯先生。」莫蒂默醫生接著說道。

「噢，很高興見到您，即使我的朋友不帶我來見您，我也會自己來的。久仰您的大名。今天早晨，我就遇到一件解決不了的事。」

「亨利爵士，請用茶。您是說，您一到倫敦就遇到一件麻煩事？」

「其實沒什麼，或許是一個玩笑，如果可以這樣認為的話。我剛到就收到了一封匿名信。」他把信遞給了福爾摩斯，我們都好奇地湊了過去。信紙是一般信紙，收信地址寫的是「諾森伯蘭旅館」，字跡不工整，蓋的是「查令十字街」的郵戳，發信的日期是昨天晚上。

「有哪些人知道你住在這家旅館呢？」福爾摩斯用機敏的目光盯著這位來客。

「沒有人知道啊，這件事是我見到莫蒂默先生後才決定的。」

「莫蒂默醫生已經去過那裡了？」

「沒有，不過我以前和朋友一起在那裡住過。但那時我們還沒有決定要住這家旅館。」

「嗯，那一定是有人在注意你們的行動了。」福爾摩斯從信封裡取出那張信紙，打開，信紙的中間有一行用鉛印的字貼成的句子：「你若看重你的生命價值或者還有理性的話，請你遠離沼澤地。」其中，只有「沼澤地」這三字是用墨水書寫的。

亨利爵士說道：「現在，福爾摩斯先生，您是否能告訴我，到底是誰對我的事這麼關注？」

「莫蒂默醫生，談一談您的高見吧，這回您還相信鬼怪嗎？」

「有點，先生，這個寄信人不是很奇怪嗎？」

亨利爵士急切地問：「你們在談論什麼呢？怎麼我一點都聽不明白。」

福爾摩斯說道：「我保證在你離開這間屋子以前，絕對讓你知道的和我們一樣多。現在還是讓我們談論這封信吧！它一定是昨天晚上湊成後寄出去的。華生，請你幫我把《泰晤士報》拿來。」

我把報紙遞給了他。他快速地翻到裡面的一版，瀏覽了一遍，後來便大聲地念了起來。

「也許你相信了那些花言巧語，認為保護稅則會對你有鼓勵作用，但如若從理性出發，由長遠來看的話，此種法令定會使國家遠離富足，降低進口總價值，並降低本島之一般生活水準。」

福爾摩斯又得意起來了。

「華生，你對這件事有什麼看法？你難道不佩服他的能力嗎？」

聽到這裡，莫蒂默醫生帶著職業的興趣，神氣地望著福爾摩斯，亨利爵士則用一雙茫然的眼睛盯住了我。

亨利爵士皺了皺眉頭說：「我不懂稅務這類事，但我們談的是否離題了？」

「沒有，我們正好在正題上！華生已經熟悉了我所採用的方法，不過這次恐怕他也不太清楚。」

「對，我現在還不明白這兩者到底有什麼關係呢？」

「我親愛的華生呀！他們聯繫得是多麼緊密，這封信中的字都是從這份報紙上面抽出來的。你看，『你』、『你的』、『生命』、『價值』、『理性』，這些詞你難道還沒發現嗎？」

亨利爵士驚叫起來：「天啊，你真是太對了。」

「如果你們還不明白的話，『遠離』和『價值』這幾個詞就是由這裡抽取來的，這下你們總該清楚了吧！」

「嗯，的確是這樣的！」

「是的，這些是我意料之外的事，從報紙上剪下來這些字很容易，但你能知道他是從哪篇中剪下來的，這才是最了不起的。你是怎麼知道的？」

「醫生，我想你一定能準確無誤地區別開黑人和愛斯基摩人的頭骨吧？」

「是的。」

「你是怎麼區別的呢？」

「我研究過這些頭骨，它們的區別相當明顯，例如，可以從眉骨、面部的斜度、顎骨的線條這些方面去區別。」

「同樣我也喜歡分辨，所以那些區別也相當明顯。在我眼裡，《泰晤士報》所用的小五號鉛字和用半個便士便能買到的晚報上拙劣的鉛字有本質的區別，研究報紙的鉛字對我來說是一門必修課。不過，我也有出錯的時候。年輕時，有一次我就把《里茲水銀報》和《西方晨報》弄混了。不過，對《泰晤士報》就不同了，尤其是評論欄所採用的字體，我一眼就能看出來。又因為這封信是當天發出的，所以我就想到報紙中的片段。」

亨利爵士點頭道：「明白，明白，剪這封信的那個人是用一把剪刀還是——」

福爾摩斯說道：「不，他用的是一把指甲刀。你看，『遠離』這個詞，他就剪了兩次。」

「噢，是這樣的。也就是說，那個人用指甲刀剪下這些詞又用漿糊把它們黏在信紙上的？」

福爾摩斯說道：「不是漿糊，而是用膠水。」

「是用膠水貼上的，那『沼澤地』又為什麼是手寫的？」

「這個嘛，是因為他在報紙上找不到這個詞，『沼澤地』這個詞不怎麼常用。」

「福爾摩斯先生，這下我們就明白了。您還有什麼新發現嗎？」

「還有一些蛛絲馬跡。他企圖不讓人看出什麼來，為此確實費了很大的苦心。你們看，這個地址，字跡非常潦草。可是，《泰晤士報》這份報紙除了受過很高教育的人之外，是很少有人會去看它的。因此，我們可以推斷出，這封信是個受過相當程度教育的人寫的，可是他偏偏想裝成一個沒有受過教育的人。他想掩飾自己的筆跡，害怕別人看出來。還有，你們看，這些字都沒貼成一條直線。『生命』這個詞就貼歪了。這說明這個剪貼人粗心？不，絕不是這樣。這是一件重要的事，他既然能想到用報紙貼字，應該是個心細的人才對。他就是慌張，但他又為什麼慌張呢？早晨把信寄出去，晚上一定會送到亨利爵士手中的。這用不著著急。那就是因為他正在貼的時候被人看見了？」

莫蒂默醫生說道：「我們現在簡直就是胡亂猜測。」

福爾摩斯說道：「噢，醫生，請您不要這麼說，應該說我們在推理。還有，現在我先不說這一點，那就是說這信上的地址一定是在旅館寫的。」

「您說這話的依據是什麼？」

「只要你仔細檢查這封信，就會發現寫了三個字筆尖就兩次掛住了紙面，濺出了墨水。而且，寫這個詞期間，墨水還乾了三次。你們想想，個人的鋼筆怎會出現這種問題呢？這兩件事又是同時發生，更屬罕見。但旅館的鋼筆就經常出現這種問題。我想我們應該去查令十字街附近翻一下廢紙簍，只要找到那份被剪壞的《泰晤士報》，我們就能發現那個發信的人了。」

他把信放在光亮的地方照了又照。

「這半張空白信紙竟然連個手印都沒有，恐怕能從它身上得到的線索就這麼多了。亨利爵士，當您到倫敦以後還發生過什麼值得注意的事情嗎？」

「我想沒有什麼了，福爾摩斯先生。」

「有沒有發現有人在跟蹤你？」

「我們恐怕離題太遠了吧，如果有人會跟蹤我這個窮光蛋，那真就見鬼了。」

「那是我們接著要談的事情。您還有什麼覺得可疑的線索嗎？」

「我不知您要聽什麼？」

「只要您認為比較反常的就都說出來吧！」

亨利爵士笑了笑。

「我一直住在美國和加拿大，對英國人的生活習慣不太清楚，我不知道在生活中丟一隻皮鞋算不算反常？」

「您丟了一隻皮鞋？」莫蒂默驚奇地問。「亨利爵士，不要開這樣的玩笑了。您或許放錯了地方，一時想不起來罷了，回旅館好好找找或許就找到了。」

「我也這麼認為，不過這是福爾摩斯問我生活以外還發生了什麼的事情。」

「是的，不管這件事多麼小。您是說您丟了一隻鞋，對嗎？」福爾摩斯說。

「是的。或許是我放錯了地方。昨晚睡覺時我把鞋子放在屋外，可是早晨醒來就剩下一隻了。我問擦皮鞋的見過沒有，他說沒有。最生氣的是，這雙高筒鞋是我剛買的，還沒試過。」

「您沒穿過，為什麼要放在外面呢？」

「因為那雙鞋還沒上過油，因此我把它放在外面想讓人給它上點油。」

「那就是說，您一來倫敦就買了許多東西，也包括這雙鞋？」

「是莫蒂默陪我買的。你們也知道，我要成為一位紳士，總得像個紳士的樣吧！這麼多年，我一直生活在美國，在生活上不免有些放蕩不羈。除了買了一些衣服，就買了一雙鞋，可還沒穿就被偷走了。」

「僅被偷去一隻鞋，它也不會有什麼用的。您的那隻鞋子很快就會被送回來的。」

亨利爵士用懇求的語氣說：「各位先生，我已經把我知道的全部說出來了，你們應該兌現你們許下的諾言了。」

福爾摩斯回答道：「你的要求並不過分，莫蒂默，我想還是你來說吧！」

受到這樣的鼓勵，這位醫生便又從口袋裡摸出了那份手稿。就像昨天對福爾摩斯敘述時那樣又全部說了一遍。亨利爵士聚精會神地聽著，不時發出幾聲尖叫。

亨利爵士聽完醫生的敘述後說：「我繼承的就是這樣一份帶有恩怨的遺產了。這個關於大獵狗的傳說，我早聽說過了，但我從沒相信過。我伯父的死對我的打擊太沉重了。看來你們似乎也還沒有十分確定這件事應該是由警官來管，還是由牧師來管吧？」

「我想，這封奇怪的信一定也和這件事有關。」

莫蒂默醫生說：「看來，沼澤上所發生的事，有人比我們更清楚。」

福爾摩斯說：「這個人對您還挺關心的，他還向你發出了危險警告。」

「我想他肯定是有目的的，他不想讓我留下來。」

「是的，這是有可能的。莫蒂默醫生，我很感謝你，你為我的工作提供了一些有用的線索。亨利爵士，現在的問題是，您願不願意留在巴斯克維爾莊園呢？」

「我為什麼不留下來呢？」

「因為那裡還有很大的危險。」

「那裡的危險是指傳說中的大獵狗，還是指真實的人呢？」

「啊，現在我們也不清楚，正在調查之中。」

「福爾摩斯先生，我反正不相信有魔鬼，任何事都不能阻止我留下來。您可以把我這句話當作對您最後的答覆。」

他說話時，緊皺眉頭，滿臉通紅。很明顯，他們家族的暴躁脾氣在他身上仍然存在。

他又接著說：「你們說的這些事，我沒有好好地考慮過，因為這畢竟是一件大事，隨便談談是根本不可能做出決定的，我想好好思考一下這件事。噢，現在已經十一點半了，我要回旅館了。我希望您和華生能來和我們一起吃午飯，那時，我就想好了。我會把它告訴你們的。」

「華生，你能去嗎？」

「能，我一定去。」

「請等一等。我去為您僱一輛馬車。」

「謝謝，不用了。我想出去散散步，這件事讓我心神不寧。」

莫蒂默說：「我也很樂意與您一起出去走走。那麼，再見，我們兩點鐘再見。」

說完，他們就下樓了，只聽到「砰」的一聲關門聲。

福爾摩斯好像被嚇了一跳。「華生，快穿衣服。我們不能浪費時間。」說著，福爾摩斯就跑到裡屋換好了衣服。我們急匆匆地跑到樓下，沿著牛津街方向望去，莫蒂默醫生和巴斯克維爾爵士正混雜在人群中。

「我跑過去把他們叫住？」

「不，華生，千萬別這樣，我只需要你的陪伴。上午天氣很好，很適宜散步。」

福爾摩斯加快了腳步，直到我們和他們大約相距一百多碼。我們跟在他們後面，一直保持著穩定的距離。我們一直跟著他們走完了牛津街，又轉到了攝政街。有一次，他們倆停了下來，向商店裡的櫥窗探望著，當時福爾摩斯也同樣地望著櫥窗，突然，他驚叫起來，我順著他所看的方向望去，看到有一輛車跟在他們後面，裡面有個男人。

「快，華生，就是這個人，即使我們抓不住他，也該看清楚他長什麼模樣。」

這一剎那，我看到那張長著大鬍子和一雙炯炯有神的眼睛的臉孔。

那個人向後方側身看了看，很快就發現了我們。他拉下車簾子對馬車夫說了些什麼，後來馬車就飛快地跑了起來。福爾摩斯四處尋找一輛馬車，可是這裡竟連一輛空車也沒有。於是他就衝了出去，努力追趕著。但是馬車的速度太快了，很快就消失了。

福爾摩斯氣喘吁吁地從人群中鑽了出來。

「今天真倒楣，怎麼做了這麼一件事。華生，你把這件事記下來吧，作為我的一次失敗見證吧！」

「剛才您追的那個人是誰？」

「我沒有看清楚。」

「他就是跟蹤亨利爵士的人嗎？」

「是的，估計他是一直從巴斯克維爾跟過來的，否則他們不會這麼快就知道亨利爵士的住處。我想他們既然從一開始就跟蹤，那麼他們將來還要跟蹤。你是否注意到當我們談話時，我走到窗前兩次。」

「是的，但我沒想到您是在查找跟蹤的人。」

「是的，我在尋找那些假裝在街上閒逛的人，但是我沒有發現。我想我們的對手非常狡猾。現在雖然不清楚對方的目的，但我能感覺出他是十分精明的。在我們告別時，我馬上出來就是為了發現跟蹤者。這傢伙太狡猾了，連走路的樣子都害怕被別人記下，為此還坐著一輛馬車，這樣就可以避免人們對他的懷疑，可以減少一切不必要的麻煩。不過租車也有租車的缺陷。」

「這樣他必須聽馬車夫的。」

「一般來說，是這樣的。」

「遺憾的是，我們沒有把他的車牌號碼記下來。」

「華生，我雖然笨得無法追上馬車，但也不至於連號碼都記不下來，那輛車的車號是No.2704。不過，這好像並沒有多大的用處。」

「我想不出在這種情況下一個人應該怎麼做？」

「我們應該看到馬車時就往回返，然後僱一輛馬車跟蹤他，或直接到諾森伯蘭旅館去等他。當他到巴斯克維爾家的時候，我們跟上他，看他到什麼地方。可是當時太著急了，讓他認出了我們，所以就失去了這麼一個絕好的機會。」

我們邊走邊談，早已看不到我們朋友的蹤影了。

「現在我們就不用跟著他們了，因為也不會有人跟蹤他們了。我們需要好好利用剩下的幾條線索。你看清楚那個人的模樣嗎？」

「我只看見他長著大鬍子。」

「我也看到了。不過我猜那鬍子是假的。這麼狡猾的人肯定會用鬍子掩飾他的相貌。進來吧，華生。」

他進了一家傭工介紹所，經理熱情地歡迎他。

「啊，是維爾森，我想你一定還記得我吧？」

「先生，我怎能忘記您呢？是您為我恢復了名譽，是您救了我。」

「親愛的維爾森，請不要客氣，我還記得你手下有一個叫卡特萊的孩子，在那次調查中，確實發揮很大的作用。」

「是的，先生，他現在還在我們這裡。」

「你幫我把這張五英鎊的鈔票換成零錢，再幫我把卡特萊叫過來。」

一個十四五歲、長得特別機靈的孩子，一聽到經理叫他，就跑了過來，以極大的尊敬注視著這位著名的偵探。

福爾摩斯說道：「卡特萊，請你幫我把那本《倫敦旅館指南》拿來。」卡特萊立刻拿來遞給了他。

「謝謝，這裡有二十三家旅館的名稱，全都在查令十字街附近。你看到了嗎？」

「看到了，先生。」卡特萊自信地答道。

「我想讓你挨家去這些旅館。」

「好的，先生。」

「你去這些地方，就說要找一份送錯的重要電報，所以你要看看昨天的廢報紙。明白了嗎？」

「明白，先生。」

「這份《泰晤士報》你能認出來嗎？」

「能，先生。」

「當你去的時候，大門的守門人或許會把大廳的守門人叫來問你，你先給他們一個先令。或許大多數的廢報紙已經被運走或燒掉了，只有三四家可能會讓你找。你就在那廢紙堆裡找這一張《泰晤士報》，但也不一定能找到。晚上你必須發個電報到我家，告訴我你尋找的結果。

「華生，現在我們就打個電報，查查那個馬車夫的情況。做完這些之後，我們就到證券街的一家美術館去看展覽，來消磨我們去旅館之前的一段時間吧！」

線索中斷

夏洛克・福爾摩斯有高度的控制個人感情的意志力。剛才他還在為那件事沮喪呢，而現在就興致勃勃地談起這些繪畫作品。在我們離開美術館，去諾森伯蘭旅館的路上，他還沉浸在繪畫作品中。其實他這方面的知識很淺薄。

房東一看到我們就說：「亨利爵士他們正等著你們呢，並讓我一看到你們就把你們帶上去。」

福爾摩斯問：「我可以看看你們的旅客記錄本嗎？」

房東太太爽快地答道：「當然可以了。」

從記錄本上可以看出，在亨利爵士住進來以後，又住進了兩家。一家是約翰森一家，一家是歐摩太太及其僕人。

福爾摩斯問守門人：「這位約翰森是不是一個頭髮花白的律師，走起路來有點跛？」

守門人答道：「不，先生，他是一家煤礦的經理，是個小夥子。」

福爾摩斯又說：「你不會是記錯了他的職業吧？」

「先生，怎麼會呢！他在這裡住過好多次了，我對他非常熟悉。」

「這位歐摩太太長得是什麼樣？這名字我好熟悉呀！請不要介意，我就是這麼一個人，好奇心特別強烈。」

「她是一副病怏怏的樣子，她的丈夫曾經當過葛羅斯特市市長，她也經常來我們這裡住。」

「謝謝，這個人我好像不認識。」

福爾摩斯對我說：「華生，那個問題證實了，跟蹤的人並沒有住這裡。也就是說，他想進行監視，但又怕被別人發現。這又能說明一個問題。」

「我不明白這也能說明問題？」

「它說明……您怎麼了？」

當我們正要走上去時，亨利爵士手裡提著一隻沾滿灰塵的舊皮鞋，氣得兩眼發直，幾乎在顫抖，後來便大聲嚷了起來：「你們以為我好欺負，告訴你們，不要把我惹急了，不然你們都沒好果子吃。你們簡直太過分了，如果我找不到我的鞋，你們誰也別想好過。」

「您還在找您的鞋？」福爾摩斯拍拍他的肩膀說。

「是的，我一定要找到它。」

「您不是說，丟的是一隻棕色皮鞋嗎？」

「是的，現在一隻黑色的也不見了。」

「啊，您是說您又丟了一隻？」

「是的，我一共有三雙鞋，一雙是剛買的棕色的，一雙是舊的黑色的，還有一雙就是我腳上穿的這樣的。昨天丟了一隻棕色的鞋，今天又丟了一隻黑色的。」

他又朝著一位德國侍者喊道：「找到了沒有，說話呀？」

「沒有，先生。我都找過了，但就是沒發現。」

「好了，在傍晚前必須給我把鞋找回來，不然我就去找你們老闆，告訴他，我馬上就離開這家旅館。」

「請您消消氣，我一定幫您找到。」

「但願能找到，像這樣的事我不想再讓它發生了。福爾摩斯先生，讓您受煩擾了。」

「不，我倒認為這件事應該值得我們注意。」

「噢，您可能是對它太敏感了吧！」

「您對這件事有什麼解釋？」

「我沒太去想它，不過這件事夠煩人的，也比較奇怪。」

福爾摩斯說：「僅僅是奇怪？」

亨利爵士問：「您是怎樣看待這件事的？」

「這是一個複雜的案子，我不敢說對它瞭解得十分透徹，我想如果它和您伯父的死有關係的話，那就是我們所有案件中最離奇的。現在我們已經有了一些線索，我保證肯定能把這件事弄清楚。至於是什麼時候，我就不敢保證了。」

到了兩點多，我們一起吃午飯，席間我仍然盡量找一些愉快的事來談。飯後，福爾摩斯問了亨利・巴斯克維爾爵士的打算。

亨利爵士說：「我一定要去巴斯克維爾莊園。」

「打算何時去？」福爾摩斯問。

「就定在週末吧！」

「噢，整體來說，這是個聰明的決定。我已經發現你們被人盯上了。這麼大的城市，這麼多的人，根本就無法弄清楚他們要幹什麼。如果他們不懷好意，那麼就可能發生不測。這恐怕我們也是無法阻攔的。莫蒂默醫生，今天早晨你是否感覺到你們被盯上了呢？」

莫蒂默非常驚訝：「啊，我們被跟蹤了？那跟蹤的人是誰？」

「很抱歉，我不能說出那是誰。在達特沼澤，您想一想，誰留著又黑又長的鬍鬚？」

「沒有呀！」莫蒂默皺著眉頭想了想，「對了，查爾斯爵士的管家白瑞摩留著長鬍鬚。」

「噢，他現在在什麼地方？」

「他一般都不出門，在家整理莊園。」

「現在我們能證實一下就好了，說不定他現在就在倫敦！」

「怎麼證實呢？」

「只有發電報了，上面寫上『亨利爵士已到，是否為他準備好了一切？』發給巴斯克維爾莊園的白瑞摩先生。然後我們再發一份電報給郵政局長，寫上『發給白瑞摩的電報必須交給本人。如若不在，請回電通知住諾森伯蘭旅館的亨利爵士。』這樣我們就可以證實了。」

亨利爵士說道：「好主意。莫蒂默醫生，這個白瑞摩是個什麼樣的人？」

「他父親就當過莊園的管家，他們世代在照管這座莊園，已經快四代了。據我所瞭解，他們夫妻好像都很好。」

亨利爵士說道：「那這幾天莊園沒了主人，這些人就沒什麼事可做了，真是太舒服了。」

「確實是這樣。」

福爾摩斯問道：「白瑞摩從查爾斯爵士的遺囑裡得到些什麼？」

「他們夫妻每人得到五百英鎊。」

「噢！他們事先就知道自己會拿到這筆錢嗎？」

「我猜他們知道，因為查爾斯爵士動不動就談他遺囑的內容。」

「這件事可能會引發一條線索。」

莫蒂默醫生說道：「我希望能找到一條線索，您是否在懷疑每個從遺囑裡得好處的人呢？我也得到了一千英鎊。」

「是這樣的嗎？別的錢分給了誰？」

「其中一部分捐給了公共慈善事業，另外一小部分錢分給了很多人，他們每人都得到很少的錢。剩下的就全歸亨利爵士了。」

「那剩下總共有多少錢呢？」

「七十四萬英鎊。」

福爾摩斯很驚訝地說：「這麼多的錢啊！」

「查爾斯爵士非常有錢，這是大家都知道的，不過人們不知道他到底有多少財產，直到死後，我才查清楚他的總財產，一共是一百多萬英鎊。」

「啊！如果一個人見了這麼多的錢，肯定要不惜一切代價的。不過，莫蒂默醫生，我想問你個問題。這僅僅是個假設，請你不要太敏感，如果亨利爵士發生意外的話，那麼誰會來繼承家業呢？」

「那就是他遠房的表兄戴斯曼家人繼承了，而詹姆斯・戴斯曼先生又是年齡比較大的一個，他是牧師。」

「謝謝您，有時我對一些細枝末節比較感興趣。你見過這個人嗎？」

「見過，是一次他在查爾斯爵士家作客的時候見到的。他是一個比較嚴肅的人。查爾斯曾經多次贈給他禮物，他都拒絕了。」

「這麼一個牧師怎麼會成為萬貫家產的繼承者呢？」

「他有權成為繼承者，這是法律所規定的，除非亨利爵士另立遺囑。」

福爾摩斯又轉向亨利爵士：「亨利爵士，您立過遺囑嗎？」

「沒有呢，我昨天才知道事情的真相。無論如何，我覺得家產和爵位應由同一個人繼承。如果一個爵士沒有足夠的錢來維持家業，那麼他就不能為巴斯克維爾家族增添光輝。我認為金錢和名望不能分開。」

「是，您說得有道理，亨利爵士。您願意去德文郡，我非常欣賞，但我想您不能一個人去。」

「不，我和莫蒂默醫生一起去。」

「不行，因為莫蒂默醫生經常外出行醫。再說，他的住處離莊園挺遠的，不管他多麼細緻入微地關心您，總有他不在跟前的時候。亨利爵士，我奉勸您再找一位值得信賴的人和您一起去吧！」

「這裡我又沒有什麼認識的人，福爾摩斯先生，您能和我一起去嗎？」

「如果到了緊急的時候，我一定會去的，但是我脫不了身。如果說讓我離開倫敦一段時間，恐怕有些不妥，我現在還正接受一位受人尊敬的英格蘭貴族的一樁案子，他受人誹謗。我必須替他解決這件事，所以我不能去沼澤地。」

「那麼，讓誰和我一起去呢？」

福爾摩斯拍拍我的肩膀說：「如果華生願意的話，我想沒有比他更合適的人了。」

對這個出乎意料的建議，我還沒反應過來，巴斯克維爾就握著我的手說起了「謝謝」。

他不等我張口又說：「華生醫生，您也非常瞭解我的處境。您要是幫我，我將不勝感激。」

對於亨利爵士的真誠歡迎，我真是無法推脫。更何況，我又十分喜歡冒險。

「我很高興和您一道去。我覺得這樣會讓生活更加豐富。」

福爾摩斯又說道：「華生，你得按時向我敘述詳細的情況，危險隨時存在。我會指示你們怎麼去做。你們星期六就動身吧！」

「華生醫生，你還有什麼事要處理的嗎？」

「沒有，隨時都可以出發。」

「好，星期六車站見，我們坐由帕斯頓開來的十點三十分那趟車。」

當我們正要分別時，亨利爵士高興地叫起來。他跑到櫥櫃跟前彎下腰拉出一隻長筒皮鞋。」

他喊了起來：「我的鞋子找到了。」

福爾摩斯說道：「要是所有的事都像找鞋子這麼簡單就好了。」

莫蒂默醫生說：「真奇怪了，剛才我們都找遍了，都沒有發現。怎麼這一下就發現了呢？」

「我也到處找了，但什麼也沒發現。」

「我敢肯定，這隻長筒鞋當時肯定不在屋裡。」

「那這麼說，就是侍者在我們吃飯時把鞋放進來的？」

於是我們把那個德國侍者叫來詢問，可是他卻什麼都不知道。離奇的事一件接著一件，讓人摸不著頭腦。例如，用報紙上的字拼湊成一封信，還有那個長鬍子的盯梢人，再就是新買的皮鞋只丟了一隻，然後又被送回了。

當我們坐車回家時，福爾摩斯又像雕塑那樣坐著一動不動，我想他一定又陷入假設、推理之中了。回到家後整個下午直到深夜，他都一直坐在椅子上，處於沉思中。

剛要吃晚飯時，送信的遞來兩份電報。

第一封是：

白瑞摩確實在莊園。

巴斯克維爾

第二封是：

逐個找了二十三家旅館，很抱歉，沒有找到《泰晤士報》。

卡特萊

「華生，這兩條線索沒希望了。世上再沒有比沒線索可查的案子更讓人頭疼的了，我們必須另尋出路了。」

「不，我們可以找那個載長鬍子的車夫呀？」

「是的。我已通知執照管理科查他的姓名和地址了。如果猜得不錯，他已經來了。」

「實際上，我們更希望見到那個馬車夫，而不是管理科的人。」接著，門鈴響了，進來一個面容粗獷的車夫，他就是我們所要找的人。

他進來便說：「我已接到管理科的通知，說這裡有一位先生要見我，我趕車已經好幾年了，顧客一直都對我很滿意。我今天來就是要聽聽你們對我有什麼不滿意的地方。」

「老弟，你誤會了，我還沒有坐過你的車，怎麼會對你有不滿呢？我把你叫來是想問你幾個問題。」福爾摩斯說完便遞給他半個金英鎊。

車夫笑著說：「我今天真走運，先生，您儘管問吧！」

「首先，我要問您的姓名與地址，以後需要時我可以去租你的車。」

「我的名字叫約翰・克雷屯，家住在特皮街3號，而我的車是滑鐵盧車站附近的希波利車場的。」

福爾摩斯示意我記下來。

「我現在還有個問題就是……請你把今天上午你載的那位長鬍子的乘客的情況描述一下。」

車夫吃了一驚，一下子有點不知所措了。

「呃，今天就是你們發現的。看來你們已經看清楚了，那就不用我再說什麼了。他只對我說他是個偵探，而且不允許我向外說關於他的任何事。」

「老弟，我建議你好好考慮一下，這是一件人命關天的大事，你得老實交代。你是說那位乘客說他自己是位偵探，對嗎？」

「對啊，他就是這麼對我說的。」

「他什麼時候對你說的？」

「在他要下車的時候。」

「他還說了些什麼？」

「他還說了他的名字。」

福爾摩斯喜出望外地看了我一眼。「啊，他竟然說他叫什麼名字。這太好了，他說他叫什麼名字啊？」

「他說他叫夏洛克・福爾摩斯。」

這話讓福爾摩斯一下子呆若木雞，但一會兒，他又哈哈大笑起來。

「華生，這真是純屬巧合，我們上當了。你說他的姓名是夏洛克・福爾摩斯嗎？」

「對啊，這就是他的名字。」

「好了，你現在說一說他在哪裡上的車，後來又發生了什麼事？」

「九點半的時候，他在特萊弗嘎廣場叫了我的馬車。他向我說明了他的身分，還說要一整天都僱我的車並要我服從他的安排，一天給我兩個金英鎊。我很高興地就答應了。隨後，我們先到了諾森伯蘭旅館，在那裡等著直到那兩位紳士出來並且僱了馬車，我們就跟著他們到了貝克街。」

福爾摩斯似乎有些不願聽這些話，便道了聲：「這些我已經知道了。」

「我們正在經過攝政街時，忽然那位乘客對我喊道，『趕快到滑鐵盧車站』，我便趕著馬疾馳，不到幾分鐘我們就到了車站。在他要下車時，對我說：『謝謝你，我是夏洛克・福爾摩斯。』」

「噢，是這樣，後來你再見過他嗎？」

「沒有，後來我就再也沒碰到過他。」

「現在，你還記得他長什麼樣子嗎？」

「還真不好形容他的長相。他大概是四十多歲的樣子，個子不高，留著長鬍鬚，臉色有些蒼白。別的我就不記得了。」

「他的眼珠是什麼顏色？」

「這個我沒注意。」

「你還能想起點什麼來呢？」

「別的我實在記不起來了。」

「好了。你如果以後還能為我們提供消息的話，會再給你半個金英鎊。再見。」

「再見。」

約翰‧克雷屯高興地走了。

福爾摩斯聳了聳肩，朝我搖了搖頭。

「現在完全絕望了，這個傢伙簡直太狡猾了，他已經把我們摸得一清二楚。他發現我們跟蹤他，就想到我們會記下車號，所以就玩了這麼一招。現在我們的對手可不是一般的角色。我失敗了，但願你走運，不過你去德文郡，我有點不放心。」

「有什麼不放心的？」

「因為這件事不但很棘手，而且有很大的危險性。我現在開始討厭這件事了，你不會笑我怕事吧？不過，不管怎樣，如果你能安全地回來，我就太高興了。」

巴斯克維爾莊園

星期六的早晨，我們按照事先約定的那樣出發去德文郡。

福爾摩斯把我送到車站並一再囑咐我：「華生，我不要求你做其他什麼，我只要你盡可能詳盡地把各種事情彙報給我就可以了。至於歸納整理之類的工作，就讓我來做吧！」

我問道：「要關注些什麼事呢？」

「只要看起來和案件有關就要關注，不管它有多麼微不足道。尤其要注重爵士和周圍鄰居們的關係，或者是與查爾斯爵士暴死的有關消息。前不久，我已經做了一些調查，但調查結果並不讓人滿意。不過，有一件事可以確定，那就是詹姆斯・戴斯曼先生與這案無關，考慮時先不要管他，剩下就要考慮亨利爵士家附近的鄰居了。」

「不然就把白瑞摩夫婦辭退吧！」

「千萬別這樣做！假如他們與此事毫無瓜葛，辭退他們就有點不合情理了；如果他們參與了這件事，這不是正好給了他們一個逃跑的機會嗎？考慮這件事時，一定要把他們列入嫌疑份子名單。

「需要重點觀察的人是馬夫，兩個住那裡的農民，斯台普特以及他的妹妹。還有就是賴福特莊園的弗蘭克蘭先生。至於莫蒂默醫生，我相信他絕對可靠，不過對他太太也不能輕易放過。記住了嗎？」

「記住了，我一定盡力而為！」

「你得帶上你的武器！」

「我已經帶上了。」

「一定要警惕，不要大意，把你的手槍隨時帶在身邊。」

我們到達車站時，莫蒂默與亨利爵士已經在那裡等我們了。

莫蒂默對福爾摩斯說：「我們什麼線索都沒發現，不過我敢保證沒有人跟蹤我們。當我們出去時，我左右都觀察了，沒有發現有人跟著我們。」

「你們一直在一起嗎？」

「除了昨天下午，我一直在參觀外科醫學院的陳列館。」

亨利爵士回答說：「昨天下午我去公園玩了，不過沒碰到什麼麻煩事。」

「好的，沒碰到就好，不管怎麼說也不要太大意了。亨利爵士，我建議您還是不要單獨行動，否則危險性將會增大。您找到了另一隻皮鞋了嗎？」

「沒有，我認為不可能找到了。」

福爾摩斯又突然想起了什麼，當火車徐徐開動時，他跑過來對亨利爵士說：「您一定要記住，千萬不要在夜晚經過那沼澤地。」

當火車已遠離月台的時候，我回頭看了看，福爾摩斯一直站在那裡注視著我們。

這趟旅行中，我們都顯得很輕鬆愉快，甚至還和莫蒂默醫生帶的長耳黃犬玩了一會兒。

車行幾個小時之後，地面逐漸變成了紅色，磚房變成了石頭建築物，牛在吃草，菜園裡一片茂盛，這可真是一塊風水寶地啊！亨利一直在向窗外看，快到德文郡時，他第一個高興地叫起來。

「華生，我到過許多地方。但沒有一個地方能比得上我美麗的故鄉。」

「沒有人不讚美自己的故鄉。」莫蒂默醫生說，「不但這裡的環境好，而且還養育了一群不平凡的人。」

他指著亨利爵士的頭說：「你看他的頭，屬於凱爾特型，裡面洋溢著凱爾特人的奔放與熱情。查爾斯爵士則更是稀有，他的頭顱一半像華爾蓋人，一半像愛弗人。亨利，你以前到巴斯克維爾莊園的時候大概多大？」

「我父親去世時，我才十多歲，那時我們一直住在南面海邊的一棟小房子裡，所以以前我從沒到過莊園。後來父親死後，我就去了北美洲。說實話，我對這所莊園感到特別陌生，我現在非常想去看一看那片沼澤地。」

莫蒂默指著窗外說：「前面就是沼澤地了，你的願望很快就實現了。」

遠處是一片茂盛的莊稼地，還有成排的樹木。在旁邊還有一座灰暗蒼鬱的小山，遠遠望去就像仙境一般。

亨利・巴斯克維爾爵士對他所看到的每一處都讚不絕口。他穿著蘇格蘭呢的服裝，說話時卻帶著美洲口音。他的皮膚是那麼黝黑，還善於用面部表情表露他的內心世界，使我覺得他有一家之主的氣質。他那濃黑的眉毛與高挺的鼻樑都顯得他是一個堅強又勇於承擔責任的真正男子漢。

火車停了下來，我們都陸續地下了車。這裡的人倒像很歡迎我們，站長和腳夫都來幫我們搬東西。小站很幽靜，但在出站口卻站著兩個穿黑制服的警察，他們手裡拿著來福槍，眼睛直勾勾地注視著每個地方。

我們把東西都搬到一輛馬車上，車夫是個身材矮小的人。他向我們行了禮之後，我們便上路了。透過路兩邊的鬱鬱蔥蔥的樹林，可以看到成排的房子。這個村子在陽光的照耀下，顯得格外明亮。

村子後面就是一大片沼澤地，在它的後面是連綿起伏的小山。馬車又轉入了旁邊的一條岔道，我們穿過了被車輪在幾世紀的歲月裡軋成的、深深陷入地面的溝道，曲折而行。路兩旁長滿了暗綠色的苔鮮，蕨類也長得很茂盛。晚霞照著色彩斑駁的黑莓，真是一道美景。我們走過一座小橋，橋下水流湍急，泡沫飛濺，然後我們沿著一條兩邊長滿橡樹和樅樹小路向前行進。

巴斯克維爾不住地歡呼。他看看這裡，看看那裡，在他眼裡什麼都是美麗的。不過這個小村莊給我的感覺有些淒涼，有一種秋天的傷感。小路上有零星的落葉，不時有樹葉落在我們頭上。馬車從這裡經過，車輪寂然無聲，我有種預感，落葉是神明撒在重返家園者車前的不祥禮物。

「啊！那是什麼？」莫蒂默醫生驚叫了一聲。

前面是一段滿是常綠灌木的斜坡，這是沼澤地最為顯眼的地方。在最高處站著一個士兵，他正做出一個準備射擊的動作，槍搭在伸向前方的左臂上。他一直盯著我們。

莫蒂默問道：「他在幹什麼？」

車夫微微扭過身子說道：「前幾天王子鎮逃跑了一個犯人，到現在已經過去三天了，獄警們正在監視著每條道路和每個車站，不過到目前為止還沒有把犯人捉拿歸案。附近的人家這幾天都感到慌亂不安。」

「啊，要是有人告發他的行蹤，便可拿到五英鎊賞金吧？」

車夫說道：「是的，但這筆賞金一點都不好拿啊，因為他可不是一般的罪犯，那幾乎就是一個殺人狂。」

「你的意思說，你知道他是誰？」

「是的，他就是那個在瑙亭山殺人案的凶手——塞爾丹。」

那個案子我還記得，他的行為令人髮指，全部過程都顯出他是個非同尋常的殺人犯，而正是福爾摩斯破的這樁案子。後來給他判了緩刑，由於他手段極其殘忍，人們懷疑他精神上有毛病。

一會兒，我們的車就爬上了山頂，眼前是廣袤無垠的沼澤地，遠遠看去有好多的墳墓和墓碑。一陣涼風從前面吹來，使我們不寒而慄。這個有神奇傳說之地，再加上這個罪惡的逃犯，更使人感到害怕與不安了。即使是勇敢的亨利・巴斯克維爾爵士也沉默起來了，他緊緊地裹了裹大衣。

肥沃的土地落在了我們的後方，回首遙望，夕陽西下，把水流照得像著了色的玉一樣。初耕的黑土地和寬廣的樹林都披上了彩裝。

前面就變得更荒涼與陰森了，到處都是巨大的怪石。我們路過沼澤地的一座石砌小屋，屋子的牆上沒有任何植物攀著，粗糙的輪廓顯露無遺。前面是一片橡樹和樅樹混合的樹林，在樹林頂上露出兩個又細又高的塔尖，車夫用力揮了揮鞭子，指著那裡說道：「這就是巴斯克維爾莊園。」

莊園的主人亨利爵士激動地站了起來。不一會兒，我們就來到了莊園的大門口。大門的兩側立著兩根柱子，上面因長滿了苔蘚而變得綠油油的，柱子頂上是象徵巴斯克維爾家族的野豬頭石雕。門樓已經破舊不堪了，在它後面正在興建一座新的建築物，這是查爾斯爵士為自己興建的。

一進大門，我們便走上了一條鋪滿落葉的小路。老榕樹的枝條在上面搭成一片，遮住了天空，像是一條過道。穿過這條幽深的過道，我們看到路那邊有一座房子，房子裡發出幽幽的光亮，我們不由得哆嗦了一下。

亨利爵士問道：「就是在這裡發生的嗎？」

莫蒂默醫生答道：「不，不在這裡，是在水松夾道那裡。」

小夥子吃力地向四周看了看，「這麼陰險的地方，難怪伯父他……」他接著說道，「這太讓人感到不安了，我決定在這裡裝上一千支愛迪生牌燈泡，到那時，或許這裡就有一種富麗堂皇的感覺了。」

這條路一直延伸向一片寬闊的草地，前面就是房子了。在暗淡的光線之下，我看得出中央是一幢堅實的樓房。前面是一條平整的走廊，房子的上面爬滿常春藤。在中央樓頂上有一對古老的塔樓，上面有許多槍眼和眺望孔。在塔樓的兩旁還有兩個翼樓。這一切都在暗淡燈光的映襯下顯得那麼神秘。

這時，管家夫婦出來歡迎我們了：「亨利爵爺，歡迎您，歡迎您到巴斯克維爾莊園。」

一個高個子男人從走廊的陰影處走了出來，打開馬車的車門。在大廳昏黃的燈光下又走出了一個女人，她走過來幫那男人為我們搬行李。

莫蒂默醫生說：「亨利爵士，我就不進去了。我太太還在家等著我，希望你不要介意。」

「要不您進來吃完飯再走吧！」

「不了，我還是先回去了。我原本應該先帶你們到處轉轉，但有白瑞摩在就足夠了，他對這裡比我還熟悉。我先回去了，不過你們有什麼事儘管說。」

我和亨利爵士一起走進了餐廳，接著聽到一聲沉重的關門聲。

我們走進房子看了看，非常華麗，而且每間都十分寬敞。因為房屋有許多年了，所以屋頂的巨樑變成了黑色。屋外緊挨窗戶是一個鐵狗雕像，在它後面是巨大而笨重的壁爐，木柴正在劈哩叭啦地燃燒著。我們又到處轉了轉，看到窗戶是由彩色玻璃和精細嵌格組成的，還看了牆上掛著的盾徽，這一切在柔和燈光照耀下顯得幽暗而神秘。

亨利爵士說道：「這裡和我想像的一模一樣，這個大廳我們多少代人在這裡住過啊！一想起這裡，我心裡就感到有點傷感。」

我們四處逛了逛，可以看出，亨利爵士開始對這裡有希望和信心了。

白瑞摩把行李搬到我們的房間後便出來了。他儀表端正，身材高大，鬍鬚剪得很整齊，有一副白皙英俊的面孔。

「爵爺，你們該吃飯了。」

「都準備好了吧？」

「你們先去燙燙腳，解解乏之後，我們就開飯。爵爺，在您重新安排之前，我們夫婦倆很樂意為您效勞。不過，現在情況變了，我們還需要更多的人手。」

「為什麼這樣？」

「爵爺，我想您也知道，老爵爺是個喜歡清靜的人，所以有我們兩個人就足夠了。可是我看您是個性情開放的人，所以說還得更需要人。」

「你是說，你們不想做了？」

「爵爺，不是這個意思。不過，如果您認為我們沒必要在的話，我們就不做了。」

亨利爵士說道：「你們家人和我們的家人一起，住在這裡也有好幾代了。我一成為主人，就改變這種由來已久的家庭情況，恐怕還是不太合適吧！」

管家那白淨的臉抽動了幾下，看得出那是激動的表情。

「爵爺，其實我們也不願意離開這裡。老實說，我們對查爾斯爵士的為人都很敬佩，他的死讓我們感到非常傷心。我們待在這裡常回憶起以前的一切，所以我們一直都沉浸在悲痛之中。我害怕在巴斯克維爾莊園裡，我們的內心再也不會得到安寧了。」

「你們打算怎麼樣？」

「爵爺，我打算用查爾斯爵士給我們的那筆錢做點買賣。不過現在，我先帶您去看一看您的房間吧！」

在右廳的頂部，有一圈裝著圍欄的方形迴廊，想要上去得通過一段長長的階梯。從大廳中間伸出一條長長的通道，順著這條通道便是各個臥室。我的臥室和巴斯克維爾的臥室緊鄰著。這些臥室看來要比大樓中部房間的樣式新得多，點著許多蠟燭，顏色比較明亮而柔和，多多少少消除了我們剛到時留在腦中的陰鬱印象。

相比之下，大廳對面的餐廳就顯得有點陰暗了。這是一間長方形屋子，被台階分成兩個高低不同的部分。較高處是爵爺用餐的地方，較低處是傭人們用餐的地方。這裡足夠寬敞，能舉行宴會。

而現在僅僅我們兩個人坐在這麼空曠的家裡，顯得很淒涼，我們說話時甚至不敢高聲。面對一排排祖先的畫像，就更覺得有些壓抑了，這些祖先們個個都睜著眼睛盯著我們似的，默默地陪伴著我們，這更給了我們一種恐慌的感覺，我們兩個人很少說話，快速地吃完了飯，就來到新式的娛樂房裡。

「說實在的，我覺得在夜裡壓抑得很。我曾經認為有什麼好怕的，過幾天就習慣了，現在看來我以前的想法完全錯了。難怪我伯父在這裡待了幾年身體狀況一直都沒有好轉！今天我們都先睡吧！或許明天會好點的。」

雖然我覺得很累，但躺下來卻怎麼也睡不著。我拉開窗簾，向遠處望去。遠處的草地在靜靜地熟睡，更遠處的樹林在風中發出憤怒的嘩嘩聲。在慘澹的月光下，我看到死一般沉寂的沼澤地。

屋裡面一片寂靜，只聽到時鐘「咚咚」的搖擺聲。後來，我突然聽見一個女人傷心的哭泣聲，這種哭泣聲像經歷一場生離死別時發出的那種。我在床上坐起來，靜靜地聽著，這聲音不可能是來自遠處的，可以肯定，就在這棟房子裡。就這樣，我緊張兮兮地聽著這哭聲，直到後來這聲音不見了，只有時鐘的敲打聲和風吹過青藤所發出的聲音。

恐怖的沼澤地

第二天一大早，新鮮的空氣直衝進我的鼻孔，太陽斜照在這裡，一片嶄新的氣象。這或多或少減輕了我對巴斯克維爾莊園的恐懼。

我們一起吃了早餐。陽光從窗戶中射了進來，深色的護牆板被太陽照得發出青銅色的光。現在，我們倆一身的輕鬆，再也沒有昨天晚上那種恐懼感了。

「我想，是我們自己的心思在作怪，所以昨晚誰也高興不起來。現在不是不一樣了嗎？我們都感到輕鬆自在了。」

我說道：「我想這不僅僅是心思在作怪吧，比如說吧，您昨晚聽到了有人——我想那是個婦女——在夜裡哭泣嗎？」

「是的，我隱約好像聽到了，可是後來就沒了動靜。我以為是我在做夢。」

「我聽得真真切切，那肯定是個女人的哭聲。」

他搖了搖鈴，叫來了白瑞摩。亨利爵士問他：「總管，昨晚我聽到有女人在哭泣。你知道她是誰，為什麼而哭嗎？」

總管聽到這番話後，臉色非常難看。「亨利爵爺，這房子裡只有兩個女人。一個是女僕，她睡在對面的廂房裡；另一個就是我的妻子，我敢保證，她昨天晚上絕對沒有哭過。」

可是後來，我得知管家在撒謊。吃完早飯後，我在走廊裡遇到了白瑞摩太太，她兩眼發紅，還用紅腫的眼睛掃了我一眼。看這情形，昨天夜裡一定是哭過的。如果昨天夜裡哭的是她，她丈夫為什麼又隱瞞呢？她又是為了什麼而哭泣呢？

在管家身上，有一團沒有揭開的陰影。屍體是他首先發現的，而且我們也只是從他那裡才得到了關於將那老人引向死亡的有關情況的介紹。是不是我們在攝政街看到的那個人就是白瑞摩呢？但那個馬車夫說他看到的是個個子不太高的人。會不會是馬車夫弄錯了？我該怎麼辦呢？我是否該找一下格林盆的郵電局長問一問他是否把那封信親自交給白瑞摩？不管怎樣，我得向福爾摩斯彙報一下了。

吃完早飯後，亨利爵士恰巧要看一些文件，於是我就自己出門了。我順著沼澤地走了大約四五英里，最後到了一個村莊。村中有兩座像樣的建築，一座是客棧，一座是莫蒂默醫生的房子。我找到了那位郵政局長，他對那封信印象很深。

他說道：「我可以保證，我完全是按照上面的指示把電報送給白瑞摩的。」

「是您親自送去的嗎？」

「不，是我的小兒子送去的。詹姆斯，上星期你把電報送給莊園裡的白瑞摩了嗎？」

「是的，爸爸，是我送的。」

我問他：「你把信交給白瑞摩本人了嗎？」

「啊！我去時，他太太說他在樓上，所以我就交給他太太了。」

「你看到白瑞摩了嗎？」

「沒有，他在樓上呢，我怎麼能看到他呢？」

「你沒親自看到他，又怎麼能知道他在樓上呢？」

郵政局長沒好氣地說：「那肯定是聽他妻子說的啊！我真不明白那是份什麼電報，即使出了差錯也應該由白瑞摩來問呀？」

看來，繼續談下去是沒什麼希望了。但有一點我十分清楚，我們仍然不能證明白瑞摩那天是否一直待在莊園裡。如果是他害死查爾斯爵士，他就是跟蹤亨利爵士的那個人。他究竟要幹什麼？他是被別人利用，還是有自己的打算呢？我不禁想起了那份由《泰晤士報》的字拼湊而成的信。他們為什麼要這樣來恐嚇亨利爵士呢？我又想到了亨利爵士所說的，他們是想嚇跑亨利爵士嗎？他們是想得到這麼一個富麗堂皇的家嗎？

我又想，在亨利爵士面前，如果有一面無形的羅網，那麼這個布網的人就必定是一個深謀遠慮的人，這對於管家來說，又好像不太可能。福爾摩斯曾經說：這個案子是他所經歷的案子中最複雜的一個。

在回家的路上，我向上帝祈禱：讓福爾摩斯趕快來和我一起分析這些事情吧！突然，後面有人叫我的名字。我想那一定是莫蒂默醫生了。但當我轉過身時，卻發現不認識這個人。他特別瘦小，卻穿得很整齊，一頭淡黃色頭髮和長長的尖下巴讓他更顯得消瘦。他大概三四十歲的樣子，戴著個大草帽，背上背著個植物標本夾，手裡還拿著個捕蟲網。

「華生醫生，我冒昧地叫了你一聲，你不會介意吧？」他跑到我面前，兩手扶著肚子上氣不接下氣地說，「在這裡，大家就用不著互相介紹了。或許莫蒂默醫生跟你說起過我，我就是住在梅利琵的斯台普特。」

我說道：「您的工具已經顯示你的身分了。久仰斯台普特先生的大名，但我不明白你是從哪裡知道我的名字？」

「當你從莫蒂默醫生家窗前走過時，我正在他家，是他告訴我的。因為我們倆同路，所以我就前來做個介紹，亨利爵士這次旅途還算愉快吧？」

「謝謝您，他很好。」

「查爾斯爵士暴死後，我們都認為他不會來的，一位有錢的人住在這個荒涼的地方簡直就是活受罪。你也許清楚，他的到來與否對我們鎮的影響有多大。我想，亨利爵士一定不相信這些迷信傳說吧？」

「我想他是不會相信的。」

「可是這裡的人相信得不得了，他們個個都說確實見過那隻大獵犬。」

他說話時嬉皮笑臉，但我從他的神態可以看出，他說這件事是很認真的：「這個傳說對查爾斯爵士帶來很大影響。他就是因為這個心臟不好的。最後就導致了這場悲劇的發生。」

「怎麼會這樣呢？」

「他的神經已經緊張到了哪怕是看見一隻狗就會使心臟病發作的程度，

我猜他那天一定在水松夾道上看見了什麼。過去我知道他心臟不太好，也挺擔心這老頭會出現意外。」

「這一切您是如何得知的呢？」

「我是從莫蒂默醫生那裡得知的。」

「那麼，您認為那天有一隻大獵狗在追著查爾斯爵士，結果使他心臟病發作而死的？」

「我想是這樣的，您對這件事有什麼高見？」

「對這件事我什麼都不知道。」

「那福爾摩斯先生的看法呢？」

聽到這句話，我感到十分奇怪，再看他那沉著的目光，才又覺得他並非故意要使我驚奇。

他又說道：「華生，我們早已瞭解你了。我們都看過你寫的那些偵探記錄，而你一直讚揚福爾摩斯。另外，莫蒂默經常談起你，他也很佩服你，你現在來到這裡，一定是福爾摩斯對此發生興趣了吧？我也的確想聽一聽福爾摩斯的看法。」

「我恐怕不能滿足您的願望。」

「那麼再讓我冒昧地問一句，他是不是要親自來偵查這件事呢？」

「就目前來說他來不了，因為他正在處理其他案件。」

「太可惜了，或許只有他才能把這件事弄清楚。如果您在調查過程中有需要我的地方，儘管吩咐，或許我能幫您一些忙。」

「請您不要誤會，我來這裡不是調查什麼案件的。我只是來拜訪亨利爵士的。」

斯台普特說道：「好了，您這樣是對的。就算我多管閒事了，我們以後不談論這件事了。」

我們走在一條雜草叢生的小路上，這條路穿過神秘的沼澤地，右側是陡峭的亂石密布的群山，現在成了一個採石場，對著我們的一面是懸崖絕壁，隙縫裡長滿了植物，在遠處的山坡上，一片煙霧朦朧的樣子。

他說：「一直順著這條路走，就能到達我家。如果您有時間的話，我很願意您來我家作客。」

我首先想到，應該回去陪陪亨利爵士，可是我轉念一想，亨利爵士正在家處理文件。而福爾摩斯又讓我注意他的鄰居們，所以就接受了斯台普特的邀請。

他說：「這片沼澤是個神奇的地方，人們永遠都不會對這裡產生厭煩。沼澤的魅力就在於它不會被人看透，它是那麼的一望無垠，又是那麼的神秘。」

我說：「看來，你對這裡相當熟悉。」

「不，我來這裡才剛剛兩年，查爾斯爵士來這裡時間也不長，他比我早幾天搬來。不過我天性就愛觀察，這或許與我的職業有關係吧，所以好像我比別人瞭解得多一點。」

「要瞭解這裡是不是讓人覺得很難呢？」

「是的。比如，在北面是個大平原，中間矗起了幾座奇形怪狀的小山。您能看得出那裡有什麼特殊之處嗎？」

「在那裡騎馬一定很暢快。」

「是的，一般人都會這樣想，但是不知多少幼稚人的性命葬送在那裡。你再看看那長著綠草的地方。」

「噢，那裡好像比別的地方肥沃。」

斯台普特咯咯地笑了起來：「這裡就是大格林盆泥潭，在那裡，不論人畜，只要一不小心就會陷在裡面永遠起不來，昨天就有一隻小馬陷進這個泥潭裡。即使乾燥的時候，穿過這裡都挺危險的。何況又下了幾場秋雨，危險性就更大了。不過，不管什麼時候我都能順利地從這裡通過。天啊！又有一匹馬陷進去了。」

這時，我趕緊向遠處望去，只見綠色的草叢中有一匹棕色的馬正在掙扎，隨後是痛苦的叫聲，淒慘的聲音在山谷中迴盪。我被嚇出了一身冷汗，可是斯台普特看起來好像早已司空見慣了。

他說：「又一匹馬葬送在這裡了，今後還不知會有多少。在乾燥的季節裡，牠們總在這裡跑來跑去，可是牠們在被泥潭吞沒以前，不會知道那裡在晴天和雨後是完全不同的。」

「您是說您能穿過去，是嗎？」

「是的，想要通過這裡，只有一條小路可走，而且只有身手矯捷的人才可以走過去。我已經找到這條路了。」

「你為什麼要到這麼危險的地方來冒險呢？」

「因為，只有到達那裡才會捕捉到那些稀有動物。」

「哪天我也去嘗試嘗試。」

他忽然盯著我說：「你千萬不要這樣，因為我敢說你很難安全地回來。而我是靠一些特殊的路標去認路所以才能安然無恙的。如果發生意外，不就等於我害了你嗎？」

「哇，什麼聲音？」我大叫了起來。

一聲低長而淒慘的聲音，繚繞在整個沼澤地，卻又無法分辨出它是從哪裡發出的。一開始是模糊的哼聲，後來變成沉重的怒吼聲，再後來竟變成憂傷的悲泣聲。

斯台普特毫無表情地看著我。他說：「這沒什麼，沼澤地就是這樣的地方。」

我說：「那到底是什麼聲音？」

「大家都說這是獵犬的叫聲。我以前就聽過這種聲音，可不像這樣。」

我心裡有點害怕，稍稍環顧了一下四周，綠色的原野還是原來的樣子。廣闊無垠的原野上，除了一對烏鴉在哇哇地叫之外，什麼都沒有了。

我說：「你是個生物學家，是不會相信那些無稽之談的，你認為這是什麼聲音？」

「泥潭裡經常有各種聲音，或許是汙泥下沉或地下水往上冒泡發出的聲音，或是別的什麼。」

「不，剛才的聲音明顯不是從地下發出來的，好像是動物發出來的。」

「啊，或許就是動物在叫，你聽過鷺鷥叫嗎？」

「沒有，什麼叫鷺鷥我都不知道。」

「在英國有一種鳥，不過現在幾乎絕種了，或許沼澤地裡還有。是的，即使剛才我們聽到的就是絕無僅有的鷺鷥的叫聲，這些也是不足為奇的。」

「這是我聽到的最可怕也是最淒慘的聲音了。」

「確實是，這裡相當恐怖。你看看那些小山，能看出些什麼嗎？」

在陡峭的山坡上都是用灰色的石頭圍成的圓圈，有幾十堆之多。

「那是什麼，是羊圈嗎？」

「不是，那是我們祖先曾經居住的地方。在史前時期，住在沼地裡的人很多，因為從那以後就再也沒有人在那裡住過了，所以我們看到的那些細微之處還和他們離開房子前一模一樣。那些是他們的缺了房頂的小屋。如果冒險走近一看，還能看清楚爐灶和床以及其他一些東西。」

從規模上看，這個村莊比較大，我順口問道：「大約在什麼時候還有人住過呢？」

「具體什麼年代我也說不清，大概是在新石器時代吧！」

「他們住在這裡幹什麼呢？」

「他們大概在這裡放牧。在青銅器取代石器的時候，他們就開始挖掘錫礦。你看那一道道溝壕，都是挖掘的遺跡。噢，請你等一會兒。我看到一隻賽克羅派德大蝴蝶。」

一隻蝴蝶飛過我們面前，又向前飛去。斯台普特像看見金子一樣猛撲過去。我十分驚訝，因為那隻蝴蝶飛向泥潭中，而斯台普特一路跟了過去。他跳來跳去的樣子，他的穿著以及拿在手裡的蝴蝶網，使他更像一隻大蝴蝶。

我懷著忐忑不安的心情看著他。突然，我聽到附近有腳步聲，剛轉過身，就看到了一個女子正向我這邊走來。

我略加思索了一下，就想到這位小姐應該就是斯台普特小姐，因為沼澤地裡女子不多。我記得有人說起過她是位美人。走來的這位少女超凡脫俗，和他哥哥簡直有天壤之別。斯台普特的膚色白皙，長著灰色的眼睛。而她卻相反，膚色很深，身材修長，儀態萬千。她給人一種高傲的感覺，美麗的面孔再加上那性感的雙唇及一雙大眼睛，簡直是天仙般容貌。

當我轉身時，她看了看她哥哥，然後快步走向我，我摘下帽子向她深深地鞠了一躬，但她的話卻出乎我的意料。

她說道：「回去吧！馬上回去，回倫敦去！」

我只是看著她，她著急得直跺腳。

我問道：「你為什麼要我回去呢？」

她低聲說道：「我來不及向你解釋了，不過看在上帝的份上，請你還是聽我的，回去吧！不要再在這裡待下去了。」

「可是我剛來呀！」

她有些不耐煩地叫了起來：「你怎麼這樣呢？你怎麼不知好歹啊！回去，馬上就回去，不管怎樣，你要離開這裡！噓，什麼也不要說了，我哥哥回來了。請你把那枝蘭花摘下來給我好嗎？在初夏時期，這裡遍地都是蘭花。真遺憾，你來晚了，沒有看到這裡的美景。」

斯台普特掃興而歸。他大口喘氣，臉漲得通紅。

斯台普特說道：「啊！貝莉，是你。」

他們看起來並不親密。

「啊，傑克，你一定很熱吧？」

「是的，我剛才在捕捉一隻賽克羅派德大蝴蝶，這種蝴蝶實在很少見，不過我沒有捕到。」

他說話時有些不自然，而且還不時地看向我和貝莉。

「我想你們一定互相介紹過了。」

「對，我剛還和亨利爵士說，他來晚了，沒有看到沼澤地中的蘭花。」

「啊，你以為他……」

「難道他不是亨利・巴斯克維爾爵士？」

我說：「不，不，不，我不是亨利・巴斯克維爾爵士。我是他的朋友，叫華生。」

她的臉上頓時泛起了一些紅暈。

「我剛才還以為您是……」

「沒關係的。你們不是剛開始談話的嗎？」

斯台普特仍用目光看著我們。

她說道：「不過我和華生也是剛認識的。蘭花看不看不要緊，還是來我們家裡坐坐吧！」

走了沒多遠，就看到一棟孤零零的房子屹立在沼澤地裡。整體看來，那像是牧人的居所。不過現在已經翻新成一幢新式住宅了。四周樹木環繞，但這些樹都不是很高大，只能算做是灌木之類了。

這房子籠罩著一層陰鬱之氣。從屋子裡走出一個衣著樸實的老男僕，他熱情地把我們領進屋裡。與屋外大不一樣的是，屋裡給人一種高雅舒適的感覺。我從窗戶向遠處望去，沼澤地一直延伸到視線盡頭。

我心存疑惑：這位受過高等教育的專家和這位美麗的女士住在這裡幹什麼呢？

他像是看出了我的困惑。

他自言自語地說道：「我們怎麼來到這裡了呢？不過，貝莉，我們在這裡生活得很快樂，不是嗎？」

她說：「是很快樂。」可是說話的語氣卻十分勉強。

他對我說：「我以前自己辦過學，如果不是喜歡和孩子們待在一起，並把我所知道的一切傳授給他們，我會覺得那種生活方式對我來說特別枯燥。那時我也非常高興，因為我覺得這是對他人的一種奉獻。可是我們的運氣不佳，正趕上學校裡流行一種嚴重的傳染病，沒幾天就死了三個男孩，我的錢也都賠了進去，我實在經受不起這麼大的打擊。要不是那些可愛的孩子，我早把這件事忘了。我和我妹妹都十分熱愛大自然，這裡對我們來說確實是一塊不可多得的好地方。你或許也看出來了。」

「我看這裡的確對你很適合，而對你妹妹似乎不太適合吧？」

她著急地說：「不，不是這樣的。我同樣感到這裡樂趣無窮。」

「我們能在這裡欣賞大自然，這裡還有這多麼好朋友：莫蒂默很有學問，查爾斯爵士以前和我們也相處得很好。對他的死我仍感到很悲痛。你認為我們下午去拜訪一下亨利爵士算不算冒昧呢？」

「我保證，爵士見到你們一定會很高興。」

「那麼，請你轉告他，就說我要去拜訪他。如果他有什麼事讓我們幫忙的話，我一定盡力而為。華生醫生，你想上樓看一看我收集的標本嗎？這應該是英國所收集到的最完整的一套，一會兒我們的午飯就準備好了。」

今天所經歷的一切，棕色的小馬在泥潭中苦苦掙扎與哀叫，那淒慘的叫聲令我不寒而慄，所以我要回去見亨利爵士。

我又回想起斯台普特小姐的警告，她當時說話的態度很虔誠，以至於我無法辨別那是真是假。

我謝絕了他們一起吃飯的邀請，順著來時的那條小路返了回去。

在還沒到大路上的時候，我就看到斯台普特小姐已經站在那裡了。她由於經過了劇烈的運動，臉上泛出了美麗的紅暈，兩手叉著腰：「華生醫生，為了攔住你，我一口氣跑來了，甚至連帽子都忘記戴了。我不能在這裡久留，不然我哥哥就要懷疑我了。我剛才犯了個嚴重的錯誤，希望你把我對你說的話都全部忘掉，那不關你的事。」

「斯台普特小姐，請你說明白好嗎？我是他的朋友，我非常關心他，你為什麼要讓他離開這裡？」

「這只不過是我一時的想法罷了，有時我對我自己說的話也不明白，或許和我相處的時間久了，你就會瞭解我的。」

「不，絕不是這樣，你當時的神色告訴了我，請說明白好嗎？是為什麼？從我一到這裡起，我就感到周圍疑霧重重。一切變得像格林盆泥潭一樣，讓人感覺隨時可能陷入地裡，而沒有人能指出一條脫身的道路。請告訴我，我一定會一字不差地告訴亨利爵士的。」

她處於一種猶豫不決的狀態，可是在她回答我的時候，雙眼又變得堅決起來了。

「華生醫生，其實沒什麼。我們以前和查爾斯爵士相處得非常好，他的死使我們感到很悲傷。他的一切都是受著那傳說的控制，以至於最終他還是死了。我認為他的死不會事出無因的，所以我想為亨利爵士提一些建議，以免再讓不幸重演。這就是我所要表達的全部。」

「你指的危險是什麼？」

「是指關於大獵犬的傳說。」

「我不信什麼鬼怪與傳說。」

「可是我還是建議你，說服亨利爵士，讓他離開這個地方。天下之大，為什麼偏偏選擇這個要命的地方呢？」

「正是因為這裡的神奇才吸引了亨利爵士，他是一個愛冒險的人。除非你能說出真正的原因，否則我是勸不動他的。」

「別的我什麼都不知道，僅此而已了。」

「我再冒昧地問一句，你當時僅僅和我說這些，那又為什麼怕讓你哥哥聽到呢？」

「是因為我哥哥希望亨利爵士留下來，他的去留將會決定全鎮的經濟狀況。如果他知道我說了這些，一定會不高興的。現在我該說的都說了，我得回去了，再見。」

她說完就轉身走了，幾分鐘後我就看不見她的身影了。我也懷著不安的心情，向巴斯克維爾莊園走去。

夜半腳步聲

現在，我就按照我寫信給福爾摩斯的順序，把事情的前後關係都敘述出來。雖然其中一封已經丟失，但我相信自己所寫的內容與事實並無出入。即使我對那些讓人悲傷的事情記憶猶新，可是這些信總還是能更準確地說明我當時的感受。

親愛的福爾摩斯：

你或許從前幾封電報裡已經得知了這裡發生的一切。在這裡待得越久，對沼澤的模樣就越清晰。它是那麼廣闊，還有如此的魔力。只要走進沼澤地，就能感受到原始人那粗暴和不文明的氣息，還能看到原始人以前居住過的房屋和他們的生活遺跡。在這裡散步時，你能看到他們的墳墓和一根根矗立的柱子。當你看到半山坡上那些用灰色岩石築成的小屋時，你或許會忘記自己身處在哪個時代。在這裡你如果發現一個身穿獸皮、渾身毛茸茸的人，將燧石箭頭的箭搭在弓弦上，你或許會覺得根本不足為奇了，在這塊神奇的土地上，竟住過這麼多人。雖然我不是考古學家，但我想他們是為了躲避戰爭才選擇了這塊土地。當然，這些和案件根本沒有關係，或許對你來講更是不值一提。我記得我們討論究竟太陽圍著地球轉還是地球圍著太陽轉這個問題時，你的態度那麼冷漠。現在就讓我說說亨利·巴斯克維爾爵士的事吧！

前幾天我沒有發電報給你，是因為那幾天一直都很平淡，沒有發生過什麼值得報告的重要情況。但後來就發生了一件特別的事情，現在我就來向你彙報。先讓我來說一說事情發生的背景。我以前提到那個逃犯，現在可以證實，他已經逃走了。現在居民們都安心了，從他越獄之後，人們就沒有再見過他，也沒聽到過他的消息。我不能想像，他這段時間是怎麼熬過來的。當然，在這裡藏一個人不讓別人發現是不太成問題的，可是他以什麼為食呢？所以我認為他已經逃走了。這對於老百姓而言無疑是件好事。

我們四個身強體壯的男人住在這裡，所以我們可以自己照顧自己。可說實話，斯台普特他們家就不一樣了。他們家孤零零地住在一個地方，家中只有一個女僕、一個老頭和他們兄妹二人。那個哥哥非常瘦小，如果瑙亭山殺人案的那個逃犯闖進他們家裡的話，他們的麻煩可就大了。所以，我們都很擔心他們。亨利爵士和我商量了一下，建議讓馬夫波金斯先暫住在他們那裡，可是斯台普特卻說用不著。

實際上，亨利爵士已經對斯台普特小姐動心了。這也是很正常的，他是這麼熱情洋溢的一個人，而斯台普特小姐又是那麼美麗動人，加上亨利爵士又生活在這麼一個寂靜的地方，難免產生這種傾向。她哥哥雖弱不禁風，可是他妹妹對他言聽計從，連她說話時，都看著他，像是問下一句該怎麼說似的。他兩隻炯炯有神的眼睛和他那薄薄的嘴唇，都顯示出他是個獨斷專行而且粗魯的人。我想你一定會對他感興趣的。

第一天，斯台普特就來拜訪了亨利爵士。第二天早晨，他帶領著我們兩個人去看了據說是關於放蕩的雨果那段傳說的出事地點。那個地方十分神秘可怕，很可能讓人觸景生情，一下便能編出那個故事來。我們在亂石崗間發現了一段山溝，我沿著這條溝走下去，來到一片滿地是綠油油的小草的地方。但在空地中央有兩塊大石頭，頂端已風化成巨獸的獠牙。

這個景象和傳說中非常相似。亨利爵士就此問題問了斯台普特，他問斯台普特是否相信妖魔鬼怪這些東西。可是斯台普特一直都在有意逃避這個問題，他說有些人會遭到一些不明原因的襲擊。我感覺他只是說了人們常說的事情。

中午，我們一起去梅利琵吃了午飯，亨利爵士在這裡認識了斯台普特小姐。他們可以說是一見鍾情，在回家的路上，他總是向我說起那位小姐。後來幾乎每天，我們幾個都會見面。

今晚，斯台普特又邀請我們下星期去他們那裡吃飯。在人們眼中，他們倆很相配，斯台普特一定會同意的。但我每次都看到，每當亨利爵士注視斯台普特小姐時，斯台普特就顯得很反感，他一定是非常喜歡他妹妹的。如果現在沒有她，他的生活將會很寂寞，但如果他因為這個原因阻撓了這樁姻緣，那就太不應該了。我敢保證斯台普特根本不希望他倆走到一起，他一直反對他倆單獨在一起。你以前告訴我不讓亨利單獨出去，現在真沒辦法，如果我聽你的，我在人們心中將是什麼形象呀！

在星期四，我們和莫蒂默一起吃飯，他突然在長崗那地方發現了一座古墓，還發現了一個人的顱骨。這讓他喜不自禁，他真是個專注的人。

過了一會兒，斯台普特兄妹就來了，在我們一致要求下，莫蒂默醫生帶我們去了水松夾道，並向我們講述了查爾斯爵士遇害的經過。這次散步特別漫長，水松夾道兩邊都是樹籬，路的一端是一座舊的涼亭，那扇通向沼澤地的小門在正中間，查爾斯爵士在那裡留下了菸灰，那是一扇白色木門，外面是沒有邊際的沼澤地。

我想了想你對這件事的看法，也想了想那件事發生的過程。當查爾斯爵士正站在這裡時，他突然看到了什麼怪物，使他驚慌失措，逃之夭夭，直到心衰力竭為止。他就是順著這條陰暗的夾道跑的。我想他為什麼會跑呢？是牧羊犬，是怪物，還是有人在搞鬼？再者，就是白瑞摩是不是知道事情的發生原因而不說？這一切都是那麼撲朔迷離，我總感覺有人在背後操縱這個案件。

寫完那封信給你以後，我又遇到了另一位鄰居，他就是住在我們附近賴福特莊園的弗蘭克蘭先生。他上了歲數，頭髮已經白了，但脾氣暴躁。他還喜歡琢磨法律問題，經常與人爭訟，為此還花掉了他大部分財產，但他並不在乎最後的結果。有時他竟公然去反對社區的教會。有時，他還會把別人家的大門拆掉，並且說以前那裡曾經是一條路。如果房主對他的訴訟不滿，他就又要上告，他精通《舊采邑權法》和《公共權法》。他有時透過法律來維護他們村的利益，但有時又反對他們，因此時而被人尊重，時而又被人唾罵。據瞭解，他手中還有幾個案子未了，或許這些案子完了，他的財產也就一無所有了。到那時，或許他就是一個可憐兮兮的老頭了。

如果不談法律問題，他為人和藹可親。他還是個業餘的天文愛好者，整天在屋裡伏在他那架望遠鏡上，用它向沼地上瞭望，希望能發現那個逃犯。如果他的精力全部放在這上面，警察就要省力多了。聽說他又要控訴莫蒂默醫生了，因為莫蒂默從長崗挖掘出了一個顱骨。總之，這位弗蘭克蘭特別有意思。

我已經向你說那逃犯、斯台普特、莫蒂默醫生和賴福特莊園的弗蘭克蘭這些人了。現在就讓我們再來談談白瑞摩的事吧！特別是昨晚發生的那件事。

第一件事，就是關於你從倫敦發來的那封證實白瑞摩是否待在家中的試探性的電報。我們那次行動簡直就是徒勞。後來我和亨利爵士說了這件事，他就親自問了白瑞摩，而白瑞摩說他那天確實在家。

「那孩子親手把信交給你的嗎？」亨利爵士問道。

白瑞摩遲疑了一下說道：「不是，我當時在樓上，是我妻子轉交給我的。」

就在那天晚上，白瑞摩又反問亨利爵士：「您那天問我那個問題，我真想不明白，是不是您對我有什麼懷疑？」

亨利爵士說道：「請你不要多心，我只是隨便問問罷了。」並把他的一些舊衣服給了白瑞摩，他的新衣服昨天已經收到了。

我對白瑞摩的妻子也更加關注。她非常胖，做事小心謹慎。她平時表現得很冷漠，是一個不易動情的人。我也曾向你提起過她，來這裡的第一天晚上我就聽到了她的哭泣聲。自那以後，我每天都能看到她那雙紅腫的眼睛，好像她每天都處在極大的痛苦之中似的。有時我想，是不是因為白瑞摩對她不好才讓她終日垂淚。反正這個女人很可疑，可是昨天晚上發生的事消除了我對她的所有疑慮。

你一定知道我睡眠很淺，稍有動靜都會把我驚醒，更何況處在這種情況下。我在這裡從沒安穩地睡過一個好覺。昨天深夜，大約兩點多鐘，我被屋外的腳步聲驚醒了，便起床來察看。在走廊裡有一個長長的黑影，手裡拿著燈，輕輕地往前走，從他的身材上判斷，那是白瑞摩，他是光著腳走的。他躡手躡腳地不知要幹什麼。

我已經告訴過你了，那間環形的大廳在陽台處分成兩截，過了陽台又連成一片。我等他走了好遠，便跟了過去。他進了一間無人居住的房間，我輕輕地走過去，窺視裡面所發生的一切。

白瑞摩伏在窗戶上，手裡拿著蠟燭，臉貼著玻璃，專注地向沼澤地望去，後來他嘆了一口氣，生氣地把蠟燭扇滅了。我便趕回了我的房間。不一會兒就聽見他也回來了。當我快要進入夢鄉時，我聽到有人開門鎖，可是我不知這聲音來自哪個方向，更猜不出這裡在進行一件什麼神秘的事。我保證，一定能把它查清楚。

今天起來，我跟亨利爵士說了這件事。我們制定了一個計畫，現在不準備告訴你。你一定會覺得我的下一封信十分有趣了。

寄自巴斯克維爾莊園

10月13日

追蹤黑影

親愛的福爾摩斯：

剛開始我沒有向你提供更多的資訊，你或許會感覺到，我正在彌補過去的過錯。現在我周圍的事情更讓我覺得撲朔迷離了。

在上封信中，我告訴了你一切。現在，根據我所掌握的材料來看，從某一方面來講，前兩天的事已經弄清楚了。從另一方面來講，情況似乎又變得更複雜了。我現在把情況都告訴你，你自己去判斷吧！

在發現了白瑞摩秘密的行動以後，我穿過走廊，走進了他昨天在的那個房間，在他站的那個位置上我仔細查看了一下。這個地方可以近距離俯瞰沼澤。在這裡，透過兩棵樹之間的空隙可以一直望向沼澤，其他窗口就看得很模糊了。因此我想，白瑞摩可能是在觀察一個人。那天晚上又特別黑，簡直是伸手不見五指，他不會是搞什麼幽會的把戲吧？這樣便能解釋他這種偷偷摸摸的行為和他妻子痛苦的表情。他的確是個儀表堂堂的帥哥，足以使任何一位鄉間女子動情。後來我又聽到開門聲，或許是他赴約去了。我越想越覺得有道理，雖然這僅僅是我的猜想罷了。不過，我還是想把我的推測告訴你。

我來到男爵的書房，把見到的事都告訴了他，可是他並沒有感到驚奇。

他說道：「我早知道他的這種行動了。我好幾次都聽到他在走廊裡的腳步聲，時間也就是兩點多。」

「就是說，他每天都要出去一趟了。」

「或許是這樣的。那麼我們就可以跟蹤他了，看看他到底在幹什麼。如果福爾摩斯在就好了，真想看看他會怎麼處理。」

我說：「他很可能也是這麼做。」

「那麼，我們一起行動吧！」

「萬一讓他發現了怎麼辦？」

「這個人耳朵不太靈敏。但不管怎樣，我們都得抓住這個機會。我們今晚就一起在我的房間等待他的行動吧！」

亨利爵士對這件事有種無法遏制的衝動。

亨利爵士已和曾經為查爾斯爵士擬訂修築計畫的建築師以及來自倫敦的營造商聯繫過了，還有來自普利摩斯的裝飾匠和家具商。因此，不久這裡將發生很大的變化。亨利爵士是位胸懷大志的人，他絕不會讓家族的威望衰敗下去的。

在這棟房子經過一翻重修後，唯一缺少的就是男爵夫人了。亨利爵士對斯台普特小姐如痴如迷。可是，他們的愛情進展得卻並不順利。例如，今天一件本是非常美好的事情，卻讓亨利爵士心煩意亂。

在和白瑞摩談完話後，亨利爵士就打扮好準備出去了。當然，我得和他一同前往。亨利爵士吃驚地問我：「華生，您也要去？」

我回答說：「如果您去沼澤地，我當然要去了。」

「對，我是要去沼澤地。」

「很抱歉，您知道我的任務，您也聽到福爾摩斯對我的囑託了。他讓我跟著您，尤其是在去沼澤地的時候。」

亨利爵士詭秘地對我笑了笑，「親愛的華生，福爾摩斯雖然聰明過人，但他絕沒有預料到這裡發生的一切。你明白嗎？我相信你，你絕不願妨礙我，因為這件事只能我一個人來辦。」

當時，我左思右想都找不到一個合適的辦法來。就在我猶豫之際，他拿著手杖走了。

雖然他走了，但我還是感到很不安。他這一走，如果遇到什麼不測，我將無法再去見你了。想起了這些，我就什麼都不顧地去追亨利爵士，出門便朝梅利琵宅邸跑去。一路上，我分秒不停地跑著，直到小路分岔口才看見了亨利爵士。我爬上了一座小山，在這裡我可以居高臨下地俯瞰下面所發生的一切。

一到山上我就看到了他，他正和一位女孩在路上走著，大約距我這裡有四分之一英里的距離，這位女孩毫無疑問就是斯台普特小姐了。他們倆並肩而行。我看到斯台普特小姐兩手做著手勢，一副很認真的樣子。他則全神貫注地聽著，偶爾也搖頭表示不贊同。

我站在那裡，想不出下一步該怎麼做，繼續跟著他們又覺得不合適，而我的職責又要求我必須這樣做。跟蹤監視一個朋友，是件非常痛苦的事情。儘管這樣，我只有事先從山上觀察他，事後再向他說明我的無奈。的確，我和他們終究還是有一定距離的，如果當時有緊急情況威脅他，我也來不及出手援助。我相信你能體會到我當時的心情的。

亨利爵士和那位女孩停下了腳步，他們站在那裡全神貫注地談話。我突然發現有一個綠色的東西飄在空中，再仔細一看，才知道那綠色的東西是裝在一根杆子的頂端的，拿著那杆子的人正在坎坷不平的地方走著。原來那正是斯台普特拿著他的捕蝶網。他距那對情侶要比我近得多，他好像是在向著他們的方向走去。這時，男爵突然吻了那位小姐一下，而她卻好像不願這樣，把臉轉向一邊，並用力推開了男爵。

後來，他們慌忙分開了。原來斯台普特已經走向了他們。他在他們面前大聲喝斥著，而亨利又好像在向他解釋著什麼，斯台普特小姐則默默地站在那裡。

最後，斯台普特轉向他妹妹，以不容辯解的口氣說了些什麼。只見斯台普特小姐看了一眼亨利爵士就跟著她哥哥走了。從生物學家的行為來看，他分明是強烈反對這場約會。亨利爵士望著他們遠去的背影發呆了一會兒，後來就垂頭喪氣地沿著小路返回莊園去了。

我不知道這究竟是怎麼回事，我只是因為自己在朋友不知不覺的時候，偷看了他們這樣親密的情景而深感羞愧。我從山上跑了下來，和亨利爵士在山腳下相遇。他的臉漲得通紅，分明是受到了天大的委屈。

「天吶，華生，您怎麼也在這裡，難道你一直在⋯⋯」

我只好向他解釋了我的行動，我說這是我必須履行的職責。他睜大了眼睛，怒目以對。最後，我說這是為他的安全著想的，才使他的怒氣逐漸平息下來了。

他說道：「我原以為這裡是一個比較隱蔽的地方。天吶，好像全鎮的人都知道我要求婚似的——而且還是這樣糟糕透頂的求婚！你找到的座位在什麼地方啊？」

我回答道：「在那座小山上。」

「噢，你是買最後一排的票，他哥哥卻是買最前排的票，的確是一場好戲啊！你看到他向我們走來了嗎？」

我回答道：「是的，看見了。」

「你以前見過他這樣瘋狂的舉動嗎？」

我搖了搖頭。

「我敢保證，他一點都沒瘋，我始終認為他是個頭腦特別清醒的人。不過你要記住，哪一天，我們倆總有一個會真的發瘋的。華生，經過這麼長時間的相處，你發現我有什麼缺點嗎？為什麼他認為我不能做他妹妹的丈夫呢？」

「在我看來，沒有。」

「不考慮我的社會地位，她必定因為我本人的某種缺陷而厭惡我吧？她為什麼連手指尖都不讓我碰一下？」

「她向你說過這些話嗎？」

「嘿，華生，老實跟你說吧，從一開始見到她，我就有這種感覺——我感覺到她就是我的，她同樣也是這麼認為的。她跟我在一起也很快樂，對此我可以保證，再沒有人比我更清楚這一點。而他從來不給我們在一起的機會。今天，剛開始她很高興。可是面對我，她又不願意談論我們倆的事，她也不想讓我談論，她總是重複著這是個危險的地方，要我離開這裡。我告訴她，除非她和我一起離開，否則我不會一個人離開這裡的。我正在向她求婚，她還沒來得及回答呢，她哥哥就像惡魔一樣地向我衝過來了。他臉色通紅，眼裡向外放射出凶光。我對她妹妹只是禮節性的求婚，並沒有做使她不高興的事。如果他不是她的哥哥，他根本不是我的對手。後來我說：『我並不把和你妹妹產生的感情引以為恥，而且我還希望她能屈尊做我的妻子。』這樣的話似乎也於事無補，他已經失去理智了。後來我也發了脾氣，說這些話的時候她就在我們旁邊。不過最後還是我失敗了，她和她哥哥一起走了。而我只好孤苦伶仃地一個人回來了。華生，如果你能告訴我怎麼辦，我將感激不盡了。」

我當時試著向他解釋，可是說實話，我自己也不知是為什麼。就亨利的身分、財產、年齡、人品以及外貌而言，這些都是別人難以企及的。除了他們家族中的那個神奇的傳說之外，我簡直找不出任何理由了。更讓人難理解的是，這一切都掌握在斯台普特手中，而他妹妹一點權利都沒有。

那天下午，斯台普特的親自拜訪才解開了我們心中的疑惑。他這次來訪的目的是來道歉。他和亨利爵士經過長時間的交談，終於達成了共識，後來他邀請我們去他家吃飯。

亨利爵士說道：「他今天來訪的眼神告訴我，他並不是真誠來向我道歉的，但他的道歉能說得人心服口服。」

「他說了什麼？」

「他說他從小和他妹妹相依為命，一起長大，所以他十分疼愛自己的妹妹。他是個孤獨的人，只有他妹妹能陪陪他，因此他不想讓任何人把他妹妹從他身邊奪走。當時，他無法控制言語，也沒有了理智。他為此事向我道歉。他現在清醒過來了，他不能為了自己犧牲妹妹的幸福，他願意將妹妹嫁給像我這樣的一個人。不過，不管怎麼說，他都捨不得讓妹妹離開身邊。他讓我答應他在三個月內不要提及這件事，在這段時間內，讓我們培養培養感情，他以後就不會再反對了。我也答應了他的要求。」

現在，我們可以弄清楚斯台普特為什麼一直在阻撓這樁姻緣了。那麼讓我們轉到另一條線索上去吧，那就是白瑞摩太太為什麼每天都要哭泣，還有白瑞摩為什麼到那個房間裡去窺探。福爾摩斯，祝賀我吧！我沒有辜負你的囑託。這些事情經過我一夜的努力，現在徹底弄清楚了。

我說的經過一夜的努力，其實是兩夜，頭一夜我們什麼也沒見到，那晚我們等了大半夜，除了聽樓上的鐘聲以外，別的就一無所有了。後來我們就躺下睡著了。但我們並沒有因此而放棄，決定第二天再試一試。第二天，我們就坐在房間裡默默地等待，時間過得真慢啊！我們像個獵人似地蹲坐在那裡等待獵物的出現。鐘聲「噠噠」地響，我幾乎都想要放棄了。

就在這時，「獵物」出現了。我們倆都從椅子上一躍而起，去捕捉我們等待已久的「獵物」。

我們等那腳步聲走遠了，便悄悄地跟了過去。那個人已經走入迴廊，迴廊裡一片漆黑。我們躡手躡腳地走到另一側的一間廂房，在這裡能看到他那黑鬍子和高大的身材。他光著腳走過了走廊，後來進了上次的那間房，他點著蠟燭，一道光照亮了陰森森的走廊。

我們小心謹慎地邁著貓步走了過去。雖然我們也赤著腳，但破舊的地板仍然在「吱嘎吱嘎」作響，聲音似乎比以往任何時候都大。幸運的是，他耳朵並不太好，更何況他又把全部的精力都放在他所做的事上。

我們看到他正彎著腰站在窗前，他的臉貼在窗戶上，和我那天夜裡看到的完全一樣。

我們並沒有商討好行動方案，而亨利爵士認為，最直接的辦法就是最好的辦法。

亨利徑直走到他跟前，這把白瑞摩嚇了一跳。他面色蒼白地立在我們面前，抬頭悄悄看了看我倆，眼睛裡充滿了恐慌的神色。

「白瑞摩，你在這裡幹什麼？」

「爵爺，沒……沒幹什麼，我只是出來看看窗戶關好了沒有。」

他手中的蠟燭不斷地在抖動，他的影子也跟著晃個不停。

「窗戶都關好了嗎？」

「爵爺，都關好了。」

亨利爵士直截了當地說道：「白瑞摩，你還不準備說真話嗎？快說吧！不要再撒謊了！你究竟想幹什麼？」

白瑞摩陷入極度的痛苦之中，不知該怎樣回答。

「我這樣做沒有什麼不對的地方，我只是把蠟燭拿近窗戶而已。」

「你把蠟燭拿近窗戶究竟是為了什麼？」

「爵爺，請你不要再問了，好嗎？這件事不是我一個人的事，所以不能向你坦白，如果這是我個人的事情，我一定會向你說出來的。」

我突然靈機一動，從他手裡拿過了蠟燭。

我說：「你是用它來作為信號的吧！」

我也把蠟燭貼近了窗戶，外面漆黑一片，伸手不見五指。後來，我看到一個極小的黃色亮點穿過了漆黑的夜幕，忙把亨利爵士叫過來，指給他看。

「在那裡。」我大聲說。

白瑞摩急忙插嘴道：「不，不，那什麼也不是。請你們相信我。」

亨利爵士又對我說：「華生，把你的燭光移開再看。」隨即，那個亮點也移開了。

亨利爵士轉向白瑞摩罵道：「你這個傢伙，難道還說那不是信號嗎？快老實交代吧！那個人是誰，你們正在搞什麼鬼把戲？」

管家直了直身子，好像什麼都無所謂了。

「我說過了，這不是我個人的事，我不會告訴你的。」

亨利大吼道：「你給我滾。」

「很好，爵爺。我們馬上就走。」

「天吶，難道你不覺得害臊嗎？你的祖輩和我家已經在一起待了一百多年了，而你現在竟敢這樣處心積慮地搞什麼陰謀來害我。」

「不，爵爺，我們怎麼敢害你！」白瑞摩太太急促地向這裡走來。她的臉色特別難看，看起來驚恐不已，如果她不是那副恐慌的樣子，她還是很可愛的。

白瑞摩對他妻子說：「伊麗莎，你去收拾收拾東西，我們走。」

「亨利爵士，這不關老爺的事，是我讓他這麼做的。而且是我苦苦求他，他才這麼做的。你要怪，就怪我吧！」

「好了，你就說吧，你們究竟在幹什麼？」

「我弟弟現在正在沼澤地裡，我們總不能見死不救啊！這燭光是告訴他食物已經準備好了，而他給出的信號是表示要求送飯的地點。」

「這麼說，你的弟弟就是那個逃犯。」

「是的，那個逃犯塞爾丹就是我的弟弟。」

「爵爺，這就是全部實情。我說了，這不是我個人的秘密，所以不能告訴你。你說我們搞陰謀，但這個陰謀根本傷不著您啊！」

這就是我們堅守整夜的功績。

我們吃驚地看著這位可敬的女子，她竟然和全國最最聲名狼藉的逃犯是親姐弟。

「爵爺，我也姓塞爾丹，他就是我的親弟弟。當他小的時候，我們全家都寵著他，就把他慣壞了，他以為想做什麼就能做什麼。他長大後，和一些不三不四的人結交。我母親整天為他擔心，因此我家名譽掃地，而他也開始走上犯罪的道路。若不是上帝保佑他，他現在早就沒命了。爵爺，對我而言，他永遠是我那個頑皮的親弟弟呀！他知道我在這裡，所以越獄出來想投靠我。一天夜裡，他鬼頭鬼腦地闖進這裡，後面只聽到獄警的追趕聲。你說我們能不救他嗎？後來我們就把他藏在這裡。後來，您來了。我弟弟認為沼澤地裡比較安全些，所以就躲在了那裡，但他總得活下去呀！後來，我們就約定好每天晚上給他送些吃的。我們都希望他能快點安全離開這裡。但他只要在一天，我們就不能見死不救呀！我說的都是實話，如果你們還不能原諒的話，那就怪罪我吧！這都是我讓他做的。」

她說話時十分誠懇，也十分認真。

「白瑞摩，你妻子說的都是事實嗎？」

「亨利爵爺，她說的都是事實。」

「好了，我不應該責怪你。全當我剛才沒有說過那些話，你們先回去吧！至於這件事，我們明天再談吧！」

他們回到房間後，我們又向窗戶外看了看。

亨利爵士打開了窗戶，一股涼風吹在我們的臉上。在遠處，那個黃色的小亮點依舊存在。

亨利嗤之以鼻地說：「他們真是膽大包天，竟然敢這麼做。」

「或許只有從這扇窗戶才能看到光亮。」

「是的。你認為那燈光離我們遠嗎？」

「我估計光亮就在裂口山那邊。」

「大約二三英里的距離吧！」

「大概還沒那麼遠吧！」

「是的，白瑞摩每天送飯不可能去那麼遠，那個逃犯一定在蠟燭旁正等著！天吶，華生，我是多麼想把他抓起來呀！」

我也有同樣的感覺，因為白瑞摩夫婦不信任我們，所以他們才不願把秘密洩露出來。那個人隨時威脅著當地居民，我們不能同情他。把他逮起來送往監獄，這是我們應該做的。如果我們現在對他不加理會，很可能他又要對別人施害了。例如，也許哪一天晚上，斯台普特那一家老小就會成為他襲擊的對象，爵士一想到這裡，才下定決心非冒這個險不可。

我說：「我和您一起去。」

「您帶上您的武器，快點準備一下，晚了就來不及了。」

過了三四分鐘，我們便出發了。

秋風蕭瑟，我穿過黑暗的樹林。在夜間空氣總是那麼潮濕，月亮時而從雲中探出頭來張望。烏雲來得很凶猛，一會兒罩住了整個天空，我們剛進沼澤地便下起了雨，但那燭光依舊在那裡閃爍不定。

「亨利，你帶武器了嗎？」

「帶了，帶了一條獵鞭。」

「我們必須出其不意地向他衝過去，逃犯一般都是不要命的，我們必須在他未清醒過來時就把他制伏。」

亨利爵士問道：「華生，在這樣的夜晚，福爾摩斯會讓我們這樣做嗎？」

廣闊無垠的沼澤地裡從遠處傳來一聲怒吼，就像我在大格林盆泥潭邊緣上聽到的一樣。它像是在回答亨利爵士的問話。聲音迴盪在整個夜空，先是一聲嘶叫，然後便成了怒吼，再就是低沉的呻吟，聲音在我們耳畔之間迴繞，刺耳狂野而使人不寒而慄。

亨利爵士緊緊抓住我，很明顯，他的整個身體都在顫動。

「華生，這是什麼聲音？」

「我也不知道，不過我曾經聽過一次。」

聲音消逝了，死一般的寂靜又包圍了我們。我們側耳傾聽，什麼也沒聽到。

「華生，這是不是獵狗的聲音？」

我不禁打個寒顫，因為他說話時吞吞吐吐，足以說明他已經很害怕了。

亨利問道：「人們把這聲音叫做什麼？」

「人們指的是誰呀？」

「村民們呀！」

「他們呀！他們不過是一些沒有文化的粗人罷了，他們說的話你也相信？」

「華生，不要再說了，請告訴我吧！」

我一時不知道怎樣說才好，還是告訴他吧！

「他們說這就是巴斯克維爾大獵犬的叫聲。」

他滿臉蒼白，似乎以前的傳說得到了證實。

他又說：「是大獵犬的聲音，那是哪裡傳來的？一定是從那邊吧！」

「根本判斷不出這聲音是來自哪裡。」

「聲音時高時低，那邊不就是格林盆方向嗎？」

「是的，是那裡。」

「華生，你是否也聽出那是一隻獵狗的聲音呢？你就儘管說吧，我又不是小孩子。」

「我上次聽到和這一模一樣的聲音，當時斯台普特在我身邊，他說是一種鷺鷥鳥的叫聲。」

「不，絕不是鷺鷥的叫聲，那就是一隻獵犬的叫聲。天吶，難道那個傳說是真的？華生，你相信它是真的嗎？」

「不，我不相信。」

「如果這件事發生在倫敦，人們一定會笑掉大牙的。不過在這裡，就像是真的了。我的伯父死後，身邊還有大獵狗的足印。天吶，我真的不願再想了。我一向膽子挺大的，但現在我身上的血液好像都凝固了，你摸我的手。」他的手冰涼冰涼的。

「過一會兒就會好的，不要怕。」

「我想我無法把那叫聲從腦子裡趕走。我們現在該怎麼辦？」

「不然我們還是回去吧！」

「不，我們不能回去，我們出來是捉逃犯的，即使真有一隻魔鬼似的大獵狗在跟著我們，我們也必須前進。來吧，朋友，就讓我們與他們決一死戰吧！」

我們在黑暗中前行，暗淡而參差不齊的山影籠罩著我們。那亮光依然在前方搖晃著，在黑夜裡，亮光時而很遠，時而就像在你眼前。

最後，我們終於看清它的確切位置了。這時，它已經離我們只有幾碼遠了。那根蠟燭在一條石頭縫裡插著，這樣既可以遮擋風雨又不容易被人發現。我們躲在一塊突出的花崗岩後面，從岩石的一側悄悄地望去，看到那支正在燃著的蠟燭，周圍什麼都沒有。的確，只是一根蠟燭和那被照得發亮的光禿禿的岩石。

亨利悄悄地問道：「下一步該怎麼辦？」

「先在這裡等一下，直到發現他為止。」

話音剛落，我們就看到一個人影。從一塊黑色大石後伸出一張骯髒不堪，像野人一般的面孔。鬍子都交織在一起，頭髮亂得像是多年未經梳洗。他的眼睛像老鼠一樣機警地窺視了一下四周。突然，他像是受到了驚嚇一樣驚慌失措，或許是他察覺到了什麼。

我們生怕他會從亮光處逃走，所以我就一個箭步衝了過去，亨利也緊跟了過來。就在這時，一塊大石頭向我們這裡砸來。當他正要逃走時，月亮從烏雲中現了出來。我看到了他是個個子不太高，但是相當強壯的人。我們從這個山頭衝過去，而那個人卻從山坡的一面飛奔而下。

這時，如果我用左輪手槍開槍的話，或許會把他打瘸。但我的槍是為了自衛的，而不是用來故意傷人的。我們兩個體能都很好，跑得很快，又都接受過良好的訓練，但是不一會兒，我們和他的距離就拉得很遠了。

在月光下，我們看到他在亂石間迅速地跳躍，直到消失成一個小黑點。我們追啊追，一直跑到疲憊不堪，眼看著連他的身影也看不見了。最後我們坐在一塊石頭上，喘著粗氣。

就在這時發生了一件更奇怪的事，當我們站起身準備離開時，月亮懸在空中，滿月的下半部襯托出一座花崗岩嶙峋的尖頂。在明亮的背景前面，我看到一個男人的身影。他站在頂峰，像是一尊塑像。你可不要認為我產生了幻覺。福爾摩斯，我向你保證，我那是確實看到的。他是一個又高又瘦的人，直立在岩石上，兩隻胳膊交叉地放在胸前，低著頭，像是在思考什麼。他或許是個幽靈吧！他不是我追的那個犯人，他離那個犯人的距離很遠，而且他的身材也不像那個逃犯。

我不禁驚叫了一聲，當我要把他指給亨利看時，那個人就消失了。這時花崗岩依舊像以前那樣直立在那裡，可是它上面的那個人卻不見了。

我想去那裡搜索一下，可是那裡離這裡的確太遠了。而且亨利爵士一直都處於高度緊張的狀態，他好像沒有心情再去冒險了。他沒有看到岩石上的那個人，所以他不能體會到我的緊張心情。他說：「你剛才看到的或許是獄警，自從那個罪犯出逃以後，這裡一直有獄警。」或許他說的是對的。可是沒有得到證實，我是不會輕易相信他的說法的。今天我們就發個電報給警察，說那個逃犯還潛伏在這裡。說起來也真慚愧，這麼好的一個機會，我們竟沒有把握住。

這就是昨天晚上的全部經過。福爾摩斯，你得承認，我已經做得相當完美了。我向你說的這些東西，或許有很多都是沒用的。不過我認為我還是把我所知道的一切都告訴你為好，剩下的就交給你自己分析權衡了。我們也有了很大的收穫。我們已經找出了白瑞摩的行為動機，至少我們不用再考慮管家這對夫婦的行蹤了。可是神秘的沼澤和那裡的怪異的居民則依舊是使人深感莫測高深。不過，最好還是你親自來一趟，幾天後我會再寫信給你。

寄自巴斯克維爾莊園

10月15日

重要的發現

我一直都在引用我給福爾摩斯的信來敘述。不過現在，我不得不放棄這種敘述的方法，轉而再度依靠我的回憶，藉助於我當時的日記了。隨便幾段日記就能使我想起那些詳盡無遺的、深印在我記憶之中的景象。現在，就讓我從追趕完那個逃犯以後的事談起吧！

十月十六日

今天是個陰雨天，一切景色都被濃霧包圍著，直到太陽出來逐漸把霧趕走，荒漠的沼澤地逐漸露了出來。山坡上有奔騰不息的水流，岩石的表面濕漉漉的，被陽光照得晶瑩發光。這裡的一切都顯得那麼陰森可怕。

亨利爵士可能被昨晚的那一幕嚇壞了。我也感到心情沉重，而且總覺得有一天會大難臨頭，但我不能把它完全形容出來，所以就更讓人恐慌不已了。

難道這種恐怖是由我個人想出來的嗎？

好好靜下心來思考這一連串的事情，無法讓人不認為這是個有人操縱的罪惡陰謀。查爾斯爵士的死，分毫不差地證明了那個家族中的傳說內容的真實性。農民們一再強調看見過獵犬，我也親耳聽過在夜半時獵犬的哀叫聲。這難道真是一種超自然的現象嗎？簡直是既不可信也不可能。一隻魔犬，留下過足印，又能對天嗥叫，這真叫人費解。

斯台普特可能會相信這套鬼話，莫蒂默也可能相信，可是我怎麼也不能相信這個傳說。如果我也信以為真的話，那就太可悲了。我和那些無知的莊稼漢又有什麼區別呢？他們即使把它形容成妖魔鬼怪，也仍然覺得無法表達發自內心的這種真實感。

福爾摩斯絕不會相信這些傳說與神話之類的東西，而我是他的代理人，當然也不會相信了。可是我確實親耳聽到了那獵犬的叫聲。如果沼澤地裡真正有大獵犬的話，一切就都好辦了。牠究竟藏在哪裡呢？牠以什麼為食呢？牠來自哪裡呢？為什麼只有在晚上才能看見呢？不管這些是否合乎自然規律，現在都很難把它說清楚。

暫且不說這隻獵狗，在倫敦跟蹤我們的那個人確實是真實的，還有向亨利爵士發出警告的人，這些人也不用懷疑吧？這個人是他的朋友還是敵人呢？不管是朋友還是敵人，他現在又在哪裡呢？他是否還在跟蹤著我們？他是不是就是那天在岩崗上的陌生人呢？我只看見他一眼，不過我可以保證，他絕不是我在這裡見過的人，因為我從他的身材來看，他比斯台普特高，而比弗蘭克蘭瘦，如果是白瑞摩，不，那天我們把他留在家裡了，他沒有追蹤我們。按這樣推測，那麼一定有別的人在跟蹤我們，就像在倫敦的那一個陌生人一直跟著我們一樣，而我們千方百計也甩不掉他。如果我們抓住這個人的話，一切就可以證實了。

想要實現這個目標，我們必須付諸行動。第一種方案是，由我和亨利爵士商量著辦。第二種方法，我認為是最切合實際的，那就是我單獨上場。這幾天他一直沉默寡言，看來他那天受的驚嚇已經夠他受的。我不願再讓他受到驚嚇了。為了這些，我只好自己來了。

今天早晨吃完飯後，白瑞摩要求和亨利爵士單獨談談。他們倆坐在亨利爵士的書房裡，我一直坐在撞球室裡，我聽到他們談得很不開心，我也知道他們在談什麼。

過了一會兒，亨利爵士讓我也進去。白瑞摩憤憤不平地對我們講道：「在我把我的秘密告訴你們以後，你們就去捉拿我的小舅子，你認為這麼做公平嗎？」

白瑞摩面對著我們，臉色蒼白但神情鎮定。

白瑞摩說道：「爵爺，那天是我不對，我請求您原諒。但今天我得知你去抓我的小舅子，就覺得非常驚訝。這個可憐的人，不用別人來煩他，就夠他受的了。」

亨利接著白瑞摩說道：「也許你把事情的真相早一點告訴我們，就不會走到這種地步了。但最後你和你妻子是在迫不得已的情況下才說出來的。」

「亨利爵士，這難道就是你的理由嗎？」

亨利爵士說道：「你知不知道他這麼潛伏著對於別人來說意味著多大的危險。在這裡的人，都是獨家獨戶的，就像斯台普特家，而他又是個亡命之徒。除非你的小舅子被重新關進大牢，不然這裡不會有人感到安全的。」

「爵爺，我向您保證，他絕對不會傷害這裡的人的。再過幾天，我就把他送往南美。看在我們多年交情的份上，我求求您不要把這件事報告給警察局，警察已經不在這裡追查了。過幾天，他就走。您要是告發了，我和我妻子的麻煩就大了。爵爺，您行行好，千萬不要讓警察知道了吧！」

「華生，您說怎麼辦呢？」

我說道：「如果他真能一事不做便離開，那也是件好事，至少可以給我們這些納稅人減輕一些負擔。」

「但他會不會在走之前來報復一下呢？」

「爵爺，他不會再這樣了。他若是再犯一次罪，那麼一定會被警察抓走的。我已經準備好他所需要的一切了。」

亨利爵士說道：「好了，白瑞摩……」

「爵爺，您真是個大好人，我太感謝您了。如果他被抓去的話，我妻子也一定活不下去了。」

「好了，好了，白瑞摩，你先下去吧！我有話要和華生說。華生，我想我們這是在慫恿一件重大的罪行吧？可是在聽了他剛才說的那些話以後，我覺得把他抓住也沒多大的意義啊！」

白瑞摩剛邁步出門，便又返回來說道：「爵爺，太感謝您了。我有一件事早應該對您說，不過這是在驗屍以後我才發現的。這是一件和查爾斯爵士的死有關的事。」

我們一下子都精神專注了起來。

「你知道他是怎麼死的嗎？」

「不，爵爺，我說的不是這個。」

「那麼，你要說什麼呢？」

「我知道查爾斯爵士那天在那裡是為了等一個女人見面。」

「去和一個女人見面！他？」

「對，他是去見一個女人。」

「那個女人是誰？」

「爵爺，她的姓名我記不起來了，但我知道她姓名的字頭是L L。」

「白瑞摩，你是怎麼知道這件事的？」

「亨利爵士，你的伯父一直是個知名人物，而且他為人心地善良，不管是誰有困難，都願求助於他。那天早晨，他就收到這麼一封從庫姆・特雷西寄來的信，信上是個女人的筆跡。」

「後來又怎麼了？」

「爵爺，幾個星期前，我太太收拾查爾斯爵士的書房時——從他死以後還一碰也沒碰過呢——在爐格後面發現了一封燒過的信紙灰燼。信的大部分都已燒焦了，只有一小條是完整的。字跡在黑底上顯得灰白，還可以辨認出字跡來。看來很像是信末的附筆，寫的是：『您是一位正人君子，那就一定把這封信燒掉，十點鐘到柵門那裡等我。』下面用L L這兩個字頭簽的名。」

「那封信還在嗎？」

「爵爺，那只是灰燼而已，只要一動就成粉末了，怎麼能保存到現在呢？」

「我伯父還收過同樣筆跡的信嗎？」

「爵爺，這我就不知道了。我平時不太注意他的信件，而且他平時信件又特別多。」

「你知道L L是誰嗎？」

「不知道，爵爺。不過，我想要是你們能查清那位女士是誰，一切就都知道了。」

「白瑞摩，這麼重要的事你為什麼不早說呢？」

「啊，爵爺，這段時間我們一直忙那件事。再就是，我們覺得這件事並不是一件光彩的事，我們怕影響到查爾斯爵士的名聲。又加上這個問題還要考慮到一個不明身分的女人，所以我就得小心了。我們不能輕易把這件事張揚出去。」

「你們認為這會影響到他的聲譽嗎？」

「嗯，是的。因為牽涉到一個女人。不過您對我們這麼好，我覺得不把這件事告訴您，會對不起您的。」

亨利爵士對管家說：「很好，白瑞摩，你這樣做就對了。現在沒事了，你先下去吧！」接著，管家就走了。

亨利爵士問我道：「華生，你怎麼看這件事。」

我回答說：「又是一個不解之謎。」

「我和你想的一樣。如果有辦法查清L L這個人，整個事情就一目瞭然了。現在我們掌握的線索就這麼多了，唯一要做的就是找到那個女人。你認為我們應該從何處著手呢？」

「我認為，我們應該馬上寫信給福爾摩斯，他或許能得出一些結論。福爾摩斯一定對這件事感興趣，我想他會來的。我得回我房間趕快寫信給福爾摩斯了。」

從他的回信中可以看出，他現在很忙。因為他寫的信都非常短，而且很少為我們提出下一步行動的要求。這一切都說明，他把全部的精力都放在那封匿名信上了。不過現在案子又有了新進展，這一定會激發起他的興趣的。要是他現在在這裡就好了。

十月十七日

外面一直下著雨，打在青藤上「唰唰」地響，雨越下越大。這時，我想起了那個逃犯。這麼大的雨他會在哪裡呢？無論他犯了何等罪行，現在也算是對他的一種懲罰了。跟蹤我們的那個人，以及岩崗上的那個人影又出現在我眼前，他們現在在傾盆大雨之中嗎？

天色暗了下來，我披上雨衣，穿上雨鞋，來到沼澤地中，心中不由得充滿了恐懼，雨浸濕了我的頭髮，風也嗖嗖地颳起來了。我祈禱——為那些落入泥潭裡的人祈禱，因為連堅硬的高地都變成了泥淖了。

我向那黑色的岩崗望去，就在這岩崗上，我曾經看到過那個神秘的人。在它的頂峰是寸草不生的陰鬱之地。暴風夾雜著大雨，沖洗著岩石。濃重的低雲壓在山上，也有幾綹灰色的殘雲，環繞在奇形怪狀的山邊。巴斯克維爾莊園就屹立在高處，從遠處看四周環繞著樹木。除了那些分布在山坡上的原始人遺址外，這裡就算是唯一能看到人類生存跡象的地方了。哪裡也看不到兩晚之前我在同一地點所見到過的那個人的蹤影，那裡只有黑壓壓的岩崗了。

當我回去的時候，莫蒂默醫生趕了上來。他趕著一輛雙輪馬車，走在一條坎坷不平的小路上。他對我們照顧得特別周到，幾乎每天都來拜訪，問我們有沒有什麼困難需要他幫忙。他非要我上他的車，後來我們就一起回家了。他現在為他的那隻小狗而傷心不已，那隻小長耳黃犬一次跟到沼澤地裡後，就再沒有回來過。我一直在安慰他，可是我一想起那匹掙扎在格林盆泥潭裡的小馬，就感覺再也沒有希望了。

當我們坐在車裡顛簸搖晃的時候，我問道：「莫蒂默醫生，我想，在這裡凡是乘馬車能到達的住戶，你大多數都認識吧？」

「是的，大部分都認識。」

「那麼，這裡是否有個名字以L L字母開頭的女人？」

他皺著眉頭想了想，搖了搖頭說道：「沒有，除了有幾個吉普賽人和做苦工的人我不太瞭解外，村裡沒有這麼一個人。嗯，等一等，」他停了一下，之後又說道，「有個住在庫姆・特雷西的女人叫蘿拉・萊昂絲的。」

「她是？」

「她就是弗蘭克蘭的女兒。」

「什麼？弗蘭克蘭？」

「是的，她和一位畫素描的姓萊昂絲的人結了婚。但這個人是個放蕩的男人，後來就拋棄了她。不過我想什麼過錯也不能歸咎於一個人身上，他們結婚時未經她父母的同意，所以任何和她有關的事，她父親決定一律不管。

弗蘭克蘭和蘿拉・萊昂絲一直都處於僵持狀態，所以她的生活很糟糕。」

「那女人怎樣養活自己呢？」

「大概是弗蘭克蘭多多少少總要給她一些吧？但肯定不會多給她的，因為他是個愛管閒事的人，自己的事已經夠他受的。不管她以前做的事有多麼不對，人們總不能讓她自甘墮落啊！所以大家都在幫助她。斯台普特，我，以及過世的查爾斯爵士都曾經幫過她。」

他問我為什麼會問這些問題，可是我無法滿足他的好奇心，並沒有告訴他多少。因為我不能隨便信任一個人。

明天一早，我就準備去庫姆・特雷西。如果能見到這位L L女士的話，我就會把那些疑難的問題弄清楚。我想，我現在終於大有長進了。

當莫蒂默追問得我不能回答時，我就問他弗蘭克蘭的顱骨屬於哪種類型。這可好，莫蒂默大有興趣，一路上都和我講這一套學說。我總算沒白和福爾摩斯相處這麼多年。

在此之後，只有一件可以記下的事。那就是剛才白瑞摩和我說的那些話。後來我們留莫蒂默在家裡吃了晚飯。飯後亨利和莫蒂默玩起了紙牌。

白瑞摩進來送茶給我，我順便問了他幾個問題。

「你的小舅子現在走了沒有啊？」

「我也不清楚。希望他最好是走了。因為他在這裡說不定又會惹出什麼亂子。自從三天前我送完食物給他以後，就再沒聽到過關於他的情況了。」

「你上次見到他了嗎？」

「沒有，不過我發現送的食物已經不見了。」

「那說明他還沒走。」

「先生，東西如果不被另一個人拿走，就說明他還在那裡。」

我端起茶剛要喝，聽他這麼一說，忙問道：「沼澤地裡還有別人？」

「對，還有一個人。」

「你見過這個人嗎？」

「沒有，先生。」

「這件事你是怎樣知道的呢？」

「先生，是塞爾丹告訴我的。上個星期我送食物給他時，他說還有一個人也藏在這裡，不過我認為他不是個逃犯。這件事真讓人傷腦筋，先生。」他飽含真情地說出了這些話。

「白瑞摩，如果不是為了你的主人，我根本不想管這件事。我來這裡的目的就是幫助他，請你快告訴我，你究竟為什麼事傷腦筋？」

白瑞摩抽搐了一下，好像後悔剛才說出的話。

他終於開口了，「先生，讓我傷腦筋的是這些天一直連續發生的那些怪事。」

他指著沼澤地又說道：「先生，我想那裡正在醞釀著一個可怕的陰謀！我倒希望亨利爵士不要再在這裡待下去了。」

「你為什麼說這裡有陰謀呢？難道你瞭解一些事情的真相嗎？」

「您難道還不明白嗎？這裡是個多麼可怕的地方。夜裡總能聽到一些怪叫，還有沼澤地裡那個神秘的人。他到底想幹什麼？他又是為了什麼？所有這些對居住在這裡的任何一個人都沒有好處。如果亨利爵士有新僕人的話，我一定會二話不說就離開了。」

「對於沼澤地裡那個神秘人物，你還知道些什麼呢？塞爾丹在他的藏身之地發現了什麼沒有？」

「塞爾丹曾看到過這個人，不過那個人太狡猾了，剛開始他以為那是獄警！可是後來發現，那個人正在籌備自己的計畫。塞爾丹說那個人好像是上層社會的人物，不過這個人究竟想幹什麼就不知道了。」

「他住在沼澤地裡的什麼地方？」

「就在原始人的遺址中。」

「他從早到晚吃什麼呢？」

「塞爾丹發現，有一個男孩天天送飯給他。送的所有東西都是從庫姆・特雷西那裡買的。」

「很好，這個問題待改天再考慮吧！」

白瑞摩走了以後，我走到窗前，看著那被風吹得東搖西晃的樹枝。這樣的夜晚就夠可怕的了，更何況，一個人獨處在沼澤地裡呢？是什麼樣的仇恨才使這個人具有這麼大的決心和勇氣潛伏在這裡呢？難道他還是有什麼非分之想嗎？看來，我得去沼澤地裡的那些房子看看了。我發誓明天一定要探個究竟。

出乎意料

以上是憑藉我的日記而寫成的，那時怪事正接連不斷地發展。快要接近可怕結局的時候，後來幾天發生的事對我的影響簡直是太深刻了。即使我閉著眼睛，也能倒背如流。

當我知道了那兩條線索，其中的一條線索就是庫姆・特雷西的蘿拉・萊昂絲太太曾經寫信給查爾斯・巴斯克維爾爵士，並約定在他死去的那個地點和時間相見；另一條線索就是深藏在沼澤地裡的那個人，可以在山邊的石頭房子裡面找到。掌握了這兩條線索之後，如果還不能弄清楚的話，我想那一定是自己腦子有問題了。

昨天，亨利爵士和莫蒂默醫生玩紙牌一直玩到大半夜，所以我沒有把這件事告訴他。今天早晨，我把所知道的情況都告訴了他，問他是否願意和我一同前往。

他一聽，便要與我一起去。後來我倆仔細考慮了一下，覺得還是我一個人去比較合適。因為拜訪的形式越是鄭重其事，我們所能得知的情況就會越少。於是，我就把亨利單獨留在家裡，自己乘車前去拜訪了。

到了庫姆・特雷西以後，我讓馬夫把馬安置好，然後就去詢問這位太太了。找到她家也不算太困難，她家的位置相當好。出來一位女僕問也不問就把我帶了進去，當我走進客廳時，一位女士從打字機前站了起來，向我微笑著鞠了一躬。當她發現我是個陌生人時，又一反常態地坐了下來，並不屑一顧地問我為何而來。

萊昂絲太太是漂亮大方的女士，她披著一頭棕色的頭髮，雙頰上有些淡淡的雀斑，但這些雀斑在她臉上倒像是些裝飾品。我再重複一遍，首先產生的印象就是讚嘆。可是隨後就發現了缺點，她臉上那粗俗的表情，眼神也有些生硬，手裡撥弄著一個小玩意，這些都破壞了那一無瑕疵的美貌。當然，這些都是事後的想法。當時我站在那裡不知所措，被冷落的感覺簡直讓人受不了。這時我才發現我的任務是多麼的棘手。

我說道：「我認識您的父親。」

她臉上隨即出現一種嘲諷的表情。

她說道：「我父親？我和我父親有什麼關係？我現在和他毫無牽扯了。他的朋友並不是我的朋友，要不是那麼多好人——查爾斯爵士以及斯台普特等救濟我，我現在早就死了。我父親根本就沒把我當作是他的女兒。」

「我正是來向你打聽有關查爾斯爵士的事。」

這一切也許太出乎她的意料了，聽完我的話，她的臉被嚇白了，連雀斑也變得明顯了。

她問道：「我能為你做點什麼呢？」

她用手無聊地玩起了那台打字機上的標點符號鍵。

「你認識他嗎？」

「我已經和您說過了，我特別感謝他對我的幫助。可以說我活到現在全靠他的幫助。」

「您和他通過信嗎？」

她向上抬了抬頭，眼睛裡閃著憤怒的光芒。

她厲聲問道：「你為什麼問我這個問題呢？」

「為的是怕醜聞的傳播。我在這裡問總比讓事情傳出去弄得無法收拾要好一些吧！」

她沉默不語，臉色還是那麼難看，最後她帶著不顧一切和挑戰的眼神說道：「好吧，你想問什麼就問吧！」

「你和查爾斯爵士通過信嗎？」

「我是寫過一兩封信給他，感謝他對我的幫助。」

「你在什麼時候寫信的？」

「這個我記不清楚了。」

「你們見過面嗎？」

「見過，在庫姆・特雷西見過一兩次，他是個做好事不願張揚的人。」

「你們這麼少地見面與通信，他又是怎麼知道你的事呢？是什麼讓他這麼關心你呢？」

她回答這個問題時好像早有準備。

「這裡有幾位好心人知道了我的情況後就幫助了我。第一位幫助我的就是斯台普特先生。查爾斯爵士是他的鄰居，他就是透過斯台普特才知道我的事的。」

我瞭解過查爾斯曾經多次邀請斯台普特幫他分發救濟金，所以她的話聽起來像是真的。

我繼續問道：「你曾經要求過和他見面嗎？」

她的臉唰地變紅了。「先生，你怎麼問我這樣的問題呢？」

「對不起，我必須這樣問。」

「我就告訴你，絕對沒有。」

「在他死的那天，你也沒有約過他嗎？」

她隨即面如死灰，好像非常痛苦地說：「沒有。」

這些即使她不回答，也能從她的臉上看出來。

我說道：「您是一位正人君子，請你千萬將此信燒掉，在十點鐘到柵門那裡等我。這幾句話難道不是您寫的嗎？」

當時，我認為她聽過會大吃一驚的，可是她盡量使自己恢復了平靜。

她呼吸急促，自言自語道：「天下真的有正人君子嗎？」

「不，請您不要誤會他。他是把信燒了，但是有時從那些灰燼還可以看到一些什麼。你現在是承認了吧？」

「是的，是我寫的，那又怎麼樣？我為什麼以此為恥呢？我想得到他更大的幫助，所以我要和他見面。」

「你為什麼偏偏在那個時間約他呢？」

「這時間有什麼不對呀！因為他第二天就要到倫敦去了。由於其他原因，我只能在晚上十點鐘約他。」

「你為什麼不去他的客廳見他呢？」

「你想想看，孤男寡女，深宵共處，那合適嗎？」

「你到了以後，發生了什麼沒有？」

「我那天根本就沒有去。」

「真的嗎？」

「是的，我真的沒有，我可以向你發誓。因為那天剛好有事沒去成。」

「那又是件什麼事呢？」

「那是一件私事，我不能說。」

「你承認了你那天約過他，而你否認自己去過。」

「這是真的。」

我再問她時，她就什麼都不肯說了。

在我要離去之前，對她說道：「萊昂絲太太，我建議你最好說出你所知道的一切，不然將要負起嚴重的責任，你現在的處境很危險。看來我只好求助於警察了，如果你心裡沒鬼，你為什麼否認那天給查爾斯爵士寫信呢？」

「因為我怕這件事如果最後弄不清楚，反而會把我牽連到一件醜聞中去。」

「你為什麼要求查爾斯爵士把信燒掉呢？」

「如果你看了信的內容，就會明白的。」

「信燒了我怎麼能讀到信的內容呢？」

「你不是說了其中的一部分嗎？」

「是的，但我引用的只是附筆而已。而信的內容現在能辨認的就是附筆了。我問你，你為什麼讓他把信燒掉呢？」

「我說過了那是一件私事，我不能說的。」

「你一定是怕受到警察的追究吧？」

「好，我現在就告訴你吧！你或許知道我的一些情況，我曾經有過一段不幸的婚姻。」

「我聽說過此事。」

「我丈夫成為我生活的一大障礙。法律支持他，他隨時迫使我和他住在一起。後來他對我說，只要我給他一筆錢，他就給我自由，所以我就寫了那封信給查爾斯爵士。這筆錢為數不少，所以我想找他面談會好一些。」

「你既然想得到這一切，又為什麼沒去呢？」

「就在這個時候，我又從別處得到了援助。」

「你為什麼不向查爾斯爵士解釋這一切呢？」

「他的死發生得太突然了，我還沒來得及寫。」

那女人的話天衣無縫，使我找不出一點破綻來。我只好調查她是否在悲劇發生時向她丈夫提起過離婚訴訟。如果她真的去了，猜想她不敢不承認。因為她去那裡肯定得坐馬車去的，這樣的話，只有第二天早晨才能返回住處。這樣一來，總有人會看見的。

我想來想去，認為她說的是實話，於是就無精打采地往回趕了。可是我一想起那女人的面孔與神色，總覺得她有什麼重要的話沒有說出來。她為什麼顯得那麼慌張呢？她又為什麼總是先否定再去承認呢？當然，這些問題的答案，肯定不會像她對我解釋的那麼簡單。

看來，再調查這條線索也不會有多大進展了，所以接下來只好到沼澤地去看一看另外一條線索吧！

可是這又該從何處尋起呢？我看著環繞的群山，而上面原始人的遺跡又那麼多，那個人只在其中的一間裡罷了。我覺得查清這條線索的希望也是很渺茫的。幸虧我上次在那座岩崗上看見過這個人。我就以此作為出發點吧，逐步查清附近的每一座山，直到找到為止。

如果真的抓住了他，我就非逼著他說出他是誰不可，弄清楚他為什麼要跟蹤我們？必要時我不惜動用我的手槍逼他開口。他在攝政街逃走了，可是在這荒蕪的沼澤地裡，我想他很難從我的手中再次逃走。不管要在這裡熬上多久，我都要抓住他。上次福爾摩斯讓他逃走了，如果他敗在我的手中，對我來說確實是一個偉大的勝利。

我調查這個案件時，一直不太順利，不過竟然時來運轉了，為我帶來好運的正是弗蘭克蘭先生，他頭髮花白，面色紅潤，站在花園門口。

他對我喊道：「華生，你好啊！進來坐一會兒吧！」

聽了他對待女兒的態度後，我實在對他沒什麼好感。我安排波斯金和馬車先回去了，自己下了車，給亨利寫了個便條，說吃完飯後我自己會回去，然後就跟弗蘭克蘭進了他家。

他興高采烈地向我說道：「今天是我一生中最高興的一天，我已經結束了兩個案件了。我非得讓這裡的人們知道，什麼是法律的威力。這裡竟然有不怕法律的人。我已經證實了有一條公路的確穿過老米多頓的花園中心，那裡離他家前門還不到一百多碼。你怎麼看這件事？我們真得讓這幫混蛋知道平民也不是好欺侮的。另外一件就是我封存了弗恩沃西常去野餐的一個樹林。這些無法無天的傢伙似乎認為產權根本不存在，他們可以到處亂鑽，隨處亂丟爛紙空瓶。這兩個案件我都勝訴了。從約翰・摩蘭爵士被告發以來，我還從沒有這麼興奮過！」

「你是怎麼告發他的呢？」

「先生，你看看這份記錄就知道了。這場官司花了我二百英鎊。不過最後還是我贏了。」

「你得到什麼好處了嗎？」

「沒有，我做這件事的時候就沒有考慮什麼利益問題。我所做的一切是要對社會負責。我相信，今晚弗恩沃西的人又會把我做成草人燒掉，上次他們就是這樣幹的。我把這件事報告了警察，告訴他們應該為我的人身安全問題著想。但這幫警察真是一群廢物，並沒有給我提供及時的保護。弗蘭克蘭對女王政府的訴訟案，不久就引起了社會上的注意。我警告過他們，說他們將不會有好下場的。你看他們現在有報應了吧？」

我問道：「怎麼才能做到這樣呢？」

弗蘭克蘭十分得意地說：「其實我可以告訴他們一件他們想知道的事情。不過，這些王八蛋，我是不會幫助他們的。」

我對這些閒聊根本就沒興趣，不過我還想從他這裡得到些東西。我瞭解這老頭的怪脾氣，那就是你對他不能表現出強烈的興趣，不然他就會說個不停。

我懶洋洋地說道：「那一定是關於偷獵的案子吧？」

「哈哈，老兄，你錯了，是關於沼澤地裡的那個犯人。」

我聽後大吃一驚，忙說道：「你是說你知道他藏在哪裡？」

他的話越來越接近我想知道的事了。

他回答道：「當然。」

我問道：「你又是怎麼知道的呢？」

「我親眼看到過送飯給他的那個人。」

我現在最擔心的就是白瑞摩了，他卻偏偏碰上弗蘭克蘭這個非常愛管閒事，又喜好運用法律胡鬧的傢伙。還好，他後面的話才使我鬆了一口氣。

「每天有一個小孩為他送飯。這個小孩每天在同一時間向那裡走去。他一定是去為那個逃犯送飯的。」

我內心激動不已，但是不能讓感情流露出來。白瑞摩曾經也說過這件事，弗蘭克蘭所說的正是我們要找的線索。這個小孩不是送飯給逃犯，而是為那個神秘的人送飯。如果我能從這裡得到些什麼，那就太省事了。不過，現在我仍得表現出懷疑和冷漠的態度。

「大概是沼澤地裡的牧人的兒子送飯給父親吧？」

一旦聽到不同意見，這個老神經就發起火來，他狠狠地瞪了我兩眼，鬍子也氣得豎了起來。

他指了指外面的亂石說道：「先生，你看那個黑色岩崗，你再看看那遠處長滿荊棘的矮山。那裡到處都是岩石，怎麼會有牧人呢？先生，你真是太讓我失望了。」

我說道：「噢，原來是這樣，我真是孤陋寡聞呀！」

看到我批評了自己，他得意地笑了笑。

「先生，你不應該懷疑我所說的話，我說話一定是有根據的。這個孩子拿著一堆東西從哪裡走過都逃不過我的眼睛。有時一天一次，有時……等一等，華生，山坡上有東西在動。」

距離這裡大約有幾英里遠的地方，我清楚地看到一個小黑點在移動。

弗蘭克蘭喊道：「華生，快來呀！你看那裡。」那望遠鏡裝在一支三腳架上，它體積龐大，立在鐵屋頂上。弗蘭克蘭湊過眼睛望了望，嘴裡發出「嘖嘖」的滿意聲。

「華生，快來，快來，不然他就翻過山了。」

我趕快湊過去，看到一個小男孩正在那裡費力地往山上爬，而且抱著一大捲東西。最後他終於爬上去了，突然有一個衣衫襤褸的人出現在他跟前。他先是向四下望了望，好像是怕被人跟蹤似的，然後就和那個小男孩一同消失在山那邊了。

「我說得對吧？」

「當然，這個小孩好像肩負著什麼特殊任務。」

「關於什麼的任務呢？這就不用我多說了。恐怕連警察局最笨的笨蛋都能猜得一清二楚。華生，不過你得對這件事情保密，知道了嗎？」

「知道了。」

「警察局裡的人對我太不像話了。等到弗蘭克蘭對女王政府訴訟案的內情公布之後，我敢保證，全國都會沸騰起來的。不管怎樣，警察的忙我是絕對不幫的。他們竟然來管我，而不去管那些地痞流氓。來，我們今天該好好慶祝一下了。」

我謝絕了他的好意，而且成功地打消了他要陪我散步回家的想法。在他望得見我的時候，我一直是沿著大路走的，後來我就突然離開了大道，拐進沼澤地，向剛才那孩子消失不見的那座山走去。我絕不會放棄這近在咫尺的絕好的機會。

當我爬到山頂時，太陽已經西下，在夕陽的照耀下，山坡變成了金色。而山的背坡卻是一片灰暗。在地平線上，呈現出一抹蒼茫的暮色。在暮色中，突出來的是奇形怪狀的貝利弗和維森石山，這一切都像是凝固了似的。一隻海鷗翱翔在天空，在廣大無邊的蒼穹和荒蕪的大地之間，好像只有這隻海鷗和我是僅有的活物。這裡的一切使我不寒而慄。

我四下尋找那男童，可是去哪裡找呢？後來，我一轉身便發現了一間有屋頂的房間。我看到它就覺得得到了要找的東西，暗暗為之高興。這一定是那個神秘人居住的地方。我的腳終於踏上了他那藏身之所的門檻了——他的秘密就要被我揭開了。

當我小心翼翼地走近小屋時，我確信這是被人用作居所的地方。亂石之間有一條隱約可見的小路，通向這間屋的門口。此時這個神秘人物在哪裡呢？他是正在屋裡還是在外面窺探我的行動呢？冒險精神使我興奮起來，我把菸頭扔到一邊，用手握緊了我那支左輪的槍柄。我迅速地走到門口，把頭往裡一探，裡面空無一人。

不過，這裡的一切都說明了一定有人在這裡居住。一塊防雨布包著幾條毛毯，放在新石器時代的人曾經睡過覺的那塊石板上，在一個石框裡面有燒過的灰燼，旁邊還有一些簡單的廚具，以及一堆罐頭盒，這些說明，那個人在這屋裡已經住了些時候了。我掃視了整個房子一下，還在房屋一個角落裡發現了一個小杯子以及半瓶酒。在屋子中央的一塊石頭上有個小布包——無疑就是我從望遠鏡裡看到的小孩肩上的那個。我打開一看，是一塊麵包和一塊牛舌以及幾個罐頭。當我察看完畢重新放下的時候，卻發現裡面還有一張紙。我連忙拿起來打開一看，上面寫著：華生醫生到過庫姆·特雷西。

我手裡捏著這張紙條，思考它的寓意何在。那麼說這個秘密人物所跟蹤的並不是亨利爵士而是我了。這到底是誰在跟蹤？為什麼要跟蹤我呢？難道就是那個孩子？這應該就是那個孩子所寫的。看來，自從來到這裡，我所做的一切都被這小孩給盯上了，我感到有一種無形的壓力，像是在我們的活動範圍中設立了天羅地網似的。現在雖然任我們自由，到了緊急關頭，一網就能將我們打盡。

我想這裡或許還有別的東西，於是就在房屋裡到處找了起來，連一個牆縫都沒放過，可是什麼也沒找到。

這個神秘人物在這裡的意圖是什麼？什麼也不能證明，唯一能證明的就是他對生活的要求不高。看看這裡的生活環境，我就知道了這個人的意志是多麼的堅強，如果沒有這種意志，在這裡是待不下去的。我下定決心不弄清楚一切，絕不離開這小屋。

外面，太陽幾乎快要下山了，但四周仍然被夕陽的餘暉照耀著，到處是一片金色。在這裡可以把遠處看得很清楚，遠一點的是巴斯克維爾莊園的兩座塔樓，在煙霧朦朧的地方是格林盆村，在它們的中間就是斯台普特的家。

這一切都沉浸在金色的餘暉中，顯得那麼美麗，那麼恬靜，但我的心情卻絲毫也無法好起來。我正處在和那個神秘人物會面的茫然和恐懼之中。我的心怦怦地跳著，但這絲毫沒有減弱我要留下來的意志。我坐在房屋的一個角落裡，靜靜地等待著……

終於，這個時刻到了，我聽到遠處有腳步聲傳來，聲音越來越接近了。我退回到最黑的屋角去，並扳好了左輪手槍的扳機，我決定在不看清這個人之前不輕易暴露。那腳步聲卻戛然而止，說明他發現了疑點，後來腳步聲又向前傳來，接著一個黑影從門口投射進來。

「真是個可愛的黃昏，親愛的華生，」一個很熟悉的聲音說道，「我真覺得你到外面來要比待在裡面舒服得多。」

慘案

我屏息在那裡坐了一兩分鐘，簡直不能相信我的耳朵。後來我終於清醒過來了，頓時我感到如釋重負。

因為這種聲音只能屬於一個人——福爾摩斯。

我喊了起來：「福爾摩斯！」

他說道：「快出來吧，不過請當心你那把左輪手槍。」

我從那低矮的門框裡彎著腰走了出來。他就坐在我對面的一塊石板上，眼睛不停地轉來轉去。幾天不見，他是那麼的消瘦，不過他還是如原來那樣清醒與機敏。他那瘦弱的臉被風雕飾得粗糙不平了。他的一身打扮倒像個在沼澤地上旅行的人。不過他還是那樣乾乾淨淨，他的下巴還是刮得光光的，衣服也還像是住在貝克街時一樣的清潔。

我激動地抱著他說道：「在我這一生中，還沒有因為看見什麼人比見到你更高興的了。」

「或者說比這更吃驚吧，啊？」

「噢，我真的承認。」

「其實，並不只是你感到吃驚。我萬萬沒有想到的是你是如此機靈，我剛離開這裡幾步你就藏進來了，直到我離門口不到二十步的時候才發現。」

「你是從腳印辨認出我是誰的吧？」

「不，華生，我恐怕還沒有這麼神奇！如果你想把我蒙混過去，就應該把紙菸換個牌子，我從這菸頭上就能看出是你。」

他拾起了我扔的那個菸頭說：「這是你剛扔的吧？」

「是的。」

「我知道你的性格。我想你等不到主人是不會走的，你難道認為我就是那個逃犯嗎？」

「我怎麼知道會是你呢？我這不才要弄個明白嗎？」

「太妙了，華生！你是怎麼發現我的？是不是在你和亨利捉逃犯的那天晚上，我站在月亮下面讓你們看見了呢？」

「對，那次我的確看到了一個神秘的人。」

「你一定找我找得很辛苦吧？」

「沒有，我看到你的那個小助手，就知道你們在這邊。」

「你一定是透過弗蘭克蘭的望遠鏡看到的卡特萊吧？」

他蹲在小孩為他送的食物前說道：「卡特萊給我送什麼好吃的了。」他又拿起那張紙條仔細看了看，自言自語道：「華生醫生去過庫姆·特雷西了。」

我說：「是的。」

「你是去找那位蘿拉·萊昂絲太太嗎？」

「是的。」

「你做得太棒了。看來我們不謀而合了。但願咱倆的調查能互相補充，這樣就能全面揭開這個案子了。」

「說心裡話，你到這裡，我特別高興。這幾天簡直把我搞暈了。不過，你怎麼來這裡的？這麼長時間你一直待在這裡嗎？我還以為你仍在貝克街忙那些案子！」

「我希望你們這樣認為。」

我憤怒地對他喊道：「你從來就沒信任過我，福爾摩斯，我在你眼裡是不是一個笑料呀？」

「親愛的華生，你怎麼能成一個笑料呀？你在這些案子中，對我產生相當大的作用。如果你認為我在你面前要了什麼花招，我請求你的原諒。事實上，我來這裡也是為了你呀！你知道自己在這件案件中冒了多大的險嗎？所以我親自來這裡探究這件案子。如果我和你們——亨利爵士和你——在一起的話，那不正是讓對手更容易防範嗎？而我在這裡就可以自由觀察了。我在這裡不為人知曉，一旦在緊要關頭可以全力以赴。」

「你難道不能讓我知道嗎？」

「讓你知道，那就更慘了。因為你或許想來告訴我一些線索，或者好心還給我送些吃的，你說對嗎？而我讓卡特萊隨我而來，這一切不就簡單了嗎？我除了需要一塊麵包和一身乾淨的衣服，別的對我來說就不需要了。卡特萊就相當於我又長了一雙勤快的腿腳和一雙額外的眼睛，難道我需要別的什麼嗎？」

我想起，寫給他的那些信就都白費了。

我生氣地說：「我寫給你的信呢？」

福爾摩斯摸了摸他那個鼓起的衣袋說：「在這裡呀！」

「親愛的華生，你給我的信我都看過了，我向你保證。這些信只在路上耽誤了一天的時間就到我這裡了。我還得表揚你對這些案件所表現出的熱情和智慧。」

我心裡一直都不高興，可是聽了他的這些溫暖的話語，氣就漸漸消了。我越想越覺得他的話有道理。他告知我他的事勢必會讓我倆都受影響。

他看到我不再生氣了，便說：「好了，談談你拜訪蘿拉・萊昂絲太太的結果吧！她是一個重要人物。說真的，如果你沒去的話，明天我就可能也要拜訪她了。」

太陽已經完全落下去了，空氣也變得寒冷起來，於是我們回到他的居所。我把和那位女士談話的全部內容都告訴了他。

聽完後，福爾摩斯說道：「這件事是極為重要的，它把在這件最複雜的事情裡我所聯結不起來的那個缺口給填上了。或許你早已判斷出了，她和斯台普特先生的關係不一般。」

「什麼關係？我不知道呀！」

「他們彼此十分熟悉，而且經常聯繫，有時也會會面。現在，這件事使我們又多了一件有力武器，只要我們利用這一點先對他妻子進行分化。」

「他有妻子？」

「有呀！斯台普特小姐就是她的妻子呀！」

「天吶，福爾摩斯，這怎麼可能呀！他還允許她和亨利爵士戀愛！」

「是的，亨利爵士墜入情網，除了對亨利爵士本人之外對誰都不會有什麼害處。他曾經對亨利爵士向她求婚特別在意，這件事你也聽亨利爵士說了吧！華生，我再向你說一遍，她是他的妻子，而不是他的妹妹，這是千真萬確的。」

「他為什麼拿自己的妻子煞費苦心地來製造這麼一個謊言呢？」

「因為他知道，讓她扮成一個未婚的女子對他要有用得多。」

我的頭腦漸漸清晰了起來。這個深藏不露的生物學家是多麼狡黠，也是多麼心狠手辣。

「這麼說我們的對手就是他了，在倫敦跟蹤的也是他了？」

「透過一切的細節可以看出這是個不難解的謎。」

「那信是由他發的了？」

「是的。」

在我心中那個可怕罪惡的人也模糊地出現了。

「福爾摩斯，這些千真萬確嗎？你是怎麼知道他的身分？」

「因為在他第一次和你見面時，曾經不由自主地把他身世之中真實的一段告訴了你。不過，我想他事後肯定會後悔死的。他說他做過小學校長，你說有什麼人比小學校長更容易調查的了？後來，我透過教育部門調查了這件事。那所小學在不得已的情況下垮台了，而校長和他的家人卻不知去向了。不過，他的名字和我們的對手的姓名不同。然而，他們所描述的一切都符合我們這位對手的狀況，而且他們失蹤的校長還十分熱愛研究昆蟲，這還用懷疑嗎？幕布被拉開了，但真正的演員還未上場。」

「斯台普特小姐是他真正的妻子，蘿拉・萊昂絲太太這個人物對我們有什麼用呢？」

「錯了，這正好是關鍵之處。不過你已經把它揭曉，使問題更清晰化了，我以前並不知道蘿拉・萊昂絲太太打算和她丈夫離婚。如果她這樣打算了，而且又把斯台普特當作她未來的丈夫，她一定就要嫁給他了。」

「但是，如果她知道真相了呢？」

「噢，知道了就更好了。當然，我們還應該去拜訪她。我們明天就動身。華生，你離開崗位太久了，你不應該離開那裡這麼久的。」

最後一抹晚霞也消失了，黑夜已經來臨，幾顆星星出現在天空裡。

「福爾摩斯，在我走之前，你必須回答我一個問題，你這麼做到底是為了什麼呢？」

福爾摩斯用低沉的聲音回答道，「這是一樁蓄意謀殺案，而且手段相當殘忍。別的就不用問了，你自然會知道的。斯台普特的那張網就是將亨利爵士像昆蟲一樣捕進去。不過我的網正在這裡等著他，再加上你的幫助，我想他是逃不出這張網的。我現在唯一擔心的就是，他會不會在我們行動之前下手。再過一兩天，我就會把破案的準備工作完成了。在這以前，你應該就像護士一樣看護好亨利爵士。你今天所做的事是對的，但我還是希望你不要離開他身邊為好。聽！什麼聲音？」

一陣可怕的尖叫聲，一陣撕心裂肺的求救聲讓我的整個身體都麻木了。福爾摩斯猛地一下站了起來，像傻了一樣地站在那裡，頭有氣無力地向前方伸著，朝遠處望去。

他小聲說道：「不要出聲。」

這件事發生得太突然了，那聲音由遠處逐漸傳到我的耳朵裡，又是那麼的響亮和急切。

福爾摩斯小聲說道：「快，華生，在那邊。」

我又指了指，說道：「我認為在那邊。」

「不，不是，在那邊。」

可怕的求救聲和一種深沉的咕噥響聲混在一起，像是一個快要病死的病人在呻吟。

福爾摩斯喊了一聲：「華生，你聽，是獵狗的聲音。快來，我們大概很難趕上了。」

我們朝那個發出慘叫聲的地方奔去。就在我們離目標不遠時，那個人發出最後一聲絕望的慘叫，然後便是咕咚的一聲。我們停下來聽了聽，接下來就萬籟俱寂了。

福爾摩斯氣極敗壞地撓著頭，跺著腳說道：「華生，我們失敗了。」

「不，怎麼會呢？」

「我是天下第一大笨蛋，晚了一步。華生，你現在知道了吧！離開你應該保護的人的後果是多麼嚴重呀！天吶，我簡直太武斷了，以致造成不可挽回的後果。」

我們繼續前進，有時竟被石頭絆倒。我們一直跑上了那座小山，又順著另一個斜坡下去，朝那個聲音跑去。這時沼澤地裡非常寂靜，除了我們兩個在動，其他一切都靜止了。

「你看到什麼了嗎？」

「沒有。」

「你聽。」

一陣低沉的呻吟傳進了我們的耳朵，是從左面傳過來的。在山脊的盡頭是一道道筆直的崖壁，下面是一堆亂石。

在那亂石中有個形狀極不規則的物體。當我們接近它的時候，模糊的輪廓就變得清楚起來了。原來是個趴在地上的人。他的頭撐著地，身子弓了起來，像是要做一個翻跟斗的動作，這個樣子的死屍極為罕見。我簡直不敢相信，剛才那悲慘的聲音是他發出的。我們都看著這具屍體。

突然，福爾摩斯把他掀了過來，同時大叫了一聲。他劃燃了一根火柴，亮光照出了那死人緊握在一起的手指，也照出了從被打破的頭顱骨裡流出來的，慢慢擴大著的一灘可怕的血。火光還照清楚了另一件使我們痛心得幾乎昏過去的事——正是亨利·巴斯克維爾爵士的屍體！他穿著他那套剛來倫敦時穿的蘇格蘭呢制服。我們只匆匆看了一下屍體，火柴燃到盡頭滅了，就像希望離開了我們的靈魂一樣。福爾摩斯痛苦地呻吟起來。

我喊道：「福爾摩斯，都怪我，我永遠也不能原諒我自己，是我害死了他。」

「華生，我比你更內疚。我只顧那些破案的線索，竟然把我當事人的性命棄之不顧，這是我最為沉痛的一次教訓。可是，他為什麼不聽我的勸告來這裡幹什麼呢？」

「天吶，我們聽到了他的呼救聲，卻竟然無能為力。那隻罪惡的大獵狗在哪裡？斯台普特在哪裡？他必須對此事負責。」

「是的，他一定要負責。他一定會受到上帝的懲罰的。這叔侄兩人都死在他手裡，一個是看到那種被認為是傳說中的大獵狗驚嚇而死的，另一個雖然竭力逃命卻未能倖免。現在我們必須設法搞清楚這人和畜之間的關係了。如果我們不是親耳聽到，或許根本就不相信那隻獵狗的存在，亨利爵士看起來是摔死的。不過儘管那個人老奸巨猾，他一定逃不過明天就會落入我的網中的結局。」

我們的心情是如此的沉重，長期付出的艱辛努力就這麼付之東流了。經過了一番沉痛的哀悼，我們邁著沉重的腳步朝著那塊岩石走去。

在岩石的最高處，我們放眼望去，黑暗中有一件東西在發著亮光。幾英里外的，朝著格林盆泥潭的那個方向，有一點微弱的燈光仍在亮著，那裡只有斯台普特一間孤獨的房子。

我朝這個方向揮動著拳頭，簡直快要發瘋了。

「我們為什麼不去把他抓住呢？」

「我們還沒有掌握足夠的證據，而那傢伙又是那麼的狡猾。問題不是我們推測出了什麼，而是我們已經證明了什麼。只要稍有不慎，他就會從我們手中溜走。」

「那麼，我們下一步該怎麼辦？」

「明天有的是事情要做，現在只能替亨利爵士辦喪事了。」

我們倆踉踉蹌蹌地來到屍體前，在月亮映襯下，屍體那慘不忍睹的一幕映入了我們的眼瞼，淚水浸滿我的眼眶。

「福爾摩斯，我們怎麼把他抬回去呀？」

這時，福爾摩斯驚叫了一聲。他手舞足蹈地抓著我直搖。

我喊道：「你神經不正常呀！」我簡直拿他這樣的反覆無常沒有辦法。

「你看，鬍子，鬍子，鬍子呀！」

「什麼鬍子？」

「他不是亨利爵士，他是塞爾丹。」

我搬弄了一下屍體。那已沾滿血的鬍子向上翹了起來，我看到了他那高高的額頭和獸一般的臉孔——不是亨利爵士！他確實是塞爾丹。

我立刻就明白了一切。我曾經聽亨利爵士說過，他把他的一些舊衣服給了管家，而管家又把這些衣服給了他的小舅子，以幫他逃離苦海，我起初一看他從上到下都穿的是亨利爵士的衣服，就以為他是亨利爵士。只是這個人死得太慘了，這也是老天對他的懲罰吧！我把這一切都說給福爾摩斯瞭解，現在我全身都熱血沸騰了。

他說道：「塞爾丹的死，完全是由於他穿了這身衣服。那丟失的高筒皮鞋也有了眉目了，一定是這隻狗聞了亨利爵士穿的那雙鞋，然後就進行跟蹤。可是有一點我不明白，這麼黑的夜晚，塞爾丹怎麼會知道那隻狗就在他身後呢？」

「他一定是聽到的。」

「像他這樣的人，如果是聽到獵狗的聲音，絕不至於怕成這個樣子。而且他是不敢喊出聲的。從他的喊聲判斷，他知道獵狗在追他，一定跑了很長一段路。可是他是怎麼知道的呢？」

「另一件更使我感到神秘的事，假如……」

「我現在不想做任何猜測。」

「為什麼今晚就把這隻獵狗放出來了呢？我想他是不會隨便把牠放出來的，是他認為亨利爵士會到那裡。」

「在兩種難題當中，我的困難恐怕更加棘手。我認為，你那個疑問很快就可以得到解答了，可是我那問題則可能永遠是個謎了。現在怎麼處理這具屍體，我們總不能不管吧！」

「要不我們先把他放到一間小屋裡，然後再通知警察。」

「行，我們先把他抬到一間小屋裡。華生，這是怎麼了？真是他嗎？你可不要說出一句顯出懷疑的話，不然我的全部計畫就要泡湯了。」

在沼澤地的那邊，我看到有人正朝我們走來，他叼著的雪茄的焰火一閃一閃的。我能看出他就是斯台普特。他看見我們在這裡，先是一愣，然後向我們走來。

「啊，華生，你怎麼深夜跑到這裡來呢？噢，天啊！怎麼了？有人受傷了？請不要告訴我這個人是我們的朋友亨利爵士！」

他慌張地由我們的身旁走過去，在那死人的身旁彎下身去。我聽到他用力猛地倒吸了一口氣，手指夾著的雪茄也掉了下來。

「誰，這個人到底是誰呀？」

「是塞爾丹，那個逃犯。」

斯台普特臉色蒼白，不過他還是極力掩飾他的這種詫異。他好像有些失望。

「天吶！他是怎麼死的？」

「當我在這裡散步時，聽到了他的呼救聲，我猜測是摔死的。」

「我也聽到了叫聲，所以也跟來了，我還以為是亨利爵士！」

「你為什麼以為是亨利爵士呢？」

他把眼睛從我的身上轉到福爾摩斯身上，問道：「你除了聽到他的呼救聲外，還有沒有聽到別的聲音呢？」

福爾摩斯搖了搖頭說道：「沒有，你聽到了嗎？」

「我也沒聽到。」

「那麼，你為什麼要這樣問呢？」

「啊！人們都說關於那個傳說的事，都說會在夜裡看到那隻怪物，所以我問你們是否聽到了什麼聲音？」

我說：「我們除了呼救聲以外，什麼都沒有聽到。」

「你認為他是怎麼死的呢？」

「噢，我想他一定是長期住在這裡，已經瘋掉了。所以他就在沼澤地裡奔跑，以此來釋放他內心的壓抑，結果不幸撞上岩石，把脖子扭斷了。」

「這個說法是有道理。」斯台普特唉聲嘆氣地說，「這下，他也不用再為逃跑的事擔心了，福爾摩斯，你說呢？」

「是的。我認為他也了卻了一樁心願。」福爾摩斯接著又說道：「先生，您認人可認得真快。」

「華生來到這裡後，人們就說您一定也會來的，您倒是趕上了這一齣悲劇。」

「是的，我感到很幸運，一來就碰上這麼一樁事。我相信華生所解釋的一切也不願再待在這裡了，我明天就回去。」

「您明天就走？」

「對，我明天就走。」

「我希望您的這次到來，能把那些人們大惑不解的事情弄個清楚。」

福爾摩斯顯出一種好像無能為力的表情，「人不能僅憑主觀想像就能成功的。調查人員需要的是事實而不是傳說和謠言，這件案子辦得並不使人滿意。」

我的夥伴漫不經心地說著，生物學家死死盯著他，接著說道：「我本想把他先抬到我家，可一想到他這模樣一定會嚇壞我妹妹，所以我也不敢把他抬回去了。現在讓我們把他的頭蓋起來吧！明天早晨再做處理吧！」

事情就這樣安排了，我和福爾摩斯推辭了他的邀請，向巴斯克維爾莊園走去。現在這裡只剩下斯台普特一個人了。當我回頭望去，看到那背影還在廣闊的沼澤地上緩慢地向遠方移動；在他的身後，白花花的山坡上有一個黑點，標明著得到如此可怕的結局的那個人躺著的地方。

引蛇出洞

福爾摩斯說道：「我們可以採取行動了。這傢伙的定力可真好啊！當他發現他那陰謀已經錯殺了人，面臨著本應使人萬分驚愕的情況時，還能表現得那麼泰然自若。我以前就跟你提到過，我們的對手不是一個好對付的人。」

「真遺憾，他已經看見你了。」

「不過這也是沒辦法的事。」

「這樣一來，你認為會不會對他的計畫造成什麼影響呢？」

「唯一的影響就是會使他變得更加小心謹慎，或許他會立刻採取行動，或許和大多數有點機靈的罪犯一樣，他可能會過分地相信了自己的小聰明，並且想像他已經完全把我們騙過去了。」

「當時我們怎麼就不把他逮住呢？」

「華生，你真是耐不住性子，你就是想痛痛快快地幹一場。我們不妨設想一下，假如今晚把他逮住了，這樣會對我們有什麼好處嗎？對他不利的事，我們什麼也證明不了，因為他的手段非常狡猾。如果這件事是他一個人策劃的，我們倒還可以找到些證據，可是如果我們在光天化日之下拉出這條大獵狗來，對於我們想把繩子套在牠主人脖子上的計畫是無法產生什麼作用的。」

「我們不是有證據嗎？」

「沒有，我們僅僅是在推測與假想。如果我們僅有這個故事和這樣的『證據』那還不被法官笑死。」

「查爾斯的死不就是很好的證據嗎？」

「他的死沒有給人留下一點證據，雖然你我都知道他是怎麼被害死的。可是我們拿什麼讓那些陪審員去相信呢？哪裡有獵狗的足印？哪裡有牠那狗牙的痕跡呀？人們都知道狗是不會去咬屍體的，而查爾斯爵士又是死於那隻狗追上他以前。這一切都必須有確鑿的證據，可是現在我們卻拿不出來。」

「今天晚上發生的事情呢？」

「至於今天晚上這件事，雖然他的死和獵狗有密切的關係，可是我們並沒有見到那隻狗，僅僅是聽到這麼一個聲音。華生，我們不能急於求成。我們必須使整個蓄意謀殺案有憑有據地展現在人們的面前，所以我們必須盡最大努力去找到確鑿的證據。」

「你認為我們該怎麼去找？」

「我想從蘿拉・萊昂絲太太這裡突破。只要我們把一切都跟她說了就有辦法了，至於別的就不要管了。我希望明天我們就能佔上風。」

接下來，他像以前一樣沉默了。當我們來到巴斯克維爾莊園前，我問道：「你進去嗎？」

「我還是進去吧！沒有再躲起來的必要了。不過，你不要對亨利爵士說起那隻獵狗的事，你就像對斯台普特那樣解釋給他聽就行了。這樣就可以使他不至於精神太過緊張了。對了，你給我的信上說，你們明天要到斯台普特家吃晚飯，不是嗎？」

「是的，我們已經約好了。」

「明天，你就說你有事不去了，讓亨利爵士自己去，這樣就比較好安排了。如果說我們已經錯過了晚飯時間，我想我們可以吃宵夜了。」

亨利爵士一見到福爾摩斯，高興得簡直要跳起來了。因為他一直盼望福爾摩斯親手來辦這樁案子。

當他發現福爾摩斯空手而來時，不禁犯起疑惑來了。吃宵夜時，我們把這些事告訴了亨利爵士。我也把消息告訴了白瑞摩夫婦，白瑞摩並沒有表現出太多傷心，可是他的妻子一聽到這個噩耗便撕心裂肺地哭了起來。對於村裡的人來說，巴不得塞爾丹早點死掉。可是她卻不這麼認為，他永遠是她頑皮的小弟弟。這個人可真是罪大惡極，臨死時連一個哭他的女人都沒有。

「華生出去後，我就一直待在家裡，覺得特別無聊。不過有一件事還是讓我高興的，因為我遵守了我的諾言。如果我沒有發誓說我絕不外出的話，我想我可以好好享受一個晚上了，因為斯台普特邀請我去他那裡。」

福爾摩斯略帶嘲諷地說道：「如果你去的話，或許那會是一個快樂的夜晚。不過，我們曾經認為那個摔死的逃犯是你。我想，知道了這些，你是否還能高興得起來呢？」

亨利爵士睜大了眼睛吃驚地問：「怎麼是這樣的啊？」

「你知道嗎？死者穿的是你的衣服，或許是白瑞摩送給他的，說不定警察還會找上門的。」

「應該不會的。因為那些衣服沒有什麼標記。」

「他走運了，實際上你們都相當走運。從法律上來說，你們都犯罪了。作為一個公正的偵探，我幾乎可以肯定，我的職責首先就是逮捕你們全家，華生的信就是證據。」

亨利爵士問道：「我們的案子處理得怎麼樣了？這件事情特別複雜。我覺得我和華生來到這裡就被這些亂七八糟的事給搞暈了。」

「用不了多久了，這樁案子確實太複雜。現在就剩下幾處沒弄清楚，不過我相信用不了多長時間。」

「我和華生在沼澤地裡聽到過一次獵狗的叫聲。華生是否告訴過你？不過我發誓，那絕對不是什麼傳說與迷信之類的。我曾經有過養狗這方面的經驗。我一聽就知道，這隻獵狗確實不是一般的獵狗。」

「不過，如果你能幫忙，我一定會制伏牠的。」

「好的。不管你讓我做什麼，我都會去做的。」

「好的。在我讓你去做之前，請你不要問為什麼。事後你一定會知道的。」

「我一定聽您的。」

「如果你能照我說的去做，我想快了……」

福爾摩斯突然不說了，他專注地看著我頭頂上的地方。他是那麼的認真，那麼的專心。他簡直就是機警與智慧的化身。

「怎麼了？」

我們倆不約而同地站了起來。不一會兒，他的兩眼往下看了看，我明白，他正在抑制內心的狂熱欣喜。他的臉上從來都是不露聲色，不過他的那雙眼睛已經顯示出了興奮的神色。

他用手指著牆上的一排肖像說道：「真有意思，其實我是很懂藝術這一行的。不過，華生可能不會承認這一點，那不過是他嫉妒我罷了。我和華生的看法並不相同，我覺得這些肖像畫得挺好的。」

亨利爵士說道：「你這樣誇獎，我挺高興的。可是我不是內行，看不出什麼好壞來。我真想不通你還有心情欣賞這個。」

「畫的好在哪裡，我一眼就能看出來，我現在就看出來了，這是奈勒畫的，這是瑞諾茨畫的，這些都是你的先輩吧？」

「是的。」

「他們的名字你都知道吧？」

「白瑞摩曾經向我說過。」

「這個拿望遠鏡的軍人是誰？」

「他是巴斯克維爾海軍少將，曾經在羅德尼手下任職。穿著藍色外套這位的是威廉・巴斯克維爾爵士，在庇特任首相時期，他是眾議院委員會主席。」

「那這位騎士呢？」

「他就是那品性惡劣的雨果，是他給我們家族帶來了不幸。那隻獵狗的傳說就是從他這裡形成的。」

我也仔細地看了看這張肖像。

福爾摩斯說道：「他看起來好像是個溫和的人，跟我想像的完全不一樣。」

「但是這張肖像確實是他呀！你看後面寫著他的名字和年代『1647年』。」

這張畫像的確很平常，福爾摩斯再沒有對它進行評論，只是一直在盯著它。

後來，亨利爵士回去後，福爾摩斯把我帶到那間有畫像的房間，手裡拿著蠟燭，照著這些逝者的畫像。

「這裡有什麼呀？」

我看著那幅戴著寬簷帽，額邊露出捲髮，鑲著白花邊的領圈，以及這些陪襯中間的那張一本正經的面孔。他看起來特別嚴肅與冷漠，有薄薄的嘴唇，還有一對炯炯有神的眼睛。

「你看到他沒有似曾相識的感覺嗎？」

「他有些像亨利，但不完全像。」

「是的，有那麼一點。」

他舉起蠟燭，用胳膊擋住他的寬簷帽和下垂的長條髮捲。

「天吶！」我驚叫起來。「他像是斯台普特。」

福爾摩斯笑了起來。「我的眼睛有特異功能，是不會被一些附屬的裝飾物所矇騙過去的。」

「太棒了，這說不定就是他的畫像！」

「不是他。這應該是一種遺傳，不僅在肉體上而且還在精神上。人們看了這些，一定會相信投胎轉世的說法。很明顯，斯台普特也是這個家族的後代。」

「這是一樁陰謀篡奪財產的案件。」

「是的，我想是這樣的，這個線索發現得很及時。這下我們可以逮捕他了。我敢保證，明天他會像那些蝴蝶一樣落入我們的網中。」

當我們離開那間房時，我突然聽到福爾摩斯咯咯地笑起來了。他很少這樣笑，只要他一笑，總預示著有人要倒楣了。

第二天早晨，我們都早早地起了床。不過當我們起來時，福爾摩斯已經從外面轉回來了。

他興奮地說：「啊，今天我們可以痛痛快快地過把癮了。我的網已經布好了，倒要看看能不能捕住這條大魚！」

「你去哪裡了？」

「我去發了份電報，告訴他們關於塞爾丹的消息，我保證你們不會被牽扯進去了。我還告訴了卡特萊我的情況，如果不知道我現在怎麼樣，他會一直提心吊膽地等著我的。」

「下一步我們怎麼辦？」

「那得和亨利爵士商量。噢，他來了。」

「福爾摩斯，華生，你們好。您真像是一位正在和參謀長計畫一次戰役的將軍。」

「是嗎？哈哈。」

「不過，我還得聽戰士的。」

「好的，據我所知，您今晚要去斯台普特家赴宴。」

「我倒希望您與我一起去，他們非常熱情。我想，他們肯定會歡迎您的。」

「不行，我和華生要回倫敦了。」

「什麼，回倫敦？」

「是的，我們必須回去。」

亨利爵士顯得特別的不快。

「為什麼在關鍵時刻，你們卻偏偏要離開我，你們也知道我單獨在這裡是很不安全的。」

「親愛的亨利爵士，請你相信我，你照我說的去辦就可以了。你去了後告訴斯台普特先生，說我們有急事，今天必須回去一趟，我們希望盡快趕回來。請你把我這個口信帶給他。」

「如果你堅持要走的話。」

「也只好這樣了。我肯定地跟您說吧！」

亨利爵士緊皺著眉頭，顯然是對我們的離開表示不滿。

他冷冷地說：「你們打算什麼時候走？」

「吃完飯我們就走。我們先去庫姆・特雷西。華生，你寫一封信給斯台普特，對你不能赴宴表示一下歉意。」

「你們能帶我一起去嗎？」

「不行，你必須留下來。你還記得答應過我的事嗎？」

「好吧，我就留下吧！」

「還有就是，我希望你坐馬車去梅利琵宅邸，然後就叫你的馬車先回去，讓斯台普特知道你是要步行回來的。」

「那可是要走過沼澤地的呀！」

「對！」

「你不是囑咐過我千萬不要這樣做嗎？」

「我向您保證，您不會有事的，我對您現在的狀態很有信心，您一定得照我說的去辦。」

「好了，我就聽你的。」

「如果您愛惜自己的生命，當您穿越沼澤地時，一定要走那條大路，別的路千萬不要走。」

「我一定照辦。」

「好了。我們馬上動身了，以便能早早回來。」

雖然我聽福爾摩斯說他今天要離開這裡，可是沒想到他會帶我一起走。我也不明白，在這種極端危險的情況下，怎麼會留下亨利爵士一個人？但我不能反對，只能聽福爾摩斯的。

就這樣，我們告別了亨利爵士，沒多久就來到了庫姆·特雷西車站，我們讓馬車夫回去了，那裡有一個小男孩在等我們。

「先生，有什麼吩咐嗎？」

「卡特萊，你馬上回去。你到了貝克街，就以我的名字發一封電報給亨利·巴斯克維爾爵士，讓他看看我是否有筆記本落在他那裡，如果有的話，請他幫忙寄回來。」

「好的。」

福爾摩斯又說：「卡特萊，現在你到郵局看看有沒有給我的電報。」

那孩子不一會兒就連蹦帶跳地回來了，手裡捏著一封電報。

福爾摩斯拆開一看，上面寫著：

電報收到，即攜空白拘票前去。五點四十分到。

雷斯瑞德

「要的就是這封回電。我認為雷斯瑞德是最有能力的一個了。他要來協助我們破案。華生，現在我們就去拜訪一下蘿拉・萊昂絲太太吧！」

我已經清楚了他的策略了。他請亨利爵士向斯台普特帶口信，這是讓他知道我們已經離開了。還有發電報給亨利爵士的目的就是讓他和斯台普特談及這件事，以便能完全消除他們心裡的疑惑了。

現在，我們就等著收網了。

我們來到了萊昂絲太太的辦公室，她正坐在裡面。福爾摩斯開門見山地開始了他的訪問談話，使她頗為吃驚。

福爾摩斯說道：「我今天來的目的就是為了查清楚查爾斯爵士死亡的原因。我的這位朋友和你已經談過話了，不過你並沒說出全部的真相。」

她氣急敗壞地說：「難道我還有什麼要說的嗎？」

「你已經承認了，你曾經要求查爾斯爵士在十點鐘的時候到那門口去。我們知道，那正是他死去的時間和地點，你隱瞞了這些事件之間的關聯。」

「可是這些事件之間並沒有什麼關聯啊！」

「要真是這樣的話，那真是無巧不成書了。可是我認為這其中一定有必然的聯繫。我把情況都告訴你吧，這是一件謀殺案。不僅與你的朋友斯台普特有關，和他的妻子也或多或少有一點干係。」

她顯然是受了莫大的震驚，猛地從椅子上彈了起來。「他的妻子？」

「你還被蒙在鼓裡吧，那個平時作他妹妹的女人就是他的妻子。」

萊昂絲太太有氣無力地坐了下來，似乎有點懷疑。

她叫道：「他的妻子！他的妻子！他連婚都沒結過呀！」

福爾摩斯轉了轉他那靈活的眼睛。

「你們有什麼證明嗎？拿出證明給我看啊！如果您能這樣的話……」她那氣得發瘋的表情，比什麼話都更能說明問題。

「當然有了。」福爾摩斯從口袋裡掏出一個大信封，「這是四年前他們夫婦在約克郡的合影。你再看看背面寫著『凡戴勒先生和夫人』。不用再懷疑這張照片了吧！這是幾個可靠的證人寄來的關於凡戴勒先生和太太的三份資料。他以前開了一所私立小學，看一看吧！你是否還會懷疑是不是這兩個人呢？」

她看了一下照片，臉上顯出一種絕望的神情，後來便是憤怒。

「福爾摩斯先生，我簡直不敢相信這是真的。他以前口口聲聲地對我說，只要我和我丈夫離了婚，他就一定娶我。這個王八蛋，竟敢一直玩弄我，他一直在欺騙我，可是我為什麼就沒有懷疑過他呢？我現在才弄清楚了，我是被他利用了，他根本就不愛我，我為什麼還要袒護他，使他免受他應受的懲罰呢？你想問什麼就問吧！我是不會再有任何隱瞞的。不過有一點我要說清楚，那就是我根本沒有要加害查爾斯爵士的想法，他是我最好的朋友。」

福爾摩斯說道：「太太，我相信你。我不想讓你重述那些事情，那樣會使你更難受。不妨讓我來問，你來答吧！

「那封約查爾斯的信是他提議讓你寫的吧？」

「他口授，我自己寫的。」

「他讓你寫信的目的是讓你從查爾斯爵士那裡得到經濟上的幫助，作為你離婚時的訴訟費吧？」

「是的，的確是這樣的。」

「當你把信發了之後，他又勸阻你不要去赴約，是嗎？」

「他說，為這樣的目的而讓別人出錢非常有傷他的自尊心。他還說，自己雖然是個窮人，但哪怕是花盡自己最後的一個銅板，也要來消除使我倆分離的障礙，那樣他才心安理得。」

「他看起來倒挺像個重情重義的人。你在報紙上看到那件死亡案的報導以後，就沒再聽到別的了吧？」

「是的。」

「他是否讓你一定不要說出那天曾約過查爾斯的事？」

「是的，他說查爾斯的死是很奇怪的，還說如若別人知道是我約了他，我一定會讓別人說閒話的。我一想也是這樣的，所以我就沒敢說。」

「即使這樣，你對他還是毫無懷疑？」

她低下頭想了想。「我知道他這個人的為人，如果他對我真誠，我絕對對他忠貞不二。」

「整體來說，我認為你還是脫身得很幸運，你現在抓住了他的把柄，這是他自己再清楚不過了。可是你竟依然還活著而沒有被他害死，真是算你命大了。幾個月來，你都在懸崖絕壁的邊緣上徘徊著。現在我們得走了，不久你或許會聽到更新的消息。

「我們的準備工作已經就緒了。困難一個個都在我們面前倒下了。」

我們正在等火車時，福爾摩斯說道：「我的奇異驚人的犯罪小說已經有素材了。犯罪研究學的學者們會記得，1866年在俄羅斯的果德諾發生的凶案，還有北凱熱蘭諾州發生的安德森謀殺案。可是我這個案子顯然更具傳奇色彩。雖然我們還沒有確鑿的證據，但這傢伙已經逃不出我們的手掌了，今天晚上一定會水落石出。」

火車一聲長鳴駛進了月台，一個個頭不大但看來比較壯實的人從火車上走了下來。我們互相握了手，他對我的夥伴是畢恭畢敬的。我還記得福爾摩斯曾嘲諷和刺激過這位講究實際的人說的話。

他問道：「究竟有什麼好事啊？」

「這是一件極重要又刺激的事。在行動之前，我們還有兩個小時。我們先吃點晚飯，你再好好呼吸一下達特沼澤上的夜晚的新鮮空氣，把你喉嚨裡的倫敦霧氣趕出來。我想，你是不會忘記這次出行的。」

傳說中的「獵犬」

福爾摩斯最大的特點，就是在計畫未實施之前，他是絕對不會向別人透露的。其中一部分原因是來自他的本性——喜歡支配一切，並且想給他周圍的人們一個驚喜；另一部分原因就是工作的需要，他從不輕易去冒險。這就經常使那些和他在一起的人感到摸不著頭腦，有時還會非常生氣。我有過好幾次這樣的經歷，可是再也沒有比這次長時間地在黑暗中駕車前進更使人難受的。

在黑暗中摸索了一段時間，嚴峻的考驗就在我們面前，我們都進入了戒備狀態。我不知道將要做什麼或者發生什麼，只能放開空間任意想像。冷風迎面撲來，在這漆黑的車道中，期待將要發生的一切的那種心情讓我的每個細胞都激動不已。隨著車輪輾轉，我們向冒險的頂峰靠近。由於車夫在一旁，我們只能談些無關緊要的小事。其實在這期間，我們都已經非常緊張了，在途中經過了弗蘭克蘭的家，越來越接近巴斯克維爾莊園了，剛才的緊張也都逐漸消失了。到了莊園的大門口我們就下了車，付了錢，讓馬車夫回到庫姆・特雷西，我們則向梅利琵宅邸走去。

「雷斯瑞德，你帶武器了嗎？」

他笑了笑：「只要我穿著褲子，就不能讓屁股後面這個口袋空著。」

「嗯，好！我們也已經做好了一切準備。」

「福爾摩斯，你不但是偵探，更是個保守秘密的偵探，現在我們該做什麼呢？」

「等著吧！」

那個偵探向遠處看了看，到處都煙霧朦朧。

「這真是個使人快樂不起來的地方。」

「你們看那個亮著燈的地方。那就是梅利琵宅邸，也就是我們的目的地了，現在我們必須謹慎從事。」

我們繼續順著小路前行，看樣子我們是要到那房子裡去，可是到了離房子約兩百碼的地方，福爾摩斯就把我們叫住了。

他指著那些黑壓壓的岩石說：「行了，就在這裡等吧！這是很好的地方了。」

「就在這裡嗎？」

「是的，我們就先躲在這裡。雷斯瑞德，過這邊來。華生，你對斯台普特家很熟悉吧？這一頭的幾個格子窗是什麼房間？」

「是他家的廚房。」

「那個亮著燈的房間呢？」

「那是客廳。」

「華生，你比較熟悉這裡。你過去看看他們正在做什麼。記得一定要小心，不能讓他們發現了！」

我躡手躡腳地走了過去，躲在一堵牆後面，穿過樹木我可以清楚地看到屋裡的一切。僅有亨利爵士和斯台普特兩個人坐在屋裡，他們面對面地坐在桌前。

他們正在抽著菸，桌上擺放著葡萄酒與咖啡。斯台普特指手畫腳地談論著什麼，而亨利爵士則有點心不在焉地傾聽著，或許他正想著怎樣走過沼澤地。

突然斯台普特站了起來，離開了房間。亨利爵士又倒了杯酒，向椅子上靠了靠。我聽到斯台普特走出來了，他走過我所藏身的這堵牆另一面的一條小路。我稍稍探出頭看了看，只見他走到果木林旁邊的那間小屋，拿出鑰匙在鎖孔裡轉了幾下，他一進去，就好像用鞭子抽打著什麼。他在裡面待了不到兩分鐘就出來了，他鎖好門，又回到屋裡去了。他們又開始喝酒、談論。我悄悄地回到我們的藏身之地，告訴他們那裡的情況。

福爾摩斯問道：「斯台普特太太不在嗎？」

「是的。」

「她在哪裡呢？這裡只有廚房的燈亮著！」

「不知道她究竟在哪裡。」

這時，格林盆泥潭上濃厚的白霧向我們這裡飄來，就像海中漂蕩的冰川。這對我們很不利，福爾摩斯把臉轉向霧朝我們飄來的這邊。

他兩眼直盯著這一面說：「華生，不好了。霧正向我們襲來。」

「後果嚴重嗎？」

「嚴重。說不定將把我們的計畫打亂。快十點了，他們快出來了。他什麼時候出來，決定著我們的成敗和他自己性命的安危。」

今天的夜晚是多麼美好，星星閃爍著疲勞的眼睛，半個月亮探出身子照著我們，整個沼澤地都沉浸在這柔和的月光中。我們面前是房屋的影子，房間還有幾束黃亮的燈光朝遠方照去。

突然廚房的那道燈光滅了，這說明僕人已經離開了。這時只剩下客廳的燈光了，裡面坐著兩個人，一個是蓄意謀殺的主人，一個是毫不知情的客人。

大霧仍在前行，已經飄過了房屋。那堵牆已經模糊不清了。我們靜靜地守候著，現在濃霧已經爬上了房屋。二樓像是一隻漂在海上的帆船。

福爾摩斯在這裡著急得跺著腳。

「如果他再不出來，霧就會擋住我們的視線。再過一會兒，我們大概連自己的手指都要看不到了。」

「我們要不要移到高一點的地方？」

「是的，這樣或許會好些。」

隨著濃霧的逼近，我們一直向後退，大約退了半英里多遠，可是這濃霧絲毫沒有減退。

福爾摩斯說：「不行，我們走得太遠了。或許在他受害的那一刻我們都不能趕過去了。無論如何我都得在這裡守著。」

他跪在地上，把耳朵貼著地面。

「上帝啊！他可終於出來了。」

腳步聲打破了這裡的沉靜。我們藏在這裡等待著將要發生的一切。腳步聲聽起來越來越近了，亨利爵士穿過濃霧，向我們這裡走來。他不時地向四周看看，後來他走上了一條小路。快到我們這裡時，卻又向那山坡走去了。他一邊走，一邊神色慌張地來回望著四周。

福爾摩斯把手放在嘴上「噓」了一聲，接著我聽到了扳動手槍扳機的聲音，「注意！」

只聽見「叭嗒叭嗒」的聲音從那濃霧裡傳來，這堵霧牆離我們不到五十碼遠，我們三個人死死地盯著目標。我朝福爾摩斯掃了一眼，他面色蒼白，但是顯出狂喜的神情，雙眼閃爍著光芒。突然，他兩眼直直地盯著前面的一處，張大嘴巴，顯得十分驚奇。

就在這時，雷斯瑞德驚叫了一聲便伏倒在地上，我跳了起來，兩手緊緊握著左輪槍。一個可怕的東西向我們跑來。那是一隻獵狗，但牠不是平常人們見到的那種獵狗。牠的嘴向外噴著火，眼睛像兩個火球，脖子上戴了一個項圈，閃閃發光。這隻形狀奇特的獵狗，是我們做夢都想不到的凶惡東西，牠像是人們所說的魔鬼一樣。

這隻可怕的獵狗緊追著亨利爵士，我們都驚呆了。當我們反應過來時，牠已從我們面前跑了過去。我和福爾摩斯同時開了兩槍，聽到那怪獸狂吼了一聲，這說明牠已經中彈了，可是牠沒有就此停下來，還是向前追逐著，當亨利回頭看到這一切時，他手腳並用地大叫著，臉色像戴了面具一樣可怕，眼睛幾乎迸裂了。

牠的吼叫消除了我們的疑慮，這說明牠不是什麼妖魔鬼怪。我從沒見到過福爾摩斯跑得這麼快，我一向被人們稱作「飛毛腿」，但這次竟沒跑過福爾摩斯。雷斯瑞德緊隨我後面，我們像是百米衝刺一樣趕過去。

只是這短短的幾十秒鐘，我們聽到亨利爵士的吼叫和那畜生的狂叫聲。到我們快接近時，那隻獵狗又竄了起來把爵士按倒在地，並咬向他的喉嚨。在這緊急關頭，福爾摩斯一連開了五槍才把那隻獵狗擊倒在地。這傢伙發出最後一聲痛苦的哀叫並四腳向上亂蹬著，後來就一動不動了。我彎下腰去檢查了一下，牠確實已經斷氣了。

亨利爵士已經不省人事了，我們把他的衣服解開，當福爾摩斯看到了亨利爵士身上並無傷痕，說明拯救還算及時的時候，他便感激地禱告起來。不一會兒，亨利爵士睜開了緊閉的雙眼，他好像想動彈一下，但卻動不了。雷斯瑞德把他那白蘭地酒瓶塞進亨利爵士的上下牙齒中間，亨利爵士那兩隻驚恐的眼睛向上瞧著我們。他說：「你們看見了嗎？那到底是什麼呀！」

福爾摩斯說道：「那就是你們家的妖魔，不過我們把牠永遠地消滅了。」

躺在我們面前的這隻獵狗，個頭很大，像是個牝獅。那張大嘴好像還在向外滴落著藍色的火焰，那小小的、深陷而殘忍的眼睛周圍現出了一圈火環。我摸了摸牠那發光的嘴頭，一抬起手來，我的手指也在黑暗中發出光來。

我大聲說道：「是磷。」

福爾摩斯說道：「這個人的心計太強了，這種安排並沒有影響牠的嗅覺。哎，亨利爵士，我們應該向你說聲對不起，使你受了這麼大的驚嚇。我想那只不過是一隻普通的獵狗罷了，真沒想到會是這樣一隻。今天霧太大了，我們沒能及時地抓住牠。」

「我應該感謝你們，不是你們的話，我早就一命嗚呼了。」

「可是卻讓您冒了這樣一次大險。您還能站起來嗎？」

「再給我喝一口白蘭地，我就什麼都不怕了。請扶我起來。接下來我們該怎麼辦呢？」

「您現在身體很虛弱，乾脆就留在這裡吧！如果您願意，我們會陪您回莊園。」

他試著站了起來，可是身體相當虛弱，四肢都在顫動。我們三個人把他扶到一塊石頭上。

福爾摩斯說道：「我們必須出發了。我們該去抓那個罪惡的凶手了。」

「想要在房子裡頭找到他的可能性只有千分之一，」當我們又順著小路迅速地走回去的時候，福爾摩斯說道，「那些槍聲已經告訴他，他已經完蛋了。」

「那時我們還離他挺遠的，或許他還沒聽見。」

「不會的，他那時一定帶著獵狗，這樣他也好控制牠，他現在肯定不在房子裡了，不過我們還是回去看一下為好。」

我們箭步如飛地衝了進去。福爾摩斯趕快打開屋裡的燈，除了一個老男僕以外，什麼都沒發現。

我們上了二樓，發現有個房間被鎖著。

雷斯瑞德說道：「你們聽，快把門打開！」

福爾摩斯一腳把門踢開，我們都虎視眈眈地舉著槍衝了進去。

可是屋裡並沒有我們想要找的那個不顧一切、膽大妄為的壞蛋。面前卻是一件非常奇怪而想像不到的東西，我們驚愕得呆立在那裡望著。

這個房間布置得非常整齊，牆上裝著兩排小匣子，裡面都是蝴蝶標本。這傢伙並沒有把採集當作他的職業，而只不過是一種幌子罷了。屋子中間有根柱子，柱上綁著一個人。這個人全身都被布纏繞起來，只露兩隻眼睛。我們分不清是男是女，更看不出是誰。一條手巾繞著脖子繫在背後的柱子上，另一條手巾蒙住了面孔的下半部，上面露出了兩隻黑色的眼睛——眼中充滿了痛苦與羞恥的表情，還帶著可怕的懷疑——死盯著我們。一會兒的時間，我們就把那個人嘴上和身上捆著的東西都解了下來，斯台普特太太就在我們的面前倒了下去。當她那美麗的頭下垂在胸前的時候，我在她的脖子上看到了清晰的紅色鞭痕。福爾摩斯說道：「這混蛋，快，雷斯瑞德，把她放置在椅子上，拿你的白蘭地來，她現在已經昏過去了。」

一會兒，她睜開了眼睛，臉上一點血色都沒有。她微微張開嘴問道：「他怎麼樣了，他跑了沒有？」

「太太，你的丈夫逃不了。」

「不，不，不是他，我是問亨利爵士怎麼樣了？」

「他現在很好。」

「那隻狗呢？」

「被我們擊斃了。」

聽到這些，她的臉上露出了一絲微笑。

「噢，這個混蛋！你們看他把我打成這樣了。」她掀起袖子，露出那紅腫的胳膊，似乎沒有一處是好的了。「這些我都不在乎，他一直在折磨我，更讓人絕望的是，他一直在欺騙我，他根本就不愛我。」她說著便抽泣了起來。

福爾摩斯說道：「太太，您現在認清他了吧！您就告訴我們吧！如果您以前與他做過什麼，現在讓我們替你贖罪吧！」

她答道：「他唯一能藏身的地方就是泥潭中心的那個小島，那裡有個被遺棄的錫礦，他的狗就藏在那裡，他已經在那裡安排好一切了。」

福爾摩斯走到窗前，外面的濃霧一點也沒有消退。

福爾摩斯說道：「我猜想他走不出格林盆泥潭。」

這時她的臉上露出了滿意的笑容。

「或許他可以走進去。但他也許再也走不出來了，今天霧這麼大，他怎麼能辨清這些路標呢？那些路標是我和他一起插的。要是現在我把路標拔掉呢？你們就可以更容易地對付他！」

顯然在霧氣消散之前，任何追逐的打算都是徒勞的。雷斯瑞德留了下來。我和福爾摩斯一同陪亨利爵士回去了，我們把一切都告訴了亨利爵士。他聽到了這一切，也勇敢地接受了這個事實，可是他受的驚嚇太大了，以致大病了一場。他一連躺了好幾天，莫蒂默也被請來一直照顧他。他們倆已經商量好了，在他病好了以後他們要一起外出旅遊。要知道，在變成這份不祥的財產的主人以前，他是個多麼精神飽滿的人啊！

這段奇特的故事很快就要結束了，在故事裡我想使讀者也體會一下那些極端的恐怖和模糊的臆測，這些東西長時期地使我們的心上蒙了一層陰影，而結局竟然是如此的悲慘。第二天早上，太陽出來了，霧也消散了，斯台普特太太帶著我們去尋找她的丈夫。她走得很快，能看出她的心情如此焦急，也由此可見她是多麼恨她的丈夫。她走在堅實的泥煤質地面上，路變得特別窄，快到路的盡頭時我們發現了一些小木棍插在地面上，必須順著這些小棍，否則是無法走過去的。這條小路在漂著綠沫的水窪和汙濁的泥坑之間緩緩前行。繁茂的蘆葦和綠油油的野蔥以及黏滑的水草散發著腐朽的味道，不時地向我們飄來，幾次我們都陷入泥潭，黑色的泥漿沒入小腿，即使走了數碼遠，泥還牢牢地黏在我們腳上。我們拖著沉重的腳步，當我走進去的時候，就像有一隻無形的手把我們往下拉似的。我們看到一點點痕跡，說明我們前面有人走過了這條危險的路，在一些棉草中間露著一個黑色的東西。福爾摩斯想去看個究竟，結果一下子陷入泥潭中，一直陷入到了腰部，要不是我們及時地把他拉出來，或許他就要這樣為事業犧牲了。他的一隻手裡提著一隻皮鞋，上面印著「麥爾斯多倫多」。

福爾摩斯說：「這次冒險還是值得的，這不就是亨利爵士丟失的那隻鞋子嗎？」

「這一定是斯台普特扔在這裡的。」

「他放開大獵狗去追亨利爵士時，仍沒有扔掉這隻鞋。而當他知道他的鬼把戲被揭穿時，才扔掉了這隻鞋。這說明，他來這裡以前一直是比較安全的。」這只是我們的想像，因為在沼澤地根本留不下腳印，冒上來的泥漿很快就把腳印埋沒了。終於走過了最後一段泥濘的小路，在走到堅實的土地後，我們就開始尋找腳印，可是任何痕跡都沒有發現。如果大地沒有欺騙我們的話，斯台普特一定沒有走到這裡，就被汙濁的泥漿給收走了，這個狠毒的傢伙就這樣被埋葬了。

我們到了那個神秘的小島，發現了很多他留下的痕跡。一個大的方向盤和一個裝了半坑垃圾的大坑，這是一個被遺棄的礦坑。旁邊還有些已經倒塌的礦工房屋的殘痕，工人們無疑是受不了泥潭的惡臭而逃走了。在一個小屋裡有些牲畜的骨頭，還有一具骨架橫在斷壁殘垣之上，上面還黏著一團棕色的毛。

福爾摩斯叫道：「一隻狗，這就是莫蒂默的那隻捲毛長耳黃犬。他再也看不到他這隻狗了。嗯，這下我不相信還有什麼我們沒有弄清楚的秘密。他把狗藏在這裡，狗整天寂寞地待在這裡，難免會發出一些難聽的號叫聲。在急需的時候，他可以把獵狗關在梅利琵房外的小屋裡，但這是相當危險的，除非在他已經準備好了一切，而且是在迫不得已的情況下，他才會這樣做。

在一個小盒裡有一些粉末，這就是那隻狗頭上的發光物。他之所以用這些，就是企圖利用人們的懷疑，他就是以這種方法嚇死查爾斯爵士的。難怪那可憐的惡鬼似的逃犯，一看到這樣一隻畜生在沼澤地的黑暗之中一竄一竄地從後面追了上來，就會像我們的朋友一樣，一面奔跑一面狂呼，就連我們自己說不定也會那樣。這確實是一個狡猾的陰謀，這麼做既達到他個人的目標，而農民們又不敢調查這件事。在事情發生前後，人們曾經多次看到這隻怪物，可是有誰敢去調查呢？華生，這的確是我們所追捕的人物中最危險的一個了。」福爾摩斯出神地向外望去。

大結局

快到十一月底了，一個天氣比較寒冷的夜晚，在貝克街的寓所裡，福爾摩斯和我在客廳中坐在熊熊的爐火兩旁。

我們辦理完那樁神秘的案件後，福爾摩斯又破了阿波烏上校的案件，那是關於參與「無匹俱樂部」紙牌舞弊的事。他還為蒙特邦歇太太洗去了謀害丈夫前妻之女卡萊小姐的罪名，卡萊小姐在事後的第六個月走進了婚禮的神聖殿堂。福爾摩斯因為在一連串困難而重要的案件裡接連獲得了成功，故而一直都沉浸在喜悅之中。因此我才能誘使他談起了巴斯克維爾案的詳情，我一直都在尋找機會等他解釋這樁事，因為不能把幾個案子攪和在一起，那樣會讓他不能把精力集中起來。亨利爵士和莫蒂默醫生正準備一次長途旅行，希望藉此來調節他那受驚嚇的身心。就在那天下午，他們路過這裡，順便來拜訪了我們一下。因此，很自然地談論起了這個話題。

福爾摩斯說道：「事情的全部過程從自稱為斯台普特的人的觀點看來是比較簡單明瞭的。雖然剛開始我們無法弄清他那些行為的動機，就連事實也只能知道一點，所以就使整個案件顯得有些複雜了。後來，我和斯台普特太太談過幾次，現在這個案件已經全部清楚了，我已把這件事的摘要列在我的案件統計表的B字欄裡了。」

「您是否願意和我們談談這樁案子的有關內容？」

「當然可以，但我不能保證面面俱到，因為現在我又處理了幾樁案件，不可能把以前的事都回憶起來了。就如同一個律師正在處理一宗案件時能夠針對本案的問題和一個專家辯證，可是會在法庭訟訴之後的一兩個星期內全部忘記一樣，所以我大腦的大部分空間都被新事物代替了，卡萊小姐的事使我對巴斯克維爾莊園案情有點模糊了。或許以後的事又代替了漂亮的英國女孩和臭名遠揚的阿波烏，不過我盡量為你們回憶一下巴斯克維爾莊園的事，如果你們發現我有哪些遺忘的請盡量提出來。

「我的判斷是正確的，這個傢伙確實是巴斯克維爾的後代，他就是查爾斯爵士的弟弟——羅傑・巴斯克維爾的兒子。羅傑一直是比較浪蕩的。他逃到南美後，就結了婚，生下了『斯台普特』這個人。等斯台普特長大後就與一位哥斯大黎加小姐結了婚，就是現在的『斯台普特小姐』。在工作中他偷了一大筆公款後，就逃到了英格蘭，在這裡辦了一座私立小學。最後，這所小學因為一種傳染病而死了幾個孩子，使得學校再也辦不下去了，於是他們夫婦便改姓為斯台普特，帶了全部的家產搬到英格蘭南部去了。他擅長研究昆蟲學，是這門學科的權威人士，而且他曾首次發現了一種新品種的飛蛾，後來這種飛蛾就以『凡戴勒』為名了。

「現在談到他的那一段生活，確實使我們感到了極大的興趣。這傢伙經過詳細的調查後，發現有人有礙於他得到龐大的財產。我猜想他剛來時，目標還不明確，等到他把他的太太當作自己的妹妹時，他就懷上壞念頭了，可能這時還沒有確定下整個陰謀的步驟。他顯然用他太太做誘餌，決定要把這筆財產弄到手。為了實現這個願望，他不惜付出一切代價並設置了一個周全的陰謀，他第一步的計畫是把自己的家安置在祖宅的附近，第二步計畫就是培養起查爾斯・巴斯克維爾爵士和鄰居們的友情來。查爾斯爵士告訴了他關於家族的傳說，於是這傢伙就為查爾斯爵士設計了一條死亡之路，可以置他於死地，又沒有辦法查到凶手。

「自從產生了這個念頭後，他就為這個陰謀而奔波了。他巧妙地利用了那個傳說，把一隻獵狗塗得像魔鬼一樣，這就是他的機智與狡詐了，這隻狗是他從倫敦福萊姆街買的最好的獵狗，他坐著德文郡的火車把牠帶了回來。為了怕別人發現，他牽著狗在沼澤裡走了很長的路。在捕捉昆蟲時，他在沼澤地摸索出一條路來，便為他的狗找到了一處藏身之地，並把牠關了起來，等待好機會的來臨。可是機會不是自己跑來的，需要他自己去創造。有幾次他都想結束老爵士的生命，可是沒有辦法。他又設想利用太太將他拖入情網，可是她太太又不是這麼的乖順，他甚至用起殘酷的手段，毆打、辱罵，可是這一切都不能改變她的決心。斯台普特真的沒辦法了。不過，最後他還是抓住了一次難得的機會。由於查爾斯爵士為人善良，在他幫助蘿拉・萊昂絲太太時讓斯台普特負責掌管一筆慈善金。又由於蘿拉・萊昂絲的婚姻問題，而他又裝著是一個單身漢，所以他的言行決定了她的一切，他表示如果她和她丈夫離了婚他將要娶她。可是他聽說查爾斯爵士馬上要離開了，他必須採取行動了，所以他就讓萊昂絲太太把查爾斯爵士約了出來。可是他又編了一個聽起來很合理的理由阻止了她前去赴約，他便得逞了。

「太陽快要下山時，他從庫姆・特雷西回來，並把他那隻狗從小島上弄回來。還把牠裝扮成一個魔鬼的樣子並牽到柵門附近。而老爵士正在那裡等待蘿拉・萊昂絲太太。狗受意於主人，跳過柵門向老爵士撲去，老爵士看到這隻和傳說中一模一樣的大獵狗，頓時害怕極了，他便喊了起來，一邊順著夾道猛跑起來，由於他心臟不好，因此心臟病突然發作而導致了死亡。老爵士是在小路上奔跑，而狗是跑在草地上的，因此沒留下任何痕跡，只是在遠處被發現爪印。很快，獵狗被及時地藏了起來，所以這件事使人們感到奇怪，村民真的相信了傳說，直到後來我們接管了這起案件。關於老爵士的死就到此為止吧！你們也體會到了，這個手段是多麼狡猾，安排得天衣無縫。當然，獵狗不會把這件事洩露出去，另兩位就是他的太太和蘿拉・萊昂絲太太。她們只是對此事有點懷疑，但是不太確定。她倆又在他的掌握之中，他對她們是非常放心的。整個周密的陰謀已經成功了一半，可是剩下的一部分就比較麻煩了。

「可能他並不清楚加拿大還有一個繼承人。不過，很快他就從莫蒂默那裡知道了，莫蒂默和他談論了亨利爵士的到來，他想在亨利爵士到來之前就把他解決掉，所以就和太太來到了倫敦。自從他太太不太順從他時起，他就開始不信任她了，甚至不敢讓她離開自己，他怕萬一會因此失去對她的控制。正因為這樣，他才帶上她一起來到倫敦。在我的調查中，曾經有人說過，他把他太太關在麥斯堡的私人旅館裡，而他自己便裝上假鬍子跟蹤亨利爵士。他太太對他所做的事略知一二，但她非常怕他，所以不敢透露半點風聲。後來她採用的辦法，就是從報紙上剪下一些詞為亨利爵士寫了封恐嚇信，這是想嚇走亨利爵士。

「他要用他的獵狗去謀害亨利爵士，所以必須讓牠聞一下他所用過的東西。他設法弄到了亨利的一件東西，不過我肯定，一定是旅館裡的僕人接受了他的賄賂而幫他做的，不過不湊巧，他弄到的第一隻鞋子是新的，所以沒有價值。所以他們又偷了一隻，這下子我就斷定這一定涉及到一隻獵狗，這些小事或許讓人們感到很複雜，但仔細考慮考慮這些小事才是破案的關鍵。第二天，亨利爵士來拜訪我們時，斯台普特一直跟著他，從他對我們這裡的熟悉程度來看，我覺得他的罪惡絕不限於一兩個案子。據我調查，他參與了西部曾發生的四次大的盜竊案，可是沒有一件被抓住。最後一件是五月間在福克斯通發生的，其特殊之處是：一個僮僕因為想要襲擒那個戴著面具的單身盜賊而被其殘酷地用槍打死了。我相信斯台普特就是這樣地補充了他那日漸減少的財產，而且這些年來他一直就是個危險的亡命之徒。

「那天早上，他從我的手中逃走，我就知道這個人是多麼的機智和狡詐了。他也知道我已經受理了這個案件，所以他在倫敦下手的希望就破滅了，於是他就回到沼澤地來等待亨利爵士。」

我問道：「他來到倫敦時，他的那隻狗在哪裡呢？」

「我也曾經特別注意過這件事，斯台普特在這裡有個親威，但他不是他的同夥，他叫安東尼，是梅利琵宅邸的一個男僕，他們的關係得追溯到斯台普特做校長時。因此他知道斯台普特與他太太的關係，這個人現在已經逃跑了。在英國很少有人姓這個姓的，而在西班牙語國家和美洲的西班牙語國家也很少見。這個人英語講得特別好，我曾看到過這個老頭曾走進過格林盆沼澤地，所以他在主人不在時照管這隻獵狗，他根本不知道這隻狗的用處。

「後來，斯台普特夫婦就回到了德文郡，隨後你們倆也回去了。不知你是否還記得，當我檢查那封信時，我仔細地聞了聞，聞到了一種白迎春花的香味。香水大約有七十多種，那香水味讓人知道了這個案子將關係到一位女士，我就想到了他的太太。我就這樣一步步地確定了這個案子。

「我到沼澤地來觀察斯台普特的一舉一動。如果和你們住在一起，一定會引起他的注意，所以我就沒讓你們知道。你們以為我仍在倫敦時，其實我已經悄悄來到沼澤地了。我在那裡所受的苦並不像你們想像的那樣，我大部分時間待在庫姆・特雷西，只有緊急關頭才去那裡。卡特萊對我幫助很大，他一直在監視著你——華生。所以任何線索掌握起來並不怎麼困難。

「我早跟你說過了，你寫給我的信很快地傳到我手中，它們一到貝克街就被立刻送到庫姆・特雷西了，這些信對我至關重要，特別是關於他身世的事，所以就為我指明了一個調查的方向。可是後來摻和進來白瑞摩和逃犯的事，阻礙了一下案子的進展，不過這一點在你的又一封信裡說明了。當你在沼澤地把我當作是個神秘人物來抓時，其實我已經知道了案子的全部底細，但是我沒有拿到證據，不過他誤殺了那個逃犯，其實已經構成了犯罪。如果沒把他當場抓獲的話，那只好拿亨利爵士當誘餌了，這樣做雖使爵士受到嚴重的驚嚇，但是我們這樣就可以得到證據了。我沒想到的是，那個畜生竟然是那般模樣，而且我們也沒預測到大霧的出現，我們在此項任務中付出了沉重的代價。不過莫蒂默醫生說這只是暫時的，只要一次長途旅行，亨利爵士就能恢復，還可以治癒他心靈上的傷疤。他一直對那位太太是情有獨鍾的，沒想到竟受了騙。

「斯台普特想讓他太太直接參與謀殺，但他發現了他還是不能完全控制她。她一直想把事情告訴亨利爵士，卻又顯得吞吞吐吐而不願透露全部實情。當亨利爵士向她求婚時，引起了斯台普特的嫉妒，雖然這在他的計畫之內，他還是大動肝火地去阻止了這一切。這或許是人的本性在作怪，他經常約亨利爵士到他家作客，這樣他就會得到更多下手的機會，而在最後一天，她已經知道了這一切，她譴責他的罪行，這讓他惱羞成怒了，他向她表露了他的想法，而且他說他愛的並不是她，她以往的溫柔順從突然間變成了仇恨。他知道，她一定會壞了他的好事，所以就把她捆在那根柱子上。他希望人們把亨利爵士的死歸咎於那個傳說，這樣他就得逞了。但我想他大錯特錯了，即使我們不在那裡，他也只能以失敗告終，因為一個有西班牙血統的女人容不得他這樣侮辱她，親愛的華生，我還有什麼遺漏的地方嗎？」

「他並不指望用那隻嚇人的狗來像嚇死他伯父那樣嚇死亨利爵士。

「那個畜生很凶猛，而且得不到足夠食物，牠的外表至少把人嚇得魂飛魄散了。現在我還有一個問題不清楚。那就是他怎麼讓人相信，他是繼承人呢？」

「這個問題恐怕不在我的能力範圍之內了，恐怕你太高估我了，對一個人將來要做什麼，那是很難猜測的。啊，華生，我們現在也該輕鬆一下了，今晚我們就去看戲，你聽說過德雷茲凱（波蘭歌劇演唱家——譯者注）的歌劇嗎？請你先收拾一下，我們先吃晚飯吧！」

第五部　回憶錄

漆黑夜裡，寶馬不見了，馴馬師被拋屍荒野。地下室裡，管家屍體與古寶躺在一起。陡峭山崖上，福爾摩斯與凶手展開殊死搏鬥，並且欲同歸於盡。

回憶錄

銀色白額馬

一天早上用餐時，福爾摩斯突然說：「華生，我必須去一次了。」

我驚奇地問：「去一次？要去哪裡呀？」

福爾摩斯答道：「達門耳，國王場那裡。」

對此，我倒並不奇怪。真正讓我驚奇的是，最近全英國都在議論著一件離奇的案子，可是福爾摩斯卻從未過問。他每天在屋子裡走來走去，眉頭緊鎖，不停思考，吸著一斗又一斗的上等烈性菸葉，經常對我的提問毫無反應。每天的各種報紙，他只是隨便翻翻。但即使他沉默不語，我也很清楚他在想什麼。最近，威塞克斯杯錦標賽上，一名馴馬師慘死，一匹名駒神秘失蹤，各方都在期待分析推理天才福爾摩斯能揭開這個謎底。所以，此時他突然要去調查這件極富戲劇性的案子，我並不感到意外。

我說：「如果方便，我希望和你一起去。」

福爾摩斯說：「華生，很高興你也能去，這個案件看起來有點意思，我們一定不會空手而歸的。我們坐火車去帕丁頓，路上再和你談此案的詳細情況。你最好帶上那架雙筒望遠鏡。」

一小時後，我們已經坐上了開往艾克希特的火車。福爾摩斯坐在頭等車廂裡，一頂旅行帽將他那輪廓分明的臉完全遮住了。我們在帕丁頓車站買了些當日報紙，他正在匆匆瀏覽。離雷丁站還很遠的時候，他已經把最後一頁報紙讀完了。

望著窗外，他說：「走得非常快。」接著又看了看錶，說：「現在車速五十三英里半。」

我說：「我沒注意數四分之一英里的路杆。」

「我也沒數，可是鐵路旁那些六十碼間距的電線杆比較容易算。我想，你已知道約翰・史崔克被害和銀色白額馬的案子了吧？」

「我在電訊報導和新聞上看到過。」

「這類案子，邏輯推理的作用應該更多發揮到分析案情細節上，而非尋覓新證據。它的確不尋常，令人困惑，而且牽涉到許多人的切身利益。猜測、推理、假設都易馬上見效，而且如何釐清事實與虛構之詞——所謂理論家以及記者虛構的情節之間的關係非常不易。現在，我們的任務就是根據事實，推出結論，並且確定問題的主次。本週二，我接到了馬主人羅爾斯上校和哥瑞格里警長發來的電報，他們邀請我與警長合作，一起偵破此案。」

我驚呼：「天吶！週二晚上，現在都週四早上了，為什麼現在才出發？」

福爾摩斯說：「是的，這是我的錯，我確實常犯錯。這與透過你回憶錄瞭解我的人所認識的不同。我只是不相信，那匹英國名馬能在荒涼的達門耳北部隱藏那麼久。直到昨天，我還在盼望馬的消息，因為偷馬賊就是殺害馴馬師的凶手。可是今天，除了一個叫菲茲羅伊爾・辛普森的年輕人被捕外，毫無新進展，我只好行動了。但是，我也沒有虛度昨天的時光。」

「這樣說來，你有眉目了？」我問。

「是的，至少對重要的事實有了初步瞭解。我想，把一個案件的詳細情況講給其他人聽，是幫助自己弄清案情的最好方法。此時如果還不讓你對案件深入瞭解，那就很難指望得到你的幫助了。」

我拿著菸坐在椅子上，他向我靠了靠，開始一邊比劃一邊說起來。

「那匹有優良血統，保持傲人記錄的銀色白額馬，是桑莫來血統，現在五歲，賽馬場上的常勝將軍。牠的主人羅爾斯上校更是令人羨慕。

「慘案發生前，牠依然是冠軍。人們對牠非常寵愛，牠也從來不讓人失望，因此賽馬迷押在牠身上的賭注是三比一注（打賭時，輸了給對方三份，贏了只拿對方一份——譯者注）。但即使如此，牠也從未令押鉅款在牠身上的人失望過。因此，雖然賭注懸殊，卻仍有人願賭。當然，也有許多人出於利益考慮，並不希望牠參加下週二的比賽。

「這樣的事實，上校的訓練馬廄國王場對這些事情完全知情。所以，為防不測，他們採取了各種措施全力保護牠。羅爾斯上校的賽馬騎師原本是約翰・史崔克，但後來因為其體重增加而不得不退役換了別人。史崔克則轉而成為了馴馬師。他熱情、誠實，如今已給上校做了五年騎師、七年馴馬師。他有三個小馬倌，其中一個睡在不很大卻有四匹馬的馬廄裡，其餘兩個睡在不遠處的草料棚裡。三個小夥子都品行極好。馴馬師已婚，但沒有孩子。他只有一個僕人，住在離馬廄兩百碼的小別墅裡，生活舒適。在這個荒涼的地方，人煙稀少，再往北僅有幾座別墅，離這裡幾英里，是塔維斯托克鎮的商人建的，住著一些療養的病人和喜歡達門耳新鮮空氣的人。西邊兩英里外是塔維斯托克鎮，越過鎮外的荒野，再走兩英里，就可以看到另一個馬廄，它屬於貝克華德勳爵，管理人叫賽拉斯・布朗，周圍還零散地居住著少數吉普賽人。慘案發生在星期一晚上。情況大致如此。

「那天晚上，一切如常，馬被訓練刷洗之後就鎖在了馬廄裡，由小馬倌納德・亨特在馬廄看守，其餘兩個去馴馬師家中吃飯。九點過幾分時，女僕伊德思・貝克斯特給納德送去了一盤咖哩羊肉。因為馬廄裡有自來水，而且看守人在值班期間不能喝飲料，所以她沒有帶飲料。伊德思提了一盞燈，因為當時天很黑，而且要穿過荒野才能到達馬廄。

「在距馬廄三十碼的地方，她被一個男人叫住。那個人從黑暗中走出來，借助微弱的燈光，她看到他身穿灰呢衣服，頭戴呢帽，腳穿有綁腿的高筒靴，手持笨重的圓頭手杖，像個上流社會的人。他大約三十歲，臉色很白，神情緊張。

「他問：『請問，我現在在哪裡？多虧你的燈，這才令我不致露宿荒野。』

「女僕答道：『您在國王場馬廄旁。』

「他驚奇地叫道：『太好了！你是送飯給睡在馬廄裡的小馬倌吧？』那個人拿出一張字條，『如果你把它交給那個孩子，就能得到一點小錢，足可以買件漂亮的新上衣，我想你不會驕傲到對它不屑一顧吧？』

「他嚴肅的表情令女僕感到驚奇，於是急忙奔向那個馬廄裡遞飯的窗口。窗戶是開著的，女僕準備把剛才發生的事告訴坐在小桌旁的亨特，可是那個人卻又走了過來。」

「他從窗口探進身子，說：『晚安，先生，我們談談好嗎？』

「女僕曾說，那個人說話時手裡還攥著剛才她看到的那張字條。

「小馬倌問：『你在這裡幹什麼？我不認識你。』

「陌生人說：『我知道你們的銀色白額馬和貝亞紅棕駒的馬都參加了威塞克斯杯錦標賽。我還聽說在這次比賽中你們把自己的錢押在了貝亞紅棕駒身上，因為貝亞紅棕駒可以在五弗隆（弗隆是英國的長度單位，相當於八分之一英里——譯者注）比賽中超過銀色白額馬一百碼。如果你能再告訴我一點可靠消息，你口袋裡還會多一些東西。」

「小馬倌生氣地說道：『這個該死的馬探子，我會讓你明白馬探子在國王場的下場！』

「他走出來要放狗，女僕嚇得急忙往家裡跑。她邊跑邊回頭看，發現那個人還在窗戶向裡張望。可是，等到小馬倌帶著狗出來的時候，那個人卻不見了，找了一圈也沒有人影。」

我插話問：「等一下，小馬倌沒有鎖門就帶狗出去了？」

福爾摩斯低聲說：「華生，你真棒，為了證實這一點，昨天我專門往達門耳發了電報。結果是門鎖了，窗戶也很小，人鑽不進去。

「另外兩個小馬倌吃完飯回來後，納德便派人將詳細情況通知了史崔克。史崔克知道後很緊張，雖然他不知道即將發生什麼，但總是心緒不寧。大約一點多，史崔克夫人醒來時發現丈夫在穿衣服。他說只有親自去看看那幾匹馬，才會安心睡覺。妻子聽到外面有雨點敲窗的聲音，所以希望他不要去，但他聽不進去，還是穿上雨衣走了。

「清早，史崔克夫人醒來時，沒有看到丈夫。她慌忙穿上衣服向馬廄跑去，結果在那裡發現已經失去知覺的納德蜷縮在椅子上。馬廄的門敞著，裡面卻不見名馬和馴馬師的影蹤。當時，女僕也跟隨著史崔克夫人。他們叫醒了睡在草料棚中的另外兩個小馬倌，但是他們夜裡都睡得很沉，什麼也不知道。很明顯，納德被烈性麻醉劑麻醉了，任憑怎樣叫他都無法醒來。他們只好丟下納德，去尋找名馬和馴馬師。他們本以為站在馬廄附近的小山丘上就可以看到馴馬師，結果除了荒野，他們只看到了一件讓人感到不祥的東西。

「在離馬廄四分之一英里遠的地方，他們發現了馴馬師的大衣。附近荒野有一個凹陷處，不幸的馴馬師就倒在那裡：他的頭顱遭到一件鈍器襲擊，被擊得粉碎；大腿被一種鋒利的器具割破了，留下整齊的傷痕；他的右手握著一把沾滿血跡的小刀，很明顯，他死前進行過激烈搏鬥；他的左手裡是一條黑紅相間的領帶，女僕和醒過來的納德都證明是那個陌生人的，而麻醉藥也是他站在窗戶放到咖哩羊肉裡的。山谷底有馬的蹄印，顯然，搏鬥時馬就在現場。後來，牠卻失去了蹤跡。儘管尋馬的賞金昂貴，儘管所有達門耳的吉普賽人都在留意，但牠還是沒有一點消息。經過化驗，小馬倌吃剩的飯菜中確實含有麻醉劑，而吃同樣飯菜的馴馬師一家人卻沒有反應。

「案子的情況大致如此，全是事實陳述，沒有我的推測。另外，我再介紹一下警方對這個案子採取的措施。

「警長哥瑞格里負責此案，他是一名非常有能力的探員，只是缺少點想像力。到達現場後，他馬上逮捕了嫌疑犯菲茲羅伊爾·辛普森。這個嫌疑犯就住在那些別墅裡，所以很容易找到他。他出身高貴，受過良好教育，現在倫敦體育俱樂部做馬票預售員，因為他的錢都在賽馬場上揮霍光了，所以現在只好以此糊口。賭注記錄本記載著，他曾經輸過押在銀色白額馬上的五千英鎊。被逮捕以後，他直言不諱，說自己去達門耳只是想打聽一下國王場名駒的消息，當然也想瞭解一下一切有關第二熱門的賽馬的消息——牠被養在賽拉斯・布朗的梅爾普頓馴馬場。他聲稱並無惡意，但是面對那條凶殺現場找到的領帶時，他則臉色蒼白，無言以對。他的衣服被淋濕了，顯然當天晚上曾冒雨外出，並且他的檳榔木手杖鑲著鉛頭，這足以使馴馬師致命。但奇怪的是，菲茲羅伊爾身上沒有任何傷痕，馴馬師手裡的刀上卻有明顯血跡。情況大致如此，華生，希望你能給我一點啟發，我將感激不盡。」

福爾摩斯總結案情的能力是超人的，他言簡意賅，條理清晰地講述了案件的基本情況，我雖聽得入迷，卻仍然找不出其中的關鍵點，就更別說它們之間的相互聯繫了。

我說了自己的想法：「史崔克也許在搏鬥時劃傷了自己。」

福爾摩斯說：「有可能。如果真是這樣，被告就失去了無罪的有利證據。」

我又問：「警察有什麼意見嗎？」

「恐怕他們的想法和我們正好相反。他們認為，是菲茲羅伊爾用麻醉劑弄暈了看守人，用預先配備的鑰匙打開了馬廄門，並用領帶套在馬嘴上把馬牽了出來——因為沒有馬轡頭，然後敞著門溜走了。不料在荒野上他遇到了馴馬師，或者被發現情況後的馴馬師追了上來，他們發生爭吵，繼而進行搏鬥，馴馬師的小刀沒有傷及辛普森，卻傷害了自己。辛普森用他的鉛頭手杖敲碎了馴馬師的頭，然後又把馬藏了起來。當然，馬也有可能在他們打鬥時自己走失了。由於沒有更合理的解釋，警方目前認定的事實就是這樣。不管怎樣，我們只有先到現場才能將情況搞清楚。」

將近晚上，我們終於抵達了米斯多哥鎮，一個位居達門耳遼闊原野中心的小鎮。

哥瑞格里警長和著名的羅爾斯上校正在等候我們。警長身材高大，面龐英俊，頭髮和鬍鬚是鬈曲的，一雙藍眼睛炯炯有神，令人印象深刻。羅爾斯上校身材矮小，戴了一個單片眼鏡，臉上的落腮鬍刮得很整齊，身上穿著呢子禮服，腳上是一雙有綁腿的高筒靴，顯得十分機智精幹。

見到我們，上校立刻迎上來寒暄：「非常榮幸見到您，福爾摩斯先生。警長正在盡力調查，我希望盡快為可憐的史崔克報仇並找到我的愛馬。」

福爾摩斯直入主題地問：「警長，有什麼新情況？」

警長回答：「非常抱歉，沒有新線索。如果您願意，可以坐我的敞篷馬車在天黑之前趕到現場，路上我再順便講一講。」

幾分鐘後，我們坐上了舒適的馬車，開始穿行在古老的德文郡的街道。我對兩位偵探的談話很感興趣，一直在認真傾聽。警長哥瑞格里滔滔不絕地講述著案情以及他的看法，福爾摩斯偶爾插話問一兩句。警長所講的與福爾摩斯在火車上預料的完全一樣。羅爾斯上校雙臂環抱，始終背靠在椅子上一言不發，帽子擋住了他的雙眼。

警長又說：「各種跡象都對菲茲羅伊爾不利，我個人也認為菲茲羅伊爾很可能是凶手，但目前證據不足，而且一旦發現新情況，以前的證據就很可能不成立。」

福爾摩斯問：「關於史崔克的刀傷，您怎麼看？」

警長回答：「有可能是他倒下時自己劃傷的。」

「我們在火車上談到了這種可能性，我的朋友華生也這樣認為，情況對辛普森很不利。」

「很明顯，那匹失蹤的馬引起了辛普森的注意，他也承認那天晚上去過馬廄，而且他的沉重手杖很適合作凶器，領帶也是在現場找到的，難道根據以上的證據我們還不能提起訴訟？」

福爾摩斯聽後只是搖頭。「他偷馬的目的是什麼？如果想害牠，完全可以在馬廄裡殺死牠，這樣更容易。複製的鑰匙找到了嗎？他的麻醉劑又從何而來？況且，他是外地人，能將名駒藏在什麼地方？另外，對於女僕提到的字條，他有什麼解釋？對於聰明的律師而言，那些證據很容易被駁倒。」

「你所疑惑的問題其實很容易解決。他對這個地方很熟，每年都要來兩次，而且還要小住幾天。他也可以將馬藏在荒野中的坑穴裡或廢棄的礦井中。至於鑰匙，用完了就可以扔掉。麻醉劑也能從倫敦帶來。字條，他說那只是一張十英鎊的鈔票。正如他所說的，他錢包裡的確有這麼一張鈔票。」

「那麼他對領帶又作何解釋？」

「他說領帶確實是他的，但很早以前就丟了。不過我們發現的一個新情況證明，馬是他從馬廄中牽出來的。」

福爾摩斯仔細地聽著他的講述。

「週一晚上，曾經有一夥吉普賽人到過現場，並且在第二天早上離開了，因為我們發現了許多腳印。我們一致認為，辛普森與吉普賽人是同夥，他被追趕或遇到馴馬師搏鬥時，是吉普賽人將馬牽走了，這匹馬現在很可能在他們手中。」

「完全有可能。」

「我們正在搜尋整個荒原上的吉普賽人和小鎮周圍的每一間馬廄。」

「聽說，附近還有一家馴馬廄？」

「是的，我們沒有忽視這一點，馬賽中的第二號熱門德斯巴勒就是那裡的，而且馴馬師賽拉斯・布朗和死去的史崔克關係不好，這次比賽他下了很大賭注，銀色白額馬的失蹤對他很有利。但我們在那個馬廄沒發現什麼。」

「這個馬廄和辛普森有關係嗎？」

「一點關係也沒有。」

交談停止了，福爾摩斯沉沉地靠在了椅背上。過了一會兒，馬車停了下來。路邊是一幢整齊的小別墅，紅磚長簷，還有一排長長的灰瓦房坐落於不遠處，而馴馬場就在中間。放眼望去，四周都是連綿起伏的原野，長滿了發黃且枯萎的鳳尾草，只有北邊塔維斯托克鎮上那些高聳的尖屋頂勉強略帶生氣地掩映在荒原中。向西也是一片時顯時隱的房屋，那就是梅普爾頓馬廄了。我們順次跳下車，只有福爾摩斯還坐在車上沉思，我碰了他一下，他這才跳下車來。

福爾摩斯對羅爾斯上校說：「對不起，我正在想些事情。」他神采飛揚，盡量克制著自己興奮的心情。

上校不明就裡地看著他，只有我知道他是有了線索。但我並不知道線索從何而來。

警長問：「現在就去凶殺現場嗎？福爾摩斯先生。」

「不，我正在想一兩個小問題，可否再在這裡待一會兒？馴馬師的屍體抬走了吧？」

「當然，在樓上，明天早上才能驗屍。」

「羅爾斯上校，他為您效力了好幾年是吧？」

「是的，我個人認為他很得力。」

「警長，死者的遺物您檢查過嗎？」

「當然，那些東西就放在客廳，您願意去看看嗎？」

「太棒了！」

我們走進前廳，圍著一張桌子坐下來。警長為我們打開了一個長方形的錫盒：一把薄而堅的刀身上刻著「倫敦韋斯公司」字樣的象牙柄小刀，非常精巧；一個鋁製文具盒，一盒火柴，一支歐石楠根製成的ADP牌菸斗，一截兩寸長的蠟頭，幾張紙；一個裝著半盎司切得長長的板菸絲的海豹皮菸袋；此外還有五個金幣，都是一英鎊；一塊銀懷錶，帶著金錶鏈。

福爾摩斯拿起小刀，邊觀察邊說：「這把刀很精緻，上面有血痕，一定是死者右手握住的那把刀吧！華生，你一定熟悉這樣的刀子。」

我說：「眼翳刀，醫生都這樣叫。」

「和我的想法一樣，這刀刀刃鋒利，一定是做精密手術用的。奇怪的是，一個人為什麼要在冒雨外出時帶著它，卻又不把它放在口袋裡。」

警長說：「小刀的軟木圓鞘是在屍體附近找到的。這武器用起來不很方便，他妻子告訴我們，它原來放在梳粧檯上，他出門時帶上了，很可能當時找不到更合適的武器。」

「有可能。這些紙是哪裡來的？」

「有一張是指示信，上校給他的，另一張是三十七鎊十五先令的發票，婦女服飾商邦德街的麗絲太太開的，是開給威廉姆・希爾先生的。希爾先生是史崔克的好朋友，他的信件多數寄到史崔克這裡，另外三張是收據，草料商開的。」

福爾摩斯看了看發票，說：「希爾太太真闊氣，二十二畿尼一件的衣服。這裡沒有什麼好查的了，我們到犯罪現場去吧！」

離開客廳時，一個女人正在過道上等我們。她面容憔悴蒼白，身體瘦弱，等我們走過時，她一把拉住了警長的衣袖。

「抓住了嗎？你們抓住了凶手了嗎？」

警長回答：「還沒有，但是福爾摩斯先生特意來幫我們，我們會全力破案，史崔克太太。」

福爾摩斯說：「我相信，不久以前我們在布里斯的公園裡見過面。」

「不會的，您肯定認錯人了，先生。」

「會嗎？當時，您穿著一件淡灰色的大衣，鑲著鴕鳥毛。」

女人回答：「我從來都沒穿過這樣的衣服。」

福爾摩斯說：「哦，那就是我記錯了。」於是，他向史崔克太太道了歉，我們一起跟隨警長來到了發現屍體的地點。坑邊是金雀花叢，死者的大衣曾經被掛在那裡。

福爾摩斯問：「據說昨晚沒有颳風，是嗎？」

「是的，沒有颳風，可是下著很大的雨。」

「大衣一定是有人故意掛在花叢上的，不可能是風颳上去的。」

「對，有人故意把它掛在了花叢上。」

「有點看頭，我們得留意觀察，從週一到現在，很多人來過這裡，足跡很亂。」

「原本有一張草席放在屍體旁邊，我們都是站在草席上的。」

「太好了！」

「一塊銀色白額馬的蹄鐵，以及馴馬師的一隻長統靴和辛普森的一隻皮鞋都裝在這個袋子裡。」

福爾摩斯接過布袋說：「警長，您真高明。」然後他走到低窪處，將草席拉開，趴在席子上，用手托著下巴，伸著脖子詳細地觀察了很久被踩過的土地。

突然，他大聲說：「你們看，我找到了一樣東西。」原來是燒了一半的蠟燭，由於被泥包裹著，看起來像一根小小的木棍。

警長懊惱地說：「真沒想到，我竟這麼粗心。」

「它被埋在土裡了，所以發現它並不容易，我是有意要找才找到的。」

「為什麼？難道您早知道會有這個結果嗎？」

「是的，因為這是合情合理。」

福爾摩斯打開袋子，拿出鞋子，將它與地上的腳印做比對，然後慢慢爬到坑邊，接著又爬到金雀花和羊齒草中間。

警長說道：「這周圍一百碼的範圍內，我們都做了詳細檢查，不可能再發現什麼。」

福爾摩斯從地上站起來，說：「果真如此，我就不再徒勞了。為了熟悉這裡的地形，我們應該在天黑前到荒原四處察看察看。順便把蹄鐵帶上，也許會有用。」

福爾摩斯的做法引起了羅爾斯上校的不耐煩。他抬起手看了看錶，說：「警長，您能和我一起回去嗎？我想聽聽您對這幾件事的看法，另外我們應該申明，我們的馬將退出參賽，警長先生認為如何？」

福爾摩斯斬釘截鐵地說：「您不用那麼做，牠一定會按時參賽的。」

上校點了點頭說：「福爾摩斯先生，很高興您這樣說，您去荒原上走走吧！我們在馴馬師家中等您，然後一起回鎮上，可以嗎？」

上校和警長離開了，我和福爾摩斯走在廣闊的草原上。太陽漸漸落下，光輝柔柔地撒下來，彷彿給草原穿上了一件金衣。枯萎的灌木叢沐浴著晚霞的餘暉，此時也顯得別有風韻，儘管景色如此迷人，他卻全然不顧，徹底進入了深思狀態。

「華生，我們現在先拋開凶手是誰的問題，不妨想想馬的下落！如果馬是自己跑掉的，牠又會跑到哪裡呢？牠不可能在荒原上漫遊，因為馬喜歡群居。牠現在有可能在梅普爾頓馬廄中，也有可能在國王場，只是沒有人發現牠。吉普賽人不會拐賣這匹馬，他們生來膽小，就連警察上門都會害怕，怎麼會冒險拐賣名馬呢？而且還不一定能找到買主，他們絕對不會這麼做。」

「但是，按照你這麼說，馬會在什麼地方呢？」

「在梅普爾頓。我說過，牠在國王場或者梅普爾頓，既然國王場沒發現牠，就一定在梅普爾頓。警長曾告訴我們，荒原地質乾而硬，但由於梅普爾頓處在長長的低窪地帶，而且星期一晚上下著大雨，如果馬真的去那裡，肯定會留下蹄印。現在，我們就按照這個假設去找吧！」

我們興致勃勃地談論著，很快，低窪地帶出現在眼前。福爾摩斯從左邊走，我按照他的指示從右邊走。還沒走五十步，他就向我招手示意。我過去一看，他果然發現了一些蹄印，與我們用來做比對的蹄鐵完全吻合。

福爾摩斯高興地說：「想像力真重要，如果警長具有這種素質，案子應該有很大進展了。既然事實證明我們的假設是正確的，為何不按照這些假設繼續行動？」

經過長長的低窪地帶，在乾硬的草原上，我們又前行了大約四分之一英里。地形開始向下傾斜，馬蹄印重新出現在我們面前，接下來又中斷了。又走了大約半英里，終於在梅普爾頓馬廄附近又找到了馬蹄印。福爾摩斯首先看到蹄印，他站在那裡，臉上掛著勝利的微笑，因為馬蹄旁邊還有個男人的腳印。

我興奮地說：「一開始只有馬，並沒有人。」

「對，就是這樣，可是這又如何解釋？」福爾摩斯說。

我這才發現足跡竟然都是向著國王場方向的。福爾摩斯吹了個口哨示意，我們也一起跟著掉頭往回找。他緊盯路上的足跡，我卻不時向路旁看看，令我大吃一驚的是，足跡竟然又重新掉轉了方向。

福爾摩斯看了看我指給他的足跡，然後說：「華生，多虧你，否則我們還要走冤枉路。我們繼續跟著折回去的腳印吧！」

過了一會兒，在正對著梅普爾頓馬廄的一條瀝青路上，足跡消失了。我們快要接近馬廄時，一個馬僕跑了出來。

馬僕說：「這裡不允許閒人靠近。」

福爾摩斯一邊把手伸進背心口袋，一邊說：「我們有一件小事想拜訪主人賽拉斯・布朗先生。現在好像有些冒失，你覺得明天早上五點合適嗎？」

馬僕答道：「您真好，願上帝保佑您。但我不能接受您的錢，因為這裡有規定。不過如果您想親自和他談的話，請稍等一下。」

這時，一個面目猙獰醜陋的老頭向門口走來，他手裡揮動著獵鞭，福爾摩斯急忙將剛掏出來的半個克朗（半克朗合兩先令六便士——譯者注）放進了口袋。

老頭大聲喊叫：「道森，你又在偷懶，趕快去做你的工作！那兩個人，你們來這裡幹什麼？」

福爾摩斯和氣地說：「先生，我們能談談嗎？十分鐘就夠了。」

「快走，我沒時間，再不走，我要放狗了。」

福爾摩斯並未生氣，他在老頭耳邊低語了幾句，那個人立刻臉色大變，暴跳如雷。

「胡扯！完全是撒謊！」

「請您不要激動，我們是在客廳談呢，還是在這裡吵？」

「嗯，好吧，請跟我來。」

福爾摩斯笑了笑，露出得意的表情。

他對我說：「華生，等我一會兒，很快就出來。」

接著又向老頭說：「布朗先生，請便。」

天色漸漸暗了下來，大約二十分鐘後，福爾摩斯從裡面出來了。賽拉斯·布朗則完全變樣了。他臉色蒼白，額上布滿汗珠，雙手不住地顫抖，鞭子像寒風中的枝條在他手裡不斷擺動。此時，他像一條聽話的小狗，緊跟著福爾摩斯，畏懼的神情代替了之前的傲慢無禮。

他說：「一切都聽您的，我們一定按照您的話去做。」

福爾摩斯盯著他，眼光像鋒利的劍：「千萬別出錯。」

布朗結結巴巴地說：「肯定不會，屆時保證到場參賽，但是要改回原貌還是不動？」

福爾摩斯沉思了片刻：「沒那個必要，你需要做的我會捎信告訴你。不過，你一定要老實，耍花招就會……」

布朗接道：「先生，你要相信我，我這個人很誠實。」

「好，我相信你，明天等待通知。」福爾摩斯說完轉過身，拋下布朗先生哆嗦著伸出的手，徑直向國王場走去。

「真是個混蛋，一會兒傲慢得像老太爺，一會兒卑劣得像奴才。」

我問：「照這樣說來，馬肯定藏在他那裡？」

「他本不承認，但當我準確地說出那天早上發生的事後，這無賴還以為都被我看到了。他的鞋子是方頭的，和地上那特殊的腳印相當吻合，況且這種事僕人是不敢做的。另外，他有早起的習慣，總是第一個起床。我描述了那天早上他怎麼發現了那匹馬，怎麼把牠套住，並且當他看出那就是唯一能擊敗自己下注的馬的銀色白額馬時，是怎樣的高興，因為最大的敵手落在了自己手裡。接著我又告訴他，我知道他曾經想把馬送回去，可是後來又後悔了，最終他決定還是等比賽結束後再送回去，因此他又返回，並且把馬藏了起來……他聽了這些非常驚恐——因為事實如此，所以只好承認了一切以保命。」

「警察不是檢查過馬廄嗎？」

「對他這樣養馬的行家來說，這太容易了，他可以想出好多辦法。」

「現在讓馬待在他那裡不會有危險嗎？也許他為了自己的利益會不擇手段。」

「華生，你放心吧！他明白的，想要得到寬大處理，就必須保護好馬，他會像愛護自己眼睛一樣愛護那匹馬的。」

「但是，羅爾斯上校會原諒他嗎？上校可不是個好打交道的人。」

「沒必要全部告訴他，我們又不是皇家偵探，想說多少就說多少，別人無權干涉。上校對我們很不友好，你發現了吧？我不想現在將馬的情況告訴他，先吊他胃口一下。」

「沒有你的同意，我絕對不會說。」

「不過這是小事，與找凶手相比微不足道。」

「你要去查凶手？」

「不，我們今晚返回倫敦。」

沒想到他會做出這樣的決定，我們才剛來幾個小時，案件就有了很大進展，關鍵是，一切很快就會水落石出，他卻半路要撤退。可是不管我怎樣追問，他都沉默無言。回到馴馬師家時，上校和警長正在等我們。

福爾摩斯說：「達門耳的空氣太令人陶醉，但我們決定現在就回倫敦。」

警長十分驚訝，而上校則很不以為然地看了我們一眼。

上校聳聳肩嘲笑道：「沒有信心抓住凶手吧？看來這案子破不了。」

福爾摩斯微笑著說：「抓凶手並不是容易的事。但我相信，您的馬一定能參加比賽，您只需要準備好騎師。另外，請給我一張史崔克的照片，萬分感謝。」

警長從信封中拿出一張照片，然後交給福爾摩斯。

「警長先生，您真是細心，我所需要的您都一應俱全。我還要找女僕問個問題，請等我一會兒。」

福爾摩斯剛離開，羅爾斯上校就毫不掩飾地說：「我非常失望，這位顧問大老遠從倫敦趕來，卻並未讓人看到什麼新發現。」

我反駁說：「但是他已經向您保證，下週二的錦標賽，您的馬將會如期出場。」

「他的確保證過，但事實勝於雄辯。」

當我正打算再次回敬時，福爾摩斯進來了。

「先生們，一切準備就緒，現在可以回塔維斯托克鎮了。」

小馬倌為我們打開車門，福爾摩斯卻沒有隨我們上來，他走到小馬倌身邊問：「請告訴我，圍場裡那些很棒的綿羊是誰照管的？」

小馬倌高興地回答：「先生，是我。」

「那麼你最近有沒有發現什麼特殊情況？」

「一切都很正常。哦，有三隻綿羊腳跛了。」

福爾摩斯輕輕地笑了，顯然他對這個回答特別滿意，高興地搓著手。

「華生，一切正如我所推測的，警長，您應該觀察一下羊群中的特別情況。車夫，我們走。」

羅爾斯上校依舊顯得不屑一顧，但警長卻十分在意，從他的表情上就能看得出。

警長問道：「這些非常重要嗎？」

「是的，絕對重要。」

「還有其他問題需要我們注意嗎？」

「狗，您沒覺得那天晚上狗的反應很特別嗎？」

「哦，是呀，那晚狗都悄然無聲。」

我朋友提醒他：「這正是奇怪的事。」

四天之後，我們又乘車到溫徹斯特市去看威塞克斯杯錦標賽。羅爾斯上校去車站接了我們，但表情陰沉，態度冷漠。我們坐他的馬車趕到了城外的賽馬場。

上校生氣地問道：「為什麼到現在還沒看見我的馬？」

福爾摩斯問道：「您見到牠時，能認出來嗎？」

上校怒道：「我賽了快二十年的馬，從來沒人提過這樣的問題。三歲小孩也能認出牠的白額頭、白色的右前腿。」

「下注怎麼樣？」

「很奇怪，昨天還十五比一，今天就三比一，跌得這麼快。」

福爾摩斯說：「哈！看來是有人得到消息了。」

馬車很快到了看台的圍牆邊，我們看到了貼在牆上的參賽馬匹的名單。

威塞克斯杯錦標賽

賽馬年齡：四至五歲。賽程：一英里五弗隆。每匹賽馬押金五十鎊。第一名除了金杯以外另獎一千鎊，第二名獎三百鎊，第三名獎二百鎊。

一、希士·牛頓先生的尼格羅。騎師穿棕黃上衣，戴紅帽。

二、伍德魯上校的巴格斯特。騎師穿藍黑色上衣，戴桃紅帽。

三、貝克華德勳爵的德斯巴勒。騎師穿紅色上衣，戴黑帽。

四、羅爾斯上校的銀色白額馬。騎師穿黃上衣，戴黃帽。

五、巴哈莫蘭公爵的愛麗絲。騎師穿黑條紋上衣，戴紫帽。

六、森格佛德勳爵的瑞士柏。騎師著灰上衣，戴藍帽。

上校說：「我已經撤出了準備好的另一匹參賽馬，一切希望都寄託在您說的那句話上。什麼？銀色白額馬？在哪裡？」

賭馬客們大聲叫喊著：「銀色白額馬五比四！五比四，銀色白額馬！德斯巴勒五比十五！其餘的都是五比四！」

我高聲說道：「所有的馬都出來了，牠們都被編了號。」

上校有點著急，說：「六匹馬都到場了？怎麼沒有我的馬，根本就沒有銀色白額馬！」

「剛才跑過的五匹中，有一匹是您的。」

此時，一匹栗色馬從賽馬場圍欄內跑出來，牠矯健剽悍，從我們面前緩步而過，背上坐的正是黃帽黃衣，大名鼎鼎的騎師。

上校急切地說：「福爾摩斯先生，你在搞什麼鬼？一根白毛都沒有，怎麼是我的馬？」

福爾摩斯平靜地說：「別吵了！讓我們看看比賽情況吧！」他從我這裡拿走雙筒望遠鏡，一邊觀察一邊說：「真棒，牠轉彎了！跑過來了，真是棒極了！」

馬車的視角極佳，六匹馬跑在一起的情景真是壯觀。牠們緊緊地挨在一起，甚至一條毛毯就可將牠們全部蓋住。賽程中間的時候，德斯巴勒和紅衣騎師跑得最快，但當經過我們面前不久便已筋疲力竭。最後，還是上校的馬一馬當先，最終領先德斯巴勒六個馬身長，巴哈莫蘭的愛麗絲位居第三。

「看來，牠確實是我最愛的銀色白額馬，這究竟是怎麼回事？福爾摩斯先生，您不覺得你們的秘密守得太久了嗎？」上校上氣不接下氣地說道。

「也許是，但是只要您有耐心，很快會知道一切的。牠還在那裡，一起去看看吧！」我們走入賽馬場的圍欄，那裡只有馬主和他的朋友才能進來。福爾摩斯繼續說：「牠正是您丟失的白額馬，只要用酒精把牠的前額擦一下，就能清楚看到大家熟悉的白額了。」

「真令人震驚！」

「我從盜馬賊那裡找到了牠，然後就讓牠參賽了。」

「您真是個天才，福爾摩斯先生，您總是那麼神秘。這匹馬依舊健壯，而且今天跑得特別好。真是對不起，我不該胡亂猜測您的能力，您做了一件大好事，幫我找到了馬，但是如果能再抓到凶手，那就更完美了。」

福爾摩斯慢慢地說：「我已經找到了。」

這真令人吃驚。上校有些疑惑地問：「找到了？他是誰？在哪裡？他叫什麼名字？」

「他就在我們中間。」

「我們中間，在哪裡呀？」

「就在這裡。」

上校完全生氣了，他滿臉通紅地說：「福爾摩斯先生，我承認您給了我很大幫助，但是我認為您剛才所說的完全是惡作劇，是在侮辱人！」

福爾摩斯大聲笑了。

我的朋友說道：「上校，您誤解我了，我向你保證，我沒說您和凶手有關聯。」

他走到馬前，用手拍了拍牠那光滑的脖頸，繼續說：「這就是凶手。」

我和上校同時叫道：「銀色白額馬？」

「是的，是牠。牠是為了自衛而殺人的，所以牠的罪名可以減輕。上校，我認為忠實的馴馬師約翰・史崔克根本不值得可憐。請原諒，我對死去的他不夠尊重。下半場比賽馬上就開始了，我想這次還會小勝。至於案情，我們以後再說。」

當晚，我們返回了倫敦。一路上，我們著迷地聽著福爾摩斯關於發生在週一夜裡的奇案以及其偵破方法的敘述，甚至完全忘了時間的存在，只恨旅途太短。

他說：「雖然我也曾嘗試根據報紙、新聞做了些推斷，但和其他人一樣，最終證明都是錯的。不過，我仍然從報紙上找到了一些線索，這些細節早應該被注意，可惜被一些枝節的表象干擾了，直到現在才發現。在我沒來之前雖然證據不足，但我也認為凶手就是辛普森。不過就在我們去馴馬師家房子的路上，我發現了一條重要線索，那就是咖哩羊肉。你們記得吧，當時我坐在車裡正出神，還是華生叫我下車的。是因為我十分驚奇，我竟然忽略了一條如此重要的線索。」

上校奇怪地說：「但是我仍沒發現咖哩羊肉有什麼特殊的地方。」

「在我的推理過程中，咖哩羊肉只是第一個環節。麻醉劑的味道雖然並不難聞，但一般的菜是掩蓋不了的，吃的人肯定會發現。掩蓋這種味道的最好東西就是咖哩。辛普森不可能有機會帶著咖哩去馴馬師家做手腳，也不可能那麼巧，正想下麻醉劑時，剛好有咖哩羊肉來幫助掩飾氣味。因此，可以排除辛普森了。那麼就只有馴馬師夫婦是可疑的了。因為晚餐是他們選擇的，而小馬倌吃的咖哩羊肉是專門加了麻醉劑的，這也是其他人吃同樣菜餚而沒事的原因。因此，那個能不被女僕發現，並成功放了麻醉劑的人就是凶手。

「在還沒明白這個問題以前，更令人奇怪的是整個夜晚狗都沒叫。辛普森的事情讓我知道馬廄裡有一隻狗。但令人難以理解的是，有人進入馬廄牽走了名駒，那隻狗卻沒叫，因此睡在草料棚中的小馬倌們什麼也不知道。很明顯，偷馬的人對狗非常熟悉。

「根據這些線索，我確信，偷馬賊就是約翰・史崔克本人。那天晚上，他麻醉了小馬倌，然後來到馬廄裡牽走了馬。他為什麼這樣做呢？顯然是不懷好意，這是肯定的。我查了一些以前的案例，發現曾經有不少馴馬師，他們會假別人之手，賭自己的馬輸，並押上巨額賭注，然後再採取各種卑劣措施，在比賽中故意放慢馬的速度，甚至還有更隱蔽的手段，目的都是為了讓自己的馬輸掉。這同時也是我在死者的口袋中找到的答案。

「大家一定還記得那把精巧的小刀，像華生醫生所說的，它是外科手術室用來做精密手術用的，誰也不會把它當作武器。那天晚上，馴馬師帶著它也是為了做手術。上校，您既然熟悉賽馬，就應該知道，用小刀在馬的後腿踝骨上輕輕劃一小口，絕對不會被看出來，而被傷害的馬也只是會有一點跛足，給人訓練過度而疲勞的假象，或者是被認為得了風濕病，肯定想不到這是一個醜惡的陰謀。」

上校聽後非常激動，大聲喊道：「真是個混蛋，我怎麼沒有看出他這個惡棍！」

「馴馬師把馬拉到野外的目的大家也該知道了吧？為了不驚動睡在草料棚的小馬倌，他將馬牽到了野外。因為馬在受傷時一定會大聲嘶叫，小馬倌難免被驚醒。」

上校忽然明白了許多：「我真是瞎眼了！他用蠟燭與火柴也是為了幹這個勾當。」

「是的，上校。警長拿出死者的遺物後，我就大概猜到了他犯罪的方法及動機。上校，您有豐富的人生經歷，應該相信一般人都只會關心自己的債務，而不會去過問別人的帳單。據我估計，馴馬師還另有一處居所，過著重婚生活。我從帳單上瞭解到，有個女人揮金如土，即使一個很慷慨的人也不會為買一件衣服花那麼多錢。我曾經針對此事問過史崔克夫人，但她一無所知，這說明她和這件事無關。我記下了帳單上的地址，並去調查了服裝商。我帶了史崔克的照片，進而確認了希爾先生的神秘身分。

「一切都清楚了。羅爾斯上校，史崔克把馬牽到坑穴旁，為了不被人發現，他準備在坑穴中點燃蠟燭。為了方便做手術，他把大衣放在了金雀花叢上，至於領帶，是馴馬師撿來的，準備用它來捆住馬腿。不料點燃蠟燭時，馬受驚了——或許是受到了光的刺激，或是出於動物本能，牠猛地用力踢起後腿，不偏不倚正好踢到了馴馬師的頭部，馴馬師應聲倒下時，不幸傷到了自己。我想我說明白了。」

上校驚嘆：「真是高明呀！一切像您親眼所見！」

福爾摩斯答道：「很幸運，我做了個正確的推測。詭計多端的史崔克不會在馬身上做試驗，所以當我看到綿羊之後，便想到了這些，所幸又一次猜中了。

「我返回倫敦，找到了服裝商，把照片遞給她辨認。她一眼認出照片上的人就是闊綽的希爾，並且告訴我，他有個漂亮的妻子，而且喜歡昂貴華麗的衣服。我敢斷定，正是因為這個女人才使史崔克背上了沉重的債務並最終鋌而走險。」

上校疑惑地問：「都很清楚了，只是有一點，馬到底被藏在什麼地方？」

「馬呀！牠逃跑了，恰巧被您的鄰居發現了。對了，這裡好像是維多利亞前一站，如果您同意，十分鐘後歡迎到寒舍，我把一切您感興趣的細節都告訴您。」

戴面具的女孩

在許多奇特的案子中，福爾摩斯都以他傑出的才能使我們獲得了深刻的戲劇性體驗，令人情不自禁投入其中，流連忘返。這也是我將它們寫成小說後顯得比別人更成功的原因。當然，這麼說並非是為了顧全我朋友的好名聲——事實上，他非凡的才智和充沛的精力每每更容易在瀕臨絕境時發揮得淋漓盡致——他破不了的案子，別人也絕對破不了，而這個故事就不會再有結尾。他也會犯錯，也會有失誤，但最終總能回到事實真相的軌道上。這樣的案子有過五六個，最為突出的當屬馬斯格雷夫禮典案和以下我即將敘述的這起。

福爾摩斯是一個很少為了運動而運動的人，他總認為毫無目的的體育鍛鍊純屬浪費精力，因此反對盲目鍛鍊。他很善於運用自己的體力，除了與職業相關的活動，其他則很少熱衷。但是他身手很矯健，堪稱同一重量級的拳擊手中的佼佼者。他整日精神飽滿，不知疲倦，飲食起居相當簡單，生活方式與常人大不相同。節衣縮食是他的真實寫照。沒有案子時，他的生活枯燥無味，報紙上又多是無稽之談，因此注射麻醉劑——古柯鹼成了他唯一的嗜好。

春天的一個早上，由於他無所事事，竟同意陪我一起去公園散步。作為生死之交，此時除了放鬆地享受身邊的好景致，相互間幾乎不再需要言語。公園中樹木已吐嫩芽，五瓣形的新葉擁擠著出現在栗樹上。走走停停，直到下午五點，我們才返回到貝克街。

僕人一邊為我們開門一邊說：「先生，來了位紳士找您。」

福爾摩斯望著我抱怨地說：「不出去散步就好了，紳士離開了嗎？」

「離開了，先生。」

「你沒有請他等一會兒？」

「先生，他進來坐了一會兒。」

「坐了多長時間？」

「半個小時左右吧！他在屋裡來回走動，偶爾還跺腳，好像很焦急。當時我站在門口，所以屋裡的動靜聽得一清二楚。終於，他忍無可忍了，來到過道上高聲說：『他不準備回來了！』我對他說：『主人很快就回來，請再等一會兒。』他又說：『待在這裡我會煩死的，我去門外等他，一會兒就回來。』說完便走了，我沒能留住他。」

「你做得很好，可以下去了。華生，真遺憾，那個人焦急不安，一定有重大案件，這也正是我所需要的。朋友，這菸斗不是你的吧，一定是那個人落下的。非常不錯，歐石楠根菸斗。長斗柄是由菸草商所謂的琥珀做的。真不知道倫敦到底有多少貨真價實的琥珀菸嘴，聽說弄個蒼蠅放裡面就是真的。他一定急不可待，竟把珍愛的東西都落在這裡了。」

我問：「這菸斗是他珍愛的？你怎麼知道？」

「華生，這十分容易。一個菸斗最多七先令六便士，但卻被修過兩次，斗柄上一次，琥珀嘴上一次，是用銀箍修的，修補費已超過菸斗的價錢。一個人只有對他十分喜愛的東西才寧願花很多錢去修補，而不是去買新的。」

我問：「還能看出其他跡象嗎？」福爾摩斯正在研究菸斗。

他像生物教授研究骨骼一樣，舉著菸斗，用細長的手指彈了又彈。

「能具體地表現一個人性格的物品，除了錶和鞋帶以外，就是菸斗了。這個菸斗很特殊，我只能瞭解到它的主人強健有力，習慣使用左手，牙齒好，十分粗心，生活相當寬裕。」

我好奇地問：「一個有錢人會用七先令的菸斗抽菸？」

他把菸斗中的菸絲倒在手上說道：「這是八便士一盎司的格羅夫納菸，而一般的上等好菸也只需四便士，可見他很有錢。」

「其他怎麼解釋？」

「菸斗的一邊被燒焦了，可見他經常在油燈或者煤氣燈上點菸，因為用火柴點不會出現這樣的情況。另外，右側被燒焦了，證明他習慣用左手。因為一個習慣用右手的人，菸斗的左側才向著火焰。他有好的牙齒，健壯的身體，是因為菸斗上的琥珀嘴被咬穿了。如果我沒有猜錯，他已經上樓了，我們可以研究更有趣的事情了。」

過了一會兒，門被打開了，一個身材魁梧的人走了進來。他比實際年齡顯得年輕，看起來不過三十歲左右，實際上他要大幾歲。他穿著一套深灰色的衣服，考究整潔，手中拿著一頂寬簷的呢帽。

那個人心煩意亂地說：「非常抱歉，先生們，我本該先敲門，可是由於心裡六神無主，竟不知道該做些什麼了。」說完他把手放到額頭上，轉身跌在了椅子裡，做出頭昏之狀。

福爾摩斯平靜地說：「我能感覺到，您至少一夜沒睡覺了，有時，這確實比工作、比玩樂更傷神，我可以幫助您嗎？」

「先生，我的生活現在亂極了，不知道該做什麼好，沒有您的幫助我恐怕要垮了。」

「您想請我當諮詢偵探？」

「不僅如此，您見多識廣，閱歷豐富，只有您能使我脫離困境，希望得到您的賜教。」

他語調顫抖，思路凌亂，呼吸急促，說起話來好像很痛苦，並一直在抑制著情緒。

他說：「這是件麻煩的事，沒人願意家醜外揚，但我實在沒轍，必須求助於你們。雖然我不該向陌生人講述自己妻子的行為，但這是我唯一可取的選擇！」

福爾摩斯答道：「哦，格蘭・孟羅先生……」

那個人驚訝地從椅子上跳起來，高聲問道：「您知道我的姓名？這是怎麼回事？」

我的朋友笑著說：「假如您想隱姓埋名，最好不要再戴寫著姓名的帽子，並且不要讓寫有名字的一面對著別人。事實上，我和我的朋友在這間屋子裡聽到過許多離奇事，也幫助過許多不幸的人過上了平靜生活，希望也能幫您得到安寧。先生，抓緊時間講一講您的故事吧！」

那個人再次雙手撫額，充滿痛苦。從舉止神情可以看出，此人天生傲慢，對某些事寧願痛苦也不會輕易講出。終於，他緊握拳頭狠狠一甩，決定不再保密了。

「親愛的福爾摩斯先生，事情是這樣的：我和我的妻子三年前結婚，婚後一直很恩愛美滿，各方面都非常和諧。但是就在上星期一，我突然發現妻子變得陌生了，她一反常態，令我完全無法理解，簡直就像個陌生人。總之，莫名其妙的就疏遠了。

「在我繼續我的話題之前，有件事我要說明一下，福爾摩斯先生，我肯定艾菲十分專一地愛著我，並且現在更愛我，這是一定的，作為男人，我能感覺得到。但是我們之間現在有問題，只有弄清楚這些問題，我們才能正常生活。」

福爾摩斯不耐煩地說：「孟羅先生，您最好抓緊時間談重點。」

「我先說說艾菲的過去。她二十五歲時，我們第一次相識，雖然年輕，可已是未亡人，人們稱她希布隆夫人。她從小生活在美國的亞特蘭大，在那裡嫁給了事業有成的希布隆律師。可是很不幸，後來她的丈夫和孩子都被流行黃疸病奪去了性命，我也看過希布隆的死亡證明。她因此痛恨美國，不久就回來與未婚姑母一起住在中薩克斯的平納。她從丈夫那裡得到了四千五百鎊的遺產。希布隆精通於投資，這筆錢平均拿到的利息就有七釐。我們就是在平納一見鍾情的，相識幾十天後就結婚了。

「我是做蛇麻生意的，年收入約七八百鎊，生活舒適寬裕。在北堡，我有一棟小別墅，年租金八十鎊。那地方雖離城不遠，但農村氣息濃厚。一家旅館和兩間房屋位於離我家不遠的地方，另一座小別墅位於我們門前田地的另一邊。除此之外沒有其他房屋。附近有一條路可以通往火車站，路上可以看到幾間零散的房屋。每年的一定季節，我都要去城裡做生意，但是夏季都會和妻子一起在鄉下的住所裡盡情享受幸福生活。這件事發生以前，我們之間從未發生過不愉快。

「先生，還有一件事我必須告訴您。結婚時，艾菲將她的全部財產轉到了我名下，我本來不同意這麼做，因為擔心萬一生意有閃失，會保不住這筆錢。但在她的堅持下，我還是同意了。大約一個半月前，她突然找我說要錢。

「她對我說：『親愛的，在你接受我的財產時曾經說，只要我需要它，你就會給我。』

「我回答道：『當然，那些錢原本屬於你。』

「她又說道：『很好，請給我一百鎊。』

「聽了她的話，我感到很奇怪，我以為她想買衣服或首飾。

「我問她：『你要做什麼？要這麼多錢。』

「她開玩笑似的說：『你說過你只是個銀行保管員，保管員是無權過問的，只需要付錢。』

「我接著說：『如果你真的需要，我一定會給你。』

「『親愛的，我十分需要它。我會告訴你做什麼用，不過現在不行。』

「我按照她的要求給了她一百鎊支票，事後便沒再注意。這是我們夫妻間第一次有秘密。我不知道這件事與以後發生的事是否有關，但我還是講出來了。

「我剛才提到過，離我們不遠還有一幢小別墅，它與我們的住處隔著一片田野，要去那裡的話，得先通過大路走到對面，然後轉到小路上。我平時喜歡到那別墅旁邊的一片蘇格蘭樅樹林裡散步。走在濃密的樹林裡，你會感到心情舒暢。只是很可惜，沒有人住在那裡。小別墅兩層樓，有一道古典迴廊，周圍種著各種花，非常美麗。我經常想，要是自己住在那裡面該多好！

「上星期一晚上，我回家時經過這條小路，發現一輛敞篷四輪車停在別墅前，而且門口還堆著地毯和別的東西，我很好奇，便走過去看。顯然，小別墅租出去了，我很想知道新鄰居是誰。就在我仔細觀察的時候，突然發現房裡也有一雙眼睛在透過窗子看我。

「我站得比較遠，所以看不清這張面孔的具體樣子，不過顯得極不自然，或者說根本不是人臉，嚇了我一身冷汗。為了再看清楚一些，我又靠近了一點，可是那面孔突然消失了，也許是被人拉到了暗處。我站在那裡琢磨了半天，卻最終沒弄清這個人是男是女，離得太遠了。但讓我記憶猶新的是那張面孔的顏色，好像是青灰色的，像白堊土，而且很僵滯，十分不自然。我充滿狐疑，決心乾脆去拜訪一下。於是就走到門口，輕輕敲了敲門。一位女人為我開了門，她身材削瘦高大，面容極其醜陋，讓人望而卻步。

「她帶著濃重的北方口音問我：『有事嗎？』

「我指著我的住所對她說：『我住在那裡，我們是鄰居，有什麼需要幫忙的嗎？』

「她粗魯地說：『我們有困難時，會去拜託你的。』說完，竟然把門關上了。我被人拒之門外，很生氣，就徑直回了家。整整一個晚上，我都在想著那張奇怪的面孔和那個粗魯的女人。我想忘掉，但是辦不到。我妻子膽小又易激動，所以我沒有告訴她我的所見所聞。睡覺時我告訴她小別墅租出去了，但她沒說話。

「我平時睡得很死，家裡人常以此取笑我，說天塌了也不會吵醒我。但那天晚上我卻睡不熟，也許是白天受了刺激，或是別的原因。就在似醒非醒之時，我隱約感到有人在屋裡走，後來發現是我妻子。她穿好衣服，戴上帽子，披上斗篷，正待出門。我夢囈似的說了幾句話，似乎表示不滿她的奇怪行動。接著瞇眼一看，我嚇了一跳，妻子臉上帶著我從未見過的表情，在燈光的映照下她臉色死一樣的白，呼吸很急促。她顯然害怕吵醒我，見我絲毫不動，認為我睡得很熟，就悄悄溜走了。過了一會兒，大門發出尖利的嘎吱聲。我爬起來，敲了敲床上的欄杆，想證明自己是否清醒，然後又從枕頭下摸出錶，竟然是凌晨三點多。這麼晚偷偷跑出去，她到底在幹什麼？

「我一直坐在那裡琢磨這件事，想找到一個合理的解釋，但卻不可能找到。二十分鐘後，門又響了，她回來了。

「她一進門，我就問：『艾菲，這麼晚你幹什麼去了？』

「聽到我說話，她驚叫了一聲。沒有什麼比這驚叫更令人心寒的了，因為她的叫聲中包含著愧疚之情。她平日性格豪爽，為人大方，這次卻深夜偷偷溜出去，並對我的問話感到驚慌和害怕，那還能說明什麼？

「她勉強笑了笑，說道：『親愛的，你醒了，我還以為什麼也叫不醒你。』

「我嚴肅地問：『你到底去哪裡了？』

「她一邊解斗篷一邊說：『一點小事，剛才胸口發悶，為了防止發暈，我就出去呼吸一下新鮮空氣。在門口站了一會兒好多了。』她的手指不停地抖動，而且不敢正視我，繼續說著：『難怪你會驚訝，以前我從沒這樣過。』

「她說話完全走調了，顯然是在說謊。我沒理她，轉身把臉對著牆。她在刻意隱瞞某些事情，於是各種惡意的猜測和懷疑充滿了我的心。她到底在隱瞞什麼？這件事不弄清楚我們就不可能有安寧。我整夜未睡，一直折騰個不停，可是卻始終想不明白。

「我原本應該在第二天進城做生意，可是現在卻什麼也顧不上了。我妻子也局促不安，一直在觀察我的臉色。從眼神中看得出，她也意識到我根本不相信她，因此顯得心煩意亂。吃飯時我們都沒說話，之後我就出去了，想在新鮮的空氣中好好考慮一下這件事。

「我一直跑到水晶宮，並且在裡面逗留了一小時才出來。回到諾伯里已是一點鐘，路過小別墅時，我又想起了昨天的事，不由停下來向裡張望，想看看能否再遇到那張面孔。但是，福爾摩斯先生，您猜我見到誰了？竟然是我妻子，她從打開的門裡走了出來！

「她的出現讓我驚呆了，一時說不出話來。我妻子比我更意外，她大驚失色地望著我，起初想返回去，但當意識到已經無法隱瞞時，便勉強微笑著跟我打招呼，臉色蒼白，目光驚慌，一切都顯而易見。

「『親愛的，我來看看我們的鄰居，看他們是否需要幫忙，你也來看他們嗎？你不會生氣吧？請別用那樣的眼神看我。』

「我對她說：『照這樣來說，你昨晚也到過這裡？』

「她大聲說道：『你在說什麼？我不明白。』

「到現在你還說謊！他們到底是什麼人？你竟然在半夜來訪？』

「『哦，親愛的，你錯了，我以前從未來過。』

「我喊道：『艾菲，你為什麼說謊？你顫抖的聲音已經說明了一切。我對你從來沒有秘密，而你呢？走開，我要進去把事情弄清楚！』

「『不！親愛的，別這樣，我求求你，不要進去！』她十分激動，喘著粗氣請求我。當我要衝進去的時候，她竟將我拉了出來，真不知她哪裡來的那麼大力氣。

「她快要哭了：『親愛的，求你別這樣，只要你現在不進去，回去後我告訴你一切，我保證。如果現在進去，除了毀了我們的家，什麼也得不到！』我甩開她的手，可是她又拉住我，瘋了似的求我不要進去。

「她高聲說：『親愛的，千萬別這樣，請你再信我一次，我這樣做完全是為了我們，你不會後悔相信我，這一切都是為了你。我們只要一起回家就沒事了，但如果你非要進去，我們之間的一切就結束了。』

「她誠懇的態度和絕望的神情使我猶豫了，我站在門口反倒不知所措。

「我說：『你只要答應我一個條件，我就相信你。請你不要再深夜外出，而且再也不可以秘密活動。雖然你有權保密，但我還是希望你不要瞞我什麼，此事必須到此為止。如果你能做到，我就答應你忘掉一切。』

「『我知道你會相信我。』她看起來輕鬆多了，呼了口氣說：『我保證，一定辦到！我們回家吧！』

「她拉著我的衣袖將我帶離了別墅。回家路上，我向後回望了一眼，竟又看到了那張可怕的面孔，它再次出現在別墅的窗戶，遠遠地望著我們。這個奇怪的人是誰？那個奇醜的女人又是誰？我妻子跟他們又有什麼關係？真是個謎，我實在理解不了其中的秘密，看來只有找到謎底心情才會平靜。

「那天以後，我在家待了兩天，她也守約再未離家。但第三天，她還是違背了自己的諾言，背叛了我。她竟因那別墅背棄諾言，神秘的別墅太有吸引力了。

「那天，我去城裡辦事，回來時乘坐了兩點四十分的火車，而平時我都坐三點半的。我剛進門，女僕就慌慌張張地向大廳跑去。

「我問她：『太太去哪裡了？』

「女僕回答：『她或許去散步了。』

「我心中頓時充滿疑問，跑到臥房一看，她確實不在。偶然向窗外望去，我看到小路上有個女人正急匆匆地向別墅跑去，她就是剛才和我說話的女僕。我立刻明白了。艾菲又去別墅了，並吩咐女僕，我回來時去報告她。我很生氣，下了樓，也向別墅跑去。我橫穿原野，決心徹底弄清楚這件事。在田間的小路上，我看到艾菲和女僕正從巷道往回奔，但我沒有叫她們，而是直奔別墅。因為那裡有一個秘密需要解開，它給我的生活罩上了陰影，無論怎樣，必須解決掉。我跑到那裡，連門都沒敲就直接闖了進去。

「屋內死一樣的沉靜，只有爐子上的水壺發出嗞嗞的響聲。牆邊的小籃子裡有一隻貓，那天看到的那個女人似乎不在。我找了一間又一間，最後發現整個別墅都空無一人。屋裡的家具和吊畫都很普通、粗陋，只有一間屋子擺設比較講究，就是我看到怪面孔的那間。突然，我發現我妻子的全身照片就掛在壁爐台上，這使我十分惱怒，感覺受到了莫大的侮辱，這照片是三個月前我要她拍的。

「我傻待在別墅中，迷茫而痛苦。在確定沒有人在屋裡時，我只好離開了那屋子。妻子在客廳裡等我，但我沒理睬她，直奔了書房。我正要關門時，她也跟了進來。

「『親愛的，原諒我吧！我沒有遵守諾言，都是我的錯。但是，等你知道了全部情況，相信會原諒我的。』

「我說：『好，你現在就把事情說清楚，不要隱瞞我。』

「她大聲說：『不，現在不行。』

「我一邊往外走一邊說：『如果你不坦白告訴我你把照片給了誰，我就再也不會相信你。』

「福爾摩斯先生，這是昨天剛發生的事，至此我沒再見到她。我們之間從來沒有衝突，這是第一次。我很痛苦，不知該怎麼辦。今天早晨，我忽然想到或許您可以幫助我，就急忙過來了。我知道的只有這些，如果有不清楚的地方您儘管問。不過最要緊的是，一定要教我怎麼辦，這種痛苦太煎熬人，我快支持不住了。」

這件事確實蹊蹺，我和我的朋友都聽得出神。我們的客人則很激動，說話時思路很混亂，福爾摩斯一手托著下巴，沉默了片刻。

之後他問：「您看到的奇怪面孔是男人臉嗎？」

客人回答：「我不能確定，每次看到他都距離很遠，看不清楚。」

「這張面孔沒有給您好印象？」

「是的，面孔死板，沒有表情，顏色也不自然，並且我每次想靠近時，他都會消失。」

「您妻子什麼時候向你要的一百鎊？」

「大約兩個月前，我記得是這樣。」

「她以前丈夫的相片您見過嗎？」

「沒有，他剛去世時，發生在亞特蘭大的一場大火將一切都燒掉了。」

「但是，您說您看過他的死亡證明？」

「是，但那是大火後補發的副本。」

「您有沒有見過您妻子過去相識的美國人？」

「沒有，從來沒見過。」

「你們收到過美國寄來的東西嗎？」

「也沒有。」

「謝謝您，給我一些時間，我要好好想想這件事。至於那別墅，如果到現在還沒人，事情就不好辦了。不過，我認為，當您闖進別墅之前，那裡的人已得到通知躲了起來，現在很可能回去了。調查這件事比較容易。您現在最好回到諾伯里，再仔細觀察別墅的窗子，如果看到有人，就發電報給我們。不要硬闖，我們一收到電報就會趕到您那裡，最多一小時，那時真相自會揭曉了。」

「如果別墅裡沒人怎麼辦？」

「如果真是這樣，我們明天就去您那裡，到時再詳細談論。就這樣吧！不過，未找到事情的原因之前，您不要再自找煩惱了。」

送客人離開後，福爾摩斯問我：「華生，這件事看起來挺奇怪，你有什麼高見？」

我回答道：「相當棘手。」

「是的，如果我的假設正確，這裡應該另有秘密。」

「那麼，是誰在操縱一切呢？」

「一定是住在別墅裡那間唯一講究的房間裡的人，也就是這個人在壁爐的牆上掛上了照片。華生，我對這個案子很感興趣，尤其是那張面孔。」

「我感覺，住在小別墅裡的人恐怕是女人的前夫。但這只是推測，不一定對。」

「依據是什麼呢？」

「否則，她沒必要那麼慌張，也沒必要拼命阻止她丈夫走進別墅。我的推測是這樣的：她在美國結了婚，但因為某些原因，她開始厭惡前夫，並且離開了他。原因嘛，很可能是他有不良習慣，或是他得了令人生厭的病。她隱姓埋名回到英國，想過新生活。她拿著別人的死亡證明與現在的丈夫結了婚，平靜地生活了三年。可是她沒有想到，有人發現了她，而這個人可能是她前夫，也可能是某個有關係的人，他們以揭露真相來威脅她。她想用錢擺脫他們，於是向丈夫要了一百鎊，可是沒有成功，他們依然找到了她。那天晚上，丈夫告訴她有人住進了別墅，她知道是那個人來找她了。因此，她在夜裡偷偷溜到別墅中，請求他們放過她，但是未能如願。第二天一早，她又嘗試了一次，正像她丈夫所說的，他們在路上相遇，她答應丈夫不再去別墅。但她急於擺脫他們，於是兩天後又去冒了險。她帶上了他們索要的照片，可正當談話之時，女僕通知她丈夫回來了。她認為丈夫可能會來探查，於是讓其他人都從後門逃走了，所以她丈夫一無所獲。不過，那些人一定在別墅裡，今晚沒人才是怪事。你認為我的分析怎麼樣？」

「純屬猜測。」

「這難道與我們所瞭解的事實不符嗎？如果能發現新事實，我們也可以隨時修改這個推測。但是現在，我們只能坐等來自諾伯里的電報。」

我們只等了一會兒。剛吃完午飯，電報就到了，大致內容如下：

有人在別墅裡，我看見了那張面孔。坐七點的火車來吧！我在等你們。

我們剛下火車，就看到了前來迎接我們的格蘭・孟羅先生。他面色蒼白，表情痛苦，不停地顫抖著，好像情況十分糟糕。

「福爾摩斯先生，」他上前一步，抓住了福爾摩斯。「我看見別墅裡有燈光，他們還在那裡，我真受不了，請您快幫幫我。我要將此事徹底解決。」

走在陰暗的林蔭道上，福爾摩斯問道：「您準備怎麼做？」

「我別無選擇，只有闖進去看個水落石出，請你們為我作見證。」

「您忘了您妻子的請求？完全不打算顧及她的感受了？」

「是，我已經決定這麼做。」

「好吧，我也認為這是最好的選擇。雖然從法律上講，這有點不合適，但是為了揭開事情真相，結束無端猜疑，也是值得的。我們現在就去！」

夜色很暗，我們從公路轉上了一條兩旁都是低矮樹叢的狹長小道，天上開始下起了毛毛細雨。格蘭・孟羅著急地走在前面，我們舉步維艱地跟著他。

他指著從樹叢中隱約可見的燈光說：「那就是我家。」然後又指向另一邊說：「那是我們要找的別墅。」

我們來到別墅門前，一縷黃色燈光穿過窗戶映在了門外的地上。門虛掩著，窗子被室內的燈光照得很亮。這時，有一個影子從窗簾上經過。

格蘭・孟羅大聲說：「那就是我提到的怪人，你們看見了吧！他們就在這裡，我們進去吧！真相就要被揭開了。」

我們走到門口，忽然一個婦女從黑暗處闖出來，她舉著雙手站在黃色的燈光下，攔住我們大聲說：「別這樣，就算看在上帝的份上！我知道你會來，所以特意在這裡等你。親愛的，請再信我一次，我都是為了你好！」

他大聲嚷道：「艾菲，放開我！我再也不相信你了，我已經決定，非要把此事徹底解決！」

他推開妻子，向前衝去。我們緊跟著他。這時，又有一個老年婦女將我們攔住，他將她推開，徑直來到了樓上，奔向那間有燈光的屋子。我們也緊隨其後。

這間屋子溫暖而舒適，布置得很得體。桌子上點著兩支蠟燭，壁爐上也有兩支。一個人坐在房子一角的桌子旁，似乎是一個小女孩。聽見有人，她轉過臉來，手上戴著一副長長的白色手套，穿了一件紅上衣。突然，我被自己所看見的情景驚呆了。那是一張非常奇怪的面孔，毫無表情，像青灰色的鉛塊。福爾摩斯笑著伸手到孩子的臉後面，從她臉上掉下一個假面具，謎底揭曉了，她是一個黑人女孩，像炭一樣黑。看見我驚訝的樣子，她笑了，露出潔白的牙齒。我也不禁被這滑稽的情景逗笑了。但孟羅卻呆立著，一手扶牆，一手按著喉嚨。

他大聲說：「上帝呀！這是怎麼回事？我究竟看見了什麼？」

「現在，我告訴你一切。」他的妻子堅定而平靜地說。她朝我們看了看，接著說：「既然你逼迫我說明這一切，我們必須找一個解決這一切的辦法。這是我的女兒，我丈夫死在亞特蘭大，但我的孩子卻活著。」

「你的，你的女兒？」

她從懷裡取出一個很大的銀片項鍊，接著說：「你從來沒打開過嗎？」

「我以為它打不開。」

她輕輕地按了一下彈簧，盒蓋打開了。那是一個非洲男子的肖像，英俊瀟灑、文質彬彬。

「這是我的前夫，約翰·希布隆，他為人正直，品格高尚，世間少有匹敵。為了和他結婚，我和族人斷絕了關係。但是我一點都不後悔。他在世的時候，我們過得很快樂。唯一遺憾的是，我們的女兒繼承了約翰的血統，完全不像我。小露西比她父親更黑，這也是白人與黑人結合的通常結果。但不管她是黑還是白，都是我的女兒，是母親的心頭肉。」

聽到這些，小女孩跑向母親，靠在了她身邊。「因為水土不服，她身體不是很好，我只好將她交給一位忠實的蘇格蘭女人撫養，她是我從前的僕人。上帝啊！自從我遇到你就愛上了你，因為害怕你因此離開我，所以就沒有告訴你孩子的事。我是懦弱的。當在你和孩子之間必須選擇其一時，我選擇了你，放棄了女兒。這件事我隱瞞了你三年，不過還是經常能從保姆那裡得到孩子的消息。她一切都很好，但是我控制不了思念女兒的心情，雖然我盡量壓抑，但還是很想見她。我知道這很危險，可是有什麼辦法呢？後來我還是決心見見孩子，哪怕她只來幾個星期。於是我給她們寄去一百鎊，讓她們住進了這小別墅，而我也會找機會來看她。我告訴孩子，將小臉、小手都遮起來，白天不能外出。這樣，關於她膚色的傳聞就不會發生。不料欲蓋彌彰，越想隱瞞，情況卻越來越糟。」

她繼續說：「你告訴我有人住進了別墅，我本打算第二天早晨去看她們，但是激動的心情難以控制，你通常又睡得很死，所以我才決定溜出去。沒想到被你發現了，這是第一次。第二次，你發現了我的秘密，卻原諒了我。第三次，當你從前門衝進去時，他們從後門逃走了。現在，你知道了一切，接下來該怎麼辦呢？」她緊握雙手，靜等回答。

屋內沉默了十幾分鐘，難熬的十幾分鐘。孟羅首先打破僵局，他的回答讓我至今難忘。他抱起孩子，吻了吻她，然後挽住妻子，一起走出了大門。

「這件事其實很簡單，我們回家後再談吧！我不是聖人，但是艾菲，我覺得我沒有你想的那麼壞。」

我和我的朋友隨後走出來。福爾摩斯拉拉我的袖子，說：「華生，我們該回倫敦了，那裡有許多重要的事。」

那天夜裡，他再未提及此事，直到睡覺前，他說：「親愛的華生，以後，如果你發現我太自信，或者太不認真，就請輕輕地在我耳邊說一聲『諾伯里』，如果能這樣，我將不勝感激。」

罪犯兄弟間的秘密

結婚後沒過多久，我在帕丁頓區買了一個診所，是老法夸爾先生的。在過去的一段時間裡，老法夸爾先生的業務很興旺。但隨著年齡增長，他精力漸漸不支，又患了一種所謂的舞蹈病，手腳不靈活了，因此診所業務也開始冷落下來。因為人們都認為：醫生自己的健康十分重要，只有他健康才能治癒別人。如果連自己的病都治不了，恐怕醫術就有問題。就這樣，老法夸爾身體越來越虛弱，收入也越來越少。過去他的年收入是一千二百鎊，在我買下診所時，每年卻僅有三百鎊了。但是我很自信，我年輕且有旺盛的精力，一定會使生意重新振作起來。

開業後，我一直為醫務奔忙，三個月來很少見到我的朋友福爾摩斯。因為我沒時間前往，而他又很少外出，除非有案件需要。

六月的一天早上，用完早飯，我正在看《大英醫務雜誌》，忽然門鈴響了。我聽到是福爾摩斯在說話，他那高亢而有力的聲音真讓我有點意外。

福爾摩斯走進房間，說道：「親愛的華生，很高興見到你！華生夫人應該早已恢復了吧？她在『四簽名』的案件中受驚不小！」

我熱情地和他握手，回答道：「我們都很好，非常感謝你的關心。」

他一邊坐到搖椅上一邊說：「但願如此，雖然你醫務繁忙，但我也要提醒你，可不要把我們那點邏輯推理的興趣給忘了。」

我回答道：「正好相反，昨晚我還又重讀了一遍筆記，並且分門別類地整理了一番。」

「我完全相信，但是你該不會認為搜集資料的工作到此結束了吧？」

「當然不，我認為這樣的經歷多多益善！」

「如果我們今天就出發跑一趟，你行嗎？」

「好呀！為什麼不行？只要你願意，現在就去！」

「去伯明罕那麼遠的地方也可以嗎？」

「當然，只要你開口。」

「你的工作怎麼辦？誰來照料這一切？」

「我的鄰居可以，他每次外出，都是我替他行醫。」

福爾摩斯靠在椅背上，用他銳利的眼睛觀察了我一番，然後說：「這真是太好了！不過你最近身體狀況不太好，夏天的熱感冒真讓人討厭。」

「上星期我確實感冒了，三天沒出門。但是現在完全康復了。」

「應該是吧，看起來很不錯了。」

「你怎麼知道我生病了？」

「親愛的華生，你知道我有辦法。」

「又是推測。」

「完全正確。」

「如何判斷？」

「拖鞋，你的拖鞋。」

我低頭打量著腳上的新漆皮拖鞋，「可是……」我剛要講話，他就回答了。

「你的拖鞋是剛買的，沒過一個月。但是向我這邊的鞋底燒焦了，原本我以為是鞋濕後在火上烤乾時燒焦的，但是寫著店員代號的紙片還在鞋上，這說明鞋子沒沾水。因此，肯定是你把腳靠近壁爐取暖時燒焦的，一個人如果很健康，那麼即使在六月潮濕的氣候下，也不會烤火。」

像福爾摩斯作的所有推測一樣，經過他解釋的事情往往就變得非常簡單。他從我的表情中瞭解了我的想法，於是他笑了，顯得很俏皮。

他說：「我的解釋其實很多餘。不講原因，只說結果才會給人深刻印象。你下定決心去伯明罕了？」

「當然，這案子怎麼回事？」

「火車上我詳細告訴你。我的委託人還在馬車上等著我們，你能現在就出發嗎？」

我說：「請稍等片刻。」

我將一張寫好的便條交給鄰居，又上樓跟妻子打了招呼，這才出門追上福爾摩斯。

他看了看隔壁門上的黃銅門牌，點著頭對我說：「你的鄰居也是醫生。」

「是的，他也同樣有診療所。」

「很早就有了這個診所吧？」

「和我的相同，兩個診所在房子建成時就開業了。」

「是嗎？但是看起來你這邊的生意比那邊好多了。」

「我也這樣認為，你是怎麼知道的？」

「朋友，你看門前的台階。你家的磨損比較嚴重。現在我來介紹，這位是我的委託人霍爾・派克羅夫特先生。車夫，請走快一點，不然會趕不上火車。」

派克羅夫特先生坐在我對面，是一個年輕人。他身材魁梧，氣宇軒昂，表情坦率而真誠，小鬍子稍稍有點捲，穿一身黑衣服，戴一頂大禮帽，全身整齊而樸實。這一切都說明，他是個機靈幹練的城裡人。他這種人常被稱為「倫敦佬」（指住在倫敦東區即貧民區的人——譯者注）。正是他們這種人，曾組成了著名的義勇軍團。在大不列顛，許多傑出的運動員、體育家都來自這個階層。他臉色紅潤，表情愉快，只是嘴角略微下垂，給人憂傷的感覺。直到在開往伯明罕的火車的上等車廂中，我才知道他遇上一些麻煩，他就是為這件事來拜託福爾摩斯。

福爾摩斯說：「我們的旅途大約需要七十分鐘，派克羅夫特先生，你曾經和我談過一些有趣的事，請再講給我的朋友聽聽，最好更詳細一些。再聽一次事情的經過或許對我有幫助。華生，這案子或許有些名堂，或許也很普通，但至少都是你我喜歡的那種離奇、怪異的事情。派克羅夫特先生，我不打擾了，請講吧！」

派克羅夫特用信任的眼光看著我。

「這件事很糟糕，而且有可能是我上當受騙了，儘管好像一切正常，也沒感覺到什麼特殊之處。但是，假如我因此失去工作，那就失去了一切，那才倒楣呢！華生先生，我不善於言說，情況大致如此：

「我以前在考克森和伍爾豪斯商行工作，它位於德雷帕廣場旁邊。你們或許還記得委內瑞拉公債券案，發生在今年春季，我們因被捲入而破產。商行辭退了所有的27名員工。五年來，我在那裡勤奮工作，老考克森在鑑定書中對我評價極好。我到處找工作，但是有很多處境和我一樣的人，所以在很長時間內我都沒找到合適的工作。在考克森商行，我每星期收入三鎊，總共存了七十鎊。但這點儲蓄很快就用完了。我身無分文，連徵聘廣告的信封和郵票都沒錢買。我穿梭於公司、商店，可是鞋都磨壞了，還沒找到工作。

「後來，我聽說龍巴德街有一家莫森和威廉斯證券交易商行，那裡有個職位空缺。我想也許你們不太瞭解倫敦東部中央郵政區，我敢說，那應該是倫敦最富的商行。我把我的鑑定書及申請寄了過去，但自知希望渺茫。想不到後來竟收到了他們的信，要求我下星期一去面試，面試通過就任職。天知道為什麼選中了我。有人說，或許是他們的經理像摸彩一樣隨便抽的。但無論怎樣，我很幸運，也非常高興。每星期一鎊的收入，而且以後可以增加，職位還是和以前一樣。

「但是，奇怪的事不久就發生了。我住在波特巷十七號，那是漢普斯特街附近的一個公寓。被錄用的那個傍晚，我正在房裡吸菸，房東老太太突然進來了，她把一張名片遞給我，上面印著『財務經理亞瑟．平納』。我從未聽說過這個名字，更不知道他來幹什麼，但還是請他進來了。他中等身材，頭髮、眼睛、鬍子都是黑色的，鼻尖上閃著亮光。更令我印象深刻的是，他走路飛快，說話急促，顯然很珍惜時間。

「他問我：『你就是霍爾．派克羅夫特先生吧？』

「我回答道：『正是，先生請坐！』說著推給他一把椅子。

「『你曾經在考克森和伍爾豪斯商行工作吧？』

「『先生，沒錯。』

「『你現在受僱莫森商行？』

「『是的！』

「他說：『是這麼回事，據說你很善理財，並且成績不俗，考克森的經理派克先生對你總是稱讚有加。』

「我很榮幸他能這樣說，雖然我在業務上做出一點成績，但從沒想過有人會誇獎我。

「他問我：『你的記憶力怎麼樣？』

「我謙虛地回答：『還行。』

「他又問：『自從你失業後，還注意市場的行情嗎？』

「『當然，我每天都去證券交易所看牌價表。』

「他高聲說：『你真勤奮！是塊料！如果你不介意，我想問一個小問題，你能告訴我埃爾郡股的牌價嗎？』

「『一百零五鎊十七先令到一百零六鎊五先令。』

「『紐西蘭統一公債的牌價呢？』

「『七鎊到七鎊六先令。』

「他舉手稱讚：『太好了！和我瞭解的完全一樣。親愛的朋友，去莫森商行當書記員你不覺得有點大材小用了嗎？』

「沒有人能對這樣的稱讚無動於衷。我說：『平納先生，別人不這樣認為。我很愛這份工作，並且費了很大的力氣才找到它。』

「『先生，你不該這麼想，憑你的才能，本應該有更大發展。我十分看重你的才能，會給你高薪與很好的職位。雖然它還配不上你的才幹，但比起莫森商行好多了。告訴我，你打算什麼時候去莫森商行上班？』

「『下星期一。』

「『我認為你最好不要去那裡。』

「『不去莫森商行？』

「『沒錯，先生。因為，週一你就要坐上經理的位置了，法國中部五金有限公司經理。該公司在世界各地共有一百三十四家分公司，在布魯塞爾和聖雷莫也有業務。』

「我驚訝地問道：『我從未聽說過該公司。』

「『這很正常。公司由私人籌資，生意興旺，沒有必要做宣傳，它一直在無聲無息中運轉著。創始人哈里・平納是我的兄弟。他現在是總經理，也是董事會成員。他知道我在這裡交際廣泛，就委託我找一個年薪不高的小夥子，要年輕、能幹、有活力，可供差遣。派克向我提到你，因此我就來拜訪你了。一開始我們只能給你微薄的薪水，一年五百鎊，你認為怎麼樣？』

「『難以相信，一年五百鎊？』

「『這只是一開始時的基本薪水，如果你的代銷商完成的營業額高，你可以有百分之一的分紅，請相信我，這比你的薪水還高。』

「『但是，我並不瞭解五金呀！』

「『朋友，別擔心，你很精通會計，不是嗎？』

「誘惑在我腦子中蔓延，我幾乎不能平穩地坐在椅子上。可是，我忽然有一個疑問。

「我說：『坦白地講，在莫森商行，雖然我每年僅有二百鎊，但卻很可靠。你們公司，我一點都不瞭解……。』

「他一點沒生氣，接著說：『你很精明，很好！你是不會輕易相信別人的人，我們正需要這樣的人。如果你收下這張一百英鎊的鈔票作為預支的薪水，我們就算談妥了。』

「『太好了，我什麼時候開始工作？』

「他說：『明天一點，你拿著我的推薦信去見我的兄弟。你可以在這家公司的臨時代辦處找到他。地址是：企業街一百二十六號B。當然，還要經過他的那關。不過，既然我們沒問題了，他是不會反對的。』

「我說：『非常感謝您，平納先生，真不知道該怎樣謝您。』

「『我的朋友，別客氣，這都是你應得到的。但還有一件事需要你去辦，不過僅是手續而已，請你在紙上寫以下內容：我自願擔任法國中部五金有限公司的經理，年薪不少於五百鎊。』

「我按照他的意思做了，之後他把那張紙裝進了口袋。

「他又問我：『莫森商行的事你打算怎麼辦？』

「我說：『我差點忘掉這件事，我會寫辭職信。』

「『我看不必。我跟莫森商行鬧翻了。我去向經理打聽你，他很沒有禮貌，還怪我從他們商行騙走了你。我忍無可忍，就對他說：「你要招聘有才之人，就該給他們很好的待遇。」他卻說：「我們救他於水深火熱，他肯定寧願拿微薄薪水，也不願為你們工作。他不會離開我們。」我說：「我拿五個金鎊與你打賭，假如他受聘於我們，你就不會再有他的消息。」他說：「走著瞧，我們用他是照顧他，諒他不會說走就走。」這都是他親口說的。』

「我大聲說：『無賴，我們從不認識，我怎麼會得到他的照顧？聽你的，我不寫了。』

「他站起來，拍著我的肩膀說：『好！就這樣定了。很榮幸能與你成為同事，這是預支的一百鎊，這是推薦信，地址是：企業街一百二十六號B，別忘了時間，明天下午一點，朋友。晚安，祝你順利！』

「這是我們談話的所有細節。華生先生，您應該能想像我有多興奮，運氣實在太好了！我暗自高興，一夜未睡。第二天清早，我乘火車趕到了伯明罕，以便留出充裕的時間見面。我把行李放在新街的旅店裡，然後去找他說的地址。

「我早到了一刻鐘，但我認為這沒關係。夾在兩家大商店中間的通道就是一百二十六號B，通道盡頭是彎曲的石梯，石梯邊有很多間屋子，租給一些公司或自由職業者辦公。牆上有一些寫著租戶名字的牌子，但我沒找到法國中部五金有限公司。我站在那裡不知怎麼辦，心想該不是一個騙局吧！這時，有個人向我走來，他與昨天找我的人很像，一樣的身材，一樣的聲音，可是沒有鬍子，頭髮顏色也比較淺。

「他問：『你是霍爾·派克羅夫特先生嗎？』

「我回答：『我是。』

「『很好，我在等你，你早到了一刻鐘。今早我收到了哥哥的信，他對你評價很高。』

「『我正在找您的辦公室。』

「『上星期剛租的房子，因為太忙，牌子還來不及掛上去。請跟我來，我們到辦公室談。』

「我跟著他走上階梯頂端，那裡的石棉瓦下面有兩間房子，空蕩蕩且滿是灰塵，連窗簾和地毯都沒有。裡面只有一張小桌子，兩把木椅子，一個垃圾筐。一本帳簿放在桌上，陳設簡陋至極。而我想像的是：辦公室寬敞明亮，乾淨而整潔的桌椅前是勤奮工作的職員，真是大相徑庭。

「他注意到我的疑惑，就對我說：『派克羅夫特先生，請不要洩氣，更別在意，羅馬城也不是在一天內建起來的。我們雖然有雄厚的資本，但不能在辦公室上浪費金錢，把介紹信給我看看。』

「我把信遞給他，他很認真地讀了一遍，說：『你給亞瑟留下很好很深的印象。他很重視人才，而且從不會看走眼。你可能不瞭解，我信任伯明罕人，而亞瑟相信倫敦人。不過，這次我聽他的，決定正式錄用你。』

「我問：『我的具體工作是什麼？』

「『第一件事是管理巴黎的大貨棧。我們現在有一筆大買賣，是要把英國製的陶瓷不斷運到法國的一百三十四家代銷店。進貨的工作一個星期之內就能搞定。這個星期內，你要留在伯明罕做其他的工作。』

「『做什麼呢？』

「他沒說話，卻從桌櫃中拿出一本大大的紅皮書。

「『這是巴黎工商行的一本名錄，每個人名後是行業的名稱。你將它拿回去，把五金代銷商的地址抄下來，分類做成表格，這對我們很有用。』

「我說：『我會按照您說的去做。可是這裡不是已經分好類了嗎？』

「『那些分類表不能信賴，而且我們的分類與他們不同。你最好抓緊時間，星期一十二點之前將單子給我。就這樣吧，派克羅夫特先生，假如您繼續好好表現，公司是不會虧待你的。』

「我帶著書回到旅店，心情矛盾。一方面，我已經被正式錄用，並且預支的一百鎊也裝入了口袋；另一方面，看到辦公室連牌子也沒掛的殘破景象及其他一些跡象，覺得公司的經濟狀況似乎並不好。但是，無論怎樣，有了錢，還是坐下來抄吧！星期日，我努力做了一天，但直到星期一也只抄到字母H。沒辦法，我只好去找東家。終於，在那間好像被強盜洗劫過的屋子裡找到了他。他說可以抄到星期三，抄完後再找他。但是，星期三到了，我還是沒抄完，只好接著做，終於在星期五即昨天完成了。最後，我將抄好的單子交給平納先生。

「他說：『很感謝你的努力，也許是我低估了工作的難度，這份單子對我們十分有利。』

「我說：『雖然花費了很多時間，但總算完成了，我還需做什麼？』

「『很好，這裡有一份出售瓷皿的瓷具店清單，你再去抄一份。』

「『好吧！』

「『明天晚上七點來這裡找我，說說你工作的近況。沒有必要太疲勞，工作之餘，不妨去戴氏音樂廳放鬆一下，這對你的健康有益。』他說完笑了笑，笑得令我大吃一驚。因為，他左上方第二顆牙齒鑲著顆很難看的金牙。」

福爾摩斯聽後高興地搓了搓手，我則驚訝地看著我們的客人。

他說道：「華生醫生，您很驚訝吧！我告訴您為什麼。在倫敦時，當我答應那個人不去莫森商行時，他高興地笑了，我無意中看到他左邊上面的牙齒胡亂地鑲著顆金牙。而在不同的場合，我卻看到了相同的金牙，並且他們身材、聲音完全相同，只有那些可以用剃刀和假髮能改變的部位略有不同。根據這些，我認為，所謂的『兄弟』可能是一個人。雖說同胞兄弟難免長得十分相像，但是他們不可能在相同的牙齒上鑲一樣的金牙。我回到旅店，用涼水沖了頭，認真考慮了一番。他為什麼帶我來伯明罕？為什麼替自己寫介紹信？他又怎樣才能先比我到達這裡？這些問題使我頭腦發熱，一籌莫展。後來我想到福爾摩斯先生，也許他會輕易解開這個謎團。於是我搭乘晚上回城的火車，今早便來到了福爾摩斯先生的公寓，並且請你們到伯明罕幫我弄清楚這件事。」

他講完之後，我們都沉默了片刻。我的朋友看了我一眼，向後靠在椅背上，露出輕鬆的神態，像品嘗家品酒一樣自得，想必是要發表評論了。

他說道：「華生，有點故事，是不是？這其中很多細節都值得玩味。我認為你肯定會不虛此行。我們需要先去伯明罕的法國中部五金有限公司臨時代辦處看看平納先生。」

我問：「以什麼理由見他呢？」

派克羅夫特爽快地說：「這很容易，我就說你們是我的好朋友，也想在公司找工作，這樣，我帶你們見經理就很自然了。」

福爾摩斯說：「這樣當然好，我很想見見這個人，看能否當場找到頭緒。我的朋友，你怎麼想到這麼好的主意？也許……」

他突然咬起了指甲，心神不定地望著窗外，一直到了街上，他也沒說話。

晚上大約七點，我們來到了那間辦公室所在地，但是沒有一個人。

我們的委託人說：「來早了也不會有用，很明顯，他為了對付我才來這裡，只有在他指定的時間才會有人。」

我的朋友說：「這就值得注意。」

小夥子大聲說：「我看見他了！那個人就在我們前面。」

那個人身材矮小，衣服乾淨整齊，正在匆匆忙忙往前走。他看到有一個小孩子在街道對面賣晚報，便穿過車水馬龍的街道買了一份，然後拿在手裡向辦公室走去。

派克羅夫特大聲說：「他進去了！你們跟我來，我會盡力應對好。」

我們一起爬上五樓，找到一間屋子，門虛掩著。派克羅夫特輕輕地敲了敲門，裡面的人請我們進去。我們走了進去，正如派克羅夫特所說的，屋裡空蕩蕩的，幾乎沒什麼擺設。

那個人坐在唯一的桌子旁，桌子上放著剛買的報紙。他抬頭望著我們，剎那間，我覺得那是一張十分痛苦的臉。那表情不僅僅是恐慌，而且還異常怪異。他的額頭滲出汗滴，臉色蒼白，雙眼緊盯著自己的員工，好像從未見過似的。同時，派克羅夫特的吃驚表情也告訴我們，這不會是那個人往常的樣子。

派克羅夫特問道：「平納先生，您不舒服嗎？」

平納答道：「是，我有點不舒服。」

他努力控制他的聲音，以克制情緒，又舐了舐乾裂的嘴唇說：「這兩位先生來幹什麼？」

派克羅夫特趕忙說：「這位是伯蒙奇的哈里斯先生，而這位是本鎮的普賴斯先生，他們都是我的好朋友，工作經歷豐富，但不幸都失業了，想問問是否有機會在本公司找份糊口的工作。」

平納故作輕鬆地說：「這很容易，我相信能幫上忙。哈里斯先生，您以前做哪行？」

福爾摩斯說：「我是會計師。」

「很好，正是我們所需要的。普賴斯先生，您是做什麼工作的？」

我說：「書記員。」

「我想，我們公司會需要二位，當我們決定時再通知你們。你們現在可以離開了，看在上帝的份上，讓我一個人靜一會兒！」

他說話聲音特別大，好像再也無法抑制自己的情緒。我們三人互相對視，派克羅夫特又走到桌旁。

他說：「平納先生，您不會忘記吧，我是來請示工作的。」

對方又恢復了語調，平靜地說：「當然不會，派克羅夫特先生，請你們在這裡稍等片刻。不介意的話，我三分鐘後再過來。」

他很有禮貌地站起來，向我們點點頭，然後進了屋子裡的另一個門。

福爾摩斯低聲說：「怎麼辦？他不會逃走吧？」

派克羅夫特說：「這不可能。」

「為什麼？」

「裡面是房間。」

「沒有別的出口？」

「沒有。」

「裡面有什麼東西嗎？」

「沒有，至少昨天沒有。」

「他到底要幹什麼？難以理解。他不會嚇傻了吧？究竟是什麼嚇壞了他？」

我說：「他可能認為我們是警察。」

派克羅夫特大聲說：「很可能。」

福爾摩斯搖搖頭，說：「他不是被我們嚇的，我們進來時，他已經臉色發白，那麼唯一的可能是……」

從房間裡傳出一陣響亮的敲門聲，把福爾摩斯的話打斷了。

小夥子驚道：「他在裡面幹什麼？」

敲門聲再次響起，並且更加響亮。我們都朝那扇門望去。福爾摩斯一臉嚴峻，很激動地向前俯著身子。裡面傳來一陣低低的喉頭咕嚕聲，接著是咚咚的敲擊木板聲。

福爾摩斯像發瘋了似的衝了過去，用力推門。門紋絲未動，顯然被反鎖了。我們急忙用力去撞門，合葉斷了，門倒下去了。奇怪的是，房間裡並沒有人。

我們頓感大事不妙。很快，我們發現屋角還有個小門。福爾摩斯跑過去一把推開，地板上扔著一件外套、一件背心。在門後面的掛鉤上，法國中部五金有限公司的總經理上吊了。他雙腿彎曲，兩隻腳敲著門，原來打斷福爾摩斯話的是這個聲音。我過去抱住他的腰，舉起他。福爾摩斯和派克羅夫特趕緊將褲子背帶解了下來。背帶已勒進他那青紫色的皮膚中。我們將他抬出屋，他躺在地上，面色如死灰，青紫的嘴唇隨著微弱的呼吸而不停地顫抖，一副可怕的景象，與五分鐘前的他完全不同了。

福爾摩斯問我：「華生，他還有救嗎？」

我走過去，蹲下身，對他進行檢查。他脈搏微弱而且有間歇，可是呼吸越來越長，眼睛輕輕顫動，眼皮下露出白色眼球。

我說：「原本很危險，但現在脫離危險了，請給我點冷水，打開窗戶。」

我將他的衣領解開，將冷水潑到他臉上，然後給他做了人工呼吸，直到他自然地吸了一口氣。

「現在只是時間問題了。」我站起來說道。

福爾摩斯低著頭，雙手插在口袋裡，若有所思地站在桌邊。

他說：「我認為現在應該報警，等警察來了，好將這些事移交給他們。」

派克羅夫特撓著頭說：「真見鬼，我還是不明白，不論他們讓我來這裡的目的是什麼，但我……」

福爾摩斯胸有成竹地說：「這已經很清楚了，只是最後這一下子有點突然。」

「其他的事情，您都明白了？」

「我覺得這一切顯而易見，華生，你看呢？」

我聳聳肩說道：「我承認我很困惑。」

「假如你們能仔細想想事情的因果關係，就會明白的。」

「那麼，你的結論是什麼？」

「整個案子有兩個關鍵點。第一，他讓派克羅夫特寫了為這個空殼公司工作的證明，你們看不出這大有文章嗎？」

「我從未注意到這一點。」

「他們讓你寫保證的日的是什麼呢？這很不正常，因為這類事情通常只需口頭約定，完全沒必要多此一舉。年輕的朋友，你難道沒察覺，他們很希望得到你的筆跡，卻找不到其他方法？」

「為什麼他們想得到我的筆跡？要它來做什麼？」

「非常好，解決了這個問題，我們的案子就會有進展。他們希望得到你的筆跡，是因為想模仿你的筆跡，或者說必須用錢來買你的筆跡。現在我們分析第二個關鍵點。平納要求你別辭職，是想讓莫森商行的經理有希望，認為派克羅夫特先生在星期一早上一定會來上班。」

派克羅夫特大聲說：「上帝啊！我真蠢！」

「現在讓我們看看他要你筆跡的原因。如果有人要用你的名字替你去上班，但是筆跡卻與申請書上的不一樣，就會自露破綻。但是，假如他們在這幾天學會了你的筆跡，豈不就有把握了。因為，我確信那家公司沒人認識你。」

派克羅夫特憂傷地說：「是的，沒人認識我。」

「太棒了，事情還有關鍵一點，就是要盡力讓你不改變想法，並且不使你和其他人接觸，以防你得知被冒名頂替了在莫森商行的工作。因此他預支你很多錢，並把你派到中部地區，給你許多事做，讓你沒空回倫敦。不然你會毫不費力地知道內情。」

「但是他又為什麼喬裝成他的哥哥呢？」

「這也很簡單。顯而易見，他們僅有兩人。其中的一個已經在莫森商行工作了，他們不想讓第三個人參與他們的詭計，卻又要有人當你的東家，所以他只好喬裝成他哥哥。他認為即使你發覺他們模樣相近，也只會認為是兄弟倆長得像罷了。如果不是你無意中看見金牙，也確實不會懷疑他們。」

派克羅夫特揮動著拳頭，叫道：「天啊！在我受捉弄時，如果『派克羅夫特』對莫森商行做了什麼，我該怎麼辦？福爾摩斯先生，請您告訴我，我究竟該怎麼辦？」

「我們必須立刻發電報給莫森商行。」

「他們在星期六十二點關門。」

「沒關係，他們有守門人或警衛……」

「對了，據說，因為他們掌握巨額證券，所以有一支警衛隊負責保安工作。」

「太好了，我發一封電報給他們，看看一切是否正常，是否真有一個冒名頂替的傢伙在那裡工作。這輕而易舉，可是還有一點令人費解，為什麼看見我們他就自殺了呢？」

我們身後傳過來一聲嘶啞的說話聲：「報紙！」

那個人已經坐起來，臉白得像死人，他轉動著雙眼，手不停地撫摸頸上紅紫色的勒痕。

福爾摩斯激動地說：「對了，報紙！我真粗心，光想著來訪的事，卻沒想到報紙。秘密一定在報紙上。」

他打開報紙，叫喚道：「華生，快來看這一則。這是倫敦的晚報，早版的《旗幟晚報》。看這個大標題，答案就在這裡。『倫敦大劫案。莫森和威廉斯商行發生兇案，兇犯搶劫未遂被捕。』華生，這正是我們要知道的，請讀給我們聽聽。」

這個報導佔據了報紙的顯要位置，說明的確是一件很重要的案子，內容如下：

今天下午，倫敦發生了一起殺人搶劫案。有一人被殺死，凶手已經被捕。眾所周知，著名的莫森和威廉斯商行存有價值連城的巨額證券，而且因此警衛嚴密。不久前，主管人員更是購進了一批新式保險箱，增立了警衛隊，並且在樓上安排了日夜守衛的武裝警察，以此確保萬無一失。上星期，公司招聘了一名新職員，名叫霍爾・派克羅夫特。此人正是臭名昭著的偽幣製造犯貝丁頓。貝丁頓與其弟服刑五年剛剛獲釋。目前警方尚未查明罪犯是用什麼手段取得該公司的信任，以及怎樣得到各種鑰匙模具，並完全掌握保險庫與保險櫃的設置狀況。

按照慣例，莫森商行在星期六中午會讓職員放假。因此，下午一點二十分，當蘇格蘭場的警官圖森看見一個人從裡面走出來時感到很吃驚。那個人手裡拿著毛氈製的手提包，奇怪的舉止更是引起了警官的懷疑，於是喝令其停下準備細究。罪犯驚覺後雖曾奮力反抗，但圖森在波洛克警官的幫助下最終捕獲了罪犯，並就此查出一起殺人搶劫案。從現場繳獲的手提包中，警方發現了價值十萬英鎊的美國鐵路債券，另外還有其他公司的巨額股票。在對商行的檢查中，警方發現有一名不幸的商行警衛被殺害，並藏屍保險櫃中。此事若非圖森警官行動果斷，判斷準確，則該案恐怕在星期一之前都不會被人發現。據悉，該警衛的顱骨被人打得粉碎。相信是貝丁頓謊稱有東西落在公司中，後重新進入大樓，殺死警衛，並迅速將保險櫃洗劫一空，然後攜贓逃跑。其弟經常與其一起作案，但此次經多方追查，至今未果，警方將繼續全力追蹤。

「好了，現在可以為警方省去一些麻煩，」福爾摩斯看著蜷縮在窗邊、神態虛弱的那個人說道，「人類的天性真是奇怪，華生，即使殺人犯也有同樣的感情，弟弟一看到哥哥要被處死也寧願自殺了。可是，我們的行動無法選擇。派克羅夫特先生，你去報告警察，我們看守人犯。好了，先生們，行動吧！」

囚船上的慘案

在冬天的一個黃昏，我和福爾摩斯分別坐在壁爐兩側烤火。我的朋友對我說：「華生，我這裡有幾份文件值得你讀讀，跟『格洛里亞斯科特號』三桅帆船案有關係。治安官德雷弗讀了這些文件竟被嚇死了。」

福爾摩斯拉開抽屜，取出一個小灰紙筒，打開之後交給我一張紅紙。上面的字跡簡單潦草：

The supply of game for London is going steadily up〔it ran〕Headkeeper Hudson, We believe, has been now told to receive all orders for fly-paper and for preservation of your hen-pheasant's life.

（倫敦的野味供應趨勢穩中有升。我們相信已經通知了負責人赫德森接收全部黏蠅紙的訂貨單，並保護你們的雌雉雞的性命。——譯者注）

看完這張令人費解的便箋，我困惑地抬起頭。福爾摩斯正在觀察我，抿著嘴笑了。

他問：「糊塗了吧？」

「真不知道這樣的便箋是怎麼把人嚇死的。在我看來，不過是些荒唐的廢話而已。」

「沒錯，但事實的確是那位強健的老人看完便箋後，便倒在地上死了，好像被子彈擊中的靶子。」

我說：「這倒稀奇了，但是為什麼你剛才說，這對我有特殊意義，更應當研究它？」

「原因就是，這是我親自承辦的第一件案子。」

一直以來，我都在試圖研究我的夥伴，想讓他告訴我，究竟是什麼促使他下決心開始轉向犯罪研究上的，但他總是沒興趣說。只見他慢慢坐到扶手椅上，將文件在膝蓋上鋪開，點上菸斗，吸了一陣，然後不斷翻閱，認真地研究起來。

他問：「我從來沒向你講過維克多・德雷弗嗎？在兩年的大學生活中，他是我唯一的好朋友。華生，你知道，我不善與人交往，總喜歡一個人待在家裡胡思亂想，滿腦子都是那些別人不感興趣的問題，很少與同齡人交往。擊劍和拳擊是我最喜歡的體育運動，而且我的學習方法也與別人不同，所以我們沒有打交道的必要。有一天早晨，我在去教學樓的路上被他的狗咬傷了腳踝骨，我們因這個意外而相識。他也是我當時結識的唯一的人。

「一開始，我們的交往很平淡，但友誼卻從此建立。在我因腳傷躺在床上的十天裡，他常常來看我。起初我們只是禮貌性地閒聊，後來時間漸漸延長。到了那個學期結束的時候，我們已成了深交知己了。他精神飽滿，鬥志昂揚，精力充足，雖然在許多方面我們完全不同，但也有相同的地方。當我發現他也同樣孤僻時，反倒交往更親密了。後來，他請我去他父親那裡做客——他父親居住在諾福克郡的敦尼索普村，我很高興地答應了，並且在那裡度過了一個月的假期。

「老德雷弗既是治安官又是大地主，很受人尊重。敦尼索普村位於朗麥爾北部，在布德羅市郊外。他家的住宅面積很大，是老式的櫟木樑磚瓦房，門前有一條小路，兩旁有繁茂的菩提樹。因為附近有很多沼澤地，所以那裡是打獵和垂釣的好場所。宅子中有一個書房，小而精美，據說是買房子時一起買下的。有一位很好的廚師為我們做飯。我想即使再苛刻的人，在這裡度假也會感到滿意。

「老德雷弗的夫人很早就去世了，我朋友是他唯一的孩子。

「我聽人說，老德雷弗曾經有一個女兒，但不幸，去了一趟伯明罕，就因患白喉夭折了。我對老德雷弗十分感興趣。他的知識不淵博，但有很好的體力和記憶力。他看的書很少，但年輕時曾經到很遠的地方遊歷過，人生經驗很豐富，旅途見聞張口就來。他身體健壯，身材高大，灰白的頭髮十分凌亂，褐色面孔充滿滄桑，一雙藍眼睛銳利得甚至有點凶。但事實上他在鄉里口碑很好，以和藹、慈祥聞名。即使在法院審理案子，他也多以寬大處理為原則。

「有一天晚上，吃過飯，我們一起品嘗葡萄酒。小德雷弗突然說起我熱衷於對事物的推理與觀察。當時，我對演繹歸納法的理論已初步形成了一點套路，儘管我還沒發覺這對我的一生有什麼作用。老人認為他兒子對我的小伎倆過分吹捧，覺得是言不符實。

「他很有興趣地說：『親愛的福爾摩斯先生，我就是一個很好的題材，你從我身上能判斷出什麼呢？』

「我回答：『恐怕推論不出多少。但是，好像您在過去一年裡，曾經很擔心受到攻擊。』

「他吃驚地盯著我，臉上的笑容僵住了。

「他說：『是啊！你的推測很對。』

「他對兒子說：『維克多，你知道，我們趕走了那些在沼澤裡偷獵的人之後，他們曾經揚言要殺死我們。愛德華‧霍利先生被偷襲了，從那以後，我也總是提防著。但是，福爾摩斯先生，你是怎樣知道的呢？』

「我回答：『透過您那精巧的手杖。我看到上面的刻字，說明它買了不到一年。但是，您卻費了很多時間在手杖頭上鑿洞，然後注入熔化的鉛，好像要把它當成一件自衛武器。所以我想您的這種做法也許是為了預防某種危險。』

「他輕輕笑著問：『還有別的嗎？』

「『在您年輕時，曾經常參加拳擊賽。』

「『是的。你怎麼知道？是從我被打扁的鼻子上嗎？』

「『不是，是從您的耳朵上。您的耳朵具有拳擊手共有的扁平寬厚的特點。』

「『還有嗎？』

「『您曾經做過很苦的採掘工作，因為您手上有很厚的老繭！』

「『確實，我是靠採礦富起來的。』

「『您曾經去過紐西蘭。』

「『是的。』

「『您也去過日本。』

「『完全正確。』

「『您曾經和一個名字縮寫為J.A.的人有深交，但是後來卻試圖忘記他。』

「老德雷弗先生緩緩站起來，他那雙藍眼睛瞪得圓圓的死盯著我，眼神驚奇而瘋狂，接著就倒下去了。他的頭撞進了桌子上的果殼堆裡，昏了過去。

「華生，你能想像得到，當時我和小德雷弗有多驚慌。好在不一會兒他就甦醒了。因為當我們把他衣領解開，並把杯中的涼水潑到他臉上時，他吸了一口長氣，坐了起來。

「他勉強笑了笑說道：『孩子們，我沒嚇著你們吧？雖然我外表強悍，其實心臟很脆弱，一點驚嚇就會昏倒。福爾摩斯先生，我不知道你是怎麼推論的，但在我看來，無論是實際的警探還是虛構的偵探，跟你比起來，他們簡直就是孩子。你可以以此來謀生，或作為你的工作，你應該相信我這個歷經滄桑的老人的話。』

「華生，你應該相信，在當時，推理只是我的業餘愛好。最早使我認為這個愛好可以謀生的正是這位老人。他對我的過分誇獎令我信心大增。但是，儘管我對老人的突發病症感到十分內疚，卻也並未多想。

「我不安地說：『希望我剛才所說的沒有傷害您。』

「『你的話刺到了我的傷口，但是我很想知道，你從什麼地方知道這些的，而且你究竟知道多少？』他像是在開玩笑，卻又好像很認真，眼神依然是驚恐的。

「我解釋說：『這件事很容易。有一天我們一起划船，您捕魚時挽起了袖子，我看到您胳膊上有清晰的J.A.字樣，可是筆劃已經稍稍模糊，字跡周圍還有痕跡，這說明您曾經想去掉這些字。因此，這兩個字母是您所熟悉的，但由於某些原因，您卻極力要忘掉它。』

「他放心地吸了一口氣，說：『你的眼神真銳利，一切都正如你所說。不過我們沒有必要去談論它。在所有的惡鬼中，我那舊交的陰魂是最令人恐懼的。現在讓我們去撞球室安靜地享受一支菸吧！』

「但是，自此以後，雖然老人對我仍很親切，但似乎總夾著幾許疑慮。小德雷弗也察覺到了，他說：『我爸爸被你嚇壞了，現在連他自己也不明白，你究竟知道多少事。』在我看來，老人雖極力掩飾他的疑慮，但從他的舉手投足之間表達了他的猜疑。我相信，我的存在帶給了他不安，所以我決定盡快離開。但是，就在我告辭的前一天，一件事情發生了，這件事後來被證明是至關重要的一件事。

「當時，我們三個人正在花園裡的草坪上曬太陽，欣賞著布羅德的美景。一個女僕走過來說：『老德雷弗先生，外面有人想見你。』

「我的主人問：『他叫什麼名字？』

「『他沒有告訴我。』

「『他有什麼事情嗎？』

「『他只說您認識他，他有事情要親自對您說。』

「『把他領進來吧！』不一會兒，一個人走了進來。他面容猙獰，步伐拖沓，身材瘦小，穿著一件沒繫扣的夾克，裡面是一件紅花格子的襯衣，夾克的袖口上有一塊柏油汙跡。他下身穿著棉布褲子，腳上是一雙破爛的雙筒靴，棕色且消瘦的臉上帶著狡詐的笑容，笑時還露出一排不整齊的黃牙。他那布滿皺紋的手半握著，是水手常有的姿勢。當他精神不振地經過草坪向我們走來的時候，老德雷弗發出一聲像是打嗝的聲音，隨後跳下椅子向屋裡跑去。過了一會兒，他出來了，當經過我們身旁時，我聞到了強烈的白蘭地味。

「他說：『朋友，找我有什麼事？』

「水手站在原地，困惑地看著老德雷弗，還咧嘴笑著。

「那個水手問道：『你不認識我了？』

「『天吶，想起來了，這不是赫德森嗎？』老德雷弗驚愕地說。

「『我的確是赫德森，你終於認出我了，時間過得真快呀！我們三十多年沒見了。你現在生活富裕安穩，而我依然到處流浪。』

「老德雷弗邊向水手走去邊說：『你知道，我永遠忘不了過去的日子。』接著走到水手身邊低聲說了幾句，然後又大聲說：『請先到廚房用飯，我一定幫你安頓好。』

「水手用手攏了攏自己的頭髮，然後說：『多謝你的招待，先生，我已在一艘既無固定航期又無固定航線的大貨船上工作了兩年，剛從這艘船上下來。因為人手不夠，船需要整頓一段時間。我別無他法，只好找貝多斯先生和你。』

「老人大叫道：『什麼，你知道貝多斯的下落？』

「這個人猙獰地笑著說：『感謝上帝，先生，我清楚地知道所有老朋友的下落。』說完，匆忙地跟著女僕去廚房了。老德雷弗先生很含糊地告訴我們，那個人曾經和他同船去採礦。說完這些，便自己回屋去了。一個小時後，我們回到屋裡，發現老德雷弗已爛醉如泥，挺直地倒在餐廳的沙發上。這件事讓我留下了很壞的印象。所以，第二天當我離開時，沒有一點留戀惋惜。而且我知道，再待下去只能讓我的朋友疑慮與不安。

「這一切都發生在我長假的第一個月，之後我又回到了倫敦的家。我用了七個星期的時間研究有機化學實驗，直到秋天的某個早晨，假期臨近結束時，我收到了小德雷弗的電報。他請我去敦尼索普村，說很需要我的幫助。

「我拋開手頭的小事，馬上趕到了北方。他在車站接我，坐在一輛單人雙輪馬車上，變得十分瘦弱。真不知過去的兩個月他受到了什麼痛苦煎熬。他不再開玩笑，也不開朗直爽了。

「他見我的第一句話就是：『我爸爸快要死了。』

「我大聲說：『這太不可思議了！究竟是怎麼回事？』

「『他患了中風，因為神經受到強烈刺激，今天早上就已經處在危險中，不知現在是否還活著。』

「華生，你能夠想像，這消息實在令我太震驚了。

「我問：『什麼原因造成的？』

「『這正是問題的根源。先上車吧，待會兒我詳細告訴你。在你離開的前一天有個人來找過我父親，你還記得嗎？』

「『當然記得。』

「『你知道他是什麼人嗎？』

「『不知道。』

「他大聲說：『他是個真實的惡魔，福爾摩斯。』

「我困惑地望著他。

「『是的，他的確是個惡魔，是個惡棍。自從他來了之後，我的日子就不得安寧，一刻也不能。自從那晚，我爸就抬不起頭了，他的心碎了，生命也危在旦夕，這一切都是因為該死的赫德森！』

「『他到底是什麼人？』

「『這正是我想弄明白的。我父親仁慈厚道，又有愛心，怎麼會有把柄被惡魔抓住？現在好了，很高興你能來，我相信你的推理判斷才能，福爾摩斯，你一定要幫幫我。』

「我們的馬車飛速行駛在通往布羅德的鄉村小路上，路的盡頭是一片落日餘暉的美景。左邊有一片小樹林，樹林後面就是治安官的家了。我們已經能清楚地看到屋頂上的旗桿與煙囪。

「小德雷弗說：『起初父親安排他做園丁，但那傢伙並不滿足，不久又升為管家。這樣全家都得聽他的。他到處遊蕩，為所欲為。女僕們經常抱怨，說他酗酒成癖、品行卑劣、語言粗俗，父親只好幫她們加薪以彌補她們的麻煩。這個魔鬼還經常帶著我父親珍愛的獵槍，划著船去打獵。而且每到此時，他臉上總帶著一種嘲笑的表情，簡直目中無人。假如他的年齡和我差不多，我肯定把他打倒在地三十次也不止了。我告訴你，福爾摩斯，這段時間我是在拼命克制我的憤怒，但現在想想，如果不克制也許還會更好些。

「『現在，情況越來越糟，那個惡棍也越來越囂張。有一次，他竟然當著我的面傲慢地與我父親講話。我忍無可忍，抓住他的肩膀將他推了出去。他發紫的臉與凶神般的眼睛這才示弱下來，悄悄地溜走了。可是後來不知道那個魔鬼又對父親講了什麼，於是第二天早晨父親找到我，讓我向惡棍道歉。我拒絕了，並且問他為什麼要如此忍耐這個魔鬼，容忍他如此放肆地在我們家胡作非為。

「『父親對我說：「親愛的孩子，你不明白實際情況，但你說得很對。維克多，我一定會告訴你整件事情，無論發生什麼，我一定會告訴你。可是現在，你不希望你年老的父親傷心吧，孩子？」

「『父親十分激動，一整天都待在書房，我從窗戶裡看到他在忙碌地寫些東西。

「『那天晚上，赫德森說他要走了，這使我很高興，立刻感覺輕鬆了許多。飯後，我們在餐廳聊天，他醉醺醺地走了進來，沙啞地講了他的打算。

「『他說：「我在諾福克受夠了，我要去漢普郡找貝多斯先生。我敢跟你打賭，他見到我一定會很高興。」

「『我父親竟然謙卑地說：「赫德森，希望你不是因為不滿意這裡才走的。」這句話使我全身的血液都沸騰了。

「『他看了我一眼，緊繃著臉說：「他沒有當面向我道歉。」

「『爸爸轉過身，嚴厲地對我說：「維克多，你確實對我們的朋友失禮了，你不得不承認。」

「『我反應十分強烈，說：「正好相反，我認為，我們太容忍他了！」

「『赫德森聽後，怒吼道：「喂，小夥子，你這樣認為嗎？那很好，我再也沒必要待在這裡了，走著瞧吧，朋友！」

「『他轉身走出去，半小時後，真的帶著收拾好的東西走了。從此我父親便始終處於緊張害怕的狀態。每天夜裡，我都能聽到爸爸在屋裡走來走去。不久，就在他剛剛恢復過來一點的時候，災難降臨了。』

「我急忙問：『發生了什麼事？』

「『事情奇怪而突然。昨天晚上，爸爸收到一封信，上面蓋著福丁哈姆的郵戳。他看完之後，就顯得心神不定，總是用手輕輕地拍著頭，在屋子裡轉來轉去，好像丟了魂。我扶他坐在沙發上，這時他的嘴和眼突然開始向一側歪過去，看起來竟好像中風了。我急忙請來福德哈姆醫生，我們一起抬他上床，但是情況很嚴重，沒有好轉的徵兆。也許，他堅持不了多久了。』

「我大聲說：『小德雷弗，你不會嚇我吧？信裡到底寫了什麼令人害怕的東西，竟引起如此嚴重的後果？』

「『也沒什麼，實在令人費解。信的內容怪異、凌亂，沒有頭緒。天啊，我所擔心的事情真的發生了！』

「就在他說這些話時，我們已到了林蔭路的拐角處。在微弱的燈光下，我們看到屋子裡的窗簾放下來了。剛到門口，一位穿著黑色衣服的人走了出來。

「小德雷弗似乎意識到什麼，滿臉的悲傷。

「『醫生，是什麼時候的事？』

「『你剛一走，他就不行了。』

「『可曾清醒過？』

「『臨死前，他清醒了。』

「『他說了什麼沒有？』

「『他只是說那些紙都放在日本櫃的後抽屜裡。』

「我的朋友與醫生一起去了死者的房間，我一個人待在書房裡，開始思考著這件事的來龍去脈。我從來沒有如此傷心過。老德雷弗閱歷豐富，做過拳擊手、旅行家，又做過多年的採金人，可是他為什麼會聽任一個水手的擺布呢？另外，為什麼當我提到他胳膊上模糊的姓名縮寫字母時他竟昏倒了，甚至接了一封來自福丁哈姆的信就嚇死了？這時，我忽然想到，福丁哈姆在漢普郡，貝多斯也住在漢普郡，而水手一定是去那裡詐騙他了。他可能在信中說，舉報了老人過去的秘密，想到這裡，我覺得有必要盡快破解謎團。我沒有開燈，在黑暗中反覆地冥想著。一個小時後，小德雷弗跟著一個女僕走進來，女僕手裡拿著一盞燈，滿面淚痕。我的朋友也臉色蒼白，但還比較平靜，手中拿著幾張紙。我把紙接過來攤在膝蓋上。他將燈放在桌邊，坐在我對面，把一張石青色的短箋指給我。短箋字跡潦草，正是你現在看的這個：『倫敦的野味供應趨勢穩中有升。我們相信已經通知了負責人赫德森接收全部黏蠅紙的訂貨單，並保護你們的雌雉雞的性命。』

「我第一次讀時，像你一樣困惑。後來，我又認真地看了一遍。正如我所料到的，這些奇怪的詞語是一個秘密，像『黏蠅紙』和『雌雉雞』都是事先約定的暗語。這種暗語可隨便約定，因此假如沒有根據，再怎麼猜測也是無濟於事。但我還是決定碰碰運氣。因為信裡有『赫德森』這個詞，它的出現正好證明信的內容與我的推測相符。而且這信應該是那個叫做貝多斯的人寫的。我又試著將句子倒過來讀，而『生命』、『雌雉』這些詞令我很失望。我又試著跳詞讀，但「the of for supply game London』仍然無甚意義。

「苦思冥想，終於，我找到了關鍵的答案。我發現從第一個詞開始，每隔兩詞一讀，就能連成一篇有意義的短箋，而這些意義足可以使老人陷入絕望之中。

「這些詞語簡潔明瞭，是一封警告信，我馬上讀給我的朋友聽『The game is up. Hudson has told all. Fly for your life.』（譯：一切都完了。赫德森都說了。你趕快逃命吧！）

「我的朋友用抖動的手捂住了臉。他說：『一定是這樣，這表示恥辱，比死都令人難堪。可是「負責人」與「雌雉雞」又有什麼意義？』

「『這些詞並沒有特殊的意義，但是我們如果無法找到發信人，這些詞就對我們很有用。你看，他一開始先將「The……game……is」寫下，這些是預定要表達的真正意思，之後每個空檔要添兩個詞。如果假設他只是隨意信手寫上去的話，那麼就可以斷定，他喜歡打獵或者飼養小動物。你瞭解貝多斯嗎？』

「他說：『經你提醒，我想起一些。每年秋天，貝多斯都會邀我們去他那裡打獵。』

「我說：『那麼，這封信一定是他寫的。現在我們只需要弄清楚一個問題，那個水手究竟知道什麼秘密，並且是用什麼來威脅這兩個人。』

「我的朋友痛苦地說：『福爾摩斯先生，我擔心那是一件令人汗顏的事！不過，我不想隱瞞你，這是我父親在知道赫德森要檢舉時親筆寫的。按照醫生所說，剛才我在日本櫃子裡找到了這份聲明。我自己沒有勇氣去看它，所以還是請你讀它吧！』

「華生，這幾張是我的朋友交給我的，那天晚上我為他讀了一遍，現在我再為你讀讀。你瞧，這幾張紙的外面寫著：『「格洛里亞斯科特號」三桅帆船航海日記。1855年10月8日在法爾茅斯啟航，同年11月6日在北緯15° 20′，西經25° 14′ 沉沒。』裡面的日記是用信的形式寫的。

親愛的兒子，既然逃不脫那日益臨近的恥辱，也沒有辦法擺脫晚年的平庸，坦白地說，現在我不害怕法律的制裁，也不怕丟失我在本郡的職位，更不擔心那些熟人的輕視了。可是當想到你對我的愛以及對我的那種尊敬時，恥辱感便油然而生。這使我心如刀割。但是，假如我所擔心的事真的發生了，我希望你能仔細看看這本日記。屆時你就會明白我為什麼應當受到懲罰。但是，假如沒有什麼事情發生，而這張紙卻到了你手裡，我請求你，看在上帝的份上，看在你所愛的死去的母親份上，看在我們父子一場的份上，將它燒掉，忘記它。

可是，當你看到這封信時，那想必也就是事情敗露之時。我將不是身陷囹圄，便是已經離開人世。但無論哪種情況，既然沒必要再隱瞞，我願意發誓，以下事情完全真實，萬望寬恕。

親愛的孩子，我本來不叫德雷弗，年輕時我叫詹姆斯・阿米塔奇。這樣你應該知道我聽到福爾摩斯的話後昏倒的原因了吧！因為他的話聽起來像揭露了我更名改姓的秘密。作為阿米塔奇，過去我在倫敦的銀行工作，後因觸犯刑律被法庭處以流放徒刑。孩子，不要責怪我，因為我必須償還一筆賭債，因此挪用了公款。當時我相信一定能在被發現前將這筆錢補上。但是最可怕的厄運降臨了，我希望的款項沒有到手，同時銀行的查帳提前了，所以我的虧空暴露了。這件案子如果犯在今日尚可寬待處理，但三十年前的法律嚴酷許多。於是，我在二十三歲生日的那一天，被判了罪並與其他三十七名重犯一起被鎖在了「格洛里亞斯科特號」帆船的甲板上，即將流放到澳洲。

1855年，克里米亞正在打仗。原來運載罪犯的船大多被用於軍事運輸了，所以政府只能用較小的且設備簡陋的船遣送罪犯。「格洛里亞斯科特號」帆船原本是用來做中國茶葉生意的，樣式古老，船頭十分重，船身非常寬，與當時的新式快速帆船相比簡直不能相提並論。船載重量為五百噸，船上有三十八名罪犯，二十六名船員，十八名士兵，一名船長，三名船副，一名醫生，一位牧師和四個獄卒，當從法爾茅斯起航時，我們號稱一百人。

通常說來，囚犯船的囚室隔板是由很厚的橡木製成，但此船因是臨時改裝而成，所以隔板很薄。就在我們被押到碼頭時，我發現了一個非常特殊的人。他很年輕，面龐清秀，無髭無鬚，鼻子細長，嘴很癟，被安置在船尾，囚室與我相鄰。上船時我就注意到了他，因為他顯得毫不在乎，走路昂首闊步的，加之身材高大——至少六英尺半高，別人只能及他肩部，所以在那麼多消沉的面孔中很是與眾不同。當我看到這張精神飽滿、剛毅堅決的臉，受到很大震撼，就好像有人在寒冷的冬夜送來了溫暖的火爐。有這樣一個鄰居一路相陪，我感到很高興。夜深入睡時，忽然有說話聲傳過來，原來他在我們之間的隔板上挖了個洞，這更使我欣喜若狂。

他說：「嘿，朋友！你叫什麼名字？因什麼罪被關在這裡？」

我將情況告訴了他，同時問了他的名字。

他回答：「我叫傑克・普倫德加斯特。上帝作證，只要跟著我一起做，你絕不會後悔。」

我在被捕前就聽說過他的案子，簡直轟動全國。據說他出身高貴，精明能幹，可是卻沾染了無可救藥的一些惡習，竟靠絕妙的騙術，從倫敦的達官富人手裡騙到了大批財物。

聽說我知道他，他很驕傲：「哦！親愛的朋友，我的事你竟然記得。」

「的確，我記得十分清楚。」

「你記得那個案子的特別之處嗎？」

「案子本身有什麼特別呢？」

「我弄到了將近二十五萬鎊的鉅款。」

「聽說是那麼多。」

「但警察沒有找到那筆錢，你知道嗎？」

「不知道。」

「朋友，你知道這筆款項的下落嗎？」

「我猜不到。」

他忽然放大聲音說：「這筆錢在我手裡。一直是這樣！我所擁有的金鎊數，比你的頭髮還多呢！我說朋友，只要你有錢，你就可以為所欲為。喂！你說一個可以為所欲為的人，會甘願待在這裡等死嗎？尤其這破船的貨艙到處是老鼠和臭蟲。」

我說：「是啊，要是有人救我們就好了。」

他說：「你真這樣想嗎？如果你願意冒險，我有辦法。我有一個朋友，他會救我們出去的。」

我驚訝地問：「真的嗎？他確實可靠？」

看出我的疑慮，他果斷地說：「絕對可靠，先生！他不僅要想盡一切辦法救我，還會救其他同船的難友。你可以放心地大幹一場，因為他完全值得信賴。憑《聖經》發誓，他一定會救你出去。」

他當時說話的語調就是這樣。起初我認為他在開玩笑，並且不以為然。但過了一段時間，他又試探我，並且再次向我起誓，還透露說奪船的秘密計畫正在醞釀中。聽說上船前即有十二個囚犯加入了該計畫，還做了充分準備。為首的自然是這位普倫德加斯特，金錢是他行動的橋樑和動力。

普倫德加斯特說：「他有一個很好的合作夥伴，是個非常誠實且值得信賴的人，錢就由他掌管著。你知道他現在在哪裡嗎？他就在船上，就是我們這艘船的牧師。沒錯，就是那位牧師，他身穿神聖的黑上衣，各種證件也一應俱全。最重要的是，他手裡的錢足夠收買整艘船的人。現在，所有的水手都是他的心腹——他用金錢收買了他們，他們同意簽約受僱。兩個獄卒和二副也被他收買了。他沒有收買船長，因為船長是個不值得收買的人。」

我問他：「但是，我們究竟要怎麼做呢？」

他說：「我們要讓船上士兵們的衣服被染得比裁縫做的軍服還紅！」

「但他們有武器呀！」

「小夥子，我們也有武器，每人配兩把手槍，還有全體水手做我們的後盾。如果這樣還不能成功，那真是連女人也不如了。今天，你最好跟你左邊的獄友談談，看看他是否值得信賴。」

我按照他說的做了。透過交談我瞭解到，關在我左邊的獄友也很年輕，叫伊文斯，因製造偽幣而犯罪，刑罰和我一樣。改了名字的他如今是英國南方的有錢人。他同意參加這次秘密行動，因為能救我們的只有我們自己。最終，在船到達海灣之前，只有兩個犯人沒有加入。一個是因為意志不堅定，我們不能信任他；另一個則患有黃疸病，於我們毫無用處。

行動之初，計畫進行得很順利。那些水手儼然就是專等著幹這種事的流氓之輩，冒牌牧師也常來囚艙鼓勵我們。他背著一個黑書包，好像裝滿了經書，聯絡於我們之間，非常忙。就這樣，到了第三天，我們每人都配備了一把銼刀、兩把手槍、二十發子彈、一磅炸藥。兩個獄卒很早就被普倫德加斯特收買了，船上的二副也是他們的同夥。現在僅剩船長、兩名船副、另外兩名獄卒、一名醫生及馬丁中尉和他的十八名士兵是我們的敵人。事情雖然進展穩妥，可是我們還是十分謹慎、小心，原本是計畫在他們相對鬆懈的夜裡發動突擊。但是，最終動手的時間卻比原計畫提前了。情況大致如此：

就在船啟航後第三個星期，一天晚上，醫生來為一名囚犯看病。當他伸手到犯人床鋪下時，竟摸到了手槍。假如他面不改色地離開，也許我們的計畫就完全泡湯了。但是他膽子很小，當場驚叫一聲，面色蒼白。這使那名犯人意識到發生了什麼，於是一把抓住了他。不幸的醫生還未發出警報，就被堵住嘴巴綁在床上了。我們從醫生來時打開的通往甲板的門一擁而上。兩個哨兵被槍打死了，一個班長聞聲而來，但在還沒明白怎麼回事時也被打死了。另外兩個守著艙門的哨兵正準備裝上刺刀搏鬥——也許他們槍中沒有子彈，因為他們並未向我們開槍，結果也被輕易地解決掉了。就在我們湧向船長室的時候，從裡面傳來一聲槍響。進去一看，船長躺在地上，釘在桌子上的大西洋航海圖被弄汙了，牧師站在他的旁邊，手中的槍還冒著煙。兩個船副已經被捆住了，看起來整個計畫已經成功。

船長室的隔壁就是官艙，我們衝向那裡，稀里嘩啦地坐在椅子上開始談論、叫嚷起來。牧師威爾遜從官艙的貨箱裡搬來一箱葡萄酒。我們取出褐色的葡萄酒，打破瓶頸，使勁倒在大酒杯裡，高興地為重獲自由忘情慶祝。突然，一陣意料之外的槍聲傳過來，官艙中頓時煙霧瀰漫。因為隔著長桌子，所以起初我什麼也沒看清。直到煙霧消散了，才發現眼前已血肉模糊。牧師和其他八個犯人都中彈身亡了。那一幕我至今歷歷在目，一想起那鮮紅的血和那褐色葡萄酒就想吐。當時，我們都被嚇傻了。幸虧有普倫德加斯特，他像鬥牛場上的公牛般大吼一聲衝了出去，所有人這才跟著衝了出去。當衝到艙外的時候，我們才發現中尉和他手下的十個士兵正立在船尾。原來官艙裡有一個正對著桌子上方的旋轉天窗，稍稍打開窗子，他們就可以從窗戶向我們射擊。我們趁他們來不及再次裝彈藥的時候頂了上去。雖然他們奮力抵抗，但還是無濟於事，不到五分鐘，我們就把他們都送上了西天。天呀！帆船成了屠宰場！普倫德加斯特像發怒的惡魔，提小雞似的提起倖存的士兵，不顧死活地都扔到了海裡。有個受傷的中士，還在海裡游了一段時間，直到有人舉槍打中了他的頭。戰鬥結束時，除了兩個獄卒、兩個船副、一名醫生，其餘的人全被消滅了。

關於怎樣處置他們，我們發生了爭執。大多數人為重新獲得自由而高興，不願再殺人。殺死手裡有武器的，和我們對抗的士兵是一回事，而殺死手裡沒有武器的人則是另外一回事。我們幾個人不願意再殺人，但普倫德加斯特和他的同夥卻不同意。他認為，想要得到永久的安全，就必須全部滅口，以免將來有人指證、揭發我們。不過，最後他終於答應，如果我們願意，可以坐小艇離開這裡。為了不繼續進行罪惡活動，我們欣然同意。普倫德加斯特分給我們每人一套水手衣服、一桶醃牛肉、一小桶餅乾和一個指南針。最後，他還給了我們一張航海圖，並授意我們今後要說自己是航船上的水手，船在北緯15°，西經25°沉沒了。然後他割斷繩索，放我們走了。

親愛的兒子，下面才是故事中最驚人的情節。發生動亂時，那船正逆風行駛。離開大船以後，我們又張起帆，順著東北風駛去。我和伊文斯是這夥人裡少數受過高等教育的人。因此，我倆一起研究海圖，負責確定所處地點，並落實目標航線。這是個非常重大的責任，需要仔細對待。當時，向東七百英里是非洲海岸，向北五百英里是佛德角群島。由於正颳北風，因此我們認為最好是駛向獅子山。於是，我們改變了航向，開始向北方行駛。此時已看不到三桅帆船的船身了，只有那高高的船桅還能映入眼瞼。當我們無意中回頭眺望它時，發現一股濃密的黑色煙柱正從那裡升起，直衝雲霄，宛如一棵怪異的大樹掛在天邊。幾秒鐘後，我們聽到了一聲巨響，等到硝煙散開時，三桅帆船已徹底消失了。我們又趕緊再次改變航向，全力駛向帆船。瀰漫開來的煙霧告訴我們，該船發生了慘事。

我們費了好大的勁才趕到那裡，起初以為來得太晚了，救不出什麼人了。因為我們僅僅發現了破碎的小船和殘桅斷板在海上漂流，卻沒有一個人影。正當我們失望地準備離開時，忽然聽到有人喊救命，聞聲望去，看到不遠處的一塊殘板上有一個人在拼命掙扎。我們趕忙救他上船，而這個人就是赫德森，他是水手。他被大火燒傷，疲勞得一句話也說不出來。直到第二天早上，他才講述了發生的一切。

我們走後，普倫德加斯特就開始對那倖存的五個人下手。先打死了兩個獄卒，爾後把他們扔進了大海，三副也慘遭相同的命運。接著，普倫德加斯特又親自去中艙，割斷了醫生的喉嚨。五個人中僅剩勇敢的大副了。當他看到手持帶血屠刀的普倫德加斯特向他走近時，就掙開了原先已經鬆動了的繩子，然後衝向甲板，一頭跳進尾艙。那裡有十二個犯人同時持槍向他逼近，這才發現他手裡拿著火坐在了火藥桶旁，這桶火藥已經沒有蓋子，而且船上還有一模一樣的一百桶火藥。大副威脅說，誰要敢碰他一下，他就與全船人同歸於盡。話未說完，火藥就爆炸了。赫德森認為，火藥不是大副點燃的，而是有人開槍打在了火藥桶上。但無論是誰的原因，至此，三桅帆船與船上的凶手完全消失了。

親愛的孩子，這就是我參與過的那件可怕事件的全過程。第二天，我們被開往澳洲的雙桅船「科德斯波號」搭救了。該船船長對我們自稱是失事航船的水手一事完全相信。海軍部也將「格洛里亞斯科特號」船作為一般失事記錄了下來，而它的真實命運卻被完全掩藏了。後來，「科德斯波號」到達了雪梨港口。上岸後我和伊文斯隱姓埋名去做了採礦工。在那個各國人彙集的地方，我們輕易地隱藏了過去的身分與經歷。後來發生的事沒必要再說了，我們都發了財，並開始周遊世界，最終以有錢的殖民地居民的身分返回英國，購買了家產。這二十年來，我們過著平靜、快樂的生活，並一直希望早日埋葬過去一切可怕的經歷。但是，後來那個水手找到了我們，我一眼認出他就是赫德森。當時我的感覺非常不好，真不知他是怎麼找到我們的。他利用我們的愧疚心理，不斷敲詐。現在，我親愛的兒子，你該明白我為什麼要討好他了吧！至此，相信你也會同情我當時的恐懼感。他雖然離開我們去了另一個受害人家裡，但還在間接恐嚇我們。

我的手開始顫抖，下面的字看來很難寫下去了。貝多斯先生寫來密信告訴我，赫德森全部說出來了。上帝啊，原諒我們吧！

「以上是那天晚上我為小德雷弗讀的。華生，這真是個富有戲劇性的案子。我的朋友經歷了這場災難，心都碎了。後來，他遷居到特拉伊了，在那裡種茶賣茶，據說做得很好。而水手和貝多斯，自從那封警告信以後便都消失了。沒有人向警察局檢舉過什麼。因此，一定是貝多斯錯把赫德森的恐嚇當作了事實。也曾經有人在附近發現過赫德森，警方懷疑他殺死貝多斯後逃跑了。而我卻認為，一定是貝多斯誤認為赫德森檢舉了他，為了報仇殺死了赫德森，然後帶著錢去國外避難了。這是案子的基本內容，華生，假如這些對你的故事收集有益，我很高興你使用它。」

離奇的管家失蹤案

我的朋友夏洛克・福爾摩斯的性格與眾不同，因此我在跟他交往時也難免受到影響。雖然他聰明過人，思維敏捷，條理清晰，平日總是衣冠楚楚，但生活習性卻很糟糕，與他同住的人確實需要好性子。就我而言，在這些方面倒沒有太多挑剔。因為想當初在阿富汗戰場上時，我的生活也是亂七八糟的，再加上我的性格隨意又有點懶散、粗心，確實與醫生的職業不太相符。但即使如此，當我發現有人把菸斗放在煤筒裡，把菸葉放在拖鞋上，用折刀把一些還沒有回覆的信件釘在壁爐上時，還是覺得很不舒服。

除了這些，我從來認為手槍應在戶外練習，而福爾摩斯卻正好相反。當他心血來潮時，便會坐在扶手椅上，輕扣微力扳機，用一百發標準打靶子彈將對面的牆壁打得凹凸不平。這既不能改變我們的室內氣氛，又不能改善房屋的外觀。

刑偵遺物與試驗用的化學藥品充斥了我們的屋子，而且經常會在令人意想不到的地方出現，比如裝乳酪的盤子裡，或其他更令人尷尬的地方。

除此之外，最讓我苦惱的是處理他的文件。他不喜歡銷毀文件，尤其是那些與他辦過案子有關的文件，總要每一兩年才去認真整理一次。正如我在一些零碎的回憶錄中提到的一樣，只有當他熱情高漲，思如泉湧地成功破獲大案之後，才會有興趣和精力去歸納它們。但這種熱情通常保留不了多長時間，隨後很快便會置於一邊了。這時，只有小提琴和書籍與他為伴，除了在沙發和桌子間必要的移動，他幾乎哪裡都不去。就這樣日復一日，年復一年，文件越來越多，幾乎布滿每個角落，而且除了他，沒有人敢碰它們。

有個冬天的晚上，我們在壁爐旁烤火時，我終於忍不住建議，可否等他把案件摘要抄到備忘錄上後，我們用兩個小時徹底打掃一下房間，以便稍稍好住一些。他沒有拒絕，但也顯得有些不快，並轉身進了臥室，不一會兒拖著一隻大鐵皮箱子走了出來。他把箱子放在地中央，坐在箱子前的小板凳上，打開箱子。箱子中的文件都用紅繩子捆著，大約佔了三分之一的空間。

福爾摩斯調皮地看著我說：「華生，這裡面有很多案子，如果你認真看過它們之後，也許你就會讓我把它們拿出來，而不是都裝進去。」

我問：「這都是你以前辦案的記錄嗎？我一直希望得到它們做素材資料。」

「是的，華生，這些都是我在剛出道時辦的案件。」他輕輕地、很珍惜地拿出一捆文件。接著說：「這些並非都是成功案例，但有一些其實很有意思。這是塔爾頓的殺人案記錄，這是范貝里酒商案，這是俄國老婦人探險案，那是鋁製拐杖案，那是跛腳的里寇里特和他的惡妻案，這還有一件，堪稱奇案中的奇案。」

他伸手到箱子裡，拿出一個木頭匣子，匣子的蓋可以轉動，像小孩玩具盒一樣。福爾摩斯打開小匣子，拿出一張皺皺的紙，一把老式的銅鑰匙，一根纏著線的木頭釘子以及三塊生了鏽的金屬圓片。

福爾摩斯看了看我，微笑著說：「朋友，你能猜到這些東西是怎麼回事嗎？」

「都是些很特別的收藏品。」

「確實很特別，不過裡面包藏的故事更特別。」

「看來，這些遺物都是頗有歷史的嘍？」

「是的，不僅有歷史，而且它們本身就是歷史。」

「什麼意思？」

福爾摩斯把這些收藏品取出來，沿著桌邊排成一行，之後坐在椅子上認真地看了半天，眼中露出得意的神情。

「它們是我特意留下來的，為了紀念當年的馬斯格雷夫禮典案。」

我曾經幾次聽他提到這個案子，不過一直不知道詳細情況。於是趕忙說：「假如你能詳細跟我說說，那真是求之不得。」

福爾摩斯調侃地說：「那就是說，這些亂糟糟的東西還是別動了？華生，看來你期望的整齊乾淨是辦不到了，但是我很樂意將它加入到你的案例記載中。不管在國內還是國外，這個案子在犯罪記錄中絕對少見。要是我那點微不足道的小成績裡沒有收錄這個案子，那還真是有些遺憾。

「你還記得『格洛里亞斯科特號』帆船事件吧？其中那個很不幸的老人，由於他無意中在交談時對我的職業定位給予了指點，這才使我第一次想到職業問題，並且後來竟真的以偵探為終身職業了。如今，我名氣算不小了，不管是普通老百姓，還是警察，都認為我是疑難案件的終極解決者。其實就在我們結識之初，也就是偵破『血字的研究』一案時，我的生意不是很多，但畢竟已經有了很多老顧客。而在入行伊始時，你也許想像不到，情況是多麼艱難，我經過了很長時間的努力才獲得成功。

「剛到倫敦時，我住在大英博物館附近的蒙塔格街。當時無事可做，我就用心學習了各門科學，以備不時之需。那時，也有人找我破案，都是我的老同學介紹來的。因為在大學快畢業時，關於我的特長、能力等方面已在師生中廣為傳播。我調查的第三個案子就是馬斯格雷夫禮典的案子。此案中一連串的怪異事件及相關重大問題，都刺激了我的破案欲望，並從此成為我走上這行的推動力。

「雷金納德・馬斯格雷夫是我的同學，但我們只是平淡之交。因為他生性驕傲自大，大學裡沒人喜歡他。可是我也看得出，其實他的自傲自大僅僅為了掩飾天生的羞怯而已。他一副貴族相，身材瘦弱，鼻子很高，眼睛大大的，做什麼事都有條有理，很文雅。實際上，他確實是王國一支很古老的貴族後裔。十六世紀中後期，他們這一支與北方的馬斯格雷夫家族一分為二，去了索塞克斯西部定居，而那裡的赫爾斯通莊園則是如今還有人住在裡面的最古老的建築。他的出身對他似乎有很大影響，每當我看到他蒼白、敏感的臉色以及舉手投足間的優雅穩重，就總會想起一些灰色的拱道、直櫺的窗戶和古堡的遺跡。有幾次，我們不知因何開始交談，我記得他說，他對我的觀察和推理方法很有興致。

「畢業四年後，有天早晨，他忽然到蒙塔格街來找我。他幾乎沒有變化，只是穿著更像上流社會的人了（他對穿著很挑剔），依然是一副與眾不同的優雅舉止和姿態。

「我們熱情地寒暄，我問：『你好吧？親愛的朋友？』

「馬斯格雷夫說：『你聽說我父親去世的消息了嗎？他兩年前離去的。從那時起，我就開始管理赫爾斯通莊園。由於我是區議員，所以非常忙。福爾摩斯，聽說你已經開始用你那驚人的本領執業了，真令人羨慕！』

「我回答：『哪裡，糊口而已！』

「『很高興聽你這麼說，因為現在我需要你的幫助。我在赫爾斯通遇到了許多奇怪的事，就連警察也束手無策，棘手得很。』

「你知道，當我聽他那麼說後一下子就來勁了，因為那幾個月我一直無事可做，早盼著機會的來臨了。我一直認為，別人無法完成的事，我也能完成，而現在，就要一顯身手了。

「我急切地說：『請把詳細情況講來聽聽。』

「馬斯格雷夫坐在我對面，點燃了我給他的菸。

「他說：『我雖然還是單身，但在赫爾斯通莊園僱傭了很多人，因為那所舊宅子很偏僻，需要人來照看。而且在打獵季節，我常常會在別墅舉行宴會並留住一些朋友，沒有人手根本不行。我有八個女僕，兩個男僕，一個管家，一個小聽差。莊園裡的花園和馬廄由其他人員照料。

「『他們當中，管家布倫頓最有資歷。當年我父親僱他的時候，他僅僅是個不稱職的小學老師。但這並不影響他在我家受重用。他精力充沛，個性好強，身材勻稱，面貌清秀，額頭寬闊。雖然已經跟我們一起生活了二十年，但他還不到四十歲。他有很多優點，最傑出的本領是可以熟練地講多國語言，能演奏幾乎所有的樂器。不過，他很滿足於長期受僱於人，這也有些令人費解。好在我認為他還算安於現狀，沒打算要改變什麼。來過我家的人都知道這位管家。

「『可是任何人都不能十全十美，他也一樣有缺點，就是在生活上有點唐璜（西班牙的傳奇人物，是專門勾引女性的荒淫貴族，在西方的詩劇中經常引用。——譯者注）。你能想到，這樣一個儀表堂堂又有才華的人在偏僻的地方很容易成為風流浪蕩的公子。他剛結婚時很守本分，但自從他妻子去世後，他給我們帶來了許多麻煩。幾個月前，他與我們的二等使女瑞吉兒・豪厄爾訂了婚，我也希望他能就此安分一些。可是沒過多久，他就拋棄了瑞吉兒，與獵場看守班頭的女兒珍妮特・特雷傑麗絲混在了一起。瑞吉兒很出色，但她具有威爾斯人的衝動個性。她剛患了腦膜炎，昨天才能緩慢地走動。與過去相比，她變成了黑眼睛的幽靈。這也是赫爾斯通的第一齣戲。接著發生了第二齣，這件事幾乎使我們忘記了第一齣，它是由管家布倫頓被解僱引起的。

「『事情的過程是這樣的：正如我說的，此人很聰明，但聰明反被聰明誤。因為聰明的他對那些與自己沒有一點關係的事也感興趣。我沒想到好奇心會使他陷入絕境，直到後來我才知道究竟是怎麼回事。

「『我說過，這原本是個古舊凌亂的莊園。上個星期，準確地說是上星期四晚上，吃完飯我又喝了一杯濃咖啡，這使我無法入睡，直到凌晨兩點，仍未睡著。我乾脆點燃蠟燭，準備繼續看那本讀了一半的小說。但是，那本書在撞球室，我便披衣去取。

「『到撞球室必須下樓梯，再經過走廊。藏書室和槍庫都在走廊的末端。當時，我無意中抬頭看了一眼，發現藏書室的門開著，還有一束微光射出來，這使我很吃驚。我記得很清楚，臨睡前我親手滅了燈，並把門關上了。很自然，我想到了賊。在赫爾斯通莊園的走廊裡，牆上放著很多武器。我拿了一把斧頭，扔掉蠟燭，輕輕地走向藏書室，趴在門口向內觀望。

「『原來是布倫頓。他坐在安樂椅裡，膝蓋上攤著一張好像地圖似的紙片，正雙手托頭陷入沉思。我目瞪口呆地站在那裡，在暗處窺視他的行動。桌邊放著一根蠟燭，藉著燭光，我看見他衣著很整齊。忽然，他站起來，走向旁邊的辦公桌，打開鎖，拉出一個抽屜。他拿出一份文件又走回座位，開始藉著燭光認真地研究起來。看到他如此鎮靜地研究我們家的文件，我十分生氣，猛地跨步上前。布倫頓抬起頭看到了我，一下子跳了起來。他臉色發青，急忙將那地圖樣的文件揣在懷裡。

「『我大聲說：「好哇！你就這樣報答我們嗎？明天你辭職回去吧！」

「『他很窘迫地向我鞠了一躬，沒說一句話就溜走了。蠟燭仍然在桌子上燃燒著，藉著燭光，我看到了布倫頓從辦公桌裡取出的文件。這使我大吃一驚，那是一份毫無意義的文件，僅是一個怪異而古老儀式中的問答詞記錄而已。這個儀式稱為「馬斯格雷夫禮典」，是我們家族中僅有的一個儀式。在過去的幾個世紀，所有馬斯格雷夫家族中的人，一到成年就要舉行這個儀式——這僅與我們家族內部有關，像我們家族的紋章圖記，對考古學家也許有意義，對別人卻毫無實際意義。』

「我說：『我們最好還是詳細談談那份文件。』

「馬斯格雷夫有點懷疑地說：『如果有必要，等一會兒再講，現在我接著講後來的事。我用布倫頓丟下的鑰匙鎖了辦公桌，剛要離開，卻發現管家又回來了，他站在我面前嚇了我一跳。

「『他十分激動，聲音有點沙啞，用哀求的語氣說：「先生，尊敬的先生，我丟不起人，雖然我只是個僕人，可也很看重人格，如果讓我丟了臉，相當於殺了我。先生，要是你非逼我走絕路，我的死應該由你負責，我會這麼做的，肯定會。如果你不再相信我，看在上帝的份上，讓我先呈上辭職申請，一個月內我會離開，就好像我自願離職。馬斯格雷夫先生，我離開沒關係，但絕不能當著熟人的面被趕走。」

「『我拒絕道：「你不配讓我對你那麼好，布倫頓，你的行為十分醜惡。不過，看在你為我們家服務這麼多年的份上，我也不想讓你丟臉。但是一個月太長了，一個星期吧，你可以隨便找理由，但必須在一個星期內離開。」

「『他絕望地說：「一個星期太短了，先生，兩個星期怎麼樣？求你了！」

「『我堅定地說：「就一個星期，這已經對你開恩了。」

「『他十分失望，垂著頭慢慢地走了。我把燈滅了，回到自己的臥室。

「『自那以後的兩天裡，布倫頓很勤快，對份內工作也做得很好。我也沒有提起那件事，只是好奇地想知道他要找個什麼理由。多年以來，他養成了一個習慣，每天早飯後就來找我問他一天工作的安排。但第三天他沒來。我從餐廳出來時，看到了女僕瑞吉兒・豪厄爾，我已經說過，她剛剛康復，但看起來仍無精打采，面色蒼白。

「『我對她說：「你去休息吧，等身體完全好了再來工作。」

「『她看著我，眼神怪怪的，使我懷疑她的病是否又發作了。」

「『她說：「馬斯格雷夫先生，我已經完全好了。」

「『我又說：「最好聽聽醫生的建議。你現在必須去休息，下樓對布倫頓說，我找他。」

「『她說：「管家已經離開了。」

「『我問：「離開了？去哪裡了？為什麼沒有通知我？」

「『她又說：「他離開了，誰也不知道他什麼時候走的。反正他不在房裡，一定是走了。是的，他走了！」她說完靠著牆，狂笑不止。這種情景使我很害怕，急忙按鈴讓人來幫忙。人們把她扶回房裡。我去問她布倫頓的事時，她仍然厲聲大叫，不住地抽泣。不過很明顯，布倫頓確實不見了。他的床誰也沒動過，而他昨夜回房以後，誰也沒再見過他。想查明他是怎麼走的很困難，因為今早所有的門窗都閂著，他的衣服、錶、鈔票，都沒有帶走，只有他那套黑衣服不見了。他是穿著拖鞋走的，因為長統靴還在屋裡。布倫頓究竟去哪裡了？現在怎麼樣？

「『自然，我們搜了整個莊園。從地下室到閣樓都搜查了一遍，但連他的影子都沒見著。我說過，這套老宅子像迷宮，尤其是古老的廂房，早已沒人住了。我們一次又一次地搜查了所有地下室和每個房間，仍然沒有一點線索。我不相信他會不帶錢空手走，但是該找的地方都找了，他能在哪裡呢？我報了警，警方調查後仍一無所獲。前夜下雨了，我們還仔細察看了莊園周圍的草坪和小路，仍然是徒勞無獲，基本情況是這樣。直到後來我們發現了新的情況，注意力才離開這件事。

「『瑞吉兒・豪厄爾的病情又變得嚴重了，有時昏睡不醒，有時厲聲尖叫，我找了個護士日夜護理她。在布倫頓離開的第三天晚上，護士看到病人睡得很熟，便坐在扶手椅上小睡。第二天早上，她醒來後發現人不見了，窗戶開著，床上卻空了。護士馬上把情況通知了我，我立刻帶了兩個僕人去尋找。很顯然，她是從窗子逃走的。我們從她窗下開始，沿著她的腳印，一路追蹤，通過草坪，來到小湖邊。在石子路附近，腳印消失了。石子路通向宅子旁的園林。這個小湖有八英尺深，當我們看到腳印消失時，心情很沉重。

「『我們當然是馬上組織人員打撈屍體，可是連屍體的影子都沒有。但是卻撈起一件讓人吃驚的東西，那是一個亞麻布口袋，裡面是一堆陳舊的、生了鏽的金屬器件，還有一些毫無光澤的水晶和玻璃製品。除了這些怪異的東西，我們一無所獲。此時，警方已無能為力，我便想到了你，你是我們唯一的希望。』

「華生，你能想得到，當時我是多麼急切地想弄明白這幾件奇怪的事情。但首先，必須找出貫穿於所有事件的線索。首先管家失蹤了，接著女僕不見了。女僕過去是管家的戀人，後來卻很恨他。女僕有威爾斯人的血統，容易急躁生氣。管家的失蹤使她很激動，她把一口袋怪異的東西扔到了湖中。這些因素都必須考慮進去，但沒有一個能觸及問題的本質。是什麼引起了這一連串事件，我所知道的僅是事件的結局。

「我說：『我必須看看那份文件，馬斯格雷夫，布倫頓竟然冒著丟掉飯碗的風險去看它，我認為肯定有原因。』

「馬斯格雷夫回答：『我們家族的典禮十分荒唐。它僅是先人遺留的一份文件，未必有用。如果你想看，我有這份典禮的問答詞抄本。』

「華生，你看，這份文件就是馬斯格雷夫給我的。這是每個馬斯格雷夫家族成員成人前都必須經歷的一個奇怪的禮典儀式中的問答手冊抄本，請看原文。

「『它是誰的？』

「『是那個已經走了的人的。』

「『將來誰是它的主人？』

「『那個很快就來的人。』

「『太陽在哪裡？』

「『在橡樹的上面。』

「『陰影在哪裡？』

「『在榆樹底下。』

「『怎樣測量到它？』

「『向北走十步再走十步，向東走五步再走五步，向南走兩步再走兩步，向西走一步再走一步，它就在下面。』

「『我們用什麼來換它？』

「『所有的一切。』

「『為什麼我們要交出它？』

「『因為要守信義。』

「『文件的末尾沒有日期，但它的拼寫法是十七世紀中期的。不過，我認為這東西無關緊要。』馬斯格雷夫說。

「我說：『至少，它又給我們出了另外一個離奇的謎，而且更有意思。有可能解決了這個謎，其他問題也就解決了。原諒我，馬斯格雷夫，就我的分析而言，你的管家非常聰明，比你家族中的十代人都聰明。』

「馬斯格雷夫說：『我不明白你的意思，我確實認為這份文件沒有實際意義。』

「『但是，我認為這份文件非常有意義，而且布倫頓的想法與我的一樣。很可能在你那天夜裡抓住他之前，他就讀過那份文件。』

「『很有可能。因為我們從來沒有把它看作寶貝來珍藏。』

「『假如我的推測正確，他這一次僅是為了記住它的內容。當時，他正用各種地圖與原來的文件比較呢，看見你來了，急忙把地圖藏起來了。』

「『也許吧！這與我們家族的古老儀式有關嗎？而這個荒唐的儀式又有什麼秘密？』

「『我認為很容易就會弄清這個問題，如果你同意，我們現在就去索塞克斯，到現場進行些詳細調查。』

「我和馬斯格雷夫當天下午就去了赫爾斯通。或許你也看過這座古老建築的有關照片和記載，所以我就不詳細說了。只有一點我想說，它是一座L形的建築物，長的部分新一些，短的部分更久遠，但卻是別墅的核心。新建的部分就是從這裡擴展開來的。在老宅子中間低矮笨重的門楣上，刻著1607年的字樣。但是建築師認為，從房子的構造來看，它的實際年代更久遠。它的圍牆既高且厚，窗戶十分小。由於有人在上個世紀又建了那些近代式的宅子，所以現在那些老屋都做了庫房和酒窖。宅子的周圍環繞著茂密的古樹，它們自然而然地形成了一個幽靜的小花園。小湖緊挨林蔭路，離房子大約二百碼。

「華生，至此我已經相信，那不是三個獨立的謎，而是一個謎。要是我能準確理解『馬斯格雷夫禮典』，應該就會找到線索，進而查出布倫頓與豪厄爾事件的真相。為什麼布倫頓急於知道古老儀式的問答詞？顯然他知道其中的秘密，而這個秘密從未被人重視過。布倫頓指望從這個秘密中獲利。那麼，這個如此吸引管家的秘密到底是什麼呢？

「我又看了一遍禮典問答詞，然後做了詳細研究。裡面提到的測量法一定是指某個方位，如果找到這個地方，也就能解開謎底了。想必馬斯格雷夫的祖先認為只有這種方法才能使後人不致忘掉這個秘密。那麼要找到這個地方，首先就要找到一棵橡樹和一棵榆樹。橡樹容易找到，在房屋的前方，車道的左邊，有一片橡樹林，其中確有一棵十分古老的橡樹，它是我看到過的最大的橡樹。

「當坐車經過這棵橡樹時，我問：『你家起草這份典禮問答詞時有這棵橡樹了嗎？』

「『可能在諾耳曼人征服英國時（1066年——譯者注）就有了，它有二十三英尺粗。』馬斯格雷夫說。

「這說明我剛才的推測是正確的，便又問：『你家有一棵老榆樹嗎？』

「『有，在那邊，十年前被雷電擊倒了，我們就鋸掉了乾枯的樹幹。』

「『榆樹的位置還記得嗎？』

「『當然記得！』

「『還有其他的榆樹嗎？』

「『沒有老榆樹了，新栽的倒有很多。』

「『我們去看看它的遺址。』

「單馬車到了屋前，我們沒有進屋，他直接帶我到了草坪的一個坑窪處——那就是老榆樹的遺址。它位於橡樹與房子的正中間。看來我的調查有進展了。

「我問：『你清楚它的高度嗎？』

「『我敢肯定，它高六十四英尺。』

「我吃驚地問：『你怎麼知道。』

「『小時候，我的家庭教師總讓我做三角算題，經常要算高度，曾經幾次測量這個莊園的每一幢建築物和每棵樹。』

「真是意外收穫，我想要的資料這麼快就有了。

「『你想想，布倫頓問過你這棵榆樹的事嗎？』

「馬斯格雷夫驚訝地看著我說：『你這麼一提，我倒想起來了。幾個月前，管家與馬夫發生了爭吵，當時他確實問過我榆樹的高度。』

「真是個好消息。華生，你明白，這證明我的推測是正確的。我抬頭看了看太陽，已經偏西，我想一小時後，它將移到老橡樹樹頂。這樣，典禮問答詞裡提到的第一個條件就滿足了。至於榆樹的陰影，一定是指影子的遠端，否則不如選樹幹做標竿。於是，當太陽到了橡樹頂端時，我就要找榆樹陰影的最遠端。」

「那一定很困難，福爾摩斯，因為榆樹已經被鋸掉了。」

「很對。但是，只要布倫頓能找到它，我也能。況且，找到它不是很困難。我和馬斯格雷夫進了書房，削了個木釘，然後將長繩綁在木釘上，每隔一碼打個結。接著又將兩根魚竿捆在一起，總長六英尺。之後我們又回到老榆樹的舊址。這時太陽剛好在橡樹尖端。我把魚竿的一端插到土裡，測了影子的長度，九英尺，並記下了它的方向。

「餘下的就是簡單計算了。六尺長的竿子的投影長為九英尺，則六十四英尺高的榆樹的影子應該是九十六英尺長。再者，魚竿影子的方向便是老榆樹陰影的方向。我很快測量出這個地方，就在莊園的牆根，於是便在這裡釘下了木釘。這時，華生，我發現了一個錐形的小洞，就在離釘木釘的地方兩英寸處。我很高興，那應該是布倫頓所做的標記，我在重複他的路。

「從那一點，我開始用步測量。首先，用我的小指南針定下方向，然後根據典禮詞上所說，向北走了二十步，釘了一個木釘；然後，又向東走了十步，再向南走了四步，來到了舊宅子門檻下；接著我又向西邁了兩步，到了石板鋪成的甬道上。

「華生，這使我非常失望，便想否定我的推測。甬道的路面被夕陽照得很亮，我認真地觀察那些灰色的石板，它們十分古老，這麼多年已經被來往的行人踩薄了，但還是牢固地鑄在一起，一定多年來從未被動過。布倫頓並未在這裡下手。我到處敲石板，但聲音都是一樣的，石板下面既無洞穴也無裂縫。幸虧馬斯格雷夫理解了我的意思，他興奮地拿過文件核對著我所計算的結果。

「他高喊：『就在下面，你忽視了這句話：就在下面。』

「一開始，我以為是讓我們從這裡挖，我馬上知道我錯了。我大聲說：『照這樣說來，下面有個地下室？』

「『不錯，下面的那個地下室與這些宅子一樣古老，從這扇門可以進去。』

「我們順著彎彎曲曲的石階走下去，我的夥伴用火柴點著了牆角的燈。一剎那，一切都很清楚，我們來到了要找的地方。顯然已經有人來過，而且是近幾天。

「這裡一直是放木材的庫房，但是原來隨便扔在地上的木頭，已經被人整齊地放到了兩邊，挪出一塊空地。空地上有一塊笨重的石板，石板中央有一個鏽跡斑斑的鐵環，鐵環上拴著一條布圍巾，黑白方格子相間的。

「我的同伴驚叫道：『天啊！這是布倫頓的，我發誓，我見他用過這條圍巾，他來這裡幹什麼？』

「聽了我的建議，馬斯格雷夫叫來了兩名警察。之後我走上前抓住圍巾，用盡力氣去提石板。但是它僅移動了一點。後來在警察的幫助下，我們總算吃力地將石板挪到了一邊。下面是一個漆黑的地窖，馬斯格雷夫趴在入口處，把燈伸進去照了照。

「我們發現，地窖大約深七英尺，四英尺見方，靠一邊有一個捆著黃色銅箍的矮木箱。箱子蓋已經被打開，鎖孔裡有一把奇怪的老式鑰匙。箱子外是厚厚的一層灰，因為蟲蛀與潮濕的侵蝕，箱壁已穿孔，裡面到處是青灰的黴菌。還有些和我手裡一樣的舊硬幣，凌亂地散在箱子裡，其餘的什麼也沒有了。

「可是，我們很快顧不上這個箱子了。因為另一件東西強烈地吸引了我們，好像是個人，在箱子旁蜷縮著，身著一身黑衣服，前額頂著箱子邊，兩手還抱著箱子。由於這種姿勢，他全部的血都彙聚到了臉部，使得面部被扭曲且像豬肝一樣發紫，很難辨認是誰。當我們把屍體拖出來時，我的委託人才認出那正是失蹤好多天的管家布倫頓！他死了有幾天了，身上沒有任何傷痕，誰也不知道他是怎麼死的。我們把屍體抬出地下室，但還是面臨著一個難題，與一開始遇到的那個一樣不好解決。

「華生，現在我依然承認，那時，我對這個結果很失望。我本以為只要發現了古老禮典所指的地方，就能揭開謎底。但現在我就在這個地方了，卻仍然不明白這個家族煞費苦心地要隱藏的到底是什麼東西。顯然，我解開了布倫頓失蹤之謎，但卻不知他的死因。而那個失蹤的女僕與這件事又有什麼關係？我坐在牆角的一個木桶上，陷入深思。

「每遇此事，華生，你知道我的做法。我會設身處地地站在這個人的立場考慮問題。首先，我權衡他的才智，盡量以他的才智水準設想，這是我的通常做法。這樣，事情變得容易了。對於布倫頓，他是個非常聰明的人，不必懷疑他在觀察時會出錯。他瞭解這裡藏有財寶，於是準確地找到了這個地方，可是他發現石板很重，無法移開。接下來怎麼辦？即使莊園外有幫凶，但要得到他們的協助，也必須先打開門讓人進來。但是這很容易被人發現。於是最好在莊園內找個同夥。但是誰會幫助他呢？這個女傭曾那麼愛他，男人無論對女人多不好，都不會輕易失去愛他的女人的支持。於是他可能又多次討好了豪厄爾，兩人破鏡重圓，約定一起行動。他們一起來到這裡，共同挪開石板。從這以後，他們的行動我們就可以像親眼看到一樣了。

「可是要移開這塊石板，對於他們一男一女來說，還是很困難，因為我們兩個大男人一起搬都很費力了。他們弄不動石板會做什麼呢？如果是我，我會怎麼做？我站起來，認真地查看了地下的木頭，馬上就看到了我設想的東西。一根木頭，長約三英尺，一端明顯缺了一塊。另外還有幾塊被壓平了的木頭，似乎遭到過強烈擠壓。顯然，他們一邊提石板，一邊將短木頭填到縫隙裡，直到一個人能從這縫隙爬進去。接著再用一塊牢固的木頭頂著石板。因為木頭承受了石板的全部重量，因此著地的一端缺了一塊。至此，我的推測都是正確的。

「現在問題的關鍵是，如何將那天夜裡的事重現。有一點可以肯定，布倫頓爬到地窖裡，女傭在上面準備接應。布倫頓將箱子裡的東西遞了上去，但是後來發生了什麼呢？

「我認為，可能是性格急躁的女傭看見虐待自己的人——也許他確實傷透了她的心，可以任由自己操縱時，一時失去理智，將頂木移開，石板落下；也有可能是木頭滑落，石板自己倒下去，把布倫頓葬送在了他親自找到的地窖裡，而她的過失也只能從此深埋心底。無論是哪種情形，我似乎都看到一個女人，手裡拿著寶物，在曲折的階梯上拼命地向前跑，對地窖裡男人的呼救置之不理。叫喊聲越來越微弱，顯然曾經虧待她的人已經身亡了。

「怪不得第二天早晨她面無血色，渾身打顫，笑個不停。但箱子裡究竟是什麼呢？這些東西與她有關嗎？唯一能肯定的是，我委託人從小湖裡撈出來的那些東西正是箱子裡的。她為了消滅證據，便把那些東西扔到了湖裡。

「我安靜地坐了二十分鐘，又把案子重新思考了一番。馬斯格雷夫站在那裡，面色蒼白。他提著燈，向石洞看著。

「他從箱子中拿出幾個硬幣，說道：『這些金幣是查理一世時代的，可見我們推測的禮典詞寫成時間完全正確。』

「我突然想起禮典問答詞中的頭兩句話，於是大聲說道：『我們還能發現查理一世時代的其他東西，把你從湖裡撈出的東西拿來看看。』

「我們來到他的書房，他拿出那些東西。一看便知他根本不重視它們——金屬變成了黑色，石塊失去了光澤。但是，當我順手拿起一塊用袖子一擦，竟像金星一樣閃閃發光。金屬製品已經變形，但仍然能推斷出它是雙環形狀。

「我說：『你也許記得，英王查理一世被處決後，保皇黨人在許多地方依然進行過反抗，但最終都失敗了。他們逃跑時，曾經將許多十分珍貴的寶物藏了起來，以便以後有機會回國挖取。』

「我的委託人介紹說：『我的祖先拉爾夫・馬斯格雷夫爵士，在查理一世時期是著名的保皇黨人。查理二世逃跑時，他是查理二世的心腹。』

「非常好，現在我找到了關鍵的最後一環。首先，恭喜你得到這筆寶藏。雖然它見證了悲劇性的歷史，但卻是無價之寶，作為歷史見證品，其意義更大。』

「馬斯格雷夫驚訝地問：『這究竟是什麼？』

「『這正是英國國王的一頂古王冠。』

「『王冠？』

「『是的，想想禮典問答詞中的話吧！「它是誰的，是那個已經走了的人的。」就是指查理一世。「誰將會是它的主人？那個即將到來的人。」這裡指查理二世。當時，已經料到查理二世會到赫爾斯通莊園來。毫無疑問，這頂破舊不堪的王冠曾經是斯圖亞特帝王的。』

「『可是它怎麼在湖裡呢？』

「『至於這個問題，我要用更長時間才能說清楚。』於是，我將我的推測完整地向他說明。直到夜色朦朧，皓月當空時才講完。

「馬斯格雷夫將遺物放進口袋裡，又問：『為什麼查理二世回國後沒有取走王冠呢？』

「『你提出了我們永遠也弄不明白的問題。也許是知道這個秘密的馬斯格雷夫家族中的人此時已經離世，或由於疏忽，他僅把這個包含重大秘密的禮典傳給了後代，卻沒有說明秘密所在，於是只有禮典流傳了下來。直到有個人發現了這個秘密，並葬身於此。』

「華生，這就是馬斯格雷夫禮典案。王冠至今仍然在赫爾斯通——當然在法律上費了點周折，最後用一筆鉅款將其買下。我相信如果你提到我，他們肯定會將王冠出示給你看。至於那個女傭，一直沒有她的消息，也許她離開了英國，帶著罪過逃到了國外。」

殺害馬夫的凶手

故事發生在1887年的春天。我的朋友夏洛克・福爾摩斯因為過度勞累，身體虛脫了，尚未完全康復。不久前發生的荷蘭—蘇門答臘公司案和莫波杜依斯男爵的龐大計畫案還在令人們記憶猶新。因為這些案子都與當時的社會政治經濟問題敏感相連，所以不宜收入我的回憶錄。然而，從另外的角度看來，這兩件奇案也使我的朋友獲得了展示畢生所學與罪犯鬥智的機會，並且新的案子總在無形中檢驗著他的新的對抗方法。

據我翻閱我的回憶錄記載，四月十四日，我收到了一封來自里昂的電報。電報上說福爾摩斯在杜朗旅館臥病在床。不到二十四小時我便趕到了那家旅店。好在我發現他的病並不十分嚴重，這才放下心來。即使是他那像鋼鐵般結實的身體，也經受不住長達兩個月的玩命工作了。這兩個月裡，他每天至少工作十五個小時，有一次甚至日夜不停地忙了五天。最終，就連勝利後的喜悅也未能使他在過度勞累之後恢復精力。他因那些案子名揚四海，賀電紛紛而至，可是勝利後的福爾摩斯卻筋疲力盡，痛苦萬分。消息已經傳開，就在三個國家的警方都遭遇慘敗時，他卻成功了——他徹底打敗了歐洲最詭計多端的詐騙大亨。但所有這些，都未能使他從極度虛弱中振作起來。

三天後，我們返回了貝克街。這時候換個環境有利於他的康復。因此，我們決定趁著無限風光，去鄉下玩一個星期。這個想法著實令人難以抗拒。我的老朋友海特上校，現在住在薩里郡的賴蓋特附近。在阿富汗時，我曾經為他治過病，如今他仍經常請我去他家作客。最近他說，如果我的朋友願意一起去，他將非常樂意。我將邀請轉達給我的朋友，當他得知主人也是單身，並且行動同樣很自由的時候，便欣然同意了我的計畫。

從里昂回來大約一個星期，我們又去了上校家。海特是一位老軍人，性格豪爽，知識淵博，他和福爾摩斯很合得來，這也是我所希望看到的。

在我們剛到的那天晚上，晚飯後，大家坐在上校的儲槍室裡休息。福爾摩斯伸開四肢躺在沙發上，我和海特在參觀他的小型軍械庫，裡面藏有不少東方式武器。

上校忽然說：「我想，我應該帶一把手槍到樓上，以防不測。」

我說：「不測？」

「沒錯，最近我們這裡發生了一件怪事，人們都很害怕。本地有位有錢的鄉紳老阿克頓，就在上星期一，有人闖進了他的住處，雖然損失不大，但至今不知是誰幹的。」

福爾摩斯望著上校問：「有線索了嗎？」

「還沒有。不過小事一樁，僅僅是發生在我們小村子裡的一件小案子。你辦的都是聞名於世的國際性大案，對這種小案肯定沒興趣。」

福爾摩斯搖了搖頭，表示對方過獎了。但滿面的笑容卻說明他也很享受這讚美之詞。

「有什麼關鍵性特徵嗎？」

「我認為沒有。歹徒在藏書室恣意妄為，幾乎都翻遍了，卻沒能找到什麼。藏書室被弄得亂七八糟，抽屜全被打開，書籍到處都是。最後發現丟了一卷蒲柏翻譯的《荷馬史詩》、兩個鍍金燭台、一方象牙紙鎮、一個橡木的晴雨計和一團線。」

我說：「真可謂無奇不有！」

「這些惡棍可能不想空手而歸，便看見什麼拿什麼。」

福爾摩斯躺在沙發上應了一聲。

他說：「難道警方沒有一點線索？這顯然……」

我伸手以示警告。

「親愛的朋友，你來這裡是為了休息，沒有康復之前千萬不能再參與新案子。」

他只好聳了聳肩，無可奈何地看了一眼上校。於是我們又開始閒聊。

但是，一切彷彿天定，命中註定我的警告是沒用的。第二天早上，這案子硬是強迫我們介入了。由於實在無法置之不理，於是我們的此行無形中發生了出人意料的變化。當時大家正在吃早飯，上校的管家突然急匆匆地闖了進來。

他喘著粗氣說道：「先生，您聽說了嗎？坎寧安家裡出事了。」

上校放下手中的咖啡，問道：「又被盜了吧？」

「還有人被殺了！」

上校情不自禁地喊道：「上帝呀！」接著他又說：「誰被殺了？是治安官還是他兒子？」

「先生，都不是，是馬夫威廉。他被子彈打中了心臟，一句話也沒說就死了。」

「那麼，是誰打死他的？」

「是強盜，先生。出事後他飛快地逃跑了，早沒了蹤影。他從廚房的窗戶爬進來時，遇到了威廉。可憐的人為了保護主人的財產送命了。」

「什麼時候發生的？」

「昨天夜裡十二點左右，先生。」

上校說：「過一會兒，我們去探望一下。」

說完，他又坐下來繼續吃飯。管家出去後他又補充道：「非常不幸，老坎寧安在這裡是上等人，為人正直，他對此一定很傷心，這個僕人侍候他好多年了，一直忠心耿耿。凶手一定是闖進阿克頓家的那些盜賊。」

福爾摩斯輕輕地說：「那個偷了很多奇怪東西的賊？」

「沒錯。」

「或許這只是一件簡單的案子，但是看起來還真是有點古怪。在人們的潛意識中，一夥盜賊在鄉村中不斷地作案，目標可能隨機變換，但絕對不會幾天之內在同一地區用同一方式作案兩次。昨晚，當你談及想以防萬一時，我還認為大可不必，因為這個地方可能是英國盜賊最不願光顧的教區。但現在看來，我還是有很多東西要學習。」

上校說：「我想應該是本地賊幹的。據我推測，阿克頓與坎寧安兩家是他最喜歡去的地方，因為這兩家是本地最大的人家。」

「也是最有錢的家庭吧？」

「是的，可以說是最有錢。但是他們兩家這幾年一直在打官司，我想這場官司一定花費了他們很多積蓄。阿克頓曾經想得到坎寧安一半的財產，而律師們從中得到很多利益。」

福爾摩斯打了個哈欠說道：「如果罪犯是當地的惡棍，那麼查出這個傢伙不會很困難。好了，華生，我不會干涉這個案子。」

管家突然推開門，說道：「福里斯特警官想見您，先生。」

說完，一位幹練的年輕警官走進來。

他說：「早安，上校，但願我不會打擾你們。但是我聽說住在貝克街的福爾摩斯先生在你這裡。」

上校用手指了指福爾摩斯。警官向他點頭問好，說道：

「我希望您能幫助我們，福爾摩斯先生。」

福爾摩斯忍不住笑道：「華生，看來只能違背你的意思了。警官，您進來時我們正在談論此事。也許您可以為我們講得更詳細些。」

說完他便習慣性地靠在了椅背上。我知道，我們的計畫泡湯了。

「阿克頓的案子我們仍沒有線索，但這個案子，我們卻掌握了不少線索。很明顯，這兩個案子是同一個人幹的，有人見過那個罪犯。」

「啊？」

「是的，先生。凶手開槍打死威廉後，就飛快地逃跑了。當時老坎寧安先生在臥室裡，他從窗戶看到了罪犯。亞歷克・坎寧安在走廊上也看見了他。十一點三刻，他們報了警。當時老坎寧安先生睡下不久，而亞歷克先生正穿著睡衣在吸菸。他們都聽到了馬車夫威廉的喊叫聲，亞歷克先生馬上衝下樓，想弄清楚怎麼回事。後門開著，當他跑到樓梯拐角處，看到外面有兩個人打在一起。其中一個開了一槍，另一個應聲而倒。凶手很快地穿過花園，跳過籬笆，逃之夭夭。老坎寧安先生從臥室的窗戶向外望去，看到一個人正在大路上跑著，但很快就看不到了。亞歷克先生為了搶救受傷的人而讓歹徒逃跑了。我們只知道他中等身材，穿著深色衣服。有關他的容貌我們正在調查，如果不是本地人，我們很快就會抓住他。」

「威廉怎麼樣？臨死時候是否說了什麼？」

「他什麼也沒說。他和年老的母親一起住在僕人房中，一向誠實忠厚。我認為他可能是想到廚房看看是否安全，因為阿克頓的案子使每個人都特別謹慎。強盜撬開鎖，剛推開門進來就看見了威廉。」

「威廉出去前是否和他老母親說過什麼？」

「他母親很老了，況且是聾子，所以我們別想從她那裡打聽到什麼。由於受到打擊，她現在完全傻了，而且看樣子她平時也不很精明。但是，我找到一條關鍵線索，你們看！」

這位警察從筆記本中拿出一個小紙片，紙片的一角已經被撕壞，他把它放在膝蓋上。

「這是我們從死者手中發現的，好像是從一張大紙上撕下來的。很清楚，上面的時間正是發生凶殺的時刻。這可能是死者從凶手手中撕下的，也可能是凶手從死者手中搶走後餘下的，看內容好像是約會的短柬。」

福爾摩斯走過來，拿過那張小紙片，文字如下：

d at quarter to twelve learn what maybe

警察接著說：「我們假設它是一次約會——這也不是沒有可能。威廉雖然忠心誠實，但也不能排除與盜賊是同夥，而他到廚房或者是為了等候盜賊，或者為了幫助盜賊進來，但是後來他們翻臉了。」

福爾摩斯仔細研究紙條，說道：「字體很特殊又很有趣，這比我想的還要複雜。」

他雙手托住下巴，又陷入深深的思考中。警官看到這案子竟使聲名顯赫的偵探如此費心，不覺高興起來。

過了一會兒，福爾摩斯開口說道：「你剛才說，盜賊與威廉也許是同夥，這紙條可能是一個人寫給另一個人的約會信，這個想法很獨特，而且也不是完全沒有可能。可是，紙上明白地寫著……」

他又把頭低了下去，沉思起來。當再次抬起時，我驚訝地發現他完全恢復了，面色紅潤，精神飽滿，兩眼有神。

他說：「諸位，我想去現場看一下，瞭解瞭解案子的細節。此案有些地方對我很有吸引力。上校，如果允許，我想單獨跟警官一起去現場，以證明我的幾個推測。半小時後，我回來見您。」

半小時後，警官一個人回來了。

他說：「福爾摩斯先生正一個人在田野裡走來走去，他讓我回來請你們一起去那間房子看看。」

「去坎寧安先生那裡？」

「是的，先生。」

「去做什麼？」

警官聳聳肩，說道：

「我也不明白，先生。但是我感覺福爾摩斯先生的病好像仍未痊癒，他的表現稀奇古怪，並且十分激動。」

我說：「我想不必大驚小怪，憑我多年的經驗，每當他表現得稀奇古怪時，就一定是已經勝券在握了。」

警官低聲說：「有人說，他的調查方式像在發瘋。不過，他顯得很焦急，讓我們早點過去。上校，如果您願意，我們馬上就出發。」

再次看到福爾摩斯時，他正低著頭，兩隻手插在褲兜裡，在田野上走來走去。

「這件事變得更有意思了。華生，我們的鄉間旅行很有意義。整個早晨，我都過得很充實。」

上校說：「我明白，你去過犯罪現場了。」

「沒錯，我和警官已經去現場偵查了一番。」

「有收穫嗎？」

「有，看到了很多十分有趣的東西。我們邊走邊談，我講給你們聽。首先，我們見過了可憐的威廉的屍體。正如警官所說，他確實死於槍傷。」

「難道你還有別的懷疑嗎？」

「哦，最好還是對每件事都考察一下。我們的偵查沒有浪費時間，至少我們見到了坎寧安先生和他兒子，這很重要，因為他們指證了凶手逃跑時跨過花園籬笆的準確地點。」

「當然。」

「後來，我們去看望了可憐的威廉母親。不過，因為她年歲已高，我們一無所獲。」

「你們到底調查到了什麼？」

「結果就是我相信這個案子不一般。或許我們現在要進行的訪問能讓它更明朗一些。警官，有一點我們達成了共識，那就是死者手裡的紙片上的時間，確實是他死亡的時間，這一點也很關鍵。」

「福爾摩斯先生，這一點為我們提供了一個有利的線索。」

「的確，這個線索對我們很有用。要求威廉在那時起床的人，一定是寫這張紙的人。但是問題的關鍵是，紙的另一半會在哪裡呢？」

警官說：「我曾經認真地察看了地上的每個角落，想找到它。」

「它是從死者手裡搶去的。為什麼會有人那麼著急地要得到它？因為那是他的罪證。搶到後他會怎麼處理它呢？情急之下可能會把它裝進口袋，但卻沒有注意到死者手裡還有紙片的一角。假如我們可以找到被搶走的紙條，問題就會迎刃而解。」

「不錯，但是不找到罪犯，怎麼會找到紙條呢？」

「啊，這一點值得我們仔細研究。另外一點也很明顯，紙條是寫給威廉的，也即意味著寫便條的人絕對不會親自將它交給威廉。否則，他完全可以親口告訴他其中的內容。那麼是誰把紙條交給威廉呢？很可能是透過郵局。」

警官說：「我已經查過了，昨天下午，威廉確實收到一封信，但是他已經把信毀掉了。」

福爾摩斯拍了拍警官，興奮地說：「太棒了！你已經見過郵差了？很高興與你一起工作！好了，這間屋子就是僕人威廉住的，上校，如果您願意，我把凶殺現場指給您看。」

我們走過死者住的屋子，踏上一條兩旁都是橡樹的林蔭道，很快來到了一座很別緻的安妮女王時代的古宅前，門楣上寫著馬爾博羅1709年（在西班牙的王位繼承戰中，馬爾博羅帶領的英軍和他的同盟軍一起擊敗了法軍——譯者注）。福爾摩斯和警官帶領我們在周圍走了一圈，然後來到旁門前面。門外就是花園，花園的籬笆外面有一條大路，一個警察正站在廚房門口。

福爾摩斯說：「警官，請打開門。小坎寧安先生正是站在那邊的樓梯上看見那兩個人搏鬥的，而我們現在所處的位置正是他們搏鬥的地方。老坎寧安是在左起第二個窗戶發現凶手的，當時他剛跑到矮樹叢左邊。他兒子的說法和他一樣，兩人都提到了矮樹叢。隨後，亞歷克先生出來，蹲在死者身邊。正如你們看到的，地面很硬，沒有留下任何痕跡。」

就在福爾摩斯說話時，有兩個人繞過房子，沿花園的小路走來。他們一個年齡稍大一些，表情剛毅，滿臉皺紋，目光陰鬱；另外一個是年輕人，打扮很時髦，穿著華麗的衣服，一副笑容可掬的樣子，與案件形成非常鮮明的對比。

他對福爾摩斯說：「你們仍然在調查這個案子嗎？我認為倫敦來的偵探肯定不一般。但現在看來，你們恐怕很難短期內破案。」

福爾摩斯輕鬆地說：「你必須給我些時間。」

亞歷克・坎寧安說：「那是當然，但我實在看不出一點線索。」

警官說：「現在僅有一個線索，我們都認可，只要找到……天啊！福爾摩斯先生，您怎麼了？」

福爾摩斯臉上的表情特別痛苦，兩隻眼睛直向上翻，由於疼痛使臉部變了形。他忍不住哼了一聲，頭朝下跌倒了。他的病突然復發，又那麼嚴重，我們都被嚇壞了。大家趕忙將他抬進廚房，讓他躺在椅子上。他艱難地喘了一陣粗氣，總算緩過來了。最後，他連連道歉，表示實在不好意思。

福爾摩斯說：「華生醫生知道，我得了一場大病，剛剛恢復，這種神經痛很容易復發。」

老坎寧安問：「是否需要我用馬車送您回家？」

「既然已經來了，我還想弄明白一件事，這也很容易查清楚。」

「什麼事？」

「嗯，根據我的推測，威廉是在盜賊進屋後才進屋的，而不是在盜賊進屋前。但是你們好像認為，盜賊當時只是把門弄開了，並沒有進屋。」

老坎寧安先生嚴肅地說：「我不那麼認為。當時我的兒子亞歷克還沒睡，如果有人進來，他一定會知道。」

「那時他在什麼地方？」

「我正在更衣室吸菸。」

「更衣室的窗子是哪一扇？」

「左邊的最後一扇，跟我父親的窗子挨著。」

「那麼，你們房間的燈一定亮著？」

「沒錯。」

福爾摩斯笑著說：「現在有一點讓人費解，一個盜賊，尤其是很有經驗的盜賊，看見燈光就會知道有人沒睡，但他卻闖進來了，難道不奇怪嗎？」

「他可能是個非常冷靜的老手。」

亞歷克先生說：「當然啦，如果不是古怪離奇，我們就不會請教您了。但是，你認為盜賊在威廉之前就進了屋，我覺得這很可笑。因為屋子既沒被弄亂，也沒有丟東西。」

福爾摩斯卻說：「這恐怕要看是什麼東西了。你可別忘記，這個盜賊與眾不同，做案都有準確的目標。你想想，他從阿克頓家偷的那些奇怪的東西，一個線團，一塊紙鎮，還有一些我們並不注意的小東西。」

老坎寧安說：「好，福爾摩斯先生，既然我們將一切託付於您，就聽您與警官的安排。」

福爾摩斯說：「首先，我想請您破費拿出一筆緝拿凶犯的懸賞金。因為要讓官方同意，並撥下這筆錢需要等很長時間，而且不會馬上辦得下來。我已經擬好草稿，如果您同意，就請簽個字，我認為五十鎊就夠了。」

治安官接過福爾摩斯給他的紙和筆，說：「我願意出五百鎊。可是，這裡不太對吧？」

他仔細打量著底稿。

「哦，我寫得很倉促。」

「您看開頭：『鑑於星期二凌晨三刻發生了一起入室搶劫未遂案……』等等，實際上事情發生在十一點三刻。」

看到這個疏忽，我感到很難過。因為我知道，福爾摩斯肯定會對這種差錯感到難堪。把事情弄準確，是他的專長。但是近來這種病將他折磨得很糊塗，這件小事就可以說明，他的身體還沒有完全康復。顯然，他很尷尬。警官皺起了眉頭，亞歷克卻大笑起來。老紳士提筆改正了錯誤並將紙還給福爾摩斯。

老坎寧安說：「趕快拿去複印吧，我覺得您這招很高明。」

福爾摩斯很小心地將紙疊起來，夾在筆記本中。

他說：「現在，我們一起好好檢查一下屋子，好確認這個古怪盜賊是否偷走了東西。」

進屋時，福爾摩斯認真地檢查了已經被弄壞的門。顯然，是鑿子或堅硬的小刀之類的東西插進了鎖眼裡，這才撬開的。我們能清楚看到利器留下的痕跡。

福爾摩斯問：「你們從來不使用門閂？」

「我們認為沒有必要那麼做。」

「你們有狗嗎？」

「有的，不過牠們都被鐵鍊拴在屋子的那邊。」

「僕人們幾點睡覺？」

「十點左右。」

「我聽說威廉平時也是這時候睡。」

「沒錯。」

「這很奇怪，在出事的晚上，他卻起來了。現在如果方便，我希望能去看看屋子裡面，坎寧安先生。」

我們走過廚房旁的石板走廊，沿著木製樓梯，來到了二樓，之後又上了樓梯平台。它對面是一段樓梯，裝飾得華麗考究，一直通往前廳。從這裡過去是客廳和臥室，其中有老坎寧安先生和他兒子的臥室。福爾摩斯緩緩地走著，仔細觀察房子的樣式。我能看出來，他似乎是在緊追一條線索，但是我一點也猜不出那到底是什麼。

老坎寧安先生不耐煩地說：「先生，我認為這很沒必要。樓梯口是我的臥室，隔壁是我兒子的。您應該判斷一下，如果賊上了樓，我們絕對不可能沒有察覺。」

老坎寧安的兒子打趣地笑著說：「我認為，您應該把外面都搜遍，恐怕會有新線索的。」

「請你們再忍耐一下，因為我想弄清楚從這裡向外看去，究竟可以看到什麼地方。這是您兒子的臥室吧？」

福爾摩斯推開門進去，穿過臥室，又推開了另一間房子的門。他邊觀察邊說：「這是那間更衣室吧！它的窗子朝向哪裡？」

「現在您總該滿意了吧？」老坎寧安先生尖酸地說。

「很感謝您，這下要看的都看了。」

「如果您認為有必要，也可以去我的房間看看。」

「如果您願意的話！」

治安官聳聳肩，帶著我們來到他的臥室。裡面的家具和擺設簡單而樸實，是一間很普通的屋子。當我們來到窗邊時，福爾摩斯卻放慢了腳步，我們倆落在了後面。

床邊有一盤橘子、一瓶水。走過去時，福爾摩斯探身向前，故意打翻了那些東西。玻璃瓶被摔碎了，水果滾得到處都是，我們驚呆了！

「怎麼搞的？華生，把地毯都弄髒了。」福爾摩斯大喊道。

我急忙彎下腰，撿地上的水果。我明白，我的朋友將責任推到我身上，是有原因的。其他的人也都忙著來撿水果、扶桌子。

突然，警官喊道：「哎呀！他去哪裡了？」

福爾摩斯不在了。

亞歷克說：「大家稍等片刻，我想，這個人腦袋有問題。爸爸，您過來，我們去找找他。」

他們走出門，只留下上校、警官和我三人在房裡。

警官說：「我同意主人的想法，他或許真的生病了，但是我好像覺得……」

他的話講了一半就被尖叫聲打斷了。「救命！救救我！殺人啦！」

我聽出是我朋友的聲音，立刻寒毛直豎。我發瘋般地向樓梯平台跑去。這時，呼救聲越來越低，並且模糊不清，我分辨出，那是從我們開始進去的那間屋子裡傳出來的。我大步衝進去，直奔更衣室。坎寧安父子二人正把福爾摩斯打倒在地，小坎寧安用雙手掐著福爾摩斯的脖子，老坎寧安正抓著他的一隻手。我們三人馬上把他倆拉開，扶起福爾摩斯。福爾摩斯搖晃著站在那裡，臉色蒼白，顯然已經筋疲力竭。

福爾摩斯喘著粗氣大聲說：「警官，馬上將這兩個人逮捕。」

「什麼罪名？」

「蓄意謀殺馬車夫威廉。」

警官盯著福爾摩斯愣在那裡。

「好了，福爾摩斯先生，」警官終於說道，「我認為，您是在開玩笑……」

福爾摩斯大吼道：「先生，請你看看他倆的臉，自然就會明白了！」

確實，我從未見過這樣的認罪表情。老人像木頭一樣待在那裡，臉上露出悲傷且生氣的表情。他的兒子則一改常態，像頭走入絕境的野獸，目光咄咄逼人，一副粗暴憤怒的神情。警官默默走向門口，然後吹響了警笛，兩名警察聞聲趕來。

警官說：「我不得不這樣，坎寧安先生，我寧願相信這是一場誤會，但是您可以看到……您要幹什麼？放下手！」他伸手打過去，將亞歷克準備射擊的手槍打在地上。

福爾摩斯輕鬆地踩住手槍，說道：「別輕舉妄動，它在審訊時會有用，而這個卻是我們所需要的。」他一邊說，一邊拿起一個小紙團。

警官失聲叫道：「那張被搶走的紙條！」

「一點也沒錯。」

「您在哪裡找到了它？」

「在我預想的地方。待會兒我會把詳情告訴你們。上校，現在您和華生可以先回去，一小時後我們再見。我得和警官一起審訊罪犯。吃午飯時，我一定趕回去。」

一小時後，福爾摩斯按時回到了上校的吸菸室。一位身材矮小的先生跟他一起來的。福爾摩斯向我們介紹了他，他就是阿克頓先生，第一起盜竊案正發生在他的家裡。

「我希望向你們詳細講述這案子時，阿克頓先生也聽聽，相信他對案子的詳細過程會非常感興趣。哦，親愛的上校，您招待了一個如此喜歡闖禍的人，我想您一定很失望。」

上校熱情地說：「正好相反，有如此好的機會向您學習偵探技巧，是我最大的榮幸。我必須承認，這完全出乎我的意料，而且直到現在我也沒搞清楚是怎麼回事，一點線索也沒有。」

「恐怕我的講解未必會令你們滿意。但是，不論是對我的朋友華生，還是其他對我的工作有興趣的人，我的偵察方法向來都是毫無保留。不過，聲明一下，剛才那場襲擊把我折騰得受不了，我得喝點白蘭地提提神。上校，剛才我真是筋疲力盡了。」

「我相信你的神經痛不會再突然復發了。」

福爾摩斯大聲笑著說：「一會兒我們再談這件事，現在我先講案子，並將幾個促使我做判斷的環節告訴你們。如果有不明白的，儘管隨時打斷我。

「在許多的偵探技藝中，最關鍵的就是要能從許多事實中找出要害問題，否則你就不能集中精力，重點突破。因此，一開始我就認為死者手裡的紙條是本案的關鍵。

「在討論這件事前，我想提醒大家注意，如果亞歷克所說的是真的，即凶手在殺了威廉後馬上逃走了，凶手就根本沒時間去搶下死者手裡的紙片。但是，如果不是凶手搶走的，一定就是亞歷克自己幹的。因為老坎寧安下樓前，已經有幾個僕人在現場了。這一點很容易推理，不過警官卻忽視了它。因為從一開始時他就斷定這些鄉紳與此案沒有關係。但我還是決定不對任何人有偏見，只是按照案子本身指引給我的方向走。所以，在調查開始時我就懷疑亞歷克，並且一直分析他在這件事中的角色。

「我認真地研究警官交給我的紙條，馬上發現這是個很值得關注的線索。這是那張紙條，你們看能否找出一些暴露問題的地方？」

上校說：「字體極其不規則。」

福爾摩斯大聲說：「親愛的先生，有一點是肯定的，那就是這紙條是由兩個人共同完成的。你們只要注意『at』和『to』中那兩個『t』，是那麼蒼勁有力；而『quarter』與『twelve』中的『t』卻是那樣軟弱無力，這就是破綻。透過分析比較這幾個詞，可以肯定地說，『learn』與『maybe』是由筆鋒蒼勁有力的人所寫，而『what』是由筆鋒軟弱無力的人所寫。」

上校喊道：「天啊！的確如此。可是這兩個人為什麼要用這種方式寫這封信呢？」

「很明顯，這不是什麼好事。他們之間似乎並不信任，於是約定，無論做什麼都由兩人一起決定，並且可以斷定，寫『at』與『to』的人是主謀。」

「您判斷的根據是什麼？」

「透過比較兩人的字跡。不過，我們還有更充分的理由。如果您認真查看了紙條，就會判斷出：是那個字體蒼勁有力的人先寫好主要內容，並且留下很多空白由另一個人去寫。這些空白的空間不充足，可以看出，在『at』與『to』中間第二個人寫的『quarter』非常擠，這就說明『at』與『to』是事先寫好的。那個先把主要內容寫好的人，一定是這件事情的主謀。」

阿克頓先生大聲贊道：「太妙了！」

福爾摩斯接著說：「這都是表面現象，我們現在要說的是更關鍵的。也許你們不瞭解，筆跡專家們通常可以根據一個人的字跡推斷他的年齡，並且已達到了相當精準的水準。一般情況，上下誤差不會超過十年。當然也有特殊情況，就是當這個人不健康或體質較弱時，比如一個年輕人患了病，那麼他的筆跡就會顯出老人的特徵。在這個紙條上，一個人筆跡蒼勁有力，另一個人筆跡雖軟弱無力卻也清晰，但他寫的『t』字上少寫了一橫。據此判斷，其中一個是年輕人，另外一個雖然不是很老，但也有一定歲數了。」

阿克頓又高聲說：「太棒了！」

「此外還有一點，也很有意思。他們兩個人的字跡有相似的地方，這說明他們具有某種血緣關係。最明顯的是『e』，寫得跟希臘字母『ε』一樣。我還注意到一些很細微的地方，都印證了同一問題。我敢肯定，就書寫的風格上也可以斷定這兩人是一家人。當然，以上都是我從紙條上得到的資訊。此外，還有二三十種推論結果，也許只有專家對此感興趣。但這一切都加強了我的推測，這封信是由坎寧安父子共同寫的。

「既然結論已經得出，接下來要做的就是調查犯罪細節，以證實它們對我是否有幫助。我和警官去了他們的住處，所到之處正是我想看到的。我可以斷定：死者身上的傷口是有人在四碼開外的距離開槍所致，因為死者衣服上沒留下火藥的殘渣。所以，亞歷克說凶手在搏鬥時開的槍，這明顯是在撒謊。還有，父子二人都說出凶手逃往大路的經過。但是，很巧的是這個地方有一條很寬的溝，溝底非常潮濕，可是我在溝附近卻沒有找到任何腳印，所以我相信坎寧安父子是在說謊。可以肯定，根本無人來過這裡。

「最後，我所要思考的就是他們的犯罪動機。要弄明白這一點，就必須要瞭解阿克頓先生家發生那起盜竊案的原因。上校說過，阿克頓先生正在與坎寧安家打官司。因此我推測，他們闖到您家，其實是為偷與此案有關的重要文件。」

阿克頓說：「沒錯，可以肯定，他們就是這個目的，因為我有理由要求獲得他們現在所擁有家產的一半。但是，如果他們找到並偷走我的證據，那就一定會贏。不過，非常幸運，這張證據已經被我放到了律師的保險櫃裡。」

福爾摩斯笑著說：「不知您如何看待？我認為這是一次草率而有風險的嘗試，並且應該是亞歷克幹的。他沒有找到所需要的東西，就布下陣局，順便偷走幾件小玩意兒，以便造成一般盜竊案的假象。這一點明白了，不過還有很多地方是模糊不清的。首先，我得找到被搶走的那半張紙。我認為是亞歷克從威廉手裡搶走的，然後放進了睡衣口袋。否則，他又能將它放在哪裡呢？唯一不確定的是它是否還在睡衣口袋裡。這需要花費精力去尋找。我們一同到他家的目的就是為了尋找紙條。

「你們也許記得，在廚房門外我們遇到了坎寧安父子。當然，最重要的是不能向他們提到這一點，否則他們就會立刻毀掉證據。因此在警官提到紙條時，我急忙裝做發病來岔開話題。」

上校大笑道：「哎呀，原來如此，還讓我們白白為您擔心，您的突然發病原來是裝的！」

「從職業眼光來看，這一手棒極了。」我大聲叫道，完全驚異於這個令我眼花撩亂的天才。

福爾摩斯說：「這是一種藝術，經常用得著。我恢復常態以後，又耍了個小伎倆，讓老坎寧安寫了『twelve』（英語指十二，因為英語中十一點三刻的寫法是差一刻十二點。福爾摩斯有意將差一刻十二點寫為差一刻一點，是為了留下坎寧安的筆跡。——譯者注）這個詞。這樣，我便能與密約信上的『twelve』做比較。」

我叫道：「哎呀，我真愚蠢！」

福爾摩斯笑著說：「我知道，你當時因同情我虛弱的身體而十分著急，對此我深表歉意。後來，我們一起上樓，在那間屋子裡，我看見睡衣就在門後。於是在老坎寧安房間時我有意掀翻桌子，吸引他們的注意力，以便迅速潛回去檢查睡衣。我真的找到了那張紙條，正如我所料想，它就在他們中某個人的睡衣口袋裡。剛將它拿到手，坎寧安父子就向我撲來，如果不是你們及時趕到救了我，他們一定會當場弄死我。亞歷克用力掐我的脖子，老坎寧安抓著我的手，要搶回我手裡的紙條。他們知道我掌握了全部真相，發現萬無一失的事竟突然陷入絕境，於是只能冒險殺死我。

「後來，我們審訊了坎寧安，問他的犯罪動機。他挺老實，但他兒子卻十分囂張。假如當時他拿起了那支槍，必定會有人傷亡，也許是別人也許是他自己。老坎寧安知道情況對他不利，便失去了抵賴的信心，將一切都交代了。原來那天晚上，當坎寧安父子闖入阿克頓家時，威廉一直在跟蹤他們。當威廉掌握了他們的秘密時，就以此威脅，進行敲詐。但是，亞歷克是習慣耍詭計的高手。他突然發現，轟動一時的盜竊案正是幹掉威廉的好機會，於是便將威廉拐騙出來然後殺了他。如果他們沒有留下那半張紙條，並且稍微周密處理一下作案的細節，就不會留下任何線索。」

「可是那張紙條呢？」

福爾摩斯把那張搶走的紙條拿出來，拼好放在了我們面前。（要是十二點差一刻你來東門口，將得知一件令你驚喜的事。此事將對你和安妮・莫里森都有好處，切勿讓他人知道。）

福爾摩斯說：「這正是我們想要的東西。顯然，我們不知道亞歷克・坎寧安、威廉・柯萬和安妮・莫里森之間的關係。但是從事件的結果來看，這個誘餌實在非常巧妙。我相信你們會樂意看到家族遺傳在筆跡方面的特徵。比如，兩人的『p』一樣，『g』的尾端也一樣。那個老人寫『i』時，不在上面寫那一點，這很奇怪。華生，我們的鄉村之行真是收穫頗豐，明天一定會精神飽滿地回到貝克街啦！」

上校之死

那年夏天我結婚了。婚後不久的一個夜晚，我坐在壁爐旁吸完一斗菸，手裡拿著一本小說在打盹，一整天的工作使我筋疲力盡。我妻子上樓休息了，前廳大門剛剛上了鎖，僕人們應該也睡了。我站起來清理菸灰準備去睡覺，突然聽到一陣門鈴聲。

我看了錶一眼，差一刻十二點。這麼晚了，不會有人來拜訪，一定是病人，而且是一個急需護理的病人。我很不情願地走向前廳，打開大門。出乎我的意料之外，門外石階上站的竟然是福爾摩斯。

我的朋友說：「華生，希望此時打擾你還不是太晚。」

「親愛的朋友，快點進來吧！」

「你好像很吃驚，不過也難怪。現在放心了吧，不是別人，是我。喂，你還是喜歡吸結婚前吸的阿卡迪亞混合菸，沒說錯吧？你衣服上蓬鬆的菸灰告訴了我。一看便知你還是穿慣了軍裝，如果再改不掉袖中藏手帕的習慣，你就永遠也不像真正的老百姓。今天晚上我能留下來過夜嗎？」

「當然可以。」

「你說過，你有一間單人男客房，我想現在你這裡沒客人，衣帽架證明了這一點。」

「很高興你能住在這裡。」

「謝謝。那麼，我要佔用衣帽架上的空鉤了。哦，有點遺憾，我發現你家有不列顛工人來過。有什麼麻煩嗎？希望他不是來修水溝的。」

「不是，是修煤氣。」

「我看到鋪地的漆布上留下他的長統靴釘印，燈光正好照在上面。不用了，非常感謝，我在滑鐵盧吃過晚飯了。不過，很高興跟你一起抽菸。」

我把菸斗拿給他，他坐在我對面，一言不發地吸起來。我很瞭解他，要不是有很重要的事，他是不會這麼晚來找我的。於是，我耐心地等著他開口。

他看了我一眼，終於說：「你現在好像很忙。」

我回答道：「沒錯，忙了一整天。但對你而言，說這話很多餘。不過我還是想知道你怎麼判斷的。」

他哈哈大笑了起來。

「親愛的華生，我最瞭解你的習慣。」福爾摩斯說道，「你出門就診時，去近處就步行，去遠處才乘馬車。我發現你的靴子雖然穿過，可是一點也沒弄髒，可見你現在很忙，經常要乘馬車出去就診。」

我大聲說：「高明呀！」

「其實這很容易。當一個善於推理的人提前說出推論時，通常都會使周圍人感到奇怪，那是由於他們忽視了推理的細節。你寫書時雖大肆渲染，卻也有意保留了一些包袱，不抖給讀者，因此才收到更好的效果。現在，我反倒跟那些讀者的情況相似，因為正有幾件讓人百思不得其解的案子。我雖然有了些線索，但卻缺少使我的推理自圓其說的證據。不過，相信早晚會找到的。華生，我一定能找到！」

他兩眼炯炯有神，瘦削的臉上微微泛著紅光。現在，他已不再像剛才那樣有所矜持，而是顯得非常激動興奮，不過僅僅是一瞬間，他又恢復了常態。當我再看他時，他的臉又變得一如印第安人似的冷峻，讓人覺得那只是一架冷冷運轉的機器，而非血肉之軀。

福爾摩斯說：「這個案子有幾點非常值得注意，甚至可以說相當匪夷所思。我已經調查了整個案子，感覺好像就要摸到終點了。但如果你能在最後環節上幫我一把，那可真是太有用了。」

「我當然願意幫你。」

「明天你能否跟我去一趟奧爾德肖特？不過有點遠。」

「我想我可以請傑克遜幫我出診。」

「那太棒了！我想乘十一點十分的火車，從滑鐵盧出發。」

「我還是有充足的時間做準備的。」

「如果你不是很睏，我現在就把案子的情況講給你聽聽。」

「你來之前確實很睏，不過現在很清醒。」

「我盡量講詳細些，不放過任何細節。也許你已經知道這件事，就是巴克利上校被殺的案子。他是駐奧爾德肖特的芒斯特皇家步兵團的一員。」

「我從來沒聽過這個案子。」

「如此看來，這案子僅在當地引起一些注意。事情發生在兩天前，情況大致如此：

「你知道，芒斯特步兵團是不列顛軍隊中最有名氣的愛爾蘭兵團，它過去在印度和克里米亞戰役中戰功赫赫，從此一直功績卓著。直到星期一晚上，詹姆斯・巴克利上校還在指揮著這支軍隊。他作戰勇敢，是個很有戰鬥經驗的老戰士，後來因為在印度平叛中的英勇表現而從一名普通士兵開始一步步被提拔，最終成了這個團的指揮官。

「巴克利上校還是軍士時就已經結了婚，他妻子叫南茜・德沃伊，是該團一位前上士的女兒。因此，你能想到，當時這對如此年輕的夫婦在新環境中肯定會受到些排擠。但是他們很快就適應了下來，並且慢慢融入其中。據說，德沃伊很受該團女眷的喜愛，而巴克利也受到了團裡軍官們的尊敬。補充一點，德沃伊長得很漂亮，現在儘管結婚已經有三十年，卻依然美麗動人。

「因此，巴克利上校的家庭生活一向美滿幸福，我從墨菲少校那裡得知，從未有人聽說巴克利夫婦有過不和。整體說來，他認為巴克利上校愛他的妻子勝過他妻子愛巴克利。據說巴克利上校一天不與妻子在一起，就焦急難耐。而巴克利夫人呢，雖然深深地愛著她的丈夫，並忠實於他，但卻不是很有女性的溫柔。不過，在該團他們是公認的模範夫婦。從夫妻關係來看，實在想不出是什麼導致了後來的悲劇。

「巴克利上校的性格有些古怪。一般情況下，他給人的感覺是強壯而活潑，但有時又很粗暴，報復心極強，但這種脾氣在他妻子面前從未發作過。我向另外五名軍官瞭解過，墨菲少校和其餘三個人都曾發現了一個現象，就是他經常會流露出特別憂鬱的神情。墨菲少校說，巴克利上校在餐桌上與大夥一起打趣開玩笑時，好像有一隻無形的手常常從他的臉上抹去他的笑容。事發前幾天，他意志消沉，心情憂鬱。戰友們見到他這樣，甚至都聯繫到了某種迷信色彩，認為他性格中的古怪與此有關。他很迷信，不敢一個人獨處，尤其是在夜晚。這種幼稚的舉動常常引起人們的猜測與談論。

「芒斯特步兵團原來是老一一七團，第一營幾年來一直駐紮在奧爾德肖特。結過婚的軍官都住在軍營外。這麼多年來，上校一直住在名為『蘭靜』的小別墅裡，離北營有半英里遠。別墅周圍都是庭院，西邊距離公路僅有三十碼。他們只僱了一個車夫和兩個女傭，因為巴克利夫妻沒有孩子，通常也沒有客人去住。所以，小別墅中通常只有上校夫婦與三個僕人。

「現在我告訴你，上星期一晚上九點到十點之間，『蘭靜』別墅中發生了什麼。

「巴克利夫人是羅馬天主教信徒，因此十分關心聖喬治慈善會。該慈善會由瓦特街的小教堂舉辦，專門向窮人施捨舊衣服。那天晚上約八點鐘，她要參加慈善會召開的會議。在她離開家時，車夫聽到她和丈夫說了幾句家常，意思是很快就回來。後來，她又去邀請莫里森小姐一起出席會議，莫里森小姐住在附近別墅裡。會議持續了四十分鐘，大約九點十五分巴克利夫人起身回家，在莫里森小姐家大門口，兩人分手道別。

「『蘭靜』別墅有一間陽光晨室，正面對一條公路，還有一扇玻璃門直通草坪。這塊草坪寬三十碼，有一堵牆與公路隔開。該牆很矮，上面裝了鐵欄杆。巴克利夫人到家後先來到這間屋子，那時窗簾還沒拉上，因為這間屋子晚上一般不用。她親自點了燈，又按了按鈴，讓女傭簡・斯圖爾德送杯茶過來。這與她平時的習慣不太一樣。上校正在餐廳裡，聽到妻子回來了，就也去了那間屋子。車夫看見上校經過走廊，走了進去。從此上校再也沒能出來。

「巴克利夫人要的茶大約十分鐘後才準備好。當女僕來到門口準備送水進去時，她聽見巴克利夫婦正吵得很凶，感到很奇怪。她敲了門，但沒人回應，於是便扭動把手想打開門，可是門卻從裡面鎖上了。很自然，她急忙回去告訴了女廚師，於是兩個女僕與馬車夫一起來到陽光晨室門口，屋裡的人仍然吵得不可開交。他們都說，當時只聽到巴克利夫婦的聲音。巴克利聲音很低，又是斷斷續續地說，所以他們三人都並未聽清楚他在說什麼。但是他夫人的聲音卻很高，她傷心地喊叫時，他們都聽得很清楚。她反覆地說：『你這個懦夫！現在怎麼辦？你倒是說話呀！你是懦夫！懦夫！把青春還給我！我再也不能忍受和你一起生活了。你是個懦夫！』接著，他們就聽到巴克利上校發出了可怕的喊叫聲，同時又是人倒地的聲音和女人的尖叫聲。尖叫聲一陣陣傳出來，他們感覺發生了悲劇，便想闖進去。可是門很牢固，馬車夫無法闖進去，而兩個女僕早已嚇傻了。不過，車夫突然想到了好辦法。他急忙離開門，繞到草坪上。該草坪正對一個法式落地長窗，上面有扇窗戶沒有關。我聽說，這扇窗戶夏季從來不關。車夫輕而易舉地爬了進去。這時，巴克利夫人昏過去了，倒在沙發上，而那個可憐的老軍人則倒在血泊中，雙腳搭在沙發的扶手上，頭在地上，靠近火爐擋板。

「車夫看到男主人已無望救活，自然想趕緊打開門。但是，出人意料的問題發生了，鑰匙竟不在門裡側，他在屋裡到處找也沒找到，於是只好又從窗戶出去，找來了一名警察和一位醫生。由於這位夫人還未甦醒，於是被抬回了自己的房間，不過她被認為是嫌疑犯。上校屍體被安放到了沙發上，然後，警察對現場做了仔細檢查。

「在巴克利上校的腦後有一處二英寸左右長的傷口，是由突然遭到鈍器襲擊所致。至於凶器是什麼，這很容易推測。屍體旁放著一根骨質的雕花木棒。上校生前喜歡收藏武器，大多是從他曾參戰的國家帶回來的。警察認為木棒也是他的收藏品，但僕人們卻說沒見過這木棒。不過，如果將它與室內其他的珍貴武器混在一起，還真是很容易被忽略。警察們在屋裡沒有找到任何線索，但有件事卻讓人困惑：那把鑰匙既不在巴克利夫人身上，也不在死者身上，更不在屋裡。後來，是從奧爾德肖特找來的一個鐵匠把門打開了。

「這些就是案子的詳細情況。墨菲少校請我在星期二早上去奧爾德肖特幫他們破案，我認為你也會對這個案子感興趣。不過，我感覺此案要比我起初預想的複雜得多。

「在我全面檢查房子前，也詢問過僕人們，他們所講的就是我剛剛對你說的那些情況。女僕簡・斯圖爾德提供了一個重要線索。她一聽到巴克利夫婦在屋裡爭吵，就去找另兩個僕人了。但當她一個人在門外時，她說巴克利夫婦說話的聲音非常低，她幾乎聽不到什麼，只是根據他們的語調而不是他們談話的內容判斷他們在爭吵。後來在我極力追問下，她又想起巴克利夫人曾經幾次提到大衛這個名字。但上校的名字是詹姆斯，不是大衛。看來這個大衛有可能就是他們吵架的原因。

「在這個案子中，有一件事讓警察和僕人們都留下極為深刻的印象，就是上校的面部扭曲變形了。據說，當時上校的表情極為恐懼，可能是受了很大驚嚇。這種變形可怕的面孔，使看到過的人都幾乎嚇得暈過去。想必他之前已經料想到了什麼不利的結局，因此才經常過度恐慌。很可能上校已知道他妻子要殺害他，這正是警察們想說的。他頭後部有傷口這個事實也與這種假設不矛盾，因為那時他或許正想轉身躲避別人的襲擊。巴克利夫人患了急性腦炎，到現在還神志不清，沒辦法從她那裡得到情況。

「據警察瞭解，那天晚上與巴克利夫人一起回來的莫里森小姐，也不知道巴克利夫人回家後發脾氣的原因。

「華生，我在搜集到這些事實以後，一連吸了幾斗菸，力圖找到些關鍵的突破點，並且把次要問題先剔除出去。有一點可以肯定，屋門鑰匙的失蹤是這個案子中最奇怪的一點。我們很認真地搜尋了整個房子，但一無所獲，顯然是有人刻意拿走了鑰匙。既然巴克利夫婦都沒拿，那麼一定有另一個人來過這屋子，而且一定是從窗子進去的。我認為，只有徹底地搜查草坪，才可能找到第三者留下的線索。我慣用的偵查方法，你是很瞭解的。華生，在這次調查中，我幾乎用了一切方法，最後總算發現了一些線索。不過與我預測的不太一樣；的確有個人穿過草坪進了房間，我找到了五個很清楚的腳印。其中一個在路旁，是他翻牆時留下的，另兩個在草坪上，餘下的兩個不清楚，是他翻窗入室時留在窗前地板上的。另外他穿過草坪時是跑著的，因為腳尖印比腳跟印深。不過，更使人驚訝的是他的夥伴，並非他。

「他的夥伴？」

福爾摩斯從口袋裡拿出一張紙，小心地鋪在膝蓋上，說道：「沒錯。」

福爾摩斯又問我：「你認為這是什麼東西？」

紙上印著某種動物的爪印。牠有五個爪指，爪尖非常長，爪子有中型點心匙那麼大。

我說：「是一隻小狗。」

「你聽過狗爬窗簾嗎？這些爪印是我在窗簾上找到的。」

「那是一隻小猴子？」

「但並不是猴子的爪印。」

「那是什麼？」

「不是狗，不是貓，也不是猴子，這東西我們並不熟悉。我也曾經想透過爪印來判斷牠的形象。首先牠是站著不動的，前後爪之間有十五英寸，再加上頭和頸，至少有兩英尺長，如果有尾巴就會更長些。另外，還有一些資訊值得參考：這動物曾經在地上走過，每步之間有三英寸的距離。由此可以判斷，牠雖然身體長，但是腳很短。牠沒有留下任何毛，但形狀大致上和我描述的相似。牠還能爬窗簾，這是食肉動物的特徵。」

「你是怎麼判斷的？」

「因為窗戶上掛了一隻金絲雀的籠子，牠爬到窗簾上，目的是想吃那隻鳥。」

「牠究竟是什麼動物呢？」

「假如我能叫出來牠的名字，那可就幫了我的大忙。總之，牠可能是鼬鼠之類的，不過比我們見過的要大。」

「可是這與這個案子有關嗎？」

「這一點我還沒弄明白。不過，無論如何，我們已經知道了很多東西。比如，屋裡亮著燈，窗簾沒有放下，有個人在大路上聽到了他們夫婦在吵架。這個人帶著一隻奇怪的動物，他跑過草坪，爬到了屋裡。或許是他殺害了上校或是上校看到他，由於驚嚇而摔倒在地上，頭撞在了爐子上。還有一件怪事，這個人在臨走時拿走了屋裡的鑰匙。」

我說：「你的這些發現好像使事情更複雜了。」

「是的，這些情況顯示，這件案子比當初想的要複雜。我把整個事件又重新梳理了一下，得到了一個新的結論，我們必須另闢切入點研究這個案子。哦，華生，耽誤你睡覺了，明天吧，去奧爾德肖特的路上我再告訴你剩下的事。」

「非常感謝，可是我已經完全被你說的事情吸引住了，無法不聽下去。」

「可以肯定，巴克利夫人在參加會議前跟丈夫還很正常。我記得向你說過，她雖然不很溫柔，但當時車夫聽她與丈夫說話時還是很和氣的。而且，毫無疑問，她一到家，就去了不可能碰到丈夫的陽光晨室，她很激動，所以吩咐僕人為她送茶來。然後，當上校進去時，她才徹底爆發，開始責罵上校。因此，在七點半至九點這段時間，一定發生了什麼事，並且這件事使她改變了對上校的感情。在這段時間內，莫里森小姐一直和巴克利夫人在一起，所以儘管莫里森小姐不承認，可是她一定知道發生了什麼。

「一開始我推測，或許莫里森小姐與上校有曖昧關係，當晚她告訴了上校夫人。這樣就能解釋為什麼上校夫人很生氣地回了家，也能解釋為什麼莫里森小姐否認她知道所發生的事。並且，這種猜測和僕人們所聽到的也不矛盾。但是，巴克利夫人提起過大衛，而且上校忠於妻子是人人都知道的，這些都與假設相矛盾，何況還有第三者闖入過現場。這樣的話，這個猜測就很難站住腳了。不過，整體說來，我不想承認莫里森小姐與上校有關係，反倒更願意相信，這位少女清楚巴克利夫婦爭吵的原因。於是，我便去拜訪了莫里森小姐，詢問了她有關情況。我完全相信她知道真相，並告訴她，如果弄不明白這件事，她的朋友巴克利夫人就是重要嫌犯。

「莫里森小姐瘦弱而文雅，頭髮呈淡黃色，眼裡含著幾分羞澀，但看得出是非常聰明的人。她坐在那裡，聽完我的話沉思了一會兒，然後態度堅決地說出了一些對我很有用的事情：

「『我答應了我的朋友，絕對不說出這件事。既然答應了，就該守諾言。可是我的朋友因病不能替自己澄清，並且因此要被指控，那麼如果我確實能幫她的話，我願意違背諾言，把星期一晚上發生的事都講出來。

「『當晚八點四十五分，我們從瓦特街慈善會回來。回家時我們經過了赫特森街，這條街很寧靜，只有路左邊有一盞燈。當我們走近那盞路燈時，我看到有個人迎面走來，他肩上扛著一個小箱子，背駝得很厲害，好像已經殘廢了。因為他身體佝僂，垂著頭，兩腿只能彎曲著走路。經過我們身邊時，在路燈的照耀下，他抬起頭看了我們一眼。當他看清楚後，馬上停了下來，很嚇人地驚叫了一聲：「天啊！是南茜！」巴克利夫人的臉立時變得蒼白。假如沒有那個人扶住她，她一定摔倒了。我正打算叫警察，但意外的是，巴克利夫人竟對那個人非常客氣。

「『她顫抖地問：「亨利，這三十年來沒有一點你的消息，我還以為你已不在人世了。」

「『那個人回答：「我的確死了。」他說話的聲音讓人驚奇，臉色極其恐怖，那種仇恨的眼神至今仍留在我的記憶中。另外，他的頭髮和鬍子都是灰白的，臉上爬滿了皺紋，就像個乾枯的蘋果。

「『巴克利夫人佯裝輕鬆地說：「親愛的莫里森，請你先走一步，我想和這個人說幾句話。」當時，她臉如死灰，嘴抖得幾乎說不出話來。

「『我趕忙先走開，只留下他們單獨談了一會兒。後來，我看見那個人站在路燈杆旁，發瘋一樣在空中舞動著拳頭，而我的朋友則一言不發地朝我走了過來。一路上我們都沒說話，直到我家門口，她才拉著我的手求我替她保密。

「『她說：「那是我的老朋友，現在苦得都不像人樣了。」我答應了她，她親吻了我後匆匆離去。從那以後，我就再也沒見過她。我已經把我所知道的全說出來了，一開始沒告訴警察，是因為並不知道我朋友的危險處境。現在，一切都說了，希望能對她有利。』

「華生，這些都是莫里森小姐告訴我的。你能想到，這對我而言真像是黑暗中的一絲光明，以前散落的一些資訊馬上都可以聯繫起來了。至此，我對該案的來龍去脈已經基本有了頭緒。接下來要做的，就是尋找那個陌生的駝背人。如果他還在奧爾德肖特，事情就好辦了。那地方人口稀少，一個殘疾人更能引起人們的注意。今天，我花了一整天的時間尋找他，到晚上總算找到了。華生，他叫亨利・伍德，就住在他與巴克利夫人相遇的那條街上。他是五天前到這裡的。我以租戶登記員的身分與女房東談得很投機，因此得知他以變戲法為生，每天晚上都到私人經營的各個士兵俱樂部去轉一圈，而且在每個俱樂部都要表演節目。他隨身帶的箱子裡有一隻小動物，女房東說，他常常利用那隻小動物變戲法。女房東就提供了這麼多，但後來又補充說，這個扭曲畸形的人能活下來真是不容易。他常說些奇怪的話，而這天晚上，女房東聽到他在房裡哭。談到房租，女房東說他付錢很爽快，不過他交給女房東的押金裡卻有一枚像弗羅林（弗羅林，19世紀末期英國的兩先令的銀幣——譯者注）的銀幣。華生，房東給我看了那枚銀幣，那是一枚印度盧比。

「親愛的朋友，現在你該明白為什麼找你了吧？有一點毫無疑問，那兩個女人與駝背人分手後，他悄悄地跟蹤了她們。他在窗外聽到夫婦二人在爭吵，就闖了進去，他木箱裡的小動物也跑出來了。不過，後來發生的事就只有他自己知道了。」

「你要去見他？」

「是的，不過需要一位見證人。」

「你想讓我當見證人？」

「沒錯，如果你願意。假如他肯把事情說清楚，那就最好；如果他不說，我們別無他法，只有申請逮捕他。」

「可是你能肯定，我們去那裡時，他還會在？」

「我已經做了準備，在貝克街僱了一個孩子去跟蹤他。無論他去哪裡，這個孩子都會跟到哪裡。明天，我們在赫特森街會找到他的。如果我再繼續耽誤你睡覺，那簡直就是在犯罪了。」

第二天中午，我們來到了案發地。在福爾摩斯的帶領下，我們立即趕往了赫特森大街。雖然福爾摩斯很善於隱藏他的情感，但我仍能看出他的興奮。當然，我自己也覺得莫名的衝動，像是獵奇，更像是一場智力較量的開始。每次跟他查案我都有這種體會。

我們拐進一條短街，街的兩旁是二層的磚瓦樓房，福爾摩斯說：「這就是赫特森街，看，辛普森來見我們了。」

一個小個子的流浪兒一邊向我們跑來，一邊喊：「福爾摩斯先生，現在他正在裡面。」

福爾摩斯熱情地拍著小孩的頭說：「非常好，辛普森！華生，快點，就這間屋子。」福爾摩斯遞進去一張名片，說有事情要請教。過了一會兒，那個人出來見了我們。儘管天氣很熱，那個人卻依然蹲在火爐旁，小屋熱得像蒸籠。這個人彎著腰駝著背，身體蜷縮在椅子裡，給人一種難以描述的，因其畸形身軀而產生的醜惡感。但是，當他轉頭看我們的時候，我卻隱約覺得那張臉雖然滄桑粗黑，竟也依稀可見一種挺拔俊秀。他的眼睛懷疑地盯著我們，坐在那裡一言不發，只是指了指椅子示意我們坐下。

福爾摩斯溫和地說：「我想，你就是在印度待過的亨利・伍德。我們來拜訪你，是為了巴克利上校被殺的案子。」

「我怎麼會知道這件事？」

「這就是我所要查的。我想告訴你，如果這件事弄不明白，你的老朋友巴克利夫人會被認為是嫌疑犯。」

他聞言大吃一驚。急忙說：「我不認識你，也不清楚你怎麼會知道這件事，但是你敢發誓，你所說的都是真的嗎？」

「當然是真的！她現在昏迷不醒，等她醒來我們就逮捕她。」

「天啊！你是警察？」

「不是。」

「那麼，這件事與你有什麼關係？」

「為了弄清真相，這是每個人的義務。」

「你應該相信我，她是清白的。」

「你是凶手？」

「不是我。」

「可是，除了你們，還有誰會殺害巴克利上校呢？」

「他是上天報應，死於非命。不過，請你相信，如果我能如願地把他的腦袋打開花，讓他死在我的手裡，他也是罪有應得。如果不是他心有愧疚，自己摔死，我也一定會殺死他。事到如今，我也不想再隱瞞什麼，我要把這件事講出來，因為我無愧於任何人。

「先生們，事情是這樣的。你們別看我現在背駝得厲害，肋骨也扭曲變形了，但是當年，在一一七步兵團，下士亨利可是最英俊的。那時，我們駐紮在印度布林蒂兵營中。我和已死的巴克利同是連裡的軍士長，而陸戰隊上士的女兒南茜・德沃伊在團裡則是出了名的美女，我們兩人都愛上了她，但是她卻只愛我。也許你們會見笑，當時南茜確實是因為我的英俊瀟灑才愛上了我，儘管我現在慘不忍睹。

「但是，我雖然得到了她的愛情、她的心，她父親卻把她許配給了巴克利。那時我性格魯莽，而巴克利則受過良好教育，並且很快就升為了軍官。不過，南茜仍然對我一片痴心，如果不是印度發生了叛亂，全國形勢大變，我很可能就是她丈夫了。

「我們全都被困在了布林蒂，包括我們的團，半個炮兵連，一個錫克教連，還有許多平民。叛軍大約有一萬人，好像一群凶狠的獵狗圍著一隻獵物。第二個星期後，我們的飲用水喝光了。那時，尼爾將軍的縱隊正向這邊打過來。所以，唯一的問題，或者說是唯一的希望就是看我們能否聯繫得上他們，因為帶著婦女與小孩，突出重圍根本不可能。於是我毛遂自薦，請求衝出去與尼爾將軍聯繫。我的請求馬上被批准了，我就去找巴克利商量路線，因為他最熟悉這裡的地形。他畫了張地形圖讓我帶著，以便能按圖上的路線突出重圍。那天晚上十點左右，我出發了。城中上千條性命等著我去營救，可是當我從城牆爬下來時，心裡卻只想著一個人。

「我按地形圖越過了一條乾涸的小河，原想可以避開敵軍的崗哨，不料就在我爬到小河的拐角處時，卻陷入六名敵軍的埋伏——他們早已蹲在那裡等我了。瞬間，我被打暈了，手腳也被捆了起來。可是真正的傷口在心裡，不在身上，因為當我醒來時聽到了他們的談話，雖然我只懂一點他們的語言，但也能聽明白一點，那就是為我畫路線圖的人出賣我，他是透過當地一個土著人通風報信的。

「我沒必要再詳細講述這段經歷了，想必你們已經瞭解了巴克利的人品。第二天，尼爾將軍就趕來解了圍，可是叛軍被迫撤退時卻把我也一起帶上了。從此，這麼多年，我再也沒見過白人。我飽受痛苦，幾次逃跑，但都被抓了回去。我現在的樣子就是拜他們所賜。他們帶我去了尼泊爾，又轉到大吉嶺。結果那裡的村民把這些叛軍殺了，而我還沒來得及逃跑又成了他們的奴隸。最終，我還是跑掉了，但沒敢向南逃，而是向北去了阿富汗。我在那裡流浪了幾年，又回到了旁遮普省。那幾年裡，我多數時間都與土人生活在一起，為了生活我學會了變戲法。像我這副樣子還有什麼必要再回英國，何必再讓戰友們知道我的情況呢？雖然我很想報仇，卻也不願回去。我寧願讓他們與南西認為我已死在印度，也不願讓他們看到我現在這個樣子，他們都認為我死了。後來，我聽說巴克利與南西結婚了，而且巴克利在團裡升得很快，可是即使如此，我也不想說出真相。

「很多年過去了，人老了，就特別思念故鄉。近幾年，英格蘭那綠油油的大地和美麗的田園時時出現在我的夢裡。最後，我終於下定決心，在餘生一定要再回故鄉看看。我存夠了路費就回來了，接著就在兵營附近住下來。我瞭解軍營生活，所以知道怎麼做才能使士兵們開心，於是表演雜耍成了我維持生計的手段。」

福爾摩斯說：「你的故事真讓人感動。我聽說你巧遇了巴克利夫人，你們也相認了。我認為，你是跟隨她回家後，從窗外聽到他們夫婦的爭吵，所以才穿過草坪衝了進去。」

「是的，先生。他一看見我，馬上大驚失色，那是我所見過的最難看的臉。然後他就向後摔倒，頭正好碰在爐子的護板上。其實，他在摔倒前就死了，我一看他的臉色就知道他死了，這就像讀壁爐上面那鏡框裡的經文一樣清楚明白。他一看見我，就像亂箭穿過了罪孽深重的心。」

「後來發生了什麼？」

「後來南西也暈倒了，我趕忙從她手裡拿過鑰匙，準備打開門求救。可是我忽然又想到，這件事對我不利，假如我被抓住，秘密就洩露了，於是想到還是離開好。我趕忙把鑰匙放入口袋，扔下手杖，捉起了窗簾上的特笛，將牠塞進箱子裡就逃跑了。」

福爾摩斯問：「特笛是誰？」

亨利向前傾了傾身子，打開了屋角一個小籠子的門。一隻紅褐色的可愛的小動物跑了出來。牠身子瘦弱而柔軟，腿像鼬鼠的腿，鼻子又細又長，紅眼睛很美麗，是我所見過的最漂亮的小動物。

我喊道：「是貓鼬。」

亨利說：「沒錯，人們經常這樣叫牠，不過也有人稱牠獴，我叫牠捕蛇鼬。特笛捕捉眼鏡蛇特別靈巧。我有一條去了毒牙的蛇，特笛每晚在俱樂部裡捕蛇逗士兵們開心。

「先生，您還有問題嗎？」

「沒有了，不過如果巴克利夫人還有事，我們會來找你。」

「當然，如果是那樣，我自己會去的。」

「如果可以的話，就不要把巴克利的罪惡抖出來了吧！你已經知道，這三十年來，他一直受到良心的譴責，你就饒了他吧！墨菲少校在那邊，伍德，再見。我去瞭解一下是否又發生了什麼事。」

少校還沒走到拐彎處，我們就追上了他。

少校說：「福爾摩斯，你一定已經聽說了吧，看來這件事是我們庸人自擾了。」

「什麼意思？」

「醫生剛驗完屍，上校死於中風。你看，這件事本來很簡單。」

福爾摩斯笑道：「沒錯，是很簡單，華生，我們回去吧！奧爾德肖特不再需要我們了。」

到達車站時，我忍不住問：「還有一件事我不清楚，南茜的丈夫叫詹姆斯，那個人叫亨利，可是南茜為什麼要說大衛呢？」

「親愛的華生，其實我絕非你所說的，是個高明的推理家，沒那麼神。否則我就應該能根據這個詞猜出全部故事了。現在看來，大衛只是個譴責的詞。」

「譴責的詞？」

「是的，你知道，大衛（《聖經》中記載，以色列王大衛喜歡以色列軍中赫族人將領烏利亞的妻子拔士巴，為了得到她，便派烏利亞到前方，烏利亞由於被人出賣而中了埋伏身亡——譯者注）有一次和巴克利做了一樣的錯事。你還記得烏利亞和拔士巴的故事嗎？我對《聖經》中的細節記得不太清了。但是，如果你看看《聖經》中《撒母耳記》下卷第十一章，就應該知道答案了。」

診所疑案

我大致翻閱了一遍那些零散的回憶錄，試圖找到福爾摩斯迥異於常人的思維特點和推理規律，但卻始終找不到完全可以佐證的恰當例子。因為在每個案子的偵查過程中，我的朋友雖然都很巧妙地運用了他的推理方法，並最終證明了他那套特殊方法的重要性，但是事實本身卻往往都很細小平常，不太值得向讀者一提。另外，也常有這樣的情況，案子本身曲折離奇，但是他在調查過程中產生的作用又不能滿足我作為傳記作家的願望。之前寫過的諸如《血字的研究》和《囚船上的慘案》，這些因其案情本身的驚心動魄和撲朔迷離，勢必將成為刑案史學家的關注之作。現在我要講述的這個案子，我的朋友在其中雖未產生最關鍵的作用，但由於案子奇特少見，因此實在不能不收錄進來，介紹給讀者。

那是十月的一個悶熱潮濕的陰雨天，公寓的窗簾半拉，福爾摩斯坐在沙發上，正反覆地閱讀著一封今天早上收到的信。我因為有過在印度從軍的經歷，所以一向怕冷不怕熱，即使此時溫度計已顯示出華氏九十度，我也沒有感到一點不舒服。

但是，今天的報紙很沒意思，議會也休會，議員們都去度假了。我也很想到森林中的空地上或南海邊那鋪滿鵝卵石的沙灘去玩。可惜當時囊中羞澀，只好將假期推後。對我的朋友來說，無論鄉下還是海灘，他全部不感興趣。他只喜歡待在這個聚集著五百萬人口的城市的中心，敏銳地關注著這個城市對種種疑奇案件的傳聞或猜測。對於旅遊，他毫無興趣，而唯一遠行的理由就是去鄉間看望他的哥哥。

此時，福爾摩斯又陷入深深的沉思中，一言不發。我只好將無聊的報紙丟在一邊，靠著椅子發呆，思考一些問題。忽然，我的朋友開口說話了。

他說：「華生，你想得很對，用這樣的方法解決問題很荒唐。」

「是很荒唐！」我本能地大聲附和了一句，繼而明白過來，嚇了一跳，他怎麼知道我的想法呢？我坐直身子，迷茫地看著他。

「怎麼回事？福爾摩斯，這太出人意料了。」

福爾摩斯看到我疑惑的表情，開懷大笑起來。

他說：「你應該記得，不久以前，我讀愛倫・坡寫的故事給你聽。故事中，有一個善於推理的人總能感覺到他的朋友的內心想法，當時你認為這只是作者的虛構。而我說我也能這麼做時，你卻不信。」

「我沒說過不信呀！」

「親愛的華生，你是沒說過，但是你的表情早已告訴了我。當我看到你把報紙丟在一邊，陷入深深的思考時，很高興，總算有研究你想法的機會。打斷你的思路是想證明，我知道了你的想法。」

可是我仍對他的解釋不滿意。

我說：「在那個故事中，主角是根據他朋友的動作得出的推理結論。假如我沒記錯，那個人被石頭絆了一下，然後抬頭看了看天上的星星，除此之外還有一些其他動作。而我坐在這裡動都沒動過，你怎麼判斷的呢？」

「你錯了。人是透過一張臉來表達感情的，臉就是暴露你內心秘密的窗戶。」

「你的意思是，透過我的表情看出了我的想法？」

「沒錯，是透過表情，尤其是你的眼睛。或許你已經忘記了剛才你是怎麼發呆的。」

「是，我根本沒當回事。」

「那麼，我告訴你。你丟掉報紙——這個動作引起了我的注意，迷茫地坐了大約半分鐘。然後你的眼睛盯著剛配上鏡框的戈登將軍的肖像不動了，臉上的表情顯示出你已經開始思考了，但想得不是特別深。接著，你的眼睛轉向書架上沒裝鏡框的亨利・沃德・比徹的畫像。然後，又向上盯了一會兒牆。於是，你的想法很明顯了。你在想，如果這張畫像也配上鏡框，就能掛到牆上，和戈登像掛在一起了。」

我驚呼：「老天，你真是看穿了我的心！」

「至今我很少看走眼。接著，你的心思又集中到比徹的身上，因為你一直在凝視著他的畫像，好像想從他的外貌推測出性格。不久，你的眉頭雖然舒展了，但是目光仍未離開，而且一副思考的樣子，可見是在回憶他的一生往事。我相信，此時你必然會想到美國南北戰爭時期他所代表的北方及其所承擔的使命，因為我記得，你曾經不滿國人對他的粗暴態度。由於你對這件事有很深刻的感受，所以我認為你只要想到比徹就一定會想到這件事。又過了一會兒，你的視線離開了畫像，這時估計思緒已到了內戰上。你緊閉雙唇，兩眼閃光，雙手緊握，顯然是想起了雙方在這場你死我活的戰爭中表現出的英勇氣概。接著，你的臉色慢慢陰沉下來，並且搖了搖頭。我認為你是想到了戰爭的悲慘，以及死在戰爭中的許多無辜者。最後，你的手慢慢放到了戰爭留給你的那塊傷疤上，臉上露出一絲微笑。你一定在想，用戰爭的方法解決國際爭端實在很荒唐。我也贊成你的想法，確實很荒唐。很高興我的推論是正確的。」

我說：「完全正確。你解釋得很清楚了，但我還是感到很震驚。」

「這一點也不深奧，華生，我向你保證。要不是那天你說了幾句懷疑的話，我還真不會打斷你的思路。倫敦今晚的微風很迷人，到街上散散步怎麼樣？」

我已經厭煩了小屋的燥熱，馬上欣然同意了。我們在艦隊大街和河濱大街溜達了三個小時，欣賞了好一番潮漲潮落般光怪陸離的市井百態。福爾摩斯一邊走一邊講，他過人的思維和精妙的議論以及對事物銳利精確的觀察力和獨到的邏輯推理方式都深深地吸引我。大約十點鐘，我們才回到貝克街。寓所門前有一輛四輪轎式馬車正停在那裡。

福爾摩斯說：「我想，這是一位醫生的馬車，其業務剛展開，不過生意挺興隆。他一定有事找我們商量，我們回來得很巧！」

我深知福爾摩斯的調查方式以及推理方法，所以理解他這麼說的原因。

車內燈下掛著一個柳條籃子，裡面裝著很多醫療器械，他一定是根據這些做出的判斷。我們房間的燈亮著，這位醫生一定是來找我們的。但很奇怪，是什麼事使這位同行這麼晚了還來求助呢？我們快步走進房間。

壁爐旁的椅子上坐著一個人，他臉色蒼白，臉又尖又瘦，落腮鬍呈土黃色，看到我們進來馬上站起來。他最多三十四歲，但面容憔悴，氣色不好，說明他生活很艱難。他扶著壁爐站起來時，舉止顯得有些害羞，像一位敏感的紳士。我看到他的手指白皙細長，與其說是醫生，不如說更像藝術家。他的穿著很樸素，一件黑色的禮服大衣，一條暗色褲子，領帶也是深色的。

福爾摩斯爽快地打招呼：「晚安，醫生，很高興您沒有等太久。」

「這麼說，您和我的車夫交談過了？」

「沒有，我根據桌子上點的蠟燭判斷的，請坐，您找我有什麼事嗎？」

客人說：「我是一名醫生，叫珀西‧特里維利，住在布魯克街四零三號。」

我問：「論文《原因不明的神經損傷》是您寫的嗎？」

聽說有人知道他的文章，他顯得很高興，蒼白的臉上出現了紅暈。

「我很少聽人說起這部書，我的出版商告訴我，這書銷路不好，我以為誰都不知道它。我想，我們是同行吧？」

「對，我是一名外科軍醫，現在已經退役了。」

「我對神經病學很感興趣，最大的希望就是能專門研究它。不過，人必須首先做好他能做到的工作，這都是題外話。福爾摩斯先生，我知道您時間很寶貴，但是最近我在布魯克街的寓所裡發生了一連串怪事，今天晚上，更是事態已十分嚴重，實在不能再耽誤了，必須馬上請您幫幫我們。」

福爾摩斯坐下來，點燃了菸斗。

「很榮幸能幫您的忙。請把這些怪事詳細講給我們聽聽。」

特里維利說：「有些事不值一提，否則我會覺得很慚愧。不過這件事確實讓人費解，而且現在變得很複雜，我只好和盤托出，供您參考。

「首先，我必須說說我在大學時的一些事。我曾就讀於倫敦大學，教授對我的評價很高，相信你們不會認為這是在自我誇耀。畢業後，我在皇家大學附屬醫院謀得了一個小差事，並繼續我的研究。很幸運，人們對我的僵直性昏厥病理研究很有興趣，於是我寫了那篇神經損傷的專題論文，還因此獲得了布魯斯・比克頓的獎金與獎章。那時，人們都認為我前途無量。

「可是缺乏資金是我最大的困難。你們知道，任何一個醫生想要出名，必須要在卡文迪什廣場區的十二條大街中的一條街上開業，可是那意味著巨額的房租與設備費。除了這筆開業費，他還需要維持頭幾年生活的費用，必須租像樣的車和馬。要達到這些要求，實在是我力不能及的。我只能勤儉節約，指望存上十年的錢再說。然而，一件出人意料的事卻為我帶來了新希望。

「希望是由一位叫布萊星頓的紳士帶來的。我們素昧平生，一天早晨，他突然來訪，並直截了當地說明了來意。

「他問我：『您一定就是那位成就卓越並獲得大獎的珀西・特里維利先生吧？』

「我點點頭。

「他又說：『希望您能誠實地回答我的問題，這樣對您有好處。您很有才能，而且前途無量，您知道嗎？』

「聽到這樣的話，我情不自禁地笑了。

「我說：『我一定會繼續努力。』

「『您有不良習慣嗎？喝酒嗎？』

「我大聲說：『沒有，先生！什麼都沒有！』

「『太好了！真是太好了！不過我很奇怪，您的條件這麼好，為什麼不開業行醫呢？』

「我聳聳肩，無奈地搖頭。

「他急忙說：『是呀！倒也不奇怪，雖然您腦子裡有許多東西，可是口袋裡卻沒有銀子。如果我能幫您在布魯克街開業，您意下如何？』

「我用吃驚的目光看著他。

「他大聲說：『這不僅僅是為您，也是為了我自己的利益。坦率地說，如果這件事對您合適，對我就更合適了。您知道，我現在有幾千鎊想投資，我覺得投給您最適合。』

「我連忙問：『為什麼？』

「『這跟其他的投資事業一樣，投給您我認為更保險。』

「『那麼，我能做些什麼？』

「『我自然會告訴您。我會為您租房子，置辦醫療器械，僱傭女僕，管理一切，您只需坐在診室裡安心治療病人。我會支付您日常開支，給您需要的東西。您把賺的錢四分之三分給我，四分之一留給您自己。』

「福爾摩斯先生，這就是布萊星頓向我提出的古怪建議，至於我們怎麼商量，怎樣成交的就不對您贅言了，您聽了會很煩。總之，報喜節（指每年的三月二十五日，在這天，報喜天使加百列把耶穌降臨的事告訴了聖母瑪利亞。——譯者注）那天我們搬進了新寓所，並且按照他的要求開業了。他也搬了過來，作為一個住院的病人和我住在一起。他心臟功能衰弱，需要長期治療。他選了二樓兩間最好的屋子，一間作客廳，一間作臥室。他性格很怪，每天深入簡出，幾乎不見客。他生活也沒有規律——但從某方面來說，又很有規律。因為每晚同一時間，他都會來診室查帳，然後每一畿尼都分我五先令三便士（一畿尼為二十一先令，一先令為十二便士，四分之一畿尼正好是五先令三便士。——譯者注），剩下的他自己拿走，放入他房間的保險箱中。

「我敢肯定，他投資這項生意永遠也不會後悔，因為生意從一開始就很興隆。我出色地處理了幾個病例，加上我原來在附屬醫院的聲望，使我很快出名了。幾年下來，我已經使他成為了富翁。

「福爾摩斯先生，我過去的事以及我和布萊星頓先生的關係就是這些了，現在還剩一個問題要告訴你，這也是我現在坐在這裡的原因。

「幾個星期前的一天，布萊星頓先生到樓下來找我。我覺得他當時很激動。談話中，他提起了發生在倫敦西區的盜竊案，他說，我們應馬上將門窗加固閂牢，但我認為他沒必要如此大驚小怪。之後一星期，他一直很不安，不停地向窗外張望，而且連午飯前習慣的短暫散步也取消了。我推測，他可能是十分害怕某人或某事，但是當我問及時，他就會很生氣，於是我也不再提了。隨著時間的推移，他的恐懼感好像慢慢消失了，漸漸恢復了常態。可是最近發生的一件事又使他惶惶不可終日。

「事情大致是這樣的：兩天前，我收到一封信，信上既沒有地址也沒有日期，十分奇怪，我現在就為你們讀一讀：

一位僑居英國的俄羅斯貴族亟待到珀西・特里維利醫生處就診，他患僵直性昏厥病多年。特里維利是此領域享譽盛名的權威，所以病人準備明天晚上六點一刻前來就醫。如蒙方便，請在家等候。

「這信使我非常高興，因為我對僵直症研究的最大困難就是缺少病例。你知道，當僕人在六點十五分領進一位病人時，我正在診室裡興奮而焦急地等著。

「他是個身材矮小的老頭，十分拘謹，而且很平凡——不是我們想像中那種高貴的俄羅斯貴族形象。不過他的同伴卻給人很深的印象。那個人很年輕，身材魁梧，黑黝黝的臉上似乎透著凶光。他的四肢和胸膛有如赫拉克斯（希臘神話中主神宙斯之子，力大無比——譯者注）般健壯。進來時，他用手扶著老人的胳膊，把老人帶到椅子前，特別小心體貼，僅從他外表看，很難想到這樣一個人會這麼做。

「他用英語對我說：『親愛的醫生，原諒我的冒失，他是我父親，對我而言，他的健康極為重要。』他說這些話時有點口齒不清。

「我被他的孝心感動，就說：『診斷時你是否願意陪在這裡？』

「『不行，我不能待在這裡，我無法忍受這樣的痛苦。如果我看到父親發病時的痛苦樣子，我會發瘋的。我自己的神經本來就很敏感。如果可以，您幫他診治時，我願意待在候診室。』

「我同意了他的要求，於是他轉身離去。我和老人一起探討了他的病情，並且詳細地做著記錄。他智力一般，回答問題時常含混不清，我認為也許是由於不熟悉我們的語言。然而，當我寫病歷時，他突然停止了對我詢問的回答。我轉過身去看他，發現他竟筆直地坐著，肌肉緊繃，臉部毫無表情，眼睛痴痴地盯著我，他的病發作了。

「一開始我就說過，對這個病人，我是既憐惜又害怕。不過，對病理研究的興趣佔了上風。我急忙記下他的脈搏與體溫，試了他肌肉的僵直度，檢查了他的反應力，各方面都與我以前醫治過的病人的特徵一樣。以往我會對這樣的病人使用烷基亞硝酸吸入劑，效果很好。現在是進一步驗證藥效的好機會。但是藥放在我樓下的實驗室裡，於是我丟下病人跑去拿藥。找藥大約花費了我五分鐘，等我拿到藥回來，卻發現診室裡空無一人，病人早已不知去向，可想而知，我是多麼驚訝了。

「當然，我趕忙去了候診室，他兒子也不見了。前門關著，但沒有鎖。我的接待病人的僕人是新來的，他不太機靈，平常總待在樓下，當我按鈴時，他才過來把病人領走。他什麼也沒聽見，這件事成了一個謎。過了一會兒，布萊星頓先生散步回來，但是我沒有向他提這件事，因為，最近我盡量少和他談話。

「我本來以為不會再見到那對俄羅斯父子了。所以在今天晚上的六點十五分，當他們再次來到我的診室時，我簡直呆了。

「老人說：『醫生，很對不起，昨天我們沒有告別就離開了。』

「我說：『是呀，這使我感到十分奇怪。』

「他又說：『情況是這樣的，我每次醒過來後，都記不清犯病時發生的事情。所以，當我清醒時發現自己在陌生的屋子裡，當時你也不在，我就糊里糊塗地出去了。』

「他的兒子接著說：『我看見父親從診室裡出來，以為已經治療完畢。直到我們回了家，才知道事情原來如此！』

「我笑著說：『沒關係！只是你們的不辭而別使我感到困惑，其他倒沒什麼。那麼，先生，您去候診室，我很高興再繼續昨天中斷的診治！』

「我花費了大約半個小時的時間與老人探討他的病情，後來為他開了處方。再後來，他兒子攙著他出去了。

「我向你們提起過，布萊星頓先生通常在這時候去散步。沒一會兒，他回來了，並直接上了樓。可是很快他就從樓上跑了下來，像瘋子似的闖入我的診室。

「他喊道：『誰去了我的房間？』

「我說：『沒有人去過。』

「他生氣地吼道：『你說謊，你去看看！』

「我沒有在意他粗魯的態度，因為他害怕得快發瘋了。我們一起走上樓，他指著淺色地毯上的腳印讓我看。

「他大聲說：『這難道是我的腳印？』

「地毯上的腳印比他的大，顯然是剛留下的。今天中午下了一場大雨，我的診室也只有那父子二人來過。這樣說來，一定是等在候診室的那個人，為了某種醜惡目的，在我替那位老人治病時，上樓闖入了布萊星頓的屋子。雖然沒動過什麼東西，也沒丟失什麼東西，可是這些腳印證明，一定有人進去過。

「這件事的確令人不愉快，布萊星頓先生也始終異常激動不安。他坐在椅子上不停地喊叫，我甚至無法讓他講清楚這是為什麼。對了，是他讓我來找您的。我當然明白，這樣做有必要。雖然他將這件事看得太重了，但是有一點可以肯定，這件事有名堂。只要您和我一起乘馬車回去，也許至少能夠讓他安靜下來，不過我也沒指望您能將這件奇怪的事解釋清楚。」

福爾摩斯聚精會神地聽著這段冗長的講述，顯然又來了興趣。他的臉一如既往地沒有表情，但是雙眼卻眯成了一條縫。從他菸斗裡升起的煙霧越來越濃烈，使這位醫生講的故事也顯得更加古怪。客人剛說完，福爾摩斯就站了起來，他將我的帽子遞給我，又從桌子上拿起他的帽子，馬上跟著特里維利出發了。大約一刻鐘後，我們到達了布魯克大街醫生的寓所前。一個僕人將我們領了進去，然後登上鋪著上等地毯的寬大樓梯。

可是就在這時，發生了一件事，使我們都停了下來。樓頂的燈忽然滅了，黑暗中傳來一個人尖細、顫抖的喊叫聲：「不許動！我告訴你們，我手裡有槍，你們再往前走我就開槍了。」

特里維利醫生大聲說：「布萊星頓先生，您這樣太無禮了。」

這個人明顯放鬆了，「是你呀，醫生，那兩位沒錯吧？」

我們在黑暗中僵持了片刻。

那個人終於說：「沒錯，沒錯，你們上來吧！我非常抱歉，剛才對你們那麼粗魯。」

他邊說邊點著了樓梯上的燈。眼前這個人非常奇怪，從他的表情與聲音就可以知道，他的確有些過度緊張。他很胖，也許在這以前的一段時間比現在還胖，因此他的臉就像獵犬，雙頰上垂著兩塊肉。他面色蒼白，土黃色的頭髮沒有多少，而且由於緊張此時都豎了起來。他手裡握著一把手槍，我們往前走時，他把槍收到了衣袋裡。

他說：「晚安，先生們。福爾摩斯先生，非常感謝您能來。現在，我最需要您的指教。我想，特里維利都告訴您了，有人私自闖入了我的房間。」

福爾摩斯說：「不錯，那兩個人是幹什麼的？布萊星頓先生，他們為什麼有意捉弄您？」

布萊星頓先生不安地說：「嗯，我認為這很難說。福爾摩斯先生，我這裡沒有答案。」

「您的意思是您不知道？」

「請進來吧，請賞臉進來坐坐。」

他帶我們進了他的臥室，房間寬敞舒適。

他指了指床頭的大黑箱子，然後說：「請看這東西，特里維利醫生可能告訴您了，福爾摩斯先生，我並不富有。在我的一生中僅有這次投資。我不相信銀行，從來不信任何一家銀行。我可以告訴你們，但請一定保密，我所有的錢財都在箱子裡。因此您能明白，那些陌生人闖入我的屋裡對我有多大刺激了吧！」

福爾摩斯疑惑地看著布萊星頓，搖了一下頭。

他說：「如果您有意隱瞞，我就幫不了您任何忙。」

「但是我都說出來了。」

福爾摩斯厭煩地搖搖頭，轉過身來說：「晚安，特里維利先生。」

布萊星頓大聲叫嚷道：「您不給我一些建議嗎？」

「先生，我給您的建議就是說實話。」

過了一分鐘，我們已經來到了大街上，向家的方向裡走去。我們穿過牛津街，來到哈力街。這時，我的朋友才開口說：

「華生，非常抱歉，讓你為這麼一個蠢豬白走一趟。不過，雖然如此，這仍然是個有趣的案子。」

我坦白地說：「我沒有感覺到。」

「非常明顯，有兩個人甚至更多人，最少兩個，由於某種原因，決定要找到布萊星頓。我可以肯定，那個年輕人曾兩次闖入過布萊星頓的房間，而他的同夥使用了巧妙的手段，使醫生不得脫身。」

「可是，僵直性昏厥究竟是怎麼回事？」

「華生，那僅是騙人的手段。關於這件事，我不想在你這醫生面前班門弄斧，不過這種病很容易裝，我也曾這樣做過。」

「那麼，後來又是怎麼回事？」

「非常巧，布萊星頓總是這個時間出去。他們選擇這個特殊時間來就醫，就是因為他們認為在那個時刻候診室不會有其他人。但是，這個時間布萊星頓正好去散步，這好像又顯示，他們並不很瞭解布萊星頓的生活習性。當然，如果他們是為了偷竊，那至少要拿走一些值錢東西，但事實沒有。除此之外，布萊星頓的眼神告訴我，他被嚇壞了。我不相信，他有這樣兩個仇人，而他自己卻一點不知道。所以，我想他一定知道那兩個人的身分，而因為涉及到他自己，所以避而不談。不過，明天他就會說實話了。」

我說：「難道不會有其他情況嗎？當然，這種情況不太可能，但還是可以假設的。比如，可能是特里維利醫生圖謀不軌，闖入布萊星頓房中，卻編造出俄羅斯小夥子的故事。」

藉著燈光，我看到我的朋友聽完我的話笑了。

他說：「親愛的朋友，一開始我也曾經這樣想，不過很快我就證實那個醫生的說法。那個人在樓梯的地毯上也留下幾個腳印，所以我不需要再看室內的腳印了。我告訴你，那個人的鞋子是方頭，而布萊星頓穿的是尖頭鞋，並且腳印比醫生的鞋長一點三英寸。這說明醫生講的確是事實。現在我們可以睡覺了，如果明早沒有布魯克街傳來的新消息，那才會使我驚奇。」

福爾摩斯的話很快就被證實了，並且形式很富戲劇性。第二天早晨，剛剛七點半，福爾摩斯就穿著睡衣，站在了我床邊。

他說：「有一輛馬車在外面等我們，華生。」

「什麼事？」

「還不是布魯克街的事。」

「有新消息了？」

福爾摩斯一邊拉窗簾一邊說：「或許是個悲劇，不過也不一定。你看這個，是從筆記本上撕下來的一張紙條，上面用鉛筆不工整地寫著：『看在上帝的份上，請馬上來。珀西・特里維利。』我們的醫生在寫這張便條時，處境一定很艱難。走吧，親愛的華生，情況很緊急。」

十五分鐘之後，我們再次來到醫生的診所，他慌慌張張地跑出來迎接我們。

他用手按著太陽穴，大聲說：「天呀！竟會出這種事！」

「發生什麼事了？」

「布萊星頓上吊死了！」

福爾摩斯顫抖了一下。

「是的，他昨晚上吊了。」

醫生帶我們走進那間候診室。

他高聲說：「我不知道該怎麼辦，警察在樓上。我被嚇得要死。」

「每天早晨，他都讓女僕為他送一杯茶，今天早上七點，女僕去送茶，發現他在屋子中央吊著。繩子繫在掛那盞沉重的煤氣燈的鉤子上，他從昨天我們看到的那個箱子上跳下去吊死了！」

福爾摩斯站在那裡，思考了一會兒。

然後說道：「如果您允許，我想去樓上調查一下。」

我們兩個人上了樓，醫生跟在後面也上來了。

我們一跨進臥室的門，就看到了一副悲慘的景象。我曾描述過布萊星頓肌肉鬆弛的樣子，此時他吊在鉤子上，樣子更難看了，簡直沒有了人形。他的脖子被拉長了，像被拔了毛的雞脖子。與此相比，他的身體好像變得更肥大、更不自然。他穿著睡衣，睡衣下面僵直地伸著他那醜陋的腳和腫著的腳腕子。一位幹練的偵探站在屍體旁，正在筆記本上做記錄。

我們一進來，有位警長熱情地說：「很高興見到您，福爾摩斯先生。」

福爾摩斯說：「早安，蘭諾爾。你該不會把我當作闖進來的罪犯吧？你瞭解這件事發生前的情況嗎？」

「我聽說了一些。」

「你怎麼看這件事？」

「我個人認為，這個人已經被嚇得魂不附體了。他在這張床上睡了一會兒，因為床上有很深的壓痕。你知道，自殺一般發生在凌晨五點左右，這也可能是他上吊的時間。由此推斷，他深思熟慮後才決定這樣做。」

我說：「根據肌肉僵硬程度推測，他死了三個小時。」

福爾摩斯問：「你發現了什麼異常情況嗎？」

「在洗手池上發現了一把螺絲起子和一些螺絲釘。我在壁爐上還撿到四個雪茄菸頭，昨晚他似乎抽了不少菸。」

福爾摩斯說：「你找到了他的雪茄菸嘴了嗎？」

「沒有找到。」

「他的雪茄菸盒找到了嗎？」

「找到了，在他外衣的口袋裡。」

福爾摩斯打開菸盒，抽出一支菸聞了聞。

「這是一支哈瓦那菸，而壁爐上的則是荷蘭從東印度殖民地進口的特殊品種。你是瞭解的，這些雪茄一般包著稻草，而且比其他牌子的都細。」

他拿出放大鏡，仔細地觀察那些菸頭。

「其中兩支是用嘴吸的，另外兩支不是。兩個菸頭是用很鈍的小刀削下來的，另外兩個是用牙齒咬下來的。這不是自殺，蘭諾爾先生，這是預先安排的謀殺！」

警長大聲說：「不可能！」

「為什麼不可能？」

「如果是謀殺，他怎麼會採用如此笨的上吊方法呢？」

「這正是需要我們調查的。」

「他們怎麼進來的？」

「從前門進來的。」

「早晨門鎖著。」

「他們走後將門鎖上的。」

「您怎麼知道？」

「因為我發現了他們的痕跡，一會兒，我再向你們詳細說明。」

福爾摩斯走到門口，轉了一下門鎖，仔細地檢查了一番。然後他把插在門背面的鑰匙取了出來，又對它進行詳細檢查。接著，他又對床鋪、地毯、椅子、壁爐台、屍體和繩子進行檢查。最後，他似乎很滿意，於是在我和警長的協助下，割斷繩索，把死者放了下來，用床單蓋上。

他問：「這繩子是從哪裡弄來的？」

特里維利醫生從床下拖出一大捆繩子，說：「是從這上面割下來的。他身邊常備有這些東西，因為他害怕火災，說是萬一樓梯著火，可以利用繩子從窗戶跳出去。」

福爾摩斯想了一會兒說：「這繩子倒為凶手提供了方便。好了，案子已經很清楚了，下午我會告訴你們來龍去脈的。我要拿走爐台上這張布萊星頓的照片，偵破工作用得著。」

醫生大聲說：「可是，您什麼也沒有說。」

福爾摩斯說：「事情的過程已經很明白了。這件事有三個人參與，一個老人，一個年輕人，還有一個第三者。關於第三者，我毫無線索。至於前兩個人，一定是俄羅斯父子。我們已經很瞭解他們的情況，他們是被這棟房子裡的同夥放進來的。如果您相信我的建議，警長，應該馬上拘捕那個小聽差。據我所知，他是近幾天才來的，是吧醫生？」

特里維利醫生說：「可是，那個小傢伙已經沒有蹤影了。」

福爾摩斯聽後聳聳肩。

他說：「不過，他在這個案子中的作用並不很重要。那三個人上樓時踮著腳尖，老人在前面，年輕人在中間，不明身分的第三者走在最後面⋯⋯」

我忍不住說：「你真棒！親愛的福爾摩斯。」

「哦，哪裡，他們的腳印疊著腳印，雖不能看得很清楚，不過我還是能分辨出哪個是哪個，這在昨晚就有數了。後來，他們來到樓上，走到布萊星頓門前，發現門已經鎖上，便用鐵絲轉動了裡面的鑰匙。從鑰匙的劃痕上可以看出他們的勁使在了什麼地方。

「他們進入房間，首先塞住了布萊星頓的嘴。布萊星頓可能已經睡著了，也可能嚇呆了，沒有喊出來。何況這裡的牆很厚，即使他喊了一兩聲，也沒有人聽見。

「顯然，他們把他安置好以後，還圍著他交談了一會兒，並指責他某些事的報應到了。這個過程看來還不短，因為那幾支雪茄就是在這段時間被抽完的。老人坐在那個柳條椅子上，他用雪茄菸嘴抽菸；年輕人坐在遠處，他將菸灰落在衣櫃對面；第三個人在屋子裡來回走著。我想，布萊星頓也許坐在床上。

「最後，他們抓住布萊星頓，將他吊了起來。這是他們事先安排好的計畫，因為我認為他們隨身帶著絞架的滑輪，那些螺絲起子與螺絲釘就是為安裝絞架滑輪用的。但後來他們發現了吊鉤，因此省去了許多麻煩。完事後他們馬上逃走了，同夥隨後將門鎖上了。」

我們懷著極大興趣聽完了福爾摩斯的講述。這些全是他根據細微的線索推斷出來的，真是不可思議，甚至就在他已經逐一分析完畢的情況下，我們還是跟不上他的思路。之後，警長去捕捉小聽差了，我和福爾摩斯則回到貝克街吃早飯。

飯後，福爾摩斯對我說：「三點鐘我會回來，屆時警長和醫生都會來。我必須利用這段時間將案子的幾個疑點弄清楚。」

我們的客人都在約定的時間到了，但是我的朋友在三點四十五分才回來。不過，從他進門時的表情上，我已經斷定一切應該都很順利。

「警長，有消息嗎？」

「我們已經逮捕了那個小聽差，先生。」

「太棒了，我也找到其他人了。」

我們三人同時驚道：「找到了？」

「不錯，至少已經搞清他們的身分了。確實如我所料，在警察總署，那位布萊星頓和他的三個仇人都很出名。那三個人一個叫彼德，一個叫海沃爾，另一個叫莫菲特。」

警長大叫道：「是搶劫辛頓銀行的那些強盜！」

福爾摩斯回答說：「是的，正是他們。」

警長說：「這樣說來，案子就很清楚了。」

可是我和特里維利卻互相看著，迷惑不解。

福爾摩斯說：「你們還記得辛頓銀行搶劫案吧！這案子共有五人參與，其中四個就是他們，而另外一個叫卡特萊特。他們殺害了銀行看管員托賓，又搶走了七千英鎊的錢財。這是發生在1875年的事，當時五人全都被捕，但因缺乏證據，一直不能結案。那個布萊星頓原名薩頓，他把他們全部揭發了。由於他的告發，卡特萊特被判處絞刑，其餘三人被判以十五年的徒刑。最近他們三個被提前釋放。可想而知，他們肯定要找到背叛他們的人，並為死去的卡特萊特報仇。他們兩次試圖找到他，但均未能得逞。第三次，他們成功了。特里維利醫生，還有什麼不明白的嗎？」

醫生說：「我認為您說得很清楚了。那天，他一定是得知了這幾個人被提前釋放才嚇得魂不守舍。」

「完全正確，他說什麼怕發生盜竊案之類，僅是托詞而已。」

「可是他為什麼沒有告訴您這件事？」

「親愛的朋友，他知道他同夥的報仇心十分強烈，就更不敢輕易向任何一個人說明自己的身分。而且那件事也不光彩，他不可能洩漏出去。可是，他雖然很可惡，卻仍然受英國法律的保護。警長，我相信，儘管法律沒有起到應起的保護作用，但是正義卻會替他報仇的。」

以上就是住院病人與布魯克街醫生的故事。當晚之後，那三個凶手便失蹤了。據蘇格蘭場的推測，他們可能是乘「諾拉克蘭依那號」輪船逃跑了。但不幸的是，那條船與全體船員於幾天前在葡萄牙海岸距波爾特以北數十海里的地方遇難了。至於那個小聽差，終因證據不足被釋放。這件被稱為布魯克街疑案的真實故事到現在還沒有被報導過。

希臘語譯員的奇遇

雖然我與夏洛克・福爾摩斯先生認識很長時間了，並且親如兄弟，但是我卻很少聽他提起他的親戚，也很少聽他說起自己的過去。他沉默寡言，冷漠、保守，總給人一種不重情義、孤僻乖張、智商很高而情商很低的感覺。

他不喜歡接近女人，更不願結識新的朋友，這些都是那些不易感情用事的人的最典型的性格特點。最令人接受不了的是，他從來不提自己的家人。原本我以為他是個孤兒，在世上根本就沒有親人。直到那天，他出人意料地談起了他的哥哥。

一個夏天的晚上，吃過晚飯無事可做，我們便閒談起來。從高爾夫球俱樂部談到地球傾角的形成原因，最後又談到返祖現象的遺傳適應性，而議論的重點是：一個人的超凡才能到底有多少是由遺傳決定的，又有多少是後天訓練所致。

「就你而言，」我說，「根據你說過的情況來看，有一點是明顯的，你卓越的觀察能力和獨特的推理能力應該都是得益於後天的系統訓練，而非其他。」

「某種程度上可以這樣說。我的祖先都是鄉紳，自然過著屬於他們那個階級的人的生活。但是，我的愛好是血統中固有的。我可能繼承了我祖母血統中的某些天分，她是法國美術家吉爾納的妹妹，她血液中的藝術天分奇妙地遺傳給了我。」

「可是，你怎麼知道那是遺傳的呢？」

「因為我的哥哥邁克羅夫特的推理能力比我的強多了。」

這對我而言確實是新聞。如果英國還有其他人具有這種超能力，那警方和公眾怎麼會一點不知道呢？我想，一定是我的朋友尊重哥哥，謙虛而已。於是，我提出了這樣的疑問。

「親愛的華生，我並不贊成把謙虛看作美德。對於那些邏輯學家而言，一個事物是什麼樣就應該是什麼樣，低估自己和誇張自己都不符合真理。因此，我確實認為邁克羅夫特的觀察推理能力比我強，一點都不誇張。」

「邁克羅夫特多大了？」

「比我大七歲。」

「為什麼沒聽說過他？」

「他只是在他的圈子裡很有名。」

「那麼，他的圈子指什麼地方？」

「嗯，舉個例子說，比如在第歐根尼（第歐根尼是古希臘的哲學家，相傳他憤世嫉俗，生活在木桶中，拒絕與人來往——譯者注）俱樂部中。」

我從未聽說過這個俱樂部，福爾摩斯從我的表情上看出了這一點，他取出錶來看了看，說道：「第歐根尼是倫敦最古怪的俱樂部，而我哥哥則是其中最古怪的人。每天下午四點四十五分到七點四十分，他都會在那裡。現在六點，如果你願意在這個美好的夜晚出去散散步，我很願意跟你講講這兩個『稀奇』的事物。」

五分鐘後，我們已經來到了大街上，朝著雷根斯的圓形廣場走去。

「你一定奇怪，邁克羅夫特有這麼好的天賦為什麼不去做偵探，可是他幹不了這行。」

「可是我聽你說……」

「我只是說他的觀察與推理能力比我強。如果偵探工作僅需坐在那裡推理的話，我哥哥一定會是世界上最好的偵探。可是他既無願望也無精力去學偵探。他就連證明自己的推論正確都嫌麻煩，總之寧願被人們認為是謬論，也懶得去證明它。而且，如果一個案子在上交法官或者陪審團以前，要他拿出證據，他就會不知所措。」

「這樣說來，他並不是做偵探工作的？」

「沒錯。我用以維持生計的偵探工作，對他僅是業餘愛好而已。他擅長數學，負責政府各部門間的審計查帳。他住在帕摩爾街，白廳（白廳是英國政府機關所在地——譯者注）就在它的拐角處。他天天早出晚歸，徒步去白廳上班。如果沒有活動，他幾乎從不去其他地方，除了他住所對面的第歐根尼俱樂部。」

「我沒聽說過這樣的俱樂部。」

「你可能是不瞭解。在倫敦，有那麼一些人，有的天生害羞，有的怨天尤人，他們不喜歡與他人交往，但是很喜歡去舒服的地方坐坐，看看最新雜誌。為了滿足他們的需要，第歐根尼俱樂部誕生了，它接受了城裡最不喜歡交際的那部分人。在那裡，會員們不允許相互說話，除了在會客室。要是一個人三次犯規，並引起俱樂部委員會的注意，他就會被開除。我哥哥是該俱樂部發起人之一，就我個人而言，倒是覺得那裡很舒服。」

我們邊走邊說，轉眼來到了詹姆斯街的盡頭，進入了帕摩爾街。福爾摩斯在離卡爾頓大廳很近的一個門前停住了，告訴我不要說話，然後帶我進了大廳。從門上的玻璃可以看到裡面豪華寬大的房間，許多人在裡面坐著看報，但每人各坐一隅。

他把我領進一個可以望到帕摩爾街的房間後便出去了。一會兒又領進來一個人，我一眼就認出了來人，肯定是福爾摩斯的哥哥。

邁克羅夫特身材高大，粗壯肥胖，儘管面龐較寬，不過有些地方還是和弟弟很相像，一樣的輪廓分明。他的眼睛明亮有神，灰眼珠，水汪汪的，似乎總在聚精會神地思考。這種熟悉的表情在福爾摩斯思考時我總能見到。

他伸出一隻寬厚的手說：「很榮幸見到你，先生，正因為有你的工作，才使夏洛克出名。順便提一下，夏洛克，我原以為上星期你會來跟我談那件莊園住宅案。或許你需要我幫幫忙吧？」

我的朋友笑著說：「正好相反，那個案子已經圓滿結案。」

「一定是亞當斯幹的。」

「沒錯，是他。」

「一開始我就認定是他。」他們二人在俱樂部的凸肚窗前坐下，邁克羅夫特說：「想要觀察一個人，這是個好地方。瞧，就拿那兩個向我們走來的人來說，多好的例子呀！」

「你說的是那個撞球記分員和他身邊的人嗎？」

「是的，你怎麼分析他們？」

這時，那兩人正好走到了窗子對面。我發現，其中一個的背心口袋上有粉筆留下的印跡，這是撞球遊戲的特徵。另一個人又黑又瘦，帽子在後腦勺，腋下夾著幾個購物包。

夏洛克說：「我認為他是一個老兵。」

他哥哥說道：「並且是近來退伍的。」

「他在印度服過役。」

「還是一個軍士。」

夏洛克又說：「他是皇家炮兵隊的。」

「他失去了妻子。」

「而且僅有一個孩子。」

「應該不是一個，親愛的弟弟，我認為他有幾個孩子。」

我笑著說：「噢，行了，這對我而言太玄了。」

夏洛克笑了，說：「這不難看出。他神情威武，皮膚又很明顯是經過了長期曝曬，足以說明是個軍人，而且不是一般的士兵，是剛從印度回來。」

邁克羅夫特又說：「他仍然穿著那雙『炮兵靴子』，這說明他剛退伍。」

「從走路的姿勢上看，他不是騎兵。他的軍帽可能經常需要歪戴，所以他一側眉毛上面的膚色比另一邊淺。他的體重也與工兵的要求不符，因此是個炮兵。」

「從他那很悲傷的神情可以看出，他剛失去了最心愛的人。他要自己出來買東西，證明家裡沒有妻子了。看看他為孩子們買的東西，一個撥浪鼓說明他有一個很小的孩子，他的妻子也許是產後死的，腋下有一本漫畫，說明他還有一個孩子。」

此時，我才知道夏洛克的哥哥的觀察力確實比夏洛克的更敏銳。夏洛克看了我一眼，微微地笑了。邁克羅夫特從一個玳瑁匣子裡取出鼻菸，用一塊紅絲巾將身上的菸末拂去。

邁克羅夫特說：「順便說一句，夏洛克，有件事很適合你。我正在著手研究一個奇特事件，我想徹底解決它，但卻沒有精力。這可是個鍛鍊推理能力的好機會，如果你願意聽……」

「親愛的哥哥，我非常願意聽。」

邁克羅夫特從筆記本上撕下一頁紙，匆忙寫了幾個字，然後按鈴，把紙交給侍者。

他說：「我已經派人去請梅拉斯先生了，他住在我樓上，我們很熟，他遇到麻煩時通常會來找我。據我所知，梅拉斯先生具有希臘血統，掌握幾國語言。他的全部收入有一半來自於在法院做譯員，另一半來自於替出手大方的諾森伯蘭街旅館的東方人做嚮導。我認為，應該讓他親自將他的奇遇講給你們聽。」

幾分鐘以後，一個又粗又矮的人來到了我們所在的房間。他的臉呈橄欖色，頭髮很黑，像是南歐人。但聽他說話又好像是一個受過良好教育的英國人。他很熱情地與福爾摩斯握了握手，聽說這位專家要聽他的奇遇，眼睛裡閃爍著喜悅的光芒。

他沮喪地說：「警察不相信我講的事，因為他們從未聽說過這種事。但是我清楚，要是弄不清那個臉上貼藥用膠布的人的結局，我的日子肯定不好過。」

福爾摩斯說：「您講吧，我們都很有興趣聽。」

梅拉斯先生說：「今晚是星期三，這件事就是發生在星期一夜裡，兩天前。也許我鄰居也告訴了你們，我是一個譯員，精通多國語言——差不多各種語言都能應付。但是由於我出生在希臘，取的也是希臘名，因此我還是翻譯希臘語最多。這麼多年來，我漸漸成了倫敦最好的希臘語翻譯，各家旅館都知道我的名字。

「外國人碰到了麻煩，或者旅遊者到達得太晚，他們都會隨叫隨到地要求我去做翻譯，我早已習以為常了。所以，星期一夜裡，當一個很時髦的年輕人拉蒂默先生到我家裡，請我跟他一起坐上一輛等在門外的馬車出去時，我並未多想。他告訴我，有一位希臘朋友將去他家拜訪，但他除英語外其他語言一竅不通，所以需要一位譯員。他說他家距離這裡很遠，住在肯辛頓。看起來他很著急，因為剛到馬車旁，他就一把將我推了進去。

「我一上車就產生了疑惑，因為我發現這不是一輛普通的四輪馬車。這輛車十分寬敞，車內裝飾雖然破舊，但仍然很講究，完全不像倫敦的常見馬車。拉蒂默先生坐在我對面，車子走過查令十字街，很快進入斯夫德斯波利大街，接著又拐入牛津街。我正要告訴他們這麼走繞路時，卻被同伴的奇怪舉止打斷了。

「他從懷裡取出一根很嚇人的短棒，一頭較大，像灌了鉛，還在空中舞弄了幾下，好像在展示它的威力，然後才默默地將它放在身邊的位置上。接著，他又關上了兩邊的玻璃窗，使我驚奇的是，窗子上都貼著紙，有意不讓我看到外面。

「『非常抱歉，擋住你的視線，梅拉斯先生，因為我不想讓你知道我們要去的地方。如果你能原路返回，將對我們很不利。』他若無其事地說。

「可想而知，這話令我多麼吃驚。他長得高大粗壯，就算沒拿武器，我也打不過他。

「我結巴著說：『這種行為很無禮，拉蒂默先生，要知道，你這麼做是非法的。』

「他說：『這肯定是，也的確很失禮。不過，我們會給你補償。但是我要告訴你，今晚如果你想嘗試報警或做出其他不利於我們的事，那麼你的安全就得不到保障了。我提醒你，現在沒人知道你身在何處，而且不論是在馬車中，還是在我家裡，你都逃不了。』

「他語氣依然平靜，不過卻盡顯恐嚇之意。我只好默默地坐著，想不通他們會因何事綁架我。可是，無論如何，我知道反抗於事無補，只有見機行事了。

「大概走了兩個小時，我完全不知身處何處。馬車有時走在石板路上，發出咯噔咯噔的聲音，有時走在柏油路上，平穩安靜。一路上，除了這些聲音，我什麼也聽不到。窗子上的紙擋住了光亮，前面的窗子也被藍色窗簾擋著。我們是七點十五分出發的，當再次停下時，已經是八點五十分了。同車之人打開了玻璃窗，我看到一個較矮的拱形大門，上面掛著一盞燈。門開了，我從馬車上跳下，隨他走到了院子裡。對那裡的記憶我有點模糊，有一塊大的草坪，草坪兩旁栽滿了樹，但我不確定那是私人庭院還是鄉下。

「大廳裡亮著一盞彩色的煤油燈，不過火焰很小。我只注意到房子很寬敞，裡面掛著一些畫。除了這些，我什麼也沒看見。昏暗的燈光下站著一個中年人，他身材矮小，面貌醜陋，佝僂著雙肩，在他轉身的瞬間，我發現他戴著眼鏡。

「他問：『是梅拉斯先生到了嗎？』

「『是。』

「『很好！梅拉斯先生，我們沒有惡意，不過沒有你我們無法行事。如果你老實點，肯定會不虛此行，但是如果你耍花招，就只能祈求上帝保佑你吧！因為那樣的話，你還不如不出生了。』他聲音有些發顫，還夾雜著幾聲冷笑。不知道為什麼，他給我的印象比那個年輕人更可怕。

「他邊說邊打開門，帶我進了一間很大很豪華的屋子。進去時，腳下都是軟綿綿的地毯，說明它裝飾不一般。不過室內的一盞燈依然很暗淡。我還發現了絲絨面的軟椅，高大的大理石白壁爐台，一副日本鎧甲。燈下面有一把椅子，中年人示意我坐下。那個年輕人先是出去了，但很快又從另一個門進來，還領著一個穿著寬大睡衣的人。當他走近燈光時，我才看清楚，他的面貌竟然是如此駭人。他面如死灰，憔悴異常，只有兩隻眼睛明亮而突出，表示他的情況還不算太糟。而最讓我感到意外的是，他的臉上貼滿了亂七八糟的藥用膠布，還用一大塊藥用膠布貼著嘴。

「當那個怪人癱倒在椅子上時，年齡大的人問道：『石板帶來了嗎，哈樂德？他的手鬆開了嗎？好的，遞給他一枝筆。梅拉斯先生，請你問他幾個問題，讓他寫下他的回答。首先，你問他是否打算簽字呢？』

「那個人憤怒地瞪著雙眼。

「他用希臘文在石板上寫著『不』。

「我根據吩咐又問：『還有商量的餘地嗎？』

「『除非我親眼看到我所認識的希臘牧師為她的婚禮做證婚人，此外別無選擇。』

「那個年長的傢伙狠毒地笑著說：『你知道你的結局嗎？』

「『我什麼都不在乎。』

「以上的一問一答僅是這場談話中的幾個段落而已，我無數次反覆地問他是否願意妥協，在文件上簽字，每次都得到同樣堅決的回答。突然，我產生一個大膽的想法，每次問他時，都加上一點自己的問題。剛開始，我問的都是些無關緊要的問題，想試探那兩人是否能聽懂。發現他們毫無反應，後來就大膽問起來。

「我們的談話大致如此：

「『你這麼固執沒好處。你是誰？』

「『無所謂。我第一次來倫敦。』

「『你的命運掌握在你自己手裡。你來多久了？』

「『隨你們便。大約三個星期。』

「『這些家產將永遠不再屬於你。他們怎樣折磨你？』

「『我不會讓它落在你們這些惡棍手裡。他們不讓我吃飯。』

「『如果你肯簽字，就可以得到自由。這是什麼地方？』

「『我絕對不會簽字的。我也不清楚。』

「『你難道不替她著想？你叫什麼？』

「『只有她親自告訴我，我才會相信。克蘭蒂特。』

「『如果你簽了字，就能見到她。你來自哪裡？』

「『我寧願不見她。雅典。』

「如果再給我五分鐘，福爾摩斯先生，就有可能將事情弄清楚。我再問一句話就可能揭開這個謎了，不料此時卻走進來一個女人。我沒看清她的面貌，只覺得她身材苗條，頭髮黑亮，穿著又寬又大的白色睡衣。

「那個女人用發音不準的英語說：『哈樂德，我再也待不下去了，這裡太無聊，只有……天呀，這是保羅呀！』

「最後兩句她是用希臘語講的，語音還沒落，那個人已經用力撕下嘴上的紗布，失聲叫道：『索菲！索菲！』說著就撲到了女人身上。但是僅擁抱了幾秒鐘，年輕人便把女人推到了門外。年紀大的人則輕而易舉地抓起受害人，把他從另一個門拖了出去。此時屋裡僅剩我一個人，我趕緊站起來，試圖找些線索，看看這是什麼地方。不過，幸虧我還沒來得及行動，因為我一抬頭便看到了那個年紀稍大的人，他正站在門口盯著我。

「他說：『好了，梅拉斯先生，你知道我們並沒有將你當外人看待，我們連私事也沒有迴避你。我們原本有一位會講希臘語的朋友，起初是請他幫忙，可是後來他有急事要辦不得不走了，否則我不會麻煩你。我們很榮幸，聽說你的希臘語非常不錯。』

「我只是點了點頭。

「他向我走來，對我說：『這是五英鎊，我認為這足夠作為你的報酬了。』然後又輕輕拍了我一下，微微笑道：『不過，你要記住。如果你將這件事對其他任何人講了，就等著讓上帝保佑你吧！』

「這個醜陋的人令我十分厭惡和害怕。當時燈光正好照在他身上，我總算看清了他的容貌。他臉色十分憔悴，有一小撮稀疏的鬍子，說話時總是把臉往前伸，嘴唇和眼瞼顫動不已，像個患了舞蹈症的病人。我馬上想到，他那怪異的笑聲的確有點神經質的特徵。最恐怖的還是他那雙眼睛，從始至終都透著冷酷、殘忍的凶光。

「他接著說：『如果你將此事洩露出去，我們是會很容易得到消息的。現在有輛馬車等在門外，我的同伴會送你。』

「我急忙穿過前廳乘上馬車，又順便看了一眼那裡的環境。拉蒂默先生一直跟在我後面，上車後又坐在了我對面。我們再次開始了『相對無言』的漫長的路途。車窗仍然被擋著，一直到半夜，車才停下來。

「年輕人說；『請下車吧，梅拉斯先生。很抱歉離你家太遠，可是我們也沒辦法。如果你敢跟蹤馬車，那後果對你很不利。』

「他一邊說，一邊打開了車門，我剛跳下來，車夫就趕著馬車飛速離去了。我望了望四周，發現自己此時正身處荒野，四周都是灌木叢，遠處有一排房子，窗戶裡射出燈光。另一邊，我看到了鐵路的紅色信號燈。

「送我來的馬車早已不見了蹤影。我呆呆地站在那裡，望著四周，拼命辨別著方向。這時，一個人影朝我走過來，走過身邊我才看清楚，是個鐵路搬運工。

「我問：『請問這是哪裡呀？』

「他說：『旺茲沃思的公地。』

「『這裡有沒有到城裡的火車？』

「他說：『如果你再走一英里，到了克拉彭樞紐站，就可以搭上去維多利亞的末班車。』

「我的歷險過程就這樣結束了。福爾摩斯先生，除了以上所說，我是既不知道自己去了哪裡，也不知道和誰談過話，完全一無所知。我僅知道那裡進行著罪惡的勾當，我想盡力幫助那個可憐的人。第二天早晨，我就將這件事告訴了邁克羅夫特，然後又報了警。」

聽了這番離奇的經歷，我們都沉默了。夏洛克看了看他哥哥，說：「採取措施了嗎？」

邁克羅夫特將桌子上的《每日新聞》拿起來，上面登著：

希臘紳士保羅·克蘭蒂特，來自雅典，不懂英語。另有一名希臘女士，名叫索菲，二人均已失蹤。有知情者請告知，定當重謝，X2473號。

邁克羅夫特說：「各家報紙均已登出這則廣告，但一無所獲。」

「希臘使館知道嗎？」

「我打探過，他們毫不知情。」

「那麼，發個電報給雅典警察總部吧！」

「夏洛克的確是我們家精力最充沛的。」邁克羅夫特轉身對我說道。「好了，夏洛克，你一定要弄清楚這件事，如果有好消息，馬上通知我。」

我的朋友站起身說：「放心吧，一定會讓你知道，也會告訴梅拉斯先生。梅拉斯先生，如果我是你，這期間一定會小心警戒。因為他們一旦看到廣告，就會知道你背叛了他們。」

我們一起走著回家，福爾摩斯順路去電報局發了幾封電報。

他說：「你看，華生，今晚可是不枉此行。以前的許多案子都是邁克羅夫特轉給我的。剛才這個案子，雖然可能性只有一個，但卻有不少特點。」

「有解決的辦法嗎？」

「哦，我們已經知道了這麼多，如果還不能查清楚其他問題，那才是奇怪的。你肯定也有些自己的推理吧！」

「是，不過還不很明白。」

「那麼，你怎麼想？」

「就我個人來說，我認為有一點很清楚，那位希臘女子被哈樂德・拉蒂默拐騙了。」

「從哪裡拐騙來的？」

「也許是雅典。」

福爾摩斯搖搖頭，說道：「那個青年一點希臘語都不懂，而那個女孩卻能講幾句不標準的英語。這樣推測，她來英國應該有一段時間了，但那個青年從未去過希臘。」

「好吧，我們就假設她到英國來旅遊，而哈樂德卻勾引了她。

「於是，她的哥哥從希臘趕來阻止，之所以說是他哥哥，是因為我認為他們肯定有親屬關係。不過他卻冒失地被人家抓住了。他們抓住他之後，威逼他在某份文件上簽字，以使女孩的家產全部轉入他們名下。而她哥哥卻是財產受託管理者，他拒絕簽字。為了協商，他們只好找一個希臘語譯員，於是找到梅拉斯先生。在請他以前，也許還請過另一名譯員。他們沒有告訴女孩她哥哥的事，女孩偶然得知她哥哥也已經來到了英國。」

「非常好，華生！我認為你的判斷與實際情況相差無幾。你看，我們離真相已經不遠了，只是擔心他們會惱羞成怒下毒手。只要再給點時間，我們一定能逮到他們。」

「可是，怎樣才能找到他們的住處呢？」

「如果我們的推測沒錯的話，那個女孩應該叫索菲・克蘭蒂特，由此找她並不難。這是我們的關鍵線索，因為他哥哥剛到英國，不會有人認識他。可以斷定，哈樂德與那位女子在一起至少幾個星期了，所以她的哥哥在希臘聽到消息才趕過來。如果這段時間他們沒有遷過住址的話，那麼人們對邁克羅夫特登的啟事就一定會有反應。」

我們一邊走一邊說，不覺已經回到貝克街的家。福爾摩斯走在前面上樓梯，剛把門推開，就發出一聲驚叫。我從他肩頭望去，也是一驚。他的哥哥邁克羅夫特正坐在椅子上抽菸。

邁克羅夫特看見我們，和藹地說：「進來，夏洛克！請進，華生。你們想不到我有這樣的精力是吧？可是這個案子確實很吸引我。」

「你怎麼來的？」

「我乘馬車，所以超過了你們。」

「有新的進展嗎？」

「我的廣告有人回覆了。」

「啊！」

「不錯，你們剛離開，就有回音了。」

「情況怎麼樣？」

邁克羅夫特拿出一張紙。

他說：「信是一個瘦弱的中年人寫的，用寬尖鋼筆寫在黃色印刷紙上。」

信的內容是這樣的：

先生：

今得知貴府廣告，現回覆如下。此女子情況本人非常瞭解，如欲知詳情，可來敝處，當詳細奉告。地址：貝克納姆之莫特爾茲。

您忠實的

J·達文波特

邁克羅夫特說：「這封信從布里克斯頓寄出，夏洛克，我們最好現在就乘車前往！」

「親愛的哥哥，我認為救她哥哥才是最重要的。應該找蘇格蘭場的葛爾森警長一起去，因為有人的生命正受到威脅，並且可能朝不保夕。」

我提議道：「我們順便把梅拉斯先生叫上，也許需要翻譯。」

福爾摩斯說：「這樣更好，吩咐傭人馬上備馬車，我們現在就走。」

說完，他拉開抽屜，把手槍放到了口袋裡。

見我們都看他，便說：「沒錯，我承認，從現在掌握的情況看，我們是在跟凶惡的歹徒打交道。」

到達帕摩爾街時，天已經黑了。我們得知剛有一位紳士把梅拉斯接走了。

邁克羅夫特忙問：「知道他們去哪裡了嗎？」

替我們開門的婦女說：「不知道，先生，我只知道他們乘馬車走的。」

「那位紳士沒有說姓名嗎？」

「沒有，先生。」

「他是不是一個年輕、英俊的黑大個？」

「不是，先生。他身材矮小，戴副眼鏡，面容瘦削，但性格很開朗，因為他說話時不斷地笑。」

夏洛克突然大聲說：「趕快走吧，情況不妙。」

在去蘇格蘭場的路上，福爾摩斯說：「他們又把梅拉斯先生請去了。前天晚上，他們似乎覺得他很膽小，因為那個混蛋剛一出現就把他嚇壞了。而這次肯定還是讓他當譯員，不過翻譯完很可能會因怕他走漏了風聲而殺害他。」

我們原本計畫搭火車，這樣到貝克納姆也許就會趕上他們的馬車。但是，我們在蘇格蘭場花了一個多小時才找到葛爾森警長，再等辦完允許進入私宅的程序後，到達倫敦橋已經是九點四十五分。直到十點半，我們才抵達貝克納姆火車站，又走了半英里，終於到了莫特爾茲。這個庭院陰森森的，背靠著公路，我們將馬車打發走，沿著大路步行。

警長說：「房間都是黑的，好像沒有人住。」

夏洛克說：「他們已經行動了。」

「為什麼這麼說？」

「一輛四輪馬車剛剛離開，裝滿了行李。」

警長笑了，問道：「的確能看見門燈下的車轍，但你怎麼知道裝了行李？」

「你看到的可能是去另外方向的車轍。我說的這條，它向外駛去的車轍印很深，所以可以斷定，車上裝著很重的東西。」

警長聳聳肩說：「您觀察得真仔細，的確有道理。撞門似乎不太容易，但如果叫不開，也只有試一試了。」

警長又是拍門環，又是按鈴，裡面卻毫無反應。福爾摩斯離開了幾分鐘又回來了。

他說：「我剛才打開了一扇窗戶。」

警長一聽樂了：「幸好你贊成破門而入，我以為你會反對。」警長看著他靈巧地打開窗鉤。「既然如此，福爾摩斯先生，看來我們只能不請而入了。」

我們都從窗戶爬了進去。很顯然，這正是梅拉斯先生描述過的地方。警長點著燈，藉著微弱的燈光，我們看到了梅拉斯提到過的門、窗簾、燈和日本鎧甲。桌子上放著兩個酒杯、一瓶白蘭地和未吃完的飯菜。

福爾摩斯突然說：「聽，有聲音。」

大家全靜下來傾聽，頭頂上似乎傳來一陣輕微的呻吟聲。等我們辨別出聲音是由樓上傳來時，福爾摩斯已衝上了樓，跑在最前面。我和警長也急忙跑上去，邁克羅夫特跟在我們身後。

樓上迎面並排著三個門，聲音從中間的門裡傳出來，有時是低低的呻吟，有時是大聲叫喊。

門被鎖上了，不過鑰匙插在鎖裡。福爾摩斯馬上打開門衝進去，但很快又雙手按著喉嚨退了出來，

福爾摩斯大聲說：「裡面有毒氣，正在燒炭，等一會兒再進去。」

我們向裡面望去，只見房間裡有一個小銅鼎，正冒著藍色火焰，房間裡

瀰漫著毒灰似的煙霧。我們隱約看見好像有兩個人正躲在牆腳。門一打開，一股難聞的毒氣衝了出來，使我們呼吸困難，咳嗽不停。福爾摩斯跑到樓頂呼吸了一下新鮮空氣，然後快速跑進屋裡打開了窗戶，將那個銅鼎扔了出去。

接著他又很快跑出來，喘著粗氣大聲說：「再等一會兒才能進去。蠟燭無法用了吧？屋子裡幾乎沒有空氣了，火柴肯定劃不著。邁克羅夫特，你拿著燈站在門口，我們進去救人！」

我們衝到那兩個人跟前，拼命把他們拉到了有燈的前廳。他們已毫無知覺，嘴唇變成了青紫色，臉部由於充血而腫脹，完全變了樣。如果不是那黑色鬍子和肥胖的身材，我們幾乎認不出那就是可憐的希臘語譯員，就是幾小時前還與我們一起待在第歐根尼俱樂部的那位。他的四肢被捆得很牢，一隻眼睛上留下了遭人暴打的痕跡。

另一個人的手腳也被綁著。他個子很高，卻很瘦弱，臉上貼著奇怪的藥用膠布。我們將他放到地上時，發現他已經停止呼吸了。我心裡清楚，急救已經於事無補了。不過，幸好梅拉斯還沒死，我們給他灌了白蘭地和阿摩尼亞，一小時後，他慢慢地睜開了雙眼。我高興極了，總算救活了他。

梅拉斯簡單地敘說了事情的經過，與我們的推測完全相同。拜訪他的人一進房間便從袖子裡取出一支短棒，並且威脅說如果敢反抗就立即幹掉他，梅拉斯只好束手就擒。

確實，這位精通數國語言的文人哪裡是這惡棍的對手，何況他早已被嚇得魂飛魄散，一句話也說不出來。他很快被押到貝克納姆，第二次充當他們的翻譯。

這次的談話比上一次更富戲劇性。那兩個歹徒先說，如果希臘人不同意簽字，他們就馬上殺了他，後來看到他始終不屈服，便只好又把他關了起來。

後來，他們開始責罵梅拉斯，說他在報紙上登了廣告，背叛了他們，然後一棒子將他打昏了。梅拉斯一直昏迷著，直到我們救起他。

這就是那件關於希臘語譯員的離奇案件。此案至今仍有一些問題沒有答案，我們也只能是從那位回應廣告的紳士那裡得知了大致情況。那位女孩出生在希臘的一個富有家庭，來英國拜訪朋友時遇到了那個哈樂德・拉蒂默。這個人誘惑了她，並且說服她一起私奔。她的朋友得知此事，急忙通知了她在雅典的哥哥，以便擺脫責任。她的哥哥剛趕到英國便被拉蒂默與同夥威爾遜・卡普抓住，卡普是個惡名昭彰的傢伙。他們發現他不懂英語，又人生地不熟，便將其關了起來，用飢餓與暴打威逼他在一份文件上簽字，以便獲得他妹妹的財產。那位女孩不知曉此事，而且為了使女孩認不出哥哥，他們還把很多奇怪的藥用膠布貼在他的臉上。然而，畢竟女孩敏銳心細，希臘語譯員第一次做翻譯當天，女孩一下就認出了自己的哥哥，識破了他們的騙局。

不過，從此可憐的女孩自己也失去了自由。這個院子裡僅有馬車夫夫婦二人，而他們也是歹徒的同夥。兩個歹徒知道女孩識破了騙局，而他哥哥又始終不屈服，只好帶著女孩逃走了，反正住宅和家具都是他們租來的。逃走之前，他們報復了反抗他們和出賣他們的人。

幾個月後，我們收到了從布達佩斯報上剪下的新聞，說是有兩個英國人攜一外國女子旅遊，途中發生意外，兩個男人都被刺死。匈牙利警方認為他們是為爭奪女子而自相殘殺致死，但是福爾摩斯不認同這種說法。到現在他還認為，只有找到了那位希臘女子，才能知道她是怎樣復仇的。

失蹤的海軍協定

那是我剛結婚不久的一個七月，至今令人難忘。我很榮幸地與福爾摩斯一起破獲了三件大案，並進一步研究他獨特的偵破方法。在我的記錄中，這三起大案分別是《第二塊血跡》、《失蹤的海軍協定》、《疲倦的船長》。

其中第一起大案堪稱舉足輕重，涉及到了王國中的許多權勢之人，因此多年未能公開。但是，我認為，在福爾摩斯破獲的所有案件中，該案件最能顯示他的偵破功力和水準，也必將給世人留下最深的印象。

我至今仍保留著那份現場的談話記錄。這是福爾摩斯向巴黎警方的杜布克先生以及格坦斯克的著名刑偵專家弗里茲・馮沃爾鮑講述案件真相的談話。此二人在該案中花費了不少精力，但最終都是因小失大，無功而返。然而，該案恐怕只能等到下個世紀才可能方便公開呈現。在此，我只能將所記錄的第二個案子發表，該案曾經關係到國家重大利益，其中一些情節更是格外特別，令人關注。

學生時代，我曾經與珀西・費普斯交往頻繁。我們倆同歲，他卻比我高兩級。珀西才華橫溢，幾乎獲得過學校設立的全部獎項。由於成績突出，他畢業時獲得了獎學金，由此得以進入劍橋大學繼續學習。

在我印象中，他家有不少權貴親戚。當我們還是孩子時，就知道他舅舅是一位有名的保守黨政客，我們稱他為霍爾德赫斯特勳爵。雖然親戚地位顯赫，但他在學校裡並未因此與眾不同。相反，我們還經常在運動場上戲弄他，用玩具鐵環撞他，以此為樂。

不過，當大家都長大成人，步入社會之後，情況就大相徑庭了。我聽說他憑藉著卓越才華與貴戚，在外交部找到了一份好工作，再之後，我就漸漸將他淡忘了。直到有一天我收到一封信，這才又想起他。信的內容如下：

親愛的華生：

我敢肯定，你還記得「蝌蚪」費普斯，那時我比你高兩級。或許你已聽說，我憑藉舅舅的權勢，在外交部找到了一份好差事，頗受人的信賴與尊敬。但是，一場可怕的災禍斷送了我的前程。

在這裡我沒必要給你講這件可怕的事，如果你能答應我的請求，我將親口告訴你一切。這幾個星期以來我一直神經錯亂，現在總算恢復了一點，卻仍然很虛弱。你是否能與福爾摩斯一起來看我？雖然警方告訴我他們已經無能為力，但我認為福爾摩斯一定有辦法。我在恐懼之中惶惶不可終日，望你能盡快邀他前來。請你一定向他解釋，我沒有及時請他幫忙，並非不尊重他的才能，而是由於災難降臨時我神志不清。現在，我的大腦雖然已經恢復正常，但我怕它再次復發，所以不敢多想。現今我仍然很虛弱，只能由別人代筆寫這封信。請一定和福爾摩斯一起來。

你的老校友

珀西・費普斯

讀完此信我很受震動，他多次提到福爾摩斯，言辭懇切，實在值得同情。大受感動之餘，我決心無論困難多大，也一定要盡力幫幫他。我深知福爾摩斯嗜案如命，況且只要委託人信任他，他總是樂意傾力相助的。我妻子也贊成我的看法，建議盡快告訴福爾摩斯。於是匆忙吃過早飯，我又回到了貝克街的舊家。

我的朋友穿著睡衣，正坐在靠牆的桌子邊專心地做著化學實驗。本生燈的藍色火焰上架著一個曲形大蒸餾瓶，瓶裡的水劇烈地沸騰著，蒸餾水正緩緩地滴入一個容量為兩升的容器裡。我進來時他沒抬頭，想必正在做一個重要的實驗。於是我便坐在扶手椅上一邊旁觀一邊等他。他仔細地觀察每個瓶子，然後用玻璃吸管分別從每個瓶子裡吸出一點液體，接著又取出一試管液體放在桌子上，同時右手拿起一張酸鹼試紙。

「你來得正好，華生，一起看看。要是這張紙還是藍色，那就一切正常；要是它呈現了紅色，那這溶液就可以殺死人。」

他將試紙浸入溶液，試紙立即呈現暗紅色。他大聲喊：「果然是這樣，華生，我很快就有時間了，那邊波斯拖鞋上有菸葉，自己拿。」

他走到書桌旁，迅速寫了幾封電報，將它們交給小聽差，才一屁股在我對面的椅子上坐下來，雙膝彎曲，雙手緊抱著兩腿。

「這僅是件一般的謀殺案，」他說。「我想，你是給我帶來有趣的案子吧，華生？否則你不會回來。講吧，什麼事？」

我將那封信遞給他，他認真地讀了一遍。

然後，他將信遞給我問：「他沒有向我們說清楚情況，是嗎？」

我回答：「是的，他幾乎什麼都沒說。」

「只是筆跡值得研究。」

「這不是他的筆跡。」

「的確，這是一個女人寫的。」

我大聲說：「不會的，一定是男人的筆跡。」

「不，確實是女人寫的，而且這位婦女的性格很特別。你看，有一點很重要，從調查一開始我們就知道，你的委託人與另一個人關係很密切，而這個人無論怎麼看，性格都不一般。這案子還真勾起了我的興趣，如果你願意，我們現在就動身去拜訪那位不幸的外交官，還有為他代筆的那位女士。」

我們來得正好，趕上了滑鐵盧車站的首班車。一小時後，我們已經來到了沃金的冷杉和石楠樹林中。從車站步行，僅用幾分鐘就到了布里爾布雷大宅裡。它孤零零地坐落在一片寬闊的土地上。我們送上名片，被帶到了一間很別緻的客廳。幾分鐘後，一個很健壯的人熱情地接待了我們。他四十歲上下，面色紅潤，目光中透著興奮，卻總給人一種幼稚的頑童形象。

他與我們握了手，然後說：「很高興你們能來。整個早晨珀西都在盼著你們。唉，他現在是不會放過任何一根救命稻草！是他的父母派我來迎候你們的，因為他們一提到這件事都會痛苦萬分。」

福爾摩斯說：「我們還不瞭解他的情況，而且我認為你也不是他的家人。」

那個人十分驚訝，他低了一下頭，然後放聲大笑。

「你是看到我項鍊墜上的字母『JH』了吧，我還以為你有其他高招。我叫約瑟夫・哈里森，珀西很快就要和我妹妹結為夫妻了，因此我也算他的一個姻親吧！我妹妹安妮一定在珀西房中呢，這兩個月以來，她不知疲倦地照料著珀西。我們現在就進去吧，你們不清楚珀西是多麼急於見你們。」

珀西的房間與客廳在同一層樓，布置得很雅致，到處都擺著芳香的鮮花，既像臥室，又像客廳。沙發上躺著一個面如土色、十分虛弱的年輕人。沙發在窗戶旁邊，沁人心脾的花香和著新鮮的空氣從窗外飄進來。一個女子坐在年輕人身邊，見我們進來，趕忙站了起來。

她問：「我有必要迴避嗎，珀西？」

珀西拉住了她的手，不讓她走。

珀西熱情地說：「你好，親愛的華生！你留了短鬚，我幾乎認不出你了，我肯定，你也認不出我了。至於這位，我想，一定是你那名揚四海的偵探朋友夏洛克・福爾摩斯吧？」

我做了簡單的介紹，然後我們一起坐下。那個接我們的人出去了，而他妹妹應病人的要求留了下來。

她很討人喜歡，只是身材有點矮胖，顯得不很勻稱，但她的橄欖色面龐非常漂亮，眼睛烏黑，頭髮黑亮，像義大利人。在她美麗面容的襯托下，蒼白的珀西顯得更加憔悴。

珀西撐起身子，接著說：「我不願意浪費你們的時間，所以就直截了當地談這件事吧！我原來是一個幸福且小有成就的人，福爾摩斯先生，我快要結婚了。但是一件出人意料的禍事卻斷送了我的前程。」

「華生或許告訴你了，我現在在外交部工作，由於我舅舅霍爾德赫斯特勳爵的緣故，我即將被升職。我舅舅是本屆政府的外交大臣，他經常把一些重要的事情交付給我，而我也總能出色地完成。總之，我贏得了他對我才能的認可。

「十個星期前的一天，確切來講是五月二十三日，他叫我去他的私人辦公室，首先稱讚了我的工作能力，接著對我說，他有一件新的重要事情要我去做。

「他從辦公桌裡拿出一個灰色紙卷，然後對我說：『這是英國和義大利簽定的秘密協定的原件，但事情有些麻煩，報紙已經透露了一些細節，重要的是，絕對不能再透露任何消息。法國與俄國大使館正在竭盡全力獲取這份文件的內容。如果不是確實需要一個副本，我是絕對不會取出它的。你辦公室有保險箱嗎？』

「『有，先生。』

「『把文件拿去鎖在保險箱裡吧！但我要提醒你：最好等到下班以後，你留下來認真抄一份副本給我，千萬不能讓別人看到。抄完後，你再把原件與副本一起鎖進保險箱，明天一早務必親自交給我。』

「我拿上原件，就……」

福爾摩斯突然說：「對不起，打擾一下，你們說話時，還有別人在場嗎？」

「沒有。」

「房間大嗎？」

「大約三十英尺。」

「你們是站在房間中央嗎？」

「是的，幾乎在中央。」

「談話的聲音大嗎？」

「不大，我舅舅說話一向聲音很低，而我幾乎沒開口。」

福爾摩斯閉上雙眼，又說：「你請繼續。」

「我完全照他的話去做了。下班以後，只有查理斯．戈羅特因一點公事沒做完待在辦公室，於是我就先去吃飯，希望回來時他已離開辦公室。吃完飯，他果然已離開了。我急忙去做我該做的事，因為我知道約瑟夫——就是剛才接待你們的哈里森先生——也在本城，要搭十一點鐘的火車去沃金，我也想趕這趟車。

「我一看這份協議，發現果然非同小可，舅舅說得一點不誇張。無須細看，我已經基本知曉它的內容。它確定大不列顛王國對三國同盟的立場，預定一旦法國海軍對義大利海軍在地中海完全佔優勢時，英國海軍將採取的措施。總之，協定內容是關於海軍方面的。協定最後是雙方高級官員的簽字，我簡單瀏覽了一遍後急忙開始抄寫。

「這份文件很長，是用法文寫的，總共有二十六項條款。我雖然刻意加快了速度，但直到晚上九點，我才抄了九條。如此看來，趕十一點的火車無望了。工作了一整天，晚飯又沒吃好，此時我的頭腦已很不清醒，直打瞌睡，於是就想喝杯咖啡提提神。樓下有門房，一個守門人整夜都會待在那裡，為值夜班的人用酒精燈煮咖啡。我按鈴叫了他。

「使我吃驚的是，進來的竟然是一個十分高大粗俗的老婦人。她繫著一條圍裙，說是守門人的妻子，在這裡做雜役。我就吩咐她去煮咖啡。

「我又抄了兩條，腦袋更加脹痛，只好站起來在屋裡來回走動，活動一下雙腿。但是咖啡還沒送進來，我想知道為什麼，便沿著走廊向門房走去。從我辦公室出來是一條很直的走廊，裡面燈光很暗。走廊的一頭是我辦公室的唯一出口，另一頭則是曲折的樓梯，門房就在樓梯下的走廊旁。樓梯中間有個平台，平台可以通向另一條走廊，呈丁字形。另一條走廊的盡頭也有一段樓梯，該樓梯通向旁門，專供僕人們出入，也是去查理斯街的捷徑。辦公室的地形大致如此。」

福爾摩斯說：「謝謝你，我已經聽明白你所講的事了。」

「請注意，下面是最緊要的時候了。我走下樓梯，守門人在門房中睡得正香，酒精燈上的咖啡劇烈沸騰著，還溢到了地板上一些。我取下壺，熄滅酒精燈，正要叫醒他。突然，他頭頂上的鈴聲大作，他一下醒來了。

「他迷迷糊糊地看著我說：『費普斯先生！』

「『我來取咖啡的。』

「他看了看我，又望了望仍然響著的電鈴，說道：『我正在煮，可不知怎麼睡著了。』說完，他忽然更加驚訝。

「他問：『先生，既然您在這裡，是誰在按鈴呢？』

「我大驚道：『按鈴？按什麼鈴？』

「『這鈴是在您的辦公室裡按的。』

「我的心立即揪了起來。這麼說，我辦公室一定還有人，而我那份重要文件就放在桌子上。福爾摩斯先生，你能想到，當時我像發瘋一樣衝上樓梯，跑向走廊，可是走廊裡並沒有人，屋裡也沒人。一切都和原來一樣，只是我剛剛抄的那份原件不見了，桌上僅剩下抄到一半的副本。」

福爾摩斯筆直地坐在那裡，雙手不停地搓著，看來這案子引起了他極大的興趣。

他低聲問：「請原諒，那時你做了什麼？」

「我馬上想到，那賊一定是從旁邊進來的，因為如果他從正門進來，一定會遇到我。」

「你確定他沒有在屋裡或走廊裡藏著？你說過走廊十分昏暗。」

「這不可能，因為，不管是室內還是走廊裡，都沒有可以藏身的地方。」

「謝謝，請繼續。」

「守門人看見我慌張失措，意識到發生了什麼，趕忙跟著我上來了。後來，我們二人順著走廊跑向與查理斯街相通的樓梯，樓下旁門關著卻沒上鎖。我們立即推開門衝出去。我記得十分清楚，當時鐘正好敲了三下，是九點四十五分。」

福爾摩斯在襯衫袖口上寫了些東西，然後說：「這是很重要的線索。」

「那天夜裡下著小雨，天色很暗，查理斯街上空無一人，但大街盡頭的白廳路卻人頭攢動，好不熱鬧。我們連帽子也沒來得及戴，一起順著小路跑，結果在右邊的拐彎處遇到了一個警察。

「我喘著粗氣說：『發生了盜竊案，有人偷走了外交部的一份重要文件，你看到什麼人路過這裡嗎？』

「『我在這裡僅站了十五分鐘，先生。這段時間只有一個老婦人經過，她個子很高，披著佩茲利花頭巾。』

「守門人大聲說：『那是我妻子，還有別人嗎？』

「『沒有。』

「守門人拉著我的袖子說：『這樣說來，小偷一定是從左邊拐彎處逃跑了。』

「但是我並沒有相信他，他試圖將我引開的舉動卻加深我對他的懷疑。

「『那個女人從哪裡走了？』

「『我不知道，先生。我只看見她急急忙忙地從這裡走過去，但沒太在意她。』

「『她走了多久？』

「『啊，不是很久。』

「『有五分鐘嗎？』

「『不到五分鐘。』

「『現在時間很寶貴，但是先生，你在浪費時間！』守門人大聲說道，『請相信我，這件事與她沒有關係，快到街對面找找吧！你不去，我去！』說完，他跑向左邊。

「我馬上追過去，拉住他問道：

「『你家在哪裡？』

「『布里克斯頓的艾維巷十六號，』他回答道，『不過，您不要被假象迷惑，費普斯先生，我們最好到這條街的左邊去找找，看是否可以找到點線索。』

「我一想，或許他說得也有道理，於是我們三人又匆忙跑到對面，可是街上的人都忙著趕路，每個人都想趕快回家避雨，沒有誰肯停下來跟我們搭腔。

「我們只好又回到外交部，搜查了樓梯和走廊，但一無所獲。在通向辦公室的走廊上鋪著一種漆布，顏色很淺，有腳印就會被發現，我們認真地檢查了幾遍，卻沒有發現任何腳印。』」

「那天晚上一直下雨嗎？」

「是的。」

「那個女人大約九點進入辦公室，她的鞋應該帶泥，怎麼會沒有腳印？」

「我很高興您也考慮到了這一點。這個女雜役工有個習慣，在樓下進門時要脫鞋，然後換上布拖鞋。」

「知道了。這就是說，那天晚上雖然下了雨，但卻沒有腳印留下，是嗎？這是很重要的資訊。後來你們又做了什麼？」

「我們又檢查了一遍房間。這房間沒有暗門，窗戶離地大約三十英尺。兩扇窗戶都從裡面插了插銷。地板上鋪著地毯，不會有地道，天花板是用普通的白灰漆的。我敢拿性命擔保，無論誰偷走了文件，也只能從房門出去。」

「壁爐呢？」

「沒有壁爐，只有一個火爐。我的辦公桌右邊是電鈴，誰想按鈴都必須走過去。但是竊賊為什麼要按鈴呢？這個問題很難解釋。」

「是很奇怪。接下來你們做了什麼？我想，你們搜查了屋子，難道沒有找到任何竊賊留下的痕跡，像菸頭、手套、髮夾等小東西嗎？」

「沒有。」

「沒有聞到什麼特殊氣味嗎？」

「哦，這我們倒沒注意。」

「在案件調查中，即使很淡的菸草氣味對我們也是有用的。」

「我從來不吸菸，所以如果當時房間裡有菸草味，我一定能聞出來。的確沒有一點菸草味。唯一的線索就是守門人的妻子坦蓋爾太太，她選擇那個時間慌慌張張跑出去，就連守門人自己都無法做出解釋。他只是說他妻子通常都在這時候回家。我和警察都認為，如果確實是那女人偷走了文件，那麼最好在文件轉手前逮捕她。

「這時，蘇格蘭場接到了我們的報案，偵探伍波斯先生馬上趕到了，並當即投入到偵破中。我們僱了一輛雙輪馬車，半小時後就到了守門人的家。坦蓋爾太太的大女兒替我們開的門。她說她母親還未到家，讓我們在客廳等一會兒。

「過了十分鐘，有人敲門，當時我們做錯了一件事，就是沒有親自開門。這只能怪我們自己。女孩開門時說：『媽媽，客廳有兩個人，他們想見你。』接著我們聽見一陣慌亂的腳步聲在過道響起。伍波斯一把拉開門，我們跑向後屋，可是那女人已先於我們進去了。她用敵意的目光看著我們，但認出是我時，又露出了驚異的表情。

「『您是費普斯先生吧？』

「我的同伴問她：『喂！你把我們當成什麼人了？為什麼要跑？』

「她說：『我以為是和我們有糾紛的舊貨商。』

「『這藉口不夠好。』伍波斯說，『我們有證據證明你是偷走外交部文件的人，你急忙跑進來是想處理掉它，你必須跟我們回一趟蘇格蘭警場。』

「她抗議了半天，但還是被帶走了。我們僱了一輛四輪馬車，三個人都坐在裡面。臨走以前，我們認真檢查了那個後屋，尤其是裡面的灶火，想知道她是否將文件燒了。然而，我們沒有發現紙灰。一到蘇格蘭警場，我們就馬上把她交給女搜查員。我們很著急，等了好久才得到女搜查員的報告，但報告卻說一無所獲。

「至此，我才徹底意識到自己的處境有多可怕。之前只顧找文件了，沒來得及考慮這一點。起初我總認為能找到那份協定，所以根本沒有想到什麼後果。但現在一看搜察工作毫無結果，這才擔心起自己的處境來。後果實在很嚴重。華生或許跟你說過，我上學的時候就特別敏感、膽小，這就是我的性格。一想到舅舅還有那些內容中被提到的官員，想到我給他們帶來的羞恥，以及給親友們帶來的羞恥，我簡直無法承受。而且我個人的命運倒也無所謂，重要的是這給國家帶來的損失與恥辱。我被可恥地毀掉了。之後我不清楚自己幹了什麼，只覺得迷迷糊糊有好多人圍著我，安慰我。我想我是出盡了風頭。有一位同事陪我去了滑鐵盧，然後把我送上了回家的火車。我相信，如果不是當時巧遇了我的鄰居費里爾醫生，同事肯定會送我回家。那位醫生十分細心地照料著我，也多虧了他的照顧，因為我在車站就昏倒了一次。總之到家時，我已經完全成了胡言亂語的瘋子。

「你可以想像，當醫生按鈴叫醒我的家人，他們看見我的模樣時，可憐的母親與安妮傷心成什麼樣子。費里爾醫生將在車站聽偵探講的事告訴了我的家人。大家都清楚，看來我的病短期內很難治好了。於是約瑟夫搬出了他心愛的臥室，將它作為我的病房。福爾摩斯先生，我在這裡睡了九個星期，整日昏迷，腦神經完全錯亂。如果沒有安妮小姐精心照料和醫生的持續治療，我恐怕早已死了。白天是安妮小姐陪著我，晚上則另有一位護士來照料。因為我的病發作時，什麼事都做得出來。

「直到最近三天，我才慢慢甦醒，記憶力也漸漸恢復了，但卻更加心事重重。我醒來後做的第一件事，就是發一封電報給負責此案的伍波斯警官。他接到電報就趕來了，說明我昏迷以後的情況。他們雖然已竭盡全力，卻始終沒有發現一點線索。守門人和他的妻子也被反覆審查過數次，沒有跡象顯示他們與這個案子有關。後來，他們又將年輕的戈羅特作為疑犯，因為那天他待在辦公室的時間最長。他身上的確有兩個疑點：一是那天他走得最遲，二是他的法國名字。但是，實際上在他離開之前，我還沒有取出那份文件。另外，他的祖先是法國新教徒胡格諾派教徒。不過作為英國人，他的生活習性與情感取向都跟我們一樣。所以無論怎麼看都沒有確實證據懷疑他。案子就此擱置了。福爾摩斯先生，您是我最後的希望，如果您也使我失望，我的一切就全完了。」

由於談話時間過長，病人有些累了，便斜靠在墊子上。護士為他送來一杯鎮靜劑。福爾摩斯仰起頭，閉起雙眼，坐在那裡一動不動。別人也許會認為他是在養神，但我知道，他正在緊張地思考。

終於，他開口道：「講得很清楚了，因此我要問的問題不多。但是，有個最重要的問題一定要弄清楚，你抄寫這份文件的事有其他人知道嗎？」

「沒有。」

「比如說，連安妮小姐也不知道？」

「是的。在我接受命令和執行任務這段時間，根本沒有回來過。」

「你的親朋好友之中，沒有人恰巧去拜訪過你嗎？」

「沒有。」

「親朋好友之中，有人清楚怎麼去你辦公室嗎？」

「有，這個他們都知道。」

「如果你沒有把有關文件的事告訴過其他人，那麼這些詢問就毫無意義。」

「我對誰都未曾說過。」

「你對守門人瞭解嗎？」

「我只知道他是個老兵。」

「哪個部隊的？」

「據說是科爾特里斯警衛隊的。」

「謝謝你。相信我還能從伍波斯那裡知道更多的情況。警方很善於搜集資料，只是不善於運用它們而已。哦，玫瑰花真可愛！」

他繞過長沙發，走到窗前，用手扶起一支垂下的玫瑰花枝，欣賞起美麗的花朵來。這倒是他性格中不曾有過的一面，以往我從未見過他對大自然的草木感興趣。

他靠著百葉窗，說：「宗教是天下最需要邏輯推理的事，這種方法也許可以由推理學者們逐漸完善為一門精確的科學。我認為，根據推理法，我們對仁慈的上帝的最高信仰也許就彰顯在鮮花之中。因為別的東西：我們的本領、我們的欲望、我們的糧食，以及所有生活所需品，這一切都是為了生存。而鮮花就不同，它的香味與顏色都是對生命的點綴，而非生存的前提基礎。只有仁愛善美才能造就非凡的品格。所以我想說，人類在鮮花中寄託著無比美好的願望。」

珀西與他的護理人驚奇地望著高談闊論的福爾摩斯，面面相覷，顯出失望的表情。福爾摩斯卻依然手執玫瑰，沉思不已。幾分鐘後，那位女子打破了沉默。

她用生硬的口氣問：「福爾摩斯先生，看樣子您認為沒有希望解開謎團了？」

福爾摩斯愣了一下，慢慢回過神來，答道：「啊，的確是謎團！如果不承認這個案子的複雜性是不明智的。不過，我向你們保證，我一定會認真調查這件事，並且一有消息會馬上通報你們。」

「您有線索了？」

「你已經為我提供了七條線索，但我必須先檢查一遍，才可以確定。」

「您懷疑是誰？」

「沒有，我只懷疑自己。」

「什麼？」

「懷疑我的結論下得過快了。」

「那就請盡快回倫敦證實您的結論吧！」

福爾摩斯站起來，說：「哈里森小姐，您的建議非常好。我想，華生，我們也差不多了。費普斯先生，你也不要抱太大希望，這件事委實不是一般的棘手。」

費普斯叫道：「我急切盼望著再次見到您。」

「好的，雖然我不一定能為你們帶來好消息，但明天同一時間肯定會再來看你。」

我們的委託人大聲說：「願上帝保佑您能成功！我知道您有辦法，這給了我生存的力量。順便提一句，我收到霍爾德赫斯特勳爵的一封信。」

「啊！他在信中怎麼說？」

「他的態度冷淡，但不是很嚴厲。相信是因為我有病在身，所以才沒有責備我。他多次提到事關絕密，又說只有我恢復了健康，才有可能挽救我的過錯。至於我的前程，恐怕無法挽回，也就說被革職是不可避免的了。」

「嗯，也算考慮周全，合情合理了。走吧，華生，我們還有一整天的工作要忙！」

約瑟夫・哈里森先生用馬車送我們到火車站，我們很快坐上了去樸資茅斯的火車。福爾摩斯一路始終沉默不語，持續地思考著。直到過了克拉彭樞紐站，他才開口：

「真是賞心悅目呀！我發現，任何一條去倫敦的鐵路都可以居高臨下地俯瞰到這些房子。」

車外的景色破落不堪，我以為他在開玩笑。他馬上解釋道：

「你瞧那些孤單的房子，它們坐落在青石之上，就像灰色海洋中的磚瓦小島一般。」

「這是住宿學校吧！」

「不，華生，那是燈塔！將來照耀航程的燈塔！每座燈塔——學校中都孕育著許多光明燦爛的小種子，未來的國家在他們手中想必會更文明、更富強。我猜，費普斯不會喝酒吧？」

「我也這樣想。」

「雖然這樣，我們還是應該把各種可能性都考慮在內。這個可憐的人已經處在水深火熱的境地中，是否能幫他擺脫困境，對我們也是考驗。你認為哈里森小姐怎麼樣？」

「好像有點性子。」

「不錯。但她人不算壞。她與她哥哥是諾森伯蘭附近一個鐵器製造商的孩子。去年冬天旅行時，她與費普斯訂了婚，她哥哥陪著她來到這裡與未婚夫家人見面。現在發生了這件不幸的事，她就只能留下來照料費普斯了。而約瑟夫・哈里森覺得這裡一切都很舒服，於是也留了下來。我已經做了簡單的調查。不過今天還得繼續。」

「我的診所業務……」我剛要開口。

福爾摩斯不高興地說：「啊，如果你認為你的診所業務比這案子更重要……」

「我只是想說，我要在今年生意最清淡的季節，將診所業務擱置幾天。」

福爾摩斯又高興了，大聲說：「那太好了，讓我們再一起研究一下吧！我認為我們應該首先拜訪一下伍波斯。他也許能告訴我們一些細節，然後，我就知道該從哪裡入手了。」

「你的意思是，你找到線索了？」

「是的，有了幾條線索，不過必須進一步偵查，才能驗證它的對錯。沒有犯罪動機的案子最難破，但這件案子並非沒有犯罪動機。什麼人能從中得到好處呢？法國大使還是俄國大使，可以將文件出賣給大使的人還是霍爾德赫斯特勳爵？」

「他？」

「是的，可以這樣認為。一個政治家出於某種政治目的，有時會不擇手段。」

「霍爾德赫斯特勳爵可是有光榮履歷的內閣大臣啊！」

「這只是一種可能，我們不能排除任何可能性。我們今天就去拜訪這位勳爵，看看他是否能為我們提供新線索。事實上，我們的調查工作已經展開了。」

「已經展開了？」

「對，我已經在沃金車站發電報給倫敦各家晚報，他們都將刊登這份啟事。」

福爾摩斯遞給我一張從日記本上撕下的紙條，上面是鉛筆字跡：

五月二十三日晚上九點四十五分，在查理斯街外交部門口或附近，有一位乘客從馬車上下來，有知情者請將馬車號通知貝克街221號B，賞金十鎊。

「你肯定那個人是坐馬車來的嗎？」

「即使不是也沒關係。如果費普斯沒有說錯，即辦公室和走廊裡確實沒有藏身之處，盜賊一定是從外面進來的。如果他在那個陰雨天從外面進來，幾分鐘後檢查時又沒有任何腳印，只能證明他是乘馬車來的。是的，我斷定他是乘馬車來的。」

「是有一定的道理。」

「這是其中一個線索，它可以讓我們得出一個結論。同時，鈴聲也是這個案子的關鍵點。他按鈴的目的是什麼呢？也許是故弄玄虛；也許是有人看見了賊，故意按的鈴，提醒主人；也許是無意中按了鈴；也許是……」

他又開始緊張的思考，我很瞭解他，他一定是突然想到新的可能性。

大約三點二十分，我們抵達了終點站。

在一個小餐館匆匆忙忙吃過午飯，我們直奔了蘇格蘭警場。因為我的朋友已經往那裡發了電報，所以伍波斯正在等我們。

伍波斯身材矮小，鼠頭鼠腦，態度一點也不友善。當他知道我們來此的目的後，態度就更加冷淡了。

他刻薄地說：「以前我多次聽說你的辦案方法，福爾摩斯，你喜歡利用警方收集的資料自己破案，然後讓警方丟人。」

福爾摩斯說：「實際正好相反，在過去我所破的五十三個案子中，只有四件署了我的名，而警方卻獲得了其餘案件的全部榮譽。我不怪你，因為你還年輕，經驗不足，也不瞭解情況。但是如果你想在工作上取得進步，就最好與我們合作，而不是抵觸。」

這位偵探馬上改變了態度，和氣了不少：「我很願意聽你的吩咐，先生，直到現在，我還確實沒有從辦案中得到榮譽。」

「你進行到了哪一步？」

「一直在監視守門人坦蓋爾，但他退休時名聲特別好，我們也沒發現嫌疑。不過他的妻子卻很糟糕，我認為她一定瞭解不少情況，難脫干係。」

「你監視她了嗎？」

「我們派了一個女警探監視她。坦蓋爾太太喜歡喝酒，女警探陪她喝了兩次，可是一無所獲。」

「據說有一些舊貨商去過她家？」

「沒錯，但是她已還清了欠他們的債。」

「哪裡來的錢？」

「守門人前不久剛領了年薪，但他們看起來並不是很有錢。」

「那天晚上，費普斯先生按鈴要咖啡，她上去了，這做何解釋？」

「她說，她的丈夫已經很累了，所以她代他上去。」

「哦，當時她丈夫正在門房睡覺，這也就與事實相符了。這樣說來，那個女人只是品行不好，沒有什麼其他罪證。那天她為什麼慌慌張張地離開了？連警察都看見她慌張的神情了。」

「她說那天她回家時已經很晚了，所以很著急。」

「你和費普斯先生比她晚去二十分鐘，卻先於她到家，她又做何解釋？」

「她說雙輪馬車比公共馬車快得多。」

「她為什麼回家後急忙去了後屋？」

「她說她的錢放在後屋，準備取錢付給舊貨商。」

「她回答了每個問題。那麼你是否問過她，離開那裡時在查理斯街上看見或遇到了什麼人沒有？」

「她只看到了一名警察。」

「好，你做得很好。除了這些，你還做了什麼？」

「這兩個月來，我們一直在監視戈羅特，但也沒有結果。我們沒發現他有什麼嫌疑。」

「還有嗎？」

「我們已無技可施了，因為什麼證據都沒有。」

「你想過沒有，電鈴是怎麼回事？」

「啊，我不得不承認，這個問題確實蹊蹺。無論是誰偷走了文件，他也真夠囂張的了，不但偷了東西，還發出警報。」

「沒錯，確實很蹊蹺。謝謝你，等我們抓住了這個人一定告訴你。華生，我們走吧！」

離開警察廳後我問：「現在去哪裡？」

「拜訪內閣重臣——霍爾德赫斯特勳爵，未來的英國總理。」

非常幸運，當我們到達唐寧街時，霍爾德赫斯特勳爵還在辦公室。福爾摩斯遞上名片，我們馬上被接見了。這位內閣大臣用舊式禮節接待了我們。我們分別坐在壁爐兩側豪華的安樂椅上，他則站在我們的中間。此人又瘦又高，臉上輪廓清晰，態度和藹，銀灰色的捲髮，顯得氣宇軒昂，具有典型的貴族風度。

他微笑著說：「福爾摩斯先生，您的大名早有耳聞。當然，你們來這裡的目的我很清楚，本部發生的事件一定引起了您的興趣。不過，我想知道，您的委託人是誰？」

我的朋友回答：「珀西・費普斯先生。」

「啊，是我那不幸的外甥！您知道我們有親戚關係，但是我也不能庇護他。這件意外的事對他的前程非常不利。」

「但是，如果找到文件呢？」

「那就是另一回事了。」

「霍爾德赫斯特勳爵，我想請教您一兩個問題。」

「請講。」

「你是在這裡將文件交給他的？」

「沒錯。」

「有沒有人能偷聽到你們的談話？」

「絕對沒有。」

「您是否曾經對其他人說過，要讓人抄寫這份文件？」

「沒有。」

「絕對沒有？」

「絕對沒有。」

「好的，既然你與費普斯都沒向別人提過此事，而且也沒有其他人知道此事，盜賊把文件偷走就是偶然發生的。他恰巧遇到這個機會，就順手牽羊了。」

內閣大臣笑了，說道：「我沒辦法回答你。」

福爾摩斯沉思了一會兒，接著問他道：「還有一個很重要的問題，我想和您商量一下。據我所知，您擔心文件一旦公開，就會導致嚴重後果。」

內閣大臣臉上立刻顯出憂慮的神情，說道：「當然會導致嚴重後果。」

「已經出現了嗎？」

「還沒有。」

「如果這份文件被法國人或俄國人拿到了，您會得知消息嗎？」

外交官稍有不悅地說：「會的。」

「如此說來，既然這麼長時間還沒有消息，那就可以斷定，由於某種原因，俄法外交部的人並沒有拿到這份協定。」

外交官點點頭，表示同意。

「我不敢相信，福爾摩斯先生，盜賊偷走這份文件僅僅是為了把它藏起來。」

「也許他正在等待時機，以便高價賣出。」

「再過一段時間，那份協定就毫無價值了。因為幾個月後，這秘密就要被公開了。」

「這一點很重要，」福爾摩斯說，「當然，我們可以假設盜賊突然生病了……」

內閣大臣掃了福爾摩斯一眼，然後說：「比如說他患了腦炎，神經失常了？」

福爾摩斯平靜地說：「我沒有其他意思。好吧，我想我們可以告辭了，很抱歉佔用您的時間。」

內閣大臣把我們送出來，對我們說：「祝您成功抓住盜賊，無論他是誰。」

走到白廳街時，我的朋友說：「他很出色，不過他不得不為了保住自己的官職而進行一番戰鬥。他不是很有錢，但開銷卻特別大。你也許也看到了，他的長統靴換過底了。華生，現在我不能再耽誤你的醫務工作了。除非我登的那個啟事有回音，否則今天沒什麼事可做了。不過，要是明天你能和我搭昨天我們搭過的那班車去沃金，我將十分感激。」

第二天早上，我們按時見面，一起搭火車去沃金。他說，登的啟事還沒有回音，案子因此也沒有新線索。他說話時臉呆板得像個印第安人，我根本無法判斷他是否滿意現在的進展。

我記得，他提到了貝蒂榮（貝蒂榮，生於1853年，死於1941年，法國資產階級偵察家，曾經提出「人身測定法」，即根據年齡，透過比較骨骼，結合攝影與指紋等方法來識別罪犯，被稱為「貝蒂榮測量法」——譯者注）測量法，並對這位這位學者非常欽佩。

我們的委託人仍由他的未婚妻悉心照料著，情況比之前好多了。看到我們進來，他竟輕而易舉地站了起來。

他急切地問：「找到線索了嗎？」

福爾摩斯說：「正如我所預料的，沒有好消息給你們。我去見了伍波斯，也拜訪了你舅舅，然後又調查了幾個可能有問題的線索。」

「這樣說來，你還有信心？」

「當然有！」

哈里森小姐說：「上帝保佑你！很高興聽您這麼說，只要我們有信心和耐心，什麼難題都會解決的。」

費普斯又坐在了沙發上，然後說：「你沒告訴我們多少，但我們有許多事要告訴你。」

「希望能有新情況。」

「的確是新情況。昨天晚上又發生了一件很嚴重的事。您是否知道，我現在已成了一個罪惡陰謀的核心，不僅我的名譽是他們的目標，現在連我的性命也成了他們的目標。」

福爾摩斯驚道：「啊？」

「這的確使人難以置信。因為據我所知，我在這個世界上沒有任何仇人。但是從昨天晚上的經歷來看，我只能相信是有人要故意加害於我。」

「請仔細講給我們聽一聽。」

「昨天晚上，我頭一次沒叫人在我房內照料。我自己一個人睡，感覺很好，認為已不再需要護理了。不過夜裡我還點著燈。

「大約凌晨兩點，我正昏昏欲睡。突然，一陣輕微的響動將我驚醒，好像是老鼠啃木板的聲音。我躺在床上靜靜聽了一會兒，還以為真是老鼠。但聲音越來越響，還伴隨有刺耳的金屬摩擦聲。我詫異地坐起來，終於聽明白了是怎麼回事。最初是有人用工具撬窗戶的聲音，後來是打開窗閂的聲音。

「接著安靜了大約十分鐘，來人好像在觀察我是否已經被剛才那聲音驚醒。接著就傳來了輕微的咯吱聲，窗戶被慢慢打開了。因為我的神經現在很脆弱，所以當時就忍耐不住了。我從床上跳下來，突然拉開百葉窗。有個人正蹲在窗戶旁，但轉眼間就沒了蹤影。他臉上蒙著一塊布，下半部分全被遮住，所以我沒能看清他是誰。我只記得他手裡拿著一把長刀。在他轉身逃跑的瞬間，刀光還一閃一閃的。」

福爾摩斯說：「這太重要了，請問後來怎麼樣？」

「如果我身體不那麼虛弱，一定會跳出去追他。但當時我只能按鈴將家人喚醒。這樣就耽擱了一段時間，因為鈴安在廚房，而僕人們都在樓上睡。

「不過，我的喊叫聲驚醒了約瑟夫，他把別人也叫醒了。約瑟夫和馬夫在房外的花圃上發現了腳印，但是由於最近天氣乾燥，他們追蹤到草地後就找不到腳印了。挨著路邊的木柵欄有個地方有些破損，他們說那個人好像是從那裡逃走的，翻過去的時候還碰斷欄杆尖。因為我想先聽聽您的看法，所以就沒有報警。」

費普斯的話對福爾摩斯而言，就像一劑強心針。他站起來，控制著內心的興奮，在屋子裡來回走著。

「真是禍不單行啊！」費普斯苦笑著說。這次意外顯然令他再一次受到了刺激。

我的朋友說：「確實很危險，你是否能陪我一起到院子裡走走？」

「當然可以。我也想曬曬太陽。約瑟夫，一起去吧！」

哈里森小姐說：「我也要去。」

我的朋友搖著頭說：「你最好不去。我想請你待在這裡。」

女孩失望地留下來了，她的哥哥則和我們一起走了出來。

我們穿過草坪走到費普斯的窗子外面。正如他說，花圃上的確有腳印，但是已經很模糊了，難以辨認。福爾摩斯彎腰看了一會兒，然後聳聳肩站起來。

他說：「我看從這些痕跡上找不出有用的東西，去其他地方看看吧，看看盜賊為什麼選中你的房間。我認為，客廳與餐廳都是大窗戶，照理說更有吸引力。」

約瑟夫說：「但是那些窗戶在大路上可以看得很清楚。」

「沒錯。可是這裡有門，他可以從這裡進出。這扇門是做什麼用的？」

「供商販進出的，不過晚上都鎖著。」

「以前遇到過這樣的事情嗎？」

我們的委託人說：「沒有。」

「你房間裡有什麼吸引盜賊的珍貴東西嗎？」

「沒什麼珍貴的東西。」

福爾摩斯雙手插在口袋，以一種從來沒有過的粗心大意的神情，在屋子裡來回走著。

「對了，」福爾摩斯對約瑟夫說，「剛才你說有人是翻過柵欄逃跑的，讓我們去看看那個地方。」

約瑟夫把我們帶到那裡，有一根木欄杆尖斷損了，一小段木片還在上面垂著。福爾摩斯把它折下來，仔細地查看著。

「這好像不是昨天晚上折斷的，它的痕跡看起來有些陳舊了，你看呢？」

「哦，也有可能。」

「而且這裡也沒有腳印。我想在這裡只是浪費時間，我們還是回去吧！」

珀西由他未婚妻的哥哥攙扶著，走得很慢。福爾摩斯則很快穿過草坪，來到了臥室的窗子前，把他們遠遠地甩在了後面。

「哈里森小姐，」福爾摩斯嚴肅地說：「你一定要整天待在這裡，無論發生什麼事也不能離開，這非常重要。」

女孩十分驚訝地說：「好的，先生。」

「晚上離開這裡去睡覺的時候，要從外面將門鎖上，自己帶著鑰匙。請答應我。」

「珀西呢？」

「我們將一起去倫敦。」

「我卻要留在這裡？」

「沒錯，這都是為了他。你這樣做將會幫他一個大忙。快點！你就答應了吧！」

她點點頭，表示答應了。這時，那兩個人正好走進來。

她哥哥大聲說：「你為什麼坐在這裡發愁，安妮？去曬曬太陽吧！」

「不，謝謝你的關心，約瑟夫，我的頭有點痛，屋裡比較涼爽，正合我意。」

珀西問：「您現在有何打算，福爾摩斯先生？」

「啊，我們不能為了這點小事放棄主要調查對象。如果你願意和我們一起去倫敦，就幫了我們的大忙。」

「現在就走嗎？」

「沒錯，越快越好，一小時之內就走，你覺得怎麼樣？」

「我感到身體已經很有力了，我真的能幫你嗎？」

「非常可能。」

「今天晚上你讓我住在倫敦嗎？」

「我是這麼想的。」

「那麼，那位深夜拜訪我的朋友就會落空了。福爾摩斯先生，我都聽你的安排，您有何需求，請儘管講。您看是否要叫約瑟夫一起走，以便他能照顧我？」

「啊，不用了。你知道，華生是位醫生，他會照料你的。如果你同意，我們在這裡吃過午飯後一起進城。」

他把一切都安排妥當了。哈里森小姐找了個藉口，仍然待在屋裡。我實在想不通福爾摩斯的葫蘆裡到底賣的什麼藥，難道他想使那個女孩與費普斯分開？

費普斯因為剛恢復了健康並希望參與我們的行動，所以顯得很高興。但是，就在我們一起吃過午飯後，又發生了一件更讓人驚奇的事——福爾摩斯和我們一起去了火車站，但在我和費普斯上車後，他卻說要留在沃金。

他說：「還有幾件小事需要我去辦。費普斯先生，你離開這裡，在某種程度上有利於我的工作。華生，你答應我，到達倫敦後，馬上和我們的朋友一起乘車趕回貝克街，直到我們再見面。好在你們是老同學，在一起一定有很多話可說。今天晚上，就讓費普斯先生在我的臥室睡吧！我明早坐八點的火車回去，正好能和你們一起吃早飯。」

費普斯失望地說：「那麼我們在倫敦要做的事怎麼辦？」

「那些事我們明天再做，我現在留下來更為重要。」

火車開動時，費普斯大聲說：「你回去後告訴他們，明天晚上我就回去。」

「我不一定能見到他們。」福爾摩斯答道。火車出站時，他使勁地向我們揮手說再見。

我們一路上都在議論這件事，但是誰也不能解釋他這麼做的原因。

「我想，他可能是要去找昨天夜裡盜竊案的線索。就我個人而言，我完全不信那是個一般的盜賊。」

「那麼，你認為是什麼呢？」

「老實說，雖然你可能會認為這是因為我的神經衰弱，但我確信，某種秘密的政治陰謀正在我周圍進行著，並且由於某種我想不到的原因，那些陰謀家要謀殺我。這聽起來好像很荒誕，但是想想實際情況吧，為什麼盜賊會選中無貴重物品的臥室？他的手裡為什麼又拿著長刀？」

「你肯定那不是撬棍嗎？」

「肯定，那確實是一把長刀，我清楚地看見了刀光。」

「可是他為什麼要殺害你呢？」

「啊，這就是問題的關鍵。」

「好，假如福爾摩斯也這麼想，那就可以解釋他行動的原因了。假設你的想法是對的，他能抓住那個想謀害你的人，那就向找到盜取文件的人這個目標前進了一大步。因為你絕不可能同時有兩個仇敵，一個想偷你的東西，另一個想要你的命，這絕對不可能。」

「但是福爾摩斯說他不一定要去布里爾布雷。」

我說：「我們相處已經有很長時間了，我知道他不會沒有充分理由就去做某件事。」

說到這裡，我們的話題轉向了別處。

一天的旅行使我筋疲力盡，費普斯也仍然很虛弱，昨晚的事使他更容易激動、緊張。於是我設法講了我在阿富汗、印度的軍營生活，還講了許多社會問題和趣事，以便逗他開心。但卻於事無補，他總是忘不了那份文件，不停地猜測著福爾摩斯去做什麼了，他舅舅正在做什麼，明早我們能得到什麼消息……深夜時，他因為緊張而變得異常痛苦。

「你很信任福爾摩斯嗎？」

「我親眼見他破了好多離奇案件。」

「可是還沒遇到過如此複雜重大的案件吧？」

「不太清楚，但是我知道他曾經為歐洲三家王室破過十分重要的案件。」

「你很瞭解他，華生。他的確很有本事，我實在琢磨不透他。你認為他能成功嗎？他對破這個案子有信心嗎？」

「他沒說什麼。」

「那就不是好兆頭。」

「正好相反。據我所知，當他沒有線索時總是會很誠實地說沒有。但當他找到了線索卻不能肯定時，往往就會話很少。親愛的朋友，別為這些還沒有發生的事煩惱了，對你沒好處。你應該先去睡覺，明天早上再想吧！」

我的同伴終於被我說服去睡覺了。但從他那種緊張的神情看來，他是不太可能安然入睡的。

的確，他的情緒也影響著我，我自己也翻來覆去睡不著，總是忍不住要想這件奇怪的事，甚至還做了許多推測，但沒有一個能成立。

福爾摩斯為什麼待在了沃金？為什麼讓哈里森小姐整天留在屋裡？為什麼他不讓布里爾布雷的人知道他沒離開？我不停地想著這些問題，不知不覺睡著了。

早上醒來已是七點，我下了床馬上就去找費普斯。他臉色蒼白，顯然一夜沒睡。他看見我就問福爾摩斯是否回來了。

我說：「他既然說了，就一定會按時回來。」

我的話馬上應驗了。剛到八點，一輛馬車停在門前，我的朋友跳下車來。我們隔窗看到了他。他左手裹著繃帶，臉色蒼白，進屋之後，在樓下稍作停留才走上樓來。

「情況看來不太好，他好像非常疲倦。」費普斯說。

我不得不承認他的說法：「看來線索還得在城裡找。」

費普斯嘆息了一聲，說道：「不知道發生了什麼事，本來抱著很大的希望等他回來。可是他的手昨天還好好的，這到底是怎麼回事？」

福爾摩斯走進來時，我忙問：「福爾摩斯，你受傷了？」

他向我們點頭問候早安，然後說：「沒什麼，不小心擦破了點皮，費普斯先生，你這件案子與我以往辦過的相比，確實棘手得多。」

「我怕你會力不從心。」

「算是一次難得的經驗教訓吧！」

我說：「你手上的繃帶說明你遇到了危險，能告訴我們到底發生了什麼嗎？」

「吃完早飯再說吧，親愛的華生，不要忘了我是從三十英里遠的地方趕回來的。哦，我的那份啟事還沒有回音吧？好了，我們不能指望每件事都那麼順利。」

餐桌已經擺好，我正準備按鈴，赫德森太太已經送來了茶水與咖啡。過了幾分鐘，她又送來三份早餐。我們圍桌而坐，福爾摩斯大口地吃起來，我好奇地看著他，費普斯則顯得很不高興，沒有一點精神。

福爾摩斯打開咖哩雞盤的蓋子說：「赫德森太太很會應急，雖然她只會做幾樣菜，但跟其他蘇格蘭女人一樣，早餐總能準備得很講究。華生，你的菜是什麼？」

我回答：「一份火腿雞蛋。」

「太好了！費普斯先生，你喜歡咖哩雞還是火腿雞蛋？喜歡什麼自己動手。」

費普斯說：「謝謝您，但我什麼也不想吃。」

「啊，請你還是隨便吃點吧！」

「謝謝，可是我確實吃不下。」

福爾摩斯調皮地眨眨眼，說：「嗯，我想你不會拒絕我的盛情吧！」

費普斯只好打開了他的那份。他剛掀起蓋子，就尖叫一聲，臉色一下子變得十分蒼白，坐在那裡死死地盯著盤子。原來，盤子裡放著一個藍灰色的紙卷。

他一把抓起來，兩眼放光地看了好久，然後一把將紙卷捂在胸前，高興得大聲叫喊起來。他手舞足蹈，然後栽倒在一張扶手椅中，由於過分激動而顯得疲憊不堪。

我只好灌了他一點白蘭地，以免他不支昏倒。

福爾摩斯拍了拍費普斯，安慰他說：「好了！好了！這樣突然將東西給你確實有些惡作劇，不過華生先生知道，我總是喜歡富有戲劇性的事情。」

費普斯抓起福爾摩斯的手不停地親吻起來。

他大聲說：「上帝保佑你，先生！你不僅挽救了我的名譽，也挽救了我的性命。」

福爾摩斯說：「是呀，你知道，這也關係到我的名譽。不過請你相信，我辦案失敗跟你文件丟失的痛苦是一樣的。」

費普斯將這份重要的協定小心翼翼地放入了上衣裡面的口袋。然後說：「雖然我不想打擾您吃飯，可是真的很急於知道您是怎麼拿到手的。」

我的朋友吃完早飯，又喝了一杯咖啡，這才站起來點上菸斗，輕鬆地坐在了椅子上。

「我先說說我做了什麼，又是怎麼做的吧！」他緩緩地說，「在車站送走你們以後，我就開始在街上漫步而行。先是經過了風景優美的薩里地區，然後來到一個名叫力布利的小村莊，並且在那裡的小餐館吃了晚飯。飯後我往水壺裡灌了水，又將一塊夾心麵包裝在了口袋裡，一切準備就緒，就等晚上出發。傍晚我回到沃金，大約黃昏時分趕到了布里爾布雷旁邊的公路。

「一直等到路上再無行人，我這才翻過柵欄，來到屋子後的宅地。」

費普斯忍不住插了一句：「那扇大門從來不關呀！」

「沒錯，不過我喜歡這樣做。我選取了三棵樅樹，在樅樹的隱蔽下我慢慢向屋子靠近。此時，屋裡的人不會看到我。我趴在臨近的灌木叢裡，從一棵樹下爬到另一棵樹下——這也是我褲子膝蓋破成這樣的原因，一直爬到你臥室前的杜鵑花旁邊。我在那裡蹲了下來，等著好戲上演。

「你屋裡的窗簾沒拉上，哈里森小姐正在屋裡看書。終於，她放下書，關牢窗子離開時，大約十一點十五分。

「我聽見她關上門，然後用鑰匙將門鎖上了。」

費普斯忙問：「什麼鑰匙？」

「哦，這是我事先安排的。我告訴哈里森小姐，去睡覺時要從外面將你那屋子的門鎖上，然後親自帶著鑰匙。她認真地完成我交代的各項任務。可以這麼說，如果沒有她的幫忙，你現在就不會看到那份協定了。她走後，燈也滅了，我仍然蹲在那裡。

「雖然星空燦爛，但守候實在讓人乏味。當然，心情十分激動，就像漁人在河邊等待魚群的感覺。等了很長時間，華生，就像查『冷酷無情的繼父』案時，我們在那間陰沉的屋裡待的時間一樣漫長。沃金教堂的鐘不斷地響過，我也曾經幾次擔心，是不是不會發生什麼了。可是在凌晨兩點，我終於聽到了門閂響動和鑰匙轉動的聲音，僕人們進出的門被打開了，約瑟夫出現在月光下。」

費普斯喊道：「約瑟夫？」

「他沒有戴帽子，身上披著件黑色斗篷，可能是為了應付突發情況，以便立即蒙上臉用的。他躡手躡腳地沿著牆壁走向窗子，將一把長刀插進窗縫，拉開窗閂，打開了窗戶。接著，他又將刀子插入百葉窗中，打開了百葉窗。

「我在那裡可以很清楚地看見他在室內的一舉一動。他先點著了壁爐上的兩支蠟燭，然後拉起靠近門一邊的地毯。過了一會兒，他俯身從地板上取下一塊小木板，那是供修理工接煤氣管道時用的。木板下是丁字形的煤氣管接口，有一條管專為廚房供煤氣，所以通向下面的廚房。約瑟夫從這裡拿出了一個紙卷，又將木板重新鋪好，拉平地毯，吹滅蠟燭。由於我站在那裡等著他，結果他正好撞在了我身上。

「啊，他比我所想的要凶惡得多。他拿刀撲向我，我馬上抓住了他，但在我佔優勢前，他的刀劃傷了我的指節。搏鬥結束了，他仍然殺氣騰騰地斜著一隻眼瞪著我。不過，最終他還是聽了我的勸說，交出了協定。我拿到協定後放他走了。早上我已發電報通知了伍波斯，他現在應該已經得知了詳細情況。如果他行動快的話，就能抓住想抓的那個人。不過據我猜測，當他趕到時，那個人可能已經逃跑了。當然，這也正合政府之意。我認為，霍爾德赫斯特勳爵與珀西都不願意將這件案子交給法庭。」

珀西低聲說：「上帝呀！真不敢相信，在這痛苦的三個多月中，這份協定竟一直與我在一起。」

「確實是這樣。」

「約瑟夫！約瑟夫是個無恥之徒！」

「我相信約瑟夫的內心遠比他外表所表現出來的更加惡毒，更加兇險。他告訴我，自己炒股賠了本錢，為了改變運氣，便什麼壞事都肯幹。作為一個如此自私自利的人，一旦遇到機會，他根本顧不得妹妹的幸福與妹夫的前程。」

珀西倒在椅子上，說道：「我都昏了頭了，你的話使我更加糊塗。」

福爾摩斯繼續說道：「這個案子最大的難題就是線索非常多，因而關鍵的線索反倒被各種假象遮擋。我們身邊總會有很多事實，但我們所應選擇的必須是最主要的部分，然後再按主次輕重將它們串聯起來，這才有可能重現事實的真相。」

「我最早懷疑約瑟夫的根據是，失竊的那晚，你曾準備與他一起坐火車回家。這就意味著，他有可能去找過你，加之他對外交部很熟悉，即使出現在那裡也不會被人懷疑。

「後來又聽說有人想闖入你的臥室，聯繫到你曾說過，出事當晚醫生送你回家時，是約瑟夫將他的房間讓出來給你，所以我認為他很可能是將什麼東西藏在了這屋裡。尤其是第一次沒有護士護理你的當夜就有人企圖闖入，正說明此人對你的情況非常瞭解。」

「我真是有眼無珠呀！」

「我推斷，案子的大致過程是這樣的：那晚，約瑟夫在查理斯街下了車，從旁門進入外交部——因為他路熟。恰巧在你去門房時，他直接進了辦公室，看到室內無人便按了電鈴。但就在按鈴的同時，他看見桌上的文件。

「第一感覺告訴他這是個好機會，輕而易舉地得到一份珍貴的國家檔案，真是千載難逢，於是他將文件放進口袋便慌忙離去。

「直到幾分鐘之後，你在門衛的提醒下才注意到鈴聲，而這段時間足夠他逃跑了。

「他搭第一班火車返回沃金，仔細查看了那份文件後，他相信那一定是份價值連城的東西，於是趕忙小心地將它藏在了臥室裡，打算等合適的時機取出來，交給法國大使館或其他願意高價購買的人。

「可是你卻突然被送回到家裡，令他措手不及，只好被迫搬出去。從那以後，屋裡一直至少有兩個人。這使他再也沒有機會拿到文件，差點急壞了。

「不過他最終還是等到了機會。那晚他試圖進入你的房間，可是你卻沒徹底睡著，結果破壞了他的計畫。你也許還記得，當晚你沒有喝往常天天喝的藥。」

「的確如此。」

「我認為，他一定在藥裡放了東西，因此他確認你睡熟了。

「當然，我清楚，無論如何，只要有機會他肯定會再次冒險。你進城令他非常高興。

「我之所以吩咐哈里森小姐在屋裡待了一天，就是不想給他機會取出文件。

「一方面，我讓他錯誤地認為不會有風險，另一方面，我卻在隨時關注著室內的情況。

「我早就想到，文件多半還在屋裡，但我不想親自找尋，要讓他自己拿出來。這樣我就避免了許多麻煩。

「還有什麼我沒說明白的嗎？」

我問：「那晚他完全可以經由門進去，可是他為什麼要撬窗戶呢？」

「從門裡進去，得經過七間臥室，而翻窗的話則只需要經過草坪。」

「你不認為他有謀殺的打算嗎？」費普斯問，「那把刀子足夠用作武器。」

福爾摩斯聳肩說：「有可能。而且我敢肯定地說，他就是一個偽君子，沒有什麼事是做不出來的。」

福爾摩斯之死

為了完整記載夏洛克·福爾摩斯這位天才偵探家的傑出事蹟，我懷著沉痛無比的心情寫下這最後一案。從最初偶然相識後的聯手第一案——《血字的研究》，到《失蹤的海軍協定》——該案由於他的參與，進而避免了一場重大的國際糾紛，一路記載下來，儘管頗為凌亂、淺顯，而且也不夠生動，但我卻始終在盡全力真實地、客觀地記錄著。

我原本計畫寫完《失蹤的海軍協定》即止，而對於那件給我的餘生帶來莫大悲傷和痛苦的案子則永遠不再觸及。但兩年過去了，這種傷痛不僅未減輕一絲，而且日前詹姆斯·莫里亞蒂上校發表了幾封替他已故兄長強詞辯護的信更是觸動了我。我想，除了站出來澄清事實真相以外，我別無選擇。因為我是唯一瞭解事情真相的人。既然時機已到，再保密已沒有任何意義。

據我瞭解，此事報紙曾三次報導，一次刊登於1891年5月6日的《日內瓦時報》，一次是1891年5月7日，刊登在英國各大報紙的路透社電訊，另一次就是剛才提到的，最近發表的那幾封信。前兩次只是簡單報導，而第三次則完全歪曲了事實。鑑於此，將莫里亞蒂教授與我的朋友福爾摩斯之間發生的事公諸於眾正是我的責任。

讀者或許已察覺得到，自從結婚並掛牌行醫以來，我與福爾摩斯的親密關係開始有些疏遠。雖然他在確實需要幫助時仍會來找我，但這種情況的確越來越少。

我發現，1890年我僅記錄了三件案子。也就是這年冬天和1891年的初春，我透過報紙瞭解到，福爾摩斯受僱於法國政府，前去辦理一件很重要的案子。我曾收到他的兩封信，一封來自納爾榜，一封由尼姆發出，因此我認為他一定會在法國待很長時間。然而，令人驚奇的是，1891年4月24日晚上，他又來到了我的診室，而且顯得更加蒼白、消瘦。

他看出了我的擔心，說道：「是的，我最近很疲勞，而且有些力不從心。關上百葉窗怎麼樣？」

桌子上放著供我閱讀用的燈，微弱的燈光照著整個屋子。福爾摩斯沿著牆壁走過去，將百葉窗關上，又插上窗閂。

我問：「你是在害怕什麼嗎？」

「是的，我很怕。」

「你怕什麼？」

「我怕被氣槍襲擊。」

「親愛的朋友，究竟怎麼回事？」

「你很瞭解我，華生，我不是懦弱之人。但如果你面臨危險，卻堅持不承認它的存在，就不是勇敢而是蠢笨了。給我一根火柴好嗎？」

他抽著菸，似乎平靜了一點。

「非常抱歉，這麼晚了還打擾你。」我的朋友說，「我想從你後花園的牆上翻出去，你能破例一次嗎？」

「到底發生了什麼事？」

他伸出手，我藉著燈光看見他的兩個指關節受傷了，正在滴血。

他笑著說：「看見了嗎？不是我杞人憂天，危險確實存在。尊夫人在家嗎？」

「她去朋友那裡了。」

「就你一個人？」

「是的。」

「我想讓你幫我個忙，和我一起去歐洲大陸來個為期一週的旅行，怎麼樣？」

「去什麼地方？」

「啊，什麼地方都行，我不在乎。」

這令人奇怪萬分。他沒有目的從不度假，況且他那蒼白消瘦的面孔顯示，他的神經已經緊張到相當程度。他從我的表情看出了我的疑惑，於是又像過去一樣，將兩手相握，胳膊支在膝蓋上，開始向我詳述起來。

「你聽說過莫里亞蒂教授嗎？」他問。

「沒有。」

福爾摩斯說：「真是奇蹟呀！他在倫敦到處都有勢力，但卻誰也不知道他。這使得他的犯罪行為達到了窮凶極惡的程度。我認真地告訴你，華生，如果我可以戰勝他，如果我可以為百姓除去這個惡魔，我的事業也將達到最高峰。此後，我準備悠閒地安度餘生。有件事你一定要保密，最近我為斯堪地那維亞皇室和法蘭西共和國破的那幾起案件，使我可以有條件過上我喜愛的寧靜生活了，並且從此能專心地研究我熱愛的化學實驗。但是，華生，我一想到倫敦還有莫里亞蒂教授這樣的壞人在為非作歹，就完全無法安心，更不要說去過我的清靜日子了。」

「那麼，他做過什麼壞事？」

「他的履歷很不一般。他出身世家，受過良好的教育，是個數學天才。二十一歲時，他曾就二項式定理寫了篇論文，並因此名揚歐洲。憑著那篇論文，他在一所學院取得教授職位，前途一片光明。但是他卻繼承了祖輩們的某些惡劣品性，那罪惡的血源在他身上不但沒有減輕，反而由於他的絕頂聰明而演繹得更加登峰造極了。種種惡劣行跡使得他在大學裡臭名昭著，以致最終只好被迫辭職。辭職後他來到倫敦，當上了軍事教練。人們只知道他這些情況，而我透過一番調查，又獲得了許多新情況。

「你瞭解，華生，對於倫敦的高層次犯罪行動，我是最清楚的。近幾年來，我始終感覺像是有一股背後的勢力在操縱著許多犯罪。他們陰險凶殘，根基很深，甚至強勢到可以包庇罪犯，干擾法律。我辦過的許多案子，諸如偽造案、搶劫案、凶殺案，從中都能感到這股強大勢力的存在。我運用推理方法發現了這股勢力在一些未被破獲的案子中的存在。雖然並沒有誰邀請我去辦案，但這麼多年來我始終未放棄過對這幕後勢力的調查。現在，機會終於來了。我順著線索調查追蹤，最後目標指向這位數學天才——退職教授莫里亞蒂。

「他是邪惡勢力裡的拿破崙，華生。倫敦多半的犯罪活動都跟他有關，而且絕大多數未破獲的案件都是由他指揮的。他是個鬼才，是深奧的哲學家和思想家，的確擁有超人的智慧。他像蜘蛛一樣盤踞在蛛網中央，安然不動，卻熟悉和掌握千絲萬縷的蛛網的每一絲顫抖。他從不親自出面，只是出謀劃策。他有許多同黨，有很嚴密的組織，假如有人計畫作案，那麼無論偷盜、搶劫或謀殺，只要教授說句話，馬上就會有人去組織實施。即使他的同夥不幸入獄，他也有錢保釋他們，有能力替他們辯護。但他自己卻從來沒有被捕過，甚至都沒人懷疑他。這就是我推測的他們的犯罪情況，華生，我一直在致力於揭露這個犯罪集團。

「可是，這位教授的防範甚為森嚴，行事狡滑周密。儘管我試過各種方法，卻都無法獲得足以將他送進監獄的證據。我的能力你很瞭解，華生，可是三個月過去了，現在我必須承認，我遇到了一個智力與我不相上下的對手。我欽佩他的能力，勝過厭惡他的罪惡行徑。但是，他還是留下了一點小小的漏洞。而且在如此嚴密的監視下，他肯定沒有機會修補這些疏漏。我既然有了機會，便順勢開始布下了法網，只等他上鉤了。從現在到下星期一的這三天中，只要時機一成熟，教授與他的同黨會被警方一網打盡。屆時，本世紀最大的一樁審判案將會到來，四十多起重大懸案將會宣告偵破。而這些罪犯呢，等待他們的只能是嚴懲。現在是最關鍵的時刻了，只要我們稍有疏忽，就有可能被他們逃脫，進而功虧一簣。

「唉，如果一切都能做得悄無聲息，絲毫不驚動到莫里亞蒂教授，那就大功告成了。不過他確實很機敏，我一步步撒出的網他似乎都了然於胸，因此又一次次地幾乎馬上破網而出。好在每次我都及時將他阻擊回去了。我的朋友，如果能把我與他暗鬥的細節記錄下來，那才真是偵探史冊中最有看頭的一頁。我從來沒有跟哪個對手鬥法到如此不相上下，也從來沒有如此被敵人步步緊逼。他做得很棒，而我只是略勝他一點點。今天早上，我採取了最後的措施，相信再有三天此事就該徹底落幕了。我坐在家裡，正琢磨著這件事呢，突然門開了，你知道嗎？那個莫里亞蒂教授竟然出現在我面前。

「我當時神情還算平靜，華生，不過我不想騙你，當懷著仇恨的那個人虎視眈眈地站在那裡時，我還是吃了一驚。我對他的面貌很熟悉。他又瘦又高，前額很寬，兩眼深陷，臉上沒有鬍子，臉色蒼白，活像一個苦行僧，不過也不失教授的風采。可能因為學習過度，他的肩背已經佝僂，頭總是向前伸著，並且還不斷地搖晃，模樣十分少見。他眯著雙眼，也在好奇地觀察我。

「『你的前額沒有我想的那麼發達，先生。』他說，『玩弄口袋裡的手槍，尤其是子彈上膛的手槍，這是很危險的習慣。』

「的確，就在我看到他的剎那，因為意識到了危險，所以我快速從抽屜裡取出手槍，悄悄放進了口袋，並且隔著衣服對準他。我深知，就他而言，如今拯救自己的最好方法就是殺人銷贓。但既然被他發現了，我索性掏出手槍，打開機頭，放在了桌子上。他仍然微笑著，眯著眼，眼中流露出無可名狀的表情。我暗自慶幸，還好身邊有一把槍。

「他開口道：『你顯然不瞭解我。』

「『正好相反，我認為我很瞭解你。請坐。如果有話想說，我給你五分鐘的時間。』

「『我想什麼，你早已清楚了。』他說。

「『這樣說來，你也清楚我的回答了。』

「『你不能退一步嗎？』

「『絕對不能。』我堅定地說。

「突然，他將手伸進口袋。我急忙拿起桌子上的槍。但他卻拿出了一個記事本，上面很不工整地記著一些日期。』

「他說：『一月四日你曾經壞了我的事，二十三日你又妨礙我的行動；二月中旬你繼續給我添了很多麻煩；三月底，你完全打亂了我的計畫；四月末我發現，因為你的作梗，我有失去自由的危險。我已經忍無可忍了。』

「我問：『你準備怎麼辦？』

「他搖著頭說：『你必須停止你的行動，福爾摩斯先生！你清楚，你必須停止。』

「我說：『星期一以後再說。』

「他說：『嘖，嘖！我完全相信，以你的聰明，不可能不知道這件事只有唯一的結果，那就是你必須停止。如果你一意孤行，我們只能有一條路可走。眼見你將我的事攪成這個樣子，從智力遊戲的角度來說，這是件令人過癮的事。但我坦白相告，如果我被迫做出什麼，那可真是令人痛心疾首。你別見笑，先生，我保證，那絕非說說而已。』

「我說：『做偵探總是避免不了危險。』

「他說：『不是危險，是毀滅。你阻礙的不是一個人，而是一群人。儘管你聰明過人，但你仍然不能完全認識它的勢力。你必須走遠些，福爾摩斯先生，否則你會葬送你自己。』

「恐怕，』我站起來說道：『因為我們談得很投機，我會把別處等我去辦的重要事情耽誤了。』

「他也站起身來，默默地看著我，然後難過地搖搖頭。

「『非常好，看起來很遺憾，不過我已經盡力了。我瞭解你行動的每個過程，週一前你不會得逞。這是場兩虎相爭的決鬥，福爾摩斯先生。你想將我推上法庭，而我告訴你，我一定不會上法庭的。想戰勝我，我再告訴你，永遠不可能。如果你有能力將我毀滅，那麼放心吧，我會與你同歸於盡。』

「我說：『過獎了，莫里亞蒂先生。我也想告訴你，如果確實能將你除掉，為了社會大眾的利益，即使與你同歸於盡，我也很高興。』

「他咆哮起來：『我會與你一起去死，而不是你除掉我！』說完他轉身離去。

「這就是我和莫里亞蒂教授的正面交鋒。我不否認，它使我很不平靜。因為他說話時那麼鎮定，看來的確是出自真心的。一個普通罪犯做不到這一點。當然，也許你會問為什麼不找警察來保護我。因為我相信他會派他的黨羽來幹掉我，我有證據證明他一定會這樣做的。」

「他們已經攻擊你了？」

「親愛的華生，莫里亞蒂教授是不會放過任何一個機會的。那天中午，我去牛津街辦事，剛走到本廷克街與韋爾貝克街十字路口，一輛馬拉貨車突然疾馳而來，我急忙閃向人行道才倖免於難。那車片刻間奔過馬里利本巷飛馳而去。從那以後，我只能行走在人行道上。又一次，當時我正路過維爾街時，一塊磚石突然從一家屋頂落下來，在我身邊摔碎了。我報了警，警察將那個地方檢查了一遍，發現屋頂上到處堆著用來修房的石板與磚瓦，他們說那塊是風颳下來的。我當然明白是有人要害我，但卻沒有證據。後來，我乘馬車去了帕摩爾街我哥哥家，在那裡待過白天。剛才來你家的路上，又遭到一個歹徒用狼牙棒襲擊。後來，那傢伙反而被我打倒在地，警察把他抓走了。我的手打在了那個人牙上，所以指關節弄破了。

「不過我可以肯定地告訴你，我們將永遠查不出被逮捕的那個人和莫里亞蒂教授的關係。我相信，教授現在正在十英里以外的地方演算習題。

「華生，聽完這些你就不會再驚奇，為什麼我一進來就要關百葉窗，然後還想從後牆跳出去。」

我一直很敬佩我朋友無所畏懼的勇氣。發生了這麼多危險的事，他還能鎮定自如地講出來，更加讓我佩服。

我說：「今天晚上留在這裡吧！」

「不行，華生，我留下來會給你帶來危險。我已經制定了計畫，一切都會過去的。現在不用我動手，警察也會將他們拘留的，只是我還需要出庭作證。所以，在逮捕他的前幾天，離開才是上策，這樣有利於警察的活動。如果你可以陪我去玩幾天，那就太好了。」

我說：「近來正好醫務不忙，而且我的鄰居很樂意幫助人，我一定跟你去。」

「明天早上出發如何？」

「當然可以。」

「啊，很好。不過我請你記住幾件事，親愛的華生，請你一定要認真地去做。因為我們面對的是最狡詐的敵人和全歐洲最有勢力的組織。現在，請你聽好，無論你帶什麼行李，上面一定不要寫去何處，今天夜裡要派一個你信得過的人把它送往維多利亞車站。明天早上你要乘雙輪馬車，但告訴僕人不要僱主動攬生意的前兩輛。上了馬車以後，把地址寫在紙條上給車夫。地址是勞瑟街斯特蘭德盡頭處，讓他一定保存好紙條。乘車前先將車費付了，一到終點，立即穿過街面，要在九點十五分趕到街對面。你在路邊會看到一輛四輪轎式馬車停在那裡，趕車的人披著斗篷，領子上鑲著紅邊。登上那輛車，你就能準時到達維多利亞車站，並及時搭上開往歐洲大陸的快車了。」

「我們在哪裡見？」

「在車站。我們的座位在頭等車廂的第二節。」

「那麼，我們在車廂見了。」

「是的。」

我想讓福爾摩斯留下來，他堅決不肯。很明顯，他是怕帶給我危險。他簡略地介紹了一下明天的打算後，我們一起來到了花園。他翻過牆走向莫蒂默街，然後吹了個口哨，找了一輛馬車，我聽到他乘車離去。

第二天早晨，我認真地按照福爾摩斯的指令做了。我十分謹慎，以防掉進他們為我們設的陷阱。用完早餐後，我非常謹慎地挑了輛雙輪馬車，立刻向勞瑟街駛去。下車後，我快速走向對街，果然有一輛四輪馬車停在那裡。車夫身材高大結實，披著黑斗篷。我剛一坐上車，他立刻駕車直奔維多利亞車站。到站後，我迅速跳下，車夫立刻調頭快速離去。

到此時，一切都很順利，福爾摩斯安排得很周密。我的行李已經在車上了，福爾摩斯所說的車廂也很容易找到，因為只有一節車廂上寫著「預定」兩字。

現在有一件事讓我很著急，福爾摩斯還沒到。我望了車站上的鐘一眼，離開車只剩七分鐘了。我在一群乘客與送行的人群中拼命尋找，卻始終不見我朋友的影子。

這時，我看見一位年老的義大利教士，英語講得很差，搬運工無法瞭解他的意思——行李運往巴黎。於是我幫了他，耽誤了幾分鐘。然後，我繼續向四周望了望，還是沒有，只好失望地回到了車廂。車廂裡，那搬運工正領著年老的義大利人來和我作伴，無論怎樣向他說票號不對，他坐了別人的位置，都無濟於事，因為我的義大利語更為糟糕。我只能無奈地聳聳肩，繼續向外張望，尋找福爾摩斯。我突然想到他該不會昨天夜裡遇到了那夥歹徒，所以今天不能來。想到此嚇得我不由渾身打顫。火車的門都關上了，汽笛響了，此時……

一個聲音傳入我的耳朵：「親愛的華生，你還未向我打招呼。」

我吃了一驚，轉過身來，那個老教士正望著我。他滿臉的皺紋消失了，鼻子也變高了，下嘴唇不再是那樣突出，嘴也變得不癟了，呆滯的兩隻眼睛變得極其有神，彎曲的背也筆直了。

不到片刻，突然，他整個人又彎曲了，福爾摩斯再次消失了。

「天呀！你把我嚇壞了！」我大聲叫著。

他小聲說道：「防範措施還是必要的。他們正極力尋找我們。你看，莫里亞蒂教授。」

福爾摩斯說的時候，火車就已經啟動了。我回頭看了一眼，只見一個身材瘦高的人突然衝過人群，不停地擺手，好像想叫火車停下來。但是一切都晚了，火車正在加速，眨眼間離開了車站。

我的朋友站起來，脫下黑色教士衣帽，放入包裡，接著笑著對我說：「由於謹慎防範，我們順利地脫身了。」

「今天早晨的報紙看了嗎，華生？」

「沒看。」

「那麼，貝克街的事你不知道？」

「貝克街？」

「昨天晚上，他們燒了我們的寓所，還好沒有多大損失。」

「天呀！福爾摩斯，這真是忍無可忍了！」

「由於用大頭棒襲擊我的人被拘留了，他們沒了我的蹤跡。不然他們不會以為我已回家。但是，很明顯他們一直在監視你，否則莫里亞蒂就不來車站了。你來時有疏忽嗎？

「我完全按照計畫做的。」

「你找到了那輛雙輪馬車？」

「是的，他在那裡等著。」

「你認識車夫嗎？」

「不認識。」

「他是邁克羅夫特。在這樣的秘密行動中，最好不用僱來的人。不過我們現在必須制定對付莫里亞蒂的策略。」

「這是快車，而且與輪船聯運，難道我們還沒有甩掉他？」

「華生，我告訴過你，這個人的智力與我不相上下，顯然你並不理解這話。假如我在追蹤一個人，就絕不會被一點小小的困難阻礙住。所以，我們不能輕視他。」

「他究竟能做些什麼？」

「那麼，你會怎麼做？」

「預定一輛專車。」

「但那已經遲了。」

「一點不遲。這趟車在坎特伯雷站到達，通常要等十五分鐘才會有渡船，他可以利用這個時間在碼頭上抓住我們。」

「也許別人還會認為我們是罪犯，既然如此，不如我們先下手為強抓他。」

「我這三個月的心血就全白費了。雖然我們能釣條大魚，但那些小魚就會落網。只要等到星期一，我們就能將他們一網打盡，所以現在還不能逮捕他。」

「那怎麼辦？」

「我們在坎特伯雷站下車。」

「接下來呢？」

「嗯，接著我們環遊全國。先到紐哈芬，再到迪埃普。莫里亞蒂一定會去巴黎，他認準了我們的行李，就讓他在月台等我們兩天吧！當然，我們需要再買兩個睡袋以及其他必需品，就算支持一下沿途各國商家的生意吧！我們有足夠時間途經盧森堡與巴塞爾，然後到瑞士一遊。」

在坎特伯雷，我們悄悄下了車。但下車後才知道，到紐哈芬的車要一小時之後才有。

那輛拉著我行李的火車奔馳而去了，我頗為傷感。就在此時，福爾摩斯拉了一下我的袖子，指了指身後鐵路的方向。

他說：「你瞧，他們果然來了。」

遠處，肯特森林中冒出一縷縷黑煙。過了一分鐘，只見一輛車頭牽著另一輛列車行過彎道，駛向月台。我們剛在行李堆後找了個地方藏身，那列車就從身邊飛馳而過了，一股熱氣迎面撲來。

看著那列火車很快駛過幾個小山包之後，福爾摩斯說：「他走了。看來，他的智力水準還是有限的。要是他能循著我的思路摸過來，並且採取相應措施，那就不得了。」

「他如果能追上我們會怎麼樣？」

「可以肯定，他一定要殺我。不過，這場戰鬥還勝負未定。我們是提前在這裡吃飯還是去紐哈芬再找餐館？但是去紐哈芬很可能要餓肚子了。」

當夜，我們抵達了布魯塞爾。在那裡逗留了兩天之後，第三天啟程去了施特拉斯堡。

星期一早晨，福爾摩斯發了一封電報給蘇格蘭警場。當晚，回到旅館後我們看到了回電。福爾摩斯打開電報，然後大罵了一聲就丟到火爐裡了。

「我早應該想到這一點，他逃跑了。」

「莫里亞蒂教授？」

「蘇格蘭警場破獲了整個組織，卻沒逮住他，他逃了。既然我不在國內，自然也就沒人是他的對手，但我想蘇格蘭場已經勝利在望了。華生，我想你最好還是回國吧！」

「為什麼？」

「因為我們在一起已經很危險了。那個人的巢穴被查獲了，如果回倫敦，他只能是死路一條。假如我對他的判斷正確，他一定會來報仇。那次談話中，他已經說過了。我相信他言出必行，所以你一定要回去。」

這麼多年來，我曾無數次幫助福爾摩斯破案，已是生死之交，所以我堅決不同意他的建議。我們坐在施特拉斯堡的飯店爭論了半小時，最終決定當天夜裡繼續起程，一起去日內瓦。

我們一路徜徉觀光，在隆河峽谷度過難忘的一個星期。接著，又從洛伊克轉道去吉米山隘，欣賞一番山上積雪連綿的美景。最後，又從因特拉肯到了邁林根。這真是一次既緊張又宜人的旅行，山上積雪皚皚，冬寒料峭，山下卻春光無限，嫩綠悠然。

但我很清楚，其實福爾摩斯的心上每時每刻都籠罩著陰影。不管是在鄉風純樸的阿爾卑斯山脈，還是在人煙稀少的未名山隘，他都非常警惕地觀察經過我們身邊的每個人。他認為，不論我們去了哪裡，危險都隨時有可能出現。

有一次，經過吉米山隘時，我們正沿著令人乏味的道本尼山邊界行進，突然，一塊巨石從右方山脊上滾落下來，咕咚一聲掉入了我們身後的湖裡。我的朋友馬上爬上山頂，站在那裡四處眺望了半天。雖然嚮導一再保證說，這個地方春天山石墜落很正常，但都未能讓他相信。儘管他什麼都沒說，但我從他那微笑的表情中已經猜到，他相信此事不是偶然。

雖然他很警惕，但也並未灰心氣餒。正好相反，我還從未見過他如此有精神。他數次提到：如果此番能為社會除掉莫里亞蒂，他寧願結束自己的偵探生涯。

福爾摩斯說：「華生，我現在可以說，我沒有虛度此生。就算我的生命在今夜結束，我也會毫無畏懼。由於我的存在，倫敦的空氣淨化了很多。至今為止，在我經辦的一千多件案子中，我確信，我的智慧從來沒有用錯過地方。我對膚淺的社會問題沒有興趣，因為那是人為使然，事實上我更有興趣研究自然界的本質屬性。華生，當我逮捕或毀滅這位歐洲最凶險也最有勢力的罪犯的時候，也就是我偵探生涯結束的那天。同時，你的回憶錄也可以收尾了。」

現在，我決定盡量簡明扼要地將故事敘述完。我原本不想再細述那段難忘的經歷，但我責無旁貸，絕不遺漏任何細節地再現那個時刻是我的使命。

五月三日，我們來到荷蘭邁林根的一個小村莊，住進了老布朗・斯太勒開的「大英旅社」。店主十分精明，在倫敦格羅夫納旅館當過三年侍者，英語講得非常流利。

四日下午，我倆根據店主的建議再次出發，打算翻過幾座山去羅森洛依的一個小村莊過夜。不過，他一再提醒我們，不應該錯過半山腰的萊辛巴赫瀑布，只要稍稍繞路就可以遊覽一番。

那地方的確險峻。融化了的雪水匯成湍急的河流，注入深淵，淵底水花亂濺，宛如失火的屋子裡冒出的白煙。河流入口處是個有巨大裂縫的山谷，山岩像黑亮的煤炭柱聳立在兩岸。再往下，裂縫逐漸變窄，乳白色奔騰翻滾著的水流源源不斷地注入到很深的溝裡，然後迸射出一股股急流，強勁地衝向豁口。無休無止的綠波伴隨著雷鳴般的巨響傾瀉而下，密集而晃動的水簾正在發出隆隆的轟響。水花到處亂濺，流水的響聲使人目眩耳鳴。我們立在山邊，一面注視著下面拍打著黑岩的浪花，一面傾聽溝底發出的雷鳴般的怒吼聲。

半山腰上，順著瀑布被踩出一條小路，遊人可以觀看到瀑布全景。但小路半路中斷了，我們只好原路返回。回去的路上，我們遇到了一個手裡拿著一封信的瑞士小夥子，信上面蓋著我們剛離開的那家旅店的圖章，是店主給我的。信上說，我們剛離開，就來了一個英國婦女。她已經是肺結核末期患者，本來在達沃斯普拉茨過冬，但現來盧塞恩觀光訪友，卻突然不斷咳血，有生命危險。現在迫切需要有醫生為她診治，問我能否回去一下。善良的店主還在附言中又寫道，由於這位婦女拒絕瑞士醫生為她治病，所以他別無他法，只有替病人請求我，如果我能答應，他將會非常感激我。

面對這種事，我顯然不能視而不見，更不能拒絕一位身在異國且有生命危險的女同胞的請求。但是離開福爾摩斯，也是我所不願意的。

於是我倆商定，在我返回旅店期間，由這位送信人陪他遊覽。我的朋友說他會在這瀑布附近停留一會兒，然後將徒步翻山去羅森洛依，我們傍晚到那裡相會。

我轉身離開。回望時，看到他正背靠山石，雙手抱臂，俯視著飛瀉的水流，不料這竟然是我與他今生的永訣。

走下山坡時，我又忍不住回頭看他。這時已經看不見瀑布，只有順著瀑布的小路還依稀可見。我記得當時看見一個人影正急急忙忙走在小徑上。在他身後綠蔭的襯托之下，我可以看得很清楚——他走路的樣子很有精神。但因為有急事要辦，我並未過多在意。

一個小時後，我回到了邁林根。店主正站在門口。

我上前對他說：「喂，她的病情怎麼樣？」

他露出驚訝的表情。就在他雙眉向下一彎的剎那，我的心忽然哆嗦起來。

我從口袋裡拿出那封信問道：「這不是你寫給我的嗎？旅店沒有一位有病的英國婦女嗎？」

他大聲說：「沒有！這上面的印章……啊！一定是那個高個子英國人所為。你們走後他就到這裡了。他說……」

店主沒說完，我就慌慌張張往回跑，直奔剛才那條小路。來的時候是下坡路，我用了一個多小時，而現在是上坡，儘管我拼命地跑，等返回瀑布時，已經是兩個多小時過去了。

福爾摩斯的手杖還立在他靠過的那塊岩石上，而他本人卻沒有了蹤影。我大聲呼喊，但聽到的僅是周圍山谷的回音。

看到登山杖，我不禁打了幾個寒顫。這麼說，他仍在這裡，而且很可能是在懸崖絕壁處的一條小路上遭到了報復。那送信的小夥子不見了蹤影，他肯定拿到莫里亞蒂給的報酬離開了。

到底發生過什麼呢？

誰也不曉得。

我開始有些眩暈了，眼前一片漆黑。我竭力穩定著自己的情緒，然後開始拼命回憶福爾摩斯通常是如何面對這類情況的。我試圖以他的思維模式來分析這場悲劇的前因後果，慶幸的是這並不太難。剛才我們分手時，應該還沒走完這條小路，登山杖幫我確定了剛才所處的位置。

這周圍黑土地由於長年累月經受著水花的不斷洗禮，所以非常鬆軟濕潤，即使是一片樹葉落下來也會留下微微的痕跡。我發現離小路末端不遠的地方，地面一片泥濘，崖壁縫中的雜草，被胡亂地纏雜在了一起。我趴在縫邊，埋下頭來仔細查看著。水花仍在向四周飛濺，太陽已經下山。閃閃發光的水花在此時此景中，更是顯得悲涼無比。我放開喉嚨喊了幾聲，傳入耳中的只有瀑布如雷般的轟響聲。

感謝老天，我終於找到我最親密的朋友留下的遺言。

就在他放置登山杖的那塊岩石上，一個菸盒靜靜地躺在一個非常顯眼的地方，那是福爾摩斯用過的。我如獲至寶一樣撲了過去。

我拿起那個菸盒，下面的一張紙在風的作用下飛落到了我手裡。我急忙展開細看，這是寫給我的最後遺言。這封信完全是他的風格，意思表達明確清晰，筆跡也很清楚。

我親愛的華生：

承蒙莫里亞蒂先生的好意，我留下這封信，他正在等著最後討論我們之間的某些問題。他已經說明怎樣擺脫英國警察的追捕和怎樣得知我們的行動，的確是個聰明人。

我一想到自己能有機會為社會做這麼件好事，就不由得非常高興與自豪。當然，這或許會給你們帶來巨大痛苦。不過，你也知道，我的人生目標已經達成了。其實，我一開始就知道邁林根的來信不過是個騙局。我讓你離開，是因為我知道將要發生什麼。請替我告訴派特森探長，他所需要的那份給匪幫定罪的材料就在我的文件櫃裡，裡面有個藍色信封，封面上寫著莫里亞蒂幾個字。我離開之前已經把一些值錢的東西變賣了，我哥哥會接手它們。請代我向尊夫人問候。

你的朋友

夏洛克·福爾摩斯

接下來的，不用說也該明白了。此二人進行殊死搏鬥，但在這種險境下，結局只能是兩人扭打著一起墜入瀑布。至於屍體，根本無法找到，因為他們葬身的是無底深淵中。後來，送信的瑞士小夥子再也沒有找到。至於那個匪幫，福爾摩斯搜集到的證據已經徹底揭露他們的罪行，成為指證他們的利器。但在整個訴訟過程中，卻很少有人提到有關該集團首領的詳情。今天，我之所以站出來將更多真相公諸於眾，那是因為有些枉費心機的辯護者想用攻擊福爾摩斯的手段來紀念莫里亞蒂。而正義在上，福爾摩斯永遠是這世間最善良的聰明人。

探偵事務所 09

福爾摩斯完整收錄上部

海鴿文化出版圖書有限公司
Seadove Publishing Company Ltd.

作者　亞瑟・柯南・道爾
譯者　傅怡
美術構成　騾賴耙工作室
封面設計　九角文化/設計
發行人　羅清維
企劃執行　張緯倫、林義傑
責任行政　陳淑貞

出版　海鴿文化出版圖書有限公司
出版登記　行政院新聞局局版北市業字第780號
發行部　台北市信義區林口街54-4號1樓
電話　02-2727-3008
傳真　02-2727-0603
E-mail　seadove.book@msa.hinet.net

總經銷　創智文化有限公司
住址　新北市土城區忠承路89號6樓
電話　02-2268-3489
傳真　02-2269-6560
網址　www.booknews.com.tw

香港總經銷　和平圖書有限公司
住址　香港柴灣嘉業街12號百樂門大廈17樓
電話　（852）2804-6687
傳真　（852）2804-6409

CVS總代理　美璟文化有限公司
電話　02-2723-9968
E-mail　net@uth.com.tw

出版日期　2025年07月01日　二版一刷
定價　499元
郵政劃撥　18989626　戶名：海鴿文化出版圖書有限公司

國家圖書館出版品預行編目（CIP）資料

福爾摩斯【完整收錄】上部 ／ 亞瑟・柯南・道爾作 ；
傅怡譯. -- 二版. -- 臺北市 ： 海鴿文化，
2025.04 面 ； 公分. --（探偵事務所；9）
ISBN 978-986-392-555-2（平裝）

873.57　　114000946

Seadove

Seadove

Seadove

Seadove